La Casa de las Olas

Biblioteca
JOJO MOYES

La Casa de las Olas

Traducción de
Silvia Alemany

DEBOLSILLO

Papel certificado por el Forest Stewardship Council®

MIXTO
Papel procedente de
fuentes responsables
FSC® C117695

Penguin
Random House
Grupo Editorial

Título original: *Foreign Fruit*

Primera edición con esta presentación: marzo de 2017
Quinta reimpresión: febrero de 2022

Printed in Spain – Impreso en España

ISBN: 978-84-663-4031-1
Depósito legal: B-2.235-2017

Compuesto en Gama, S. L.
Impreso en QP Print

P 3 4 0 3 1 B

A Charles Arthur
y Cathy Runciman

AGRADECIMIENTOS

Me gustaría agradecer la ayuda que, de muy diversos modos, me han prestado las personas que han hecho posible este libro, sobre todo Nell Crosby, del Instituto de la Mujer Saffron Walden, y su marido Frederick, por compartir conmigo sus recuerdos de la vida en un pueblo costero durante la década de 1950.

Asimismo, quiero hacer mención de Neil Carter, director general de la mansión Moonfleet de Dorset, por su perspicacia en el campo de la restauración y la gestión de un hotel rural; y de la esteticién Tracie Storey, quien, entre otras cosas, tuvo la amabilidad de explicarme lo que significa «piquelado».

Mi más sincero agradecimiento a Jo Frank, de AP Watt, por su empeño motivador, su apoyo infinito y sus ocasionales latigazos como acicate de mi escritura. A Carolyn Mays, de Hodder y Stoughton, y a Carolyn Marino, de HarperCollins, de Estados Unidos, que no se limitaron a señalar con tacto las arrugas del texto sino que me concedieron el tiempo y el espacio necesarios para que yo misma pudiera plancharlas. Debo también agradecer a Hazel Orme su técnica forense en el ámbito de la edición, y el hecho de haberme enseñado muchísima más gramática de la que aprendí jamás en la escuela... Deseo igualmente levantar mi metafórica copa por Sheila Crowley, por su fuerza imparable, y también por haberme mostrado los recovecos de algunos de los mejores pubs y restaurantes de Londres; y por Louise Wener, caja de resonancia y compañera en el crimen, la cual jamás dejó de recordarme de vez en cuando que, tal y como salta a la vista, los cócteles son un elemento indispensable en todo proceso editorial.

Gracias, finalmente, a Emma Longhurts por persuadir a esta escritorzuela ya entrada en años para que crea que la publicidad puede ser divertida, y a Vicky Cubitt, por su predisposición infinita a perdonar los fallos de los que trabajamos en casa y de cualquier manera. En el ámbito doméstico, querría agradecer a Julia Carmichael y a su personal todo el apoyo que me han prestado, dar las gracias a Lucy Vincent, sin la cual no habría podido sacar adelante mi trabajo, y a Saskia y a Harry, por dormir de vez en cuando y permitirme así realizarlo. A mamá y a papá, como siempre; y, sobre todo, a Charles. Charles, capaz de soportarlo todo, y de soportarme a mí. No necesariamente en este orden. Un día hablaremos de otras cosas por la noche... Palabra de honor...

Cada cual encierra en sí mismo el pasado como las hojas de un libro que conoce de memoria, y del cual sus amigos solo pueden leer el título.

VIRGINIA WOOLF

PRÓLOGO

Mi madre una vez me dijo que cualquier persona podía descubrir la identidad del hombre con quien se casaría pelando una manzana y tirando la piel, entera, por encima de su hombro. Parece ser que caía en forma de letra; o digamos, más bien, que eso era lo que ocurría en ciertas ocasiones. Mamá deseaba con tanta desesperación que las cosas encajaran que sencillamente se negaba a admitir que se pareciera a un siete o a un dos, y sacaba a relucir toda clase de «bes» y «des» donde no había nada. Incluso cuando yo ni siquiera conocía a un B ni a un D.

Sin embargo, no necesité manzanas con Guy. Lo supe desde el primer momento en que lo vi; supe que era su rostro con la misma certeza que sé cuál es mi propio nombre. Suyo era el rostro que me apartaría de mi familia, el que me amaría, me adoraría, y el que tendría preciosos bebés conmigo. Suya era la faz que yo contemplaría, sin palabras, mientras él repetía sus votos nupciales. Su cara sería la primera forma en desvelarse para mí por la mañana y la última en palidecer en el dulce aliento de la noche.

¿Acaso él tuvo conciencia de eso? Por supuesto que sí. Me rescató, ¿sabéis? Como un caballero, pero con la ropa manchada de barro en lugar de con una armadura brillante. Un caballero que apareció entre las sombras y me condujo a la luz. Al menos, a la sala de espera de la estación, en cualquier caso. Unos soldados me habían estado molestando mientras yo esperaba el último tren. Había asistido a un baile con mi jefe y su esposa, y perdí el tren. El caso es que esos chicos habían bebido lo indecible y no paraban de hablarme, hablaban sin cesar, sin aceptar un no como respuesta, a pesar de que yo sabía perfectamente que no era correcto charlar con soldados rasos, a pesar de que me alejé de ellos todo lo que pude y me senté en un banco que había en la esquina. Entonces fue cuando empezaron a acercarse a mí, hasta que uno de ellos me agarró, fingiendo que bromeaba. Yo estaba terriblemente asustada, porque era tarde y no alcanzaba a ver ni a un solo mozo de estación ni a nadie a quien poder recurrir en aquel lugar. Les repetía sin cesar que me dejaran en paz, pero ellos no me hacían ningún caso. No atendían a mis razones. En ese momento el mayor de ellos (el que tenía un aspecto más brutal) se apretó contra mí, con esa cara horrible y mal afeitada, y ese aliento apestoso, y me dijo que me poseería, tanto si yo quería como si no. Deseé chillar con todas mis fuerzas, pero la verdad es que no pude porque estaba absolutamente paralizada por el terror.

Entonces apareció Guy. Irrumpió en la sala de espera, le pidió explicaciones a ese hombre y le dijo que iba a propinarle una paliza de padre y muy señor mío. Luego se cuadró y se enfrentó a los tres, y ellos empezaron a insultarle, incluso uno lo amenazó con los puños, pero al cabo de un rato, haciendo gala de la cobardía que los caracterizaba, siguieron insultándole y echaron a correr.

Yo estaba temblando, y no lograba dejar de llorar; entonces él me ofreció una silla para que descansara y me dijo que iba a buscarme un vaso de agua, que me sentaría bien. Fue muy amable. Se mostró tan dulce... Me dijo incluso que se quedaría conmigo hasta que llegara mi tren, y lo hizo.

Fue en ese lugar, bajo las luces amarillentas de la estación, cuando miré su rostro por primera vez. Quiero decir, cuando lo miré en realidad. Supe entonces que era él. Era él, sin duda alguna.

Mamá, tras habérselo contado, peló una manzana para comprobarlo, y tiró la piel por encima de mi hombro. A mí me pareció que se trataba de una D. Mamá siempre me ha jurado que era clarísimo que se trataba de una G. No obstante, en esos momentos ya estábamos muy lejos de creer en manzanas.

PRIMERA PARTE

1

Freddie se había vuelto a encontrar mal. En esa ocasión, por culpa del césped, según parecía. Aquello formaba un charco esmeralda y espumoso en una esquina, cerca de la cómoda, y se podían ver algunas hojas todavía intactas.

—¿Cuántas veces tengo que decírtelo, imbécil? —gritó Celia, que acababa de pisarlo con las sandalias de verano—. No eres precisamente un caballo.

—Ni una vaca —remedó Sylvia, echándole un cabo desde la mesa de la cocina, donde estaba pegando laboriosamente fotografías de electrodomésticos en un cuaderno.

—Ni un asqueroso animal. Deberías comer pan, y no hierba. Pasteles. Cosas normales. —Celia se sacó la sandalia y la sostuvo, con el índice y el pulgar, encima del fregadero de la cocina—. ¡Aj! ¡Eres asqueroso! ¿Por qué siempre estás haciendo tonterías? Mamá, díselo tú. Al menos, lo que podría hacer es limpiarlo todo.

—Haz el favor de limpiarlo, Frederick, cielo.

La señora Holden, sentada en la butaca de respaldo alto que había junto a la chimenea, revisaba el periódico para saber cuándo habían programado la siguiente emisión de *Dixon of Dock Green*. Había resultado ser uno de los pocos consuelos que le quedaban desde la dimisión del señor Churchill, y de la última historia de su marido. Claro que solo mencionaba al señor Churchill. «Al igual que la señora Antrobus —solía decirle a Lottie—, he visto todos los episodios desde el principio, y las dos consideramos que el programa es francamente maravilloso.» Claro que tanto ella como la señora Antrobus eran las únicas personas de la avenida Woodbridge que poseían un televisor, y se complacían lo suyo contando a sus vecinas lo fantásticos que eran casi todos los programas.

—Límpialo todo, Freddie. ¡Puaj! Por qué tengo que tener un hermano a quien le guste la comida para animales?

Freddie estaba sentado en el suelo, junto a la chimenea apagada, e iba empujando un camioncito azul adelante y atrás por la alfombra, cuyos bordes se levantaban con el movimiento.

—No es comida para animales —musitó satisfecho—. Dios dice que hay que comerla.

—Mamá, ahora usa el nombre de Dios en vano.

—No deberías mentar a Dios —dijo Sylvia con resolución mientras pegaba una batidora en el papel malva del azúcar—. Te partirá un rayo.

—Estoy segura de que Dios no se refería al césped, en realidad, Freddie —intervino distraída la señora Holden—. Celie, cariño, pásame las gafas antes de irte. Estoy convencida de que la letra de estos periódicos cada vez es más pequeña.

Lottie esperaba pacientemente junto a la puerta. Esa tarde se había cansado bastante y necesitaba salir desesperadamente. La señora Holden había insistido en que ella y Celia la ayudaran a preparar unos merengues para el mercadillo de la iglesia, a pesar de que ambas chicas odiaban la repostería, y que Celia de algún modo había logrado zafarse a los diez minutos pretextando un dolor de cabeza. Por consiguiente, Lottie había tenido que escuchar las manías de la señora Holden sobre las claras de huevo y el azúcar, y fingir no darse cuenta del aleteo ansioso de sus manos ni de sus ojos bañados en lágrimas. Finalmente, sin embargo, aquellos horribles dulces terminaron por cocerse y ajustarse a los moldes, y cuando ya estaban protegidos con papel vegetal, entonces... ¡sorpresa, sorpresa! El dolor de cabeza de Celia desapareció milagrosamente. La muchacha se volvió a calzar la sandalia y le hizo una seña a Lottie para que se marcharan. Se echó la chaqueta de punto sobre los hombros y se atusó el pelo con rapidez ante el espejo.

—Niñas, ¿adónde vais?

—A la cafetería.

—Al parque.

Celia y Lottie hablaron a la vez, y se quedaron mirándose mutuamente con una sensación de muda alarma reprobatoria.

—Vamos a los dos sitios —dijo Celia con decisión—. Primero al parque, y luego a tomar un café.

—Van a besarse con chicos —terció Sylvia, todavía inclinada sobre sus recortes. Se había metido la punta de una de las trenzas en la boca, y de vez en cuando la iba sacando, mojada y sedosa—. Mmmmuuuuac. Mua. Mua. ¡Puaj! ¡Mira que besarse!

—Bueno, no toméis demasiado café. Ya sabéis que os pone bastante tontas. Lottie, querida, asegúrate de que Celia no tome demasiado, dos tazas como máximo. Y volved antes de las seis y media.

—En clase de religión nos han explicado que Dios dice que la tierra nos proveerá de sus frutos —dijo Freddie, levantando la vista.

—¿Sí? Pues fíjate lo malo que te has puesto comiendo eso —replicó Celia—. No puedo creer que no se lo hagas limpiar, mamá. Este crío consigue librarse siempre de todo.

La señora Holden aceptó las gafas que le ofrecían y se las colocó despacio en la nariz. Tenía la mirada de esas personas que consiguen mantenerse a flote en mares embravecidos a base de insistir contra todo pronóstico en el hecho de que, en el fondo, se encuentran en tierra firme.

—Freddie, ve a pedirle a Virginia una bayeta, por favor. Sé bueno. Celia, cariño, no seas tan antipática. Lottie, bájate la blusa, guapa. Tienes un aspecto extraño. Veamos, niñas, supongo que no iréis a contemplar boquiabiertas a los recién llegados, ¿verdad? No nos conviene darles la impresión de que los habitantes de Merham somos una especie de campesinos, plantados ahí delante y observándolos con la boca abierta.

Un silencio breve reinó en la sala, y en ese intervalo Lottie vio que las orejas de Celia se ruborizaban y adquirían un ligero matiz sonrosado. Las suyas ni siquiera estaban calientes: era el resultado de haber perfeccionado sus negativas durante muchos años y ante interrogadores más aviesos.

—Cuando salgamos de la cafetería, volveremos directamente a casa, señora Holden —dijo Lottie con firmeza. Claro que esa respuesta podía significar cualquier cosa.

Era ese sábado crucial de vacaciones, el día en el cual los que llegaban en trenes procedentes de la calle Liverpool se cruzaban con los que, solo un poquito menos pálidos, regresaban de mala gana a la ciudad. En esa época, las aceras estaban sembradas de niños que arrastraban carretas de madera construidas a toda prisa para poder cargar hasta los topes los abultados equipajes. A sus espaldas, hombres agotados con sus mejores trajes de verano daban el brazo a sus esposas, contentos, gracias a unos cuantos peniques, de poder empezar sus vacaciones anuales como reyes; o al menos, sin tener que cargar con las maletas hasta sus residencias.

Por consiguiente, su llegada no tuvo demasiados testigos, más bien pasó completamente desapercibida. Con la excepción, por supuesto, de Celia Holden y Lottie Swift. Las muchachas se sentaron en el banco del parque municipal, desde el cual se divisaban los cuatro kilómetros de línea costera de Merham, para contemplar, enfervorecidas, la camioneta de las mudanzas, cuyo capó verde oscuro, apenas visible tras los pinos escoceses, brillaba bajo el sol de la tarde.

Los rompeolas se extendían hacia la izquierda, más abajo, como los dientes oscuros de un peine, y la marea avanzaba y retrocedía sobre la arena mojada, manchada de figuritas que plantaban cara a vientos fieros, impropios de la estación. La llegada de Adeline Armand, tal y como decidieron las chicas más tarde, había sido un evento comparable a la llegada de la reina de Saba. Es decir, lo habría sido si la reina de Saba hubiera elegido un sábado para hacer su aparición: el sábado de la semana más ajetreada de la temporada estival de Merham. Eso significaba que toda esa gente (las señoras Colquhoun, los Alderman Elliott, las dueñas de las tiendas de la zona comercial y otros como ellas), en quien se podía confiar para que informaran sobre el estilo extravagante de los recién llegados, —que venían con cargamentos enteros de baúles, pinturas enormes que no representaban a los miembros de la familia, ni escenas de caballos al galope, sino que dejaban traslucir manchones inmensos de color sin orden ni concierto, y un número desproporcionado de libros y artefactos que obviamente eran extranjeros—, no estarían parapetados en silencio junto a las verjas de sus casas, fijándose en la continuada procesión que desaparecía en el interior de la casa *art déco* que había junto a la playa y que llevaba tanto tiempo vacía. Estarían haciendo cola en la tienda del carnicero Price, en la calle Marchant, o bien apresurándose para asistir a la reunión de la Asociación de Casas de Huéspedes.

—La señora Hodges dice que pertenece a una rama lejana de la realeza. Húngara, o algo por el estilo.

—Bobadas.

—Te lo digo de verdad —protestó Celia, mirando a su amiga con los ojos muy abiertos—. La señora Hodges habló con la señora Ansty, que conoce al abogado o quienquiera que sea que se encarga de la casa, y le dijo que es una especie de princesa húngara.

A sus pies, unas pocas familias se habían apropiado de los escasos metros de playa que había entre ellas, y se las veía instaladas detrás de tensados paravientos a rayas, o bien cobijadas en las cabañas de la playa para protegerse de la borrascosa brisa marina.

—Armand no es un nombre húngaro —puntualizó Lottie, llevándose la mano al pelo para impedir que le diera en la boca.

—¿Ah, sí? ¿Y tú como lo sabes?

—Porque es de perogrullo. ¿Qué iba a hacer una princesa húngara en Merham? Se habría ido a Londres, seguro; o al castillo de Windsor, pero no habría ido a parar a un lugar de mala muerte, recóndito y mustio como este.

—A tu barrio de Londres, seguro que no —matizó Celia con un tono de voz rayano en el desprecio.

—Es cierto —concedió Lottie—. A mi barrio de Londres, no.

Ningún personaje exótico procedía del barrio de Londres donde vivía Lottie, un suburbio orientado al este con fábricas diseminadas anárquicamente y erigidas a toda prisa que limitaban con la fábrica de gas, por un lado, y con varios acres de ciénagas inmundas, por el otro. La primera vez que la evacuaron a Merham, durante los primeros años de la guerra, había tenido que ocultar su incredulidad cuando los compasivos habitantes del pueblo le preguntaban si extrañaba su barrio. Tampoco lograba disimular su desconcierto cuando luego le preguntaban si echaba de menos a su familia. Por lo general, sin embargo, dejaban de insistir al poco rato.

De hecho, Lottie regresó a su casa y permaneció en ella durante los dos últimos años de la guerra, pero más tarde, tras una serie de cartas enfebrecidas entre Lottie y Celia, y la creencia mil veces pronunciada por la señora Holden de que no solo era bueno que Celia tuviera una amiguita de su edad, sino que «uno tiene que aportar su granito de arena a la comunidad, ¿no os parece?», la invitaron a regresar a Merham, al principio para pasar las vacaciones, y poco a poco, cuando las vacaciones se alargaron hasta invadir el período escolar, por su propio bien. En esos momentos Lottie ya había sido aceptada como un miembro más de la familia Holden; no como una pariente quizá, tampoco como una igual (nunca lograba uno desprenderse del todo de ese acento de extrarradio), sino como alguien cuya presencia continuada en el pueblo no sorprende a nadie. Por otro lado, Merham solía ser un lugar que la gente elegía para no regresar a casa. El mar tenía un poder transformador.

—¿Les llevamos algo? ¿Unas flores? Así tendremos una excusa para entrar.

Lottie habría podido jurar que Celia se sentía incómoda por su comentario, y ahora le dedicaba lo que la muchacha consideraba su sonrisa de Moira Shearer, la que dejaba ver sus dientes inferiores.

—No tengo dinero.

—No me refiero a las que se compran en la tienda. Tú sabes dónde podemos encontrar preciosas flores silvestres. Siempre le llevas muchas a mamá.

Lottie se percató de que había un ligero matiz de resentimiento en la última frase. Las dos muchachas se levantaron del banco y empezaron a caminar hacia los límites del parque, marcados por una barandilla de hierro forjado que indicaba el comienzo del sendero del acantilado. Lottie solía tomar esa ruta las tardes de verano cuando el ruido y la histeria contenida de la casa de los Holden se hacían insoportables. Le gustaba oír a las gaviotas y a los guiones de codornices surcando el aire en lo alto, y recordar quién era. La señora Holden habría considerado esa clase de introspección antinatural o, por lo menos, excesivamente complaciente, y cogerle ramitos de flores era un recurso muy útil para Lottie. Sin embargo, los casi diez años de convivencia en casa ajena le habían inculcado una cierta astucia; una sensibilidad frente a las potenciales turbulencias domésticas que no dejaba traslucir el hecho de que todavía no hubiera salido de la adolescencia. Lo más importante, sin embargo, era que Celia nunca la considerara una competidora.

—¿Has visto cuántas sombrereras llevan? Debo de haber contado siete al menos —dijo Celia agachándose—. ¿Cojo esta?

—No. Esas se marchitan en segundos. Coge las púrpura. Las que están ahí, junto a la roca grande.

—Debe de tener montañas de dinero. Mamá dice que se necesita muchísimo dinero para todo esto. Habló con los decoradores y le dijeron que era una verdadera pocilga. No había vivido nadie ahí desde que los MacPherson se mudaron a Hampshire. De eso debe de hacer... ¿Qué crees?, ¿unos nueve años?

—No lo sé. Nunca conocí a los MacPherson.

—Más sosos que el pescado hervido, los dos. Ella calzaba un cuarenta y tres. La casa no tiene ni una sola chimenea decente, según la señora Ansty. Las destrozaron todas.

—Los jardines están completamente abandonados.

Celia se detuvo.

—¿Cómo lo sabes?

—He ido unas cuantas veces. De paseo.

—¡Serás pilla! ¿Por qué no me has llevado contigo?

—Nunca quieres caminar.

Lottie dirigió su mirada a la camioneta de las mudanzas y sintió un espasmo silencioso de excitación. Estaban muy acostumbradas a que viniera gente (Merham era un pueblo de temporada, a fin de cuentas; cada temporada iba aderezada con nuevos visitantes, cuyas llegadas y salidas crecían y decrecían como la misma marea), pero la perspectiva de que la casa grande volviera a estar ocupada había añadido un cierto aliciente inquietante a la última quincena.

Celia se volvió para contemplar las flores. Mientras las disponía en su mano, el viento jugueteaba con su pelo como si fuera una sábana dorada.

—Creo que odio a mi padre —observó en voz alta, con los ojos fijos de repente en el horizonte.

Lottie permaneció quieta. Las cenas de Henry Holden con su secretaria no eran algo de lo que se sintiera capacitada para opinar.

—Mamá es tan estúpida. Se limita a fingir que nada ocurre. —Hubo un breve silencio, interrumpido por el burdo chillido de las gaviotas que planeaban encima de ellas—. ¡Dios, no veo el momento de marcharme de este lugar!

—A mí me gusta.

—Sí, pero tú no tienes que presenciar cómo tu padre se pone en ridículo. —Celia se volvió hacia Lottie y alargó una mano hacia ella—. Toma. ¿Crees que ya hay suficientes?

Lottie miró detenidamente las flores.

—¿De verdad quieres ir ahí?, ¿para mirar boquiabierta sus cosas?

—¡Oh, y tú no, claro! ¡Mira, la madre superiora...!

Las dos muchachas se sonrieron, y luego corrieron hacia el parque municipal, con las chaquetas de punto y las faldas volando al viento.

El paseo que conducía a Casa Arcadia fue circular en un tiempo; los vecinos que quedaban todavía podían recordar las procesiones de coches bajos y largos que se detenían con un mordisco crujiente de grava ante la puerta principal, luego daban la vuelta por la simpática curva y salían por el camino. Había sido una casa importante, muy bien enclavada en el barrio bueno del pueblo (distinción tan remarcable que las casas de Merham se anunciaban como ubicadas en el «interior» o en el «exterior»). La había construido Anthony Gresham, el hijo mayor de los Walton Gresham, al volver de Estados Unidos tras haber amasado una fortuna con la creación de una pieza de motor común y corriente que le compró General Motors. Deseaba que se pareciera a la casa de una estrella del cine, solía explicar con grandilocuencia. Había visto una casa en Santa Mónica, propiedad de una actriz famosa del cine mudo, que era alargada, baja y blanca, con grandes extensiones de cristal y ventanitas en forma de ojos de buey. A su entender, aquello era el compendio del glamour, de otros mundos nuevos y de un futuro brillante y valiente (un futuro como, irónicamente, no fue el suyo: murió a los cuarenta y dos años arrollado por un automóvil. Un Rover). Cuando terminó de construirse la casa, algunos habitantes de Merham quedaron muy sorprendidos ante tanta modernidad, y se quejaron en privado de que, en cierto modo, esa vivienda no era «adecuada». Por consiguiente, cuando los siguientes propietarios, los MacPherson, se mudaron unos años después y la casa quedó vacía, la mayoría de los habitantes más antiguos del pueblo se sintieron curiosamente aliviados, aunque no se atrevieran a confesarlo. En la actualidad la cara septentrional del paseo estaba inundada por la vegetación, una maraña de zarzas y saúcos que terminaban repentinamente junto a la verja que, en el pasado, condujera al sendero de la playa. El panorama originaba una exhibición de chirriantes cambios de marchas y juramentos por parte de los conductores de las camionetas de mudanzas que, tras haber descargado la última de las cajas embaladas, estaban intentando dar marcha atrás para esquivarse unas a otras y salir al camino, parcialmente bloqueado por un coche que había entrado tras ellas.

Lottie y Celia se quedaron de pie unos instantes, contemplando las caras moradas y los esfuerzos sudorosos de los que todavía cargaban con muebles, hasta que una mujer alta, con el pelo largo y castaño recogido con seriedad en un moño, salió corriendo y esgrimiendo un manojo de llaves de automóvil.

—Esperen un momento —les rogaba—. Un momento solo. Lo llevaré hasta el jardín de la cocina.

—¿Crees que es ella? —susurró Celia, que había escondido la cabeza inexplicablemente tras uno de los árboles.

—¿Cómo quieres que lo sepa? —respondió Lottie, aguantando la respiración, puesto que la súbita prudencia de Celia había despertado en ella la sensación de estar viviendo algo insólito. Se acercaron la una a la otra, atisbando tras la camioneta, sosteniendo firmes las faldas con la mano para impedir que se hincharan con el viento.

La mujer se sentó al coche y miró los mandos, como si deliberara sobre cuál era el que debía utilizar. Al cabo de unos segundos, con un mordisco angustiado del labio inferior, dio la vuelta a la llave, forcejeó con el cambio de marchas, respiró hondo, salió disparada hacia atrás con un chasquido fortísimo y se incrustó en la rejilla frontal de una camioneta de mudanzas.

Reinó un breve silencio, seguido de los improperios en voz alta que le lanzó uno de los hombres y del estruendo continuado de una bocina. En ese momento la mujer levantó la cabeza y las chicas se dieron cuenta de que probablemente se había roto la nariz. Había sangre por todas partes: en la blusa verde pálido, en sus manos, incluso en el volante. La mujer permanecía sentada muy derecha en el asiento del conductor, y parecía un poco conmocionada, pero enseguida miró hacia abajo y empezó a buscar alguna cosa para detener la hemorragia.

Lottie se encontró corriendo por el césped altísimo y con un pañuelo preparado ya en la mano.

—Tenga —dijo, alcanzando a la mujer al mismo tiempo que varias caras de enojo empezaban a congregarse alrededor del auto—. Cójalo. Incline la cabeza hacia atrás.

Celia, que corría tras Lottie, observó el rostro manchado de la mujer.

—Menudo golpe.

La mujer aceptó el pañuelo.

—Lo siento mucho —le iba diciendo al conductor de la camioneta—. No se me dan nada bien los cambios de marcha.

—No debería conducir —le espetó el hombre, con una barriga que apenas lograba disimular un delantal verde oscuro, mientras agarraba lo que quedaba de su faro delantero—. Ni siquiera ha mirado por el retrovisor.

—Creía que había puesto la primera. Es terrible lo cerca que está de la marcha atrás.

—Se le ha caído el guardabarros —dijo Celia un poco nerviosa.

—Ni siquiera es mi coche... ¡Ay, madre mía!

—¡Mire el faro! Tendré que comprar uno nuevo; y voy a perder tiempo y dinero.

—Lo comprendo —musitó la mujer, apenada.

—Oiga, deje tranquila a la señora. Ha sufrido un buen golpe. —Un hombre de cabello oscuro con un traje de lino claro apareció junto a la portezuela del coche—. Dígame qué daños ha sufrido y se lo compensaré de inmediato. Frances, ¿estás herida? ¿Necesitas un médico?

—No debería conducir —insistió el hombre con un gesto de desaprobación.

—Es usted quien no debiera haberse acercado tanto —terció Lottie, irritada por su falta de consideración. El conductor, sin embargo, no le hizo ningún caso.

—Lo siento muchísimo —murmuró la mujer—. ¡Vaya! Mira la falda...

—Dígame, ¿cuánto le debo? ¿Quince peniques? ¿Una libra? —El joven iba contando billetes de un fajo que se había sacado del bolsillo—. Tome, y otros cinco por las molestias.

El conductor se ablandó; Lottie pensó que a lo mejor ni siquiera era suya la camioneta.

—Bueno... Bueno —aceptó el hombre—. Supongo que con esto habrá suficiente. —Se metió el dinero en el bolsillo rápidamente, aparentemente compensado y decidido a no tentar la suerte—. Supongo que ya hemos terminado. Venga, muchachos.

—Fíjate en su falda —cuchicheó Celia a Lottie, dándole un codazo.

La falda de Frances casi le llegaba a los tobillos. Tenía un estampado muy atrevido que dibujaba unos sauces y estaba pasada de moda. Lottie se sorprendió analizando el resto de la indumentaria de la mujer: unos zapatos de aspecto casi eduardiano y un collar larguísimo con unas cuentas globulares de ámbar.

—¡Bohemios! —siseó con alegría.

—Vamos, Frances. Entremos antes de que empieces a sangrar y a manchar el interior del coche.

El joven se metió el cigarrillo en la comisura de los labios, tomó el codo de la mujer con suavidad y la ayudó a salir del coche.

Cuando ya se dirigía hacia la casa, la mujer se volvió de repente.

—¡Oh, tu precioso pañuelo! Lo he manchado de sangre —comentó, y luego hizo una pausa, sin dejar de mirarlo—. ¿Sois de aquí? Entrad. Os invito a una taza de té. Le diremos a Marnie que lo prepare. Es lo mínimo que puedo hacer. George, haz el favor de llamar a Marnie. Me temo que empezaré a farfullar si la llamo yo.

Lottie y Celia se miraron.

—Aceptamos encantadas —dijo Celia.

Después de cerrar la puerta Lottie se dio cuenta de que debían de haber dejado las flores en el paseo.

Celia aparentaba menos seguridad cuando entró en el vestíbulo principal. De hecho, se paró tan en seco que la nariz de Lottie, que iba un tanto despistada, chocó contra su nuca. La causa del percance no fue tanto la tendencia natural de Celia al titubeo (el apodo que le daban sus hermanos menores era Codos Puntiagudos), como al hecho de enfrentarse con la enorme pintura apoyada contra la barandilla curvilínea que había delante de la puerta principal. El cuadro, un óleo de textura gruesa, representaba una mujer desnuda y reclinada. A juzgar por la posición de brazos y piernas, Lottie pensó que no se trataba de una chica humilde, precisamente.

—¿Marnie? Marnie, ¿estás ahí? —George encabezaba la comitiva, avanzando a grandes zancadas por el suelo de losas, esquivando los bultos empaquetados—. Marnie, ¿puedes traernos agua caliente? Frances se ha dado un golpe. Y, ¿puedes preparar el té mientras tanto? Tenemos visita.

Se oyó una respuesta ahogada procedente de la habitación de al lado y el sonido de una puerta que se cerraba. La ausencia de alfombras y muebles provocaba que el sonido se amplificara, rebotara en el suelo pétreo y penetrara en el enorme espacio vacío. Celia se aferró al brazo de Lottie.

—¿Crees que deberíamos quedarnos? —cuchicheó—. Parecen un poco... libertinos.

Lottie observaba toda la casa, las hileras de pinturas de tamaño inmenso, las alfombras apiladas y enrolladas, desplomadas contra las paredes como caballeros ancianos y encorvados, la talla africana de un estómago abultado de mujer. Era tan distinta de las casas que conocía: la de su madre, abarrotada, oscura, llena de muebles de roble y chucherías de porcelana barata, impregnada del olor de carbonilla y verdura hervida, con el constante ruido del tráfico o los niños del vecino que jugaban fuera; la de los Holden, una casa familiar imitación estilo Tudor, cómoda y espaciosa, cuyo valor debía atribuirse no solo a lo que comunicaba, sino también a lo que albergaba. El mobiliario era heredado, y tenía que tratarse con reverencia (con más reverencia, según parecía, que a sus ocupantes). No se podían dejar las tazas en su superficie, y los niños no podían golpearlos. Todas las piezas «debían pasar a la generación siguiente», en palabras de la señora Holden, como si ellos simplemente fueran los guardianes de aquellas piezas de madera. La casa estaba permanentemente arreglada para los demás, embellecida «para las señoras», ordenada para cuando el doctor Holden «volviera a casa», y la señora Holden, como un pequeño y frágil rey Canuto el Grande, intentaba por todos los medios hacer frente a la suciedad y la porquería inevitables.

Nada que ver con este otro lugar: blanco, resplandeciente, extraño, de una forma rara, con ventanas alargadas, bajas y opacas, y ojos de buey a través de los cuales se podía ver el mar, y su tesoro escondido de objetos exóticos, sofisticado y dispuesto de un modo caótico. Un lugar donde cada pieza delataba una historia diferente, hablaba de un exuberante origen en tierras extranjeras. Lottie respiró para inhalar el aroma de la casa, el aire salitroso que había impregnado las paredes a lo largo de los años y que subyacía al olor de la pintura fresca. Intoxicaba de manera extraña.

—Un té no hace daño a nadie, ¿verdad?

Celia se detuvo y le escrutó el rostro.

—No se lo digas a mamá o armará un escándalo.

Siguieron a la quejumbrosa Frances hasta la sala principal inundada de una luz que entraba por los cuatro ventanales que daban a la bahía, dos de los cuales, los centrales, eran curvados, pues se hallaban en una pared semicircular. En el ventanal de la derecha dos hombres luchaban con el palo de una cortina y unas colgaduras pesadas, y a la izquierda una mujer joven, arrodillada en la esquina, colocaba hileras de libros en una librería acristalada.

—Es el coche nuevo de Julian. Se pondrá hecho una verdadera furia. Hubiera debido dejar que fueras tú quien lo moviera —precisó Frances, dejándose caer en una silla al tiempo que comprobaba si había sangre fresca en el pañuelo.

George le servía un brandy doble.

—Yo me encargaré de Julian. Veamos cómo tienes la nariz. Parece que te haya pintado Picasso, bonita. ¿Crees que tendría que verte un médico? Adeline, ¿conoces algún médico?

—Mi padre es médico —intervino Celia—. Si quieren, puedo llamarlo.

Pasaron unos segundos antes de que Lottie advirtiera la presencia de una tercera mujer. Se mantenía sentada muy erguida en el centro de un pequeño sofá, con las piernas cruzadas a la altura de los tobillos y las manos entrelazadas, ausente por completo de los esfuerzos caóticos que la rodeaban. El pelo, negro azulado como las plumas de los cuervos, le caía en perfectas ondas; llevaba un vestido rojo de seda oriental y un corte largo y estrecho, pasado de moda, a juego con una chaqueta bordada en la que unos pavos reales se arreglaban el plumaje iridiscente. Tenía unos enormes ojos delineados con lápiz negro y unas diminutas manos de niña. Estaba tan quieta que, cuando inclinó la cabeza para saludarlas, Lottie casi da un salto.

—¿No os parecen encantadoras? Vaya, George, veo que ya nos has encontrado a dos jóvenes exploradoras —dijo la mujer sonriendo.

La suya era la sonrisa lenta y dulce de los eternamente hechizados, y su acento era incomprensible, quizá francés, sin duda extranjero. Su voz era grave, de fumadora, y poseía la cadencia secreta de quien se está divirtiendo. En cuanto a la ropa y el maquillaje... eran algo indescriptible. Esa mujer trascendía el reino de la experiencia, incluso para alguien cuya educación abarcara ámbitos más alejados de los polos gemelos de Merham y Walton-on-the-Naze. Lottie estaba paralizada. Miró a Celia y advirtió que su propia expresión de perplejidad se reflejaba en ella.

—Adeline, te presento a... ¡Ay, vaya! No os he preguntado cuál es vuestro nombre —dijo Frances, llevándose la mano a la boca.

—Celia Holden y Lottie Swift —aclaró Celia, que iba haciendo unos movimientos extraños con los pies—. Vivimos detrás del parque. En la avenida Woodbridge.

—Estas chicas han sido muy amables y me han prestado su pañuelo —comentó Frances—. Me temo que lo he dejado hecho un asco.

—Pobrecita mía —dijo Adeline, cogiendo la mano de Frances.

Lottie observaba el gesto, esperando que le diera un apretón cariñoso o unas palmaditas de ánimo; pero, en lugar de eso, sujetó la mano con delicadeza y se la llevó a los labios rubí. En ese momento, delante de todo el mundo, y sin el más mínimo atisbo de vergüenza, se inclinó lentamente y se la besó.

—Debe de haber sido una experiencia terrible.

Se hizo un breve silencio.

—¡Oh, Adeline! —exclamó Frances con tristeza, y retiró su mano.

Lottie, que se había quedado sin respiración ante esa demostración de intimidad singular, no se atrevió a mirar a Celia.

No obstante, en aquel momento, Adeline, tras una pausa momentánea, se volvió de espaldas y su sonrisa irradió luz.

—George, no te lo había dicho, pero creo que te parecerá perfecto. Sebastian nos ha traído unas alcachofas y unos huevos de chorlito de Suffolk. Servirán para la cena.

—¡Gracias a Dios! —exclamó George, quien se había acercado a los hombres que había junto a la ventana para ayudarles a sostener el palo de la cortina—. No estaba de humor para tomar pescado con patatas fritas.

—No seas tan esnob, querido. Estoy segura de que el pescado con patatas fritas de aquí es absolutamente maravilloso... ¿verdad que sí, chicas?

—Pues la verdad es que no tenemos ni idea —dijo Celia a toda prisa—. Solo comemos en restaurantes buenos.

Lottie se mordió la lengua al recordar que el sábado anterior se habían sentado en el espigón con los hermanos Westerhouse y comieron raya sobre un periódico grasoso.

—No lo dudo en absoluto —respondió la mujer con una voz grave y lánguida dotada de un ligero acento—. Muy adecuado por vuestra parte. Veamos, chicas. Decidme, ¿qué es lo mejor de vivir en Merham?

Celia y Lottie se miraron.

—No hay gran cosa, la verdad —empezó diciendo Celia—. De hecho, es un aburrimiento. Hay el club de tenis, pero cierra en invierno; y el cine, pero el operador siempre se pone enfermo y nadie más sabe hacer funcionar el proyector. Si quieren ir a algún sitio que valga la pena, en realidad deberían visitar Londres. Es lo que hacemos la mayoría. Quiero decir, cuando queremos pasar una noche divertida de verdad: ir al teatro o a un restaurante de primera.

Celia hablaba demasiado deprisa, intentando aparentar despreocupación, pero tropezaba con sus propias falsedades. Adeline ladeó el rostro para mirarla y enarcó ligeramente las cejas.

—El mar —intervino entonces Lottie, intentando hacer caso omiso de la expresión furiosa de Celia—. Me refiero al hecho de vivir cerca del mar. Es lo mejor. Oír su rumor de fondo continuamente, olerlo, caminar por la orilla y poder ver la curva de la tierra... saber, cuando miras en la distancia, que bajo su superficie suceden tantas cosas que jamás llegaremos a ver o a conocer... Como este gran misterio, justo al salir de casa... Y las tormentas. Cuando las olas se elevan sobre el espigón y el viento sopla con tanta fuerza que los árboles se doblan como la hierba, y estar dentro, en casa, contemplándolo todo, calentita, recogida y seca... —Lottie titubeó, y captó la expresión rebelde del rostro de Celia—. En cualquier caso, es lo que a mí me gusta.

Se la oía respirar agitadamente en aquel silencio.

—Suena perfecto —dijo Adeline, recalcando la última palabra y con los ojos tan fijos en Lottie que la chica se ruborizó—. Estoy contentísima de que nos hayamos decidido a venir.

—Así que, dime, ¿quedó muy abollada la camioneta? ¿Crees que la llevarán al taller de mi padre? —Joe apartó la taza de café vacía que reposaba sobre la barra de formica, con la expresión seria. Claro que Joe, en realidad, carecía de cualquier otra expresión. Sus graves ojos, que siempre miraban hacia arriba como en deferente preocupación, se veían fuera de lugar en esa cara pecosa y rubicunda.

—No lo sé, Joe. Creo que solo se trataba de un faro.

—Sí, pero necesitarán que se lo cambien.

A sus espaldas, y a veces ahogado por el ruido de las sillas que arrastraban y la cubertería barata, Alma Cogan cantaba «Dreamboat». Lottie miró furiosa los rasgos nada soñadores de su compañero y deseaba no haber mencionado jamás su visita a la casa de Adeline Armand. Joe siempre hacía las preguntas más inconvenientes y, por lo general, se las arreglaba para llevar la conversación al tema del taller de reparaciones de automóvil de su padre. Joe, que era hijo único, algún día heredaría el malogrado negocio, y ya llevaba el peso de ese importante legado como si se tratara de la sucesión de un príncipe regente. Lottie esperaba que, al hacerle partícipe de sus confidencias y al relatarle la extraordinaria visita, él también se sentiría transportado por los rarísimos y exóticos personajes, y por aquel transatlántico en forma de casa. Creía que él también se descubriría a sí mismo lejos del opresivo y pequeño mundo de los límites sociales de Merham. Sin embargo, Joe tan solo se centró en los detalles más nimios, y su imaginación se limitó a volar hacia el ámbito doméstico (¿cómo les había preparado el té la doncella si acababan de recibir los baúles?, ¿qué faro exactamente había roto la mujer?, ¿acaso aquel olor a pintura fresca no les daba dolor de cabeza?). Lottie descubrió que estaba luchando por controlar la irritación que sentía por el hecho de habérselo contado y por contener la tentación brutal de describirle la pintura de la mujer desnuda, solo para que se ruborizara. ¡Era tan fácil lograr que Joe se ruborizara!

Lo habría comentado todo con Celia, pero su amiga no le hablaba. Después de haberse desahogado diciéndole demasiadas cosas en el camino de vuelta a casa, Celia dejó de hablarle.

—¿Me estabas poniendo en evidencia deliberadamente delante de esas personas? ¡Lottie! No puedo creer que empezaras a perorar diciendo todas esas sandeces sobre el mar. ¡Como si te importaran los peces que nadan por el fondo! ¡Pero si ni siquiera sabes nadar!

Lottie habría querido hablar de la procedencia de las princesas húngaras y del beso de Adeline en la mano de Frances, como si fuera un pretendiente, y también de la relación que George mantenía con ellas (no se comportaba como el marido de alguna de las dos en particular: había prestado muchísima atención a ambas). Deseaba comentar el hecho de que, con tanto trabajo por hacer y con la casa en el caos más absoluto, Adeline se hubiera sentado en medio del sofá como si su preocupación más importante fuera dejar transcurrir el día.

Sin embargo, ahora Celia se hallaba enfrascada en una conversación con Betty Croft, y discutía con ella la posibilidad de hacer un viaje a Londres antes de que finalizara el verano. Por consiguiente, Lottie se quedó sentada esperando que esa particular tormenta de verano amainara.

Lo malo era que Celia estaba más profundamente afectada por la interrupción de Lottie de lo que había llegado a confesar. A medida que caía la tarde y las nubes borrascosas iban creciendo y amenazando lluvia, en la cafetería llena de niños pesados y de padres nerviosos que todavía asían las toallas de playa mojadas y llenas de arena, Celia menospreció los intentos de Lottie de mezclarse en la conversación, de ofrecerle una porción de pudin de mantequilla, hasta el punto de que Betty, a quien, por lo general, le encantaba presenciar una buena pelea entre amigas, empezó a mostrarse incómoda. «¡Madre mía!», pensó Lottie resignada. «Esta la voy a pagar muy cara.»

—Creo que vuelvo a casa —dijo en voz alta, mirando fijamente los posos turbios del café instantáneo que había en el fondo de su taza—. El cielo se está encapotando.

Joe se levantó.

—¿Quieres que te acompañe? Llevo paraguas.

—Como quieras.

Adeline Armand se había hecho un retrato que ahora descansaba apoyado en lo que debía de haber sido el estudio. No era una pintura convencional: más bien era suelta y desigual, como si al artista le fallara la vista y hubiera debido adivinar dónde tenían que ir los trazos. Sin embargo, en cierto modo podía verse que se trataba de ella. A causa de ese pelo negro intenso; y de esa sonrisa apenas esbozada.

—Tuvieron una buena tormenta el sábado en Clacton. Nieve en abril... ¡es increíble!

Esa mujer ni siquiera se había preocupado por el coche. Ni siquiera había querido comprobar los daños; y en cuanto al hombre, George, contaba el dinero que llevaba en un fajo de billetes como si estuviera hurgando entre billetes de autobús usados.

—Pasaron de una temperatura cálida y soleada a la ventisca y al mal tiempo en tan solo un par de horas. Todavía había gente en la playa. Apuesto a que incluso habría alguien nadando. Te estás mojando, Lottie. Ven, acércate a mí.

Lottie se cogió del brazo de Joe y se volvió, esforzándose por divisar la fachada delantera de la Casa Arcadia. Era la única vivienda que conocía cuyas fachadas delantera y trasera fueran igual de importantes. Como si el arquitecto no hubiera podido soportar que una perspectiva resultara inferior a otra.

—¿No te encantaría vivir en una casa como esa, Joe? —preguntó Lottie, deteniéndose y haciendo caso omiso de la lluvia. Se sentía un tanto mareada, como si el equilibrio le fallara, a causa de los acontecimientos de aquella tarde.

Joe la miró, y luego miró hacia la casa, inclinándose un poco para asegurarse de protegerla con el paraguas.

—Se parece demasiado a un barco.

—De eso se trata precisamente, ¿no? Está junto al mar, después de todo.

Joe parecía preocupado, como si no hubiera entendido algo crucial.

—Imagínate. Podrías fingir que estás en un transatlántico. Navegando por el océano.

Lottie cerró los ojos, olvidó temporalmente su discusión con Celia e imaginó que se encontraba en los pisos superiores de la casa. ¡Qué afortunada era aquella mujer por disponer de todo aquel espacio para ella sola, de todos aquellos metros para descansar y soñar.

—Si yo tuviera eso, creo que sería la chica más feliz del mundo.

—A mí me gustaría tener una casa con vistas a la bahía.

Lottie lo miró fijamente, sorprendida. Joe nunca expresaba sus deseos. Era uno de esos rasgos propios que le convertían en un compañero tranquilo, aunque nada prometedor.

—¿Ah, sí? Bueno, pues a mí me gustaría tener una casa con vistas sobre la bahía y ventanas en forma de ojo de buey, y un jardín inmenso y magnífico.

Joe hizo un amago de sonrisa al captar el significado del tono de su voz.

—Y un gran estanque donde vivieran cisnes —añadió ella animosa.

—Y una araucaria.

—¡Ah, sí! ¡Una araucaria! Y seis dormitorios, con un armario donde te pudieras meter.

Los muchachos caminaban más despacio, con los rostros enrojecidos por la fina lluvia que soplaba del mar.

—Y con anexos donde aparcar tres coches —dijo Joe, frunciendo el ceño, pensativo.

—¡Oh, tú y tus coches! A mí me gustaría tener una gran terraza para salir del dormitorio y encontrarme justo sobre el mar.

—Y una piscina debajo, para que pudieras saltar por la barandilla cuando te apeteciera un chapuzón.

Lottie empezó a reír.

—¡Es lo primero que haría por la mañana! ¡Y en camisón! ¡Sí! Y una cocina debajo para que la doncella me trajera el desayuno después de nadar.

—Y una mesa, justo al lado de la piscina, para que me pudiera sentar a contemplarte.

—Y uno de esos parasoles... ¿Qué has...? —Lottie aflojó el paso. La sonrisa se le borró del rostro y contempló a su amigo con recelo con el rabillo del ojo. Pensó que debía de habérselo imaginado, toda vez que él disminuyó la presión de su brazo, como si ya estuviera adivinando que ella lo retiraría—. ¡Oh, Joe!...

Iban caminando con dificultad y en silencio por el sendero del acantilado. Una gaviota solitaria volaba por delante de ellos, posándose ocasionalmente en la barandilla, convencida, contra todo pronóstico, de la llegada inminente de alimento.

Lottie la espantó con una mano, y de repente se sintió furiosa.

—Ya te lo dije antes, Joe. No me interesas de esa manera.

Joe miró al frente, con las mejillas algo encendidas.

—Me gustas mucho. Me gustas un montón; pero no de esa manera. Te agradecería muchísimo que no siguieras insistiendo.

—Yo pensé... Pensé, cuando empezaste a hablar de la casa...

—Era un juego, Joe. Un juego estúpido. Ninguno de los dos poseerá jamás una casa que mida ni la mitad de esta. Venga, no te enfurruñes, por favor. Si te enfadas tendré que recorrer el resto del camino sola.

Joe se detuvo, desasió su brazo y la miró a la cara. Se le veía muy joven, y absolutamente decidido.

—Te prometo que no te hablaré más de ello, pero si te casas conmigo, Lottie, jamás tendrás que regresar a Londres.

Lottie levantó los ojos hacia el paraguas, y entonces lo apartó de un empujón, sin importarle que el rocío del mar y la lluvia le cubrieran el pelo de una fina neblina.

—No voy a casarme. Y ya te he dicho que jamás voy a regresar, Joe. Jamás.

2

La señora Colquhoun respiró hondo, se alisó la parte delantera de la falda e hizo un gesto de asentimiento al pianista. Su atiplada voz de soprano se elevó como si fuera un joven estornino ensayando su primer vuelo por el abarrotado salón principal. Luego, sin embargo, se estrelló como un robusto faisán que acaba de recibir un disparo, lo que provocó que Sylvia y Freddie, al abrigo del santuario que les brindaba la puerta de la cocina, se deslizaran hacia el suelo tapándose la boca con las manos y agarrándose el uno al otro para evitar que se les escapara la risa histérica.

Lottie intentó contener la sonrisa que le nacía en los labios.

—Yo que tú no me reiría muy fuerte —suspiró para sus adentros con un cierto alivio—. Te tocará hacer un dueto con ella en el Festival para las Viudas y los Huérfanos.

Durante los seis escasos meses que habían transcurrido desde sus comienzos, los «salones» matinales de la señora Holden habían logrado alcanzar una cierta fama (o notoriedad; nadie estaba muy seguro exactamente) para las pretensiones refinadas de la sociedad de Merham. Todo aquel que se consideraba alguien en el pueblo asistía a las reuniones quincenales que se celebraban los sábados por la tarde y que la señora Holden había iniciado con la esperanza de imprimir, utilizando sus palabras, «un cierto perfume cultural» a la ciudad costera. Se invitaba a las señoras a que leyeran un fragmento de su libro preferido (*La obra completa* de George Herbert era la elección de ese mes), o a que tocaran el piano o que incluso, si eran lo suficientemente atrevidas, intentaran interpretar una canción. A fin de cuentas, no había razón alguna para que sus amistades de la ciudad se sintieran con derecho a manifestar que las señoras de Merham vivían en una especie de vacío, ¿o sí?

Si se advertían ciertas trazas de queja en el tono de voz de la señora Holden cuando se planteaba esta pregunta (cosa que solía hacer con frecuencia), la culpa era de su prima Angela, que vivía en Kensington, porque en una ocasión le había dicho, riendo, que la vida cultural de Merham se animaría muchísimo con la construcción de un embarcadero. Ante ese comentario a la señora Holden se le heló su sonrisa perenne en las comisuras de los labios, y transcurrieron varios meses antes de que se sintiera capaz de volver a invitar a Angela.

La mera asistencia, no obstante, no garantizaba la calidad de la reunión, como acababan de demostrar los esfuerzos vocales de la señora Colquhoun. Las señoras del salón parpadeaban ostensiblemente, tragaban y sorbían el té muchas más veces de las estrictamente necesarias. Cuando la señora Colquhoun profirió un doloroso sostenido, algunas se lanzaron miradas furtivas. Era muy difícil saber hasta qué punto debían mostrarse francas.

—Claro que no puedo decir que la conozca en persona, pero ella afirma que es actriz —dijo la señora Ansty cuando se apagó el tímido aplauso—. Habló ayer con mi Arthur cuando vino a comprar una crema para las manos. Era muy... habladora —precisó arreglándoselas para conferir a la palabra un matiz desaprobatorio.

A eso iban en realidad las señoras. Las charlas fueron menguando, y hubo quien incluso se inclinó hacia delante, taza en mano.

—¿Es húngara?

—No lo mencionó —respondió la señora Ansty, deleitándose en el papel de sabia que le habían asignado—. De hecho, mi Arthur me comentó que para ser una mujer que habla tanto, apenas contó nada de sí misma.

Las señoras se miraron enarcando las cejas, como si eso, por sí mismo, fuera ya motivo de sospecha.

—Parece ser que tiene marido; pero yo no le he visto todavía el pelo —observó la señora Chilton.

—Hay un hombre que siempre está con ellas —intervino la señora Colquhoun, todavía ruborizada por el ejercicio vocal. Claro que ella siempre estaba ruborizada: no era la misma desde que su esposo regresó de Corea—. Mi Judy le preguntó a la doncella quién era, y ella le contestó: «¡Ah! Es el señor George».

—Siempre viste de lino. A todas horas —A los ojos de la señora Chilton, sin duda eso era una completa extravagancia.

La señora Chilton, que estaba viuda, era la propietaria de Uplands, una de las casas de huéspedes que había en el paseo de las tiendas. Por lo general, ello la habría excluido de una reunión de esas características pero, tal como la señora Holden le había explicado a Lottie, todos sabían que Sarah Chilton se había casado por debajo de sus posibilidades y, desde la muerte de su marido le había costado un tremendo esfuerzo volver a ser una mujer de cierta categoría. Por otro lado, regentaba una casa muy respetable.

—Señoras, ¿puedo ofrecerles un poco más de té? —La señora Holden se dirigía hacia la puerta de la cocina intentando no inclinarse demasiado a causa de la faja. Se había comprado una talla demasiado pequeña (le había dicho Celia a Lottie mofándose) que le dejaba unos grandes verdugones rojos alrededor de los muslos—. ¿Dónde está esa chica? Esta mañana no paraba de encontrármela por todas partes.

—Le contó a mi Judy que no quería venir. Estuvieron residiendo en Londres, ¿saben? Creo que se marcharon a toda prisa.

—En fin, no me sorprende si se dedica al teatro. Viste de un modo muy extravagante.

—¡Qué manera más elegante de decirlo! —se rió la señora Chilton—. Parece que haya estado revolviendo en la caja de disfraces de un crío.

Se oyó un amago de risas.

—¿Y qué? ¿La ha visto ya? Va toda de seda y con sus mejores galas a las once de la mañana. La semana pasada llevaba un sombrero de hombre para ir a comprar el pan. ¡Un sombrero de hombre! La señora Hatton, la del paseo, se quedó tan conmocionada que salió con media docena de chuchos que no había encargado.

—Veamos, señoras —intervino la señora Holden, que era contraria a los cotilleos. Lottie siempre había sospechado que debía de ser a causa de su bien fundado temor a convertirse en tema de conversación—. ¿A quién le toca ahora? Sarah, cielo, ¿no ibas a leernos algo fantástico de Wordsworth? ¿O era del señor Herbert de nuevo? ¿El de la retama, quizá?

La señora Ansty colocó la taza con cuidado sobre el platito.

—En fin, lo único que puedo decir es que parece un poco... original para mi gusto. Dirán ustedes que estoy pasada de moda, pero a mí me gustan las cosas en un determinado orden. Un marido. Hijos. Y no marcharse precipitadamente de los lugares.

Diversos gestos de asentimiento se elevaron desde algunas sillas tapizadas.

—Dediquémonos a George Herbert. «Asesté un golpe al tablero y grité: / "Detente".» ¿Es así? —La señora Holden echó un vistazo a la mesa de centro para localizar el libro—. Nunca recuerdo las palabras exactas. Deirdre, ¿tienes un ejemplar?

—La verdad es que no ha invitado a nadie para mostrar su casa. Aunque he oído que ahí entra toda clase de gente rara.

—Lo lógico es reunir a un grupito de personas. Incluso los Mac-Pherson organizaron una pequeña reunión. Es lo que cabe hacer para guardar las formas.

—¿Quizá algo de Byron? ¿De Shelley? —intervino la señora Holden con desesperación—. No consigo recordar quién me dijiste. ¡Oh, esa chica! ¿Dónde se ha metido? ¿Virginia? ¡Virginia!

Lottie se escabulló en silencio tras la puerta. Procuró asegurarse al máximo de que la señora Holden no la viera, ya que la había reñido innumerables veces por ser demasiado «observadora». Tenía un modo extraño de mirar a la gente, le había dicho la señora Holden no hacía mucho, y eso incomodaba a los demás. Lottie protestó diciendo que no podía evitarlo: era como si la acusaran de tener el pelo demasiado liso o unas manos mal formadas. Pensó para sus adentros que era probable que su actitud solo incomodara a la señora Holden. Claro que últimamente parecía que todo la incomodaba.

En esos momentos estaba intentando sabotear la conversación sobre la actriz porque, cosa que Lottie ya sabía, Adeline Armand también la hacía sentirse incómoda. Cuando se enteró de que el doctor Holden había acudido a su casa para echar un vistazo a la nariz de Frances, la mandíbula se le empezó a mover con ese mismo tic que adquiría cuando su marido le decía que llegaría «un poco tarde para cenar».

Virginia emergió de la habitación contigua por la puerta del salón y recogió la bandeja, acallando brevemente a las visitas con su presencia. La señora Holden, profiriendo un suspiro de alivio casi audible, empezó a ir y venir afanosamente por la sala de estar, guiándola entre las distintas invitadas.

—La Asociación de Casas de Huéspedes ha concertado una reunión para mañana —anunció la señora Chilton, limpiándose unas migas inexistentes de las comisuras de los labios, al marcharse la doncella—. Hay gente que considera que todos deberíamos subir los precios.

No tardaron en olvidarse de Adeline Armand. A pesar de que las damas del salón no se contaban entre las que tenían familiares que dependían del comercio estival (la señora Chilton era la única que en realidad trabajaba), eran pocas las que no veían incrementada su renta gracias a los veraneantes habituales. La farmacia del señor Ansty, la sastrería del señor Burton, situada tras el paseo de las tiendas, e incluso el señor Colquhoun, que alquilaba el terreno que estaba más a nivel del mar a los campistas, por ejemplo, se ganaban mejor la vida durante los meses de verano y, como consecuencia, prestaban gran atención a las opiniones y decisiones de la exclusivamente femenina e inmensamente poderosa Asociación de Casas de Huéspedes.

—Hay quien cree que deberían rondar las diez libras por semana. Es lo que cobran en Frinton.

—¡Diez libras! —Una exclamación queda se propagó por toda la sala.

—Se marcharán a Walton en lugar de quedarse aquí, seguro —intervino la señora Colquhoun, que se había puesto muy pálida—. En Walton hay diversiones, después de todo.

—Sí, tengo que decir que soy de tu misma opinión, Deirdre —dijo Sarah Chilton—. No creo que consientan. Sobre todo teniendo en cuenta la primavera tan ventosa que estamos teniendo, opino que no debemos forzar tanto las cosas. Sin embargo, y por lo que atañe a la asociación, creo que me cuento entre la minoría.

—Pero es que diez libras...

—La gente que se instala en nuestro pueblo no viene por las diversiones. Buscan un tipo de vacaciones más... refinadas.

—Y además son personas que se lo pueden permitir.

—Nadie se lo puede permitir en estos momentos, Alice. ¿A quién conoces que tenga dinero para írselo gastando por ahí?

—No empecemos con el dinero —dijo la señora Holden cuando Virginia apareció con una nueva tetera preparada—. Es un tanto... vulgar. Dejemos que sean las damas de la asociación las que lidien con el tema. Estoy convencida de que saben mucho más que nosotras. Dime, Deirdre, ¿qué hiciste con vuestras cartillas de racionamiento? Sarah, debes sentirte aliviada de que tus huéspedes ya no tengan que llevarlas consigo. Yo quería tirar las nuestras a la basura, pero mi hija me dijo que deberíamos enmarcarlas. ¡Enmarcarlas! ¿Os imagináis?

Lottie Swift tenía unos ojos oscuros, casi negros, y un pelo castaño y suave como los de los habitantes de los subcontinentes asiáticos. En verano la piel se le bronceaba demasiado deprisa, y en invierno tendía a adoptar un color amarillento. La inconveniencia de esa pigmentación oscura, aunque delicada, era una de las pocas cosas en las que habrían coincidido la madre de Lottie y Susan Holden, si se hubieran conocido. Allí donde Celia, con espíritu generoso, advertía semejanzas con una Vivien Leigh o una Jean Simmonds de piel oscura, la madre de Lottie solo había llegado a ver «un tizne de alquitrán», o bien un recordatorio siempre presente del marinero portugués a quien había conocido brevemente y de cuya relación iba a sufrir las consecuencias a perpetuidad, el día en que celebraron su decimoctavo cumpleaños cerca del muelle, al este de Tilbury. «Llevas en las venas la sangre de tu padre», solía murmurarle con aire acusador a medida que Lottie iba creciendo. «¡Lo bien que me habría ido si hubieras desaparecido con él!» Luego atrajo hacia sí a Lottie con brutalidad y la estranguló en un abrazo, para empujarla después con la misma rudeza, como si un contacto tan íntimo solo fuera aconsejable a pequeñas dosis.

La señora Holden, aunque menos directa, se preguntaba si Lottie no podría depilarse las cejas un poco más; y también le aconsejó que no pasara demasiado tiempo al sol «teniendo en cuenta lo morena que te pones. No querrás que la gente te confunda con una..., bueno... Una gitana o algo parecido». Dicho lo cual, guardó silencio, como temiendo haber dicho demasiado, y con un tono de voz rayano en la piedad. Sin embargo, Lottie no se había ofendido. Es difícil que alguien a quien compadeces pueda ofenderte.

Según Adeline Armand, no obstante, la pigmentación de Lottie no era evidencia de su condición inferior o su falta de educación. Constataba la presencia de un exotismo que todavía no había aprendido a sentir, ejemplificaba una belleza extranjera y única.

—Frances debería pintarte. Frances, debes pintarla. No con esas telas horribles, de sarga y algodón. No, con ropa de colores. Algo sedoso. De otro modo, Lottie querida, tu presencia anula lo que llevas puesto. Es como si... como si te consumieras, *non*?

Su acento fue tan connotado al hablar que Lottie tuvo que hacer un esfuerzo para dirimir si la estaba insultando.

—Como si se apolillara, más bien —intervino Celia, a quien los comentarios de Adeline le habían desagradado profundamente. Estaba acostumbrada a ser la única que llamaba la atención. Sin embargo, Adeline, refiriéndose a su aspecto, solo había mencionado que era «tan encantadora, tan típicamente inglesa...». De hecho, había sido el «típicamente» lo que la había herido.

—Se parece a Frida Kahlo. ¿No te parece, Frances? ¿En los ojos, quizá? ¿Has posado alguna vez, Lottie?

Lottie miró a Adeline sin expresión alguna. «¿Posarse dónde?», le habría gustado preguntar. La mujer, sin embargo, esperaba su respuesta.

—No —les interrumpió Celia—. Yo sí he posado, en cambio. Mi familia se hizo hacer un retrato cuando éramos pequeños. Está en la sala principal.

—¡Ah, un retrato de familia! Muy... respetable, seguro. ¿Y tú, Lottie? ¿Acaso ha posado tu familia alguna vez para hacerse un retrato?

Lottie miró a Celia, jugueteando en la imaginación con una imagen de su madre, con los dedos enrojecidos y manchados de coser el cuero de los zapatos de la fábrica, sentada como aparecía Susan Holden en la repisa de la chimenea. No obstante, en lugar de posar con elegancia, tendría las manos dobladas en la falda, y aparecería con el ceño fruncido y con una fina mueca de insatisfacción en la boca; el pelo, ralo y teñido, iría echado hacia atrás, sujetado con dos pinzas desfavorecedoras y recogido sin gracia con unos rulos. Lottie estaría junto a ella, con el mismo rostro inexpresivo y sus ojos oscuros tan inequívocamente vigilantes como siempre. En el lugar que ocupaba el doctor Holden al fondo del cuadro, detrás de su familia, habría un espacio enorme y vacío.

—Hace bastante tiempo que Lottie no ve a su familia, ¿verdad, Lots? —dijo Celia con instinto protector—. Igual ni te acuerdas de si tienes un retrato o no.

Celia sabía de sobra que lo más parecido que Lottie tenía a un retrato de su madre era una fotografía que salió en el periódico local, donde la mujer posaba en fila entre las obreras del Emporio del Cuero, con ocasión de la inauguración de la fábrica al terminar la guerra. La madre de Lottie había recortado la fotografía y Lottie la conservaba, incluso mucho después de amarillear y desmenuzarse, aunque el rostro de su madre era tan pequeño e irreconocible que resultaba imposible decir si era el de ella.

—En realidad ya no voy a Londres —dijo lentamente.

—Entonces debemos asegurarnos de hacerte un retrato aquí, para que puedas regalárselo a tu familia cuando la veas —dijo Adeline, inclinándose hacia ella y tocándole la mano. Lottie, perpleja ante el sofisticado maquillaje de sus ojos, dio un salto, temerosa de que Adeline intentara besársela.

Era la quinta visita que las chicas hacían a Casa Arcadia, y en el intervalo, su reserva inicial ante aquel grupo de gente extraño y posiblemente libertino que parecía vivir allí había ido desapareciendo progresivamente. La curiosidad la había sustituido y también el reconocimiento cada vez más acuciante de que ocurriera lo que ocurriese, a pesar de las pinturas de desnudos y de las situaciones domésticas dudosas, la vida en Casa Arcadia era mucho más interesante que la alternativa de pasear siempre pueblo arriba, pueblo abajo, arbitrar las peleas de los niños o permitirse algún antojo, como helados y café, en la cafetería.

No; como en una especie de función de teatro interminable, siempre estaba sucediendo algo en esa casa. Aparecían unos frisos rarísimos pintados alrededor de las puertas o en lo alto de la cocina económica. Colgados al azar de las paredes había escritos garabateados (por lo general relativos a la obra de artistas o actores). Entraban alimentos exóticos que enviaban diferentes personajes desde sus magníficas propiedades diseminadas a lo largo del país. Llegaban nuevos invitados que se metamorfoseaban y se volvían a marchar, ya que difícilmente (salvo un grupo central) se quedaban lo bastante para presentarse.

Las chicas siempre eran bien recibidas. Una vez llegaron y se encontraron a Adeline vistiendo a Frances de princesa india, envolviéndola en sedas oscuras trabajadas con hilos dorados y pintándole unas marcas sofisticadas en las manos y la cara. Ella se había vestido de príncipe, con un tocado que, dados los elaborados adornos de pavos reales y las telas entretejidas de modo intrincado, debía de ser auténtico. Marnie, la doncella, se había quedado de pie, con la mirada rebelde, mientras Adeline pintaba la piel de Frances con té frío, pero se retiró indignadísima cuando Adeline le pidió que le trajera harina para encanecerse el pelo. Más tarde, mientras las muchachas miraban en silencio, las dos mujeres posaron en una infinidad de actitudes mientras un joven delgado que se presentó muy pomposamente como un artista perteneciente a la Escuela de Modotti les hacía fotografías.

—Deberíamos ir a algún lugar vestidas así. A Londres, quizá —se regocijaba luego Adeline mientras examinaba su transformado aspecto en un espejo—. ¡Sería tan divertido!

—Como la broma del acorazado.

—¿La qué? —preguntó Celia, olvidando temporalmente sus maneras, lo cual era algo que solía ocurrirle cuando se encontraba en Arcadia.

—Una broma muy divertida de Virginia Woolf. Fue hace muchos años. —George se había quedado a contemplar todos los preliminares. Él siempre parecía estar observando—. Ella y unos amigos se tiznaron las caras y viajaron a Weymouth como el emperador de Abisinia y su «séquito imperial». Un teniente general de la Marina o algo por el estilo terminó haciéndoles un saludo real y escoltándolos por todo el acorazado. Fue un escándalo sonado.

—¡Pero qué divertido! —terció Adeline, dando palmadas—. ¡Sí! Podríamos convertirnos en el rajá del Rajastán; y visitar Walton-on-the-Naze.

Empezó a girar, riéndose, hasta que su elaborado manto salió disparado. Podía comportarse de esta manera, como una niña, exuberante; como si no fuera en absoluto una mujer adulta que sobrelleva el peso de las responsabilidades y las preocupaciones que el hecho de ser mujer parecía comportar, sino más bien como lo habrían hecho Freddie y Sylvia.

—¡Oh, Adeline! Que no sea tan teatral. —A Frances se la veía harta—. Recuerda lo de la calle Calthorpe.

Adeline era así. La mitad de las veces, Celia se lo había confesado más tarde, apenas podía entender ni una palabra de lo que se decía. Pero no solo era una cuestión de acento. La verdad era que no hablaban de cosas normales: sobre lo que sucedía en el pueblo, el coste de la vida y el tiempo. Se salían por la tangente y hablaban de escritores y personas a las que Lottie y ella no habían oído mencionar jamás, y se tendían los unos sobre los otros de una manera que las chicas sabían que la señora Holden encontraría escandalosa. Además discutían. Madre mía, si discutían. Sobre Bertrand Russell, que afirmaba que deberían prohibir la bomba. Sobre poesía. Sobre cualquier cosa. La primera vez que Lottie oyó a Frances y a George «discutiendo» sobre alguien llamado Giacometti, la disputa se transformó en algo tan brutal y apasionado que temió que a Frances le fuera a dar un ataque. Al menos así terminaban inevitablemente las peleas de su madre en casa cuando discutía con sus novios a gritos. Ahora bien, en casa de los Holden jamás discutían. Sin embargo, Frances, por lo general en un segundo plano, esa Frances melancólica, había contraatacado refutando todas las críticas de Giacometti que George le había planteado, y al final, después de decirle que su problema era que necesitaba «reaccionar con el instinto, y no con el intelecto», se marchó de la habitación. Una media hora más tarde, sin embargo, regresó, como si nada hubiera sucedido, para preguntarle si la podía llevar al pueblo en coche.

No parecían acatar ninguna de las convenciones sociales. Llegó un tiempo en que Lottie iba sola a Arcadia, y Adeline le hacía recorrer toda la casa para enseñarle las dimensiones y los ángulos únicos de cada habitación, ignorando los montones de libros y alfombras polvorientas que todavía estaban por colocar en determinadas esquinas. La señora Holden nunca habría permitido que vieran su casa a medio arreglar (y con un aspecto a menudo descuidado). Adeline, en cambio, ni siquiera parecía darse cuenta. Cuando Lottie le señaló con cierta vacilación que le faltaba la barandilla a una de las escaleras, Adeline adoptó una expresión de ligera sorpresa, y luego precisó, con aquel acento impenetrable que tenía, que se lo comunicaría a Marnie para que se encargara de solucionarlo. «Y de tu marido, ¿qué me cuentas?», le habría gustado preguntar a Lottie, pero Adeline ya se había deslizado hasta la siguiente habitación.

Por otro lado, era relevante el modo como se comportaba con Frances: no parecían hermanas (no se peleaban como las hermanas), sino más bien una especie de matrimonio mayor en el que uno de los dos miembros terminara las frases del otro, se rieran a causa de bromas privadas o callaran a medio relatar anécdotas sobre los lugares que habían visitado. Adeline lo contaba todo, pero no revelaba nada. Cuando Lottie reflexionaba sobre la visita que acababa de concluir, ejercicio que practicaba sin descanso (cada una de sus visitas despedía un colorido y unas sensaciones tan intensas que más tarde tenía que digerirlos despacio), caía en la cuenta de que sabía exactamente lo mismo de la actriz que el primer día. Su esposo, al cual todavía no se había referido por su nombre, «trabajaba en el extranjero». El «querido George» tenía algo que ver con Económicas: era «una mente tan brillante». («Una belleza tan brillante, diría yo», afirmaba Celia, que estaba medio enamorándose del que siempre iba de lino.) El hecho de que Frances fuera inquilina de la casa era inexplicable, aunque las muchachas advirtieron que, a diferencia de Adeline, la pintora no llevaba anillo de casada. Tampoco Adeline preguntó gran cosa a Lottie: cuando se enteró de los pormenores que necesitaba como punto de referencia (si la habían pintado, si le interesaban determinadas cosas), no mostró ningún interés por su historia, sus padres y el lugar que ocupaba en el mundo.

Eso era extremadamente raro para Lottie, quien había crecido en dos hogares donde, a pesar de la miríada de diferencias existentes entre ellos, la historia personal determinaba todo lo que iba a sucederle a uno. En Merham, su historia en aquella casa significaba que le concederían todas las ventajas de que Celia disfrutaba por derecho propio (formación escolar, educación familiar, ropa y comida), a pesar de que ambas partes eran vagamente conscientes de que esos regalos no eran del todo incondicionales, sobre todo ahora que Lottie se acercaba a la mayoría de edad. En el mundo exterior las señoras Ansty o las señoras Chilton, y también las Colquhoun, valoraban a las personas según su historia y en función de diversas asociaciones, y les adjudicaban toda clase de características solo por obra y gracia de estas virtudes; como, por ejemplo, «Es un Thompson, y todos tienden a la pereza», o bien «Estaba predestinada a marcharse. Su tía salió corriendo dos días después del parto». Les traían sin cuidado los intereses o las creencias de cada cual, aquello en lo que uno creía. A Celia siempre la asociarían con su seno familiar, con el hecho de ser la hija del médico, de pertenecer a una de las mejores familias de Merham, a pesar de haberse convertido oficialmente en alguien «de armas tomar». Sin embargo, si Lottie se hubiera dirigido a la señora Chilton y le hubiera preguntado, como hizo en una ocasión Adeline Armand, «si pudiera despertarse un día en el cuerpo de otra persona, ¿quién le gustaría ser?», la señora Chilton habría sugerido que la trasladaran a esa agradable institución que hay en Braintree donde tenían médicos que se ocupaban de gente como ella..., como la pobre señora McGrath, que ingresó en el centro cuando, por culpa de la menopausia, empezó a comportarse de un modo extraño.

Sin duda alguna eran bohemios, decidió Lottie, que acababa de descubrir la palabra; y ese comportamiento era de esperar en los bohemios.

—¡Qué más te da lo que sean! —le dijo Celia—. Lo cierto es que ofrecen un espectáculo mucho más interesante del que puedan darte los viejos chochos de por aquí.

No era frecuente que Joe Bernard se viera inmerso en el centro de las atenciones de no solo una, sino de las dos señoritas más atractivas de Merham. Cuanto más tiempo llevaba Adeline Armand viviendo en el pueblo, más inquietud despertaba su estilo de vida tan poco convencional, y Lottie y Celia tenían que echar mano de argucias cada vez más elaboradas para disimular sus visitas. La tarde del sábado en que se celebraba la recepción al aire libre no les quedó otra opción que salir con Joe. La presencia de la mayoría de las madres de sus amigas en la casa implicaba que no podían recurrir a la excusa de irse de visita, puesto que Sylvia, encolerizada porque Celia había faltado a su promesa de dejarle usar el nuevo tocadiscos, las había amenazado con seguirlas para contar luego si habían ido a algún lugar situado remotamente fuera de los límites permitidos. Joe, que tenía la tarde libre y no debía ir al taller, había accedido, pues, a recogerlas con el coche y fingir que se las llevaba de picnic a punta Bardness. No le hacía demasiada gracia el plan (no le gustaba mentir; le hacía enrojecer incluso más de lo normal), pero Lottie había empleado lo que Celia describía con sarcasmo como su «mirada derretidora», y se había metido a Joe en el bolsillo.

Fuera de la penumbra filtrada de la sala principal de la señora Holden lucía una tarde espléndida, uno de esos sábados de mayo que hablaba de las incipientes tardes estivales, que poblaba las calles de Merham de familias que salían a entretenerse y que diseminaba en las aceras numerosos expositores de pelotas inflables y postales. El aire se impregnaba de los gritos de niños exaltados y de los aromas mezclados del algodón hilado y el aceite solar. Los vientos iracundos que hasta entonces habían infestado la costa oriental habían amainado durante los últimos días, elevando las temperaturas y los estados de ánimo hasta el punto de anticipar de manera prematura la llegada del primer día auténticamente veraniego. Lottie sacó la cabeza por la ventanilla y levantó el rostro a la luz. A pesar de haber transcurrido tantos años, todavía sentía ese amago de excitación por hallarse en la costa.

—¿Qué harás, Joe, cuando estemos en la casa? —preguntó Celia desde el asiento trasero mientras se pintaba los labios.

Joe cambió de marcha para atravesar el paso a nivel que separaba ambas partes de la ciudad. A pesar de que Casa Arcadia estaba, a vuelo de pájaro, a un kilómetro y medio de la avenida Woodbridge, para llegar por carretera tenían que bajar a la ciudad, pasar por el parque municipal y volver a salir a la sinuosa carretera costera.

—Iré a punta Bardness.

—¿Qué? ¿Solo? —exclamó Celia, cerrando la polvera.

La muchacha llevaba unos guantes blancos cortos y un vestido de un rojo intenso, con una falda circular ceñida casi dolorosamente a la cintura. No necesitaba faja, aunque su madre siempre estaba intentando persuadirla de que se pusiera una. En principio, para sujetarla «como es debido».

—Es por si tu madre me pregunta cualquier cosa sobre el tiempo cuando volvamos. Tendré que saber qué tal se está ahí, para podérselo explicar sin meter la pata.

Lottie sintió el repentino aguijón de la mala conciencia por estar abusando de él de esa manera.

—Estoy segura de que eso no será necesario, Joe. Podrías dejarnos en la puerta, y así no le daremos la oportunidad de que te haga preguntas.

Joe apretó la mandíbula, y puso el intermitente para girar hacia la derecha y entrar en la calle Mayor.

—Sí, pero si hago eso, mi madre querrá saber por qué no he entrado a saludarla, y se pondrá hecha una fiera.

—Bien pensado, Joe —intervino Celia—. Estoy segura, además, de que mi madre querrá saludar a la tuya.

Lottie, en cambio, estaba absolutamente segura de que eso era lo último que desearía hacer la señora Holden.

—Decidme, ¿qué ocurre en esa casa? ¿Cuándo necesitáis que os pase a recoger?

—Si dan una fiesta al aire libre, imagino que habrán preparado té, ¿no crees, Lots?

A Lottie le resultó difícil imaginarse que en Casa Arcadia sirvieran bizcochos y bollitos. Sin embargo, no lograba adivinar de qué otra forma se podía celebrar una fiesta al aire libre.

—Supongo que sí.

—¿Qué tal a las cinco y media? O ¿preferís a las seis en punto?

—Mejor a las cinco y media —dijo Celia mientras saludaba a alguien por la ventanilla sin acordarse de que se encontraba en el coche de Joe, y se hundía luego silenciosamente en el asiento—. De ese modo llegaremos a casa antes de que mamá empiece a dar la tabarra.

—No olvidaremos lo que estás haciendo por nosotras, Joe.

Había solo dos coches en el paseo cuando llegaron, un número escasamente ridículo de invitados que, dados los comentarios de Joe, provocó que Celia, sintiéndose ya bastante cáustica por efecto de los nervios, dijera:

—¡Pues qué suerte que no te hayan invitado!

El muchacho no contestó; nunca se defendía. Sin embargo, no sonrió, ni siquiera cuando Lottie le apretó el brazo farfullando disculpas al salir. Joe se alejó sin levantar la mano para saludarlas.

—¡Cómo odio a los hombres que se enfurruñan! —dijo en tono alegre Celia mientras llamaban al timbre—. Espero que no tengan pastelitos de coco. No sabes cómo detesto el coco.

Lottie se sentía algo mareada. No poseía el gusto por las reuniones sociales de que hacía gala Celia, en gran parte porque todavía se sentía incómoda explicando su vida a los que no la conocían. La gente nunca se contentaba con enterarse de que vivía con los Holden. Querían saber la razón, y cuánto tiempo estaría con ellos, y si añoraba a su madre. En la última recepción al aire libre celebrada en casa de la señora Holden (con el objeto de recoger fondos para la Fundación de los Niños Pobres de África) cometió el error de admitir que hacía un año que no la veía, y acto seguido se encontró convertida en un incómodo objeto de compasión.

—Están fuera —dijo Marnie, al abrirles la puerta. Su rostro parecía, si eso era posible, incluso más adusto de lo normal—. No necesitarán los guantes —murmuró mientras las guiaba por el pasillo haciéndoles un gesto hacia el fondo de la casa.

—¿Nos los quitamos o no? —susurró Celia mientras se dirigían a la luz.

Lottie, con la atención puesta ya en las voces que provenían del exterior, no respondió.

No era una fiesta al aire libre como aquellas a las que las muchachas estaban acostumbradas a asistir: eso les quedó claro inmediatamente. No había ninguna marquesina (la señora Holden siempre insistía en colocar una marquesina, por si llovía), y tampoco mesas de caballete. «¿Dónde pondrán la comida?», pensó Lottie ausente, y luego se maldijo por pensar como Joe.

Para su sorpresa atravesaron la zona del patio, y Marnie les hizo un gesto hacia los escalones que conducían a los escasos metros de playa privada que terminaban junto al agua. Ahí se habían instalado, tumbados sobre una variedad de mantas, los invitados a la fiesta al aire libre, algunos descalzos y con las piernas extendidas, otros sentados, enfrascados en la conversación.

Adeline Armand estaba sentada sobre un chal verde menta de una tela que brillaba como el satén. Iba vestida con un vestido veraniego rosa coral de crêpe y un sombrero blanco y flexible de ala ancha, la indumentaria más convencional que hasta entonces llevara a los ojos de Lottie. La rodeaban tres hombres, incluyendo a George, quien estaba arrancando las hojas de una planta peculiar (una alcachofa, le explicaría Adeline más tarde) y se las iba dando, una a una, medio resguardado bajo una sombrilla inmensa. Frances iba en bañador y mostraba un cuerpo sorprendentemente enjuto y tonificado. Se la veía más cómoda en su piel que con la ropa, echando los hombros hacia atrás mientras reía con ganas por algo que su vecino acababa de contarle. Había al menos cuatro botellas de vino tinto abiertas. Lottie no reconoció a nadie más. Se quedó inmóvil, sintiéndose tonta y demasiado arreglada para la ocasión con aquellos guantes blancos. Celia, tras ella, intentaba quitarse los suyos de espaldas.

George, que miró hacia arriba de repente, las divisó.

—Bienvenidas a nuestro pequeño *déjeuner sur l'herbe*, muchachas. Venid a sentaros.

Celia ya se había quitado los zapatos sin contemplaciones y se encaminaba por la arena hacia donde George estaba sentado, cimbreando las caderas como Lottie le había visto practicar en casa cuando creía que nadie la miraba.

—¿Tenéis hambre? —preguntó Frances, con una alegría inusual—. Tenemos truchas y una deliciosa ensalada de hierbas aromáticas. También hay pato frío. Creo que todavía queda algo.

—Ya hemos comido, gracias —dijo Celia, sentándose. Lottie se acomodó un poco más atrás, deseando que hubiera más gente de pie para no ponerse tan en evidencia.

—¿Os apetece un poco de fruta? Tenemos unas fresas preciosísimas. ¿Ya se las ha llevado Marnie?

—No quieren comida. Quieren una copa —dijo George, quien ya se estaba afanando en servirles dos cálices inmensos de vino tinto—. Tomad —les dijo, levantando una de las copas contra la luz—. Una es para Caperucita Roja.

Celia echó una ojeada a su falda y luego levantó los ojos, halagada por el cumplido.

—A la salud de la frágil flor de la juventud.

—¡Oh, George! —Una mujer rubia con unas gafas de sol enormes se inclinó hacia delante y le dio unos golpecitos en el brazo que irritaron a Celia.

—Mujer, bien tienen que disfrutarla mientras dure. —Tenía la mirada lacrimosa de aquel que se ha pasado todo el día bebiendo y ya no controla la dicción—. Dios sabe positivamente que su aspecto no les durará demasiado.

Lottie se lo quedó mirando fijamente.

—Frances lo sabe. Dentro de cinco años serán matronas de caderas anchas, con un par de mocosos colgados de sus faldas. Perfectas defensoras de la moral de la mayoría de los habitantes de Merham.

—Yo no sé de qué me hablas —dijo Frances sonriendo, y dobló sus largas piernas encima del mantel del picnic.

Había algo en el tono de voz de George que incomodó profundamente a Lottie. Celia, sin embargo, aceptó la copa que le ofrecía y se tragó la mitad del contenido como si aceptara un desafío.

—A mí no me ocurrirá eso —dijo sonriendo—. No estaré aquí dentro de cinco años.

—*Non*? ¿Dónde estarás? —Era imposible verle la cara a Adeline bajo el sombrero. Solo era visible su boca pequeña y bien dibujada, curvada hacia arriba con su sonrisa educada e inquisitiva.

—¡Ah, quién sabe! Quizá en Londres. Cambridge. Incluso puede que en París.

—No si tu madre se sale con la suya. —La franca determinación con que Celia se movía en aquel grupo sacó de quicio a Lottie—. Ella quiere que te quedes.

—¡Bah! Al final entrará en razón.

—Eso es lo que tú te crees.

—¿Qué ocurre? —intervino George, acercando su bella cabeza a la de Celia—. ¿Le preocupa a Mater tu salud moral?

Algo en la manera de mirarse entre George y Celia hizo que sintiera que se le oprimía el pecho.

—Pues resulta... —dijo Celia con aire taimado y los ojos encendidos con una súbita promesa—. Resulta que hay un montón espantoso de lobos grandes y malos por el mundo.

Lottie terminó instalándose en la punta del chal de Adeline, controlando el impulso, en el mismo momento de sentarse, de sacudir la arena que se había metido entre los pliegues. Se sentía demasiado vestida y aburguesada, y le costaba estar al nivel de las conversaciones que oía a su alrededor, lo cual, a su vez, la hacía sentirse como una estúpida. Adeline, que por lo general ponía mucho esmero en lograr que se sintiera a gusto, estaba enfrascada en una conversación que mantenía con un hombre desconocido para Lottie. Sorbió su vino, intentando no hacer muecas de desagrado, y picoteó unas cerezas que había en un cuenco.

—Es una casa fantástica, Adeline, cielo. Más moderna que *déco*, ¿no te parece?

—Claro que Russell es imbécil, y si cree que Eden le va a prestar la más mínima atención, a él o a su maldito grupo de científicos, es que es un idiota y un iluso.

—¿Te he contado que Archie ha conseguido finalmente que le acepten uno en la exposición de verano? Se lo han colgado de tal modo que parece un sello de correos, pero no se puede tener todo...

Fue una larga tarde. No hubo pastelitos de coco. Lottie, con la chaqueta de punto alrededor de los hombros para no broncearse, observaba cómo iba cediendo gradualmente la marea, alargando la orilla y convirtiendo un trabajado castillo de arena que debieron de construir esa misma mañana en un grano hinchado. Oía las risitas histéricas de Celia a sus espaldas y tuvo la certeza de que estaba bebiendo. Las chicas solo tomaban vino en Navidad, e incluso la gotita de jerez que les habían dejado probar de aperitivo el año pasado había acalorado a Celia y le había hecho subir el volumen de la voz dos tonos. Lottie se había bebido la mitad de la copa antes de derramarla a sus espaldas y en secreto sobre la arena. Solo eso había bastado para que le entrara dolor de cabeza y se le embotaran y confundieran las ideas.

Cuando Marnie se hubo llevado hasta el último plato, Lottie se movió de sitio para poder ver a Celia. Le estaba contando a George algo sobre «la última vez que había estado en París». El hecho de no haber estado jamás en París parecía no afectar demasiado a su elaborada narración, pero Lottie, advirtiendo la atmósfera en cierto modo combativa que reinaba entre ella y la rubia, pensó que sería poco elegante quitarle autoridad en esos momentos. Bajo las gafas de sol, la sonrisa de la rubia se había convertido más bien en una mueca despreciativa y, oliendo la victoria, Celia se había crecido.

—Claro que la próxima vez que vaya, iré a cenar a La Coupole. ¿Habéis cenado en La Coupole? Me han dicho que la langosta es extraordinaria.

Celia estiró las piernas a lo largo, dejando que la falda se le subiera por encima de las rodillas.

—Tengo un calor tremendo, George —dijo la rubia, de repente—. ¿Entramos?

«¡Vaya!», pensó Lottie. «Ahora sí que has encontrado tu álter ego.»

Celia dedicó una mirada a George, que estaba fumando un cigarro con la cabeza inclinada hacia el sol. El destello de alguna atronadora emoción le cruzó el rostro.

—Creo que hace bastante calor —dijo George, incorporándose y sacudiéndose la arena de las mangas de la camisa.

Entonces Frances se levantó.

—Yo también tengo demasiado calor. Creo que es hora de darse un baño. ¿Vienes Adeline? ¿Se apunta alguien?

Adeline declinó la invitación.

—Tengo un sueño tremendo, cariño. Yo os miraré.

Sin embargo, George, sacudiéndose el pelo como un enorme pelo lanudo, había empezado a desabrocharse la camisa, como reanimado de repente.

—Eso es precisamente lo que necesitamos —dijo, aplastando su cigarro—. Un chapuzón agradable y refrescante. ¿Irene?

La rubia arrugó la nariz.

—No he traído mis cosas.

—No necesitas tus cosas para el baño, mujer. Te bastan las braguitas.

—No, George, de verdad. Os miraré desde aquí.

Los otros hombres empezaron a desvestirse, hasta quedarse en calzoncillos o en pantalones. Lottie, que se estaba preguntando si se iba a quedar dormida, se despertó de golpe, y contempló con silenciosa alarma cómo se iban sacando todos la ropa.

—Venga, chicas. ¿Lottie? Me apuesto lo que sea a que sabes nadar.

—Oh, ella no se mete nunca en el agua.

En ese momento Lottie tuvo la certeza de que Celia había bebido demasiado. Nunca se habría referido de un modo tan poco delicado al hecho de que no sabía nadar (lo cual era profundamente violento para todo habitante de un pueblo costero) si hubiera estado sobria. Le lanzó una mirada furiosa a su amiga, pero Celia no le prestaba atención. Estaba atareada luchando con la cremallera.

—¿Qué estás haciendo?

—Me voy a nadar —respondió Celia con una amplia sonrisa—. No me mires así, Lots. Llevo braguitas. En el fondo, tampoco es tan diferente de un bañador.

Celia se fue, dando gritos y chillando mientras seguía a George y a un puñado de invitados hasta el borde del agua. Frances se metió dentro, y empezó a caminar hasta que las olas le llegaron a la cintura, y entonces se zambulló como una marsopa, con el bañador mojado y brillante, igual que la piel de una foca.

Cuando Celia llegó al mar, se metió hasta las rodillas y titubeó, entonces George la alcanzó por el brazo y, riendo, le empezó a dar vueltas hasta que la chica cayó al agua. Junto a ellos, los otros invitados brincaban entre las olas con algarabía, empujándose y salpicándose los unos a los otros, los hombres desnudos hasta la cintura, y las mujeres con finas prendas de ropa interior bordada. Lottie se fijó en que ninguna de ellas llevaba faja.

Sin embargo, cuando Celia se volvió para saludarla, Lottie deseó que la señora Holden hubiera tenido más éxito intentando persuadir a su hija para que se pusiera una: ahora que las braguitas y la camiseta se le habían empapado de agua salada, eran muy pocas las partes de su anatomía que quedaban ocultas. «Baja, métete bajo el agua», intentaba decirle Lottie con gestos, moviendo las manos sin resultado aparente. Celia, en cambio, echando la cabeza hacia atrás mientras reía, parecía no darse cuenta de nada.

—No te preocupes, querida —le llegó la voz de Adeline en tono grave e íntimo—. Nadie va a prestarle atención. Cuando estamos en Francia, en general nos bañamos desnudos de cintura para arriba.

Lottie, intentando no pensar demasiado en lo que debían de ser unas vacaciones de ese estilo en Francia, le respondió con una débil sonrisa y fue a coger la botella de vino. Sentía una necesidad clarísima de reconfortarse.

—Es solo por la señora Holden —explicó con voz queda—. Dudo que saltara de entusiasmo.

—Entonces toma. —Adeline le ofreció un pañuelo grande con un estampado muy atrevido—. Dile que es un sarong, y que yo te he dicho que las personas más elegantes llevan uno.

Lottie le habría dado un beso. Cogió la tela y se encaminó hacia la playa, mientras iba atándose la chaqueta de punto a la cintura. Empezaba a caer la tarde y el riesgo de broncearse era mínimo.

—Toma —le gritó mientras la marea menguante le iba lamiendo los pies desnudos—. Celia, pruébate esto.

Celia no la oyó; o quizá no quiso oírla. Chillaba mientras George se zambullía para cogerla por la cintura, levantarla al aire y lanzarla contra las aguas poco profundas.

—¡Celia! —No había nada que hacer. Se sintió como una tía anciana y puntillosa.

Al final, George terminó por verla, y salió chapoteando entre las olas, con el pelo pegado al cráneo y los pantalones enrollados y enganchados a los muslos.

Lottie intentaba mantener la mirada fija por encima de su cintura.

—¿Le puedes dar esto a Celia? Adeline me ha dicho que es un sarong, o algo por el estilo.

—¿Con que un sarong, eh? —George se lo cogió y miró en dirección a Celia, quien se lanzaba hacia atrás contra el oleaje—. Crees que necesita taparse, ¿verdad?

Lottie lo miró, con la cara seria.

—No creo que se dé cuenta de lo destapada que va.

—¡Oh, Lottie, Lottie! ¡Pequeña y triste guardiana de la moral...! Fíjate como estás, sudorosa y preocupada por tu amiga. —George contempló el pañuelo, con una sonrisa iluminándole el rostro—. Tengo una solución mucho mejor. Creo que eres tú quien necesita refrescarse un poco.

Sin previo aviso, George la cogió por la cintura, la levantó y se la cargó sobre los hombros mojados. Lottie fue consciente de que la llevaba a cuestas cuando él empezó a correr, y presa del pánico, intentó pasarse el brazo por detrás para asegurarse de que la falda seguía cubriéndole las bragas. Luego cayó, y una inmensa ola de agua salada le bañó el rostro hasta que, tosiendo y escupiendo, se las arregló para hacer pie. Oía risas ahogadas por encima de su cabeza, y luego, boqueando, descubrió que había logrado emerger del agua.

Lottie consiguió tenerse en pie y permaneció inmóvil durante un segundo, con los ojos escociéndole y la sal quemándole la garganta. Hizo dos amagos de devolver, y se dirigió a ciegas hacia la orilla. Cuando llegó, cayó doblada en la arena, sin aliento. Tenía el vestido pegado a las piernas, y las distintas capas de enaguas fundidas en una sola. La blusa, de un algodón claro, se había vuelto casi transparente, y revelaba a ojos vistas el perfil de su sujetador. Al llevarse la mano al pelo, descubrió que se le había deshecho el peinado y que el pasador de concha de tortuga que lo sujetaba despejándole el rostro había desparecido.

Lottie miró hacia el frente y vio a George, con las manos en las caderas, sonriendo. Celia, que estaba detrás de él, lucía una expresión de consternada alegría.

—¡Cerdo inmundo! —Las palabras le salieron a Lottie de la boca incluso antes de saber que iba a pronunciarlas—. ¡Eres un cerdo inmundo! ¡No tenías ningún derecho!

George se quedó perplejo durante unos segundos. A sus espaldas, se ahogó la cantinela de las conversaciones que provenía del grupo que hacía picnic sentado en las mantas.

—Sí, claro; para ti es tremendamente divertido —chilló Lottie, consciente de un peso enorme en su garganta que la amenazaba con ponerse a llorar—. ¡Con tanto dinero y esos malditos trajes de hilo! A ti no te importa que se te estropee la ropa. ¡Fíjate en mi vestido de verano! ¡Mira! ¡Es el mejor que tengo! ¡La señora Holden me matará! Y me has perdido el condenado pasador... —Ante su horror le afluyeron las lágrimas al rostro, unas lágrimas calientes que denotaban frustración y humillación.

—Contrólate, Lots —dijo Celia con el rostro descompuesto. Lottie sabía que la estaba incomodando, pero le dio igual.

—Vamos, Lottie. Solo era una broma —dijo George, acercándose a ella con una expresión irritada y de disculpa al mismo tiempo.

—Pues ha sido una broma muy estúpida —exclamó Lottie, girándose y viendo que Adeline estaba junto a ella.

Adeline sostenía el pañuelo para colocárselo sobre los hombros. Su cara denotaba una suave reprobación. Lottie captó un olor especiado de jazmín mientras Adeline la tapaba.

—George, debes disculparte. Lottie era nuestra invitada, y no tenías ningún derecho a actuar así. Lottie, lo siento muchísimo. Estoy segura de que Marnie podrá limpiarte tu precioso vestido y asegurarse de que todo esté a tu gusto.

«Sí, pero ¿cómo voy a volver a casa?», pensó Lottie con desesperación ante una imagen de sí misma caminando por la carretera con paso tambaleante y vestida con la boa de plumas de Adeline y sus zapatillas chinas.

—Celia Jane Holden. ¿Qué diablos crees que estás haciendo?

Lottie se giró en redondo y descubrió las caras horrorizadas de la señora Chilton y la señora Colquhoun en lo alto, quienes volvían a casa por el sendero panorámico procedentes de la avenida Woodbridge. Era obvio que el paisaje había resultado más panorámico de lo que esperaban.

—Haz el favor de salir del agua y ponerte la ropa inmediatamente. ¿Se puede saber dónde están tu decencia y tu decoro?

Celia se había vuelto lívida. Se cubrió el pecho con las manos, como si de repente se hubiera vuelto consciente de su estado de desnudez. George levantó las manos con un gesto conciliador, pero la señora Chilton se había erguido y, con su metro cincuenta y dos de estatura, plantaba cara sacando pecho y metiendo la barbilla, con lo cual iba a resultar dicífil pacificarla.

—No sé quién es usted, joven, pero mire lo que le digo: ya es lo bastante mayorcito para saber lo que se trae entre manos. Persuadir a jovencitas respetables para que se quiten la ropa a plena luz del día... ¡Es usted un desgraciado! —La señora Chilton lanzó un vistazo a las botellas de vino que había sobre la arena—. Celia Holden, ¡más te vale no haber estado bebiendo! ¡Por el amor de Dios! ¿Estás intentando hundir tu reputación? Si crees que tu madre va a alegrarse de que hayas dado este espectáculo, vas apañada.

La señora Colquhoun, mientras tanto, se había llevado las manos a la boca y guardaba silencio, conmocionada, como si hubiera presenciado un sacrificio humano.

—Señora Chilton... No puedo...

—¿Lottie? ¿Eres tú, Lottie? —La barbilla de la señora Chilton se le había retraído tanto que se le había unido al cuello en un enorme tronco rosado y reprobatorio. El hecho de que Lottie estuviera vestida no pareció aplacarla—. Haced el favor de subir inmediatamente. Venga, chicas, las dos, antes de que os vea nadie más. —Se puso el bolso bajo el pecho, y lo asió con ambas manos por el cierre—. No me mires así, Celia. No te dejaré aquí con esta chusma vergonzosa. Voy a llevaros a las dos a casa personalmente. ¡Santo cielo! No logro imaginar lo que hará vuestra madre cuando se entere de esto.

Exactamente tres semanas después, Celia se fue a Londres para matricularse en una escuela de secretariado. La intención era que su marcha fuera un castigo, pero la señora Holden quedó ligeramente decepcionada cuando su hija no tan solo parecía no arrepentirse, sino que se la veía obscenamente complacida por el hecho de alejarse del pueblo. Residiría en Kensington, en casa de una prima de la señora Holden y, si se sacaba el curso con buenas notas, tendría la oportunidad de trabajar en el despacho de su marido, en Bayswater.

—¡A Londres, Lots! Sin desayunos de beneficencia, ni odiosos hermanitos a la vista. —Celia había estado de un buen humor poco frecuente durante todo el período previo a su marcha.

Lottie, en cambio, había presenciado la bronca que Celia había recibido de su padre y se preguntaba, a juzgar por la tranquilidad silenciosa de la habitación donde estaban encerrados, qué significaría eso para ella. Nadie había hablado de enviarla de vuelta a Londres. Lottie no quería marcharse; sin embargo, cuando los oyó musitar en voz baja algo sobre las «malas influencias», supo que no era de Celia de quien estaban hablando.

3

Es necesario mencionar una cuestión: no era una chica que se ganara las simpatías de los demás, aun cuando lo intentara con todas sus fuerzas. No es que hiciera las cosas mal, precisamente; siempre echaba una mano, era ordenada y, por lo general, educada (a diferencia de Celia, además, no era proclive a lo que su marido llamaba «histeria»); pero podía ser muy seca con las personas. Lo bastante directa para que la consideraran grosera.

Cuando la señora Chilton las llevó a casa ese terrible sábado por la tarde (todavía tenía pesadillas solo de pensarlo), Celia al menos tuvo el acierto de mostrarse avergonzada. Rodeó la cintura de su madre con los brazos y le suplicó:

—¡Oh, mamá! Sé que me he portado fatal, pero lo siento mucho. Lo siento muchísimo, de verdad. Te lo prometo.

A pesar de lo furiosa que estaba, eso la cogió por sorpresa; incluso la expresión de granito de la señora Chilton se dulcificó. Resistirse a Celia durante una de sus mejores representaciones no era precisamente fácil.

Lottie, sin embargo, cometió el error de no disculparse. Al contrario, se mostró bastante contrariada cuando le pidieron que se excusara por su comportamiento, y protestó diciendo que no solo no se había sacado la ropa, sino que jamás habría entrado en el agua por voluntad propia, como todos ellos ya sabían. Lo malo era que dijo «ya sabían, mecagüendiós», palabras que pusieron en guardia a la señora Holden. Todavía quedaba algo de pescatera en esa muchacha, a pesar de todo su gran empeño.

No, se dijo Lottie. No pediría disculpas por su comportamiento. Sí, lamentaba que no hubieran sido francas al decirles dónde iban; y sí, ella estaba presente cuando Celia se desnudó hasta quedarse en ropa interior (sin haber hecho nada para impedirlo). Sin embargo, en lo que respectaba a Lottie, la habían culpado más de lo que merecía.

La señora Holden se enfadó muchísimo entonces, y le dijo que se fuera a su dormitorio. Odiaba perder los nervios, y eso le hizo sentir más rencor hacia la chica. En ese momento entró Sylvia y dijo (justo delante de la señora Chilton, para acabarlo de arreglar) que había visto a Celia practicando la técnica del beso en el reverso de la mano, que su hermana le había dicho que había besado a «cientos» de hombres guapos, y que sabía un modo de hacerlo sin quedarse embarazada. A pesar de que era obvio para la señora Holden que Sylvia se había dejado llevar y se estaba inventando historias, sabía perfectísimamente que Sarah Chilton sería incapaz de guardarse para sí los comentarios de la niña, y eso la enfureció todavía más y la puso en contra de Lottie. Le había tocado a Lottie: no tenía a nadie más contra quien descargar su furia.

—No quiero que volváis a acercaros a esa casa a partir de ahora, ¿me has entendido, Lottie? —dijo, subiendo las escaleras después de que Sarah se hubiera marchado—. Estoy muy, pero que muy enfadada con las dos. Enfadadísima; y no permitiré que volváis a poner en entredicho a esta familia nunca más. Solo Dios sabe lo que dirá el doctor Holden cuando regrese a casa.

—Pues no se lo diga —dijo Lottie, saliendo de su dormitorio con la cara muy seria—. De todos modos, no le interesan los cotilleos de mujeres.

—¿Cotilleos de mujeres? ¿Tú llamas a eso cotilleos de mujeres? —Susan Holden se quedó de pie en la escalera, aferrándose a la barandilla—. ¿Me humilláis las dos ante la gente educada y pensáis que solo se trata de cotilleos de mujeres?

Desde el interior del dormitorio, oyó a Celia murmurar.

—¿Qué dices? ¿Qué acabas de decir?

Al cabo de unos segundos, Celia sacó la cabeza por la puerta.

—He dicho que lo siento muchísimo, mamá; y no dudes que nos mantendremos alejadas de esa «chusma desvergonzada», como ha dicho la señora Chilton con gran elocuencia.

La señora Holden les sostuvo la mirada, una mirada durísima, pero habría jurado que vio una sonrisa imperceptible dibujarse en los labios de Lottie. Entonces, advirtiendo que ya no iba a sacarles nada más en claro, reunió la poca dignidad que le quedaba y se marchó escaleras abajo, a buscar a Freddie, que estaba construyéndose una madriguera para conejos con cajas viejas. En la sala principal. Para que vivieran dentro.

Ahora Celia se había marchado, y Lottie, a pesar de haber procurado cumplir con todas sus tareas domésticas, de haberse mostrado educada hasta lo indecible y de haber ayudado a Sylvia con sus deberes, se movía sin ton ni son como una marioneta confusa cuando creía que nadie la miraba. De algún modo Susan Holden no se sentía tan cómoda como antes con Lottie en la casa. Claro que eso no lo admitiría ante nadie, sobre todo después del tremendo trabajo que le había llevado educar a la chica. Lo que ocurría era que cuando estaban las dos muchachas juntas y tenía que alimentarlas a las dos, comprarles la ropa a ambas o reñirlas por igual, le había resultado más fácil considerar que Lottie formaba parte de la familia. Ahora que Celia se había ido, sin embargo, se sentía incapaz de tratarla del mismo modo. A pesar de reconocerlo en su fuero interno, ese mismo pensamiento le hacía sentir rencor hacia la muchacha. Lottie parecía notarlo y se comportaba de un modo aún más impecable, si cabe, lo cual también era especialmente irritante.

Peor aún, Susan Holden tenía la vaga sospecha de que, a pesar de todo lo que la muchacha pudiera decirle, Lottie seguía acudiendo a la casa de aquella actriz. Se ofrecía para ayudar a Virgina a ir al mercado, cosa que jamás había hecho con anterioridad, y luego se tomaba varias horas para comprar unas caballas, o incluso media jornada para ir a buscar el periódico del doctor Holden. En un par de ocasiones había regresado a casa oliendo a fragancias que evidentemente no se adquirían en la tienda de la señora Ansty, pero entonces, al preguntárselo, Lottie la miraba detenidamente, con esa mirada demasiado directa, y explicaba, en un tono que, a decir verdad, la señora Holden encontraba demasiado agresivo, que no; que no había ido a casa de la actriz porque, ¿acaso no le había dicho la señora Holden que no lo hiciera? En ocasiones la sacaba de quicio, francamente.

Ahora bien, en el fondo, hubiera debido de saberlo. Muchísima gente ya la había advertido sobre los peligros de acoger a una refugiada en casa. Pero Susan Holden no tomó en consideración los comentarios de los que le decían que todos los niños de Londres tenían liendres y piojos (a pesar de que había escrutado el pelo de Lottie al llegar), o de los que afirmaban que les robaría, o que los padres se presentarían y se instalarían en su casa, y que jamás se libraría de su presencia.

No, el único familiar era la madre, y en lo que a ella concernía, ni siquiera les había ido a visitar. Le había escrito, en cambio, dos cartas: una al finalizar la primera larga estancia de Lottie, para agradecérselo con aquella caligrafía espantosa; y la segunda, un año después, cuando Susan invitó a la niña de nuevo. Al contrario, se había mostrado aliviadísima de que le quitaran a la niña.

Lottie, por su parte, jamás había robado nada, no se había escapado ni se había mostrado demasiado atrevida con los muchachos. Se veía obligada a reconocer que no, que, a lo sumo, era más bien Celia quien se mostraba más precoz en ese terreno. Lottie obedecía a cuanto le decían y ayudaba con los pequeños sin dejar de mostrarse agradable y presentable.

De repente, Susan Holden se sintió culpable al recordar la imagen de una Lottie de ocho años, de pie en la estación de Merham, con los brazos protegiendo su hatillo de ropa envuelto en papel marrón. En medio de todo aquel caos había mirado a la señora Holden en silencio, con aquellos ojos oscuros e inmensos, y cuando Susan empezó a hablar dándole la bienvenida (incluso ya entonces la criatura era de lo más inquietante), levantó la mano derecha lentamente y le cogió la suya. Fue un gesto curiosamente conmovedor; y también bastante desequilibrado, sintomático de todo lo que la chica sería después: educada, introvertida, observadora y afectuosa aunque reservada. Quizá era injusto ser tan dura con la muchacha. No había hecho nada que estuviera mal, en realidad. Tan solo tendría que adaptarse a la ausencia de Celia. En cualquier caso, la chica les dejaría pronto, una vez hubiera elegido un buen empleo. Por otro lado, Susan Holden se vanagloriaba de su caridad cristiana. Claro que luego recordó el modo en que Henry había mirado a Lottie hacía varias semanas, cuando la joven se subió la falda para entrar en la piscina hinchable con Frederick. Y entonces volvió a experimentar sentimientos contradictorios hacia su huésped.

Celia tenía novio. «No es que haya tardado mucho, la verdad», pensó Lottie con ironía. Tras un sustancial intervalo de tiempo en su correspondencia, le había escrito un relato atropellado de algún terrible problema que había sufrido en la estación de ferrocarril. Al relatarle el suceso le explicaba que ese hombre, con el que ahora salía, la «había salvado». Lottie no le hizo demasiado caso al principio: Celia siempre era dada a la exageración; y en cuanto al individuo en cuestión, no era la primera vez que su amiga juraba haber encontrado al hombre ideal. Ni siquiera durante el poco tiempo que llevaba en Londres. Antes había sido el hombre que conoció en el tren entre Bishops Stortford y Broxbourne; el hombre que le sirvió en la cafetería de la calle Baker, porque siempre le daba un café gratis cuando el jefe no andaba cerca; y también el señor Grisham, su profesor de taquigrafía, quien sin duda había examinado sus bucles y abreviaciones con un interés que excedía lo puramente académico. No obstante, progresivamente, las cartas trataron menos de estos hombres, de las noches pretendidamente interminables con la tía Angela y su horrible progenie y de las chicas de la academia de secretariado, y pasaron a ocuparse cada vez más de las cenas en los restaurantes de moda y los paseos que daban juntos por Hampstead Heath, por no hablar de la superioridad general de Guy en todos los aspectos, que abarcaba desde su nivel de conversación hasta su manera de besar («Por lo que más quieras, quema esta carta antes de que mamá la vea»).

Lottie leía e intentaba descifrar qué había de verdad en todo ello. En lugar de «familia acaudalada», decidió, debía leerse sencillamente «casa de propiedad con lavabo en el interior del inmueble»; en lugar de «increíblemente guapo», «hombre con un rostro que no se asemeja al de un bulldog contrariado»; y en lugar de «loco, sencillamente apasionado en su amor por mí», Celia probablemente quería decir que Guy había aparecido en los lugares y las horas convenidos para encontrarse con ella. Costaba bastante no ser un poco cínica: Lottie ya llevaba viviendo con Celia unos cuantos años y había aprendido a la tremenda que Celia y la veracidad de los hechos no siempre eran buenos compañeros. Lottie, por ejemplo, se había visto descrita por su amiga como alguien rescatado de un edificio en llamas durante el gran bombardeo; como una misteriosa emigrante de origen centroeuropeo, y como una huérfana cuyos padres había matado una bomba volante mientras celebraban su aniversario de boda con una cena a base de salmón ahumado y vodka, adquiridos en el mercado negro. Lottie, sin embargo, no había llevado la contraria a Celia en lo que respectaba a ese tema, a pesar de ser cada vez más consciente de la procedencia del rumor. Nadie llevaba jamás la contraria a Celia: era una de las cosas que Lottie aprendió en casa de los Holden. Reinaba la sensación de que al hacerlo, se abriría la caja de Pandora. De hecho, ni siquiera se mencionaba el hecho de que Celia contara mentirijillas. La única vez que a Lottie le dio por mencionar una de estas verdades a medias a la señora Holden, esta se sulfuró muchísimo y le dijo que estaba segura de que había habido algún error. A decir verdad, Lottie se comportó con bastante grosería al no dejar de insistir en el tema. «Quizá Celia ni siquiera tenga novio», pensó Lottie. «Quizá todos esos hombres son producto de su imaginación y, en realidad, sus noches transcurren practicando punto de aguja y escalas al piano con los hijos de tía Angela.» Ese pensamiento le hizo sonreír. Solo para provocar a Celia, no hizo mención alguna de Guy en su siguiente carta, y, por el contrario, tan solo le planteó un montón de preguntas sobre los hijos de tía Angela.

Fueron un par de meses rarísimos; y solo a partir de entonces Lottie empezó a acostumbrarse a la ausencia de Celia. Sin embargo, y a medida que aumentaba ese consuelo, iba siendo consciente de la tensión creciente que reinaba en la casa, como si la ausencia de Celia hubiera socavado un centro neurálgico que, como el pegamento invisible, hubiera estado cohesionando todo el montaje. Las ausencias del doctor Holden eran cada vez más frecuentes, lo cual ponía a prueba el precario aguante de la señora Holden en el ámbito cotidiano. Al mismo tiempo, Freddie y Sylvia, como reaccionando a los cantos de una sirena invisible, eligieron ese preciso momento para mostrarse más desquiciados y excitables que nunca, terminando por atacar a su madre de los nervios y proporcionando al doctor Holden la excusa trilladísima para no regresar a casa.

—¿Es imposible lograr un minuto de paz en esta casa? —preguntaba, con su tono de voz grave y en apariencia controlado, y la señora Holden solía dar un brinco, como un perro al que van a echar de casa de una patada una fría noche de invierno.

Lottie lo contemplaba retirarse en silencio a su estudio, o salir para hacer una visita nocturna imprevista, sin olvidar responderle con un civilizado «Buenas noches, Lottie». Nunca se mostraba grosero con ella, nunca le hizo sentirse como una usurpadora en ese hogar. Claro que la mitad de las veces apenas parecía reparar en ella.

La primera vez que Lottie llegó a esa casa, se había mostrado menos reservado. Su comportamiento fue muy cordial y sonreía más; o quizá era ella quien lo recordaba de ese modo. La primera noche que Lottie pasó en la casa estuvo llorando en silencio, sin saber muy bien cuál era el motivo de su llanto, pero temerosa, por una extraña paradoja, de que sus anfitriones la oyeran y la enviaran de vuelta a casa. El doctor Holden entró entonces calladamente en su dormitorio y se sentó en la cama.

—No debes tener miedo, Lottie —le había dicho, posando una mano cálida y seca en su cabeza—. Supongo que para ti la vida ha sido muy dura en Londres. Ahora estás a salvo.

Lottie se quedó pasmada y en silencio. Jamás le había hablado de ese modo un adulto. Con solemnidad; y preocupación; y sin que afloraran las amenazas o el menosprecio. La mayoría ni siquiera recordaba su nombre.

—Mientras estés aquí, Lottie, haremos todo lo posible para hacerte feliz; y, cuando estés dispuesta a marcharte, espero que recuerdes tu estancia entre nosotros con cariño. Porque por nuestra parte, estamos seguros de que vamos a tomarte mucho cariño.

Con esas palabras le dio unos golpecitos y se marchó, llevándose consigo la eterna gratitud de la niña y una devoción digna de un corazoncito de ocho años. Si él hubiera sabido que Lottie nunca había disfrutado ni remotamente de la idea de una figura paterna, a excepción de unas palabras amables que alguien le había dedicado, quizá el doctor Holden habría matizado sus ganas de mostrarse afectuoso. Sin embargo, ocurrió lo contrario. El doctor Holden sonrió, le dio unos golpecitos reconfortantes, y la pequeña Lottie dejó de llorar y se quedó echada en su cama mullida, preguntándose sobre la existencia mágica e imprevista de unos hombres que no maldecían ni exigían que fuera a hacerles recados a la tienda de la esquina, y que, por añadidura no olían a picadura Old Holborn.

A medida que Lottie había ido creciendo, sin embargo, la edad le descubrió una imagen del doctor Holden bastante menos idílica. No le llevó demasiado esfuerzo constatarlo, sobre todo al poder contemplar de primera mano lo cruel que podía llegar a ser un hombre que simplemente se negaba a mantener relaciones con su mujer. Por la mañana se refugiaba tras el periódico y emergía del telón entintado solo para regañar a Freddie o a Sylvia si se habían portado mal, según le habían dicho, o bien para coger la taza de café. Por las noches llegaba tarde y adoptando un aire distraído, solía repetir con insistencia que le resultaba imposible hablar hasta no haberse tomado una copa y disfrutado de «unos minutos de paz», rato que, por lo general, conseguía alargar hasta mucho después de cenar. Mientras tanto, la señora Holden, que parecía incapaz de interpretar los signos, parloteaba a su alrededor con angustia, intentando anticiparse a sus necesidades, mirando de mantener una conversación, procurando que él advirtiera un peinado, un esmalte de uñas o una chaqueta de punto nuevos sin recurrir al manido recurso de decírselo directamente.

Era en momentos como esos cuando Lottie se sentía vagamente contrariada con él. Entendía que estar casado con alguien como la señora Holden podía ser bastante irritante, pero parecía una crueldad innecesaria ignorarla de ese modo, sobre todo cuando ella se esforzaba tanto en hacerle la vida más placentera; y teniendo en cuenta que, a juicio de Lottie, él no hacía nada para mejorar la de su esposa. Con los años la señora Holden se había ido volviendo más ansiosa y más charlatana, y Lottie había visto cómo el doctor Holden iba perdiendo las ganas de disimular su mal humor, a la par que sus ausencias aumentaban, y había decidido que, a la vista de lo que le había ocurrido a su madre, así como al doctor y a la señora Holden, el matrimonio sin duda era un mal apaño, un estado del que más valía escapar, un poco como de la desembocadura de las cloacas o de la varicela.

—Creo que aquí estaría bien, ¿qué te parece? De momento es blanquísimo. Demasiado vacuo. Demasiado... indefinido.

Lottie entrecerró los ojos, intentando ver lo que Adeline parecía observar. Sin embargo, aquello solo tenía la apariencia de un muro. Lottie no estaba segura de hasta qué punto una pared podía tener un aspecto indefinido, pero asintió, e intentó parecer inteligente, levantando una ceja de entendida cuando Adeline le notificó que Frances había planeado crear «algo figurativo».

—Se me ha ocurrido una idea para hacer un mural —dijo Adeline—. No quiero retratos de bosques o lagos...

—Ni de paisajes palladianos —intervino Frances, que acababa de aparecer a sus espaldas—. No puedo soportar los templetes y los pilares, ni los ciervos. La verdad es que no puedo sufrir esos venados horrorosos.

—No. Yo estoy pensando en otra cosa —dijo Adeline. Entonces hizo una pausa y pasó un dedo por la pared—. Será un paisaje humano. Todos saldremos en él. Todos los habitantes de Arcadia.

—Como una especie de Santa Cena, pero sin la religión.

—Ni el simbolismo.

—No, no. Hemos de introducir el simbolismo. Los buenos cuadros precisan de un ligero simbolismo.

Habían olvidado del todo a Lottie. La muchacha miraba fijamente la pared blanca, y la luz que reflejaba resultaba casi cegadora bajo el sol de la tarde. A sus pies se extendía la playa, dividida por el rompeolas y llena de veraneantes a pesar del otoño incipiente. Si le hubieran dejado decidir a ella, probablemente habría colocado unas cuantas macetas con flores al frente; o un ligero emparrado.

—... y tú también Lottie. Dijimos que pintaríamos tu retrato, ¿no? Saldrás en la composición, y Celia, aunque esté ausente.

Lottie intentó imaginar su aspecto en el muro, pero lo único que pudo vislumbrar fue uno de esos dibujos caricaturescos que aparecían por todos lados durante la guerra, y que decían «Y tú, ¿no te alistas?».

—¿Tendré que posar?

—No —respondió Frances, sonriendo. Últimamente sonreía mucho. La sonrisa no casaba muy bien con su rostro, y elevaba sus mejillas caídas como unos bombachos viejos sujetados con tirantes—. Ahora ya te conocemos. Prefiero realizar algo más... impresionista.

—El pelo. Debes mostrar su pelo. ¿No te lo dejas nunca suelto, Lottie? —Adeline alargó una estilizada mano y se lo acarició.

Lottie dio un brinco. No pudo evitarlo.

—Se enreda bastante, porque es demasiado fino —respondió la joven, intentando alisárselo y apartándose inconscientemente de Adeline.

—Deja de infravalorarte, Lottie. Los hombres lo consideran aburridísimo.

«¿Los hombres?», se extrañó Lottie, intentando remodelar la visión que tenía de sí misma como alguien en quien los hombres pudieran sentirse interesados. Hasta ese momento había considerado a los chicos o, para ser más específicos, a Joe, que apenas contaba como tal.

—Una solo debería referirse a sus puntos fuertes. Si una mujer solo intenta atraer las miradas hacia sus puntos fuerte, la gente raramente advierte los débiles.

Había sido lo más cercano a una revelación, pero Lottie apenas se dio cuenta.

—Quizá podríamos lograr que Lottie pintara.

—¡Sí, sí! ¡Qué buena idea, Frances! ¿Te gustaría, Lottie? Frances es la profesora más fabulosa que existe.

—No se me da muy bien el arte —dijo Lottie, arrastrando los pies—. Mis centros de fruta suelen parecer a punto de volcarse.

—Centros de fruta... —comentó Frances con un movimiento de desaprobación—. ¿Cómo vas a comunicar la pasión por el arte con centros de fruta? Venga, Lottie. Ven y dibuja lo que tienes en la cabeza, en el corazón.

Lottie dio un paso atrás, reticente y tímida. Los dedos de Adeline se clavaron en su espalda y la empujaron hacia delante con suavidad.

—Necesitas aprender a soñar, Lottie. A expresarte.

—Pero si ni siquiera voy a seguir cursando arte ahora que hemos terminado la escuela. La señora Holden dice que debería estudiar contabilidad para conseguir un buen trabajo en una tienda.

—¡Bah, olvídate de las tiendas, Lottie! Mira, no tiene que ser nada en concreto. Disfruta del tacto que te dan los pasteles. Los pasteles son maravillosos cuando quieres trabajar con ellos. Mira... —Frances empezó a dibujar trazos en la pared, difuminando los colores con los dedos manchados de pintura; sus movimientos eran confiados y seguros. Lottie observaba, olvidándose de sí misma por unos instantes.

—Piensa que quiero que te incluyas, Frances —dijo Adeline, colocándole la mano en el hombro—. Nunca sales en tus composiciones.

Frances no apartó la vista del muro.

—No se me da bien lo de pintarme a mí misma.

En ese instante Marnie surgió por la puerta trasera. Llevaba el delantal cubierto de sangre y plumas y un ganso medio desplumado que le colgaba de la mano izquierda.

—Disculpe, señora. El señor Armand ha llegado.

Lottie, que estaba observando con atención los trazos que dibujaban los pasteles, echó un vistazo a Adeline, la cual sonrió con amabilidad y asintió, despidiendo con ese gesto a Marnie. Lottie esperaba que se precipitara hacia la puerta (para retocarse, o incluso que se marchara corriendo a maquillarse un poco, como hacía la señora Holden invariablemente), y sintió que se ponía nerviosa y enrojecía ante la perspectiva de que finalmente iba a conocer al esquivo marido de Adeline.

No obstante, Adeline concentraba su atención en la pared blanca.

—Pues tendremos que buscar a alguien para que te pinte, Frances —dijo, sin mostrar la más mínima preocupación—. A fin de cuentas, eres una parte esencial de nuestro retrato, *¿non?*

El rostro de Marnie volvió a aparecer en la entrada.

—Está en el estudio.

Frances se alejó del muro y miró a Adeline de un modo que a Lottie le hizo sentirse violenta.

—Creo que mi influencia será mayor si me muestro como una presencia invisible —dijo lentamente.

Adeline se encogió de hombros, como renunciando a mantener una discusión muy manida, alzó su mano a modo de conclusión, se dio la vuelta y se marchó hacia la casa.

Lottie no estaba muy segura de cuáles eran sus expectativas respecto a Julian Armand, pero el marido de Adeline estaba tan lejos de parecerse a la imagen que se había formado de él que tuvo que mirarlo dos veces para convencerse de que el hombre que le presentaba la propietaria de la casa era efectivamente su esposo.

—Encantado —dijo, cogiéndole la mano y besándosela—. Adeline me ha hablado mucho de ti.

Lottie no dijo nada, y se quedó mirando, de una manera que la señora Holden habría encontrado como mínimo censurable, a aquel hombre bajito y atildado, con el pelo planchado hacia atrás y un bigote extraordinariamente rizado, como si le hubieran colocado una pieza de hierro forjado en la cara.

—Lottie —murmuró ella; y él asintió, como si con ese gesto ya quedara de manifiesto su encanto.

No resultaba difícil ver de dónde había sacado Adeline sus gustos extravagantes. Julian iba vestido siguiendo una moda que bien podría haber correspondido al dictado de varias décadas anteriores y, con todo, seguía siendo exclusiva de ciertos círculos esotéricos: pantalones de golf de tweed con chaleco y chaqueta a juego. Llevaba asimismo una corbata verde esmeralda y unas gafas de concha de tortuga completamente circulares. Del bolsillo superior le colgaba un reloj finamente labrado, mientras que en la mano izquierda sostenía un bastón con mango de plata. Sus zapatos planos de un cuero bien lustrado eran lo único convencional de su atuendo, aunque cabría decir que prácticamente no se parecían en nada a los zapatos planos que Lottie conocía: los pares que vendían a diez chelines en la calle Mayor...

—Bien, bien... Así que esto es Merham —dijo Julian, mirando a su alrededor y gozando de la vista que se apreciaba desde la ventana—. Aquí es donde has decidido montar el campamento base.

—Venga, Julian. No saques conclusiones antes de haber pasado aquí por lo menos una semana —dijo Adeline, cogiéndole la mano y sonriéndole.

—¿Por qué? ¿Tienes planes para mí?

—Yo siempre tengo planes para ti, queridísimo; pero no quiero que decidas nada hasta que te hayas despertado con el rumor del mar y hayas tomado un buen vino mientras contemplas la puesta de sol. Nuestra nueva casa es un pequeño paraíso, y sus encantos ocultos se aprecian paulatinamente en toda su magnificencia.

—¡Ah! Soy un experto en la apreciación paulatina, como bien sabes.

—Sí, mi querido Julian, pero también sé que te seduce lo llamativo y lo nuevo; y esta casa y yo no somos ni lo uno, ni lo otro. Por consiguiente, tenemos que asegurarnos de que nos contemples con la mirada adecuada. ¿No es así, Lottie?

Lottie asintió atontada. Le estaba costando un gran esfuerzo concentrarse: nunca había visto a alguien comportarse con su marido del modo en que lo hacía Adeline, con esa cortesía excesiva.

—Entonces te prometo que no diré ni una palabra. Bien... ¿quién me muestra el lugar? ¿Frances? ¿Cómo estás, querida? Parece que el aire de mar te sienta de maravilla.

—Muy bien, Julian. Gracias.

—Y ¿quién más ha venido?

—George. Irene, y también Minette, que acaba de irse. Ha vuelto a escribir. Stephen vendrá el fin de semana. Le dije que habrías vuelto para entonces.

—Fantástico —dijo Julian, dando unos golpecitos en la mano de su esposa—. Esto ya es un hogar. Lo único que tengo que hacer es sentarme por aquí en medio y fingir que siempre he vivido en esta casa. —Se dio la vuelta girando sobre su bastón mientras miraba la sala—. ¿Qué me contáis de esta casa? ¿Cuál es su historia?

—Poca cosa sabemos, pero gracias a Lottie y a su amiga nos hemos enterado de que la construyó el hijo de una familia de la zona, y que cuando murió, la adquirió una pareja... ¿Quiénes dijiste que eran?

—Los MacPherson —dijo Lottie, quien se fijó que Julian llevaba un grueso y enorme anillo en el dedo meñique. Parecido a un anillo de época de mujer, si cabe.

—Sí, los MacPherson. Claro que el estilo es moderno, como puedes ver. Creo que bastante inusual. Por lo demás, tiene una luz preciosa, ¿*non*? Frances dice que goza de una luz privilegiada.

Julian se volvió hacia Frances.

—Eso es evidente, querida Frances. Tu gusto y tu criterio, como siempre, son impecables.

Frances le dedicó una sonrisa breve, casi lastimosa.

—¿Volverás pronto a Cadogan Gardens? —le preguntó.

—No —respondió Julian suspirando—. Me temo que hemos quemado nuestras naves en lo que a ese lugar se refiere. Hubo un ligero malentendido a propósito de un asunto económico; pero ya verás como aquí lo pasaremos estupendamente, hasta que las cosas se hayan solucionado. Me quedaré hasta la Biennale, si no os ocasiono ninguna molestia. —Julian sonrió mientras pronunciaba estas últimas palabras, mostrando seguridad ante la certeza de que su presencia jamás era una molestia.

—Entonces permítenos que te hagamos los honores —dijo Adeline—. Te mostraré los alrededores.

Lottie, con un movimiento brusco, tomó conciencia de que era el momento de hacer gala de sus buenos modales.

—Será mejor que me vaya —dijo, caminando con torpeza hacia la puerta—. Se está haciendo un poco tarde y dije que solo salía a comprar leche. Ha sido... un placer conocerle.

Lottie levantó una mano a modo de saludo y se dirigió a la puerta. Adeline, que le devolvió el gesto, salía ya a la terraza, rodeando con su brazo el talle de la chaqueta de tweed de Julian. Cuando Lottie se volvió para cerrar la puerta al salir, vio a Frances. Ignorando la presencia de la joven, y tan quieta como una de sus propias composiciones, les miraba fijamente mientras se alejaban.

Estaba muy predispuesta a sentirse triste por Frances: su aspecto era el de una persona abandonada. Debía de resultarle difícil su situación ahora que Julian había regresado; Lottie sabía demasiado bien lo fácil que era sentirse de más. George, por otro lado, no parecía fijarse mucho en ella, o no habría flirteado tanto con Celia y la espantosa Irene. Sin embargo, dos noches después, Lottie volvió a verla.

Estaban a punto de dar las nueve y media, y Lottie se había ofrecido a sacar de paseo a Mr. Beans, el terrier anciano e irascible de los Holden. De hecho, aquella tarea correspondía al doctor Holden, pero el trabajo lo había retenido inexcusablemente, y a la señora Holden, temblorosa por la noticia, trabajo le costaba conseguir que Freddie y Sylvia se quedaran en la cama. Freddie decía que se había comido las begonias, y entraba y salía corriendo del baño fingiendo encontrarse mal, mientras que Sylvia, apareciendo de nuevo en lo alto de las escaleras con las zapatillas y una vieja máscara antigua, exigía su enésimo vaso de agua. Joe había ido a verla, y estaba jugando al Scrabble. Cuando Lottie se ofreció para pasear al perro y sustituir al doctor en su paseo vespertino, la señora Holden se mostró muy agradecida y le dijo que, mientras Joe la acompañara, no veía ningún obstáculo en ello. Ahora bien, no debían demorarse demasiado, ni alejarse de la carretera. Lottie y Joe cruzaron por el parque municipal, contemplando cómo desaparecían los últimos rayos de sol tras el hotel Riviera y las farolas parpadeaban y tartamudeaban progresivamente hasta encender su luz de sodio. Unos metros más adelante Mr. Beans gruñía y olisqueaba ante aromas desconocidos, dibujando un sendero ebrio a lo largo del arcén plantado de césped. Lottie no se asía del brazo de Joe y el muchacho, al caminar junto a ella, le iba dando golpecitos con el codo, como si la estuviera invitando a hacerlo en silencio.

—¿Sabes algo de tu madre?

—No. Escribirá por Navidad, supongo.

—¿No es un poco raro esto de no hablar nunca con ella? Yo echaría de menos a la mía.

—Tu madre y la mía son criaturas muy distintas, Joe.

—A mí me costaría llamar criatura a la mía. —El joven intentó reír, por si Lottie había pretendido hacer un chiste.

Los muchachos caminaban en silencio, mientras observaban cómo algunas siluetas seguían su camino en penumbra, entre murmullos, a lo largo de la línea costera, para ir a cobijarse y encontrar consuelo en sus invisibles baños y camas.

—¿Cuándo regresa Celia a casa? El sábado, ¿verdad?

Eso era parte del problema. La señora Holden se lo había querido contar a su marido personalmente. Le gustaba dar buenas noticias: actuaría del modo más inverosímil por arrancarle una sonrisa.

—Llegará en el tren de la tarde. Tengo que llevar a Freddie al barbero por la mañana.

—No parece que hayan pasado ya ocho semanas, ¿eh? Yo acompañaré a Freddie, si quieres. Tengo que arreglarme el pelo. Papá dice que empiezo a parecer un *teddy-boy*.

—Escucha —dijo Lottie, deteniéndose.

Joe levantó la cabeza, como si oliera el aire. Abajo, el rompiente de las olas y el susurro de la corriente marina delataban la subida de la marea. Un perro ladró, interrumpiendo la ensoñación aromática de Mr. Beans. Entonces lo volvió a oír. Música de jazz: extraña, arrítmica, casi desafinada. Una trompeta, entre ruido de fondo; y risas.

—¿Lo oyes? —preguntó Lottie, asiendo del brazo a Joe sin pensar. Procedía de Casa Arcadia.

—¿Qué es? ¿Alguien estrangulando a un gato?

—Escucha, Joe —dijo Lottie. Calló, intentando atrapar el sonido melancólico que se desplazaba hacia ellos para desaparecer al instante siguiente—. Acerquémonos.

—Will Buford tiene tres discos nuevos de rock-and-roll americano. Esta semana pasaré por su casa para escucharlos. ¿Vendrás?

Lottie, sin embargo, con la chaqueta de punto echada sobre los hombros, apretó a correr, tropezando sobre sus pasos, para procurarse un lugar desde donde poder contemplar a sus anchas la escena. Mr. Beans trotaba a galope corto, feliz tras la muchacha, con las garras tintineando en el cemento.

—La señora Holden ha dicho que deberíamos seguir por la carretera —le gritó Joe mientras la figura de Lottie desaparecía; luego, al cabo de unos instantes, el muchacho también la siguió.

Lottie estaba inclinada sobre la barandilla que daba a Arcadia. Bajo la oscuridad incipiente, las ventanas acristaladas de forma rectangular refulgían con intensidad, despidiendo una masa de luz sobre la terraza pavimentada. Un grupo reducido de gente se destacaba a contraluz; si forzaba la vista, Lottie casi podía divisar a Julian Armand, sentado en el viejo banco de hierro, con los pies encima de la mesa. Al otro lado de la terraza había alguien más alto, fumando. Probablemente debía de ser George; y también otro hombre al cual Lottie no reconoció, que hablaba con él.

Frente al grupo, bañadas en un estanque lumínico, estaban Frances y Adeline, bailando juntas, abrazadas por los hombros, y Adeline inclinaba la cabeza al reír desinhibida por algo que Frances le estaba contando. Se desplazaban juntas, separándose brevemente para coger las copas de vino o llamar la atención de los hombres.

Lottie se quedó perpleja ante el ligero escalofrío que sintió al contemplar la escena. A Frances ya no se la veía dolida. Incluso a esa distancia parecía segura de sí misma, radiante en la penumbra. Como si lo tuviera todo bajo control, solo que Lottie no lograba adivinar de qué se trataba. «¿Qué es lo que puede transformar a alguien de ese modo?», se preguntaba la muchacha. «¿Cómo puede ser Frances aquella persona?» La última vez que había ido a Arcadia, Frances era como el papel pintado, una presencia tibia y beige contrapuesta al brillo del pequeño faro que era Adeline. Ahora, en cambio, le hacía sombra: se la veía más alta, más vital, como si su figura fuera una exageración de sí misma.

Lottie, demudada, apenas podía respirar. Arcadia seguía teniendo ese efecto en ella. Se sintió atraída, transportada por el aliento de los acordes menores que le llegaban seductores con la brisa marina. Le susurraban sus secretos; le hablaban de lugares distintos, de maneras alternativas de vivir. «Debes aprender a soñar», le había dicho Adeline.

—Creo que Mr. Beans ya ha cumplido por hoy —dijo Joe, y su voz traspasó la oscuridad—. Me parece que deberíamos volver a casa.

Queridísima Lots [decía la última carta]:

¡Qué mezquina eres por no haberme hecho un sinfín de preguntas sobre Guy! No importa. Sé que la causa de tu silencio es que estás tremendamente celosa, así que te lo perdono. Los hombres de Merham no calzan el mismo pie que los de Londres, ¡qué te voy a contar! Hablando en serio, Lots, te he echado muchísimo de menos. Las chicas de mi clase son un hatajo de víboras. Ya iban en grupito antes de que yo llegara y se pasan el día contándose secretos a mis espaldas durante los descansos. Al principio, eso me ponía muy triste, pero ahora que tengo a Guy creo que son estúpidas y que deben de llevar unas vidas muy aburridas y vacías si sienten la necesidad de recurrir a sus juegos de colegialas. (Es lo que me dijo Guy.) Hoy me lleva a cenar al Mirabel para celebrar que he terminado los exámenes de taquigrafía y máquina. No se lo digas a mamá, pero será un milagro si apruebo la taquigrafía. Mis caracteres se parecen a las letras chinas. Esta frase también es de Guy (ha viajado por todo el mundo y ha visto estas cosas de primera mano). Iba a mandarte una fotografía de los dos tomada en las carreras de Kempton Park, pero solo tengo una y me da miedo perderla, así que tendrás que imaginártelo. Piensa en Montgomery Clift, bronceado y con el pelo más claro; así, más o menos, podrás hacerte una idea...

Era la tercera carta en la que, «más o menos», surgían complicaciones que le impedían incluir un retrato de «Guy». Lo cual, «más o menos», no sorprendía demasiado a Lottie.

La chica permanecía en pie y en silencio mientras la señora Holden la atacaba con el cepillo de la ropa, pasándoselo de arriba abajo con brusquedad para sacar pelusas imaginarias de su chaqueta confeccionada a medida.

—Deberías ponerte la cinta del pelo. ¿Dónde está?

—Arriba. ¿Quiere que vaya a buscarla?

La señora Holden frunció el ceño ante el pelo de Lottie.

—Probablemente será lo mejor. Se te electriza demasiado. Veamos, Frederick. ¿Qué les ha ocurrido a tus zapatos?

—Les ha echado betún negro en lugar de marrón —dijo Sylvia sin olcultar cierta satisfacción—. Dice que parecen más reales.

—Reales, ¿por qué?

—Por los pies. Son cascos —dijo Freddie, sacando los dedos de los pies y moviéndolos con orgullo—. Cascos de vaca.

—Por el amor de Dios, Frederick. ¿Es que no te puedo dejar solo ni un minuto?

—Las vacas no tienen cascos. Tienen pezuñas.

—No es verdad.

—Sí lo es. Las vacas tienen pezuñas unguladas.

—Entonces tu también tienes pezuñas de vaca. Las pezuñas de una vaca gorda. ¡Auuu!

—Sylvia, Frederick, dejad de daros patadas. No está bien. Lottie, ve a avisar a Virginia; veamos si en estos cinco minutos que faltan para marcharnos podemos hacer algo con estos chicos. A ver, Sylvia, ¿dónde está tu abrigo? Te dije hace diez minutos que te lo pusieras. Hoy hace mucho frío. ¿Qué te has hecho en las uñas? Podrías cultivar patatas ahí.

—Eso es porque se ha estado hurgando la nariz. ¡Ayyy! ¡Tienes las pezuñas de una vaca! Las pezuñas de una vaca gorda y asquerosa.

—Sylvia, te he dicho que no le des patadas a tu hermano. Te traeremos un cepillo para limpiarte las uñas. ¿Dónde está el cepillito de las uñas? ¿Qué diantres va a decir tu hermana cuando vea el estado en que os encontráis?

—¡Oh, basta ya, mujer! No seas pesada. Solo se trata de Celia. A ella le daría igual que fuéramos a buscarla en bañador.

La señora Holden se sobresaltó, pero no levantó la mirada hacia su marido, el cual se había sentado en las escaleras para arreglarse los zapatos. Solo Lottie advirtió que los ojos se le llenaban de lágrimas y captó el amago que hizo de ocultarlas al limpiárselas con la manga. Luego se fue corriendo por el pasillo en busca de Virginia.

Lottie, a pesar de sentir una profunda compasión, tenía otros problemas. No se hablaba con Joe. En el camino de vuelta a casa, ese día que habían sacado a pasear a Mr. Beans, Joe se había mostrado reticente ante el hecho de que ella pasara tanto tiempo en Arcadia. «Se están labrando una reputación precisamente no muy buena, esa gente; y si a ti se te ve muy a menudo por allí, en fin, se te podría pegar un poco, ¿no? Lottie, me importas mucho, soy amigo tuyo y me veo obligado a decírtelo.» Lottie, que ya estaba furiosa por su interrupción, le replicó, con un tono tan sarcástico que incluso ella misma se sorprendió, diciéndole que quién le mandaba a él opinar sobre sus compañías, y que, en lo que respectaba a su persona, le importaba un bledo lo que pensara del tema.

Joe se ruborizó. Lottie lo percibió incluso en medio de la oscuridad, y eso la hizo sentirse culpable y molesta al mismo tiempo. Luego, tras un breve silencio, él le dijo con cierta solemnidad que si a esas alturas no lo sabía, es que no quería darse por aludida, pero que pensara que nadie la querría como él, y, aun en el caso de que ella no le correspondiera, él seguía sintiendo la necesidad de protegerla.

Lottie, presa de la rabia, se le plantó enfrente.

—Te dije, Joe, que no quería que volvieras a las andadas, pero claro, tenías que estropearlo. Estropearlo todo. Ya no podemos ser amigos. Si no eres capaz de reservarte para ti tus sentimientos, entonces no podemos ser amigos. Márchate a casa a reunirte con tu queridísima mamá y no temas por mi mala reputación.

Con esas palabras, Lottie dio un tirón a la correa del viejo Mr. Beans y se marchó furiosa a casa, dejando a Joe plantado y en silencio junto a la verja del parque.

Si las circunstancias hubieran sido otras, a esas alturas Joe ya se habría presentado en su casa. Habría aparecido en la puerta y le habría preguntado si quería ir a tomar un café o echar una partida de algún juego de mesa, y habría bromeado sobre su riña. Lottie, complacida en secreto de verle, se habría alegrado de poder suavizar las cosas y contar con él de nuevo como amigo. Joe había cobrado una mayor importancia ahora que Celia se había marchado y, aunque la sacara de quicio, era el único amigo de verdad que tenía. Siempre había sabido que, de algún modo, era demasiado morena, demasiado insólita para las Betty Croft y sus compañeras de la escuela; y que si las muchachas habían tolerado su presencia en el grupo sencillamente era gracias a Celia.

Sin embargo, era evidente que en esa ocasión Joe se había sentido dolido. Habían transcurrido ya cuatro días y todavía no se había acercado a la casa de los Holden. Lottie, pensando retrospectivamente en la manera tan ruda en que le había hablado, se preguntaba si debería ir a buscarle para disculparse o si eso le serviría a Joe para convencerse de que ella le estaba allanando el camino para volver a insinuarse.

La voz de la señora Holden resonó por el vestíbulo.

—Lottie, venga. El tren llega a las cuatro quince, y no nos gustaría nada retrasarnos, ¿verdad?

El doctor Holden pasó junto a ella, casi rozándola.

—Ve a calmarla, Lottie, sé buena chica; en caso contrario, Celia echará un vistazo al conjunto que la espera en el andén y regresará a Londres sin pensarlo —le sonrió el doctor al hablar, con una sonrisa que reflejaba exasperación a la vez que tácita complicidad. Lottie le devolvió la misma mirada, sintiéndose vagamente avergonzada al hacerlo.

Temerosa quizá de recibir otro comentario despectivo, la señora Holden no habló durante los diez minutos que duró el trayecto a la estación. El señor Holden tampoco, pero eso era lo habitual. Sylvia y Freddie, sin embargo, sobreexcitados ante la simple perspectiva de hallarse en el coche, se peleaban con furia y pegaban la nariz a la ventanilla, gritando a los transeúntes. A Lottie le habían dicho que se sentara entre los dos, y de vez en cuando sostenía con firmeza a alguno de los dos hermanos para que se sentara, o bien reñía al otro, pero seguía preocupada con el problema de Joe. Decidió que se acercaría a su casa por la tarde. Le pediría disculpas, y lo haría de un modo que le dejara bien claro que no era partidaria de alimentar todas aquellas historias románticas. «Joe acabará aceptándolo. Siempre lo acababa aceptando todo, ¿o no?»

El tren llegó a las cuatro dieciséis con treinta y ocho segundos. Freddie, que había estado controlando al minuto el reloj de la estación, les vociferó el dato recalcando la falta de puntualidad. Por una vez la señora Holden no lo regañó: estaba demasiado ocupada esforzándose en intentar distinguir a su hija entre las cabezas de los distintos pasajeros que acababan de llegar, y su voz se elevaba débilmente sobre el ruido de las portezuelas de los vagones al cerrarse.

—¡Allí! ¡La tercera que está a punto de bajar! —Sylvia se liberó del brazo de su madre y apretó a correr por el andén. Lottie la observó, y se encontró con que ella misma estaba siguiéndola a toda prisa, apresurándose sobre sus pasos, y que los Holden le iban a la zaga, los cuales parecían haber olvidado temporalmente su comedimiento.

—¡Celia, Celia! —gritó Sylvia, lanzándose sobre su hermana mayor y haciéndole perder casi el equilibrio al tocar con el pie el suelo del andén—. ¡Llevo zapatos nuevos! ¡Mira!

—¡Yo también llevo zapatos nuevos! —mintió Freddie, cogiendo la mano de Celia y tirando de ella—. ¿Habéis viajado muy rápido? ¿Había espías en Londres? ¿Subiste a un autobús de dos pisos?

Lottie se quedó rezagada, con una sensación de profunda extrañeza mientras la señora Holden se abalanzaba desinhibida sobre su hija y la abrazaba, con la cara resplandeciendo de maternal orgullo.

—¡Cuánto te he echado de menos! ¡Te hemos echado todos muchísimo de menos!

—Por supuesto que sí —dijo el doctor Holden, esperando a que su esposa se desasiera de Celia para ahogarla en un abrazo de oso—. ¡Qué maravilla tenerte en casa, cariño!

No fue tan solo la punzante sensación de sentirse foránea lo que intimidaba a Lottie. Era Celia misma. Solo habían transcurrido unos meses, pero a Celia se la veía cambiada. Se había cortado el pelo, y lo llevaba moldeado en unas lustrosas ondas. En cuanto a sus labios, se los había perfilado con un rojo atrevido y casi impactante. Llevaba un abrigo de lana verde con un cinturón que Lottie no le había visto antes, y un par de zapatos de charol con un bolso a juego. Los zapatos eran de tacón de aguja, y el tacón medía casi ocho centímetros. Parecía un personaje sacado de una revista. Se veía preciosa.

Lottie se alisó el pelo bajo la cinta y echó un vistazo a los zapatos de hebilla y suela gruesa que usaba para caminar. En las piernas lucía calcetines de algodón en lugar de llevar medias de nailon como Celia, que aun así le daban demasiado calor en esa época.

—¡Hola! ¡Me alegro muchísimo de veros a todos! —exclamó Celia mirando a todo el grupo; y la señora Holden estaba tan contenta de verla que ni siquiera la castigó— ¿Lots? Lottie, no te escondas, que casi no te veo.

Lottie dio un paso adelante y dejó que su amiga la besara. Tras el gesto de Celia, Lottie advirtió el rastro de un perfume dulzón. La muchacha tuvo que combatir el impulso de frotarse la mancha de pintalabios de la mejilla.

—Te he traído un montón de cosas de Londres. Tengo muchísimas ganas de enseñártelo todo. Creo que enloquecí un poco con el dinero que tía Angela me regaló. ¡Oh, Lots! Ya verás lo que te he traído. Me gustaba tanto que casi cambio de idea y no te lo regalo.

—Bueno, no nos quedemos aquí plantados todo el día —dijo el doctor Holden, que ya empezaba a consultar el reloj—. Marchémonos de la estación, Celia, bonita.

—Sí, debes de estar agotada. Debo decir que no me gustaba nada la idea de que hicieras sola un trayecto tan largo. Le dije a tu padre que debía ir a recogerte.

—Pero si no he viajado sola, mamá.

El doctor Holden, que había agarrado la maleta y ya se marchaba hacia la taquilla, se detuvo y se dio la vuelta.

Tras Celia un hombre bajó del tren, inclinándose ligeramente, y se situó a sus espaldas. Llevaba dos enormes piñas bajo el brazo.

La sonrisa de Celia era resplandeciente.

—Mamá, papá, quiero presentaros a Guy. Como sé que no lo adivinaréis jamás, os diré que... ¡estamos prometidos!

La señora Holden se sentó frente al tocador y se sacó las pinzas del pelo con cuidado, con la mirada fija en el reflejo del espejo, aunque ausente. Siempre había sabido que Lottie tendría problemas cuando Celia empezara a madurar. Era inevitable que su hija mostraría su pedigrí llegado el momento; y en Londres, había que admitirlo, la muchacha había madurado de un modo que ni siquiera ella hubiera podido imaginar. Su niñita del alma había regresado a casa con el aspecto de una lámina de moda.

Susan Holden depositó con cuidado las pinzas en un frasquito de porcelana y lo volvió a tapar. No le hacía ninguna gracia admitir lo aliviada que se sentía al saber que Celia se había prometido. Con un muchacho de una cierta posición social, además. Quizá para hacer feliz a Celia, o bien como muestra de gratitud porque alguien «se ocuparía ahora de ella», la familia entera de algún modo había sentido la necesidad de celebrarlo. (Henry le había dado un desacostumbrado pellizco en la mejilla, y ese solo recuerdo bastaba para inundarla de placidez.)

No obstante, la reacción de Lottie ante la buena nueva de Celia había sido de lo más peculiar. Cuando al principio el chico surgió del tren, Lottie lo había mirado fijamente, casi con grosería. Claro que todos ellos habían clavado su mirada en el joven (Celia los había cogido por sorpresa, la verdad). La señora Holden tuvo que reconocer que probablemente ella también lo había mirado con una cierta insistencia. No había visto una piña desde hacía años. Sin embargo, Lottie no le quitaba los ojos de encima. La señora Holden se dio perfecta cuenta del suceso porque la chica se hallaba justo en su campo de visión. Fue bastante escandaloso; y luego, cuando Celia les anunció su compromiso, su rostro perdió el color. Lo perdió, efectivamente, como si se hubiera alterado su composición. Más tarde, su aspecto era bastante contrito. Casi como si estuviera a punto de desmayarse.

Celia no se había dado cuenta. Estaba demasiado atareada presumiendo de su anillo y charlando sobre la boda. No obstante, incluso en medio de todo aquel barullo, la señora Holden había percibido la extraña reacción de Lottie, y sintió un leve asomo de alarma. A la vez que digería las noticias de su hija con una mezcla de asombro y alegría, descubrió que también vigilaba a su hija putativa con preocupación.

Quizá todo aquello no fuera tan sorprendente. «A fin de cuentas, nadie aparte de Joe se interesará jamás por ella», pensó la señora Holden sintiendo una peculiar mezcla de piedad y orgullo por su propia hija. «Imposible con esa pigmentación, y esa historia.»

Cogió la crema desmaquilladora y empezó a quitarse el colorete de las mejillas con movimientos metódicos. «Quizá hemos sido injustos acogiéndola, después de todo», pensó. «Quizá deberíamos haberla dejado tranquila, para que pudiera relacionarse con la gente de su condición en Londres.»

Era posible que hubieran despertado en ella falsas expectativas.

4

—Iban absolutamente desvestidos. Señoras, les digo que casi me desmayo. —La señora Colquhoun se llevó la mano a los labios, como si el recuerdo todavía le doliera—. Justo al lado del sendero que conduce a la playa, por si fuera poco. Cualquiera les podría haber visto.

Era posible, reconocieron las damas del salón, si bien en privado admitían que lo discutible era el hecho de que alguien que no fuera Deirdre Colquhoun se hubiera tropezado con George Bern y Julian Armand en el momento en que los hombres iban a disfrutar de su tonificante baño matutino. Para ser sinceros, a ninguna se le escapaba el detalle de que la señora Colquhoun había adoptado la costumbre de dar un número inusual de paseos por el sendero que conducía a la playa durante los últimos meses, incluso bajo un tiempo inclemente. Claro que nadie se hubiera atrevido a mencionar la existencia de alguna otra razón que no fuera el celo en comprobar que se preservaban las buenas costumbres de Merham.

—¿No es una locura bañarse con esta agua?

—La locura es intentar salir del agua sin las carnes amoratadas —observó la señora Ansty, sonriendo. Sin embargo calló en el acto, cuando advirtió que a nadie le resultaba divertido su comentario.

—¿Saben que en realidad me saludó con la mano? Fue el más joven. Se quedó allí quieto y me saludó... como si... si yo pudiera ver...

—La voz se le quebró, a la señora Colquhoun, y seguía tapándose la boca con la mano, como rememorando aquel horror.

—La semana pasada estaba cantando, ese tal señor Armand. En pie, y en medio de la terraza, cantaba a grito pelado algo que sonaba como si fuera ópera. A plena luz del día.

Las señoras mostraron su reprobación con un susurro.

—Creo que era una pieza alemana —dijo Margaret Carew, a quien le apasionaban Gilbert y Sullivan.

Durante unos breves minutos se hizo el silencio.

—En fin —dijo la señora Ansty—. Opino sinceramente, señoras, que los habitantes de esa casa están empezando a bajar el listón de nuestro pueblo.

La señora Chilton dejó a un lado la tacita de té.

—Cada vez me preocupan más los visitantes del próximo verano. ¿Qué ocurrirá si corre la voz y se empieza a saber las payasadas que hacen? Tenemos una reputación que conservar, y lo peor que podría ocurrir es que su conducta terminara influyendo a los jóvenes, ¿no les parece? Solo Dios sabe lo que podría ocurrir.

Hubo un breve paréntesis en la conversación. Nadie quería sacar a colación el incidente de Lottie y Celia en la playa. Sin embargo, Susan Holden estaba tan exultante por el compromiso de Celia que la posibilidad ya no la intimidaba.

—¿Alguien más quiere otro trozo de piña? ¿Una rodaja de melón, quizá?

Susan Holden apareció por la puerta y se empezó a mover de un lado para otro de la habitación, inclinándose para ofrecer rodajitas de fruta que había pinchado con esmero en palitos de cóctel y dispuesto en atractivos círculos. (La revista *Good Housekeeping* era muy dada a las buenas presentaciones en lo que a alimentos se refería.)

—Es impresionante pensar en la distancia que ha recorrido esta fruta antes de llegar aquí. Se lo dije a Henry anoche: «Probablemente en la actualidad hay más piñas viajando en avión que personas» —comentó la señora Holden riendo, complacida por su simpático chiste—. Vamos, prueben, señoras.

—Es tan diferente de la fruta en lata... —dijo la señora Ansty, masticando con aire reflexivo—. Diría que es un poco demasiado fuerte para mi paladar.

—Entonces tome melón, querida —respondió la señora Holden—. Tiene un aroma dulce y fantástico. Resulta que el padre de

Guy importa fruta de todo tipo desde los lugares más insólitos. Honduras, Guatemala, Jerusalén... Anoche el chico nos contó que existe una variedad de frutas de las que jamás habíamos oído hablar. ¿Saben que hay una fruta en forma de estrella? —Susan Holden estaba un tanto sofocada de satisfacción.

La señora Ansty se tragó el bocado y gesticuló de placer.

—¡Ooooh! Este melón es una maravilla.

—Llévese un poco a casa para su Arthur. Guy nos ha dicho que le pedirá a su padre que nos envíe más desde Londres. Tiene una empresa muy grande, y Guy es hijo único. Por lo tanto, llegado el día, heredará un negocio muy bueno al que dedicar sus esfuerzos. ¿Más piña, Sarah? Aquí hay servilletas, señoras, por si las necesitan.

La señora Chilton sonrió con remilgo y rechazó un segundo trozo. Todas estaban satisfechas de que Susan hubiera conseguido que Celia se prometiera, pero tampoco era conveniente que se lo creyera demasiado.

—Debe de sentirse muy aliviada —le dijo con cautela.

Susan Holden levantó la mirada, presa del rencor.

—En fin... ya se sabe que las chicas siempre traen problemas, ¿no? Todas estamos contentísimas de que alguien cuide de Celia, y cruzaremos los dedos por la pequeña Lottie. Aunque ella nunca le ha causado tantas preocupaciones, ¿verdad, querida? —La señora Chilton aceptó la galleta de Niza que Virginia, que acababa de entrar con la bandeja de té, le ofrecía.

La sonrisa de la señora Holden se marchitó de nuevo, pero su amiga se arrellanó en la silla y le dedicó un comentario animoso.

—Veamos, señoras, ¿qué vamos a hacer con Casa Arcadia? He estado pensando que... bueno, quizá alguien debería hablar con ellos con calma. Alguien de peso, como Alderman Elliott. Porque pienso que se les debería llamar la atención a esos bohemios, o comoquiera que se llamen. No creo que hayan comprendido cómo hacemos las cosas en Merham.

Lottie estaba echada en la cama, fingiendo que leía e intentando no escuchar los estallidos de risa del exterior que provenían de Celia y Guy jugando a tenis en el césped, sin dar importancia, a juzgar por las apariencias, al viento que bramaba y al celo extremo de Freddie como recogepelotas.

Miraba con aire acusador la página que tenía delante, consciente de que había estado contemplando el mismo párrafo desde hacía casi cuarenta minutos. Si alguien le hubiera preguntado qué le pasaba, no habría podido responder; y si luego le hubieran preguntado si le pasaba algo en concreto, tampoco habría sabido qué decir. Porque nada tenía sentido. El universo había estallado en múltiples fragmentos, y cada uno de esos pedazos había aterrizado en el lugar equivocado. Salvo Lottie, que era la única que se había dado cuenta. Oía chillar acusadoramente a Celia, su grito disolviéndose en risitas agudas, y, como ruido de fondo, la voz de Guy, más mesurada, dándole instrucciones. Su voz también desprendía un amago de risa que no había llegado a cristalizar en ningún momento.

Lottie cerró los ojos e intentó respirar. Sabía que en cualquier momento Celia enviaría a alguien arriba para pedirle que fuera a reunirse con ellos. Quizá le apetecería prestarse a un partido de dobles, si Freddie reclamaba su derecho a jugar. ¿Cómo podía explicar su aversión repentina al tenis? ¿Cómo podía explicar su reticencia a salir de casa? ¿Cuánto tiempo transcurriría antes de que alguien advirtiera que no se trataba de que Lottie se comportara de un modo «asocial», como la había acusado Celia riéndose?, ¿que aquello no obedecía a otra de sus manías, esta súbita reticencia a pasar el rato con su mejor amiga?

Lottie observaba la nueva blusa que colgaba del pomo de la puerta. La señora Holden le había dedicado una de sus «miradas» cuando le había dado las gracias a Celia. Sabía que Susan Holden la había juzgado un tanto ruda. Lottie debería haberse mostrado más agradecida. Era un blusa muy bonita.

Sin embargo, Lottie no había dicho gran cosa porque era incapaz de decir nada. ¿Cómo iba a hacerlo? ¿Cómo podía explicar que la primera vez que se fijó en Guy todo lo que ella conocía, todo aquello en lo que creía, había desaparecido como transportado por arte de magia, como si alguien hubiera tirado de una alfombra que tenía bajo los pies? ¿Cómo iba a explicar el dolor lacerante que le provocaba esa familiaridad de su rostro, la alegría amarga del reconocimiento, la certeza profundamente enraizada de que hasta la parte más íntima de su cuerpo conocía ya a ese hombre?

Tenían que conocerse... ¿Acaso los dos no estaban labrados de la misma porcelana humana? ¿Cómo podía contarle a Celia que no podía casarse de ningún modo con el hombre que había invitado a su casa en calidad de prometido?

Porque la verdad era que pertenecía a Lottie.

—¡Lottie! ¡Lots! —Oyó una voz procedente de abajo transportada por el viento. Justo tal como sabía que iba a suceder.

Lottie esperó la segunda llamada y luego abrió la ventana. Miró hacia abajo e intentó mantener los ojos fijos en el rostro levantado de Celia.

—¡No seas plomo, Lots! Ahora no estás estudiando para los exámenes.

—Me duele un poco la cabeza. Bajaré más tarde.

Incluso su voz sonaba distinta.

—Se ha pasado todo el día metida en casa —dijo Freddie, que lanzaba pelotas de tenis contra la fachada lateral.

—¡Oh, vamos, Lottie! ¡Baja ya! Nos vamos a punta Bardness. Podrías ir a buscar a Joe. Así seríamos cuatro. Venga, Lots. Si casi no te he visto...

Lottie se extrañaba de que Celia no pudiera adivinar que su sonrisa era falsa, puesto que le dolían hasta las comisuras de los labios.

—Id vosotros. Yo esperaré a que me pase este dolor de cabeza. Ya haremos algo mañana.

—¡Qué pesada eres! Menudo plomo; y eso que le había contado a Guy que eras una mala influencia para mí... ¡A que no crees que lo haya dicho de verdad!, ¿eh?

—Mañana. Te lo prometo.

Lottie apartó la cabeza de la ventana para no tener que ver el beso. Se echó contra el colchón e intentó recordar cómo se respiraba.

Guy Parnell Oliver Bancroft había nacido en Winchester, lo cual le convertía técnicamente en inglés. No obstante, ese era el único rasgo inglés en el muchacho. Todo en él (desde la piel bronceada, tan rara entre la mayoría de ingleses de tez pálida, hasta sus maneras reposadas e inseguras) lo distinguía e individuaba de los jóvenes que Lottie y Celia habían conocido. De los hombres de Merham, por decirlo de algún modo. Era independiente, educado, reservado y, sin embargo, también transmitía el aura informal del heredero que no oculta su condición, el muchacho al que pocas cosas le sorprenden y que en cualquier momento muestra una disposición innata a recibir todo lo bueno que le puede deparar la vida. Parecía no experimentar ninguno de los torturadores exámenes de conciencia de Joe, ni ceder al impulso de imitar la competitividad agresiva de los demás muchachos. Miraba algo perplejo su entorno, como permanentemente divertido ante algún chiste imprevisto, y de vez en cuando profería unas carcajadas desinhibidas y alegres. («Es la clase de chico al que no puedes evitar sonreír», le confió la señora Holden a su marido. Claro que Guy la hacía sonreír muchísimo; una vez que se hubo repuesto del impacto que le causó el rápido compromiso de su hija, y haciendo gala de su indulgencia, no le costó considerarlo como un hijo propio.) Asimismo, el joven se mostraba igual de imperturbable ante la presencia del hombre que controlaba la hilera de taxis que ante la perspectiva de pedirle formalmente al doctor Holden la mano de su hija. (Todavía no lo había hecho; claro que llevaba en el lugar tan solo un par de días, y el doctor Holden había estado atareadísimo.) Aunque era un tanto pasivo, un poco menos lanzado de lo que a los Holden les habría gustado, no iban a juzgarle por ello (ya se sabe que a caballo regalado...).

Sin embargo, nada de todo eso debería haberles sorprendido. Durante la mayor parte de su vida Guy Bancroft no había sufrido las rígidas convenciones sociales de las escuelas privadas para muchachos, ni de los círculos acomodados. Como hijo único, había crecido sintiéndose la auténtica savia que alimentaba la vida de su padre y, tras un período breve y bastante desgraciado en un internado británico, lo habían vuelto a incorporar al seno familiar, cargándolo, con todos los enseres de la familia, del trópico al subtrópico, dado que Guy Bertrand Bancroft padre, advirtiendo con astucia el apetito de los desposeídos bretones por la fruta no indígena, levantó rápidamente un negocio de importación y halló diversas vías para satisfacer esa pasión creciente en sus compatriotas.

Como consecuencia, Guy se pasó la infancia paseando por los inmensos estados frutícolas del Caribe, donde inicialmente se había instalado su padre, explorando playas desiertas, haciéndose amigo de los hijos de los trabajadores negros y recibiendo la educación esporádica que algunos tutores le iban impartiendo cuando su padre se acordaba de contratarlos. Guy no necesitaba una educación formal, solía decir el hombre. (Era muy dado a exclamar. Quizá ese era el motivo de que Guy hijo fuera tan callado.) ¿Qué le había aportado a él de bueno el año 1066? ¿A quién le importaba cuántas esposas tuvo Enrique VIII? (Si ni siquiera el propio rey llevaba bien la cuenta.) Todo lo que él había aprendido en serio había sido en la Facultad de Golpes Duros. Licenciado (y la madre de Guy solía arquear las cejas con gran sentido cómico al llegar a este punto) en la Universidad de la Vida. No, el chico aprendería muchísimo más si le dejaban libre y crecía salvaje. Sabría más sobre geografía (aprendería a comparar y contrastar los cultivos en terraza del centro de China con la agricultura de inmensos y abiertos acres de Honduras), y sabría más sobre política, y sobre la gente real, su cultura y sus creencias. Aprendería matemáticas estudiando contabilidad, y en cuanto a la biología... ¡Solo había que fijarse en la vida de los insectos!

Sin embargo, todos conocían la auténtica razón. A Guy padre le gustaba tenerlo cerca. Como hijo tardío y largamente ansiado, el muchacho era todo lo que ese hombre siempre había deseado. No comprendía a esos padres que querían enviar a su descendencia a las acartonadas y viejas escuelas privadas donde aprenderían a hacer muecas de desprecio, mostrarse esnobs y probablemente comportarse como cabrones («Muy bien, cariño», solía interrumpirle con firmeza la madre de Guy al llegar a ese punto. «Creo que ya te hemos entendido todos perfectamente.»).

Guy les contó todas esas historias en el transcurso de varias comidas familiares. Poca cosa les dijo sobre los cabrones, pero Celia se lo había contado a Lottie, echadas ya las dos en la cama y hablando en la oscuridad. En fin, más bien era Celia quien hablaba. Lottie fingía estar dormida sin lograr su propósito, creyendo que la única esperanza de seguir cuerda radicaba en ser incapaz de visualizar a Guy en cualquier situación humana.

Ellas dos no eran las únicas que hablaban de Guy, sin embargo. La señora Holden quedó francamente desconcertada cuando el chico mencionó de pasada que tenía amigos negros, y en numerosas ocasiones le preguntó al señor Holden si él creía que ello era correcto.

—¿De qué te preocupas, mujer? —le decía él exasperado—. ¿Tienes miedo de que se le haya pegado? Las cosas son diferentes en esos países —le siguió explicando el doctor Holden cuando vio que el rostro de su esposa no lograba disimular su orgullo herido, y que esa expresión le duraba más rato de lo habitual—. Es probable que el muchacho no tuviera demasiadas oportunidades de conocer a gente como él. Por otro lado, Susan, los tiempos están cambiando. Fíjate en la inmigración.

El doctor Holden habría preferido leer el periódico en paz.

—Bueno, lo que yo me pregunto es si es culpa de... una cierta laxitud por parte de sus padres. ¿Cómo se supone que un muchacho que está creciendo va a saber distinguir las cosas si solo se mezcla con... con el servicio?

—Recuérdame que despida a Virginia.

—¿Qué?

—No vamos a permitir que Freddie y Sylvia hablen con la chica, ¿no te parece?

—Henry, te cierras en banda deliberadamente. Estoy segura que la familia de Guy está muy bien. Solo pensaba... Su educación parece un tanto... algo inusual, eso es todo.

—Susan, es un joven excelente. No tiene tics, ni ninguna deformidad evidente, su padre es extremadamente rico, y el chico nos quiere quitar de las manos a nuestra problemática y descerebrada jovencita. En lo que a mí respecta, lo podrían haber educado tocando el bongó y comiendo cabezas humanas.

La señora Holden no supo si reír o callar atónita. A veces era difícil calibrar el sentido del humor de Henry.

Lottie no era consciente de todas esas cosas. Durante las comidas se pasaba la mayor parte del tiempo intensamente concentrada en su sopa, o bien rezando para que nadie le hiciera entrar en la conversación. Tampoco es que le dieran motivos de preocupación. La señora Holden estaba demasiado ocupada bombardeando a Guy con preguntas sobre su familia y lo que su madre pensaba del hecho de volver a vivir en Inglaterra, mientras que el doctor Holden le preguntaba cosas tan raras como si a su padre le afectarían los conflictos derivados de la reforma agraria en Guatemala y si la guerra fría iba a influir en el comercio de ultramar.

La verdad era que le resultaba extraordinariamente complicado estar cerca de él. Era demasiado duro oír su voz (¿dónde la había escuchado antes? Sin duda debía haberla oído antes. Su timbre se había grabado en el fondo de su alma). Su proximidad la atosigaba y confundía hasta el punto de que estaba segura de que se traicionaría. El aroma de su persona, esa dulzura apenas detectable, como si todavía llevara el trópico en el cuerpo, la dejaba insegura y torpe ante palabras que en el pasado le resultaran tan familiares. Por consiguiente, era más seguro no mirarlo. Era más seguro no ver su bello rostro. No tener que observar cómo Celia apoyaba su mano en el hombro de Guy con instinto posesivo o cómo le acariciaba el pelo con aire distraído. Mejor mantenerse al margen. Mucho mejor mantenerse al margen, sin duda.

—¿Lottie? ¡Lottie! Te he preguntado tres veces si quieres judía verde. ¿Vamos a tener que lavarte las orejas?

—No, gracias —susurró Lottie, intentando que el corazón no le saltara por la boca de un brinco. Guy la había mirado en una ocasión. Solo una vez, cuando ella se había quedado paralizada, de pie en el andén, y su propia reacción de asombro casi la derriba. Los ojos de Guy, al cruzarse con los de ella, la habían perforado como dos balas.

—Es una D.

—No, no, lo estás mirando desde un ángulo erróneo. Podría parecer una G.

—Bah, mamá. ¡Ya está bien! No vale hacer trampas.

—Pues claro que no, cariño. Fíjate. La verdad es que es una G. ¿No es maravilloso?

Lottie había entrado en la cocina para ir a buscar un vaso de leche. Llevaba días sin comer como es debido y, al sentir náuseas, pensó que la leche le sentaría bien. No esperaba encontrarse con Celia y su madre mirando por encima del hombro el suelo de losas de la cocina. La señora Holden tenía un aire de alegría bastante insólito en ella. Al advertir el ruido de las pisadas de Lottie, levantó la vista y le dedicó una de sus infrecuentes y desenvueltas sonrisas.

—Yo... venía a buscar un poco de leche.

—Fíjate, Lottie. Ven. Es casi como una G desde este ángulo, ¿no crees?

—¡Oh, mamá! —Celia reía con todas sus fuerzas. El pelo se le había separado en mechones dorados, y uno le había quedado pegado a la mejilla.

Lottie miró hacia el suelo de la cocina. Había un trozo de piel de manzana, cortada con esmero en una espiral longilínea, que yacía en una forma curva e irregular.

—Definitivamente es una G.

—No lo comprendo —dijo Lottie, frunciendo el ceño. La señora Holden reñía a Virginia cuando a la muchacha le caían trozos de comida por el suelo. Según decía, atraían a los insectos.

—G de Guy. Nunca he visto una letra más clara —precisó la señora Holden con determinación antes de inclinarse a recogerla. No pudo evitar una mueca, sin embargo: seguía comprándose las fajas demasiado pequeñas.

—Voy a decirle a Guy que es una D. Se pondrá celosísimo. ¿A quién conocemos que empiece por D, Lots?

Eran muy pocas las veces que Lottie había visto a Celia reír con su madre. Su amiga solía decir que la señora Holden era la mujer más irritante de la tierra. Ahora, en cambio, era como si Celia se hubiera apuntado a un nuevo club, como si ambas se hubieran mudado y la hubieran dejado atrás.

—Iré a por la leche.

—Elvis Pelvis —dijo Freddie, que acababa de entrar con la caja de un viejo reloj de pulsera despanzurrado.

—He dicho D, pequeño idiota —dijo Celia con un amago de ternura.

«No me extraña que esté simpática con todo el mundo», pensó Lottie. «Yo también lo estaría.»

—¿Sabes, mamá? Guy dice que mis labios son como pétalos.

—¡Quémalos, quémalos! —exclamó Freddie, chillando de risa—. ¡Uauuuu!

—D de despistado. D de distraído. Es un poco distraído, ¿verdad, mamá? A veces, cuando está como ido, me pregunto dónde se encuentra. ¿Cortamos una para ti, Lottie? Igual sale una J... Nunca se sabe...

—No comprendo qué le pasa a esa chica —dijo la señora Holden cuando Lottie salió precipitadamente de la cocina.

—¡Ah, Lottie es Lottie! No le pasa nada. Debe de tener la mosca en la nariz por alguna razón. —Celia se alisó el pelo y observó su reflejo en el espejo que había sobre la chimenea—. Te diré algo, vale más que cortes otra manzana. Aquella verde de ahí; pero esta vez usaremos un cuchillo más afilado.

Le habían ofrecido un empleo en la zapatería de Shelford, al otro extremo del paseo de las tiendas. Lo aceptó, no porque se viera obligada (el doctor Holden le había dicho que no pasaba nada por esperar un poco más antes de decidir a qué quería dedicarse), sino porque marcharse a la zapatería tres días a la semana le resultaba más fácil que quedarse en casa de los Holden. Además, era prácticamente imposible ir a Arcadia. Había espías por todo el pueblo, esperando a que alguien se atreviera a enfilar el camino hacia la Casa del Pecado para salirle al paso.

Hacía casi una semana que Guy se había marchado, y durante ese breve período de tiempo Lottie recuperó el aliento y casi estaba logrando parecer normal. (Por suerte Celia estaba tan ensimismada en su burbuja de amor que, en el fondo, no se había cuestionado los motivos de que la señora Holden denominara «arranques» al comportamiento errático de Lottie.) Sin embargo, Guy ya les había anunciado su regreso, diciendo que su padre le había aconsejado «que se divirtiera y se tomara unas cortas vacaciones» antes de iniciar su nueva andadura profesional en el negocio familiar. Lottie, por su parte, que físicamente ya acusaba el peso de un deseo imposible de mitigar, se estaba preparando para enfrentarse de nuevo a esa situación.

Lo peor de todo era que Guy iría a vivir con ellos. Había estado buscando alojamiento, no sin preguntar a los Holden si conocían algún lugar en concreto que le pudieran aconsejar: la casa de huéspedes de la señora Chilton, por ejemplo. La señora Holden, sin embargo, no había querido ni oír hablar del tema. Le arregló un dormitorio en la avenida Woodbridge. Al otro extremo de la casa, se entiende. Con un lavabo para él solo. Así no habría necesidad de idas y venidas por la casa durante la noche, «¿no os parece?». («Muy sensato, querida», le había dicho la señora Chilton. «Así no habrá excusa que valga para las hormonas.») Dicho todo lo cual, los Holden no aceptaron una negativa por parte del joven. El señor Bancroft vería que eran una familia abierta. Con una casa muy espaciosa. La clase de familia política de la cual cualquiera aspiraría a formar parte. Por otro lado, la enorme caja de fruta exótica que el padre de Guy les enviaba todas las semanas en concepto de gastos de manutención no les venía nada mal, a decir verdad. Sobre todo porque Sarah Chilton se hallaba al otro extremo de la cadena de regalos.

Tres días por semana, pues, Lottie se marchaba resignada colina abajo y atravesaba el parque municipal, preparándose para enfrentarse a un día en el que le tocaría embutir pies del 40 en merceditas del 39 mientras se preguntaba durante cuánto tiempo podría vivir con ese dolor y ese deseo tan intensos. Joe no había aparecido por casa. Tardó diez días en darse cuenta.

Decidieron escribirle una carta. Una invitación. Existían ciertos modos de conseguir que la gente hiciera lo que uno quería sin tener que recurrir al cara a cara, explicó la señora Holden, la cual precisamente era muy aficionada a huir de los conflictos. Las señoras del salón escribieron una carta muy educada a la señora de Julian Armand para preguntarle si le gustaría unirse a ellas, compartir un refrigerio y conocer a las personas que formaban el tejido social de Merham. Les encantaría, afirmaban, dar la bienvenida a una compañera aficionada a las bellas artes. Los inquilinos de Casa Arcadia tradicionalmente habían desempeñado un papel relevante en la vida social y cultural del pueblo. (Ese último trozo no era exactamente verdad, pero, como dijo la señora Chilton, cualquier mujer que se preciara se sentiría obligada a asistir.)

—Muy bien expresado —dijo la señora Colquhoun.

—Existen varios modos de desollar a una arpía —precisó la señora Chilton.

Lottie estaba a punto de salir cuando la señora Holden la detuvo. Tenía pensado ir a casa de Joe. Había transcurrido demasiado tiempo y, desde la reclusión en su propio purgatorio, había decidido que cualquier diversión sería bien recibida, incluso aunque tuviera que ver con las manifestaciones reiteradas de admiración que le profesaba Joe. Durante esos días quizá llegó a sentir mayor simpatía por su amigo. A fin de cuentas, había despertado de un modo rudo e inesperado al dolor del amor no correspondido.

—Lottie, ¿eres tú?

Lottie se detuvo en el vestíbulo, suspirando trabajosamente. Poco podía hacer cuando la interceptaban delante del salón. Odiaba esa mirada de comprensión piadosa que asomaba a sus rostros, el reconocimiento compasivo y silencioso de que su lugar en el hogar de los Holden empezaba a ponerse en entredicho. Quizá le gustaría encontrar algo más permanente en un futuro próximo, le había insinuado la señora Holden en más de una ocasión. Quizá ir a trabajar a unos importantes almacenes comerciales. Había uno precioso en Colchester.

—Sí, señora Holden.

—¿Puedes entrar, querida? Necesito pedirte un favor.

Lottie entró despacio en la sala principal, sonriendo vagamente y sin franqueza a los rostros expectantes que tenía delante. La temperatura de la habitación era más elevada debido al funcionamiento del fuego de gas recién instalado, y la sala parecía saturada de las ligeras fragancias de los polvos cosméticos y la crema Coty.

—Me marchaba al pueblo.

—Muy bien, querida; pero me gustaría que entregaras una carta en mi nombre antes de eso.

Es decir, que solo se trataba de un recado. Lottie se relajó, y se dio la vuelta dispuesta a marcharse.

—A la casa de la actriz. Ya la conoces.

—¿A Arcadia? —preguntó, girándose de repente.

—Sí, querida. Es una invitación.

—Pero si siempre nos ha dicho que no vayamos a ese lugar. Dijo que está lleno de... —Hizo una pausa, intentando recordar la frase exacta de la señora Holden.

—Sí, sí. Tengo muy presente lo que dije. Sin embargo, las cosas han cambiado un poco, y hemos decidido apelar al buen juicio de la señora Armand.

—Muy bien —dijo Lottie, cogiendo el sobre que le ofrecía la señora Holden—. Hasta luego.

—Supongo que no permitirás que vaya sola —intervino Deirdre Colquhoun.

Susan Holden echó un vistazo a la concurrencia. Reinó un breve silencio mientras las señoras se miraban entre sí.

—En fin, no creo que sea conveniente que vaya sola.

—Probablemente tiene razón, querida. Después de... todo lo que pasó. Sería mejor que alguien la acompañara.

—Estoy segura de que no me ocurrirá nada malo —replicó Lottie con un cierto retintín.

—Claro, guapa; pero tienes que aceptar que hay ciertas cosas que tus mayores saben mejor que tú. ¿Dónde está Celia, Susan?

—Está arreglándose el pelo —respondió la señora Holden, que empezaba a parecer apurada—. Luego iba a ver algunos muestrarios para la boda. Hay que estar preparada en estos casos...

—Pues ella no puede ir sola —dijo la señora Colquhoun.

—Se lo podría pedir a Guy —aventuró la señora Holden.

—Dile que la acompañe. Vale más que vaya con ese chico —determinó la señora Chilton con un aire de satisfacción.

—¿G... Guy? —tartamudeó Lottie ruborizándose.

—Está en el estudio. Ve a buscarle, cielo. Cuanto antes os marchéis, antes volveréis a estar en casa. Por otro lado, a Guy le irá bien salir un poco. Ha estado toda la mañana encerrado con Freddie. El pobre muchacho tiene muchísima paciencia —dijo a modo de explicación.

—Pe... pero... puedo ir yo sola.

—Tu comportamiento es francamente asocial —la amonestó la señora Holden—. Debo reconocer que me cuesta lo mío sacarla de su habitación. Ya no sale con su amigo Joe, y la pobre Celia apenas es capaz de tentarla con su compañía... Vamos, Lottie. Intenta ser más civilizada, por favor.

La señora Holden se marchó a buscar a Guy.

—¿Cómo te va el empleo, cariño? ¿Estás contenta?

La señora Chilton se lo tuvo que preguntar dos veces.

—Muy bien —respondió Lottie esforzándose por prestar atención, consciente de que esa actitud sería interpretada como una nueva muestra de su hosquedad.

—Tengo que pasar por la zapatería a comprarme unas botas de invierno. Me hacen muchísima falta. ¿Os ha llegado algún modelo bonito, Lottie? ¿Alguno con forro de pelo?

«Dios mío, Guy entrará de un momento a otro en la habitación; y yo tendré que hablarle», pensó.

—¿Lottie?

—Creo que todavía nos quedan sandalias —susurró.

La señora Chilton arqueó una ceja a la señora Ansty.

—Pasaré a finales de semana.

Había conseguido marcharse de la sala sin mirarle. Le había dedicado un rápido saludo en respuesta a su «hola», y luego había fijado la vista resueltamente en el suelo, haciendo caso omiso de las miradas parpadeantes e indignadas de las señoras. Sin embargo, una vez se encontraron fuera de la casa y empezaron a caminar rápidamente junto a la carretera, Lottie se halló inmersa en un profundo dilema, escindida entre el deseo desesperado de escapar corriendo de él y la agonía de pensar que pudiera considerarla ignorante y grosera.

Con las manos embutidas en los bolsillos y la cara hacia el suelo para protegerse del viento, Lottie se concentraba en respirar de un modo regular. Cualquier otra consideración quedaba fuera de su alcance. «Guy no tardará en marcharse», se dijo a sí misma, como si recitara un mantra; «y entonces procuraré que todo vuelva a ser normal.»

Tan enfrascada en su tarea se hallaba Lottie, que le llevó varios minutos oírle.

—¿Lottie? ¡Lottie, eh! Aminora el paso...

La muchacha se detuvo y miró hacia atrás, esperando que el viento que le lanzaba el pelo al rostro ocultara el rubor que se iba extendiendo con rapidez por su cara.

Guy alargó el brazo, como para apaciguarla.

—¿Tenemos prisa?

Su voz tenía un ligero acento, como si esos países de suave gracejo y miembros flexibles de su juventud le hubieran limado las aristas del idioma. Se movía con gracia, como si disfrutara del mismo acto de moverse, como si para él no existieran los puntos ortográficos en el ámbito de lo físico.

—No —dijo Lottie, buscando una respuesta—. Lo siento.

Siguieron caminando, más despacio esta vez y en silencio. Lottie saludó con un gesto de la cabeza a uno de sus vecinos, que hizo el ademán de tocarse el sombrero mientras comentaba:

—Hace viento hoy.

—¿Quién era?

—Solo es el señor Hillguard.

—¿Aquel del perro?

—No, ese es el señor Atkinson —precisó Lottie con las mejillas encendidas—. También lleva bigote.

«Bigote. Lleva bigote», se mofó Lottie de sí misma. «¿Quién diablos se fija en si alguien lleva bigote?» Reanudó el paso cuando empezaron a subir la colina que conducía a Arcadia. «Por favor; que termine pronto esta tortura», deseó con todas sus fuerzas. «Por favor, que recuerde que tenía que hacer un recado en el pueblo y me deje en paz.»

—¿Lottie?

Ella se detuvo, luchando por controlar las lágrimas. Empezaba a sentirse algo histérica.

—Lottie, por favor, espera.

La chica se volvió, y le miró directamente por segunda vez. Guy estaba frente a ella, con esos ojos inmensos y castaños enmarcados por un rostro demasiado bello. Atónito. Con una sonrisa que apenas se le dibujaba en los labios.

—¿Acaso te he ofendido?

—¿Qué?

—No estoy seguro de si he hecho algo malo, pero me gustaría saberlo.

«¿Cómo es posible que no lo sepas?», pensó Lottie. «¿Cómo es posible que no lo veas? ¿Acaso no adivinas en mí lo que yo veo en ti?» Esperó unos segundos por si le llegaba la respuesta. Por si él le respondía; y deseó llorar de rabia cuando advirtió que eso no ocurriría.

—No has hecho nada —dijo, y empezó a caminar de nuevo para que él no viera que se estaba mordiendo las mejillas con todas sus fuerzas.

—¡Eh! ¡Eh! —Guy la asía por la manga.

Lottie se desasió de su brazo como si le quemara.

—Me has estado evitando desde que llegué. ¿Te pasa algo raro con Celia y conmigo? Sé que siempre habéis sido muy íntimas.

—¡Claro que no! —dijo contrariada—. Y ahora, por favor, vámonos. Hoy tengo muchísimas cosas que hacer.

—Nadie lo diría —atajó el muchacho a sus espaldas—. Te pasas casi todo el día encerrada en tu dormitorio.

A Lottie se le hizo un nudo enorme en la garganta que le impedía respirar. Los ojos se le llenaron de lágrimas. «Dios mío, haz que se vaya. No es justo que tenga que pasar por esto.»

Sin embargo, Guy volvió a tirarle de la manga.

—¿Sabes? Me recuerdas a alguien —le dijo. Guy no la miraba en esa ocasión, sino que se limitaba a seguir caminando junto a ella—. Lo que ocurre es que todavía no sé a quién, pero lo descubriré. ¿Es esta la casa?

A pesar del viento, el sol le inundaba de calidez la espalda. Lottie caminaba menos deprisa cuando enfiló el paseo de la entrada haciendo crujir la grava bajo sus pies. Estaba ya a medio camino cuando se dio cuenta de que no oía los pasos del joven.

—¡Uau! —Guy se había quedado atrás, de pie y con la mano protegiéndose las cejas a modo de visera, entrecerrando los ojos para evitar la luz del sol—. ¿Quién vive ahí?

—Adeline; y su esposo, Julian. También viven con ellos unos amigos.

—No es como una casa inglesa. Se parece a las casas donde yo crecí. ¡Vaya, vaya...! —Ahora sonreía, dirigiéndose hacia el edificio, levantando la vista para apreciar las ventanas cúbicas que había a ambos lados de la estructura y contemplar el encalado blanco de la fachada—. ¿Sabes una cosa? No me gustan demasiado las casas británicas. Esas tan tradicionales de estilo victoriano o las que imitan el Tudor. Me parecen bastante oscuras y siniestras, francamente. Incluso la casa de los padres de Celia. Esto es lo que a mí me gusta.

—A mí también.

—No creía que hubiera casas como esta por aquí.

—¿Cuánto tiempo hace que te marchaste del país?

—Unos veinte años —respondió Guy frunciendo el ceño para recordar—. Tenía unos seis años cuando nos marchamos de Inglaterra. ¿Entramos?

—No estoy segura —dijo Lottie mirando el sobre que llevaba en la mano—. Supongo que también podríamos echarlo al buzón.

La chica miró con añoranza hacia la puerta. Hacía casi dos semanas desde su última visita. Celia no había querido ir con ella. «¡Bah, menuda panda!», le había dicho con desprecio. «Son un hatajo de plomos inadaptados. Seguro que querrás venir a Londres, Lots. Te divertirás a lo grande. Igual conoces a alguien.»

—Se supone que no deberían gustarme —le explicó—. Me refiero a las personas que viven aquí. Sin embargo, me gustan.

—Pues entonces entremos —le dijo Guy mirándola.

Fue Frances quien abrió la puerta, y no Marnie.

—Se ha marchado —les explicó, girándose y enfilando el pasillo mientras se limpiaba las manos con un delantal mal puesto para desprenderse de unas escamas de pescado—. Nos ha dejado. Es una catástrofe. La verdad es que ninguno de nosotros destaca precisamente en las tareas domésticas. Se supone que debo preparar pescado para cenar, pero he dejado la cocina hecha un asco.

—Te presento a Guy —dijo Lottie, pero Frances solo respondió con un gesto de la mano. Llegaban demasiados visitantes a Arcadia para tomarse la molestia de caer en presentaciones formales.

—Adeline está fuera, en la terraza. Quiere planificar nuestro mural.

Mientras Guy observaba la casa, Lottie apreciaba su perfil con miradas furtivas. «Di algo horrible», deseó. «Muéstrate despreciativo con Frances. Haz que me aleje de ti. Por favor.»

—¿Qué pescado estás preparando?

—Trucha. Menudos bichos más escurridizos. Han volado por toda la cocina.

—¿Quieres que lo intente yo? Soy bastante habilidoso limpiando el pescado.

El alivio de Frances fue casi palpable.

—¿De verdad? —La pintora le metió en la cocina, donde dos truchas con textura sedosa sangraban sobre la mesa de madera desteñida—. No comprendo por qué se marchó, pero siempre estaba molesta con nosotros. Al final me daba hasta miedo esa lunática.

—No aprobaba nuestra conducta. Nuestro hogar. —Adeline había aparecido en la puerta. Llevaba una falda negra larga y plisada con una blusa blanca y un corbatín negro. Sonreía, con la mirada clavada en Guy—. Creo que se habría sentido más cómoda con algo... un poco más tradicional. ¿Nos has traído un nuevo invitado, Lottie?

—Sí, es Guy —respondió la muchacha, y se obligó a añadir: —Es el prometido de Celia.

La mirada de Adeline se posaba alternativamente en Guy y luego en Lottie. Se quedó inmóvil, como si estuviera valorando alguna cosa, y luego le tendió la mano a modo de saludo.

—Encantada de conocerte, Guy; y debería también felicitarte.

Se hizo un breve silencio.

—Parece que nos cuesta conservar el servicio. ¿Servirá este cuchillo? No es que esté muy afilado, la verdad —precisó Frances dándole el cuchillo ensangrentado.

Guy probó la hoja con el pulgar.

—No me extraña que te cueste tanto. Está menos afilado que el cuchillo de la mantequilla. ¿Tienes un afilador? Lo arreglaré enseguida.

—Supongo que deberíamos contratar a alguien —dijo Frances—. Nosotros jamás pensamos en detalles como el hecho de tener que afilar los cuchillos.

Frances, distraída, se frotó la mejilla, sin ser consciente de que se la manchaba de sangre.

—¡Oh! ¡Qué calamidad esto de encontrar servicio! —exclamó Adeline de mal humor mientras se llevaba la mano a la frente en actitud teatral—. Nunca se me ocurre qué debo preguntarles, y jamás controlo si hacen lo que deben. Ni siquiera sé cuáles son sus deberes.

—Y siempre terminan enfadadas con nosotras —intervino Frances.

—Necesitáis personal para que controle al servicio —dijo Guy, quien, con amplios y avezados movimientos, iba afilando la hoja del cuchillo contra el acero que sostenía cara arriba.

—¿Sabes que tienes muchísima razón? —comentó Adeline.

«Seguro que le gusta», pensó Lottie. «Siempre reserva esa clase de sonrisa para la gente con quien se siente relajada.» Ya conocía a Adeline lo suficiente para reconocer la otra, la que empleaba cuando elevaba las comisuras de los labios pero dejaba los ojos inexpresivos. Mientras tanto Lottie se limitaba a admirar a Guy, hipnotizada por los chasquidos metronómicos y regulares del metal contra el metal, y el destello reiterativo del brazo moreno que se adivinaba bajo la camisa. Era bellísimo: tenía una piel que parecía bruñida y la luz que provenía de las ventanas se reflejaba y partía en los planos de sus pómulos. El pelo, largo y sin seguir las convenciones que dictaba la moda, le caía en mechones de oro viejo, y se le oscurecía por el cuello, como si albergara prometedores secretos. Su ceja izquierda presentaba unos pelos blancos en el punto donde se unía al hueso, posiblemente secuelas de algún accidente. «Apuesto a que Celia no se ha dado cuenta», pensó Lottie distraída. «Apuesto a que no ve ni la mitad de lo que yo puedo ver.»

Adeline sí era capaz de ver, en cambio.

Lottie, perdida en su ensoñación, sintió el calor intenso de su mirada y, al volverse para cruzarse con sus ojos, descubrió que se había ruborizado como si la hubieran descubierto haciendo algo pecaminoso.

—¿Dónde está Celia hoy?

—Ha ido a que le arreglen el pelo. La señora Holden le pidió a Guy que me acompañara. —Lottie no había querido que sus palabras sonaran tan a la defensiva. Sin embargo, Adeline se limitó a asentir.

—¡Ya está! —exclamó Guy sosteniendo una de las truchas: aclarada y desventrada, colgaba torvamente de la cola—. ¿Quieres que te muestre cómo se hace con la otra?

—Preferiría que lo hicieras tú en mi lugar —contestó Frances—. Tú tardarás una décima parte de lo que tardaría yo.

—Encantado —dijo Guy.

Mientras Lottie lo observaba filetear el reluciente vientre con esmero, desde el pescuezo hasta la cola, advirtió que le empezaban a saltar las lágrimas.

Tomaron el té, que Lottie preparó, en la terraza. Era indudable que Frances era negada en todo lo concerniente a las tareas domésticas. Había olvidado aclarar la primera tetera que hizo, y la leche apareció mezclada con las hojas negras del té. En cuanto a la segunda, se olvidó de añadirle el té, y casi estuvo a punto de echarse a llorar cuando se lo indicaron con dulzura. Adeline lo encontró divertido, y les ofreció tomar vino en lugar de la infusión. Sin embargo, Lottie, angustiada ante la idea de que Guy pudiera formarse una mala opinión de ellas, denegó la invitación y se encargó personalmente de preparar el té. Se sentía aliviada de poder disponer de algo de tiempo para sí misma. Era como si hubiera empezado a recibir descargas eléctricas y fuera incapaz de controlar la dirección de la corriente.

Cuando volvió a entrar en la sala con la bandeja y el extraño juego de loza, Adeline le estaba enseñando a Guy los primeros bosquejos de lo que sería el mural. En el intervalo de tiempo que había transcurrido desde la última visita de Lottie unos raros trazos empezaban a aparecer sobre la superficie blanca: eran siluetas entrelazadas. Guy, dándole la espalda, recorría una de las líneas con su dedo recto y firme. El cuello abierto de la camisa le había caído hacia atrás, y revelaba una nuca intensamente bronceada.

—Tú estás aquí, Lottie. Fíjate, te he puesto bien lejos de George. No quería que te ofendiera su cercanía. Es un hombre desconsiderado —dijo Adeline—. En su cerebro solo hay lugar para la economía rusa y cosas por el estilo, pero parece que poco espacio le queda para la sensibilidad.

El brazo de Guy estaba cubierto de pelillos rubios; tan finos como la pelusa del ala de una mariposa. Lottie era capaz de apreciarlos uno a uno.

—Quiero que salgas posando con algún objeto, Lottie. Quizá con un cesto, porque, si te inclinamos un poco, se percibirá este rasgo sinuoso tan característico de ti; y quiero que vayas con el pelo suelto, que luzcas melena. —Frances contemplaba la imagen esbozada, como si nada tuviera que ver con la Lottie de verdad.

—Además te ataviaremos con colores exóticos. Con algo de color muy vivo. Muy poco inglés.

—Una especie de sari —dijo Frances.

—Las chicas de aquí visten con colores mucho más apagados que las de los lugares donde yo he crecido —intervino Guy, dándose la vuelta para incluir a Lottie en la conversación—. Aquí todo el mundo parece ir de marrón o negro. En cambio, cuando vivíamos en el Caribe, todos iban de rojo, azul intenso o amarillo. Incluso yo —añadió sonriendo—. Mi camisa preferida llevaba un sol de un amarillo rabioso en la espalda. Era enorme, y los rayos me llegaban hasta los hombros.

El muchacho cruzó los brazos frente al pecho, como indicando la dirección por donde escapaban los rayos. Lottie colocó la bandeja sobre la mesa con cuidado, intentando detener el tembleque de la vajilla.

—Creo que deberíamos vestir a Lottie de rojo, o bien de esmeralda, quizá —dijo Adeline—. Es tan exquisita, nuestra pequeña

Lottie, y siempre anda escondiéndose. Siempre intenta parecer invisible. Te confiaré que me he encomendado una misión —le sopló a Guy al oído con un susurro de intimidad—. Quiero demostrar a este pueblo que Lottie es una de sus joyas más preciadas.

Lottie sintió un odio lacerante hacia Adeline, y la asaltó la sospechosa comezón de que se estaban burlando de ella. Ahora bien, nadie parecía tomárselo a broma. Guy, por su parte, ni siquiera parecía afectado por el comportamiento de Adeline. Le había devuelto la sonrisa, y luego se había girado hacia Lottie, despacio. Fue en aquel momento cuando la miró de verdad, como si apreciara su justo valor. Esos dos rostros, el de él y el de Adeline, mirándola intensamente, la sacaron de quicio, hasta el punto de que la muchacha ya no pudo controlarse.

—¡No me extraña que no consigáis servicio! ¡Este lugar es una pocilga! ¡Se ha de limpiar! Nadie vendrá si no lo limpiáis.

De un salto, Lottie se puso en movimiento y empezó a llevarse botellas de vino vacías y periódicos de la terraza, y recogió copas de vino atrasadas sin querer cruzar la mirada con nadie.

—¡Lottie! —oyó que Adeline exclamaba muda de asombro.

—No tienes por qué hacerlo, Lottie —dijo Frances—. Siéntate, querida. Tú ya has preparado el té.

Lottie pasó por su lado como una exhalación, apartando la mano que ella le tendía con brusquedad.

—¡Está todo asqueroso! En algunos rincones hay muchísima porquería. Fijaos, necesitaréis carbólico o algún otro producto. —Las palabras le salían atropelladas. Lottie entró en la casa, presa de gran exitación, y empezó a recoger montones de papeles de las mesas y a tirar de las cortinas—. No vais a conseguir servicio si no limpiáis. Nadie vendrá. No podéis vivir así. ¡Es imposible que viváis así!

Se le quebró la voz con la última frase y, de repente, apretó a correr por el pasillo y salió por la puerta principal hacia la clara y soleada tarde, haciendo caso omiso de las exclamaciones de desconcierto que había arrancado a sus espaldas.

Guy la encontró en el jardín. Estaba sentada junto al pequeño estanque, echando trocitos de pan en las aguas turbias, con aire triste y desesperado y con la espalda apoyada contra la castigada fachada de ladrillo de la casa. Cuando él se le acercó, miró alrededor, gimió y enterró la cara entre aquellos brazos que se le bronceaban demasiado. Pero él no dijo nada. Sin pronunciar palabra, Guy se sentó a su lado, le tendió un plato y, cuando la chica lo atisbó furtivamente oculta por el pelo, se sacó un fruto grande y rojizo de debajo del brazo. Mientras Lottie contemplaba esa forma nada familiar y le iba ganando la curiosidad en detrimento del nerviosismo, Guy sacó un cuchillo del bolsillo y empezó a hacer unos cortes longitudinales en la pulpa. Absorto en la tarea, el chico peló las cuatro secciones regulares del fruto, clavando con tino el cuchillo hacia la parte interior de la fruta y extrayendo la pulpa para liberarla del hueso.

—Es mango —le dijo, ofreciéndole un trozo—. Ha llegado hoy. Pruébalo.

Lottie bajó los ojos y miró la pulpa húmeda y refulgente que tenía delante.

—¿Dónde está Celia?

—Sigue en la peluquería.

Arriba Freddie lloraba. Oían sus sollozos infantiles de rabia salpicados de protestas ahogadas.

—¿A qué sabe? —preguntó ella estudiando su expresión. Podía oler el fruto en sus dedos.

—A cosas buenísimas. —Guy cogió un trozo del plato; y se lo acercó a los labios—. Abre la boca.

Lottie titubeó, dándose cuenta de que su boca ya estaba abierta. La pulpa era turgente y dulce. Su sabor era perfumado. La joven dejó que se le fundiera despacio en la boca, abandonándose a la suculencia del fruto, cerrando los ojos para imaginarse climas cálidos y foráneos, lugares donde la gente iba de rojo, amarillo y azul intenso, países donde llevaban el sol en la espalda. Cuando abrió los ojos, Guy seguía mirándola. Había dejado de sonreír.

—Me ha gustado.

Lottie fue la primera en apartar la mirada, aunque le llevó un cierto tiempo. Se levantó, sacudiéndose la inexistente tierra de la falda, y entonces se dio la vuelta y caminó hacia la casa, sintiendo en lo más profundo de su interior que la tan mal soportada tormenta empezaba a amainar.

Al llegar a la puerta trasera, se giró.

—Sabía que te gustaría.

5

Quizá solo era una manera de conservar algún vestigio de cordura, pero a Lottie le gustaba creer que a partir de ese momento se había desencadenado una especie de inexorabilidad. Era como si supiera perfectamente, tras percatarse de que la invitación al salón de Merham, sin abrir, seguía en su bolsillo, que sería Guy quien propondría que regresaran, bajo el pretexto de que había un caballero que quería hablar del negocio de su padre. (A fin de cuentas, la señora Holden jamás se atrevería a poner reparos a cualquier cosa relacionada con los negocios.) Del mismo modo que también había sabido que Guy, por la razón que fuera, elegiría un momento en que Celia se hubiera marchado a cumplir alguna de sus misiones embellecedoras: a buscar unos zapatos en Colchester o a comprar unas medias nuevas en Manningtree: la clase de tareas que no se esperaba que un hombre llevara a cabo, ni siquiera un prometido. Era como si supiera que ahora Guy la veía de un modo diferente. Quizá no iba vestida de esmeralda, pero alguna de las cualidades de la joya preciosa de Adeline habían hecho mella en ella; y en contrapartida brillaba por dentro y atraía la mirada del muchacho como cuando un brillante atrapa la luz.

Nada de todo eso era manifiesto, desde luego. Del mismo modo que Lottie había encontrado el modo de evitar a Guy, ahora sencillamente se lo encontraba caminando a su lado, en dirección al parque municipal; o bien eran sus brazos los que le sostenían el cesto de la ropa mientras ella tendía las sábanas; o bien al chico le faltaba tiempo para ofrecerse voluntario y sacar a pasear a Mr. Beans cuando ella se marchaba a hacer algún recado al paseo de las tiendas.

Lottie, con mayor rapidez de la que hubiera podido prever, perdió su timidez con Guy; vio que el exquisito dolor de encontrarse junto a él se convertía en un llameante anhelo, un deseo inusual de hablar, la creencia profunda de que se encontraba en el lugar al que ella siempre había pertenecido. («Se le ha pasado la mala uva. Está menos tozuda», observaba la señora Holden. «Susan, debe de ser cuestión de familia», puntualizaba la señora Chilton. «Me apostaría lo que quieras a que la madre es una amargada de padre y muy señor mío.») Intentaba no pensar en Celia. Era más fácil cuando se encontraba con él; entonces se sentía rodeada por unos muros invisibles, protegida por la creencia de que estaba en su derecho de seguir allí. Era, sin embargo, cuando estaba sola con Celia cuando se sentía desnuda, y sus actos quedaban expuestos bajo una luz clarísimamente tenebrosa.

El caso es que no podía mirar a Celia del mismo modo que antes. Allí donde había visto a una aliada, ahora veía a una rival. Celia ya no era Celia, era una amalgama de elementos con los cuales Lottie se tenía que comparar: un casco de pelo rubio y cortado a la moda contra una trenza oscura y lisa de colegiala; un cutis luminoso y de melocotón contra su propia tez del color de la miel; unas piernas largas y de corista contra las suyas propias. ¿Acaso eran más cortas? ¿Más regordetas? ¿Menos estilizadas quizá?

Además había el sentimiento de culpabilidad: de noche se tapaba las orejas para no oír el sonido de Celia cuando respiraba, lloraba en silencio ante el desesperado deseo que sentía de traicionar a la chica que consideraba su hermana. Ninguna otra relación había sido tan íntima para ella; y esa sensación desgraciada de duplicidad le hacía sentir todavía más rencor hacia Celia.

De vez en cuando atisbaba algún indicio de su antigua relación, como si las nubes se abrieran para revelar un cielo inacabablemente azul, pero luego se volvía a encapotar, y Lottie ya no podía verla sin pensar en Guy. Si Celia le enviaba un beso, Lottie tenía que luchar contra el impulso de lanzarse irracionalmente entre los dos (como un bloque humano que impediría que el beso llegara a su destino); si le pasaba el brazo por el hombro como quien no quiere la cosa, a Lottie la asaltaban pensamientos cercanos al asesinato. Oscilaba entre el sentimiento de culpa y los celos coléricos, y el péndulo casi siempre se inclinaba hacia la depresión intermedia.

Celia parecía no darse cuenta. La señora Holden, que ya se mostraba frenética con los preparativos nupciales, había decidido que la ropa de su hija era absolutamente inadecuada para la posición que iba a ocupar inminentemente en la sociedad, y estaba decidida a comprarle a la muchacha un vestuario entero. Celia, tras confiarle a su amiga que estaba segura de que lograría escatimarle algo para ella, se había lanzado a la tarea sin apenas echar la vista atrás y dedicar una última mirada a esa amiga no tan bien vestida.

—Esta tarde iré a recoger unos folletos para la luna de miel. Creo que un crucero sería ideal. ¿No crees que un crucero sería ideal, Lottie? ¿Te imaginas estar echada en la cubierta con uno de esos biquinis? Guy está loco por verme en biquini... Cree que me sentará de maravilla. Todas las estrellas de cine van a un crucero hoy en día... Lo oí en Londres... ¿Lots? ¡Ay, perdona, Lots! ¡Qué desconsiderada! Oye, mira, estoy segura de que cuando te cases, tú también irás de crucero. Es más, conservaré los folletos para ti si quieres.

Sin embargo, Lottie no sentía envidia; al contrario, le estaba agradecida por poder disponer de tiempo para pasarlo con Guy. Por otro lado, intentaba creer, mientras caminaban de nuevo por la carretera en dirección a Arcadia por una de esas curiosas casualidades, que Guy también sentía esa pequeña oleada de gratitud.

Los niños vieron a Joe antes de que él les viera. Y era de esperar, dado que el muchacho se había metido bajo el capó de un Austin Healey y luchaba con la tapa del delco. Freddie, de vuelta a casa tras haber ido a comprar al colmado con Sylvia y Virginia, fue corriendo hacia él y, situándose detrás, le metió una mano todavía pegajosa de algún caramelo desconocido bajo la camisa.

—¡Celia va a tener un bebé!

Joe sacó la cabeza fuera, frotándose el cráneo en el punto donde se lo había golpeado contra la parte interior del capó.

—¡Freddie! —gritó Virginia, lanzando una mirada angustiada a la carretera. Se metió por la entrada principal del taller de reparaciones y empezó a desprenderse de las bolsas.

—¡Es verdad! Oí que mamá y ella hablaban de cómo hacer uno ayer por la noche; y mamá le dijo que tenía que conseguir que Guy se encargara de sus asuntos si no quería tener un bebé cada año.

—Freddie, le diré a tu madre que no haces más que decir disparates. Lo siento —añadió vocalizando para que solo la entendiera Joe, mientras el niño se retorcía para liberarse del brazo de hierro con que generalmente lo asía.

—¿Por qué ya no vienes a casa? —preguntó Sylvia poniéndose frente a él, con la cabeza ladeada—. Tenías que enseñarme a jugar al Monopoly, pero no volviste al día siguiente como habías prometido.

Joe se frotaba las manos con un trapo.

—Lo siento. He tenido bastante trabajo.

—Lottie dice que es porque estás enfadado con ella.

—¿Eso es lo que dice? —preguntó Joe dejando de frotarse las manos.

—Dice que ya no vienes porque ahora ella sale con Dickie Valentine.

Joe se rió a su pesar.

—¿Lottie también va a tener un bebé? —preguntó Freddie escrutando el interior del motor y metiendo dentro un brazo regordete y sonrosado con afán explorador.

—Sylvia. Freddie. Vámonos.

—Si Lottie tiene un bebé, ¿le enseñarás a jugar al Monopoly?

—Si tienes una goma de borrar, no hace falta que tengas más de un niño.

Joe, que estaba sacando la mano de Freddie, empezó a mover la cabeza en señal de desesperación. Virginia, que estaba junto a él, se reía.

Freddie, captando su alegría, se iba animando.

—Lottie tendrá un bebé con Dickie Valentine, y él saldrá cantando por la televisión para contarlo.

—Has de tener cuidado con lo que dices, Freddie. Alguien podría creerte. —Virginia se giró hacia Joe con una risita. Le gustaba Joe. Era obvio que el joven estaba perdiendo el tiempo tonteando con Lottie. La estúpida creía que era demasiado buena para él a juzgar por las apariencias, demasiado importante, si se consideraba que vivía con los Holden como si fuera uno de ellos. Sin embargo, no era mucho mejor que Virginia. Solo había tenido más suerte—. El próximo con quien saldrá será Elvis Presley, según estos dos —terminó diciendo mientras se alisaba el pelo hacia atrás, deseando haberse dado unos toques de carmín por la mañana como tenía pensado.

No obstante, Joe parecía no darse cuenta. Ni siquiera le había hecho gracia lo de Elvis Presley. Se había vuelto a poner serio.

—No debes de haber salido mucho últimamente, ¿no, Joe? ¿Has ido a Clacton algún día? —preguntó Virginia, acercándose un poquito más a él y colocándose de tal modo que sus esbeltas piernas quedaran en el campo visual del chico.

—No —respondió Joe cabizbajo y moviéndose algo incómodo—. He estado muy ocupado.

—Freddie tiene razón. Hace mucho que no te vemos por casa.

—No. En fin...

—Tengo un uñastro en el pulgar. Mira —dijo Freddie mostrándole la mano con brusquedad.

—Se dice un padrastro, Freddie. Ya te lo dije; además, no tardará en curarse. Deja de enseñarlo a todo el mundo.

—Puedo fabricar una bomba de hidrógeno. Se puede comprar hidrógeno en la farmacia. Le oí decirlo al señor Ansty.

Joe echó un vistazo al reloj, como si esperara que se marcharan. Virginia, en cambio, le siguió presionando.

—Se refiere al agua oxigenada. Oye, Joe. El sábado iremos en grupo a la nueva sala de baile que hay en la carretera de Colchester. Si quieres venir, estoy segura de que conseguiremos una entrada para ti. —Virginia hizo una pausa—. Viene ese conjunto de Londres. Me han dicho que son muy buenos. Tocan todas las piezas de rock-and-roll. Nos reiremos.

Joe la miró, y retorció el trapo.

—Piénsalo, ¿de acuerdo?

—Gracias, Virginia. Gracias. Yo... bueno... Ya te lo diré.

Corría el año 1870 cuando un capitán de barco americano llamado Lorenzo Dow Baker atracó en Puerto Antonio y, en el transcurso de un paseo que estaba dando por el mercado local para distraerse, descubrió que los indígenas eran muy aficionados a tomar una fruta amarilla de extraña forma. El capitán Baker, hombre emprendedor donde los haya, pensó que su aspecto y su aroma eran prometedores. Compró ciento sesenta manojos a un chelín cada uno, y los almacenó en la bodega del barco. Cuando regresó al puerto de New Jersey, en Estados Unidos, once días después, los mercaderes frutícolas del lugar se abalanzaron sobre el fruto y le pagaron la magnífica cantidad de dos dólares el manojo.

—Buen negocio —comentó Julian Armand.

—Por unos plátanos. La gente del lugar se volvió loca por el nuevo fruto. Los que supieron convertir el asombro en dulzura... fueron los únicos que obtuvieron su recompensa. Ese fue en realidad el inicio de la industria de importación de fruta. El querido Baker fundó la Compañía Frutícola de Boston; y la empresa que la heredó en la actualidad es una de las más importantes en el campo de la exportación. Papá solía contarme esta historia cuando me acostaban. —Guy sonrió a Lottie—. Ahora ya no le gusta el cuento, porque esa empresa es mucho mayor que la de él.

—Un hombre competitivo —precisó Julian, que estaba sentado y apoyaba los pies descalzos sobre unos libros apilados. Tenía un montón de litografías en la falda y las iba clasificando en dos grupos, que dejaba a ambos lados del sofá. Junto a él Stephen, un joven pálido y pecoso que parecía no hablar jamás, cogía las que Julian había eliminado y las examinaba también con detenimiento, como si se tratara de una cuestión de modales. Parece ser que era dramaturgo. Lottie había utilizado la expresión «parece ser» al estilo de la señora Holden, puesto que últimamente se había percatado de que, a excepción de Frances, ninguna de esas personas parecía dedicarse a nada.

—¿Y le van bien los negocios?

—Ahora sí. Quiero decir que no sé cuánto dinero gana ni nada por el estilo, pero lo que sí sé bien es que desde que yo era pequeño nuestras casas no han parado de crecer; ni nuestros coches.

—La competitividad tiene sus compensaciones; y tu padre parece un hombre muy decidido.

—No puede soportar la derrota. Ni siquiera cuando le gano yo.

—¿Juegas al ajedrez, Guy?

—Hace bastante tiempo que no. ¿Le apetece jugar una partida, señor Armand?

—No, no, yo no. Soy un inútil en cuanto a jugadas estratégicas. No, si eres bueno, deberías jugar con George.

—La mente de George es pura matemática. Lógica pura. A menudo pienso que es mitad hombre, mitad máquina —intervino Adeline.

—Quieres decir que es frío.

—No es que sea frío exactamente. George puede ser tremendamente encantador, pero no es un hombre al cual amar.

La educada conversación no dejaba traslucir el hecho de que esa tarde el aire tenía un punto de frialdad que nada tenía que ver con la llegada inminente del otoño. Lottie no lo había notado al principio; pero existía como una vibración apenas perceptible entre las personas de la sala, una descarga. Adeline levantó un mechón del pelo de Lottie.

—No, no es un hombre del que enamorarse.

Lottie se sentó en silencio a los pies de Adeline, intentando no ruborizarse por el tono que le había dado a la palabra, excitada ante la ensoñación de unos buques de carga y frutas exóticas. Adeline le iba adornando el pelo con unas rosas bordadas y diminutas que acababa de encontrar en una caja almohadillada.

—Las llevaba cosidas en el vestido de novia —le dijo. Lottie estaba horrorizada—. Tranquila, solo era un vestido, Lottie. Yo solo conservo lo mejor del pasado.

Había insistido en coserle las flores al pelo, «para ver cómo quedan». Al principio, Lottie se había negado en redondo; ¿qué iba a ver precisamente Adeline cuando le pusiera ese cargamento de capullos de tela en el pelo? En ese momento, sin embargo, Guy había dicho que sí, que debería probar. Que debería dejar que Adeline le deshiciera la larga trenza mientras ella permanecía sentada en silencio dejando que le cepillaran y arreglaran el pelo. Por otro lado, la idea de saberse observada bajo la atenta mirada de Guy, durara lo que durase, era tan deliciosa que Lottie, con las debidas protestas, finalmente había accedido a prestarse al juego.

—Tendré que sacármelo antes de marcharnos. Si no, a la señora Holden le dará un ataque.

Adeline se detuvo cuando Frances entró desde la terraza; Lottie sintió sus manos inmóviles en el pelo y el débil suspiro de Adeline cuando la pintora pasó por delante de ellas. Frances no había dicho ni una sola palabra durante la hora y media que llevaban allí. Lottie no lo había advertido al principio; todos sus sentidos se centraban en Guy, y era muy normal que Frances estuviera fuera en esa época, trabajando en el mural. Sin embargo, Lottie terminó por ser consciente de una cierta *froideur* que empañaba el modo en que Frances se negaba a responder a las preguntas reiteradas de Adeline sobre si le apetecía una bebida, necesitaba un pincel nuevo o tomaría un poco de la deliciosa fruta de Guy.

Lottie, levantando la mirada a su paso, percibió tensa y apretada la marcada mandíbula de Frances, como si a duras penas lograra controlar una reacción violenta. La pintora contraía los hombros cuadrados y huesudos y se inclinaba sobre la paleta de pintura como desafiando a cualquiera que osara obstaculizarle el paso. Su aspecto habría sido casi agresivo si no fuera por el tenue enrojecimiento de sus ojos y el modo estrellado en que sus pestañas mojadas se habían partido.

«Julian la debe de haber molestado en algo», pensó Lottie. Nunca se había mostrado así antes de que él llegara. De algún modo la mera presencia de Julian había alterado su compostura; y así era como ella explicitaba su turbación.

—¿Quieres que te ayude con la pintura, Frances? —le dijo la muchacha.

Sin embargo, Frances, desapareciendo en la cocina, no contestó.

Faltaban cuatro días antes de que llegaran los padres de Guy para conocer a los Holden, y Lottie, consciente de que eso pondría punto final a esos ratos que pasaban juntos, memorizaba con intensidad cada uno de los momentos que pasaban allí, como una niña que acapara caramelos. Era una tarea problemática, porque estaba tan decidida a retener a toda costa todos sus recuerdos en la memoria que se mostraba distraída y ausente con los que la rodeaban.

—Lottie se ha vuelto a marchar —solía decir Adeline.

Lottie, unos minutos después, daba un brinco, consciente de repente de haberse convertido en el foco de atención.

Guy no dijo nada. Parecía aceptar aquellas facetas de su carácter que provocaban en los demás la necesidad de hacer alguna observación. En cualquier caso, no las cuestionaba, y Lottie, que estaba profundamente asqueada de verse siempre en entredicho, le estaba agradecida.

Los Bancroft tenían que llegar el sábado y se alojarían en el hotel Riviera, donde habían reservado la mejor habitación, la única que disponía de una inmensa terraza particular con vistas a la bahía. («Un poco demasiado ostentoso», comentó la señora Chilton, que estaba muy decepcionada de que no hubieran elegido Uplands para hospedar a los visitantes. «Claro que imagino que prácticamente son extranjeros.») Desde el día en que Guy les anunció la inminente llegada de su familia, la señora Holden se hallaba inmersa en un frenesí doméstico que había dejado a la sobrecargada Virginia sofocada y furiosa.

—Creo que me gustará mucho conocer a tu familia, Guy. Tu padre parece un hombre muy interesante.

—Él... En fin, yo diría más bien de él que hay que aprender a apreciarlo —dijo Guy—. Es más directo de lo que suelen estar acostumbrados los británicos. Creo que algunos incluso lo toman por estadounidense. Tiene bastante desparpajo. Además solo le interesan los negocios. Lo demás le aburre.

—¿Qué me cuentas de tu madre? ¿Cómo se las arregla para vivir con esta fuerza de la naturaleza?

—Se ríe muchísimo de él. De hecho, creo que es la única persona que, en efecto, se ríe de él. Mi padre es bastante explosivo, ¿sabe? Es muy fácil sentirse... intimidado por él.

—Pero a ti esto no te sucede.

—No —respondió Guy, mirando a Lottie con el rabillo del ojo—. Claro que nunca he hecho nada para decepcionarlo.

El «todavía» que quedó sin pronunciar colgaba del aire. Lottie lo sintió, y se quedó un tanto helada. Apartó los ojos de Guy y se miró los zapatos, que se los había raspado al corretear por la playa con Mr. Beans. El doctor Holden hizo el comentario de que nunca había visto pasear tanto al perro como esos días. Adeline, mientras tanto, se levantó y salió de la habitación, en pos de Frances, dedujeron. Se hizo un silencio. Julian seguía clasificando las litografías, y de vez en cuando sostenía alguna contra la luz y soltaba algún murmullo aprobatorio o derogatorio. Stephen abandonó la posición de recogimiento que mantenía junto a Julian y se estiró, y su camisa fina de algodón reveló un vientre pálido cuando levantó los brazos hacia el techo.

Lottie echó un vistazo a Guy, ruborizándose al cruzarse con su mirada. Cuando el chico estaba en la habitación (y a veces fuera de ella), Lottie era perfectamente consciente de su presencia, como si pudiera detectar unas leves vibraciones en el aire, y reaccionaba temblando. Al desviar su mirada, permitiendo que el peso de los capullos de rosas le tirara el pelo hacia la cara hasta ocultársela, Lottie fue consciente de que el joven no apartaba la mirada de ella.

Unos gritos les sobresaltaron. Era la voz de Frances, ahogada, hasta el punto de que resultaba imposible oír lo que estaba diciendo. El tono, no obstante, era inequívoco. La voz de Adeline, sin embargo, se adivinaba más floja, dulce y razonable, pero Frances volvió a explotar, exclamando que algo era «¡imposible!», y entonces se oyó un estruendo enorme cuando algún utensilio de la cocina dio contra el suelo de losas.

Lottie miró furtivamente a Julian, pero el hombre no acusaba la más mínima preocupación: levantó la cabeza un instante, como reafirmando algo que ya sospechaba, y luego volvió a enfrascarse en sus litografías, murmurando entre dientes alguna cosa sobre la calidad de la impresión. Stephen echó un vistazo, señaló algo que había sobre el papel y los dos asintieron.

—No, no es verdad, porque prefieres no elegir. Tienes la posibilidad de escoger, Adeline, de hacer una elección. Aunque a ti te resulta más cómodo fingir que no es así.

Los dos hombres actuaban como si no oyeran nada. Lottie se sentía mortificada. Odiaba escuchar las peleas de la gente: la sacaban de quicio, la hacían sentirse como si tuviera cinco años y volviera a ser vulnerable e impotente.

—No lo permitiré, Adeline, no lo permitiré. Te lo he dicho, te lo he dicho un montón de veces. No, te lo he suplicado...

«Id a detenerlas», deseó Lottie. «Que alguien las detenga.» Sin embargo, Julian no levantó la mirada.

—¿Nos vamos? —vocalizó Guy haciéndole un gesto mudo cuando Lottie se atrevió a mirarlo.

Julian levantó la mano y les dedicó un saludo amigable al ver que los chicos decidían marcharse. Se reía de algo que Stephen había dicho. En la cocina todo había quedado en silencio.

Guy tomó su mano al bajar por el paseo de grava. Lottie, con la mano quemándole por el contacto, caminó junto a él hasta el punto más alto de la avenida Woodbridge, olvidando el sonido de las voces airadas, con los capullos de rosa todavía trenzados en el pelo.

—¿Qué demonios te has hecho, Lottie? —exclamó la señora Holden—. ¡Parece que te hayan atacado las gaviotas!

A Lottie no le importó ese comentario. Cuando Guy le soltó la mano, levantó el brazo y tocó uno de los capullos. «Una fuerza de la naturaleza», había murmurado el joven.

Las cosas se hacían de cierta manera; había ciertos requisitos con los que cabía cumplir. La reacción de Adeline ante la propuesta de las señoras del salón quedaba muy lejos de las expectativas que habían depositado en ella.

—¿Dice que lamenta que por el momento no podrá asistir? ¿Por qué? ¿Tan atareada está? ¿Tiene hijos a los que cuidar? ¿Quizá ha solicitado el puesto de primer ministro? —La señora Chilton se lo había tomado fatal.

—Claro que espera que encontremos un momento para visitarla algún día —intervino la señora Colquhoun, leyendo el marfileño papel de carta—. Ese «algún día» no es muy específico que digamos, ¿no?

—Pues más bien no —terció la señora Chilton despreciando un trozo de melón—. No, gracias, querida Susan. Esa fruta desencadenó un cataclismo en mi vientre la semana pasada. No, encuentro que su respuesta es muy impropia. Inadecuada, de hecho.

—Pero ella os ha invitado a que la visitéis —dijo Celia, que estaba sentada sobre sus piernas en el sofá y hojeaba una revista.

—No se trata de eso, querida. No le compete a ella. Nosotras somos quienes la hemos invitado y, por lo tanto, ella debería haber aceptado. No puede darle la vuelta al tema e invitarnos por las buenas.

—¿Por qué no? —preguntó Celia.

La señora Chilton miró a la señora Holden.

—Pues porque las cosas no se hacen de este modo, ¿sabes?

—Yo diría que ella no se ha comportado como una maleducada, precisamente. ¿Acaso no las ha invitado a ustedes?

Las mujeres estaban furiosas. Lottie, sentada en el suelo y haciendo un rompecabezas con Sylvia, pensó para sus adentros que Adeline había sido muy lista. No había querido acudir al salón y someterse a las reglas del juego que le habían impuesto las señoras, sino que había comprendido que individualmente esas damas no tendrían la suficiente confianza en sí mismas para visitar Arcadia. Se había escabullido, convirtiendo la cuestión en algo que ya no era de su incumbencia.

—No logro entender por qué les parece tan grosera —observó Celia con absoluta despreocupación—. Claro que tampoco veo por qué se molestan ustedes en invitarla, por otro lado. De hecho, se pasan casi todo el tiempo intentando convencer a la gente de que se aleje de ella.

—Precisamente por eso —dijo la señora Holden contrariada.

—Sí —coincidió la señora Colquhoun, a la que se veía abatida—. Supongo que sí.

La señora Chilton estaba estudiando el resto de la carta, entrecerrando los ojos para leerla a través de unas gafas de media montura.

—Nos desea sus mejores propósitos en nuestra andadura artística; y espera que una cita del gran poeta Rainer Maria Rilke nos sirva de inspiración: «El arte también consiste en un estilo de vida, porque tal y como uno viva, uno podrá, sin saberlo acaso, prepararse para ello; en todo lo real es donde uno se aproxima al arte». —Apartó la carta y miró a su alrededor—. ¿Qué diablos se supone que significa esto?

Pensó que Guy llevaba unos días algo deprimido. Se le veía un tanto preocupado y más serio. Por consiguiente, la señora Holden no supo si sentirse aliviada o incómoda cuando vio que el chico, sentado cerca del fuego de gas, en la butaca buena del señor Holden, ahogaba sus risas tras el periódico.

La primera tormenta del invierno había caído con toda su violencia en Walton, arrancando de los alféizares de las ventanas todas las jardineras del paseo que no habían sido sujetadas y lanzándolas, junto con las pocas flores que quedaban, a la carretera, donde habían quedado apiñadas en montículos de terracota. Llegaría a Merham al cabo de una hora, dijo la señora Holden, que acababa de colgar el teléfono.

—¡Vale más que asegures las contraventanas, Virginia!

—Sacaré a pasear a Mr. Beans por la carretera antes de que empiece a llover —se ofreció Lottie, y la señora Holden le lanzó una mirada severa, más confundida que nunca ante los cambios extremos de Lottie, que oscilaban del mal humor a la amabilidad. Celia estaba arriba, en el baño, y Guy se ofreció a acompañarla, dado que parecía necesitar un poco de aire puro. Llevaban ya fuera de casa unos diez minutos cuando Lottie se dio cuenta de que el chico no había pronunciado ni una sola palabra. Apenas había hablado con nadie en todo el día, y Lottie, sabiendo que aquella sería la última caminata que hicieran juntos antes de que llegaran sus padres, se desesperaba por encontrar algún hilo conductor que les uniera y asegurarse algún sutil canal de comunicación.

La lluvia empezó a caer con unos goterones gruesos cuando los muchachos llegaban al otro extremo del parque municipal. Lottie, con el viento en los oídos, empezó a correr en dirección a las cabañas de la playa, cuyos colores vibrantes y anárquicos todavía resplandecían contra un cielo de carboncillo difuminado, mientras con un gesto le indicaba a Guy que la imitara. Lottie pasó corriendo y saltando frente a las que iban numeradas del ochenta al noventa, puesto que recordaba que había un par de cabañas abandonadas cuyas cerraduras se habían desprendido de la madera a causa de la herrumbre. Forzó una de las puertas para entrar y se metió dentro cuando el diluvio propiamente dicho empezaba. Guy entró tras ella, con la camisa mojada, profiriendo exclamaciones de ahogo y diversión, estirándose la camisa empapada, y Lottie, consciente de su proximidad en aquel espacio cerrado, empezó a secar con un trapo y con grandes aspavientos a un indiferente Mr. Beans.

Nadie había querido esa cabaña desde hacía bastante tiempo. Se atisbaban las nubes presurosas entre las brechas del techo y, al margen de una taza resquebrajada y un banco de madera desvencijado, casi nada sugería que en el pasado hubiese alojado a felices veraneantes. La mayoría del resto de cabañas tenían nombre, además (Kennora —u otros híbridos sin gracia alguna, creados a partir de los nombres de sus propietarios—, Brisamarina o ¡Viento a la vista!), y unos cojines húmedos y unas hamacas que se pasaban todo el verano fuera, mientras las familias rebozadas de arena iban compartiendo teteras. Durante la guerra todas fueron requisadas y enterradas para integrarlas en la defensa costera; más tarde, al resucitarlas en esa hilera de colores intensos, Lottie, quien jamás había visto antes una cabaña de playa, se enamoró de ellas, y se pasaba las horas caminando por el lugar, leyendo los nombres mentalmente e imaginando que ella formaba parte de una de esas familias.

Cuando ya no quedaba duda alguna de que Mr. Beans estaba completamente seco, Lottie se apoyó en el banco y se apartó los mechones negros y mojados de la cara.

—Menuda tormenta —dijo Guy, atisbando por la puerta abierta y contemplando las nubes ennegrecidas que corrían por el horizonte y oscurecían distantes brazas en el mar abierto. En lo alto, las gaviotas surcaban los vientos, graznando y llamándose las unas a las otras entre el estruendo de la lluvia. Lottie, mirando al joven, pensó de repente en Joe, cuyo primer comentario habría sido que deberían haber traído un paraguas.

—¿Sabes? Las tormentas del trópico son absolutamente salvajes. Estás sentado tomando el sol y, de repente, ves esa cosa que se acerca por el cielo como un tren —explicó Guy alzando las manos al aire y siguiéndolas con los ojos—, y entonces, ¡barrabam!, cae una lluvia increíble, una lluvia que te deja calado hasta los huesos y avanza por la carretera como si fuera un río. Y los relámpagos... ¡Qué relámpagos! Son como tridentes que iluminan el cielo entero.

Lottie, que solo deseaba escucharle hablar, asentía como una estúpida.

—Una vez vi un burro muerto por un rayo. Cuando llegó la tormenta, lo dejaron en el campo. Nadie pensó en entrarlo al establo. Yo estaba llegando a casa y me di la vuelta, porque oí ese enorme estallido; entonces cayó el rayo, ¡y el burro ni siquiera se movió! Saltó un poco, como si algo hubiera estallado bajo sus patas, y aterrizó de costado con las patas rígidas. Todavía llevaba el carrito enganchado. No creo que supiera lo que le había pasado.

No estaba segura de si tenía algo que ver con el burro, pero Lottie se dio cuenta de que volvía a sentir ganas de llorar. Pasaba la mano por el pelo de Mr. Beans, parpadeando con furia. Cuando se irguió, Guy todavía contemplaba el cielo. Vio que a la izquierda del muchacho se abría un claro azul; era el límite de la tormenta.

Se sentaron en silencio durante un rato. Lottie advirtió que Guy no consultó el reloj ni una sola vez.

—¿Qué ocurrirá cuando tengas que hacer el servicio militar?

—No voy a hacerlo —dijo Guy dando pataditas en el suelo.

—No creía que la gente pudiera librarse —comentó Lottie, frunciendo el ceño—. No creía que influyera el hecho de ser hijo único.

—Es por motivos de salud.

—No estarás enfermo, ¿verdad? —Lottie no consiguió disfrazar la angustia en su voz.

Quizá Guy se ruborizó un poco.

—No... Yo... Resulta que tengo los pies planos. Mi madre dice que es de corretear por ahí sin zapatos durante toda mi vida.

Lottie se encontró mirándole los pies y sintiéndose perversamente satisfecha de que tuviera algún defecto físico. Eso le convertía en alguien más humano, de algún modo, más accesible.

—Claro que no es tan romántico como «una vieja herida de metralla» —dijo Guy, sonriendo con arrepentimiento y sin dejar de patear el suelo arenoso, la pierna izquierda, testigo mudo de su incomodidad.

Lottie no supo qué decir. La única persona que conocía que hubiera hecho el servicio militar era Joe, y su destinación a los templados confines de la reserva durante dos años le había resultado tan violento a su familia que nadie del pueblo hablaba del tema. Al menos, delante de ellos. Lottie observaba caer la cortina de lluvia y el mar espumoso que amenazaba con saltarse el espigón.

—No te has reído —le dijo sonriéndole.

—Lo siento —replicó ella con solemnidad—. Creo que no tengo demasiado sentido del humor.

El joven arqueó una ceja y Lottie sonrió a su pesar.

—¿Qué más es lo que no tienes?

—¿Qué?

—¿Qué más es lo que no tienes? ¿Qué te falta, Lottie?

Lottie levantó los ojos.

—¿Pies planos?

Los dos rieron azorados. Lottie sentía que poco le faltaba para empezar a soltar risitas histéricas. Salvo que las risitas en cuestión desvelarían algo muy latente; demasiado próximo a un secreto.

—¿Una familia? ¿Tienes familia?

—Nadie a quien atribuirle el papel. Tengo una madre. Aunque supongo que se mostraría dispuesta a discutir con cualquiera que utilizara ese término para describirla.

—Pobrecita —comentó Guy mirándola fijamente.

—Ni pobrecita, ni nada. He sido muy afortunada viviendo con los Holden. —Esa frase la había pronunciado una infinidad de veces.

—La familia perfecta.

—La madre perfecta.

—¡Caramba! No entiendo cómo has podido soportar eso durante tantos años.

—No has conocido a la mía.

Por alguna razón, ambos encontraron el comentario atrozmente divertido.

—Deberíamos mostrarnos más comprensivos. La señora Holden tiene que cargar con muchas cruces.

Guy observaba un petrolero que atravesaba el horizonte en el punto exacto donde se encuentran el mar y el cielo. Dejó escapar un suspiro y apoyó las piernas en el banco. Extendidas, alcanzaban hasta la puerta. Lottie pudo entreverle el tobillo; era moreno, de la misma tonalidad que la cara interna de las muñecas.

—¿Cómo la conociste? —terminó por preguntar.

—¿A Celia?

—Sí.

Guy arrastró los pies, y alargó la mano para frotarse unas marcas de humedad que tenía en los pantalones claros.

—Supongo que por casualidad. Tenemos un piso en Londres, en el que estaba viviendo con mi madre mientras mi padre se encontraba de viaje en el Caribe porque quería mirar unas granjas. A mi madre le gusta quedarse en Londres de vez en cuando, ponerse al día con mi tía e ir de compras. Bueno, ya sabes; lo normal.

Lottie asintió, como si supiera de qué le estaba hablando. Bajo sus pies Mr. Beans tiraba de la correa, ansioso por reanudar el paseo.

—No es que sea muy partidario de las ciudades, así que me fui a pasar unos días a casa de mi primo, en Sussex. Mi tío tiene una granja, y yo he vivido allí desde niño porque mi primo y yo... Bueno, casi somos de la misma edad y probablemente él es el mejor amigo que tengo. En fin, que tenía que regresar a Londres, pero Rob y yo fuimos al pub del pueblo, y una cosa lleva a la otra... y se me hizo más tarde de lo previsto. Por eso me encontraba sentado en la estación, esperando el último tren con destino a Londres, cuando vi que pasaba por delante una chica.

Lottie sintió una opresión en el pecho. No estaba segura de querer seguir oyendo esa historia. Por otro lado, no acertaba a encontrar un modo seguro de detenerlo.

—Y pensaste que era hermosa.

Guy bajó la mirada, riéndose entre dientes.

—Hermosa. Sí, pensé que era bonita. Aunque más bien pensé que estaba muy borracha.

Lottie levantó la cabeza de golpe. Guy estaba sentado junto a ella sobre el banco de madera y se había llevado un dedo a los labios.

—Le prometí que no lo diría... Tienes que prometerme, Lottie, que... Estaba hecha un desastre. La vi avanzar en zigzag hacia la taquilla, donde estaba yo, e iba riendo sola. Deduje que habría ido a alguna especie de fiesta, porque iba vestida de noche. Sin embargo, había perdido un zapato, y sostenía el otro en la mano, con el bolsito o lo que fuera que llevaba.

En lo alto la lluvia golpeaba con un estruendo infernal el tejado. A nivel del suelo, el impacto salpicaba la tierra hacia el interior de la cabaña, provocando los saltos de Mr. Beans.

—Creí que sería mejor vigilarla de lejos. Sin embargo, de repente se metió en la sala de espera de la estación, donde había unos tíos con uniforme, se sentó junto a ellos y empezó a charlar, cosa que les encantó. Por eso pensé que los conocía. Parecía que se conocieran. Imaginé que a lo mejor salían todos del mismo baile.

La mente de Lottie iba hilvanando lo que diría la señora Holden ante la imagen de su hija borracha y dando conversación a unos soldados. También explicaba por qué Celia no había vuelto a casa con los zapatos altos de satén: le había contado a la señora Holden que una chica de la escuela de secretariado se los había robado.

—En un momento dado, Celia se sentó en la falda de uno de ellos, sin parar de reír. Creí que debía de conocerlo, y me marché hacia la taquilla de nuevo. Entonces... quizá unos cinco minutos más tarde... oí un grito, y la voz de una mujer que gritaba. Al cabo de unos segundos decidí que debía ir a comprobar qué sucedía, y...

—La estaban atacando —dijo Lottie, a quien le empezaba a sonar la historia.

—¿Atacando? —exclamó Guy sorprendido— No, no la atacaban. Le habían cogido el zapato.

—¿Qué?

—El zapato. Tenían ese zapato rosa claro que llevaba ella mientras daban vueltas bailando y sosteniéndolo en lo alto, lejos de su alcance.

—¿El zapato?

—Sí, y Celia andaba tan bebida que no paraba de golpearse contra los objetos más diversos y caer al suelo. Contemplé la escena unos minutos, pero pensé que aquello era muy injusto, porque quedaba claro que la chica no sabía lo que se hacía. Por consiguiente, me fui hacia ellos y les pedí que le devolvieran el zapato.

Lottie no apartaba la mirada de él.

—¿Qué hicieron ellos?

—¡Oh! Fueron muy mordaces al principio. Uno de ellos me dijo que no tentara a la suerte. Fue un comentario irónico, la verdad, dado el resultado. Te diré entre nosotros, Lottie, que me mostré muy educado con ellos, porque no tenté mi suerte con esos tres hombres. Sin embargo, la verdad era que tenía ante mí a unos tipos muy cabales; y, al final, le tiraron el zapato y se subieron al tren.

—¿Quieres decir que no intentaron manosearla?

—¿Manosearla? No. Bueno, quizá la manosearan un poco cuando ella se sentó en la falda de uno de los soldados, pero no tanto como para que se sintiera incómoda, ni nada por el estilo.

—¿Qué sucedió luego?

—Bueno, pensé que necesitaba que alguien la llevara a casa, y que había tenido bastante suerte, la verdad; pero estaba tan mal que vi que se quedaría dormida en el tren a las primeras de cambio, y decidí que no era buena idea dejarla sola... en ese estado.

—No, claro...

—Así que la llevé a casa de su tía —siguió diciendo Guy mientras se encogía de hombros—, y la tía me miró con aire de sospecha al principio, pero le dejé mi nombre y mi número de teléfono para que llamara a mi madre y comprobara que yo era... en fin, lo normal. Entonces Celia me llamó a la mañana siguiente para disculparse y darme las gracias, y salimos a tomar una taza de café... y luego, bueno...

Lottie seguía demasiado atónita ante esa versión de los hechos para absorber las implicaciones de las últimas palabras del joven.

—¿Estaba borracha? —preguntó presa de la incredulidad—. ¿Te ocupaste de ella porque estaba borracha?

—¡Ah, pero luego me contó la verdad! Ella creía que estaba bebiendo ginger ale, pero al parecer alguien del baile le había metido vodka o alguna otra sustancia en la bebida y, cuando se dio cuenta, ya se había marchado del lugar. Se portaron muy mal con ella.

—Así que eso es lo que ella te contó...

—Sí —dijo Guy frunciendo el entrecejo—. Me dio mucha lástima, a decir verdad.

Un largo silencio se interpuso entre ambos. El cielo se veía ahora limpiamente seccionado entre el azul y el negro, y el sol ya se reflejaba en la carretera mojada.

Fue Lottie quien rompió el mutismo. Se puso en pie, y Mr. Beans salió al caminito dando saltos de alegría, con las orejas prestando atención a la tormenta que se alejaba.

—Creo que será mejor que vuelva —dijo con brusquedad, y empezó a caminar.

—Es buena chica. —La voz del muchacho se la trajo el viento.

Lottie se giró un poco, con el rostro tenso y furioso.

—Eso no es necesario que me lo digas.

Las otras señoras se miraban con una expresión particular cuando mencionaba sus paseos matutinos, por lo tanto, Deirdre Colquhoun se sintió muy poco predispuesta a contarles su último descubrimiento, por muy convincente que sonara.

No, Sarah Chilton se había mostrado muy arisca cuando mencionó lo del señor Armand el pasado martes. Por consiguiente, no existía razón alguna para explicarles que dos días atrás, por la mañana, había presenciado algo que no pudo juzgar cuanto menos de dramático. Los hombres ya no salían por lo visto, pero para su sorpresa, ese día la vio a ella, y Deirdre Colquhoun tuvo que sacar los anteojos de ópera del bolso para asegurarse de que se trataba de la misma mujer. Se adentraba entre las olas, sin advertir el frío, con ese bañador ajustado y negro que siempre llevaba, y el pelo cepillado hacia atrás y recogido en un moño anticuado. A pesar de ir avanzando por el mar, de un modo que, con franqueza, Deirdre Colquhoun encontró un poco hombruno, se podía ver que estaba sollozando. Sí, sollozando, a pleno pulmón y en plena luz del día, como si le hubieran destrozado el corazón.

6

No fue la bienvenida que la señora Holden había planeado. En esa bienvenida ella habría estado de pie, prístina con su vestido de lana bueno con cinturón a juego y sus dos hijos menores frente a ella mientras abría las puertas para recibir a sus invitados, la familia cosmopolita y rica a la cual se iban a unir por matrimonio. En esa versión los Bancroft entrarían con su reluciente sedán Rover 90 de cuatro puertas (sabía que ese era el modelo, porque la señora Ansty se lo había oído decir a Jim Farrelly, recepcionista del hotel Riviera) y ella avanzaría a pasitos rápidos por el inmaculado césped delantero para saludarlos como a unos amigos que se reencuentran al cabo de mucho tiempo (incluso puede que en el mismo momento en que Sarah Chilton o alguna de las otras señoras acertaran a pasar por ahí).

En esa versión, la versión que Susan Holden prefería, su marido saldría tras ella, y posaría tal vez una mano en su hombro con instinto de propiedad, con ese gesto simple que dice tantísimo sobre un matrimonio. Los niños, mientras tanto, sonreirían con dulzura, no se habrían manchado la ropa y les tenderían la mano a los Bancroft para saludarlos con encanto antes de que ella los invitara a pasar dentro de la casa.

Esos mismos niños, en cambio, esperaron hasta dos minutos antes de que llegaran los invitados para descubrir que no solo habían encontrado un zorro muerto en la carretera que conducía a la iglesia metodista, sino que lo habían recogido con una pala, lo habían cargado en el cubo de la playa y lo habían dejado en el suelo de la sala principal para, con ayuda de las mejores tijeras de coser de la señora Holden, abrirlo y confeccionarse una piel de zorro.

En la versión elegida el doctor Holden tampoco anunciaba que tenía que salir para ir a ver a un paciente enfermo, y que no esperaba volver antes de la hora del té, a pesar de que era sábado y de que todo Merham era muy consciente de que su secretaria, esa chica pelirroja que siempre se las arreglaba para inferir un tono de superioridad a su voz cuando respondía al teléfono y hablaba con la esposa del doctor Holden, se marchaba del pueblo al día siguiente para ocupar un nuevo puesto de trabajo en Colchester. Cerró los ojos unos segundos y visualizó una imagen de su jardín de rosas. Era lo que hacía cuando no quería pensar con demasiada intensidad en esa mujer. Era importante llenarse la mente de cosas agradables.

No obstante, lo más relevante de todo en la versión elegida era que la señora Holden no tenía que vérselas con los tres jóvenes más desgraciados con quienes hubiera tenido la mala fortuna de encontrarse jamás. Celia y Guy, lejos de sentirse inmersos en la dicha de los recién comprometidos, se habían pasado la mañana casi sin hablarse de un modo deliberado y eficaz. Lottie manifestaba su silenciosa presencia en un plano secundario, rumiando con amargura como solía hacer en el pasado, con ese estado de ánimo que sin duda le hacía perder todo su atractivo. A ninguno de ellos, por si fuera poco, parecía importarle que ella se hubiera esforzado tanto en conseguir que la tarde discurriera de un modo apacible. Cada vez que les levantaba un poco los ánimos, intentaba que olvidaran las caras largas o, cuanto menos, le echaran una mano para controlar a los niños, los muchachos se encogían de hombros, miraban al suelo o lanzaban miradas significativas a Guy, en el caso de Celia, con los ojos relucientes de lágrimas y afirmando que no era justo que esperaran de ella que se mostrara alegre todo el santo día.

—Bueno, ya basta con esta historia, queridos. De verdad. Ya basta. Este lugar parece un tanatorio. Lottie, ve donde están los niños y oblígales a que saquen de ahí ese condenado animal. Que te ayude Virginia. Guy, tú ve fuera a esperar que llegue el coche. En cuanto a ti, Celia, sube y arréglate un poco. Ponte maquillaje. Vas a conocer a tu familia política, por Dios. Se trata de tu boda.

—Eso si es que al final hay boda —dijo Celia con tanta tristeza que Lottie volvió la cabeza súbitamente.

—No seas ridícula. Claro que habrá boda. Anda, ve a maquillarte un poco. Te dejo un poco de perfume, si te apetece, te animará.

—¿Cuál, el Oportunidad?

—Si te apetece ese, sí.

Celia, sintiéndose más liviana, corrió escaleras arriba. Lottie se marchó arrastrando los pies con espíritu rebelde hacia el estudio, donde Virginia aún temblaba tras el descubrimiento del animal muerto y Freddie yacía en el sofá meciéndose con sentido teatral, quejándose de que jamás en la vida podría volver a sentarse gracias a su madre.

Sabía lo que estaba haciendo desgraciada a Celia, y eso le provocaba las mismas dosis de alegría que de desprecio por sí misma. La noche anterior, cuando ya era tarde y la tormenta amainaba, Celia le había pedido a Lottie que subiera al dormitorio y, una vez allí, sentada en el borde de la cama, le había confiado que necesitaba hablar con ella. Lottie supo que se había ruborizado. Se sentó tensa, y todavía se puso más rígida cuando Celia dijo:

—Se trata de Guy. Está como ausente conmigo desde hace días, Lots. No es él en absoluto.

Lottie fue incapaz de hablar. Era como si se le hubiera hinchado la lengua y le ocupara toda la boca.

Celia se estudió las uñas, y entonces, de un modo imprevisto, levantó la mano y se la llevó a la boca para mordérsela.

—Cuando vino por primera vez, se comportaba igual que en Londres, ¿sabes? Era tan dulce, preguntándome siempre si estaba bien, si necesitaba alguna cosa... ¡Era tan cariñoso! Solía llevarme al porche trasero mientras estabais recogiendo las cosas del té y me besaba hasta que creía que la cabeza me iba a estallar...

Lottie tosió. Había dejado de respirar.

Celia, sin darse por aludida, se contempló la mano, y entonces levantó la vista, con los azules ojos llenos de lágrimas.

—Hace cuatro días que no me besa como es debido. Anoche intenté que lo hiciera, pero me rechazó, murmurando algo sobre que luego tendríamos muchísimo tiempo. ¿Cómo puede soportarlo, Lots? ¿Cómo es posible que le dé igual si me besa o no? Esa es la clase de comportamiento que esperas de los hombres casados.

Lottie luchó para contener una especie de incómoda oleada de excitación que nacía en su interior. Luego se sobresaltó cuando Celia se volvió hacia ella y, con un movimiento rápido, le lanzó los brazos al cuello y rompió en sollozos.

—No sé lo que he hecho, Lots. No sé si he dicho algo inconveniente y él no quiere decírmelo. Es posible... Tú ya sabes que hablo por los codos sin decir nada serio, y que no siempre reflexiono sobre lo que digo. Quizá es debido a que últimamente no estoy lo bastante bonita. Yo lo intento. Me he puesto todas esas cosas tan preciosas que mamá me compró, pero él... Es como si yo ya no le gustara como antes.

Lottie sentía la respiración agitada de su pecho y le acarició la espalda mecánicamente, sintiéndose traidoramente aliviada de que Celia no pudiera verle la cara.

—No logro entenderlo. ¿Qué pasa, Lots? Ahora ya has pasado bastante tiempo con él para saber cómo es.

Lottie intentó templar la voz.

—Estoy segura de que te lo estás imaginando todo.

—¡Oh, no pretenderás hacerme creer que no tienes sangre en las venas, Lottie! Sabes que yo te ayudaría, si me lo pidieras. Venga, ¿qué crees que le pasa por la mente?

—No me siento capacitada para responderte.

—Pero bien debes de tener una mínima idea. ¿Qué puedo hacer? ¿Qué se supone que debo hacer?

Lottie cerró los ojos.

—Quizá solo sean los nervios —dijo al final—. Puede que los hombres se pongan tan nerviosos como nosotras. Quiero decir, teniendo en cuenta que están a punto de llegar sus padres. Es algo importante, ¿no? El hecho de presentar a tu prometida a tus padres.

Celia se echó hacia atrás y miró a Lottie fijamente.

—Quizá se siente más tenso de lo que te imaginas.

—Es posible que tengas razón. No lo había considerado de ese modo. Puede que, en el fondo, esté nervioso. —Celia se alisó el pelo hacia atrás, mirando por la ventana—. Ningún hombre admitiría que se siente nervioso, ¿verdad? No es precisamente un rasgo muy masculino.

Lottie deseaba con una especie de sombrío fervor que Celia se marchara. Diría cualquier cosa, haría cualquier cosa, con tal de lograr que Celia la dejara sola.

Sin embargo, la chica se volvió hacia ella y la estrechó en un abrazo.

—¡Oh, qué lista eres, Lots! Estoy segura de que tienes razón.

Siento haberme mostrado un tanto... bueno... distante últimamente. Es porque me absorbe muchísimo todo lo relacionado con Guy y la boda... No debe de haber sido nada divertido para ti.

Lottie hizo una mueca.

—Me lo he pasado genial —dijo vanagloriándose.

—Perfecto. Bueno. Bajaré a ver si consigo que ese cerdo asqueroso me haga un poco de caso —sentenció Celia riendo, aunque su risa se parecía bastante a un sollozo.

Lottie la observó marcharse, y luego se hundió lentamente en la cama.

Todo era más real que nunca. El hecho de que Guy y Celia se casarían, que Lottie estaba enamorada de un hombre que en ningún caso podría pertenecerle, que, por encima de todo, no había hecho nada que sugiriera que sus sentimientos eran correspondidos, al margen de acompañarla a dar unos cuantos paseos para dirigirse a una casa que le gustaba y admirar unas florecillas tontas e infantiles que ella llevaba en el pelo. A eso se reducía todo, ¿no? Si se analizaba la cuestión, nada parecía implicar que Guy la prefiriera a ella por encima de, digamos, Freddie. También pasaba muchísimo tiempo con Freddie; y aun en el caso de que ella le gustara, no había modo alguno de cambiar las cosas. Solo cabía fijarse en el estado en que había caído Celia porque Guy le había prestado un poquito menos de atención durante los últimos días.

—Pero ¿por qué has tenido que venir aquí precisamente? —gimió Lottie, metiendo la cabeza entre las rodillas—. Yo estaba plenamente satisfecha hasta que llegaste a esta casa.

Entonces la señora Holden la llamó para que ayudara a Virginia a arreglar la plata.

Celia, a pesar de sus buenas intenciones, había sido incapaz de desprenderse de la sensación de abatimiento; y seguramente debido a causas bien justificadas. Lottie la observaba mientras ella desfilaba ante Guy enseñándole su nuevo vestido, mientras le pellizcaba el brazo con aire juguetón y apoyaba la cabeza con coquetería sobre su hombro. La observaba también cuando Guy le daba unos golpecitos cariñosos con el cómodo desapego de un hombre acariciando a su perro, y cómo la sonrisa de Celia se le helaba en los labios. Lottie luchaba por controlar el caldero de emociones que rebullía a fuego lento en su interior. Luego se marchó para ayudar a Sylvia a atarse los cordones de los zapatos buenos.

Para ser un hombre que hacía casi un mes que no veía a sus padres, un hombre que confesaba adorar a su madre y consideraba a su padre uno de los seres más fantásticos que conocía, Guy no parecía nada entusiasmado ante la perspectiva de su inminente llegada. Al principio, Lottie había atribuido a la impaciencia esos paseos incesantes que se marcaba de un extremo a otro del jardín; luego, bajo una mirada más atenta, vio que el muchacho discutía solo, como la señora loca del parque que solía amenazar a los transeúntes que se atrevían a aventurarse en lo que ella creía era su pista de bolos, enseñándoles un par de bragas. El rostro de Guy no mostraba rabia, sino más bien confusión y mal humor, y cuando se sacó de encima a Freddie, que no dejaba de insistir para que volviera a jugar a tenis, con una salida de tono desacostumbrada en él, Lottie observaba en silencio desde la ventana de la salita y rogaba con todas sus fuerzas a la deidad que se encontrara en los cielos que fuera ella la causa de sus infortunios, y también el remedio.

Susan Holden miró a esos tres jóvenes desgraciados y suspiró. Entre ellos no advertía ni un atisbo de compostura, ni la más mínima presencia de carácter. Si ella, con todos los problemas que tenía (las malditas ausencias de Henry, las obsesiones de Freddie y Sarah Chilton, que no dejaba de lanzar comentarios acerados sobre la suerte que habían tenido de colocar a Celia, «considerándolo todo»), sabía encarar el mundo con una sonrisa, uno al menos podría esperar que esos condenados niños fueran capaces de controlarse y animarse un poco.

Contrajo los labios ante ese pensamiento, y luego abrió el bolso y sacó el carmín. Era un tono bastante atrevido para ella, nada parecido al que habría llevado en las reuniones de las señoras del salón, pero mientras se lo aplicaba con esmero (haciendo un mohín al inclinarse hacia delante), la señora Holden se dijo que ciertos días una necesitaba recurrir a cuantos accesorios tuviera más a mano.

La chica pelirroja llevaba un pintalabios del color de las velas de Navidad. La primera vez que fue a la consulta de Henry y la vio, había sido incapaz de apartar la mirada de ella.

Quizá de eso se trataba en el fondo.

—Señora Holden —la llamó Virginia desde abajo—, han llegado sus invitados.

La señora Holden se retocó el pelo en el espejo y respiró hondo. «Por favor, que Henry vuelva a casa de buen humor», rogó.

—Hazles pasar, querida. Ahora mismo bajo.

—Freddie se niega a desprenderse de esa... de esa cosa muerta. Dice que se la quiere guardar en el dormitorio, y la alfombra ya huele que apesta.

La señora Holden, con cierta desesperación, pensó en las rosas.

—¡Qué jardín más fantástico! ¡Qué listísima que eres!

Fueron unas palabras dulces, destinadas a una suegra potencial nerviosa e infravalorada. Susan Holden, por su parte, que casi da un paso atrás atónita ante el cerrado acento norteamericano de Dee Dee Bancroft, («¡Guy no nos había contado nada!»), descubrió que no acertaba a mostrar su gratitud sin temblar.

—¿Acaso son Albertinas? ¿Sabías que son mis rosas favoritas? No las puedo cultivar en esa especie de maldito pretexto que hace las veces de jardín y que poseemos en Puerto Antonio. Supongo que el suelo es inadecuado, o bien que las he colocado junto a algo que no les conviene. Por otro lado, las rosas pueden ser muy caprichosas, ¿verdad? Espinosas en más de un sentido.

—Sí, claro —respondió Susan Holden intentando no mirar las piernas largas y morenas de Dee Dee. Desde donde se encontraba hubiera podido jurar que la mujer no llevaba medias.

—¡Oh, no tienes ni idea de cómo te envidio este jardín! Fíjate, Guy, cielo, tienen hostas; y sin un solo mordisco de babosas. No sé como lo consigues.

Guy, cielo, que parecía ser el nombre destinado al señor Bancroft padre, de pie en la verja trasera que daba a los campos de juegos, se dio la vuelta y empezó a caminar hacia donde estaban sentadas las señoras, bajo una sombrilla aleteante y sorbiendo un té calentito.

—¿En qué dirección está el mar?

Guy, que se había sentado en la hierba, se puso en pie y se acercó a su padre. Señaló hacia el este, y sus palabras se las llevaron los veloces vientos.

—Espero que no les haya importado que nos sentemos fuera. Sé que el tiempo es un poco borrascoso, pero quizá sea la última tarde hermosa del año, y a mí me gusta disfrutar de las rosas —dijo la señora Holden, no sin antes haber hecho frenéticas señales hacia atrás para indicarle a Virginia que sacara más sillas fuera.

—No, no. Nos encanta estar fuera —dijo la señora Bancroft, llevándose la mano al pelo para impedir que siguiera azotándole en la boca cuando bebía té.

—Sí. Es cierto. Se echa mucho de menos el poder salir fuera cuando llega el invierno.

—Además Freddie ha dejado un zorro muerto en la alfombra de la salita —dijo Sylvia.

—¡Sylvia!

—Es verdad. No he sido yo. Ahora mamá dice que no nos dejará entrar en la salita nunca más. Es por eso que hemos tenido que instalarnos en el jardín con el frío que hace.

—Sylvia, eso no es verdad. Lo siento mucho, señora Bancroft. Es cierto que... hummm... hemos tenido un pequeño incidente en la salita justo antes de que llegaran, pero ya teníamos la intención de tomar el té fuera.

—Llámame Dee Dee, por favor; y por nosotros, no te preocupes. Fuera se está muy bien. No creo que Freddie sea más malo que nuestro hijo. Guy era el niño más horrible del vecindario —dijo Dee Dee sonriendo ante la expresión de asombro de Susan Holden—. ¡Oh, era terrible! Solía traer insectos a casa y los dejaba en potes y tarros, y luego se olvidaba de que los había puesto ahí. Yo había llegado a descubrir arañas del tamaño de un puño en el pote de la harina. ¡Puaj, qué asco!

—No sé cómo podías sobrevivir con esos insectos. Estoy segura de que yo me habría pasado media vida aterrorizada.

—A mi me gustaría —intervino Freddie, que había pasado los últimos diez minutos observando el interior de nogal y cuero nuevo del recién estrenado Rover del señor Bancroft—. Me gustaría tener una araña del tamaño de un puño. La llamaría Harold.

La señora Holden se estremeció. Le costaba mucho más pensar en la rosaleda cuando se encontraba sentada en ella.

—De verdad. Sería mi amiga.

—Tu única amiga —dijo Celia, quien había recuperado algo de su acritud, según pudo comprobar su madre.

Celia se hallaba sentada en el borde del mantel de picnic, con las piernas encarando las de Lottie, picoteando de una bandeja de galletas con tristeza.

Lottie se abrazaba a sus rodillas, mientras miraba a lo lejos, hacia la verja delantera, como si esperara la señal de marcharse. No se había ofrecido a pasar los bollitos calientes, tal y como le había pedido la señora Holden antes de que los Bancroft llegaran. Ni siquiera se había cambiado para ponerse algo más atractivo.

—Dinos, hijo, ¿dónde está esa casa de que nos has hablado? Apuesto a que no es ni la mitad de bonita que la de Susan.

El señor Bancroft se encaminó hacia la mesa, moviendo el cigarrillo que sostenía en la mano con ademán enfático. Su voz sonaba inglesa, pero de un origen indeterminado, y poseía una entonación definitivamente transatlántica, que Susan Holden encontró «muy poco convencional». La verdad era que todo lo relacionado con Guy Bancroft padre era muy poco convencional. Era un hombre altísimo y llevaba una camisa rojo intenso, tonalidad que uno esperaría ver en un artista de cabaret; además hablaba muy alto, como si todos se encontraran a casi cincuenta metros de distancia. Al llegar, le había plantificado un par de sonoros besos húmedos en ambas mejillas, al estilo francés. A pesar de que resultaba clarísimo que no era francés.

—Está en esa dirección; después del parque municipal —precisó Guy, guiando de nuevo a su padre hacia la costa y señalando.

En circunstancias normales se diría que ese hombre era bastante... común. No existía refinamiento alguno en sus modales. La ropa, el vozarrón, todo ello acusaba una cierta falta de educación. Había jurado dos veces delante de ella, y Dee Dee se había limitado a reír. Sin embargo, poseía un cierto lustre: el del dinero. Se percibía en el reloj de pulsera, en los relucientes zapatos hechos a mano o en el precioso bolso de cocodrilo que le habían comprado a Susan Holden en Londres. Cuando desenvolvió el papel de seda que lo cubría, había tenido que reprimir el impulso inusual de bajar la cabeza y oler ese aroma delicioso y caro.

Susan Holden se obligó a apartar el bolso de su pensamiento y volvió a consultar el reloj. Eran casi las cuatro menos cuarto. Henry ya debería haber llamado para decirle si llegaría a casa a tiempo de cenar. No sabía para cuántos comensales cocinar. ¿Acaso pensaban quedarse los Bancroft? La idea de alargar los pollos a la parrilla para siete personas hizo que sintiera un peso en el pecho.

—¿Dónde dices? ¿Hacia nuestro hotel?

—Sí, pero está sobre un promontorio particular. Desde la carretera de la costa no se ve.

Podría decirle a Virginia que fuera corriendo a la tienda a comprar un trozo de cerdo. Por si las moscas. Ya lo aprovecharían si no se quedaban: harían croquetas para los niños.

Dee Dee se inclinó hacia delante, con la mano sujetándose el pelo rubio.

—Mi hijo nos ha contado que tenéis unos vecinos fascinantes. Debe de ser fantástico tener tantos artistas al lado de casa.

Susan Holden se incorporó un tanto rígida, haciendo gestos a Virginia por la ventana.

—Pues sí... Es muy agradable. Muchísima gente da por sentado que los pueblos costeros no tienen nada que ofrecer en materia cultural, pero hacemos lo que podemos.

—Lo encuentro envidiable, ¿sabes? En las plantaciones frutícolas no existe la cultura. Solo la radio, unos cuantos libros y, de vez en cuando, el periódico.

—Bueno, a nosotros nos gusta cultivar el espíritu de las artes.

—Y la casa parece una maravilla.

—¿La casa?

Susan Holden la miró de un modo inexpresivo.

—¿Sí, señora Holden? —dijo Virginia apareciendo junto a ella con una bandeja en la mano.

—Perdón, ¿ha dicho la casa?

—La casa *art déco*. Mi hijo Guy dice que es la casa más bonita que haya visto jamás. Debo confesar que, por lo que cuenta en sus cartas, nos ha dejado absolutamente fascinados.

Virginia la miraba fijamente.

—Ah... No te preocupes Virginia —dijo la señora Holden,

moviendo la cabeza sin comprender nada—. Ahora vengo a decirte algo... Lo siento, señora Bancroft, ¿puede repetirme lo que estaba diciendo?

Virginia se marchó, no sin antes chasquear ostensiblemente la lengua.

—Llámame Dee Dee, por favor. Sí, somos muy aficionados a la arquitectura moderna. ¿Sabes? Yo crecí en el Medio Oeste, y allí todo es moderno. ¡Con decirte que para nosotros una casa es antigua si la construyeron antes de la guerra! —exclamó, riéndose.

El señor Bancroft apagó su cigarrillo en un macetero.

—Deberíamos dar una vuelta y acercarnos más tarde. Para echar un vistazo.

—¿A Arcadia? —preguntó Lottie, girándose de repente.

—¿Se llama así? ¡Es magnífico! —Dee Dee aceptó otra taza de té.

—¿Queréis ir a Arcadia? —preguntó la señora Holden con la voz atiplada.

Lottie y Celia intercambiaron una mirada cómplice.

—Tengo entendido que es un lugar fabuloso, plagado de tipos muy exóticos.

—Es exactamente así —dijo Celia, sonriendo por primera vez en todo el día.

Dee Dee echó un vistazo a Celia y luego a su madre.

—Bueno... Quizá no sea tan fácil. Estoy segura de que no les va a gustar que vaya nadie a contemplarlos con la boca abierta. Guy, cielo, dejémoslo para otro día.

—Pero si solo está a cinco minutos por carretera...

—Cielo...

La señora Holden supo interpretar la mirada que Dee Dee cruzaba con su marido, y se incorporó aún más en la silla. Entonces, intentando no mirar a posta a los niños, dijo:

—La verdad es que he recibido una invitación formal para visitar a la señora Armand... Quiero decir que precisamente la semana pasada llegó una carta...

El señor Bancroft apagó el cigarrillo y se echó cuello abajo el té de un sediento sorbo.

—Entonces vamos a visitarlos. Venga, Guy, enséñanos todo lo que nos has contado.

La señora Holden lamentaría haberse puesto esos zapatos. Lottie se fijó en que durante el poco rato que llevaban paseando la mujer, que iba delante de ella, se había torcido el tobillo quince veces en el sendero de superficie irregular que conducía a la playa, y lanzaba ansiosas miradas a sus espaldas para comprobar si sus visitantes se habían dado cuenta. No hubiera debido preocuparse tanto: el señor y la señora Bancroft iban del brazo sin prestarle atención y, charlando amigablemente, señalaban las distantes embarcaciones que divisaban en alta mar, o bien la flora que había brotado tardíamente en lo alto. Guy y Celia iban delante, y Celia iba cogida de su brazo, pero no conversaban con la misma tranquilidad que sus padres. Celia hablaba, y Guy caminaba, cabizbajo y apretando la mandíbula. Era imposible saber si la estaba escuchando. Lottie cerraba la marcha, deseando casi que los rebeldes Freddie y Sylvia hubieran podido venir, aunque solo fuera para brindarle algo más en lo que centrar su atención aparte de aquel par de cabezas doradas, o bien para convertirse en el pararrayos que liberara el aura de tensión creciente que era palpable que iba formándose en torno a la señora Holden.

Lottie no entendía por qué había sugerido que fueran todos. Sabía que la señora Holden ya debía de estar arrepintiéndose, incluso más que de haber elegido el zapato de tacón alto: a medida que se acercaban a Arcadia, iba lanzando nerviosas miradas en derredor, como temerosa de que pudieran tropezarse con algún conocido. Había adoptado los andares titubeantes y desequilibrados de los criminales incompetentes, y se negaba a cruzar la mirada con la de Lottie, como temiendo que la desafiara por su cambio súbito de parecer. A Lottie, sin embargo, tanto le daba; sencillamente se sentía desgraciada: desgraciada por tener que pasar una hora más presenciando el orgullo familiar y sonriente que provocaban los futuros novios, por tener que volver a mirar el rostro del hombre que le estaba prohibido, y por adivinar que iban a echarle todo eso en cara a Adeline, la cual no sabría cómo servir un té tardío ni aunque el Darjeeling le saltara encima y la cubriera por completo.

La madre de Guy le volvía a decir algo a Celia. La muchacha se había animado lo indecible: en parte a causa de la atención que le deparaba Dee Dee y en parte, sospechaba Lottie, porque imaginarse a su madre en casa de la actriz la llenaba de un placer malévolo. Lottie se alegraba de que se sintiera más feliz, y deseaba absorber esa felicidad con una ferocidad pura y ardorosa.

Los padres de Guy parecían no haber reparado en ella.

«Pronto se marcharán», se decía a sí misma, cerrando los ojos. «Haré más turnos en la zapatería. Haré las paces con Joe. Me aseguraré de tener ocupada la mente, de tenerla tan ocupada que no pueda encontrar espacio alguno para pensar en él.» Guy, entonces, volviéndose al llegar al camino de entrada, eligió ese instante para mirarla a los ojos, como si su sola existencia ya pusiera en ridículo cualquier intento por parte de Lottie de controlar sus sentimientos.

—¿Es esta? —preguntó el señor Bancroft deteniéndose para contemplar la casa, en una postura muy parecida a la que había adoptado su hijo unas semanas antes.

Guy se detuvo, observando la casa blanca y baja.

—Esa es.

—Una casa muy bonita.

—Es una especie de mezcla entre *art déco* y arte moderno. El estilo parece inspirarse en la Exposición Internacional de las Artes Decorativas de 1925, que se celebró en París. Eso es lo que originó el *art déco*. Los dibujos geométricos del edificio pretenden ejemplificar la Era de las Máquinas.

Se hizo un breve silencio. Todos los integrantes del pequeño grupo se quedaron mirando a Guy.

—Vaya, es la frase más condenadamente larga que te he oído decir desde que hemos llegado.

—Me interesaba el tema —dijo Guy cabizbajo—. Lo busqué en la biblioteca.

—Así que lo buscaste en la biblioteca, ¿eh? Bien hecho, hijo mío —exclamó el señor Bancroft encendiendo otro cigarrillo y protegiendo la llama del mechero con una mano ancha y gruesa—. ¿Lo ves, Dee Dee? —dijo, tras disfrutar de una calada—. Te dije que nuestro chico saldría adelante sin profesores, ni nada parecido. Si necesita saber algo, va y lo consulta él mismo. En la biblioteca, nada menos.

—En fin, creo que es de lo más fascinante, querido. Cuéntame más cosas sobre esta casa.

—¡Oh, no creo que sea yo quien deba hacerlo! Adeline os lo contará todo.

Lottie se fijó en que la señora Holden se sobresaltaba un poco ante el modo en que Guy había mencionado el nombre de pila de Adeline. Estaba segura de que esa noche les harían unas cuantas preguntas.

También tenía la certeza de que la señora Holden se sentía violenta por el hecho de que tardaban muchísimo en salir a abrir la puerta. Casi al borde del ataque de nervios, estaba de pie frente a la inmensa y blanca puerta principal, agarrada al bolso, levantándolo y bajándolo, claramente insegura sobre si debía volver a llamar una segunda vez, por si no habían oído el timbre. Sin duda había gente dentro (había tres coches en el camino de entrada), pero parecía que nadie salía a abrirles.

—Igual están en la terraza —apuntó Guy—. Podría trepar por la verja lateral y echar un vistazo.

—No —dijeron Dee Dee y Susan Holden simultáneamente.

—No queremos colarnos como unos intrusos —explicó Susan Holden—. Quizá estén... quizá estén arreglando el jardín.

Lottie no quiso mencionar que lo más parecido a la jardinería que había en la terraza de Adeline sería algún trozo de pan olvidado y enmohecido junto a los enormes tiestos.

—Quizá hubiéramos debido llamar primero —dijo Dee Dee.

En ese momento, cuando el silencio devino atroz, la puerta se abrió de golpe. Era George, quien se quedó quieto unos segundos, miró despacio a todos y cada uno de los integrantes del grupito y, sonriendo a Celia, les hizo una extraña floritura con la mano y dijo:

—¡Que me aspen si no son Celia, Lottie y un grupo de alegres hombres! Entrad. Entrad y uníos a la fiesta.

—Me llamo Guy Bancroft, padre —dijo el señor Bancroft, tendiéndole su manaza.

George la miró, y se metió el cigarrillo entre los dientes.

—Yo me llamo George Bern. Encantado. No tengo ni idea de quién es usted, pero estoy encantado de conocerlo.

Lottie vio que andaba bastante bebido. Sin embargo, y a diferencia de la señora Holden, que seguía en pie, nerviosa, en la puerta de entrada, como mostrándose reticente a aventurarse dentro, el señor Bancroft no parecía ni remotamente alterado por el extraño saludo de George.

—Le presento a mi mujer, Dee Dee, y a mi hijo, Guy.

George se inclinó con ademanes teatrales para mirar con mayor detenimiento a Guy.

—¡Ah! El famoso príncipe de la piña. He oído decir que les has impresionado mucho.

Lottie sintió que se ruborizaba y empezó a caminar deprisa por el pasillo.

—¿Está la señora Armand en casa?

—Por supuesto que sí, señora. Usted debe de ser la hermana de Celia. ¡No me diga que es su madre! No, no me lo creo. Celia, nunca me habías hablado de ella.

Había un ligero retintín burlesco en la voz de George, y Lottie no se atrevió a mirar la cara de la señora Holden. Por consiguiente, entró callada en la sala principal, desde donde se elevaban los sonidos de algún discordante concierto para piano. Había corriente de aire, y en algún rincón alejado de la casa una puerta chirriaba y golpeaba sobre sí misma repetidamente.

A sus espaldas oyó que Dee Dee hacía algún comentario admirativo sobre un cierto objeto artístico, y la señora Holden, con un tono de voz algo angustiado, se preguntaba si a la señora Armand no le importaría recibir visitas sin avisar, pero que ella le había dicho que...

—No, no. Entren todos. Vengan a unirse a la fiesta.

Lottie no pudo evitar quedarse mirando a Adeline. Estaba sentada en medio del sofá, como el primer día que la conoció. Sin embargo, en esa ocasión, ese aire que le confería un cierto lustre exótico había desaparecido: era obvio que había estado llorando, y permanecía sentada en silencio con las mejillas pálidas y emborronadas, los ojos bajos y las manos entrelazadas en la falda.

Julian se había sentado a su lado, y Stephen estaba acomodado en la poltrona, enfrascado en un periódico. Al aparecer los invitados, Julian se levantó y avanzó a zancadas hacia la puerta.

—Lottie, me alegro muchísimo de verte. ¡Qué placer más inesperado! ¿Quién has traído contigo?

—Al señor y la señora Bancroft, los padres de Guy —murmuró Lottie—, y a la señora Holden, la madre de Celia.

Julian no pareció advertir la presencia de Susan Holden. En cambio, casi se lanza sobre la mano del señor Bancroft en su afán de estrecharla.

—¡Señor Bancroft! ¡Guy nos ha contado tantas cosas sobre usted! (Lottie no pudo por menos que notar el ceño fruncido de Celia cuando levantó los ojos para mirar a Guy: esa noche no solo sería la señora Holden quien haría ciertas preguntas.) Siéntense, siéntense. Vamos a organizar el té.

—No querríamos causarles molestias de ningún modo —dijo la señora Holden, que se había quedado lívida ante una serie de desnudos colgados en la pared.

—¡No es ninguna molestia! ¡Ninguna molestia en absoluto! ¡Siéntense, siéntense! Tomaremos el té —dijo Julian, mirando significativamente a Adeline, quien apenas se había movido desde la llegada de los vecinos, salvo para dedicarles una débil sonrisa—. Estoy muy contento de conocerlos a todos. Francamente, he descuidado la labor de trabar amistad con mis vecinos. Tendrán que perdonarnos si no logramos subsanar ciertos problemas domésticos estos días... Nos hemos quedado sin ayuda.

—¡Vaya! Les comprendo perfectamente —dijo Dee Dee, sentándose en la butaca Telar de Lloyd—. No hay nada peor que quedarse sin servicio. Yo siempre le digo a Guy que tener personal a veces es complicarse la vida más de lo necesario.

—Lo es, al menos en el Caribe —respondió el señor Bancroft—. Necesitas veinte personas para que hagan el trabajo de diez.

—¡Veinte personas! —exclamó Julian—. Estoy seguro de que Adeline se conformaría con una, pero parece ser que nos cuesta mucho conservar a la gente.

—Podrías intentar pagarles de vez en cuando, Julian —intervino George, que acababa de servirse otra copa de vino tinto.

Adeline volvió a sonreír sin ganas. Lottie advirtió que, ante la visible ausencia de Frances, no había nadie que fuera a preparar el té.

—Ya prepararé yo el té —se ofreció—. No me importa hacerlo.

—¿De verdad? Espléndido. Eres una chica encantadora, Lottie.

—Deliciosa —dijo George, sonriendo.

Lottie se fue a la cocina, contenta de escapar de la atmósfera tensa de la salita. Mientras trataba de encontrar tacitas y platitos limpios, oyó a Julian preguntarle al señor Bancroft por su negocio y, con un mayor entusiasmo quizá, contarle el suyo propio. Le dijo que vendía arte, que tenía varias galerías en el centro de Londres y se había especializado en pintores contemporáneos.

—Y ese tema, ¿ya se vende bien? —oyó Lottie que decía el señor Bancroft paseándose por la habitación.

—Cada vez más. Los precios que ciertos artistas alcanzan en las subastas de Sotheby's o Christie's en algunos casos se triplican en un año.

—¿Oyes eso, Dee Dee? No es mala inversión, ¿eh?

—Si sabes lo que hay que comprar, evidentemente no.

—¡Ah! En eso tiene razón, señora Bancroft. Si le aconsejan mal, se puede terminar comprando algo que, a pesar de poseer valor estético, tenga poco valor monetario en último término.

—La verdad es que nosotros no compramos pintura, ¿verdad Guy, cielo? Los cuadros que tenemos los compré yo porque me parecieron bonitos.

—Es lo más sensato que he oído decir, y la mejor actitud a la hora de adquirir algún bien. Si no amas el producto, su valor es irrelevante.

Había facturas en la mesa de la cocina, facturas muy largas del gasóleo para la calefacción, la electricidad y algunas reparaciones que habían hecho en el techo. Lottie, que no pudo evitar echarles un vistazo, se quedó asombrada de las cifras que se barajaban; y del hecho de que todas ellas parecían ser apremios.

—Este de aquí, ¿qué es?

—Es un Kline. Sí. En su obra la tela es tan importante como la pincelada.

—Bonita manera de ahorrar en pintura. Parece que hasta un niño podría hacerlo.

—Pues seguramente vale unos cuantos miles de libras.

—¿Unos cuantos miles? ¿Oyes, Dee Dee? ¿No crees que podríamos empezar a hacer unos cuantos como este en casa? Así tendrías una afición a la que dedicarte.

Dee Dee profirió unas sonoras carcajadas.

—En serio, señor Armand. ¿Me está diciendo que eso vale tanto dinero? ¿Tanto dinero para comprar eso?

—El arte, como todas las cosas, vale lo que la gente quiera pagar por él.

—A eso le digo amén.

Lottie emergió de la cocina con una bandeja. Adeline se había levantado, y estaba mirando por una de las enormes ventanas. En el exterior los vientos borrascosos cobraban fuerza, y doblegaban la hierba y los arbustos en trémula súplica. Bajo la casa, y junto a la playa, Lottie pudo divisar algunas figuras diminutas regresando con gran esfuerzo por el sendero de la playa, admitiendo finalmente la derrota ante un tiempo que iba empeorando por momentos.

—¿Alguien quiere té?

—Ya lo serviré yo, Lottie, querida —dijo Adeline, haciendo una seña a la muchacha para disculparla de los quehaceres domésticos. Lottie, incapaz de determinar qué hacer con su persona, decidió quedarse junto a la mesa. Celia y Guy se encontraban de pie cerca de la puerta, con visible embarazo, hasta que el señor Bancroft riñó a su hijo y le dijo que se sentara y dejara de mirar como si le hubieran metido una escoba por el culo. A Celia se le escapó un bufido de risa, y Lottie, cuya sensación creciente de triste fatalidad había ido menguando progresivamente, descubrió de nuevo que no se atrevía a contemplar la cara de la señora Holden.

—¿Hace mucho tiempo que vive aquí, señora Armand? —preguntó Dee Dee, a la cual, igual que a su marido, parecía no afectarle el comportamiento extraño de sus huéspedes.

—Desde principios de verano.

—¿Dónde vivía antes?

—En Londres. En el centro de Londres. Justo detrás de la plaza Sloane.

—¿De verdad? Yo tengo una amiga en Cliveden Place.

—Vivíamos en Cadogan Gardens —respondió Adeline—. Era una casa muy bonita.

—¿Por qué eligió venir a instalarse aquí?

—¡Oh, vamos, vamos! —las interrumpió Julian—. Los Bancroft no querrán oír nuestra aburridísima historia doméstica. Veamos, señor Bancroft, o Guy, si me permites, cuéntame más cosas de tu negocio. ¿De dónde sacaste la idea de importar fruta en primer lugar?

Lottie observaba a Adeline, con la boca cerrada y el rostro inexpresivo. Era lo que hacía cuando se sentía descontenta: adoptaba el semblante de una pequeña máscara oriental (exquisita, quizá benigna en apariencia, pero sin revelar nada en absoluto).

«¿Por qué no le dejan hablar?», pensó Lottie, y tuvo un mal presentimiento, que nada tenía que ver con el hecho de que, fuera, el tiempo empeorara cada vez más. Los vendavales se anticiparon revelando a los presentes la plena magnificencia de un cielo que iba oscureciéndose a medida que las nubes plomizas limitaban con el horizonte lejano. De vez en cuando, alguna bolsa de papel vacía o diversas hojas caídas aparecían como un latigazo ante sus ojos para volver a desaparecer. Arriba el ruido de la puerta golpeando reiteradamente y sin seguir un ritmo marcado, le daba dentera a Lottie. La música hacía tiempo que ya no sonaba.

Julian y el señor Bancroft todavía seguían conversando.

—¿Cuánto tiempo estarás instalado en el Riviera, Guy? ¿Lo bastante para que pueda reunir algunas obras que estoy seguro que te van a gustar?

—Bueno, pensaba volver a casa dentro de un par de días, pero Dee Dee siempre me echa en cara que nunca me tomo unas vacaciones como es debido para pasarlas con ella, así que hemos pensado que podríamos alargar nuestra visita a los Holden y quizá bajar luego por la costa. Puede que incluso hagamos una escapadita a Francia.

—Nunca he visto París —dijo Dee Dee.

—Tú eres una gran admiradora de París, ¿verdad, Celia? —George, estirado en el balancín, le sonreía.

—¿Qué?

—Digo que eres una gran admiradora de París. París, en Francia, claro.

«Lo sabe», pensó Lottie. «Lo ha sabido siempre.»

—Sí, sí. París... —dijo Celia, poniéndose roja como un tomate.

—Es maravilloso viajar en plena juventud —siguió diciendo George mientras encendía otro cigarrillo y exhalaba con aire perezoso—. No son muchos los jóvenes que parecen reconocer las ventajas que eso comporta.

Lo hacía deliberadamente. Lottie vio que Celia tartamudeaba intentando responder e, incapaz de soportar el embarazo de su amiga, intervino con rapidez.

—Precisamente Guy es la persona que conozco que ha viajado más, ¿no es así, Guy? Nos ha contado que ha vivido en todas partes. En el Caribe, en Guatemala, en Honduras... Lugares de los cuales yo jamás había oído hablar. Escucharle resulta de lo más emocionante. Sabe describir unas imágenes tan maravillosas... esa gente, esos lugares... —Lottie, consciente de estar embarullándose, cortó en seco su discurso.

—Sí, sí. Es cierto —dijo Celia agradecida—. Lots y yo estamos hechizadas, la verdad; y mamá y papá, también. Creo que él ha despertado en toda la familia el gusanillo de los viajes.

—¿Y usted, señora Armand? Veo que tiene algo de acento —comentó Dee Dee—. ¿De dónde le viene?

La puerta que había estado golpeando en el piso de arriba de repente retumbó con renovada fuerza. Lottie dio un salto y los allí reunidos miraron hacia arriba. Frances estaba en la entrada. Llevaba un abrigo largo de terciopelo y una bufanda a rayas, y tenía la cara más blanca que las paredes. Estaba inmóvil, como si no esperara encontrar la habitación llena de gente. Entonces vio a Adeline, y fue a ella a quien se dirigió:

—Os ruego que me disculpéis, pero me marcho.

—Frances... —dijo Adeline, levantándose y dándole la mano—. Por favor...

—No. No hagas eso. George, ¿serías tan amable de llevarme en coche a la estación?

George apagó su cigarrillo y se dio impulso para levantarse del balancín.

—Lo que tu digas, queridísima...

—Siéntate, George —intervino Adeline. Le había vuelto el color a las mejillas, y volvió a despachar al hombre con la mano de un modo que era casi imperioso.

—Adeline...

—Frances, no puedes marcharte de este modo.

Frances agarraba su bolsa de viaje con tanta fuerza que la sangre le había desaparecido de los nudillos.

—George, por favor...

La habitación se había quedado en silencio.

George, a quien temporalmente se le había borrado del rostro la mueca acostumbrada, miró a ambas mujeres, y luego a Julian. Acto seguido, se encogió de hombros y se levantó despacio.

Lottie era muy consciente de la gente que la rodeaba. La señora Holden y Dee Dee, sentadas juntas y agarradas a sendas tazas de té, estaban petrificadas hasta tal punto que la señora Holden ni siquiera procuraba disimular el hecho de que estaba escuchando. El señor Bancroft, frunciendo el ceño, iba cayendo en la trampa que le tendía Julian, el cual, con una exclamación que traslucía sus especiales deseos por enseñarle algo en el estudio, se lo llevó de la escena. Celia y Guy estaban sentados junto a la puerta, y sus gestos y su expresión inerte se reflejaban en el otro de manera inconsciente. Solo Stephen parecía al margen, en realidad, con aquella actitud de quien lee el periódico. Claro que Lottie advirtió que era de la semana anterior.

—Por favor, George, vamos. Me gustaría coger el que sale a y cuarto, si es posible.

La voz de Adeline alcanzó una tonalidad incómoda.

—¡No! Frances, ¡no puedes marcharte así! ¡Esto es ridículo! ¡Ridículo!

—¿Con que ridículo, dices? A ti todo te parece ridículo, Adeline. Todo lo que es sincero, auténtico y verdadero. Para ti es ridículo porque te hace sentir incómoda.

—¡Eso no es verdad!

—Eres patética, ¿sabes? Crees que eres valiente y original, pero solo eres un artificio. Un artificio creado a partir de un ser de carne y hueso —sentenció Frances, luchando por contener las lágrimas y con sus alargados rasgos crispados en una mueca infantil de frustración.

—Bueno... —dijo la señora Holden, levantándose para marcharse—. Creo que quizá deberíamos... —Echó un vistazo alrededor y vio que el único camino para salir de la habitación lo bloqueaban George y las dos mujeres—. Parece que deberíamos...

—Te lo he dicho miles de veces, Frances... Pides demasiado... Yo no puedo... —La voz de Adeline se quebró.

George, cabizbajo, estaba situado entre las dos mujeres.

—No. Ya sé que no puedes; y por esa razón me marcho. —Frances se volvió, y Adeline intentó retenerla, con el rostro demudado por la angustia.

George la cogió cuando el intento de Adeline resultó fútil, y la rodeó con el brazo. Era difícil afirmar si con la intención de consolarla o impedirle su propósito.

—¡Lo siento de verdad, Frances! —gritaba Adeline—. ¡Lo siento muchísimo! Por favor, te lo ruego...

Lottie sintió un vahído en el estómago. El mundo parecía escapar a su control, como si todos sus límites naturales se hubieran disipado. El sonido de la puerta, que seguía golpeando con una cadencia irregular, pareció aumentar de volumen, hasta que lo único que pudo oír fueron los jadeos entrecortados de Adeline, y el portazo, el crujido de la madera contra el marco.

De repente, Guy se plantó en medio de la habitación.

—Vayamos fuera. ¿Alguno de vosotros ha visto el mural? Creo que ya está terminado. Me encantaría verlo terminado. ¿Madre? ¿Vienes a verlo conmigo? ¿Señora Holden?

Dee Dee se puso en pie de un salto y colocó una mano sobre el hombro de la señora Holden.

—Es una idea fantástica, querida. ¡Qué buena idea! Estoy segura de que nos encantará ver el mural, ¿verdad que sí, Susan?

—Sí, sí, claro —respondió la señora Holden agradecida—. El mural.

Lottie y Celia cerraban la marcha, reunidas brevemente ante el asombro compartido de la escena anterior. Incapaces de hablar, arquearon las cejas en una mirada cómplice e intercambiaron gestos de incredulidad, mientras el intenso viento, al salir fuera, les hacía revolotear el pelo.

—¿De qué iba todo eso? —susurró Celia, inclinándose hacia Lottie para asegurarse de que su amiga la oiría.

—No tengo ni la más remota idea —respondió Lottie.

—Solo Dios sabe lo que deben de haber pensado los padres de Guy. No puedo creerlo, Lots. Dos mujeres adultas gritando y lloriqueando a plena luz del día.

Lottie se quedó helada. A sus pies el mar restallaba y salpicaba de espuma en un arrebato de furia y parecía que la suave brisa del verano hubiera quedado olvidada en cuestión de horas. Esa noche habría tormenta, sin el menor género de duda.

—Deberíamos marcharnos —comentó Lottie al sentir la primera chispa de lluvia en la cara.

No obstante, Celia pareció no oírla. Se acercaba al grupo que formaban Guy y las dos mujeres, que estaban de pie, contemplando el trabajo manual de Frances. Se hallaban mirando intensamente al personaje central, mientras iban profiriendo comentarios exclamativos en voz baja.

«¡Seguro que es Julian», pensó Lottie. «Lo debe de haber representado de alguna manera terrible.»

Sin embargo, no era a Julian a quien miraban.

—Es fascinante —dijo Dee Dee, gritando para que el viento no sofocara sus palabras—. Sin duda se trata de ella. Se aprecia en el pelo.

—¿El qué? ¿De quién se trata? —preguntó Celia, recogiéndose la falda con las manos.

—De Laodamia. Laodamia. En fin, ya sabes, Guy, cuánto me interesan los mitos griegos. La verdad es que no disponemos de buena literatura donde vivimos —le explicó Dee Dee a la señora Holden—, y, por lo tanto, me he aficionado mucho a los griegos. Tienen unas historias increíbles.

—Sí, sí. Nosotras hemos estudiado un poco a Homero en el salón —dijo la señora Holden.

—El pintor. La ha representado como si fuera...

—La pintora, madre. Lo ha hecho la mujer que... la que se ha marchado.

—¡Ah, bien! Bastante rara, por cierto. No obstante, ha pintado a la señora Armand como si fuera una de las mujeres de Troya. Laodamia estaba obsesionada con una imagen de cera de su marido, que se hallaba ausente... ¿Cómo se llamaba? ¡Ah, sí! Ahora me acuerdo... Protesilao. Fijaos, ¿lo veis? Lo ha representado aquí.

Lottie miró la composición detenidamente. Adeline, sin prestar la más mínima atención a la gente que la rodeaba, observaba la burda copia de cera, embelesada.

—Caramba, señora Bancroft. Eso no ha estado nada mal. Yo diría que la referencia clásica no era precisamente fácil. —George apareció a sus espaldas, con un nuevo vaso de vino en la mano y el pelo tieso por el viento, como si acabara de recibir un buen susto—. Adeline caracterizada como Laodamia, ciertamente. *Crede mihi, plus est, quam quod videatur, imago.* —George se detuvo, seguramente para que sus palabras provocaran el efecto buscado—. Créanme, la imagen dice mucho más de lo que parece.

—Pero el marido de la señora Armand está aquí... —dijo la señora Holden, entrecerrando los ojos para observar mejor el fresco y agarrándose con fuerza al bolso—. Julian Armand está aquí —comentó, volviéndose para buscar la mirada de Dee Dee.

George miró la imagen y luego le dio la espalda.

—Están casados, sí —dijo, y regresó a la casa con andares erráticos y algo inseguros.

Dee Dee levantó una ceja cómplice en dirección a la señora Holden.

—Mi hijo Guy ya nos previno sobre estos artistas... —Atisbó entonces entre las puertas de la terraza, sosteniéndose el cabello con la mano como si pudiera salir volando—. ¿Crees que podríamos entrar ya?

Dieron la espalda al mural dispuestas a marcharse. Celia, que había salido con una chaqueta de punto finísima, se protegía del frío con los brazos y daba golpecitos de impaciencia con los pies junto a la puerta.

—Esta lluvia es de las que traen frío. ¡Se está fresquito, la verdad!; y yo sin traerme el abrigo.

—Ninguno de nosotros ha salido con abrigo, cielo. Vamos, Dee Dee. Veamos qué le han hecho a tu marido.

Solo Lottie permaneció de pie, inmóvil, contemplando fijamente el fresco, y ocultando el temblor repentino de las manos embutiéndolas en los bolsillos.

Guy se encontraba a unos metros de ella. Cuando Lottie apartó los ojos de las imágenes, advirtió que, desde el ángulo en que se encontraba el muchacho, también debía de haberlo visto. En el margen izquierdo, algo apartados de aquel grupo formado por unos catorce personajes, quizá algo inacabado en términos de pincelada y tonalidad, aparecía una chica vestida con un vestido largo color esmeralda y capullos de rosas en el pelo. Se inclinaba, con la expresión de quien oculta muchos secretos, y aceptaba una manzana de manos de un hombre que llevaba el sol representado en la espalda.

Lottie miró la imagen, y luego se volvió hacia Guy. Percibió la súbita lividez de su rostro.

Lottie se había marchado corriendo a casa, adelantándose a los demás con la excusa de ayudar a Virginia a preparar la comida aunque, de hecho, no había podido controlar la necesidad acuciante de escapar. Le costaba demasiado esfuerzo mantener una conversación formal; no podía mirar a Celia sin ocultar la envidia salvaje de sus ojos; no podía estar cerca de él. Oírlo. Verlo. Había corrido hacia casa, con el corazón en un puño, el aire inundándole los pulmones y la respiración ensordeciendo sus oídos; ignorando el frío, el viento y la humedad en la cara, y sin percatarse de que se le había soltado la trenza y llevaba el pelo suelto en mechones, enmarañado y salitroso.

«No se puede soportar», se dijo a sí misma. «Algo así no se puede soportar.»

Estaba arriba, a salvo, preparando el baño de Freddie y Sylvia, cuando llegaron. Oyó a Virginia, feliz por verse sustituida en esa tarea en concreto, mientras recogía las chaquetas de los recién llegados, y a la señora Holden exclamando que nunca se había sentido tan violenta en toda su vida. Dee Dee reía: parecía que se habían estrechado los lazos entre las dos mujeres a raíz de la peculiaridad de los habitantes de Arcadia. Mientras el vapor impregnaba el cuarto de baño hasta llenar la estancia por completo, Lottie dejó caer la cabeza entre las manos. Se sentía enfebrecida, con la garganta seca. «Quizá me estoy muriendo», pensó con aire melodramático. «Quizá morir sería más fácil que tener que soportar esta situación.»

—¿Puedo meter la vaca en la bañera?

Freddie apareció en la puerta del baño, ya desnudo y agarrando un juguete de la granja. Llevaba los brazos manchados por la suciedad y la sangre seca del zorro muerto.

Lottie asintió. Estaba demasiado cansada para luchar.

—Necesito hacer un pipí. Sylvia dice que esta noche no se bañará.

—Claro que se bañará —matizó Lottie con voz cansada—. Sylvia, haz el favor de venir aquí.

—No llego a la toalla. ¿Me alcanzas la toalla?

Tendría que marcharse. Siempre había sabido que no podría quedarse eternamente; pero la presencia de Guy había imprimido una nueva urgencia al hecho. No había ninguna posibilidad de que pudiera quedarse una vez se hubieran casado: los visitarían incesantemente, y era una crueldad demasiado insoportable tener que contemplarlos juntos. Tal como estaban las cosas, tendría que encontrar una razón extremadamente buena para evitar ir a la boda.

«Santo cielo, la boda.»

—Necesito una toalla limpia. Esta huele mal.

—Oh, Freddie...

—Es verdad. Huele. Puaj. El agua está demasiado caliente. Mira, mi vaca ya se ha muerto. Has puesto el agua demasiado caliente y ahora se ha muerto la vaca.

—¡Sylvia! —gritó Lottie mientras empezaba a verter agua fría en la bañera.

—¿Me puedo lavar yo el pelo? Virginia me deja hacerlo.

—No, eso no es cierto. Sylvia, haz el favor de venir.

—¿Estoy guapa? —Sylvia había rebuscado en el neceser de maquillaje de la señora Holden y llevaba las mejillas pintadas con muchísimo colorete, como si estuviera recuperándose de alguna enfermedad medieval, mientras que dos pegotes de sombra azul le caían en cascada por los ojos.

—¡Por el amor de Dios! Pero ¿esto qué es? Tu madre te va a dar una buena zurra. Quítate esto inmediatamente.

—A mí me gusta —dijo Sylvia, cruzándose de brazos.

—¿Acaso quieres que tu madre te deje encerrada en el dormitorio mañana? Porque te prometo, Sylvia, que si te ve con esta pinta, eso es lo que hará. —A Lottie le estaba resultando difícil conservar la calma.

Sylvia hizo puchero, y se llevó una mano llena de pintalabios a la cara.

—Pero si yo quería...

—¿Puedo entrar?

Lottie, que estaba luchando por descalzar a Sylvia, levantó los ojos y sintió una comezón en el rostro. Estaba inclinado en la puerta, titubeando, como si no estuviera seguro de si debía acercarse. Entre la neblina del vapor y el aroma del jabón, Lottie alcanzó a oler el aire salado, limpio y frío que emanaba de él.

—Hoy he matado a un oso, Guy. ¡Mira, mira toda la sangre!

—Lottie, yo... Necesitaba verte.

—Lo agarré con ambas manos. Estaba protegiendo a mi vaca, ¿sabes? ¿Has visto mi vaca?

—Guy, ¿crees que estoy bonita?

Lottie no osaba moverse. En caso contrario, creía que podría resquebrajarse y astillarse, y que todos sus trocitos se despedazarían hasta verse reducidos a la nada.

Tenía muchísimo calor.

—Es por Frances —dijo Guy, y el corazón de la joven, que se había permitido unos instantes de pálpito, se llenó de pesadumbre. Había ido a informarle de que abajo tenía lugar una especie de discusión doméstica. Quizá sería él quien iría a recoger a Frances a la estación. Quizá el señor Bancroft adquiriría alguna obra de Frances.

Lottie se miró las manos, que temblaban casi de un modo imperceptible.

—¡Ah, ya!

—Me he puesto pintalabios. ¡Mira, Guy, mira!

—Sí —respondió el chico distraído—. Es una vaca preciosa, Freddie. De verdad.

Parecía reacio a entrar en el baño. Miraba hacia el techo y hacia el suelo alternativamente, como si luchara contra algo. Hubo una larga pausa, durante la cual Sylvia, a quien nadie prestaba atención, se limpió el maquillaje de la cara con la toalla buena de la señora Holden.

—¡Oh, me rindo! Mira, quería decirte... —dijo Guy, frotándose el pelo— decirte que ella lo entendió. En la pintura. En el mural, quiero decir.

Lottie levantó los ojos y se lo quedó mirando.

—Frances lo vio. Lo vio antes que yo.

—¿Vio el qué? —interrumpió Freddie, lanzando la vaca fuera de la bañera y doblándose peligrosamente hacia fuera.

—Creo que posiblemente soy el último en darse cuenta —dijo Guy nervioso, mientras dedicaba miradas crispadas a los niños—. Sin embargo, tiene razón, ¿no?

A Lottie se le pasó el calor; ya no podía sentir el temblor de sus manos. Suspiró, en un jadeo largo y estremecedor. Luego sonrió, con una sonrisa dulce y lenta, permitiéndose por primera vez el lujo de mirarle sin temer lo que él pudiera ver.

—Dime que tiene razón, Lottie. —Su voz, como un susurro, poseía un curioso tono de disculpa.

Lottie pasó una toalla limpia a Freddie, e intentó transmitirle todo un mundo en la más breve de las miradas.

—Yo lo vi mucho antes de que existiera el fresco.

7

Aquella mañana, aunque le costara reconocerlo, en las mejillas de la señora Holden, lucía un cierto brillo. «Incluso podría decirse que parezco algo más joven de lo habitual», pensó mientras se inclinaba hacia delante para aplicarse un poco de máscara para pestañas (no demasiado, porque iba a misa de domingo). Parecía que su frente no acumulara tanta tensión; quizá el contorno de los ojos aparecía menos fustigado por las arrugas de la angustia. Ese rejuvenecimiento se debía en parte, para ser sinceros, al éxito de la visita de los Bancroft. A pesar de la mortificante discusión entre la actriz y su amiga, Dee Dee («¡qué nombres más sorprendentes tenían estos americanos!») consideró que todo había resultado divertidísimo, como si se hubiera tratado de alguna atracción turística preparada adrede para su visita. Guy padre se había declarado más que entusiasmado con las pinturas que le había comprado al señor Armand. «Creo que terminarán por convertirse en una pequeña e interesantísima inversión», comentó después de la cena, mientras las empaquetaba cuidadosamente para meterlas en el coche. Había decidido que le gustaban bastante aquellas telas modernas. Para sus adentros, sin embargo, la señora Holden reconocía que antes preferiría morir a tener que colocar una de esas piezas en la pared de la sala de estar: más que nada, porque se parecían a esas materias informes que Mr. Beans solía vomitar. Sin embargo, Dee Dee le había sonreído abiertamente, con una sonrisa cómplice de mujer a mujer, y había dicho:

—Si eso es lo que te hace feliz, Guy, cielo, perfecto.

Luego se marcharon, prometiéndoles que les enviarían más fruta y volverían a visitarles repetidas veces antes de la boda.

Por otro lado, había la cuestión de Celia. La muchacha parecía un tanto menos alterada que los días anteriores. Se esforzaba bastante en controlarse. La señora Holden se preguntó (en voz alta) si Celia quizá no habría descuidado un poco a Guy; quizá se había dejado llevar demasiado por la boda y se había olvidado del novio (no sin experimentar un ligero aguijón de culpabilidad ante el hecho de haber contribuido quizá a agravar la situación: era inevitable involucrarse hasta el fondo en la planificación de una boda). No obstante, Guy se había mostrado menos solícito con su hija, y Celia, como reacción, dejaba bien patente que quería parecer preciosa, mostrarse atrevida e interesante. La señora Holden, para asegurarse una buena estrategia, había entregado a Celia unas revistas femeninas que enfatizaban la importancia de seguir pareciéndole interesante al marido..., a la vez que tocaban otros temas que todavía la hacían sentirse algo incómoda por el hecho de tener que discutirlas con su hija.

Se sentía mejor capacitada que nunca a la hora de repartir consejos conyugales: Henry Holden llevaba un cierto tiempo mostrándose agradable con su mujer, cosa nada frecuente. Desde hacía dos días llegaba a casa justo después de finalizar el trabajo y, de algún modo, había conseguido no tener que salir a realizar visitas nocturnas. Por si fuera poco, se había ofrecido a invitar a toda la familia a almorzar al Riviera a modo de disculpa por haberse perdido la mayor parte de la visita de los Bancroft; y, lo que era más importante, la noche anterior (y en este punto Susan Holden se sintió enrojecer) incluso le había hecho una visita al lecho: por primera vez desde que Celia había regresado de Londres, hacía unas seis semanas. Henry no era uno de esos tipos románticos, precisamente, pero resultaba fantástico convertirse en el objeto de su atención.

La señora Holden lanzó un vistazo al par de canapés situados a sus espaldas, con aquellos cubrecamas de chenilla sin volantes que proyectaban un discreto dosel sobre sus secretos nocturnos. «Queridísimo Henry... Además, esa asquerosa pelirroja ya se ha marchado.»

Casi de manera inconsciente, se aplicó el carmín y dio unos ligeros golpecitos sobre la superficie chapada de nogal de su tocador. «Sí, las cosas van como la seda en la actualidad.»

En el piso de arriba Lottie yacía sobre su cama individual y escuchaba cómo Celia y los niños cogían los abrigos en el piso inferior y se preparaban para salir caminando hacia la iglesia. En el caso de Freddie, ello implicaba varias exclamaciones y amenazas farfulladas, seguidas de protestas de inocencia a grito pelado y de portazos a modo de conclusión. Finalmente, y acompañado por los gritos de rabia de la madre, el ruido de la puerta principal al cerrarse significó que, aparte de Lottie, la casa se había quedado vacía. La muchacha estaba acostada, inmóvil, y escuchaba el rumor de la casa, los ruidos subyacentes que a menudo quedaban ahogados por los gritos de los niños: el tictac del reloj del vestíbulo, el ronroneo y el silbido suave e intestinal del sistema del agua caliente, y el distante restañar de las portezuelas del coche en el exterior. Lottie yacía tendida, sintiendo que esos ruidos se le filtraban en la tórrida cabeza y deseando poder disfrutar de ese momento tan excepcional de soledad.

Lottie había estado enferma durante casi una semana; podía establecer la fecha con exactitud: el día después de la Gran Admisión o El Último Día que Lo Había Visto, fechas tan capitales que merecían escribirse en letras mayúsculas. La primera noche después de que Guy le revelara sus sentimientos, Lottie la pasó despierta hasta la madrugada, caliente y con sensación de fiebre, moviendo inquieta las extremidades. Al principio creía que deliraba y que los pensamientos caóticos se debían a su terrible sentimiento de culpa. No obstante, por la mañana, al examinarle la garganta, el doctor Holden, haciendo gala de un sentido menos bíblico, había calificado su malestar de resfriado común y le había recetado una semana de cama y que bebiera tanto líquido como pudiera.

Celia, a pesar de mostrarse solidaria con ella, se había trasladado al dormitorio de Sylvia de inmediato («Lo siento, Lots, pero de ningún modo podría caer enferma con todo el tema de la boda por arreglar»), y a Lottie la habían dejado sola, salvo por las periódicas bandejas de sopa y zumo que Virginia le traía (con bastante mal humor, a decir verdad), y las ocasionales visitas de Freddie para comprobar «si ya se había muerto».

Había momentos en que Lottie hubiera preferido estar muerta. Oyó que de noche murmuraba, aterrorizada en su delirio por la idea de llegar a traicionarse. No podía soportar que, al haberse hecho eco finalmente de sus propios sentimientos, a Guy le estuviera absolutamente prohibido verla, como si ella fuera Rapunzel encerrada en la torre y acabaran de hacerle un nuevo corte de pelo. Si en condiciones normales les habría resultado fácil encontrar una docena de razones para tropezarse por la casa, o bien recurrir a la excusa de pasear al perro, nada podía justificar que el joven comprometido con la chica de la casa visitara a otra mujer en su dormitorio.

Al cabo de dos días, incapaz de soportar su ausencia durante más tiempo, Lottie se había obligado a bajar con la excusa de ir a por un vaso de agua, solo para poder verlo ni que fuera unos instantes. Sin embargo, casi se desmaya en el pasillo, y la señora Holden y Virginia, sin dejar de protestar y de reñirla, la habían vuelto a subir a su habitación, los pálidos brazos colgando de los hombros de esas mujeres. Dispuso tan solo de medio segundo para cruzarse con su mirada, pero incluso en esos breves instantes supo que se habían comunicado, y eso le hizo conservar la fe durante otro largo día y otra larguísima noche.

Había sentido su presencia: le había traído uva sudafricana, cuya piel turgente y suave estallaba en mil aromas. Le había enviado limones españoles para añadirlos al agua caliente y la miel y suavizarle la garganta, y unos higos carnosos y morados para incitarle el apetito. La señora Holden destacó en tono admirativo la generosidad de su familia, sin olvidar reservarse unas cuantas piezas para sí.

Sin embargo, con eso no había suficiente; y, como al sediento a quien le ofrecen un sorbito de agua, Lottie no tardó en decidir que saborearlo a tan pequeñas dosis solo contribuía a empeorar las cosas. Porque ahora se torturaba imaginando que Guy, durante su ausencia, volvía a descubrir los múltiples y fragantes encantos de Celia. ¿Cómo podía esperar lo contrario cuando Celia se pasaba todo el tiempo inventándose el modo de ganárselo? «¿Qué te parece este vestido, Lots?», solía preguntarle mientras desfilaba arriba y abajo del dormitorio con un nuevo traje. «¿Crees que realza mi pecho?» Lottie sonreía débilmente, y se disculpaba comentando que quizá le convendría descansar un poco.

La puerta de abajo volvió a abrirse. Lottie yacía despierta, escuchando el ruido de pisadas que subía por la escalera.

La señora Holden se detuvo frente a la puerta.

—Lottie, querida. Olvidé decirte... Te he dejado unos bocadillos en la nevera porque es casi seguro que iremos directamente desde la iglesia al hotel para almorzar. Son de huevo y berro, y hay un par de jamón. También hay una jarra de agua de cebada con limón. Henry dice que deberías intentar bebértela entera durante el día de hoy... Todavía no bebes lo suficiente.

Lottie reunió fuerzas para sonreírle con agradecimiento.

La señora Holden se sacó los guantes, miró la cama sobre la que estaba echada Lottie, como si estuviera considerando alguna cosa y entonces, sin que nadie se lo pidiera, se fue rápidamente al otro lado, le estiró las mantas y las metió bajó el colchón. Una vez arreglado el lecho, posó su mano sobre la cabeza de Lottie.

—Estás todavía algo caliente. Pobrecita. Ha sido una semana muy dura para ti, ¿verdad?

Lottie pensó que no era frecuente oír esa dulzura en su voz; y cuando la señora Holden, después de acariciarle el pelo sucio, le apretó la mano, no pudo reprimir el gesto de apartarla.

—¿Estarás bien si te quedas sola?

—Muy bien, gracias —se vanaglorió Lottie—. Creo que dormiré un poco.

—Buena idea. —La señora Holden se volvió para marcharse, dándose unos toques en el pelo—. Imagino que regresaremos sobre las dos. Comeremos pronto por los niños. Quién sabe cómo se portará Freddie en un restaurante bueno. Me imagino que tendré que fundirme de vergüenza cuando el carrito de los postres haga su aparición... —Rebuscó en el interior del bolso—. Hay dos aspirinas aquí al lado; y, sobre todo, no olvides lo que ha dicho Henry, querida. Hay que beber mucho líquido.

Lottie ya sentía el impulso de dormir.

La puerta se cerró con un suave chasquido.

Quizá estuvo durmiendo durante unos minutos, o bien unas horas, pero Lottie descubrió que pasaba del sueño al despertar siguiendo el compás de unos golpecillos que empezaron a sonar más insistentes cuando la muchacha miró hacia la puerta.

—¿Lottie?

Debía de estar delirando de nuevo. Como en aquella ocasión en que estaba convencida de que todos los alféizares de las ventanas estaban poblados de truchas marrones.

Lottie cerró los ojos. La cabeza le ardía.

—¿Puedo entrar?

Volvió a abrirlos, y lo vio ahí delante, echando la vista atrás al entrar en el dormitorio, con la camisa azul salpicada de manchitas de lluvia. En el exterior se oía el distante retumbar de los truenos. La habitación se había quedado en penumbra, la luz del día aparecía difuminada y oscurecida por culpa de las nubes cargadas de lluvia, de tal modo que hubiera podido decirse que era casi de noche. Lottie se incorporó a duras penas, con la cara transida de sueño, sin la certeza de saber si todavía seguía durmiendo.

—Creía que habías ido a la estación —dijo Lottie, porque el muchacho había comentado que iría a recoger una caja de fruta.

—Era mentira, pero es lo único que se me ha ocurrido.

La habitación seguía oscureciéndose progresivamente y Lottie apenas podía vislumbrar su rostro. Solo le brillaban los ojos, que la contemplaban con una intensidad tan ardiente que Lottie únicamente acertó a pensar que debía de estar enfermo, igual que ella. La chica cerró los ojos, apenas un instante, para comprobar si Guy seguía allí cuando los volviera a abrir.

—Me cuesta muchísimo, Lottie. Siento... Siento que me estoy volviendo loco.

La alegría. La alegría de que estuviera sucediendo. Lottie recostó la cabeza en la almohada y levantó un brazo, que resplandeció de blancura en la penumbra.

—Lottie...

—Entra.

Guy entró en el dormitorio como una exhalación, se arrodilló en el suelo, junto a ella, y recostó la cabeza en su pecho. La muchacha sintió su peso sobre el camisón empapado, levantó la mano y se permitió tocarle el pelo. Era más suave de lo que se había imaginado; más suave incluso que el de Freddie.

—Tú lo llenas todo. No pienso con claridad.

Guy levantó la cabeza para que ella pudiera mirarle a los ojos ámbar incluso en aquella luz difusa. Lottie no podía pensar con coherencia: tenía la mente ofuscada y la cabeza le daba vueltas. El peso de él la sostenía en la cama; pensó durante unos instantes que, sin esa gravidez, flotaría hacia arriba y escaparía por la ventana, hacia el oscuro y mojado infinito.

—¡Vaya! Tienes la ropa empapada... Estás enferma. Sí, claro, estás enferma. Lottie, lo siento. No debería...

Lottie alargó el brazo para retenerle cuando él ya se apartaba. No se le ocurrió justificar su aspecto, el pelo húmedo y sin lavar o el perfume mustio de la enfermedad por medio de alguna excusa: sus sentidos, su sensibilidad misma, habían cedido a la imperiosidad del momento. Colocó las manos en torno de su rostro, y los labios de él quedaban tan cerca que casi podía sentir su aliento. Se detuvo durante una fracción de segundo, consciente, aun en su condición de inexperta, de que había algo más precioso en la espera, en el deseo. Entonces, con un quejido parecido a un sentimiento de angustia, Guy se tendió sobre ella; tan dulce y prohibido como un fruto.

Richard Newsome de nuevo comía caramelos de frutas; podía verlo, absolutamente descarado, sin ni siquiera intentar disimular el crepitar de los papeles antes de metérselos en la boca, uno detrás de otro, como si estuviera sentado en la última fila de un cine. Era una falta de respeto y, sin duda alguna, excesivamente permisivo por parte de su madre, la cual estaba sentada junto a él, como si el incidente no tuviera nada que ver con ella. Claro que, como Sarah Chilton había comentado varias veces, todos los Newsome eran así: «Ande yo caliente, y ríase la gente».

La señora Holden le lanzó una mirada asesina durante el salmo 109, pero él no hizo amago de prestarle atención. Al contrario, se dedicó a desenvolver metódicamente un caramelo púrpura, lo miró con la concentración despreocupada de una vaca rumiando y se lo zampó.

Era vejatorio que el chico de los Newsome pudiera distraerles tanto con los papelitos de caramelos. Precisamente cuando tenía ganas de pensar en Lottie y en lo que haría con ella tras la boda de Celia. Era un asunto bien peliagudo. La chica debía de saber que no podía quedarse con los Holden indefinidamente, que tendría que decidir lo que iba a hacer con su vida. Ella le había sugerido matricularla en un curso de secretariado, pero Lottie se había mostrado categórica en su negativa de regresar a Londres. En otra ocasión le sugirió que se dedicara a la enseñanza (se le daban bien los niños, después de todo), pero Lottie había recibido el consejo con una mirada de disgusto, como si le hubiera insinuado que debía marcharse a ganarse el sustento en la calle. Lo ideal, sin embargo, sería que se casara: Joe era muy dulce con ella, según Celia, pero a Lottie le gustaba tanto llevar la contraria que no le sorprendería que hubieran dejado de verse últimamente.

Henry, por otro lado, no le servía de gran ayuda. Las pocas veces que había mencionado sus preocupaciones al respecto, se había mostrado irascible y le había dicho que la pobre chica ya tenía bastante por lo que preocuparse, que no les causaba ninguna molestia y que ya elegiría el empleo adecuado a su debido tiempo. La señora Holden no acertaba a comprender cuáles serían las preocupaciones de Lottie (no había tenido que preocuparse por la comida o por la ropa durante prácticamente diez años), pero no le gustaba discutir con Henry (sobre todo en esos momentos) y, por consiguiente, dejó de lado el tema.

«Por supuesto, la chica puede quedarse con nosotros todo el tiempo que quiera», le había dicho a Deirdre Colquhoun. «Queremos a Lottie como si fuera uno de nosotros.» A veces, como cuando la había visto tendida en aquella cama infantil, vulnerable y enferma, se convencía de que, en el fondo, era eso lo que creía. Era más fácil amar a Lottie cuando se mostraba vulnerable, cuando esos pinchos de erizo se disolvían en sudor y lágrimas. Sin embargo, la faceta más incómoda e insignificante de la personalidad de Susan Holden le advertía que se estaba mintiendo a sí misma.

Dio un codazo a Henry cuando la bolsa de la colecta empezaba a enfilar el pasillo en dirección a ellos. Con un suspiro, el doctor Holden se metió la mano en el bolsillo interior, extrajo de él un billete indeterminado y lo depositó dentro. Susan Holden, sosteniendo el bolso nuevo delante de ella con ostentación, cogió la bolsa que Henry tenía en la mano y la pasó al vecino, satisfecha de que les hubieran visto hacer lo adecuado.

—¿Joe? ¡Eh, Joe! —exclamó Celia, agarrando a Joe del brazo cuando el chico salía por las puertas de la iglesia hacia el despejado cielo. Las fuertes brisas se habían llevado hacia el horizonte las últimas nubes tormentosas que amenazaban borrasca. Las aceras estaban resbaladizas por la lluvia y Celia maldijo entre dientes al salpicarse la espinilla de agua sucia por culpa de un charco que no había visto.

Joe se giró, sorprendido por la naturaleza física del saludo de Celia. Llevaba una camisa azul pálido y un jersey sin mangas. Se había alisado el pelo, que por lo general llevaba manchado de aceite de motor, hasta darle un aire apropiado y convencional.

—¡Ah, hola, Celia!

—¿Has visto a Lottie?

—Ya sabes que no.

—No se ha encontrado bien. —Celia se colocó a su altura, consciente de la mirada de su madre, al lado de la verja del cementerio. «Sería bonito hacer que se reconciliaran», se dijo. Lottie iba a sentirse terriblemente sola, a fin de cuentas, cuando Celia se marchara—. Ha estado muy enferma. Quiero decir que ha tenido una fiebre altísima. Incluso veía cosas que salían de las paredes.

—¿Qué sucede? —preguntó Joe, que se había detenido al oír ese comentario.

—Tiene un resfriado malísimo, dice papá. De muy mal pronóstico. Vaya, que hubiera podido morirse.

Joe se quedó lívido. Se detuvo y la miró de frente.

—¿Morirse, dices?

—Bueno... Ahora ya está recuperándose, claro, pero sí. Todo ha sido muy dramático. Papá ha estado preocupadísimo por ella. Es tan triste... —dijo Celia mientras se le quebraba la voz con instinto teatral.

Joe esperó unos segundos.

—¿Qué pasa?

—Ha sido por culpa de esta ruptura. Contigo; y esa manera de pronunciar... —Celia se calló de golpe, como si hubiera dicho demasiado.

—¿Pronunciar el qué? —preguntó Joe, frunciendo el ceño.

—¡Oh, nada, Joe! Olvida lo que te he dicho.

—Vamos, Celia. ¿Qué ibas a explicarme?

—No puedo, Joe. Sería desleal por mi parte.

—¿Cómo va a ser desleal si ambos somos sus amigos?

Celia inclinó la cabeza, como si considerara lo que tenía que decir.

—De acuerdo, pero no le debes mencionar que te lo he contado. Ha estado pronunciando tu nombre. Me refiero a que en sus peores momentos no ha dejado de llamarte. Yo estaba junto a ella, secándole la frente, y ella murmuraba: «Joe... ¡oh, Joe!...». No podía consolarla de ninguna manera, porque ella y tú habíais roto.

—¿Pronunciaba mi nombre? —preguntó Joe con aire de sospecha.

—Sin parar. Bueno, muchísimas veces. Cuando se encontraba realmente mal.

Se hizo un largo silencio.

—Supongo que tú... que no me contarías una mentira, ¿verdad?

Celia lanzó chispas por los ojos y se cruzó de brazos, ofendida.

—¿Mentirte sobre mi propia hermana? ¿Sobre alguien que es casi como mi hermana? Joe Bernard, eso es lo más mezquino que me has dicho en la vida. Te he dicho que la pobre Lottie ha estado llorando por ti, y tú vas y me sueltas que debo de estar contando mentiras. La verdad, me arrepiento de haberte dicho nada —replicó Celia, dándose la vuelta con sus tacones de aguja y empezando a caminar rápidamente para alejarse de él.

Ahora era Joe quien agarraba a Celia por el brazo.

—Celia, Celia, lo siento. Por favor, para. —Estaba sin resuello—. Supongo que me cuesta bastante creerlo, eso de que Lottie pronunciara mi nombre en voz alta... y todo lo demás...; pero si se encuentra mal de verdad, creo que es terrible. Siento no haber estado ahí —dijo Joe cabizbajo.

—No se lo he dicho, ¿sabes? —dijo Celia mirándole frente a frente.

—¿Decirle el qué?

—Que has estado saliendo con Virginia.

Joe se ruborizó. Le subió el color desde el cuello como si el muchacho absorbiera agua como una esponja.

—No esperabas mantenerlo en secreto durante mucho tiempo, ¿verdad? A fin de cuentas, trabaja en casa.

Joe miró hacia el suelo y pateó el vértice del bordillo.

—No es como si saliéramos de verdad. Quiero decir que hemos ido un par de veces a bailar. Hay... En fin, no es nada serio.

Celia no respondió.

—Quiero decir que no es como con Lottie. Me refiero a que ojalá creyera que tengo alguna posibilidad con Lottie... —Joe se calló, se mordió el labio y miró a lo lejos.

Celia le colocó una mano amistosa en el brazo.

—Bueno, Joe, yo hace muchos años que la conozco, y lo único que puedo decir es que es muy rara, nuestra Lots. A veces no sabe lo que quiere. Ahora bien, lo que sí sé es que cuando hablaba con el corazón en la mano, cuando se encontraba verdaderamente a las puertas de la muerte, era a ti a quien llamaba. Tal cual lo oyes. Ahora ya lo sabes. Lo que decidas hacer al respecto es cuestión tuya.

Sin duda alguna, Joe se estaba devanando los sesos. La respiración se le había acelerado con el esfuerzo.

—¿Crees que debería ir a verla? —le preguntó con una mirada dolorosamente esperanzada.

—¿A ti qué te parece? Creo que le encantaría.

—¿Cuándo es mejor que vaya?

Celia echó un vistazo a su madre, que estaba dando golpecitos al reloj.

—Mira. Ahora o nunca. Déjame ir a decirle a mamá que llegaré un poco tarde al hotel, y luego te acompañaré a casa. Dejaré que entres solo —le explicó Celia, riéndose, medio resbalando y caminando a toda prisa en dirección a su madre—, aunque no creo que a Lottie le guste que la sorprendas en camisón.

Lottie tenía el brazo casi muerto. Sin embargo, no le importaba: hubiera dejado que se le cayera a trozos antes de desembarazarse de él, privar su rostro tranquilo y de piel de melocotón de su reposo, alterar el sendero invisible de su aliento para alejarlo del suyo. Contempló sus cerrados ojos mientras reposaban con un sueño breve, la débil pátina de sudor que se le secaba en la piel, y pensó que nunca se había sentido tan verdaderamente descansada como en esos momentos. Era como si ya no le quedaran más tensiones por experimentar: se deshacía, se fundía, se dulcificaba.

Guy se movió en sueños y Lottie inclinó la cabeza para poder darle un delicado beso en la frente. El joven respondió con un murmullo, y ella sintió el corazón rebosante de gratitud. «Gracias», le confió a su deidad. «Gracias por regalarme esto. Si ahora muriera, daría las gracias por todo.»

Ahora ya sentía la cabeza clara; la fiebre se había evaporado tan rápidamente como el deseo insatisfecho. «Quizá me ha curado», se decía. «Quizá me estaba muriendo por su ausencia.» Casi se puso a reír, en silencio. «El amor me ha vuelto imaginativa y estúpida», pensó; pero no lo lamentaba. No lo lamentaba en absoluto.

Lottie miró a lo lejos. Fuera la lluvia repiqueteaba con mezquindad y el viento hacía vibrar esporádicamente los cristales que la señora Holden había olvidado proteger con trozos de fieltro. En la costa estaban gobernados por el tiempo. Influía terriblemente en los días, y modelaba sus condiciones, sus posibilidades; a los veraneantes, les incitaba y truncaba los sueños. Sin embargo, ahora Lottie lo contemplaba con indiferencia. ¿Qué podía importarle en esos momentos? La tierra podía abrirse de golpe para escupir fuego volcánico. A ella tanto le daba, a condición de que pudiera sentir sus cálidos miembros alrededor, a condición de sentir su boca en la suya, la extraña y desesperada conjunción de sus dos cuerpos. Sensaciones que nada tenían que ver con lo que la señora Holden les había explicado sobre el amor conyugal.

«Te quiero», le dijo en silencio. «Solo a ti te amaré en la vida»; y mientras caía la lluvia, los ojos se le llenaron de lágrimas.

Guy se movió, y abrió los ojos. Durante una fracción de segundo, no proyectaron expresión alguna, atónitos, pero luego se le cerraron en un guiño, y la miraron con calidez, rememorándola.

—Hola.

—Hola, bonita —Guy centró su mirada en ella, observándola con detenimiento—. ¿Estás llorando?

Lottie negó con la cabeza, sonriendo.

—Ven aquí —le dijo él, atrayéndola hacia sí y bendiciendo su cuello con una miríada de besos. Ella se rindió a las sensaciones, sintiendo que el corazón le palpitaba en el pecho—. ¡Oh, Lottie!...

Lottie le hizo ademán de que callara, poniéndose un dedo en los labios. Se cruzó con su mirada, como si pudiera inundarlo solo con sus ojos. No quería palabras: quería absorberlo hasta el tuétano, metérselo bajo la piel. Más tarde Guy apoyó la cabeza en la ondulación de su cuello. Yacían en silencio, escuchando los timbales lejanos y resonantes del viento y el trueno que se alejaba.

—Está lloviendo.

—Hace siglos que llueve.

—¿Me he quedado dormido?

—No pasa nada, todavía es pronto.

Guy calló.

—Lo siento.

—¿Qué es lo que sientes? —preguntó Lottie, pasándole la mano por la mejilla y notando tensión en su mandíbula.

—Se supone que estás enferma, y yo te he atacado.

—¡Si tú lo dices! —respondió Lottie entre risitas.

—Estás bien, supongo... Quiero decir, no te habré hecho daño...

—No, no. Claro que no —respondió ella, cerrando los ojos.

—¿Sigues sintiéndote enferma? Lo digo porque te noto fría.

—Estoy bien —precisó Lottie, volviéndose hacia él para mirarlo—. De hecho, me encuentro mejor.

Guy sonrió.

—Así que esto era lo que necesitabas. No tenía nada que ver con los resfriados.

—Es un remedio maravilloso.

—Me siento bullir la sangre. ¿Crees que deberíamos contárselo al doctor Holden?

Lottie se rió y la voz le salió como un estruendoso hipo, como si hubiera estado esperando, demasiado próxima a la superficie.

—¡Oh! Creo que el doctor Holden posee su propia versión particular de este remedio.

Guy arqueó una ceja.

—¿De verdad? ¿El doctor Marido Perfecto Holden?

Lottie asintió.

—¿Lo dices en serio? —Guy miró por la ventana—. Ostras, pobre señora Holden.

La mención de su nombre les dejó en silencio. Al final, Lottie movió el brazo, y notó que una invasión rebelde de agujas y pinchos le ascendía por la articulación. Guy movió la cabeza para volver a acomodarse, y ambos se quedaron mirando el techo.

—¿Qué vamos a hacer, Lottie?

Era la pregunta que la estaba consumiendo por entero; y solo él tenía la respuesta.

—No podemos volver atrás, ¿no te parece? —dijo Guy buscando su conformidad.

—Yo no puedo. No sabría cómo hacerlo.

El chico se incorporó y se apoyó sobre el codo, frotándose los ojos. Tenía el pelo pegado a uno de los lados.

—No... Supongo que será un lío.

Lottie se mordió los labios.

—Tendré que contárselo, y cuanto antes, mejor.

Lottie suspiró. Necesitaba oírlo, necesitaba oírselo decir sin forzarle a ello. Luego pensó en las implicaciones de sus palabras, y notó un espasmo en el estómago.

—Será horrible —dijo Lottie, temblando—. Lo más horrible que haya vivido jamás. Yo también tendré que marcharme —añadió incorporándose.

—¿Qué?

—Bueno, no veo el modo de poder quedarme, ¿no? No creo que a Celia le haga mucha gracia tenerme por aquí.

—No, supongo que no. ¿Adónde irías?

—No lo sé —respondió Lottie, mirándolo—. No había pensando en ello.

—Pues tendrás que venir conmigo. Regresaremos a casa de mis padres.

—Pero me odiarán.

—No, no. Les llevará un cierto tiempo acostumbrarse, pero luego te querrán.

—Ni siquiera sé dónde viven. Ni siquiera sé dónde vives tú. Sé tan pocas cosas...

—Sabemos lo suficiente —dijo Guy, rodeándole el rostro con las manos—. Lottie, Lottie querida. No hay nada más que necesite saber de ti. Aparte del hecho de que estabas destinada a ser mía. Nosotros encajamos, ¿verdad? Como dos guantes.

Lottie sintió que le volvían a asomar las lágrimas. Miró hacia abajo, casi temerosa de encontrarse con su mirada dada la magnitud de lo que estaba sintiendo.

—¿Estás bien?

Ella volvió a asentir.

—¿Quieres un pañuelo?

—En realidad, quiero un refresco. La señora Holden ha hecho una jarra de limonada que está en la nevera. Iré a buscarla. —Lottie deslizó los pies hasta apoyarlos en el suelo, y cogió su camisón.

—Tú quédate aquí. Yo iré a buscarla. —Dio unas vueltas descalzo por el dormitorio, para recoger su ropa. Lottie lo observaba mientras se movía, con naturalidad, maravillándose de su belleza, del modo en que se le movían los músculos bajo la piel—. No te muevas —le ordenó; y poniéndose la camisa por la cabeza, se marchó.

Lottie se quedó echada, oliendo su aroma de sal marina en su camisón mojado, escuchando el sonido distante de la nevera al abrirse en el piso de abajo, y el tintineo de los vasos y los cubitos. ¿Cuántas veces se podía escuchar el sonido de la persona amada moviéndose por la casa antes de habituarse uno a causa de la familiaridad, antes de que desapareciera la opresión en la garganta y se albergara brevemente en el corazón?

Lottie oyó el sonido de sus pisadas en las escaleras, y luego un silencio, mientras él intentaba mantener el equilibrio y abría la puerta empujando con la cadera.

—Ya estoy aquí —dijo Guy sonriendo—. Estaba imaginando que te preparaba un zumo en el Caribe. Allí los exprimimos al momento. Directamente de...

De repente, se quedó helado, y ambos oyeron el sonido de una llave en la puerta.

Los dos se miraron horrorizados y entonces, como si le pasara la corriente, Guy dio un salto, se puso los zapatos y se metió los calcetines en los bolsillos. Lottie, pasmada, solo acertó a tirar de la colcha.

—¿Hola? ¿Lots?

Era el sonido de la puerta principal al cerrarse, de varios pies que subían las escaleras. Efectivamente, había más de una persona.

Guy, turbado, fue a coger la bandeja.

—¿Estás decente? —se oyó la voz de Celia, en un sonsonete liviano y burlón.

—¿Celia? —exclamó Lottie con una especie de graznido.

—Traigo una visita... —La sonrisa se le borró a Celia del rostro al abrir la puerta. Les miraba fijamente a los dos, desconcertada—. ¿Qué estás haciendo aquí?

Para acabar de arreglarlo, Joe estaba tras ella. Lottie pudo distinguir su cabeza al bajarla azorado.

Guy le ofreció la bandeja a Celia con vehemencia.

—Le había subido un refresco a Lottie. Ocúpate tú, ahora que has llegado. Nunca se me ha dado bien lo de cuidar enfermos.

Celia bajó la mirada y se fijó en la bandeja. En los dos vasos.

—He traído a Joe —dijo Celia, todavía sin haber recuperado la compostura—, porque quería ver a Lottie.

Joe, que seguía a sus espaldas, tosió con la mano en la boca.

—Es... Es un detalle por tu parte —dijo Lottie—, pero la verdad es que no... De hecho, necesito tomar algo fresco.

—Me marcho —dijo Joe.

—No, no, Joe. No es necesario —le increpó Lottie—. Solo... Solo necesito refrescarme un poco.

—No. De verdad. No quiero ocasionarte ninguna molestia. Volveré cuando puedas levantarte.

—Ah... Te agradezco el detalle, Joe.

Celia colocó la bandeja sobre la mesilla de noche de Lottie con gran cuidado. Luego miró con el rabillo del ojo a Guy, pasándose la mano por el pelo en un gesto inconsciente.

—Se te ve muy sofocado.

Guy se tocó la mejilla, como sorprendido. Iba a decir algo, pero cambió de idea e hizo un gesto de desaprobación silenciosa.

Reinaba un silencio extraño y demasiado largo, durante el cual a Lottie no se le ocurrió nada mejor que embutirse las mantas hasta la barbilla.

—Supongo que será mejor que te dejemos tranquila —dijo Celia, abriendo la puerta para que saliera Guy. Su voz era grave, entrecortada. No miró a Lottie al hablar—. ¿Seguro que no quieres quedarte, Joe?

Lottie oyó que el muchacho asentía con la voz apagada. Debía de estar hablando con la barbilla pegada al pecho.

Guy atravesó la habitación para salir. Al darle la espalda, Lottie advirtió angustiada que iba descamisado.

—Adiós, Lottie. Espero que te mejores. —Desentonaba, esa falsa alegría.

—Gracias; y gracias por el refresco.

Celia, que sostenía la puerta abierta para que saliera su prometido, se detuvo y se dio la vuelta.

—¿Dónde está la fruta?

—¿Cómo?

—La fruta. Ibas a la estación a recoger más fruta, pero no la he visto en el vestíbulo. ¿Dónde está?

Guy se quedó muy cortado durante unos segundos, pero luego levantó la cabeza en señal de reconocimiento.

—No ha llegado. Esperé más de media hora, pero no vino en el tren. Seguramente llegará en el de las dos treinta.

—Me han dicho que tenéis cocos frescos —intervino Joe, empezando a bajar las escaleras—. Tienen un aspecto bien extraño, estos cocos. Son como cráneos humanos, pero sin ojos... y todo lo demás.

Celia se quedó inmóvil durante un instante. Después, bajando la vista, pasó junto a Guy y bajó la escalera a saltitos.

Casi cuarenta y ocho horas después Lottie se encontraba temblando en la cabaña de la playa número ochenta y siete, que en el pasado, según la placa que ya se había desprendido, se llamó Saranda. Se arrebujó en el abrigo, tirando de la correa a la que Mr. Beans no daba tregua. Casi era de noche, y al no poseer iluminación, la cabaña se iba volviendo oscura y bastante menos acogedora.

Llevaba esperando al menos unos quince minutos. Disponía de poco rato antes de verse obligada a marcharse. A la señora Holden no le había gustado nada que saliera en esas circunstancias. Le había apretado la frente dos veces antes de dejarla marchar a regañadientes. Si no hubiera querido quedarse sola un cuarto de hora con el doctor Holden, Lottie pensaba que no le habría dado permiso para marcharse.

Oyó el susurro de las llantas de la bicicleta en el sendero. La puerta se abrió, vacilante, y ahí estaba él, saliendo disparado de la bicicleta y lanzándola con un empellón por la puerta. Se besaron con urgencia, y sus bocas se estrellaron de manera insólita.

—No dispongo de mucho tiempo. Celia se pega a mí como la cola. Solo he conseguido librarme de ella porque está en la bañera.

—¿Sospecha algo?

—No lo creo. No me ha hecho ningún comentario sobre... Bueno, ya sabes.

Se inclinó y dio unos golpecitos cariñosos a Mr. Beans, que le olisqueaba los pies.

—¡Esta situación es horrible! Odio tener que contar mentiras —exclamó Guy atrayéndola hacia sí y besándole la coronilla. Lottie lo rodeó con los brazos, inhalando su aroma, intentando retener la sensación de esas manos posadas en su cintura—. No hace falta que se lo digamos. Podríamos marcharnos directamente, y le dejamos una carta. —Guy hablaba envuelto en su pelo, como si también él deseara captar todos sus olores.

—No. Eso no lo puedo hacer. Se han portado muy bien conmigo. Lo menos que les debo es una explicación.

—No estoy seguro de que puedas justificarte.

Lottie se apartó un poco, y levantó los ojos para mirarlo.

—Lo entenderán, ¿no, Guy? Tienen que entenderlo. ¿Comprenderán que no pretendíamos hacerles daño? ¿Que no ha sido culpa nuestra? No hemos podido evitarlo, ¿verdad? —exclamó Lottie, poniéndose a llorar.

—No es culpa de nadie. Hay cosas que deben suceder, y no puedes luchar contra ellas.

—Odio el hecho de que nuestra felicidad se construya sobre los cimientos de la desgracia. Pobre Celia. Pobre, pobre Celia —dijo Lottie, limpiándose la nariz con la manga. (Podía permitirse mostrarse generosa ahora que él le pertenecía. La enorme compasión que sentía por Celia la había sorprendido incluso a ella misma.)

—Celia sobrevivirá. Encontrará a otra persona —Lottie sintió una débil punzada al oír el tono práctico de su voz—. A veces pienso que ni siquiera estaba enamorada de mí, sino de la idea de sentirse enamorada.

Lottie lo miró fijamente.

—Quiero decir que en ocasiones notaba que no necesariamente se trataba de mí, ¿me explico?

Lottie pensó en George Bern, y entonces experimentó un peculiar sentimiento de deslealtad.

—Estoy segura de que te ama —dijo con la boca chica y vacilando.

—No hablemos de ello. Mira, Lots, tenemos que elaborar un plan. Hemos de decidir en qué momento se lo vamos a decir. No puedo seguir mintiéndoles... Me hace sentir muy incómodo, la verdad.

—Concédeme hasta el fin de semana. Veré si puedo quedarme con Adeline. Quizá ahora que Frances se ha marchado necesitarán ayuda doméstica, y a mí no me importaría en absoluto.

—¿De verdad? No creo que sea por mucho tiempo. Solo necesito aclarar las cosas con mis padres.

Lottie se quedó cabizbaja.

—¡Ojalá ya estuviera hecho! ¡Ojalá ya hubieran pasado tres meses! —se quejó Lottie, cerrando los ojos—. Es como si estuviéramos esperando a que alguien muriera.

Guy echó un vistazo hacia la puerta.

—Será mejor que regresemos. Yo iré primero.

Inclinó la cabeza y la besó en los labios. Lottie no cerró los ojos, porque no deseaba perderse ni uno solo de aquellos momentos. Detrás de Guy las luces de un barco parpadeaban al marcar la senda del muelle.

—Sé valiente, Lottie, cariño. Las cosas no siempre serán así.

Acto seguido, le acarició el pelo y salió a toda prisa para enfilar el oscuro sendero que conducía a casa.

Celia se había trasladado de nuevo al dormitorio que compartían las dos muchachas. Lottie no pudo reprimir un gruñido silencioso cuando vio el camisón de Celia atravesado en la colcha. En el pasado había sido una mentirosilla excelente; pero ahora, con todas las emociones a flor de piel como si ya no pudiera ocultar su interior, descubrió que había perdido esa capacidad, y se había convertido en una prevaricadora incompetente que se ruborizaba a las primeras de cambio.

Se había mantenido a distancia cuanto había podido y ello le había resultado fácil dada la propensión de Celia a desplegar un grado de actividad casi frenético. Cuando no salía para gastarse el dinero de su padre con un fervor casi religioso («¡Fíjate en esos zapatos! ¡Tengo que quedarme esos zapatos como sea!»), clasificaba sus pertenencias, apartando todo lo que pudiera considerarse «demasiado juvenil» o «no lo bastante londinense». Durante la cena, arropada por todos los miembros de la familia, Lottie podía replegarse en sí misma, intentando una vez más concentrarse en su comida y participando de la conversación a duras penas cuando el doctor Holden le hacía algún comentario, quien, a su vez, se mostraba extrañamente ausente. La señora Holden, sin embargo, estaba decidida a despertar el interés de Guy, bombardeándole con preguntas sobre sus padres, su vida en el extranjero, sonriendo y pestañeando con tanta coquetería como si se tratara de Celia en persona. Lottie y Celia, para alivio de la primera, solo se habían visto cara a cara en una ocasión, en concreto, la noche anterior, cuando Lottie admiró el nuevo corte de pelo crepado de Celia y luego se justificó diciendo que ella también necesitaba retirarse para disfrutar de un largo baño caliente.

Por consiguiente, le sorprendió muchísimo, al regresar de ese paseo jadeante y preocupado con Mr. Beans, encontrarse a Celia echada en la cama, envuelta en una toalla y enfrascada a todas luces en la lectura de una revista de novias.

El dormitorio parecía haberse encogido.

—Hola —la saludó Lottie, sacándose los zapatos—. Iba... Me disponía a tomar un baño.

—Mamá está dentro —dijo Celia, pasando la página—. Tendrás que esperar un poco. De todos modos, no quedará mucha agua caliente que digamos.

Tenía las piernas largas y blancas, y llevaba laca de uñas rosa en los dedos de los pies.

—¡Vaya! —exclamó Lottie, sentándose y quitándose los zapatos de espaldas a Celia, mientras pensaba furiosamente en encontrar un lugar adonde ir. En otros tiempos habían pasado horas interminables echadas en la cama, alargando los temas más triviales hasta convertirlos en materia de eterna conversación. Ahora, en cambio, Lottie no podía enfrentarse al pensamiento de hallarse sola con Celia ni tan solo durante unos minutos. Freddie y Sylvia ya estaban acostados. Era poco probable, por otro lado, encontrar al doctor Holden dispuesto a charlar. «Podría ir a llamar a Joe», pensó. «Le preguntaré al doctor Holden si puedo utilizar el teléfono.»

Oyó el resbaladizo sonido de la revista que se cerraba tras ella y a Celia que se volvía para mirarle el rostro.

—De hecho, Lots, necesito hablar contigo.

Lottie cerró los ojos. «Por favor, no», pensó.

—¿Me oyes, Lots?

Lottie se dio la vuelta, forzándose a sonreír. Colocó los zapatos en el suelo, junto a la cama, bien ordenados.

—Dime.

Celia la observaba con avidez, con una mirada nada esquiva. Sus ojos, según advirtió Lottie, poseían una tonalidad azulada casi sobrenatural.

—Esto que te contaré... Me va a resultar un poco difícil.

Se hizo un breve silencio, durante el cual Lottie deslizó las manos bajo las piernas para ocultar que habían empezado a temblarle. «Por favor, no me preguntes», rogó en silencio. «No seré capaz de mentirte. Por favor, Señor, no permitas que me lo pregunte.»

—¿Qué?

—No sé por dónde empezar... Mira. Lo que voy a decirte... deberá quedar absolutamente entre las dos.

Lottie sentía la respiración alojada en lo alto del pecho. Pensó durante unos segundos que se moriría.

—¿Qué? —susurró.

La mirada de Celia era firme. Lottie se dio cuenta de que no podía apartar los ojos de ella.

—Estoy embarazada.

8

Estrictamente hablando, estaba destinado a las emergencias; como la tarde que sacaron del muelle a aquella niña de cinco años que había desaparecido, en Mer Point; o bien cuando tenía que comunicar esa clase de noticias que requerían sentarse primero. A veces un whisky a palo seco le permitía soportar todo aquello mucho mejor. Sin embargo, el doctor Holden, echando un vistazo a la botella de whisky de malta de quince años que guardaba en el cajón superior, pensaba que había días en que podía considerarse que tomar un par de dedos de whisky era, para ser justos, medicinal. Es más, no solo medicinal, sino necesario. En realidad, si se permitía reflexionar sobre ello, sus reservas no eran tan solo las de un padre que lleva a su amada hija al altar. Esa sensación de angustia y desolación imperiosa le provenía de saber lo que quedaría tras su marcha: una unión estéril y carente de amor con una esposa desgraciada e histérica. Una vida en la que no existiría ni siquiera la diversión de Gillian, ahora que la chica se marchaba a vivir a Colchester. Categórica, se había mostrado siempre Gillian, una mujer que jamás le dejó creer que él fuera algo más que un alto en su imparable camino, pero era muy divertida, y de una frescura que se agradecía, por no hablar de su piel, como el alabastro que aparecía en los frescos marmóreos, suave, perfecta y, sin embargo, cálida. Sobre todo eso: cálida. Ahora, no obstante, se había marchado; y Celia, el otro objeto de belleza presente en su vida, se marchaba también. ¿Qué era lo que podía esperar a partir de entonces? Solo una nueva vuelta de tuerca hacia la tercera edad, con sus quejas inacabables y triviales, y las tardes ocasionales en el bar del club de golf, con Alderman

Elliot y sus compañeros dándole palmaditas en la espalda y comunicándole animosos que sus mejores años ya quedaban muy lejos.

Henry Holden cogió el pequeño medidor para las medicinas que había en la estantería de atrás, se sentó y se sirvió con parsimonia un par de dedos de whisky. Solo eran algo más de las diez de la mañana, y la trayectoria brutal del whisky por la garganta le resultó abrasiva, casi chocante. Ahora bien, incluso ese pequeño acto de rebeldía pareció reconfortarlo.

Ella se daría cuenta; claro que sí. Se acercaría a él para ajustarle la corbata, o realizar cualquier otro gesto de propietaria que se le ocurriera y, entonces, al captar su aliento, daría un paso atrás y lo miraría, con una expresión que delataría tan solo un ápice de disgusto. Sin embargo, no diría nada. Esgrimiría esa mueca ligeramente dolida que a él le revolvía el estómago, la que hablaba de cruces que cabía sobrellevar e inacabables días de martirio; y sin mencionarlo jamás directamente, encontraría sin duda alguna un modo sutil de hacerle saber que la había decepcionado, que había vuelto a defraudarla.

Volvió a llenar el medidor, y se echó al gaznate dos dedos más. Esa vez fue más fácil, y saboreó la posterior quemazón del interior de su boca.

Señores de sus tierras, los llamaban. Reyes de sus castillos. Todo aquello era una mierda. Los deseos, las necesidades y las miserias de Susan Holden dominaban su matrimonio con un pulso tan seguro como si ella los hubiera escrito con tinta y se los intentara introducir flagelándolo con una palmeta ardiendo. Nada escapaba a sus ojos, nada que le arrancara un sentimiento espontáneo de felicidad. Nada le quedaba ya de aquella preciosa, despreocupada y joven hija de abogado que era Susan cuando se conocieron, con una cintura que él podía asir con las dos manos y un brillo en la mirada que solía atenazarlo. No, esa Susan Holden había sido lentamente devorada por esta miserable matrona, este ser angustiado y presuroso cuya única obsesión era la apariencia de las cosas, y no su esencia.

«¡Fíjate en nosotros!», quería gritarle a veces. «¡Fíjate en lo que nos hemos convertido! ¡No quiero las zapatillas! ¡No me importa si Virginia se ha equivocado al comprar el pescado! Quiero recuperar mi vida: una vida en la que podíamos desaparecer durante interminables días, podíamos hacer el amor hasta la madrugada, podíamos hablar, hablar de verdad, y no escuchar esta inacabable cháchara que en tu mundo llamáis conversación.» Se había sentido tentado un par de veces. Sin embargo, sabía que ella no lo entendería: se limitaría a mirarlo fijamente, con los ojos desorbitados por el horror, y entonces, con un estremecimiento apenas controlado, mantendría la compostura y le ofrecería un poco de té, o quizá una galleta. Algo «que te anime un poquito».

Otros días pensaba que quizá la vida no había transcurrido de ese modo; quizá del mismo modo que recordamos los veranos de la infancia cálidos e interminables, también recordábamos el amor que jamás hicimos, o la pasión sin trabas que jamás sentimos en realidad. Henry Holden entonces se retraía un tanto. Apartaba de su pensamiento lo que había perdido. Como un ratón en la rueda, seguía moviéndose hacia delante e intentaba no contemplar la vista. La mayoría de las veces, funcionaba.

La mayoría de las veces.

Sin embargo, cuando acabara ese día, Celia, sus estupideces, sus mercuriales estados de ánimo y sus risas habrían desaparecido. «Por favor, Dios mío, no permitas que termine como su madre. Deja que ellos dos escapen a nuestro destino.» Al principio, no lograba comprender las prisas de Celia respecto a la boda, y su determinación de celebrarla a toda costa. Tampoco la creyó cuando le dijo que las bodas en octubre estaban a la última. No obstante, vio el sentimiento de pánico y rabia de la muchacha cuando Susan empezó a marearla para que la ceremonia se celebrara el siguiente verano, y comprendió... que estaba absolutamente desesperada por marcharse. Por escapar de ese hogar sofocante. ¿Quién podía culparla? Reconocía en secreto que le habría encantado hacer lo mismo.

Luego estaba Lottie, cuya melancolía ante la marcha inminente de Celia le había dolido en su nombre, silenciosamente. Esa extraña, inescrutable y atenta Lottie, que de vez en cuando todavía lo consolaba con su sonrisa sin reservas. Siempre le había tenido destinada una sonrisa especial, aun sin ser consciente de ello. Había confiado en él, lo había amado ya de pequeña, más que ningún otro miembro de su familia. Le seguía por todas partes, y colocaba su manita en el interior de la suya. Henry Holden tenía la certeza de que todavía existía alguna clase de conexión entre ambos. Ella comprendía a Susan. Henry se dio cuenta por el modo en que la miraba; Lottie también era capaz de verlo.

Sin embargo, la jovencita tampoco se quedaría durante mucho tiempo. Susan ya estaba ansiosa sugiriendo planes, proyectos futuros y alternativas inmejorables. Luego, después de Lottie, seguirían los niños, y al final solo quedarían los dos, dos círculos dando vueltas entre sí. Encerrados en sus respectivas desgracias.

«Tengo que controlarme», se dijo el doctor Holden. «Es mejor no pensar tanto en estas cosas», y cerró el cajón.

Permaneció sentado un minuto, contemplando el paisaje desde la ventana de su despacho, sin mirar el esquema del aparato circulatorio y los folletos médicos que algún representante farmacéutico le había dejado el día anterior. Ignoró la fotografía enmarcada del respetable doctor con su preciosa mujer y sus hijos. Entonces, casi sin ser consciente de lo que hacía, volvió a abrir el cajón.

Con un gesto florido, Joe sacó un último brillo al capó del Daimler azul oscuro con una gamuza y luego se apartó, incapaz de controlar una sonrisa de satisfacción en su rostro.

—Mira, te puedes ver la cara en él.

Lottie, sentada en silencio a sus espaldas, esperando a que terminara, intentó responderle con una sonrisa sin conseguirlo. No dejaba de mirar los asientos de piel clara, consciente del estado civil de sus próximos pasajeros. «No pienses», se decía a sí misma. «No pienses.»

—Le preocupaba que llegara tarde, ¿verdad? Me refiero a la señora Holden.

Lottie se había ofrecido voluntaria; era un medio como cualquier otro de escapar a la histeria creciente del hogar de los Holden.

—Ya sabes cómo es.

Joe se limpió las manos con un trapo limpio.

—Apuesto a que Celia debe de estar nerviosísima por el hecho de marcharse.

Lottie asintió, intentando que su cara adquiriera una expresión neutra.

—Se marcharán directamente, ¿verdad? ¿Adónde, a Londres?

—Para empezar, sí.

—Luego se irán a algún país de moda en el extranjero, supongo. A algún lugar caluroso. A Celia le encantará. No puedo decir que la envidie, de todos modos. ¿Tú sí?

Lottie ya casi podía seguir cualquier clase de conversación: un mes de práctica le había modelado el rostro como el de un jugador profesional de póquer. No revelaba nada, y nada significaba. Pensó en la máscara de Adeline: un semblante benigno exteriormente, que nada mostraba. Tan solo unas horas más. Tan solo unas pocas horas.

—¿Qué? —debió de decir en voz alta. De vez en cuando le ocurría.

—¡Ah, nada!

—¿Qué tal le va a Freddie con ese traje de paje? ¿La señora Holden ha conseguido que se lo ponga? Le vi en la calle Mayor el sábado y me dijo que se iba a cortar las piernas para que no pudieran meterle esos pantalones.

—Pues los lleva puestos.

—¡Manda huevos! Oh... Lo siento, Lottie.

—El doctor Holden le ha ofrecido dos chelines si se los deja puestos hasta que termine la recepción.

—¿Y Sylvia?

—Cree que pertenece a la realeza. Espera que venga a buscarla la reina Isabel y la reclame como su hermana.

—No cambiará nunca.

«Sí cambiará», pensó Lottie. «Será feliz, alegre y despreocupada, y entonces aparecerá un hombre que, como una bola de demolición, destruirá su vida en pedacitos imposibles. Igual como el padre de Lottie debía de haber hecho con su madre. Como el doctor Holden con la señora Holden. No había posibilidad de que la felicidad durara.»

Pensó en Adeline, a la cual había visto el día anterior por primera vez desde la visita de los Bancroft. Adeline también estaba en baja forma, y le faltaba esa vivacidad del pasado. Se paseaba por las habitaciones claras y resonantes como si nada en ellas le interesara, como si ya no pudiera apreciar las telas atrevidas, las esculturas extravagantes, los montones de libros. Julian se había ido a Venecia con Stephen. George había conseguido una beca en Oxford para escribir una tesis de investigación sobre economía. Lottie no quiso preguntarle por Frances. Adeline, además, no tardaría en marcharse. No podía soportar Inglaterra en invierno, repetía sin cesar, como para convencerse a sí misma. Se marcharía al sur de Francia, a la villa de un amigo en la Provenza. Allí se dedicaría a beber vino barato sentada plácidamente, contemplando las vueltas que daba el mundo. Serían unas vacaciones sensacionales, le había dicho. Sin embargo, por su manera de hablar, aquello no parecía sensacional, ni unas vacaciones tampoco.

—Tienes que venir —le dijo a Lottie, quien intentaba hacer ver que todo aquello no le importaba lo más mínimo—. Estaré completamente sola, Lottie. Debes venir a visitarme.

Caminaban despacio por la terraza, hacia el mural, y allí Adeline cogió la mano de Lottie, con muchísima suavidad. En esa ocasión la chica no se inmutó.

Lottie estaba tan ensordecida por el murmullo que poblaba sus oídos que apenas oyó las palabras que Adeline pronunció a continuación:

—Las cosas mejorarán, querida niña. Debes tener fe.

—No creo en Dios —replicó Lottie, a pesar de que no había querido que sus palabras sonaran tan ácidas.

—No hablo de Dios. Simplemente creo que a veces los hados nos tienen destinado un futuro que nosotros no logramos imaginar, y para potenciarlos, hemos de seguir creyendo que nos sucederán cosas buenas.

La determinación férrea de Lottie ya había cedido un poco por aquel entonces y, tragando con dificultad, se forzó a apartar la mirada de los intensos ojos de Adeline. Sin embargo, sólo logró desviar su campo visual hacia el mural y sus dos personajes incriminatorios. Se le crispó el rostro en una expresión de frustración y rabia.

—No creo en el destino. No creo en nada. ¿Cómo pueden protegernos los hados cuando... cuando deliberadamente tuercen las cosas de un modo tan espantoso? Todo esto son tonterías, Adeline. Imaginaciones absurdas. Las cosas no suceden porque haya un orden establecido. Las personas, los sucesos colisionan, accidentalmente, y entonces la historia se precipita hacia delante y nos deja a los demás atrás, intentando enmendar el embrollo.

Adeline se había quedado inmóvil. Levantó la cabeza levemente y, con un movimiento de la mano, acarició despacio el pelo de Lottie. Luego se detuvo, como cuestionándose si debía hablar.

—Si está destinado a ti, volverá a ti.

Lottie se apartó, encogiendo los hombros en un gesto de indiferencia.

—Pareces la señora Holden y su maldita piel de manzana.

—Tienes que ser honesta con tus sentimientos.

—¿Y si resulta que mis sentimientos desempeñan el papel menos importante en esta historia?

Adeline fruncía el ceño, confundida.

—Tus sentimientos jamás son lo menos importante de la vida, Lottie.

—¡Oh! Tengo que marcharme. Tengo que marcharme —Lottie, pugnando por ahogar las lágrimas, agarró el abrigo y, haciendo caso omiso de la mujer que dejaba a sus espaldas, cruzó la casa a paso rápido y enfiló el caminito de entrada.

Al día siguiente, cuando ya lamentaba su salida de tono, recibió una carta. Adeline no mencionaba en ella el temperamento de Lottie, sino que incluía la dirección donde estaría localizable en Francia. Le pedía a Lottie que mantuviera el contacto con ella y le decía que el único pecado auténtico era intentar convertirse en algo que uno no era.

—Es un consuelo saber que uno es fiel a sí mismo, Lottie. Créeme.

Adeline firmaba la carta curiosamente como «una amiga».

Lottie palpó la carta en su bolsillo mientras contemplaba sentada a Joe, engalanando con cintas blancas la parte delantera del Daimler. Desconocía los motivos que la impulsaban a llevarla todavía encima: quizá el hecho de contar con una aliada le proporcionaba una sensación de consuelo (sin Adeline, ya no tenía a nadie con quien hablar). Escuchaba a Joe como quien oye una mosca volando por la habitación: con indiferencia y, de vez en cuando, con una cierta irritación. Celia se había mostrado muy agradable, pero las dos muchachas no habían buscado ni prolongado ningún tipo de contacto entre ambas.

Luego estaba la cuestión de Guy, cuya expresión de desconcierto e infelicidad la asaltaba, cuyas manos, cuya piel y cuyo aliento especiado invadían sus sueños. Le resultaba insoportable hallarse junto a él; no le había hablado desde que se encontraron en la cabaña de la playa, hacía ya unas semanas. No porque estuviera enfadada con él, aunque ciertamente se sintiera colérica, sino porque si él le hablaba, y le rogaba, sabía que eso minaría su determinación. Por otro lado, si él seguía deseando vivir con ella, a pesar de todo lo sucedido, Lottie sabía que ya no podría amarlo de la misma manera. ¿Cómo iba a amar a un hombre dispuesto a abandonar a Celia en ese estado?

El muchacho no sabía nada cuando Celia se lo había contado, pero ahora ya debía de saberlo. Había dejado de seguirla, de dejarle notas en lugares donde sabía que ella los encontraría, pedacitos de papel garabateado donde denunciaba su infortunio, «¡HABLA CONMIGO!», en lápiz grueso. A ella le había resultado fácil permanecer junto a la señora Holden, para asegurarse así de que nunca pudieran quedarse solos. Guy no lo entendió al principio. Ahora ya debía de comprenderlo: Celia había dicho que lo contaría, y Guy ya ni siquiera miraba a Lottie, sino que se apartaba discretamente de ella en cualquier reunión, con el rostro críptico y desprovisto de alegría, de tal modo que ninguno de los dos era testigo directo de la desgracia del otro.

Lottie intentaba no pensar en lo que podría haber sido. Por muy doloroso que fuera, ella habría podido infligirle esa crueldad a Celia mientras su amiga todavía hubiera gozado de la alternativa de encontrar a otra persona. Sin embargo, ¿cómo iba a abandonarla a la desgracia ahora? ¿Cómo iba a hacer desgraciada a la misma familia que la había salvado a ella de sus infortunios? No obstante, había días en que se sentía furiosa con él: le resultaba increíble pensar que Guy hubiera podido compartir esa intimidad, sentir esas cosas con Celia. Ellos dos eran las únicas personas del mundo que se habían sentido de ese modo, las únicas que habían vislumbrado esos secretos. Encajaban como guantes: él era precisamente quien lo había dicho. Ahora, no obstante, por un perverso golpe del destino, se sentía traicionada.

—¿Por qué? —le había susurrado él una vez que se quedaron solos durante unos minutos en la cocina—. ¿Qué te he hecho?

—No soy yo quien debe decirlo —le había contestado Lottie, apartándose de él, y temblando por dentro ante la furia y la rabia que veía expresadas en su rostro. Sin embargo, tenía que mantener la sangre fría. Era la única manera de superarlo. El único modo de superarlo todo.

—¿Te llevo a casa en coche, entonces, Lottie? —Joe la observaba a través de la ventanilla, con una mano apoyada en el techo. Se le veía animado, alegre, cómodo por primera vez en su entorno—. De todos modos, será mejor que te apees en lo alto del camino. La señora Holden sin duda querrá que el coche llegue a su casa vacío.

Lottie se obligó a sonreír, y luego cerró los ojos, escuchando el quejido metálico de la portezuela del coche al cerrarse y el ronroneo bien lubricado del motor cuando Joe dio la vuelta a la llave.

«Solo unas horas más», se dijo a sí misma, aferrándose con fuerza a la carta que llevaba en la mano. «Solo unas horas más.»

Según el dicho, todas las novias están preciosas, pero Susan Holden estaba segura de que Celia era la más bonita que hubiera visto Merham en muchísimo tiempo. Con el velo de tres capas y el vestido de satén forrado, hecho a medida exactamente para vestir su figurín talla treinta y seis, dio al traste con el empeño de Miriam Ansty y Lucinda Perry del año anterior para que luciera un sombrero ladeado. Incluso la señora Chilton (que en esos momentos se confesaba una gran admiradora del atrevidísimo conjunto de vestir color violeta y crema de Lucinda Perry) tuvo que confesarlo.

—Luce muy bien la ropa, tu Celia —le dijo después de la ceremonia, con el bolso de asas metido bajo el pecho y el sombrero de plumas inclinado en un ángulo bastante osado—. He de decir a su favor que luce muy bien la ropa.

La realidad, sin embargo, superaba cualquier clase de comentario, porque hacían una pareja perfecta: Celia, con los ojos favorecedoramente brillantes por las lágrimas y asiendo el brazo de su guapísimo y joven marido, y Guy con la mirada seria y algo nerviosa, como todos los novios. A la señora Holden no le sorprendió que el muchacho no sonriera todo lo que le habría gustado; en su propia boda, Henry no había sonreído como es debido hasta que les dejaron solos y pudieron subir al piso de arriba, y aun así, necesitó unas cuantas copas de champán.

Freddie y Sylvia, por su parte, se habían pasado toda la ceremonia sin pelearse. Bueno, se dieron una patada en secreto durante la parte de «Inmortal, invisible», pero el vestido de Sylvia había camuflado lo más peliagudo de la situación.

La señora Holden se permitió dar un sorbito de jerez, atentamente sentada en la silla de respaldo dorado de la mesa presidencial, mirando desde arriba al resto de las mesas: la flor y nata de su pueblo, tal y como a ella le gustaba considerarlos. Teniendo en cuenta el poquísimo tiempo que habían tenido para planificar la boda, todo había salido estupendamente.

—¿Estás bien, Susan? —le preguntó Guy Bancroft padre, inclinándose con aire conspiratorio en su butaca y con una amplia sonrisa iluminándole el rostro—. Quería mencionar en mi discurso que la madre de la novia tiene un aspecto especialmente atractivo esta tarde.

La señora Holden torció el gesto con elegancia. Era ese pintalabios Baya Otoñal. Le había dado un resultado buenísimo.

—Bueno, creo que el aspecto de usted y de la señora Bancroft es particularmente elegante también.

No era un halago vacuo en el caso de Dee Dee: llevaba un traje de dos piezas turquesa de shantung de seda, con unos zapatos de talón abierto forrados de seda y combinados en el mismo tono. La señora Holden se había pasado toda la tarde reuniendo el coraje suficiente para preguntarle si se los había hecho especialmente para la ocasión.

—Ah, sí... Dee Dee siempre está fantástica con sus mejores galas.

—¿Perdón?

—Claro que también está igual de guapa con un par de pantalones cortos y descalza. Es una auténtica chica de campo, mi mujer. Mi hijo se le parece; o bien debería decir «tu hijo político»... —precisó Guy Bancroft, riendo—. Supongo que deberemos irnos acostumbrando despacio a todo esto, ¿eh?

—¡Oh! Nosotros ya pensamos que ustedes forman parte de la familia.

Ojalá Henry tuviera un aspecto más alegre. Contemplaba con mirada desconsolada el mar de amistades, picoteando su comida y murmurando cosas a su hija de vez en cuando, sin olvidar llenarse el vaso con asiduidad. «Por favor, no permitas que Henry se emborrache», rogaba Susan Holden. «No, delante de esta gente. Hoy no.»

—Quiero felicitar al señor Bancroft por sus deliciosos pudines.
—Era Deirdre Colquhoun, casi sin aliento y resplandeciente con un vestido-abrigo de corte imperio de damasco rosa (Freddie no dejaba de repetir a gritos que conocía el viejo sofá de donde había sacado la tela; Susan Holden lanzó una rápida mirada a su alrededor para asegurarse de que el niño no se hallaba cerca), señalando con un gesto la abarrotada exposición de fruta exótica y los cuencos de cristal tallado que contenían ensaladas de frutas. Los centros no estaban compuestos de manzanas, guindas o piña de lata; al contrario, constaban de kumquats a rodajas, papaya y mango, carambolas diseccionadas y unos opacos lichis, con una pulpa de un color y una textura desconocidos para los invitados ingleses. (Quienes, como era de esperar, evitaron probar la mayoría de las frutas, y se mantuvieron fieles a las que ya les resultaban conocidas, como, por ejemplo, las ciruelas y las naranjas. «Fruta de verdad», le había murmurado Sarah Chilton en secreto a la señora Ansty.)

—¡Qué maravillosa exposición han hecho ustedes! —musitó la señora Colquhoun en tono admirativo.

—Son todas frescas, importadas vía aérea ayer por la mañana —matizó el señor Bancroft, arrellanándose en su butaca y encendiendo un cigarrillo con aire benefactor—. Incluso puedo añadir que seguramente las cortaron y pelaron vírgenes hondureñas.

—¡Santo cielo!... —exclamó la señora Colquhoun, poniéndose roja.

—¿Qué estás diciendo, Guy, cielo? Espero que no te estés portando mal... —Dee Dee se volvió un poco para mirarlo, dejando a la vista una buena parte de su bronceado muslo.

—Nunca permite que me salga con la mía —repuso el señor Bancroft sonriendo.

—Te sales demasiado con la tuya, la verdad, y no es que eso te beneficie demasiado.

—Con el aspecto que tienes, amor mío, ¿qué culpa tengo yo? —dijo Guy Bancroft, enviándole un sonoro beso.

—Bueno... En cualquier caso... El montaje es precioso —afirmó la señora Colquhoun, atusándose el pelo y volviéndose con paso indeciso para dirigirse a su mesa.

La señora Holden se dirigió a su marido. Iba sin duda por el tercer coñac. Le observaba dar vueltas a la copa de balón y tragar el alcohol con una especie de triste determinación. «¿Por qué diablos tenía que ponerse precisamente hoy de mal humor?»

Lottie, sentada en su papel de árbitro entre Freddie y Sylvia, se dio cuenta de que empezaba a sentirse mal otra vez. Hacía días que se notaba bastante rara, lo cual no era sorprendente cuando todo su ser deseaba acurrucarse en cualquier lugar oculto y morir en silencio. Durante ese último mes se había sentido indiferente, como si se moviera entre la niebla, oyendo y viendo a los demás desde una cierta distancia. Ese recurso le había sido de gran alivio, puesto que cuando en alguna ocasión se veía obligada a sentir (al presenciar sin querer cómo Celia pasaba los brazos alrededor del cuello de Guy, o bien cuando la oía reír nerviosa y con aire conspirador con su madre sobre algo que él había dicho o hecho), el dolor que la atenazaba le resultaba casi insoportable. Era real: agudo, decidido, punitivo.

Sin embargo, eso era distinto. Se sentía indispuesta físicamente, como si la sangre, al igual que las olas, insistiera en precipitarse lejos de ella cuando se movía. La comida no la tentaba. Sabía mal; no le reportaba ningún placer. Sencillamente no podía contemplar la llamativa exhibición de fruta, era demasiado colorista, como si su misma alegría fuera un desaire destinado a ella.

—Mira, Freddie. Mira.

Sylvia había abierto completamente la boca y enseñaba el contenido bien masticado de su plato.

—¡Sylvia! —exclamó Lottie, apartando la vista. Entonces oyó la risita de placer de Freddie, y un Aaah a modo de respuesta cuando el niño mostró el contenido de su propia boca.

—Meteos eso dentro, los dos.

Joe se sentaba al otro lado de Freddie. No formaba parte de la familia, pero era evidente que, de todos modos, la señora Holden había decidido colocarlo en su mesa. Lottie carecía de la energía suficiente para sentirse enojada por ello. Al contrario, empezaba a agradecer su cercanía en esa larga tarde.

—¿Estás bien, Lottie? Se te ve un poco pálida.

—Muy bien, Joe.

Solo deseaba marcharse a casa y echarse en la cama para quedarse quieta, absolutamente quieta, durante un buen rato. Salvo que su casa ya no la sentía como un hogar. Quizá nunca había sido su casa. Lottie observaba el convite y su acostumbrada y deprimente sensación de hallarse fuera de lugar amenazaba con convertirse en algo más sobrecogedor, hasta el punto de llegar a abrumarla.

—Mira, te he servido más agua. Bebe un poco.

—Sylvia. ¡Sylvia! ¿Cuántas uvas crees que te caben en la boca?

—De verdad que no tienes buen aspecto. Espero que no hayas atrapado otra gripe.

—Mira, puedo meterme más toneladas dentro que tú. Mira, Sylvia. ¡Mira!

—Apenas has probado la comida. Venga, bebe. Te sentirás mejor. Si quieres, puedo decirles que te preparen un poco de leche caliente; eso te arreglará el estómago.

—Por favor, Joe, no sigas. Estoy bien. De verdad.

El discurso de él había sido muy breve. Había agradecido a los Holden su hospitalidad y el haber aportado ese banquete tan espléndido, agradeció a sus padres los maravillosos postres y el haberlo soportado durante los últimos veintiún años, y también mencionó a Celia, a quien dio las gracias por haberse convertido en su esposa. El hecho de que hubiera pronunciado esto último sin un entusiasmo manifiesto, ni florituras románticas, no la consolaba lo más mínimo. No por eso dejaba de ser su esposa.

En cuanto a Celia... Celia se sentaba con una encantadora sonrisa cruzándole el rostro, y el velo le enmarcaba perfectamente el elegante cuello. Lottie no podía mirarla, atónita por la intensidad del odio que sentía por ella en esos momentos. Saber que había actuado del modo más adecuado no le servía de consuelo. Ser sincera con una misma, como Adeline había dicho, todavía menos. Si al menos pudiera persuadirse de que no era cierto lo que había sentido, entonces podría seguir adelante.

Sin embargo, sus sentimientos fueron auténticos.

Deseaba tumbarse con todas sus fuerzas. En algún lugar oscuro.

—¿Te sirvo un cuenco de sopa inglesa? —le propuso Joe.

Los invitados empezaban a mostrarse inquietos. La señora Holden decidió, en consecuencia, que había llegado el momento de que los recién casados se marcharan para que las señoras mayores pudieran regresar a casa antes de que se les hiciera demasiado tarde. La señora Charteris y la señora Godwin parecían un poco cansadas, y la mesa del fondo ya había recogido los abrigos.

Decidió que de esa tarea debería ocuparse Henry. No había sido de gran ayuda durante la recepción (incluso su discurso fue demasiado somero), y ella no deseaba que la gente hiciera comentarios. Se levantó disculpándose de la silla y se dirigió al lugar que ocupaba su marido en la larga mesa presidencial. El doctor Holden miraba el mantel y, según parecía, se mostraba indiferente a la conversación animada que se había entablado alrededor de él. La señora Holden captó su aliento alcohólico incluso antes de hallarse a un metro de distancia.

—Henry, querido, ¿podemos hablar un momento?

Tembló ante la frialdad de su mirada cuando él levantó la cabeza. Henry Holden la estuvo observando durante lo que parecía una eternidad; con esa especie de mirada que le priva a uno de su serenidad.

—¿Qué he hecho ahora, mi queridísima Susan? —inquirió Henry Holden, escupiendo el «queridísima» como se escupe algo de sabor horrible.

Susan Holden echó un vistazo a derecha e izquierda para ver si alguien más se había dado cuenta.

—No has hecho nada, querido. Solo quería que vinieras conmigo un minuto —dijo ella, colocándole una mano en el brazo y mirando hacia los Bancroft, que estaban enfrascados en la conversación.

—Yo no he hecho nada —dijo el doctor Holden cabizbajo, posando ambas manos sobre la mesa, como para darse impulso y levantarse—. ¡En fin! Menudo cambio, ¿eh, Susan?

Susan Holden jamás había visto tan mal a su marido. Su mente iba a toda revolución, intentando calibrar las posibilidades que existían de sacarlo de allí sin ofrecer un espectáculo.

—Digo que es todo un cambio el hecho de que, por una vez, todo haya salido satisfactoriamente para ti.

—Pero Henry... —replicó Susan Holden con voz queda, suplicante.

—Bueno, no siempre nos las arreglamos para conseguir reunir a tanta gente, ¿verdad? No siempre logramos satisfacer las expectativas de la anfitriona de Merham de ver congregada a la flor y nata del lugar, ¿no? —Se había levantado y empezaba a reír, con unas carcajadas agresivas y amargas.

—Cariño. Cariño, por favor, ¿no podríamos...?

Henry Holden se volvió hacia ella con una expresión de asombro y burla.

—¡Vaya! Con que ahora me llamas cariño, ¿eh? ¿No es encantador? Ahora soy tu querido esposo. Por el amor de Dios, Susan. Lo próximo que me llamarás será «amado».

—¡Henry!

—¿Mamá? —intervino Celia, que acaba de acercarse. La muchacha miraba alternativamente a su padre y a su madre—. ¿Va todo bien?

—No pasa nada, bonita —dijo la señora Holden con un tono animoso y dándole unos golpecitos para que se marchara—. Dile a Guy que os debéis ir preparando. Deberíais marcharos pronto.

—Todo va perfecto. Sí, queridísima Celia, todo va perfecto. —El doctor Holden se apoyó en los hombros de su hija—. Ahora debes marcharte y llevar una vida perfecta con este joven perfecto de aquí.

—Papá... —Celia se mostraba insegura.

—Márchate y sigue siendo bonita y divertida, y tan dulce como eres ahora. Ahora bien, intenta por todos los medios no hacerle la puñeta a él con detalles sin importancia. Procura no mirarle como si fuera un perro sarnoso cuando se le ocurra poner en práctica cosas que en realidad desea hacer... cosas que nada tienen que ver con quedarse sentado y bien apocadito sorbiendo té y charloteando sobre lo que los demás piensan.

—¡Henry! —exclamó Susan Holden con los ojos llenos de lágrimas y llevándose la mano a la boca.

Guy acababa de aparecer tras Celia, intentando evaluar sin disimulos lo que estaba sucediendo.

—¡Oh, ahórrame las lágrimas, Susan! Ahórrame otra condenada dosis de lagrimeo. Si alguien debería estar llorando en este sitio, soy yo.

Celia no pudo reprimir sus fuertes sollozos. Las mesas de al lado iban callando. La gente miraba, lanzándose ojeadas incómodas entre sí, con la bebida todavía en la mano.

—Papá... ¿Por qué has de ser tan horrible? Por favor, se trata de un día muy especial en mi vida —insistió Celia, procurando llevárselo de la mesa.

—La verdad es que no se trata solo de este día, queridísima Celia. No se trata tampoco de la maldita boda. Lo que cuenta es cada condenado día siguiente. ¡Cada maldito e interminable condenado día hasta que la muerte os separe! —gritó Henry Holden. Su esposa aterrorizada, vio que se habían convertido en el principal centro de atención.

—¿Ocurre algo? —levantó la voz el señor Bancroft.

Guy rodeó con el brazo a su suegra.

—Nada, papá. Hummm, ¿por qué no viene a sentarse, señora Holden?

—¡Oh, no te molestes! —intervino el doctor Holden—. Saldré fuera. Podéis terminar vuestra exquisita y sofisticada recepción sin mí. Disculpen, señoras y señores, la fiesta ha terminado; y el buen doctor se marcha ahora mismo.

—Eres un animal, papá —sollozaba Celia mientras el hombre atravesaba el salón comedor del Riviera con paso inseguro, sorteando las mesas—. Nunca, nunca en toda mi vida te perdonaré lo que me has hecho hoy.

—El coñac a veces juega estas malas pasadas —respondió el señor Bancroft.

—Por favor, Celia, contrólate —dijo la señora Holden, que daba sorbitos a un jerez para recuperar el aliento, a pesar de que el temblor de sus manos era lo único que revelaba su propia falta de compostura—. La gente está mirando.

Se vislumbraban tres luces parpadeantes en la bocana del muelle. «Barcos de pesca», decidió Lottie. Las luces eran demasiado pequeñas para pertenecer a otra embarcación; barcos que extraían sus tesoros del fondo marino, de esa oscuridad fría y entintada, que los sacaban, boqueando en silencio, hacia la noche asfixiante. Se ciñó la chaqueta de punto para protegerse del helado aire otoñal y escuchó el rompiente de la marea arrastrando los guijarros con su abrazo suelto. Ahogarse parecía ser la forma más dulce de morir. Uno de los pescadores se lo había dicho; en teoría, cuando se dejaba de luchar, se abría la boca, el pánico cesaba y el agua se apoderaba de ti, te envolvía en su negrura blanda y acogedora. «Un modo muy tranquilo de desaparecer», le había comentado. De todos modos, no dejaba de ser curioso que él tampoco supiera nadar. Lottie se había reído al saber la historia. Claro que corrían otros tiempos, cuando la risa le salía sin dificultad.

La muchacha se removió en la silla, respirando el aire salitroso, preguntándose si sería muy diferente en el agua. Tragó aire un par de veces, para comprobarlo, pero no le pareció un substituto convincente. Las únicas veces que tragó agua de mar acabó con la garganta ardiendo, ahogándose por la sal, haciendo arcadas y babeando. El mero recuerdo del incidente le hizo sentir náuseas de nuevo.

No, la única respuesta fiable era intentarlo. Tragarla por completo, penetrar conscientemente en ese abrazo oscuro. Lottie hizo una mueca y cerró los ojos, escuchando el curso imprevisto de sus pensamientos. «No es el dolor presente lo que no puedo soportar», pensó, hundiendo el rostro entre las manos. «Es la idea de todos los días que habrán de venir: la reiteración inacabable del dolor, los sobresaltos del descubrimiento no deseado; porque tendré que enterarme de todo lo que hagan: cómo es su casa, cómo son sus hijos, y si son felices. Aunque me marchara lejos de aquí, seguiría teniendo que enterarme. Me veré obligada a presenciar cómo él olvida la intimidad que vivimos, el hecho de que fue mío; y yo me estremeceré solo de pensarlo, y moriré cada día un poquito más.»

¿Qué representaba la muerte de uno solo comparada con la de miles de seres humanos?

Lottie se levantó, permitiendo que el viento le azotara la falda y jugueteara con su pelo. Se podía llegar paseando a la playa desde la terraza del Riviera. Ni siquiera se enterarían de que se había marchado.

Bajó la vista y contempló sus pies con una extraña ausencia de lágrimas en los ojos. Se movían titubeantes, uno delante del otro, como si ni tan solo se encontraran bajo su control.

Apenas percibía su propia existencia; tan solo ese cúmulo de minúsculos pasos moviéndose adelante.

A lo lejos, en la bocana del muelle, las tres luces parpadeaban en la oscuridad.

—¿Quién anda ahí?

Lottie dio un salto y se giró.

Una sombra alta y vacilante se erguía frente a ella, intentando encender una cerilla con torpeza mientras se le acercaba.

—¡Ah, eres tú! Gracias a Dios. Creí que sería alguna de esas viejas brujas amigas de Susan.

El doctor Holden se dejó caer pesadamente sobre el extremo de un banco, y al final logró encender una cerilla, la acercó al cigarrillo que sostenía entre los labios y exhaló, dejando que la llama se extinguiera con la brisa.

—Tú también te has escapado, ¿verdad?

Lottie contempló las luces a lo lejos, y luego se volvió hacia él.

—No, en realidad no.

Le veía el rostro bajo la luz que provenía de las salas superiores. A pesar de hallarse situada contra el viento respecto a él, era capaz de oler el alcohol que emanaba de su aliento.

—Son algo asquerosamente horrible, las bodas.

—Sí.

—Sacan lo peor de mí mismo. Lo siento, Lottie. Me he pasado un poco bebiendo.

Lottie se cruzó de brazos, preguntándose si él querría que se sentara. Se recostó sobre el otro extremo del banco, a unos metros de él.

—¿Quieres uno? —le preguntó sonriendo y ofreciéndole un cigarrillo.

Igual se trataba de una broma. Lottie negó con la cabeza y le dedicó una breve sonrisa.

—No veo por qué no. Ya no eres una niña. Aunque mi esposa insista en tratarte como si lo fueras.

Lottie volvió a inspeccionarse los zapatos.

Se sentaron en silencio durante un rato, escuchando los sonidos apagados de la música y las risas que se filtraban a través del aire de la noche.

—¿Qué vamos a hacer, Lottie? Tú, obligada a enfrentarte con el ancho y vasto mundo; y yo, desesperado por querer escapar y fundirme en él.

Lottie se quedó inmóvil, consciente del nuevo timbre que el doctor Holden había imprimido a su voz.

—Todo es una mierda; eso te lo aseguro.

—Sí, sí lo es.

Henry Holden se volvió hacia ella y se desplazó un poco por el banco. Procedente del hotel, Lottie podía oír el sonido apagado de animadas voces, y solapada a ellas, la de Ruby Murray, cantando a los días felices y las noches solitarias.

—Pobre Lottie. ¡Mira que tener que escuchar los desvaríos de un viejo borracho y estúpido!

A Lottie no se le ocurría nada que decir.

—Sí, eso es lo que soy. No me engaño. He arruinado la boda de mi propia hija, he ofendido a mi esposa, y ahora estoy aquí fuera, aburriéndote a ti.

—Usted no es aburrido.

Henry Holden dio otra calada al cigarrillo, y la miró con el rabillo del ojo.

—¿De verdad que no?

—Nunca he creído que lo fuera. Usted es... Usted siempre se ha portado muy amablemente conmigo.

—Amable. Amabilidad. ¿Qué otra cosa hubiera podido ser, sino amable? Tu vida era muy dura, Lottie, y viniste aquí y maduraste a pesar de todo. Siempre me he sentido tan orgulloso de ti como de Celia.

Lottie notó que los ojos se le llenaban de lágrimas. La amabilidad le resultaba casi imposible de soportar.

—En cierto modo he sentido que tú eras más hija mía que la misma Celia. Eres más lista, eso sin duda. No tienes la cabeza llena de estupideces románticas, de revistas ridículas.

Lottie tragó, y miró hacia lo lejos, al mar.

—¡Oh! Estoy segura de que soy tan capaz como cualquiera de inventarme sueños románticos.

—¿De verdad? —respondió Henry Holden con franca ternura en su voz.

—Sí. Aunque para lo que me ha servido...

—Oh, Lottie...

Entonces, y sin previo aviso, Lottie empezó a llorar.

En un impulso, el doctor Holden se situó junto a ella, y la rodeó con sus brazos, atrayéndola hacia sí. La chica podía oler el humo de pipa de su chaqueta, los aromas cálidos y familiares de la infancia; y cedió al abrazo, sepultó el rostro en su hombro, descargando el dolor que había tenido que ocultar durante tanto tiempo. Notó que le acariciaba la espalda, como se acariciaría a un bebé; y le oyó canturrear.

—Oh, Lottie; oh, mi pobre niña. Lo comprendo. De verdad que lo comprendo.

Entonces él cambió de posición. Ella levantó la vista para mirarlo y vio, en la penumbra, que su rostro albergaba una infinita tristeza, el peso de la infelicidad sobrellevada durante tantísimo tiempo, y se estremeció, porque se reconoció a sí misma.

—Pobre querida Lottie —susurró.

En ese momento, mientras él bajaba la cabeza, Lottie retrocedió, al advertir que las manos del hombre se posaban en su rostro, su boca iba a buscar la de ella y la besaba con avaricia, con desesperación, mientras las lágrimas de ambos se les mezclaban por las mejillas, y ella percibía el desagradable aroma del alcohol en sus labios. Lottie, atónita, intentó retirarse, pero él gimió y la apretó contra sí.

—Doctor Holden... Por favor...

Duró menos de un minuto, pero cuando se liberó, Lottie miró hacia atrás y se encontró con la asombrada figura de la señora Holden, de pie en la puerta del hotel, y supo que acababa de transcurrir el minuto más largo de su vida.

—Henry... —susurró trémula la señora Holden. En el momento en que ella apoyaba la mano contra la pared, Lottie salió disparada hacia la oscuridad.

Considerando todas las circunstancias, había sido muy civilizado. El doctor Holden, que había llegado a casa antes de que ella terminara de hacer la maleta, le dijo que no tenía por qué marcharse así, a pesar de las palabras de Susan. Claro que todos habían decidido que sería mejor que se fuera tan pronto como hubieran podido arreglar las cosas convenientemente. Henry Holden tenía un amigo en Cambridge que necesitaba ayuda con los niños. Sabía que Lottie sería muy feliz allí. Sin embargo, casi pareció aliviado cuando ella le dijo que ya tenía sus propios planes.

No le preguntó por ellos.

Se marchó antes de que sonaran las once, a la mañana siguiente, asiendo con fuerza la dirección de la casa de Adeline en Francia, junto con una breve carta dirigida a Joe. Celia y Guy ya se habían marchado. Virginia se mostró indiferente. Ni Freddie ni Sylvia lloraron: no les habían dicho que se marchaba porque eso era lo mejor. El doctor Holden, incómodo y resacoso, le dio en secreto treinta libras y le dijo que las destinara a labrarse un futuro. La señora Holden, pálida y rígida, apenas la había mirado cuando Lottie se despidió.

El doctor Holden no se había disculpado. Nadie parecía triste ante el hecho de que se marchara, ni siquiera tras haber vivido diez años con ellos y haber formado parte de su familia.

Ahora bien, el abrazo del doctor Holden no había sido lo más injusto que le había sucedido. «No», advirtió Lottie, contemplando el calendario de su agenda de bolsillo y llevando las cuentas mentales por enésima vez, mientras viajaba en el tren de Londres. «No, los hados de Adeline tienen un sentido del humor mucho más cruel de lo que jamás me hubiese imaginado.»

SEGUNDA PARTE

SEGUNDA PARTE

9

«Se han vuelto a abrir a la circulación los tres carriles de la M-11, pero habrá que mantenerse alerta al carril habilitado en sentido contrario que se origina en el cruce con la M-25. Por otro lado, acabamos de recibir un comunicado en el que se nos informa sobre un importante atasco de tráfico que ha paralizado la circulación cerca de Hammersmith Broadway, y de algunas colisiones en dirección a la M-4 y la carretera de Fulham Palace. Parece ser que se trata de un vehículo averiado. Les informaremos del tema dentro de unos instantes. Son casi las nueve treinta y es la hora de presentarles a Chris...»

Los cisnes se aparean de por vida. Estaba absolutamente segura de que se trataba de los cisnes. Aunque bien hubieran podido ser patos, o quizá pingüinos macarrón. ¿Se llamaban así, en realidad?; ¿pingüinos macarrón? Es como si dijéramos personas patata o, en su caso, persona galleta integral y cigarrillo. Daisy Parsons permanecía sentada e inmóvil, contemplando a través de la ventanilla las aves que flotaban con benevolencia bajo el puente y arrancaban destellos prístinos al agua bajo la luz del sol de primavera. Tenían que ser cisnes. Claro que sí. ¿A quién le iba a importar si un pingüino macarrón se apareaba de por vida?

Consultó el reloj. Llevaba sentada en ese lugar desde hacía casi diecisiete minutos. No es que le importara demasiado el tiempo, ni que tuviera un significado especial para ella. Pasaba veloz, como si a Daisy le hubiera entrado el hipo y se hubiera tragado varias horas a la vez, o más bien se arrastraba, alargándose como unos elásticos baratos, los minutos convirtiéndose en horas, y las horas en días; y Daisy, sentada en medio de todo eso, seguía indecisa respecto a la dirección que debía tomar.

Junto a ella, en el asiento del coche, Ellie bostezaba en sueños, moviendo los deditos como una estrella de mar en un saludo invisible. Daisy notó la punzada familiar de la ansiedad ante la posibilidad de que estuviera a punto de despertarse e, inclinándose hacia delante, bajó el volumen de la radio. Era muy importante no despertar a Ellie. Siempre era importante no despertar a Ellie.

Clasificó mentalmente el rugido del tráfico, el sonido de los motores ronroneantes, controlando su volumen con aire absorto. Demasiado alto, y el bebé se despertaría de nuevo; demasiado bajo, y a la niña la despertaría el sonido amplificado de una aguja al caer. Por ese motivo era tan molesto el griterío de fuera.

Daisy dejó caer la cabeza sobre el volante; y entonces, cuando los golpes en la ventanilla subieron de intensidad, levantó la mirada, suspiró y abrió la portezuela del coche.

El hombre llevaba un casco de motorista, que se sacó para hablar. A su espalda pudo percibir a duras penas varias personas de rostro iracundo. Algunas habían dejado las portezuelas del coche abiertas. Jamás debía de dejarse la portezuela abierta. No en Londres. Era una de las normas.

—¿Ha sufrido una avería, señora?

Deseaba que no le gritara. Aquello despertaría al bebé.

El policía echó un vistazo a su colega, que se acercaba por el otro lado del coche. Los dos la observaron con atención.

—¿Tiene una avería? Necesitamos que se aparte de la carretera. Está bloqueando el puente.

Los cisnes volvieron a hacer su aparición. Seguían su curso, flotando con serenidad hacia Richmond.

—¿Señora? ¿Me oye, señora?

—Oiga, agente, ¿no puede hacer que se mueva? No puedo esperar aquí todo el día. —Si se le miraba con buenos ojos, no era más que un hombre de mirada torva, con esas mejillas enormes y rojas, la panza prominente, el traje caro y el coche a juego—. Mírela. ¿No ve que es una condenada chiflada?

—Por favor, regrese a su coche, señor. Circularemos todos en unos minutos. ¿Señora?

Los había a cientos. A miles. Daisy miró a su espalda, parpadeando, y vio los coches estacionados, formando un reguero como un abanico multicolor. Todos intentando entrar en el puente, y sin conseguirlo nadie, porque ella y su pequeño Ford Fiesta rojo entorpecían el camino.

—¿Tiene algún problema? —le dijo el agente por segunda vez. Daisy deseaba que no le gritara. Despertaría a Ellie de un momento a otro.

—No puedo...

—¿Quiere que eche un vistazo bajo el capó? Mire, primero tendremos que empujarlo un poco. Ven, Jason. Usted saque el freno de mano, por favor. Hemos de despejar este embudo.

—Despertarán al bebé —dijo Daisy tensa, viendo al hombre introducirse en el coche ante la misma carita de Ellie, tan vulnerable ella en su apacible sueño.

De repente, sintió que comenzaba a temblar, con aquel pánico ya tan familiar que ahora empezaba a extenderse por su pecho.

—Tan solo lo apartaremos a un lado. Luego le dejaremos que se marche.

—No, por favor. Déjenme sola...

—Mire, usted baje el freno de mano. Si quiere, yo me incorporo y...

—Iba a casa de mi hermana, pero no puedo.

—¿Cómo dice, señora?

—No puedo atravesar el puente.

El policía se detuvo. Le vio intercambiar una mirada significativa con su colega.

—¡Muévete ya!

—¡Gorda inútil!

Alguien tocaba la bocina con insistencia. Daisy intentó respirar. Procuró sacarse el ruido de la cabeza.

—¿Qué problema tiene usted, señora?

Ya no podía ver a los cisnes. Habían desaparecido por la curva cuando ella ya no miraba.

—Por favor, es que... No puedo. No puedo atravesar el puente.
—Contempló a los hombres con los ojos desorbitados, procuran-

do que la comprendieran; y se dio cuenta, a medida que le iban saliendo las palabras, de que no lo conseguiría jamás—. Aquí... Aquí es donde me dijo por primera vez que me amaba.

Su hermana llevaba el abrigo londinense. Era el abrigo adecuado para una mujer acomodada y resolutiva, de una lana azul oscuro con botones marineros, la armadura con que protegerse de una ciudad febril y poco de fiar. Vio el abrigo antes que a ella, lo atisbó a través de la puerta entreabierta por la que una indiferente agente de policía iba entrando y saliendo, ofreciéndole su comprensión profesional y una taza de café de máquina de un sabor abominable. Se lo había bebido, no obstante, sin paladearlo, antes de recordar que le habían prohibido la cafeína. No podía tomarla porque daba el pecho. Era una de las normas.

—Está ahí dentro —dijo una voz apagada.

—¿Se encuentra bien?

—Muy bien. Las dos lo están.

Ellie dormía sin quejarse en la sillita del coche que Daisy tenía a sus pies. Eran raras las ocasiones en que dormía tan seguido, pero resultaba que le gustaba la sillita del coche. Se sentía a gusto encerrada ahí, a salvo, le había comentado la asistente social. Daisy observó la silla con aire interrogativo, envidiándola.

—¿Daisy?

Daisy levantó los ojos. Su hermana parecía titubear, como si se acercara a algo que muerde.

—¿Puedo... puedo entrar? —Echó un vistazo a Ellie y apartó la mirada, como para darse ánimos. Luego se sentó en la silla que había junto a Daisy y le colocó una mano en el hombro—. ¿Qué ha sucedido, cariño?

Era como despertar de un sueño. El rostro de su hermana. El casco rizado de pelo castaño, que, misteriosamente, jamás parecía necesitar un corte. Los ojos, ávidos y angustiados. Su mano. Llevaba casi cuatro semanas sin notar el contacto de un adulto. Abrió la boca para hablar, pero fue en vano.

—¿Daisy? ¡Daisy, cariño!

—Se ha ido, Julia —le salió en un susurro.

—¿Quién se ha ido?

—Daniel. Se... Se ha marchado.

Julia frunció el ceño, y luego contempló a Ellie.

—¿Adónde ha ido?

—Me ha abandonado, y a ella también. No sé qué hacer...

Julia la abrazó durante mucho rato, mientras Daisy enterraba sus sollozos en el oscuro abrigo de lana, intentando conjurar, en ese abrazo, el momento en que debería volver a comportarse como un adulto. Apenas era consciente del ruido exterior de pasos sobre el linóleo, del olor agudo del desinfectante. Ellie gimoteaba dormida.

—¿Por qué no me lo habías dicho? —susurró Julia, acariciándole el pelo.

Daisy cerró los ojos.

—Pensé... Pensé que si no se lo decía a nadie, igual volvería.

—¡Oh, Daisy...!

La agente de policía asomó la cabeza por la puerta.

—Las llaves del coche están en recepción. No hemos incautado el vehículo. Si está de acuerdo en llevarse a su hija a casa, señora, por nuestra parte no presentaremos cargos.

Ninguna de las dos mujeres se sobresaltó: estaban acostumbradas. La diferencia de edad entre ellas era de veinte años (desde la muerte de su madre, ese error las perseguía con frecuencia, aunque, de hecho, su relación era más parecida a la de madre e hija que a la de hermanas).

—Es muy amable de su parte —dijo Julia, haciendo amago de levantarse—. Siento que les hayamos causado problemas.

—No, no. No hay prisa. Pueden disponer de la habitación por el momento. Cuando estén listas, pregúntenle a quien esté en recepción que les indique dónde está el aparcamiento. Verán que no se encuentra lejos.

Con una sonrisa anodina y comprensiva, la agente se marchó. Julia se volvió hacia su hermana.

—Cielo, pero ¿qué ha ocurrido? ¿Adónde ha ido?

—No lo sé. Dijo que no podía hacerse cargo de todo, que eso no era lo que esperaba, y que ahora ni siquiera está seguro de que sea lo que desea. —Daisy volvía a sollozar.

—¿Daniel te dijo eso?

—Sí, el maldito Daniel. Le respondí que yo tampoco me esperaba ese condenado lío, pero por alguna razón parece ser que mis sentimientos no contaban para nada. Me confesó que creía estar padeciendo una especie de crisis nerviosa y que necesitaba su propio espacio, y eso fue todo. Hace tres semanas que no sé nada de él. Ni siquiera se llevó el móvil. —Daisy ya estaba recuperando la voz.

Su hermana hizo un gesto de incredulidad con la cabeza, y se quedó mirando fijamente hacia un punto indeterminado.

—¿Qué es lo que dijo él?

—Que no podía hacerse cargo de todo, que no le gustaba todo ese lío. El caos.

—Siempre cuesta un poco adaptarse a la llegada del primer bebé. Además, la niña solo tiene... ¿Qué, cuatro meses?

—No hace falta que me lo recuerdes.

—Luego las cosas son más sencillas. Todo el mundo sabe que, al cabo de un tiempo, las cosas son más fáciles.

—Pues Daniel, no.

Julia frunció el ceño, y miró hacia sus inmaculados zapatos salón.

—¿Vosotros todavía...? En fin, hay mujeres que dejan de prestar atención a sus maridos cuando han tenido un hijo. ¿Vosotros seguíais...?

Daisy la contempló con incredulidad. Se hizo un breve silencio, durante el cual Julia apoyó de nuevo el bolso en su falda y miró por el alto ventanuco.

—Sabía que os tendríais que haber casado.

—¿Qué?

—Tendríais que haberos casado.

—Eso no le habría impedido abandonarme. Existe una cosa que se llama divorcio, por si no lo sabías.

—Sí, Daisy, pero al menos tendría que cumplir con sus deberes económicos hacia vosotras. Tal como están las cosas, sin embargo, puede largarse olímpicamente y desaparecer como si nada.

—Por el amor de Dios, Julia. Me ha abandonado, pero me ha cedido el asqueroso piso. Prácticamente no se ha llevado nada de la cuenta conjunta. No me ha dejado precisamente como a una desgraciada doncella victoriana.

—Bueno, lo siento, pero si te ha abandonado de verdad, tendrás que ser práctica. Me refiero a que tendrás que pensar cómo vas a mantenerte. ¿Qué vas a hacer con el alquiler?

Daisy sacudió la cabeza con rabia.

—No puedo creer que me estés haciendo esto. Me ha abandonado el amor de mi vida, me encuentro al borde del ataque de nervios y lo único que se te ocurre es preguntarme por el maldito alquiler.

Los gritos despertaron al bebé, quien empezó a llorar, con los ojos apretados para esquivar así la visión del obstáculo que le había interrumpido el sueño.

—¡Oh, mira lo que has hecho! —Desató al bebé para liberarlo de la sillita y se lo acercó al pecho.

—No es necesario que nos pongámonos histéricas, querida. Alguien tiene que ser práctico. ¿Ha accedido a pagar el alquiler?

—No hablamos precisamente del tema —replicó Daisy en tono glacial.

—Y ¿qué haréis con el negocio? ¿Qué ocurrirá con ese gran proyecto al que me dijiste que os habíais comprometido?

Daisy se colocó a Ellie en el pecho, dando la espalda a la puerta. Se había olvidado del hotel.

—No lo sé. Ahora no puedo pensar en eso, Ju. Es lo único que puedo hacer si quiero terminar el día de una sola pieza.

—Bien. Entonces creo que ya es hora de que venga a tu casa y te ayude a planificar las cosas. Luego nos sentaremos a charlar y encontraremos el modo de salir de todo esto y solucionar tu futuro y el de mi sobrinita. Mientras tanto, llamaré a Marjorie Werner y le diré lo que pienso exactamente de su maravilloso hijo.

Daisy sostenía a su hijita pequeña, mientras una oleada de cansancio la invadía. Cuando Ellie ya terminaba, y empujaba el pezón de su madre con rudeza para soltarlo de la boca, Daisy se levantó y se bajó el jersey.

Su hermana la miraba fijamente.

—Ostras, ya veo que te está costando lo tuyo engordar a ese bebé, ¿eh? Te diré una cosa, cuando hayamos arreglado los problemas de tu casa, te matricularé en uno de esos cursos de adelgazamiento. Considéralo un regalo. Si recuperas el equilibrio, te sentirás muchísimo mejor. Créeme.

Daniel Wiener y Daisy Parsons vivían juntos desde hacía cinco años en un piso de un solo dormitorio en Primrose Hill. En ese período de tiempo la zona se había puesto de moda hasta unos extremos casi insoportables, y, como consecuencia, les habían subido el alquiler de un modo escandaloso. A Daisy le habría encantado mudarse: a medida que iba consolidándose el proyecto de su empresa de diseño de interiores, anhelaba disponer de techos altos y balcones, de un office y de una despensa; y de un jardín trasero. Sin embargo, Daniel insistió en que permanecieran en Primrose Hill, porque era más conveniente dar esa dirección a los clientes que otra que correspondiera a una vivienda más espaciosa pero situada en Hackney o Islington. «Fíjate en su estilo de vida», argumentaba Daniel. Con sus elegantes casas georgianas, los pubs gastronómicos y los restaurantes, Primrose Hill era ideal para organizar picnics en verano. Su piso, por otro lado, era precioso: emplazado sobre una zapatería de diseño, poseía una sala de estar enorme estilo regencia y un dormitorio con un balconcito con vistas a los amurallados jardines vecinos, plagados de caracoles. Por otro lado, habían reformado el piso con mucho acierto, e incluso habían logrado instalar una lavadora en un armario y una ducha en el hueco de un rincón. Diseñaron una cocina pequeña y minimalista, con una cocina económica diminuta y muy chic y una campana extractora gigante. En verano solían meter dos sillas en el balcón y se instalaban al fresco tomando su copita de vino y felicitándose por vivir en aquel barrio, por lo lejos que habían llegado y, bañándose en la luz del atardecer, ante la idea de que la casa y los alrededores eran un reflejo de ellos mismos.

Entonces llegó Ellie, y de algún modo el encanto se disipó cuando el piso se les empezó a quedar pequeño, las paredes se contrajeron en sí mismas y el espacio circundante fue llenándose de montones de pañales mojados, paquetes medio llenos de toallitas higiénicas y juguetes de trapo de colores llamativos. Todo empezó con las flores: ramo tras ramo, llegaban sin parar y llenaban todo el espacio libre de las estanterías hasta que se quedaron sin jarrones y terminaron dejándolas en el baño. Las flores se volvieron opresivas, el hedor del agua estancada impregnaba el piso y Daisy se sentía demasiado exhausta y desbordada para arreglarlas. Luego, poco a poco y de un modo siniestro, fue quedando menos espacio donde moverse: caminaban por el piso como si lo vadearan, abriéndose camino entre pilas de ropa sin planchar o montañas de pañales hechos una bola. La trona que sus primos les habían enviado permanecía en la caja, sin desembalar, ocupando el espacio que habían destinado a la biblioteca esquinada, una bañera de bebé de plástico sobresalía de la pared del vestíbulo, apoyada contra el cochecito de la niña, que nunca terminaba de doblarse lo bastante, y pegada a la cama habían colocado la cuna de Ellie, parapetada contra la pared: si Daisy quería ir al lavabo de noche, tenía que saltar sobre Daniel o deslizarse hasta los pies de la cama. Además, invariablemente, el sonido de la cadena despertaba a la niña, y entonces Daniel enterraba la cabeza bajo la almohada y clamaba contra las injusticias de la vida.

No había limpiado la casa desde que él se marchó. Quería hacerlo pero, de algún modo, parecía que los días y las noches se hubieran solapado y, en el intervalo, ella hubiera pasado la mayor parte de ese tiempo clavada en el sofá de lino beige, inmaculado hasta hacía poco, con Ellie alimentándose en sus brazos y Daisy contemplando sin ver la vacua programación diaria de la televisión o llorando ante el retrato de todos ellos, abrazados, que había sobre la chimenea. Poco a poco, sin Daniel en casa para que lavara los platos por la noche o sacara la basura («¿Cómo voy a llevar a cuestas la bolsa de la basura y al bebé por unas escaleras empinadas y teniendo que bajar dos pisos?»), todo se le fue acumulando, y los montones de camisas blancas manchados de caca y los monos sucios habían adoptado un aspecto como para echar a correr, convirtiéndose en algo desmesurado a lo que no podía enfrentarse. La basura, como consecuencia, le había ido ganando terreno, y llegó a formar parte del mobiliario, hasta el punto de que ni siquiera la veía. Enfrentada a este caos, Daisy llevaba los mismos pantalones de chándal y la misma sudadera cada día, porque colgaban de la silla y, por lo tanto, eran visibles, y comía patatas fritas o paquetes de galletas integrales de chocolate de la tienda de comida rápida, porque cocinar implicaba tener que lavar los platos primero.

—Veamos. Ahora sí que empiezo a preocuparme de verdad.

Julia movió la cabeza en señal de incredulidad, y el fresco aroma de su Anaïs-Anaïs casi quedó anulado por el hedor acre y antihigiénico de los pañales usados, algunos de los cuales seguían en el suelo, en el mismo lugar donde los dejaran, con el contenido expuesto al aire.

—Por el amor de Dios, Daisy. ¿Qué has hecho en esta casa? ¿Cómo has podido llegar a este grado de abandono?

Daisy no lo sabía. Notaba como si aquella fuera la casa de otra persona.

—¡Madre mía, madre mía!

Las tres entraron por la puerta principal, Ellie riendo en los brazos de su madre, despejada y mirando alrededor.

—Tendré que telefonear a Don para decirle que me quedo. No puedo dejarte así. —Julia empezó a moverse deprisa por la habitación, recogiendo platos sucios y amontonando la ropita del bebé sobre la mesita de centro—. Le dije que venía a comprar un par de edredones nuevos que hicieran juego para el establo.

—No se lo digas, Ju.

Su hermana se detuvo, y la miró directamente.

—El que Don lo sepa no hará que esto cambie, cariño. Además, me parece que aquí ya hace demasiado tiempo que no se afrontan las cosas.

Al final la había enviado al parque, a pasear a Ellie. En el momento en que le dijo que la tenía pegada a sus faldas, Daisy sabía que no hablaba por hablar. Sin embargo, aquello le proporcionó un breve rato de descanso: era como si por primera vez desde hacía semanas supiera lo que se hacía. Con la salvedad de que aquello tampoco la ayudaba especialmente; al contrario, el dolor le resultaba más agudo. «Por favor, que vuelva a casa», rogaba para sus adentros, murmurando las palabras hasta llamar la atención de los transeúntes, quienes le dedicaban miradas duras en secreto. «Que venga a casa.» Cuando regresó, su hermana había dejado el piso en orden como por arte de magia, e incluso había colocado unas flores frescas en un jarrón sobre la repisa de la chimenea.

—Si efectivamente este hombre recapacita —dijo a modo de explicación—, supongo que querrás darle la impresión de que puedes salir adelante sola. Querrás dar una imagen de mujer centrada. —Julia calló unos instantes—. ¡Será asqueroso el tío este!

«¿Cómo voy a dar esa impresión? La verdad es que no soy una mujer centrada, en absoluto», deseaba gritar Daisy. «No puedo comer, y no puedo dormir. Ni siquiera puedo ver la televisión porque estoy demasiado ocupada mirando por la ventana por si acaso se acerca caminando. Sin él he olvidado quién soy.» Sin embargo, poco había que contarle a Julia Warren sobre lo que representaba recobrar la compostura. Tras la muerte de su primer marido, su hermana observó un período decente de luto, y después se lanzó a seleccionar una serie de clubes de citas (cuya especialidad eran las cenas íntimas) y, tras un par de intentos fallidos, empezó a cultivar la amistad, y luego el amor, de Don Warren, un hombre de negocios de Weybridge con casa propia, un negocio floreciente de etiquetas impresas, un cráneo de espeso cabello oscuro y una cintura esbelta que, al parecer de Julia, lo convertían en un buen partido. («Son todos calvos a esa edad, ¿sabes, querida? O bien les cuelga media tonelada de grasa por encima del cinturón; y yo no podría arreglármelas con un hombre así.») Por otro lado, la Julia Bartlett de entonces también era un buen partido: de posición acomodada y con independencia económica, cuidando eternamente su aspecto (nunca nadie la había visto sin maquillar; incluso casada con sus dos maridos se levantaba veinte minutos antes que ellos para asegurarse de que la vieran perfectamente arreglada). Poseía asimismo un negocio: había habilitado varias habitaciones de alquiler en su establo, que insistía en conservar, a pesar de no necesitar el dinero, «porque una nunca sabe lo que puede llegar a sucederle. Eso nunca se sabe».

Tal y como le había demostrado su hermana.

—He estado revisando tus cuentas bancarias, Daisy, y tendrás que encontrar una solución.

—¿Que has hecho qué? No tenías ningún derecho. Eso es información confidencial.

—Si es confidencial, querida, tendrías que haberlas archivado, y no dejarlas en la mesita de centro al alcance de cualquiera. De todos modos, con tus gastos, creo que te quedan unas tres semanas más antes de empezar a comerte los ahorros. Me he tomado la libertad de abrir un par de cartas, y me temo que tu casero (que me ha parecido un poco avaricioso, francamente) te va a subir el alquiler en mayo. Por lo tanto, tendrás que pensar si puedes permitirte seguir viviendo en este piso. A mí me parece terriblemente caro por lo que es, a decir verdad.

Daisy le tendió la niña a su hermana. La capacidad de lucha la iba abandonando.

—Esto es Primrose Hill.

—Bien, pues tendrás que pensar en ir ahorrando en ropa, o bien en ponerte en contacto con esa organización de Ayuda para la Infancia. La que se dedica a que la gente suelte la pasta.

—No creo que haya que llegar a esos extremos, Ju.

—Bueno, pues entonces dime cómo vas a mantenerte tú sola. Los Wiener están forrados. Supongo que no echaran en falta unas cuantas libras de menos, ¿no? —insinuó Julia, sentándose y sacudiendo unas migas imaginarias del sofá sin dejar de admirar a su sobrina—. Mira, cielo. Se me ha ocurrido algo mientras estabas fuera. Si Daniel no vuelve en el plazo de una semana, deberíamos ir a mi casa. Te cederé el apartamento amueblado del establo y no deberás pagarme nada, solo hasta que te hayas recuperado del todo, y así tendrás tu propia intimidad; pero sabiendo que Don y yo estaremos justo al otro extremo del jardín. Además hay muchísimos decoradores de interiores en Weybridge: estoy segura de que Don podrá preguntar a alguno de sus socios si sabe de alguien que te pueda brindar una oportunidad.

Weybridge. Daisy se imaginó resignada para siempre a colocar guirnaldas en los bastidores de las cortinas y decorar hogares de ejecutivos estilo falso Tudor para humoristas de la LWT que calzaban zapatos de golf.

—Esto no va conmigo, en realidad, Ju. A mí me inspira más lo... digamos lo más urbano.

—Tu inspiración, en este momento, es más propia de los vertederos municipales, Daisy. En fin, la oferta la tienes sobre la mesa. Ahora me voy a coger el tren para regresar a casa, porque esta noche tenemos una cena; pero mañana por la mañana volveré, y me quedaré con la pequeña Ellie durante un par de horas. Hay un hombre muy agradable en la peluquería del otro lado de la calle que te ha dado hora mañana para cortar y marcar. Te vamos a adecentar en un santiamén. —Se volvió hacia Daisy mientras se anudaba la bufanda, dispuesta a marcharse—. Tienes que enfrentarte a la realidad, cariño. Sé que es doloroso, pero ya no se trata de ti.

Una amiga de ella lo describió en una ocasión como despertarse con el cuerpo de tu madre. Contemplando su figura posparto en el espejo de cuerpo entero, Daisy rememoró con añoranza el recuerdo de la figura cuidadosamente estilizada de su madre. «Me estoy desparramando», pensó con tristeza mientras observaba las cartucheras de los muslos y la piel con una renovada textura de crespón que le colgaba del estómago. «Me fui a la cama, y a la mañana siguiente me desperté con el cuerpo de mi abuela.»

Él le había dicho en una ocasión que desde el momento en que la vio supo que no podría volver a ser capaz de tranquilizarse de nuevo hasta tenerla. Le había gustado ese «tenerla», por lo que implicaba de sexo y posesión. Sin embargo, eso fue cuando ella usaba una talla treinta y seis y vestía con cuero ajustado y jerséis a medida que le marcaban la esculpida cintura y el pecho alto. Fue la época en que ella era rubia, áurea y desenvuelta, cuando despreciaba a cualquiera que necesitara una talla superior a la cuarenta por su falta de autocontrol. Ahora esos pechos vivarachos aparecían hinchados y caídos, estaban salpicados de venas azules, semejaban unos hocicos de los Womble color carne pidiendo disculpas y de vez en cuando, cuando menos se esperaba, derramaban leche. Los ojos eran unos diminutos signos de puntuación rosas sobre unas sombras de azul difuminado. No podía dormir; no había dormido más de dos horas seguidas desde el nacimiento de Ellie, y ahora se acostaba y permanecía despierta presa de la inquietud incluso cuando su hija dormía. Llevaba el pelo grasiento, peinado hacia atrás y sujeto con una cinta vieja de algodón rizado, de tal modo que se veían a la perfección cinco centímetros de raíz negra. Tenía unos poros tan abiertos que le sorprendía no oír el viento soplar a través de ellos.

Se contempló a sí misma con frialdad, con la mirada inquisitiva de su hermana. No era difícil adivinar por qué Daniel ya no la deseaba. Daisy dejó escapar un cálido lagrimón, que fue surcando su mejilla con un reguero salobre. «Se supone que debías recuperar tus antiguas formas rápidamente después de haber tenido el bebé. Trabajar el suelo pélvico en los semáforos; subir y bajar corriendo las escaleras para tonificar los muslos. Es lo que pautan las normas.» Daisy recordó, como había hecho en un millar de ocasiones, las pocas veces en que él se le había acercado desde el nacimiento de Ellie, y sus propias negativas, exhaustas y lagrimeantes. «Me haces sentir como un trozo de carne», le había dicho enojada un día. Ellie se pasaba el día sobándola, y ahora él deseaba hacer lo mismo.

Recordó la sorpresa y el dolor de su rostro, y anheló poder volver atrás el reloj. «Yo solo quería recuperar a mi Daisy», le había dicho Daniel con tristeza. Ella también. Todavía lo deseaba, escindida entre el amor fiero y desorbitado que sentía por su hija y el ansia de convertirse en la chica que solía ser, de recuperar su vida anterior.

También por Daniel.

Daisy se sobresaltó al oír el timbre del teléfono en la sala de estar, haciéndose eco del estado de tensión de su propio cuerpo ante cualquier cosa que pudiera despertar al bebé. Agarró una chaqueta de punto y se la echó por encima, con el tiempo justo para contestar a la llamada antes de que se cortara.

—¿El señor Wiener?

No era él. Daisy dejó escapar un ligero suspiro de decepción, y se preparó para mantener otra clase de conversación.

—No. No está en casa.

—¿Hablo con Daisy Parsons, quizá? Soy Jones, del Red Rooms. Creo que nos conocimos hace unas semanas en mi hotel. Bueno, en cualquier caso conocí a su socio.

—¡Ah, sí!

—Les llamo porque me dijeron que me pasarían por escrito la fecha de inicio, y por lo que veo, no me ha llegado nada.

—¡Oh!

Hubo una breve pausa.

—¿He llamado en mal momento? —Su voz era ronca, cazallosa por la acción del alcohol o el tabaco.

—No. Lo siento... —respondió Daisy respirando hondo—. Yo... He tenido un día muy complicado.

—Sí, entiendo. ¿Puede pasarme una fecha por escrito?

—¿Para comenzar en el hotel?

—¡Pues sí! —la increpó él con una cierta impaciencia—. El que ustedes presupuestaron.

—Es que... Verá... Las cosas han cambiado un poco desde la última vez que hablamos.

—Ya les dije que el precio acordado era la cifra que considero límite.

—No, no. No me refiero a los costes. Hummm... —Daisy ignoraba si lograría decirlo sin llorar. Respiró hondo, pausadamente—. Es que mi socio... En fin, él... Se ha marchado.

Solo se oía el silencio.

—Comprendo. Ya; pero eso, ¿qué significa? ¿Sigue trabajando usted en la empresa? ¿Cumplirá con los contratos?

—Sí —respondió ella con el piloto automático. Él desconocía que era el único contrato de que disponían.

Jones reflexionó durante unos instantes.

—Bien, si puede garantizarme que me ofrecerá el mismo trabajo, no veo ningún problema. Han despachado sus planes con gran exhaustividad... —Jones hizo una pausa—. Tuve un socio que me abandonó en una ocasión, cuando yo empezaba. Nunca me di cuenta hasta que se marchó, pero eso marcó el comienzo de mi carrera —Volvió a guardar silencio, como sintiéndose incómodo ante la confesión—. En fin, sigo ofreciéndole el trabajo si todavía lo quiere. Me gusta lo que han proyectado.

Daisy iba a interrumpirlo, pero se detuvo a tiempo. Miró a su alrededor, al piso que ya no sentía como un hogar propio; a la casa que dejaría de pertenecerle dentro de poco.

—¿Señorita Parsons?

—Sí —contestó ella lentamente—. Sí, le escucho.

—Bien.

—Hay una cosa que querría decirle.

—¿Dígame?

—A nosotros... Quiero decir, me gustaría poder vivir en el mismo lugar donde trabajo. ¿Sería un problema?

—Me parece lógico... No, supongo que no. Acaba de tener un bebé, ¿verdad?

—Sí.

—Seguramente querrá asegurarse primero de que la calefacción funcione. Es posible que las condiciones todavía sean un poco precarias ahí arriba. Puede que la cosa dure un mes, más o menos.

—Necesitaré también una paga y señal. ¿Le parecería aceptable un cinco por ciento?

—No me moriré por eso.

—Señor Jones, esta noche le mandaré la carta por correo.

—Jones. Llámeme Jones. La veré allí.

Daisy se maravilló de la locura que acababa de hacer. Pensó en el puente de Hammersmith, en Weybridge, y en los amigos de Don, ofreciéndole miradas alegres con ojos de conmiseración. Pobrecita Daisy. Claro, qué podía esperar. No era nada sorprendente, cuando una se abandona hasta tal punto... Pensó en su hermana, dejándose caer por el establo para asegurarse de que no estuviera consolándose con otro paquete entero de galletas integrales. Pensó en aquel pueblo costero sin nombre, en el aire salobre y el cielo despejado, y en no tener que levantarse por las mañanas de esa cama que había sido el lecho compartido por ambos. Una oportunidad para respirar, lejos del caos y de la historia. No sabía cómo se las arreglaría para cumplir con su empleo sin ninguna clase de ayuda, pero ese problema era insignificante comparado con los que ya tenía.

En la habitación contigua Ellie empezó a llorar de nuevo, y su quejido fino rápidamente se fue haciendo estentóreo en un crescendo. Sin embargo, en lo que le atañía a ella, no se sobresaltó. Por primera vez desde hacía semanas, sintió algo parecido al alivio.

10

—¡Jamás he visto ropa interior como esa en toda mi vida! No era nada, apenas un ápice de blonda. En fin, si me pongo eso, pensé, no seré un lobo con piel de cordero, seré un lobo atado a una bolsa de malla. —Evie Newcomb rió, y Camille se detuvo, porque no quería que le entrara crema en los ojos—. Deberías ver algunos de los artículos que tienen en esos catálogos. Solo te diré, Camille, que lo último que desearías sería ponértelos un día de frío; y no lo digo por el tejido (aunque ya sabes que yo solía trabajar en el ramo de los trapitos y, con toda franqueza, la calidad deja mucho que desear), sino por los malditos agujeros que había por todas partes. Agujeros en lugares increíbles. Miré en un par de cajones, y no sabría decirte cuáles iban destinados a las piernas, eso te lo aseguro.

Camille echó hacia atrás el pelo de Evie, sujeto con una cinta de algodón blanco, y empezó a pasarle las manos con suavidad por la frente.

—En cuanto a los accesorios, o como sea que los llamen, bueno... Por mucho que los mirara, no lograba adivinar para qué servían ni la mitad de ellos; y la verdad, no te vas a poner a usarlos sin saber cómo funcionan, ¿no? Quiero decir que maldita la gracia si tienes que acabar acudiendo al hospital y explicándole al médico lo que te traías entre manos. No, no quise saber nada de todo eso.

—Deduzco que no fue un éxito, entonces —dijo Camille cuando ya le había aplicado la mascarilla por completo.

—Ah, no. Seguí tu consejo, querida, y al final me compré dos conjuntos. —Evie Newcomb bajó la voz—. En treinta y dos años de matrimonio nunca le había visto esa cara a Leonard. Creyó que le había tocado la lotería —dijo con una risita—. Me entraron ganas de matarlo, después. Claro que ahora ya no habla de comprar esa historia de la televisión por cable. La que permite sintonizar los canales holandeses. No, señora; ni de ir a la bolera. Por lo tanto, me has hecho un favor inmenso, Camille. Un gran favor. ¿Puedo ponerme otros apósitos en los ojos? Me funcionaron de maravilla la última vez.

Camille Hatton se dirigió al armario y alcanzó la cuarta estantería, donde guardaba los apósitos refrescantes para los ojos. Esa mañana había estado muy atareada; en general no daba muchas horas, a menos que hubiera una boda o un baile en el hotel Riviera. No obstante, la temporada estival se acercaba, y las mujeres que habitaban el pueblo se concedían algún capricho que otro, preparándose para recibir el flujo anual de huéspedes.

—¿Prefieres las de té o las de pepino? —preguntó Camille, tocando las cajas.

—Oh, las de té, por favor. Por cierto, supongo que a Tess no le importaría prepararme una taza, ¿verdad? Tengo la boca seca.

—Por supuesto —contestó Camille, y llamó a su joven colaboradora.

—De todos modos, hubo algo que me hizo reír. Que quede entre las dos. Ven, acércate. No quiero gritar para que se entere todo el salón. ¿Te he contado lo de las plumas?

El inicio de los meses primaverales siempre provocaba en la gente el curioso efecto de hablar más de lo acostumbrado. Era como si los vientos de marzo que se levantaban y soplaban desde el mar en dirección a la costa, desplazaran calladamente la inmovilidad del invierno, recordando a los demás que se les brindaba la oportunidad de apreciar el cambio. En parte era debido a eso, y en parte también, y en el caso de las señoras, a la renovada influencia de las revistas femeninas.

Cuando su jefa, Kay, había abierto el salón hacía casi nueve años, las mujeres se mostraron muy tímidas. Aceptaban con reticencia probar los tratamientos, temerosas de que pareciera que se consentían demasiado. Se sentaban rígidas y en silencio mientras ella masajeaba y aplicaba ungüentos, como si esperaran verse en ridículo o que ella cometiera algún error imperdonable. Después, gradualmente, acudieron con regularidad; y en la época en que los adventistas del Séptimo Día se hicieron con la vieja iglesia metodista, empezaron a hablar.

Ahora se lo contaban todo a Camille: historias de maridos infieles, y de hijos tercos; de corazones rotos por haber perdido un bebé y felicidad ante la llegada de un recién nacido. Le contaban cosas que no le contarían a un vicario, solían decirle bromeando: sobre cómo recuperar la libido, la lujuria y el amor perdidos, como en el caso de Leonard. Ella jamás hablaba, por lo demás. Nunca juzgaba, ni se reía, y tampoco condenaba. Se limitaba a escuchar mientras trabajaba y a veces, de vez en cuando, intentaba darles algún consejo que les hiciera sentirse mejor consigo mismas. «Tu congregación», solía bromear Hal, aunque eso era en el pasado, cuando Hal todavía bromeaba.

Se inclinó sobre el rostro de Evie, notando cómo se endurecía la mascarilla hidratante bajo las yemas de sus dedos. Las condiciones para conservar una buena piel eran muy adversas en un pueblo costero. La sal y el viento imprimían prematuramente diminutas arrugas en el rostro de la mujer, lo envejecían y lo volvían reactivo, anulando sin remordimientos los efectos de cualquier hidratante que se hubiera aplicado. Camille llevaba la suya en el bolso, y se la ponía varias veces al día. Le daba muchísimo reparo la piel seca: la hacía temblar con solo pensarlo.

—Te la quitaré en un minuto —le dijo, dando unos golpecitos a la mejilla de Evie—. Ahora bien, primero dejaré que te tomes el té. Tess viene enseguida.

—Oh, no te preocupes. Me siento muchísimo mejor ahora —recalcó Evie, reclinándose en su butaca y haciendo crujir el cuero bajo su considerable volumen—. Siempre salgo de este lugar como nueva.

—Al menos eso parece pensar tu Leonard.

—Aquí está el té. No lo toma con azúcar, ¿verdad, señora Newcomb? —Tess tenía memoria fotográfica para recordar los detalles pertinentes al té y al café. Algo valioso en un salón de belleza.

—Oh, no, no. Así es perfecto.

—El teléfono, Camille. Creo que es de la escuela de tu hija.

Era la secretaria de la escuela. Hablaba en el tono firme aunque oleaginoso de las personas acostumbradas, por medio de su férreo encanto, a salirse con la suya.

—¿Hablo con la señora Hatton? Ah, buenos días. Soy Margaret Way. Hemos tenido un pequeño problema con Katie y nos preguntábamos si le sería posible venir a buscarla.

—¿Está herida?

—No, herida no. Es que no se encuentra muy bien.

«No hay nada que te deje más helada que una llamada urgente de la escuela», pensó Camille. Para las madres trabajadoras, además, cuando resultaba que el niño o la niña no se habían hecho daño, implicaba un grandísimo alivio, junto con una fuerte dosis de mal humor al pensar que iban a echar a perder la jornada entera.

—Dice que hace días que no se encuentra muy bien. —El brusco comentario sugería una leve recriminación: No hay que mandar a los niños a la escuela si están enfermos.

Camille pensó en su agenda.

—Supongo que no han llamado a su padre, ¿verdad?

—No, nos gusta llamar a la madre primero. La niña siempre suele pedir primero por ella.

«Ahora lo entiendo», se dijo.

—Muy bien. Vendré lo antes posible. Tess —dijo, colgando el auricular en el receptor de la pared—. Tengo que marcharme a recoger a Katie. Parece ser que no se encuentra bien. Intentaré arreglarlo de algún modo, pero ya puedes ir cancelando las citas de la tarde. Lo siento muchísimo.

Eran pocas las señoras que se alegraban de contar con los cuidados de Tess en lugar de los suyos propios. «Es como si no le pudiéramos contar según qué cosas», solían comentarle. «Es demasiado joven, en cierto modo. Demasiado...» Camille, sin embargo, sabía a qué se referían.

—Hay muchísimos casos —dijo Evie bajo la mascarilla—. Sheila, de la cafetería, está en tratamiento médico desde hace diez días. El invierno ha sido demasiado cálido, supongo. Buen campo de cultivo para los virus.

—Ya casi has terminado, Evie. ¿Te importa si me marcho? Tess te aplicará la hidratante de efecto tensor.

—Vete, vete, no sufras. No tardaré en marcharme, de todos modos. Le prometí a Leonard que le prepararía pescado para cenar y me he quedado sin patatas para el horno.

Katie se había quedado dormida bajo la manta de viaje. Se había disculpado, con esa mezcla peculiar de madurez que se tiene a los ocho años y que parece de veintiocho, por haber interrumpido la jornada laboral de su madre, y luego le había dicho que tenía ganas de dormir. Camille, por consiguiente, se había quedado sentada junto a ella durante un rato, con la mano apoyada sobre los miembros tapados de su hija, sintiéndose impotente, angustiada y vagamente irritada a la vez. La enfermera de la escuela le había dicho que se la veía muy pálida, y le preguntó si esas oscuras sombras bajo los ojos se debían a que se acostaba demasiado tarde. Camille se sintió ofendida por su tono de voz, y por la callada indirecta que significaba que dada la «situación» de Camille, como decían con gran educación, quizá no siempre podía ser lo bastante consciente del momento en que se dormía su hija.

—No tiene televisión en su dormitorio, si es a eso a lo que se refiere —dijo con brusquedad—. Se va a la cama a las ocho y media, y yo le leo un cuento.

Sin embargo, la enfermera le había dicho que esa semana Katie se había dormido dos veces durante las clases y que parecía letárgica, apagada. Le recordó asimismo que había estado enferma no hacía ni dos semanas.

—Quizá está un poco anémica —aventuró, aunque de algún modo su amabilidad le crispó todavía más los nervios.

Durante el lento paseo hasta casa Camille le preguntó si lo que le sucedía tenía algo que ver con ella y su padre, pero Katie le respondió enfadada que solo estaba enferma, con un tono de voz que implicaba que daba por concluida la conversación. Camille no insistió. Lo había sobrellevado bien, a decir de todos. Posiblemente demasiado bien.

Se inclinó y besó la figura adormecida de su hija, luego acarició el hocico sedoso de Rollo, su labrador, el cual se había instalado con un suspiro a sus pies. Con su húmedo hocico le rozaba la pierna desnuda. Camille permaneció sentada durante unos instantes, escuchando el tictac regular del reloj de la chimenea y el ronroneo distante del tráfico exterior. Tendría que llamar. Respiró profundamente.

—¿Hal?

—¿Camille?

Ahora ya nunca lo llamaba al trabajo.

—Siento molestarte, pero es que necesito hablar contigo esta noche. Me preguntaba si no te importaría venir un poco antes.

—¿Por qué?

—Me han llamado de la escuela y tengo a Katie en casa, pero necesito salir a hacer un par de visitas que he tenido que cancelar esta tarde. Ya veré si me lo puedo combinar.

—¿Qué le pasa?

No se oía nada al fondo, salvo el sonido de una radio lejana, ni el martilleo, ni el chasquido de las abrazaderas o las voces que en el pasado indicaran que aquello era un taller floreciente.

—Ha cogido alguna especie de virus. Está un poco alicaída, pero no creo que se trate de nada serio.

—Ah. Bueno.

—La enfermera de la escuela cree que igual está un poco anémica. De todos modos, tengo cápsulas de hierro.

—Perfecto. Sí, lo cierto es que se la veía bastante pálida últimamente —dijo en tono desenfadado—. ¿A quién dices que tienes que ir a ver?

Camille sabía que eso iba a salir de un momento a otro.

—Todavía no he organizado nada. Solo quería saber si sería posible. —Le oyó luchar consigo mismo.

—Bien, supongo que no hay nada que me impida ir a casa.

—¿Estás ocupado?

—No. De hecho esto ha estado muy muerto durante toda la semana. He estado intentando ahorrar recortando gastos como el del papel higiénico y las bombillas.

—En fin, ya te he dicho que no tengo nada apalabrado. Si a las clientas no les va bien, no será necesario que vengas más temprano.

Eran tan educados, tan solícitos...

—No hay problema. No es bueno decepcionar a los clientes. Por otro lado, no tiene ningún sentido poner en peligro el único negocio que nos funciona bien. Telefonéame... Bueno, telefonéame si necesitas que te recoja en algún sitio. Siempre puedo pedirle a tu madre que se quede con Katie cinco minutos.

—Gracias, cariño. Es muy amable por tu parte.

—De nada. Será mejor que te vayas.

Camille y Hal Hatton estuvieron casados durante exactamente once años y un día, hasta que ella le confesó que sus sospechas sobre Michael, el agente inmobiliario de Londres, eran ciertas. La elección del momento, a decir verdad, fue pésima. Acababan de despertarse después de la celebración de su aniversario de boda. En su favor, cabía decir que Camille era una persona bastante directa (o, al menos, eso creía ella hasta el episodio con Michael), y el don de guardar los secretos de los demás sin que ello le causara conflicto alguno no sabía aplicarlo a sus propios asuntos.

Habían estado felizmente casados: eso era lo que decían los demás. Ella también, en las raras ocasiones en que se pronunciaba. No era manifiestamente romántica, pero había amado a Hal con una pasión encendida que, a diferencia de lo que les había pasado a los matrimonios de sus amigas, no se había ido disipando hasta convertirse en algo más relajado (un eufemismo como otro cualquiera, en palabras de su madre, para indicar que ya no practicaban el sexo). Hacían muy buena pareja. Hal, según la opinión general, se encontraba «en forma», y ella era alta y fuerte, con el pelo espeso y rubio y un pecho como el de una camarera de dibujos animados. Él, por otro lado, con su formación universitaria, su preparación y sus proyectos de restauración de muebles antiguos, era la persona idónea para hacerse cargo de ella; porque no todo el mundo se habría mostrado dispuesto, a pesar de sus encantos evidentes. Quizá también porque a pesar de todo, la manifiesta pasión que sentían el uno por el otro era tan enardecida y duradera que había pasado a convertirse en una broma recurrente entre sus amistades. (Ahora bien, entre tanta chanza Camille no dejaba de advertir un matiz peculiar en sus voces: el de la envidia.) Era el modo más eficaz que tenían de comunicarse. Cuando él se quedaba en silencio y se distanciaba de todo, y ella se sentía incapaz de salvar el abismo que se abría entre los dos, cuando se peleaban y ella no sabía cómo desandar el camino, siempre habían podido recurrir al sexo. Profundo, alegre, restaurador. Inquebrantable ante la llegada de Katie. Al contrario, quizá ella lo deseaba más conforme iban pasando los años.

Eso precisamente había sido lo que agravó las cosas. Cuando Hal empezó su negocio y se trasladó a un nuevo local en Harwich, la empresa empezó a absorber gran parte de su tiempo. Tenía que quedarse hasta tarde, solía decirle por teléfono cuando la llamaba a altas horas de la noche. El primer año de cualquier negocio es crucial. Ella había intentado comprenderlo, pero el deseo físico que sentía por él, así como los problemas prácticos de no tenerle en casa, aumentaron.

Luego lo sorprendió la recesión, y la restauración de muebles de algún modo fue desbancada de la lista de prioridades inmediatas de la gente. Hal se fue volviendo más distante y nervioso, y algunas noches incluso no regresaba a casa. El olorcillo a sudor de su ropa y la barba de dos días que lucía en el mentón indicaban que había pasado otra noche en el sofá del despacho, con el porte triste por haber tenido que despedir al personal, y un montón de facturas impagadas. Además, no quería acostarse con ella. Estaba demasiado cansado. Demasiado apaleado por todo aquello. Nada acostumbrado al fracaso; y Camille, que nunca había conocido el rechazo en sus treinta y cinco años de vida, sintió pánico.

En ese momento apareció Michael. Michael Bryant, recién llegado al pueblo procedente de Londres para capitalizar la creciente demanda de cabañas de la playa y bungalows junto al mar, la había deseado desde el primer momento, y le faltó tiempo para proponérselo. Al final, enloquecida de tristeza ante la pérdida ostensible de su marido, desprovista del amor físico que la nutría, Camille sucumbió. Cosa que lamentó inmediatamente después; y además cometió la equivocación de contárselo.

Hal se enfureció al principio, pero luego lloró. Ella creyó, esperanzada, que expulsar esa clase de pasión podía ser una buena señal porque demostraba que todavía le importaba. Sin embargo, con el tiempo, Hal se fue mostrando frío y reservado con ella, se mudó al dormitorio de invitados y posteriormente, carretera arriba, a Kirby-le-Soken.

Tres meses después regresó. Todavía la amaba, le confesó, farfullando con rabia y entre dientes. Jamás dejaría de quererla; pero le llevaría un cierto tiempo poder volver a confiar en ella.

Ella asintió, en silencio, agradecida por que le ofreciera una segunda oportunidad. Agradecida por el hecho de que Katie no pasara a engrosar la larga lista estadística de los depresivos. Con la esperanza de poder recuperar el amor que antes se profesaron.

Había transcurrido un año y, sin embargo, todavía seguían caminando de puntillas por un campo de minas.

—¿Se encuentra mejor?

En la habitación delantera, y lejos del alcance del oído, estaba Katie, con los ojos absortos ante una sucesión vertiginosa de explosiones animadas.

—Eso dice. Le hemos dado hierro por un tubo. Cuando pienso en lo que pueda ocurrirle a su aparato digestivo, tiemblo.

La madre de Camille rió con socarronería, y colocó otro montón de platos en el armario de la cocina.

—Bueno, parece que ya le asoma el color al rostro. Ya decía yo que estaba un tanto pálida.

—¡Tú también! ¿Por qué no me dijiste nada, a mí?

—Ya sabes que no me gusta meterme donde no me llaman.

Camille sonrió con ironía.

—Dime, ¿qué vas a hacer respecto a lo de mañana? Yo creía que Hal tenía que pasar el fin de semana en Derby.

—Es una feria de antigüedades, y quiere ir a pasar el día. Regresará en el último tren. Aunque sí, la verdad es que a menos que la niña no vaya a la escuela, tendré que volver a cancelar mis citas. ¿Puedes comprobar si se ha hecho el huevo de Katie, mamá? Tengo las manos mojadas.

—Falta un minuto, más o menos... Está muy lejos para ir y volver en un mismo día.

—Ya lo sé.

Se hizo un breve silencio. Camille sabía que su madre era muy consciente del motivo por el cual Hal no quería pasar la noche fuera. Hundió las manos en el agua de lavar los platos, en busca de algún cubierto suelto.

—No deberías mandarla a la escuela por un solo día. Es mejor que le des todo el fin de semana para que pueda recuperarse. Si quieres que me quede con ella, estoy libre a partir de media mañana; y mantengo lo de venir el sábado por la noche, si queréis salir.

Camille terminó de lavar y colocó el último plato con cuidado en el escurridor. Frunció el ceño y se volvió un poco.

—¿No ibas a casa de Doreen?

—No. He de ir a conocer a esa diseñadora para entregarle las llaves, y llevarme las cosas que todavía quedan.

Camille se detuvo durante unos instantes.

—¿De verdad la has vendido?

—Claro que la he vendido —respondió su madre con un tono de voz displicente—. Hace siglos que la vendí.

—Es que... Me parece tan repentino...

—De repentino, nada. Ya te dije que pensaba hacerlo, y ese hombre no necesitaba contratar una hipoteca ni pedir préstamos. Por lo tanto, ¿qué sentido tenía alargar el tema?

—Pero era tu casa.

—Y ahora es la de él. ¿Tomará ketchup?

Camille sabía de sobra que era mejor no discutir cuando su madre empleaba ese tono de voz. Se sacó los guantes de goma y empezó a ponerse hidratante en las manos, pensando en la casa que, en cierto modo, había dominado su infancia.

—¿Te ha dicho qué hará con ella?

—Creo que abrirá un hotel de lujo. Una especie de rincón selecto para gente creativa. Posee un club en Londres, donde van toda clase de escritores, artistas y animadores, y quería algo parecido junto al mar. Un lugar adonde sus acólitos pudieran huir. Dice que será muy moderno. Todo un desafío.

—Al pueblo le encantará.

—¡A la porra el pueblo! Él no va a cambiar el aspecto exterior de la casa; por lo tanto, no es asunto de ellos.

—¿Desde cuándo algo que no es asunto de ellos les ha impedido meterse donde no les llaman? Habrá una conmoción en el Riviera. Les ha salido competencia.

La señora Bernard puso la hervidora al fuego.

—El Riviera apenas puede reunir los clientes suficientes para seguir conservando sus tapetitos. No veo en qué les va afectar la presencia de un hotel destinado a la plana mayor de Londres. No, le hará bien al pueblo. Este lugar se está muriendo, y eso podría contribuir a insuflarle algo de vida.

—Katie la echará de menos.

—Katie siempre será bienvenida en esa casa. De hecho, su propietario me dijo que deseaba conservar intactos los vínculos de la casa con el pasado. Es lo que le cautivó desde el principio... Toda la historia —añadió con un amago de satisfacción en la voz—. Me ha pedido consejo antes de realizar la restauración.

—¿Qué?

—Porque yo sé el aspecto que tenía la casa. Todavía conservo fotos, cartas y diversos objetos. No es idiota, ese constructor. Dice que quiere preservar la personalidad del lugar.

—Parece que te cae bien.

—Es cierto que me cae bien. Es de los que llaman al pan, pan y al vino, vino; pero siente curiosidad. No hay muchos hombres de esa clase que sientan curiosidad.

—Como papá —intervino Camille sin poder contenerse.

—Es más joven que tu padre, pero yo diría que no. Sabes que a tu padre jamás le ha interesado esa casa.

Camille sacudió la cabeza.

—De verdad que no lo entiendo, mamá. No comprendo la razón, después de todos estos años. Quiero decir, que era lo único en lo que te mostrabas inflexible... incluso cuando papá se hartó...

Su madre la interrumpió.

—¡Oh, sois increíbles los hijos! Créeis que el mundo os debe una explicación. Es asunto mío. Es mi casa, y es asunto mío. No os afectará a ninguno de vosotros, así que no insistamos más en la cuestión.

Camille sorbía su té, pensativa.

—¿Qué vas a hacer con el dinero? Te deben de haber dado un buen pellizco.

—No es asunto tuyo.

—¿Se lo has dicho a papá?

—Sí, y entonó la misma cantinela que tú.

—Y te dijo que se le había ocurrido una idea fabulosa en la cual emplear el dinero.

A su madre se le escapó un bufido.

—Veo que sigues sin que se te escape ni una, ¿eh?

Camille bajó la cabeza, y la ladeó con aire pretendidamente inocente.

—Podrías llevarte a papá a un crucero. Los dos solos.

—Y también podría donarlo todo a la NASA para ver si existen hombrecillos verdes en Marte. Veamos, voy a tomarme el té, y luego iré a hacer algunas compras. ¿Necesitas algo? Me llevaré de paseo a ese perro sentimentaloide que tienes. Parece que está engordando.

—Estás preciosa. Me encanta este peinado.

—Gracias.

—Es como solías ir cuando trabajabas en el banco.

Camille se llevó la mano al pelo, y reconoció el estilizado moño con que Tess la había peinado antes de marcharse. Tenía un don para el pelo, Tess. Sospechaba que no tardaría más de un año en abandonarlas: demasiado talento en sus manos para malgastarlo en un salón de belleza de un adormecido pueblo costero.

—Sí, tienes razón. Lo llevaba así.

Era algo que ponían en práctica desde hacía un tiempo, la idea de salir juntos el sábado por la noche, sin tener en cuenta si disponían o no del dinero, o bien estaban demasiado cansados para que les apeteciera el plan. La madre de Camille solía quedarse con Katie (cosa que le encantaba), y ambos se esforzaban por complacer al otro. Se vestían para la ocasión, como si todavía fueran novios, tal y como les había sugerido el consejero; y entonces entablaban una conversación, apartados del entorno sedativo de la televisión y las distracciones de la vida doméstica. A veces Camille sospechaba que ninguno de los dos podía enfrentarse a esa pantomima, que Hal se devanaba los sesos para encontrar el cumplido obligado que demostrara que se había percatado de su aspecto. Costaba encontrar un tema de conversación que valiera la pena durante dos horas con alguien con quien te pasabas toda la semana hablando. Sobre todo cuando no estaba permitido tocar temas como el de la hija o el perro. A veces, sin embargo, como esa noche en concreto, Camille captaba la sinceridad de sus comentarios, y la reconfortaba la rutina del montaje, desde el largo baño hasta el modo en que Hal seguía retirándole la silla antes de sentarse; sin olvidar la manera como hacían el amor alguna vez al terminar la noche. Tenéis que buscar tiempo para pasarlo juntos, les había dicho el consejero. Tenéis que crearos una rutina; y les quedaban todavía muchas cosas más por crear.

Hal pidió el vino. Camille sabía cuál habría elegido antes de que él hablara siquiera: un shiraz. Probablemente australiano. Camille apoyó la pierna con suavidad en la de él por debajo de la mesa, y notó una presión a modo de respuesta.

—Parece que ya se ha resuelto la venta de la casa de mi madre.

—¿La casa blanca?

—Sí, que no la de papá.

—Vaya, así que siguió adelante con el tema. Me preguntó por qué.

—No lo sé. Tampoco me lo dirá, por otro lado.

—No es que me sorprenda demasiado, la verdad.

Camille tenía las antenas bien puestas a la hora de detectar comentarios desdeñosos, pero tan solo reconoció en sus palabras una constatación más de la naturaleza secreta de su madre.

—¿A quién se la ha vendido?

—A un hotelero que quiere convertirla en un enclave de lujo.

Hal silbó entre dientes.

—Pues me temo que tendrá que parar las obras. Tu madre lleva años sin haber hecho la más mínima reparación.

—No es cierto. Hace años arregló parte del tejado, pero no creo que el dinero sea un factor relevante.

—¿Ah, no? ¿Está forrado?

—Me da la impresión de que sí.

—Me pregunto qué debió de sacar por la venta. Es un lugar magnífico. Con una vista espectacular.

—Creo que el hecho de que estuviera intacta obró a su favor. Ahora siempre anuncian lo de «estructura original», ¿no? Creo, además, que también ha vendido algunos muebles.

Hal asintió en una especie de murmullo.

—Me habría gustado vivir en esa casa.

—A mí no. Demasiado cerca del borde del acantilado.

—Sí. Sí, claro. Supongo que sí.

En ocasiones lograban mantener retazos de conversación sin que ninguno de los dos hiciera referencia o pensara secretamente en ello. Camille reprimió el impulso de decir algo más sobre la casa, solo para prolongar la situación. Eso es lo que nunca te cuentan sobre las rupturas: pierdes a la persona en quien solías descargar todas aquellas observaciones no especialmente interesantes que ibas recogiendo a lo largo del día. Cosas que carecían del interés suficiente para llamar a una amiga de conveniencia o a una conocida, comentarios que te apetecía destacar. Hal siempre había sido muy bueno en eso. Nunca les faltaron cosas de qué hablar; y ella se sentía agradecida.

Olió el pato antes de que se lo colocaran delante: caliente, grasiento, suculento, con la acidez de algún elemento cítrico incorporado en la salsa. No había comido nada desde el desayuno (a menudo los sábados solía ocurrirle eso).

—¿Vas a casa de tu madre mañana?

—No.

—¿Dónde irás? —Tan pronto como le hubieron salido las palabras de los labios, Camille se dio cuenta de que había cometido un error. Una ligera inflexión en ellas les había dado un cariz del cual en modo alguno quería responsabilizarse, y, por lo tanto, se retractó—. Lo digo porque me preguntaba si tenías algún plan especial.

Hal suspiró, sopesando la manera en que debía responderle.

—Bueno, no sé si esto podría considerarse «especial», pero uno de mis vecinos de Kirby celebra una fiesta y nos ha invitado a comer el domingo a Katie y a mí. Tiene una niña pequeña, de un año menos que la nuestra. Si a ti te parece bien, había pensado que podríamos ir. Ella y Katie se llevan muy bien.

Camille sonrió, intentando ocultar la inquietud súbita que se había apoderado de ella. El pensamiento de que invitaran a los dos sin ella era doloroso; la idea de que Katie hubiera estado haciendo amigos y echando raíces en ese lugar donde él había vivido...

—¿Te parece bien?

—Claro que sí. Solo me picaba la curiosidad.

—Puedes venir, si quieres. Estoy seguro de que te gustarán. Te lo habría pedido de todos modos, pero como, por lo general, te apetece disponer de algo de tiempo para ti los domingos...

—No, no... Deberíais ir. Es solo que... Sé muy poco de tu vida en ese lugar, y a mí... Me cuesta imaginarte... imaginarla a ella...

Hal dejó el tenedor y el cuchillo encima de la mesa, como si estuviera considerando su frase.

—Sí —le dijo finalmente—. ¿Quieres que te lleve un día en coche? Te podrás hacer una idea del aspecto que tiene.

Camille no tenía ningunas ganas.

—No, no. No estoy segura de que deba...

—Mira. No iremos. Te sientes incómoda, y no quiero que te inquietes por nada.

—No me pasa nada. De verdad. Id. Es algo que sucedió en nuestro pasado en común, y es bueno que salga algo positivo de todo eso. Id los dos.

Tenían que mostrarse abiertos ante lo que había sucedido en la relación y enfrentarse al pasado para seguir adelante. Eso es lo que les había dicho el consejero.

Se quedaron en silencio durante unos momentos. A su derecha una pareja había empezado a discutir, con apremio y susurrando. Camille seguía con el rostro al frente, escuchando la cadencia de la voz de la mujer. El camarero vino y le volvió a llenar la copa.

—El pato tiene buen aspecto —le dijo Hal, moviéndose un poco para incrementar la presión en la pierna de ella. Una presión delicada, sin embargo, pero presente de todos modos.

—Sí. Es cierto.

Katie estaba despierta cuando su padre entró para comprobar si se encontraba bien. La niña estaba leyendo un libro de bolsillo muy manido que ya sabía que había leído un par de veces. Se negaba a leer nada nuevo por el momento, y prefería releer cuatro o cinco veces sus libros favoritos de corrido, a pesar de conocer el final y saberse incluso algunos pasajes de memoria.

—Hola, ratoncito —le dijo en voz baja.

La niña levantó los ojos, y su rostro iluminado a medias era límpido, cándido. Esa belleza de ocho años le sobrecogió el alma, anticipándole heridas y desengaños futuros.

—Deberías estar durmiendo.

—¿Os lo habéis pasado bien?

—Nos lo hemos pasado estupendamente.

Parecía aliviada. Cerró el libro y dejó que su padre la arropara.

—¿Vamos a Kirby mañana?

—Sí, si todavía quieres ir.

—¿Vendrá mamá?

—No. Mamá quiere que nos lo pasemos bien los dos.

—Y a ella, ¿no le importa?

—Claro que no le importa. Le gusta que tengas nuevas amistades.

Katie yacía en silencio mientras su padre le acariciaba el pelo. Solía hacerlo a menudo esos días, agradecido de poder repetir el gesto todas las noches que quisiera.

La niña se movió y se volvió hacia su padre, con el ceño fruncido.

—Papá...

—Dime.

—Oye, cuando te fuiste...

Hal sintió una opresión en el pecho.

—Sí, dime.

—¿Te cansaste de mamá porque no puede ver?

Hal se quedó mirando la colcha fijamente, el estampado rosa de dibujos animados que representaba unos gatos y unas macetas con plantas. Luego colocó la mano sobre la de su hija, y ella levantó la suya para apretársela.

—Más o menos, cariño. —Hal se calló unos segundos, dejó escapar un largo suspiro y le dijo—: Pero no fue por culpa de los ojos de mamá. De verdad que no fue por los ojos de mamá.

11

El tradicional pueblo costero volvía a estar de moda. Lo había leído en uno de los suplementos a color y en varias revistas de interiorismo, así como en una reseña de *The Independent*. Tras unas cuantas décadas en las que los placeres de los cortavientos, los bocadillos arenosos y las piernas moteadas de azul fueron desbancados por los bronceados Coppertone y los paquetes de vacaciones baratas, la tendencia iba invirtiéndose despacio, y sobre todo las familias jóvenes regresaban a los tradicionales pueblos costeros, intentando recuperar la inocencia mítica de su juventud. Los más acomodados les quitaban de las manos las destartaladas casas de veraneo o los bungalows, mientras que los restantes se compraban cabañas en la playa y hacían disparar los precios hasta extremos de locura. Sidmouth en lugar de St. Tropez, Alicante perdiendo puntos en favor de Aldeburgh; todo aquel que se preciara desembarcaba en una localidad costera pretendidamente intacta para ir a comer a restaurantes de pescado familiares y ensalzar la gloria de los queridos instrumentos playeros: el cubo y la pala.

Salvo que nadie parecía mencionar Merham. Daisy, conduciendo despacio por el pueblecito a causa de la poca visibilidad que tenía con el moisés, la trona y las bolsas de ropa sucia que de algún modo había logrado embutir en el maletero del coche, se quedó mirando fijamente la polvorienta tienda de labores, el supermercado con artículos de oferta y la iglesia adventista del Séptimo Día. De repente tuvo un mal presentimiento. Primrose Hill no era en absoluto como aquello. Incluso bañado en la intensa luz blanquecina de una tarde primaveral, el pueblo parecía difuminado y cansado, atrapado en una desagradable combinación de distintas épocas en las que cualquier cosa atrevida o hermosa se tachaba de «vistosa» y, por lo tanto, era descartada.

Se detuvo en un cruce por el que pasaban dos ancianas arrastrando los pies, una apoyándose con esfuerzo en un carrito de la compra, y la otra, sonándose estentóreamente con un pañuelo estampado y con el pelo recogido bajo un inequívoco gorrito de plástico.

Llevaba conduciendo desde hacía casi quince minutos, intentando encontrar la casa, y durante todo ese rato solo había visto a dos personas que no hubieran alcanzado la edad de jubilarse. El concesionario de automóviles estaba presidido por un cartel publicitario que ofrecía contratos de «motabilidad» para los que requerían de ciertas condiciones físicas, mientras que el único restaurante visible se emplazaba entre una tienda de aparatos auditivos y nada menos que tres locales de beneficencia seguidos, cada uno de los cuales mostraba un triste botín de piezas de loza pasadas de moda, pantalones de hombre de talla grande y juguetes mimosos a los que nadie quería mimar. El único elemento redentor, por lo que había podido ver hasta entonces, era su interminable playa, trazada con regla y compás por los cortavientos oxidados, y el esplendor atildado y pospalladiano de su parque municipal.

Al atisbar a un hombre con una niña pequeña, bajó la ventanilla y lo llamó.

—¡Perdone!

Él levantó los ojos. Su ropa denotaba su relativa juventud, pero la cara, tras unas gafas de montura fina, acusaba el agotamiento y lucía unas arrugas prematuras.

—¿Vive usted aquí?

—Sí —respondió él, echando un vistazo a la niña, quien estaba agarrando una caja de pilas e intentaba sacar una por todos los medios posibles.

—¿Puede indicarme hacia dónde debo ir para llegar a Casa Arcadia?

Asintió en señal de reconocimiento y sorpresa y la miró con ojos escrutadores.

—Usted es la diseñadora, ¿verdad?

Vaya, resultaba que era cierto lo que contaban de esos lugares. Se esforzó en sonreír.

—Sí, o al menos lo seré si logro encontrarla.

—No está lejos. Deberá girar hacia la derecha, continuar hasta la rotonda, y después seguir la carretera hasta haber cruzado el parque. Está enclavada en el acantilado. Es la última casa del camino.

—Gracias.

—Papá... —decía con impaciencia la niña, estirando la mano de su padre.

—Creo que encontrará a la anterior propietaria esperándola. Buena suerte —añadió, esbozó una sonrisa repentina y se dio la vuelta antes de que pudiera preguntarle cómo lo sabía.

La casa lo compensaba todo. Lo supo tan pronto la vio; sintió ese cosquilleo de excitación, el placer de la tela nueva, en el preciso instante en que se mostró ante ella, amplia, blanca y angular, en la cúspide de un caminito curvado. Era más grande de lo que esperaba, más alargada y más baja, con distintos estratos de ventanales acristalados en forma de cubos y unos ojos de buey que se abrían a los destellos del mar y contemplaban boquiabiertos el paisaje. Ellie seguía dormida por el viaje, y Daisy abrió la portezuela del coche, se desenganchó del asiento de plástico y se quedó en pie, pisando la grava al salir, olvidados ya la rigidez y el acaloramiento al captar las líneas modernas, los valientes y brutales ángulos de la construcción, al respirar hondo el fresco aire salitroso. Ni siquiera precisaba admirar el interior: dispuestas como un inmenso afloramiento de rocas contra la vasta curva del océano, bajo un cielo abierto y desmesurado, sabía que las habitaciones eran de dimensiones generosas y estaban inundadas de luz. Daniel había hecho fotografías que se había traído a casa cuando a ella todavía le resultaba incómodo salir por el reciente nacimiento de Ellie, y Daisy había trabajado por las noches, desarrollando sus ideas y esbozando los primeros apuntes a partir de esas imágenes. Sin embargo, las instantáneas no le habían hecho justicia, no indicaban de manera alguna que poseyera esa belleza minimalista, ese encanto severo; y los proyectos que habían ideado para la construcción ya le parecían demasiado acomodaticios, por no decir mundanos.

Echó un vistazo a sus espaldas para comprobar que Ellie siguiera dormida, y luego se encaminó ligera hacia la verja abierta, que conducía al jardín escalonado. Había una terraza enlosada, con el encalado deslucido y desconchado por el líquen, y a continuación una serie de escalones que descendían, coronados por las lilas, y conducían a un sendero que llevaba a la playa a través de cercados en forma de pequeños muros donde crecía una exuberante vegetación. En lo alto la brisa murmuraba con aire meditativo entre las ramas de dos pinos escoceses, mientras que una colonia de gorriones sobreexcitados se lanzaban en picado desde un indisciplinado seto de espino.

Daisy miró alrededor, con la mente poblada ya por un sinfín de ideas que iba conjurando y descartando rapidísimamente a medida que se solapaban nuevos elementos, en un maridaje inusual de espacio y línea. Pensó en Daniel durante unos segundos, en el hecho de que ese debía haber sido su proyecto, pero apartó la imagen de su mente. La única manera de poder realizar ese trabajo era considerándolo su oportunidad de empezar de cero; como si, en palabras de Julia, hubiera logrado recuperar la compostura. La casa contribuía a darle esa sensación. Bajó las escaleras a paso ligero, atisbando entre las ventanas, volviéndose para admirarla desde distintos ángulos, calibrando sus posibilidades, su latente belleza. «¡Es fantástico! Puedo lograr que este sitio sea realmente mágico», se dijo. Ese proyecto era el más prometedor de todos en cuantos hubiera trabajado; lo convertiría en algo que daría lustre a las páginas de las revistas de estilo más rompedoras, un refugio oculto que atraería a cualquiera que poseyera la más mínima noción de lo que en realidad significaba el estilo. «Ella misma impone sus propios criterios de diseño», pensó. «Esta casa ya me está hablando.»

—Intentaba que ejercitara los pulmones, ¿verdad?

Daisy se giró en redondo y vio a Ellie, manchado su rostro por las lágrimas y emitiendo sollozos entrecortados, que estaba en brazos de una mujer mayor y algo baja, con el pelo metálico como un arma y recogido tras las orejas, atusado en una severa cola.

—Perdón, ¿cómo dice? —Daisy retrocedió sobre sus pasos, y subió unos cuantos escalones.

La mujer le tendió a Ellie, y unas gruesas pulseras colisionaron en sus brazos.

—Supongo que debe de querer que sea cantante de ópera, por el modo en que la ha dejado berreando.

Daisy pasó una mano con suavidad por el rostro de Ellie, siguiendo el rastro casi seco de las lágrimas. Ellie se inclinó hacia delante, apoyando la carita contra el pecho de su madre.

—No la he oído —dijo incómoda—. No podía oír nada.

La mujer se le acercó y miró a lo lejos, hacia el mar.

—Creía que las chicas de hoy en día eran unas paranoicas que veían secuestradores por todos lados; que les daba miedo dejar a los bebés solos ni siquiera un minuto —dijo la mujer, observando con aire neutral a Ellie y apreciando su sonrisa—. ¿Cuánto tiempo tiene? ¿Cuatro, cinco meses? Por lo que veo, lo hacéis todo al revés. Cuando no os inquietáis por lo que les ponéis en la boca o los metéis en un coche para recorrer diez metros, los dejáis llorando a kilómetros de distancia de la civilización. No tiene ningún sentido.

—Yo no diría que nos encontremos a kilómetros de distancia de la civilización, precisamente.

—Si no, se los confiáis a las canguros y luego os quejáis cuando los críos les cogen cariño.

—No tengo canguro; y no la he abandonado deliberadamente. Estaba dormida. —Daisy oyó el temblor caprichoso de las lágrimas asomando en su voz. Parecía que siempre estaban presentes, en ese momento de su vida, esperando bajo la superficie el momento de poder irrumpir al exterior.

—En fin. Supongo que querrá las llaves. Jones, o comoquiera que se haga llamar, no podrá venir hasta mediados de semana, y me ha pedido que la deje instalada. Le he prestado la antigua cuna de mi nieta; tiene marcas de mordiscos en el borde, pero servirá perfectamente. Todavía hay unos cuantos muebles dentro, y utensilios domésticos en la cocina, pero le he dejado ropa de cama y toallas, porque él no me ha dicho si traería. Por otro lado, hay una caja con productos del colmado en la cocina. He pensado que era poco probable que viniera con las suficientes provisiones. —La mujer echó un vistazo a sus espaldas—. Mi marido le traerá un microondas más tarde, porque no hemos conseguido que funcione la cocina, así tendrá algo para calentar los biberones. Llegará sobre las seis y media.

Daisy se quedó perpleja, sin saber cómo reaccionar ante ese fulminante paso de la censura a la generosidad.

—Gracias.

—Yo iré entrando y saliendo. No me inmiscuiré en sus cosas, pero todavía me quedan unos cuantos objetos que trasladar, y Jones me dijo que me lo podía tomar con tranquilidad.

—Sí... Yo... Lo siento. No entendí su nombre.

—Eso es porque no se lo he dicho. Soy la señora Bernard.

—Yo me llamo Daisy. Daisy Parsons.

—Lo sé.

Cuando Daisy le tendió la mano, cambiándose a Ellie de costado, advirtió la rápida mirada que la mujer le dirigió al dedo anular.

—¿Vivirá aquí sola?

—Sí —respondió Daisy, mirándose inconscientemente la mano.

La señora Bernard asintió, como si fuera la respuesta que esperaba oír.

—Iré a comprobar que funcione la calefacción, y luego le dejaré la casa para usted sola. Ahora no es necesaria, pero han previsto que esta noche helará. —Cuando ya se acercaba a la verja lateral, se volvió y le dijo en voz alta—: Hay muchas personas a quienes les pone nerviosas este lugar. No tardarán en dejarse ver, cuando menos se lo espere, para decirle que se está equivocando.

—Pues las críticas serán bienvenidas —dijo Daisy débilmente.

—Yo no les haría ni caso. Esta casa siempre ha conseguido molestarles, de un modo u otro; y no veo por qué con usted habría de ser diferente.

Solo cuando Ellie estuvo instalada, parapetada a salvo en la cama de matrimonio gracias a un montón de almohadas, le afluyeron las lágrimas. Daisy se dejó caer en un sofá de aquella casa a medio amueblar, fatigada, sintiéndose sola y, sin la distracción de su hija, incapaz de escapar a la tarea mastodóntica que se había impuesto (y que había aceptado emprender sin ayuda).

Había picoteado una cena calentada al microondas, encendido un cigarrillo (hábito que había recuperado) y paseado sin rumbo por las habitaciones decrépitas, con ese olor de telas enmohecidas y cera de abejas. Paulatinamente la visión de las páginas de papel coché y de desnudas paredes modernas habían sido desplazadas por otras imágenes alternativas: la de sí misma, agarrando a un bebé escandaloso y enfrentándose a obreros tercos y un propietario furioso mientras, fuera, una multitud de coléricos habitantes del lugar exigían su cese inmediato.

«¿Qué he hecho?», pensó con tristeza. «Todo esto es demasiado grande, escapa a mi control. Podría pasarme un mes trabajando solo en uno de los dormitorios.» Sin embargo, no había vuelta atrás: el piso de Primrose Hill estaba vacío, los muebles que se había llevado, en el establo de su hermana, y una media docena de mensajes dando razón de su paradero, que por lo visto no habían llegado a su destinatario, grabados en el contestador de la madre de Daniel. (Ruborizada y en tono de disculpa, le había dicho que ella tampoco sabía dónde se había marchado.) Si no oía los mensajes, sin embargo, no podría encontrarlas. En el supuesto de que tuviera previsto reunirse con ellas.

Pensó en Ellie, dormida tranquilamente, ignorando que su padre la había abandonado. ¿Cómo lograría encajar la idea de que él no la había amado lo suficiente para quedarse a vivir con ellas? ¿Cómo era posible que no la amara?

Había llorado, en silencio, con consideración, todavía algo temerosa de molestar al bebé incluso en un espacio tan enorme, durante casi veinte minutos. Luego, al final, la narcolepsia asociada al agotamiento y a la resaca distante del mar la indujo al sueño.

Cuando se despertó, había otra caja en el porche delantero. Contenía dos botellas de leche fresca de medio litro, un mapa de la Administración Territorial de Merham y sus alrededores, y una pequeña selección de antiguos, aunque inmaculados, juguetes infantiles.

Para ser un bebé que, por lo general, consideraba que el hecho de que la sentaran en el extremo equivocado del sofá era un trauma suficiente para desencadenarle un larguísimo espasmo de sollozos, Ellie se adaptó con notable rapidez a su nuevo hogar. Se quedaba en medio de su manta de ganchillo, contemplando la ventana inmensa y gorjeando a las gaviotas que se dejaban caer en picado, graznando con rudeza en lo alto del cielo. Sentadita, solía observar los movimientos de su madre por la habitación, braceando con las manitas para colocarse cualquier objeto en la boca. De noche, a menudo dormía cuatro o cinco horas seguidas (por primera vez en su corta vida.)

Su clara satisfacción ante el nuevo entorno propició que esos primeros días Daisy pudiera esbozar nuevos diseños en su bloc, inspirándose en los apuntes todavía visibles que había en algunas de las paredes, unos escritos garabateados y casi ilegibles que durante varias décadas habían permanecido intactos. Le había preguntado a la señora Bernard por su procedencia, sintiendo curiosidad por saber quién los había colocado ahí, pero la mujer solo le había dicho que lo ignoraba, que siempre habían estado ahí, y que cuando, al verlos, una amiguita de su hija los había completado con unos monigotes que había dibujado en la pared, le había atizado con el mango de una escoba.

La señora Bernard iba a visitarla cada día. Daisy aún no sabía la razón: no parecía disfrutar de la presencia de Daisy, y lanzaba comentarios despectivos a sus sugerencias.

—No sé por qué me cuenta tantas cosas —le dijo una vez que Daisy se mostró decepcionada por su reacción.

—Quizá porque se trata de su antigua casa —le respondió Daisy, cansada ya de su tono.

—Pero ahora ya no lo es. No tiene ningún sentido mirar hacia atrás. Si usted sabe lo que desea hacer con ella, debería ir a por todas. No necesita mi aprobación.

Daisy sospechaba que su tono de voz sonaba más antipático de lo que era en realidad.

«El cebo es Ellie», pensaba. La señora Bernard se acercaba al bebé con timidez, casi con recelo, como si esperara que le dijeran que la niña no era asunto suyo. Sin embargo, controlando a Daisy con el rabillo del ojo, solía cogerla y, a medida que iba ganando su confianza, se la llevaba por las habitaciones, señalándole objetos, hablándole como si ya tuviera diez años, aparentemente entusiasmada por las reacciones del bebé. «Le gustan los pinos», o bien «El azul es su color favorito», anunciaba con un ligero matiz de desafío en la voz. A Daisy no le importaba: se sentía agradecida por que alguien cuidara de su hijita (le ayudaba a centrarse en los diseños, porque ya había comprendido que intentar restaurar esa casa con una criatura exigente de cuatro meses pegada a las faldas iba a serle del todo imposible).

La señora Bernard contaba muy pocas cosas sobre el papel que había desempeñado en la historia de la casa, y aunque Daisy cada vez sentía una mayor curiosidad, algo en el comportamiento de esa mujer le impedía plantearle preguntas más íntimas. Un día, mientras conversaban, le contó someramente que había sido la propietaria «desde siempre»; que su marido nunca iba allí, y que la razón por la cual el dormitorio que seguía en tamaño al principal todavía contenía una cama y una cómoda era porque lo había utilizado como refugio durante la mayor parte de su vida de casada. No dijo nada más acerca de su familia, y Daisy tampoco le contó nada de la suya propia. Coexistían en una especie de ecuanimidad incómoda, Daisy agradecida por el interés que la señora Bernard demostraba por Ellie, aunque de algún modo consciente de la existencia de una especie de latente desaprobación, tanto por la situación personal de Daisy como por los planes que tenía reservados para la casa. Se sentía un poco como una futura nuera, y no lograba, y a decir verdad no acertaba a explicárselo, estar a la altura de las circunstancias.

El miércoles, sin embargo, la temporada de insospechada buena conducta por parte de Ellie finalizó en seco. La niña se despertó a las cinco menos cuarto y se negó a volver a dormirse, de tal modo que antes de las nueve Daisy ya estaba muerta de agotamiento, y no sabía qué hacer para alegrar a su quisquilloso bebé. Llovía, y unas nubes oscuras y cargadísimas cruzaban raudas el firmamento, obligándolas a confinarse en la casa, mientras los arbustos de fuera se mecían bajo el peso del viento. A sus pies el mar se agitaba, gris fangoso e inquieto, un panorama prohibitivo diseñado para disipar cualquier idea romántica preconcebida que se tuviera sobre la línea costera británica. Además, la señora Bernard eligió ese día para no aparecer, y Daisy se vio obligada a pasear arriba y abajo de la sala sin cesar, acunando a la niñita contra el pecho mientras intentaba reservar un lugar en su sensiblera mente para aquellos suelos que reclamaban un buen parquet y las manecillas cromadas de las puertas.

—Venga, Ellie, cielo, por favor —murmuraba sin éxito aparente, y la niña berreaba con más fuerza e intensidad, como si su misma petición ya fuera una afrenta.

Jones llegó a las once menos cuarto, exactamente dos minutos y medio después de que Daisy hubiera conseguido dormir a Ellie, finalmente, y cuando hacía treinta segundos que había encendido el primer cigarrillo del día. Echó un vistazo alrededor para calibrar la porquería acumulada en la sala, la cual se hallaba repleta de tazas de café sin apurar y restos de la cena anterior, calentada en el microondas, y se preguntó hacia dónde debía consagrar sus energías para empezar a luchar contra la suciedad. Jones cerró dando un portazo, por supuesto, y como consecuencia Ellie, en el piso superior, de inmediato cortó el aire con un grito de rabia. Daisy no pudo evitar la desagradable sensación de contemplarse a sí misma trabajando como una negra para su jefe, mientras que él, por su parte, lo que se quedó contemplando con incredulidad fue su sala de estar, en absoluto minimalista.

—Soy Jones —dijo, mirando hacia el techo, de donde procedían los gritos ahogados de Ellie—. Me imagino que se olvidó de que venía hoy.

Era más joven de lo que se había imaginado, más bien estaba iniciando la etapa de madurez en lugar de encontrarse a punto de concluirla. Era un hombre de mirada iracunda, con unas cejas oscuras prácticamente unidas sobre una nariz que debieron de romperle en otro tiempo. También era alto, y un ligero sobrepeso le daba el aire fornido de un delantero de rugby, cosa que compensaba con un par de pantalones de lana color salvia y una camisa gris muy suave y cara; el vestuario apagado de los ricos de verdad.

Daisy intentó paliar el ruido de su bebé, y le tendió la mano, controlándose para no reprocharle su ruidosa desconsideración.

—Soy Daisy. Mire, la verdad es que... Ocurre que ella, en fin, está un poco rebelde esta mañana. No suele comportarse de este modo. ¿Le apetece un café?

Jones miró las tazas que había en el suelo.

—No, gracias. Aquí dentro apesta a humo.

—Precisamente iba a abrir las ventanas.

—Preferiría que no fumara en la casa. Si es posible. ¿Se acuerda de por qué he venido?

Daisy recorrió la habitación con la mirada, desesperada, en busca de algún indicio que le permitiera recordar. Era como intentar ver a través de un entramado de algodón hidrófilo.

—La inspectora de planificación urbanística. Tiene que venir esta mañana para revisar los planos de los baños. Por no mencionar la reestructuración del garaje o las viviendas del personal. ¿Le suena de algo?

Daisy recordó muy vagamente una carta en la que se mencionaba algo parecido. La había metido en una bolsa de papel, junto con el resto de correspondencia que debía archivar.

—Sí, por supuesto.

No obstante, no consiguió engañarle.

—Quizá querrá que vaya a buscar la copia de los planos que traigo en el coche para que al menos parezca que nos hemos preparado.

Ellie alcanzaba nuevos crescendos en el piso de arriba.

—Estoy preparada. Sé que el aspecto de la sala es algo caótico, pero es que no he tenido la oportunidad de ordenarla esta mañana.

Daisy había dejado de dar el pecho hacía casi tres semanas, pero el sonido del prolongado sollozo de Ellie le hizo subir la leche, para su horror.

—Iré a buscar la carpeta —dijo a toda prisa—. La guardo arriba.

—Supongo que será mejor que ordene todo esto de aquí. Al menos, me gustaría dar la impresión de que somos profesionales, ¿no le parece?

Daisy se obligó a sonreír, y corrió escaleras arriba para reunirse con Ellie, murmurando improperios por el camino. Cuando llegó al dormitorio que compartía con su hija, calmó a la cariacontecida criatura y luego rebuscó en su bolsa de viaje, intentando encontrar algo que ponerse que la hiciera parecer un poco más profesional; o, mejor dicho, alguna prenda que no fuera del mismo material que las sudaderas y no estuviera manchada de vómitos de bebé. Encontró un polo negro y una falda larga, y se embutió el conjunto, sin olvidar de rellenarse el sujetador con papel de celulosa para absorber cualquier otra embarazosa emisión. Luego, una vez se hubo cepillado y peinado el pelo, recogiéndoselo en una cola de caballo (suerte que su hermana la había obligado a hacerse las raíces), bajó las escaleras con paso reposado, con Ellie, ahora ya tranquila, en la cadera y la carpeta de los planos de los baños bajo el brazo que le quedaba libre.

—¿Qué es esto? —preguntó Jones sosteniendo en la mano un fajo de nuevos diseños.

—Unas ideas que se me han ocurrido. Iba a contárselas...

—Creía que ya habíamos llegado a un acuerdo. Sobre cada una de las habitaciones. Sobre los gastos.

—Ya lo sé; pero es que cuando llegué a este lugar, el espacio era tan increíble... Me inspiró cosas nuevas. Me hizo pensar en algo más que...

—Cíñase a los planos, ¿de acuerdo? Se nos echa el tiempo encima, y no puedo permitirme empezar a salirme por la tangente —puntualizó, dejando caer los papeles sobre el viejo sofá.

Algo en el modo en que sus dibujos volaron hacia el suelo irritó a Daisy.

—No estaba pensando en subirle el precio —puntualizó—. Solo creí que le gustaría contar con los mejores diseños posibles para este espacio.

—Mi impresión era que ya había encargado los mejores diseños posibles para este espacio.

Daisy se esforzó en mantenerle la impenetrable mirada, decidida a no darse por vencida con ese hombre, habiéndose doblegado ya por todo lo demás. Él creía que no era asunto de ella; lo evidenciaban su actitud, el modo en que no dejaba de suspirar cuando caminaba por la estancia, su manera de interrumpirla, el hecho de mirarla de arriba abajo como si ella fuera algo desagradable que acababa de colarse en la habitación.

Pensó durante unos segundos en Weybridge; y entonces Ellie estornudó, gruñó estentóreamente y disparó el nauseabundo contenido de sus intestinos contra el pañal limpio.

Se marchó, tranquilizado en parte, después de comer, una vez que los planos fueron aprobados por la funcionaria de planificación urbanística local, quien, al parecer de Daisy, se había distraído y enamorado tanto de la ahora ya limpia y cautivadora Ellie, que habría dado su aprobación incondicional a la construcción de una autopista de tres carriles que fuera del office al jardín.

—¿Saben? Es fantástico ver que la casa volverá a utilizarse después de tanto tiempo —les dijo, cuando finalizaron la visita—, y para mí es un cambio maravilloso ver algo con un poco de ambición. Por lo general, siempre autorizo garajes de dos plazas y jardines de invierno. No, creo que será idóneo y, siempre y cuando se ajusten a los planos, no veo que pueda haber problemas con el consejo parroquial.

—Me han dicho que algunos habitantes del pueblo no son muy partidarios de que restauremos la casa —comentó Daisy, no sin interceptar una mirada agria de Jones.

Sin embargo, la funcionaria de planificación urbanística se limitó a encogerse de hombros.

—Que quede entre ustedes y yo, pero la verdad es que en este pueblo son muy retrógrados, y les ha salido bastante caro. Los otros pueblecitos de alrededor han permitido que se instale algún que otro pub o restaurante en la línea costera, y ahora tienen movimiento durante todo el año. El pobre y viejo Merham, no obstante, ha estado tan preocupado conservándolo todo como estaba en el pasado que creo que ha perdido perspectiva sobre sí mismo. —Señaló hacia fuera, remontando la costa—. Quiero decir que se está cayendo de puro viejo. No hay nada para la gente joven. Personalmente creo que será un estímulo para conseguir unos cuantos turistas más, pero no digan que se lo he dicho yo, por favor.

Dio otro pellizco amistoso a la mejilla de Ellie y luego se marchó, prometiendo que se mantendría en contacto.

—Bueno, creo que todo ha ido muy bien —dijo Daisy, volviendo hacia el pasillo. Estaba decidida a hacerse valer.

—Como bien ha dicho ella, el pueblo necesita este negocio.

—De todos modos, me alegra que aprobara el proyecto.

—Si se hace bien el trabajo, es difícil que no lo aprueben. Bien, tengo que regresar a Londres. Debo acudir a una reunión a las cinco. ¿Cuándo van a empezar los obreros?

Había algo intimidante, de todos modos, en su tamaño. Daisy se sorprendió dando un brinco cuando él pasó por su lado en dirección a la puerta.

—Los fontaneros entrarán el martes, y los albañiles empezaron a derrumbar la pared de la cocina hace dos días.

—Bien. Manténgame informado. Volveré la semana que viene. Mientras tanto necesitará solucionar el problema de encontrar a alguien que le cuide la niña. No puedo tenerla paseando y perdiendo el tiempo con un bebé cuando se supone que debería estar trabajando. ¡Vaya! —exclamó, mirando hacia abajo—. Le cuelga papel de váter de la falda.

No se despidió, pero sí que cerró la puerta con cuidado al salir.

«Siempre habrá una cama esperándote en Weybridge, eso no lo olvides», le había dicho su hermana por teléfono. Unas tres veces, más o menos. Con toda franqueza, pensaba que Daisy estaba loca por haber arrastrado a su hija recién nacida a un ventoso enclave costero de mala muerte cuando podría estar viviendo, con las comodidades que depara una calefacción central, en el mejor dormitorio del establo de Julia, con el lujo añadido de disponer de una canguro de la familia que se iría dejando caer de vez en cuando. Ahora bien, Daisy tenía que solucionar sus asuntos a su manera; y eso, al menos, Julia lo comprendía.

—Igualmente quiero que sepas que me tienes aquí para recoger los pedacitos.

—No hay pedacitos que valgan. Estoy muy bien. —Daisy parecía albergar mayor convicción de la que disponía.

—¿Ya vas contando las calorías?

—No, y tampoco hago ejercicio, ni me seco el pelo dándole forma. Estoy demasiado ocupada.

—Estar ocupada es bueno. Es bueno mantener la mente activa. A propósito, ¿y Pimpinela Escarlata? ¿Sabes algo de él?

—No. —Había dejado de llamar a su madre. La situación se estaba volviendo demasiado violenta.

—Bueno, ya sé que no querías que lo hiciera, pero he encontrado el número del Departamento de Protección a la Infancia, por si lo necesitas.

—Julia...

—Si quería jugar a historias de adultos, haber estado preparado para enfrentarse a las consecuencias que esos juegos les deparan a los adultos. Mira, no quiero obligarte a que acudas a ellos. Solo te digo que los tengo localizados. Cuando estés preparada. Igual que lo del establo. Todo está aquí, esperándote.

Daisy empujaba el cochecito todo terreno de Ellie por el sendero de la costa, dando caladas a su cuarto cigarrillo de la mañana.

Julia creía que no lo conseguiría. Su hermana pensaba que haría algún progreso en el proyecto de Arcadia pero que luego admitiría que aquello le quedaba demasiado grande, abandonaría e iría a su casa. No la podía culpar, considerando el estado en que Julia la había encontrado. Por otro lado, durante los últimos días, tenía que admitir que Weybridge había empezado a resultarle extrañamente atractivo. Los fontaneros no se presentaron el martes, como habían prometido, porque al parecer habían tenido que atender una serie de llamadas urgentes. Los albañiles habían empezado a derribar la pared de la cocina, pero como todavía no les habían entregado la viga de acero con que apuntalar la construcción, se detuvieron tras practicarle un boquete de la medida de un coche «para quedarse en el lado seguro». Ahora se encontraban sentados en la terraza, disfrutando del sol primaveral y apostando sobre quién ganaría la Copa de Oro de Cheltenham. Cuando Daisy les preguntó si no tenían otra tarea para ir adelantando, empezaron a soltarle bravatas sobre normativas para la seguridad y viguetas de acero laminado. Apretó la mandíbula para no romper a llorar e intentó no pensar en lo distinto que habría sido todo si Daniel hubiera estado allí para lidiar con ellos. Finalmente, tras haberse pasado casi toda la mañana al teléfono discutiendo con diversos proveedores, se aventuró a salir a tomar el aire; y hacerse con otra taza de té. Considerando que se suponía que se encontraba al frente del proyecto, llevaba oyendo la frase «con leche y dos terrones» bastante más veces de las necesarias para sentirse del todo cómoda.

Era una pena, la verdad, porque si no hubiera sido por la tensión reinante en Arcadia, se habría sentido casi alegre esa mañana. El entorno parecía conspirar para hacer que se sintiera mejor, el mar y el cielo lucían su paleta de clásicos azules, los narcisos de primavera ondeaban joviales en los extremos del camino y una suave brisa anunciaba los meses estivales que se avecinaban. Ellie chillaba y gorjeaba a las gaviotas que se lanzaban en picado frente a ellas, esperando conseguir algunos trocitos de galletas que salieran despedidos del cochecito. Sus mejillas, bajo el aire fresco, habían adoptado la intensidad de las manzanas rojizas. («Se le han cortado por culpa del viento», había dicho la señora Bernard con un tono de censura en la voz.) El pueblo también parecía más animado, en gran parte debido a la presencia de los puestos de mercado diseminados a lo largo de la plazoleta, con sus lonas a rayas y las cajas rebosantes de productos aportando la nota de vida y color que tanta falta les hacía.

—Oye, Ellie. Mamá podría darse un lujo y tomar patatas asadas esta noche.

Daisy ya no se preparaba comidas en el microondas, sino que ahora comía rebanadas de pan con mantequilla o se terminaba los potitos de Ellie. A menudo, sin embargo, estaba demasiado agotada para recurrir a eso siquiera, caía dormida no bien se instalaba en el único sofá de la casa y se despertaba a las cinco con un espasmo estomacal provocado por el hambre.

Se detuvo unos minutos en el puesto de frutas y verduras y compró un montón de zanahorias para triturarlas y dárselas a Ellie y fruta para ella. «La fruta no hay que cocinarla», se dijo. Cuando recogía el cambio, notó unos golpecitos en el hombro.

—¿Es usted la chica que vive en casa de la actriz?

—Perdón, ¿cómo dice? —Daisy se volvió, despertando de su ensoñación orgánica para descubrir a una mujer de mediana edad que lucía esa clase de chaqueta a cuadros verdes que tanto admiran los propietarios de caballos y un sombrero de fieltro borgoña encasquetado en la cabeza. En las piernas, haciendo gala de un estilo menos convencional, llevaba unos calentadores granates y un par de zapatos cómodos y resistentes. Por si fuera poco, y al igual que su alsaciano, bastante infestado de pulgas, se le había acercado mucho.

—¿Es usted la chica que vive en Casa Arcadia, la que lo está arrancando todo a pedazos?

El tono que empleaba la mujer era lo suficiente agresivo para llamar la atención de diversos transeúntes, quienes se volvieron, curiosos, con la compra que habían decidido adquirir todavía en la mano.

—No lo estoy arrancando todo a pedazos, pero sí, soy la diseñadora que trabaja en Casa Arcadia.

—¿Y es verdad que van a instalar un bar abierto al público que atraerá toda clase de gente procedente de Londres?

—Habrá un bar, sí. Ahora bien, no puedo decir qué clase de clientela habrá, porque yo solo me encargo de la decoración.

El rostro de la mujer iba enrojeciendo progresivamente. Levantaba la voz como esas personas a las que les gusta hacer valer su opinión. El perro, al que parecía no hacerle caso, iba empujando su hocico y acercándose a la entrepierna de Daisy, la cual se movió un poco como si quisiera ahuyentarlo, pero el animal se quedó mirándola fijamente con esos ojos amarillos e inexpresivos y acercó todavía más su hocico.

—Me llamo Sylvia Rowan. Soy la propietaria del Riviera, y me siento obligada a decirle que no queremos otro hotel en este lugar. Sobre todo uno que atraiga toda clase de indeseables.

—Oiga, no creo yo que...

—Porque este pueblo no es de esos. Seguramente no lo sabrá, pero hemos trabajado lo indecible para conservar el encanto especial de este pueblo.

—Tendrá mucho encanto el pueblo, pero no creo yo que se deba vallar como si fuera el Vaticano.

Al menos cuatro caras más se les acercaron, esperando el siguiente capítulo del intercambio de palabras entre las dos mujeres. Daisy se sintió vulnerable con su hija delante, y la situación despertó su agresividad más latente.

—Todo lo que hacemos en el hotel sigue las más estrictas normas legales. El bar que pueda construirse sin duda contará con la aprobación de las autoridades competentes. Ahora, por favor, si me permite...

—No lo comprende, ¿eh? —Sylvia Rowan se plantó decidida frente al cochecito de Ellie, de tal modo que a Daisy solo le quedaba la opción de rodearla y meterse entre el gentío de curiosos o atropellarla. El perro ojeaba su entrepierna con un interés que podía traducirse como entusiasmo, o bien malevolencia. Era difícil de adivinar.

—He vivido en este pueblo durante toda mi vida, y todos hemos luchado con ahínco para conservar un cierto nivel —cacareó Sylvia Rowan, agitando el monedero en dirección al pecho de Daisy—. Lo cual incluye impedir que innumerables cafés y bares crezcan como setas delante del mar, que es lo que les ha ocurrido a muchísimos pueblos costeros. Por eso todavía sigue siendo un lugar agradable donde vivir, y un lugar al que los turistas desean ir a descansar.

—Todo eso no tiene nada que ver con el hecho de que su hotel sea el propietario de uno de los bares, claro.

—Eso es irrelevante. Llevo toda la vida viviendo aquí.

—Eso explica que no vea lo abandonado que está todo.

—Mire, señorita Como-Se-Llame. No queremos gente de baja estofa por aquí; y no queremos tampoco que vengan a pisotearnos los borrachos del Soho. Este pueblo es diferente.

—Y Casa Arcadia no será esa clase de hotel. Puedo decirle para su información que la clientela tendrá un gran poder adquisitivo, me refiero a la clase de personas que no les importa pagar doscientas o trescientas libras al día por una habitación. Esa clase de gente espera encontrar buen gusto, decoro y toneladas de paz y tranquilidad. Así que, ¿por qué no me dice de una vez lo que quiere y me deja hacer mi trabajo?

Daisy maniobró el cochecito, haciendo caso omiso de las patatas que rebosaban de la bolsa de papel, y empezó a atravesar rápidamente la plaza del mercado, parpadeando furiosa. Entonces se giró, gritando a pleno pulmón:

—Debería educar mejor a su perro. Es un grosero de cuidado.

—Dígale a su jefe, jovencita, que todavía no he dicho la última palabra —le llegó la voz de Sylvia Rowan a sus espaldas—. Somos la esencia de Inglaterra... y todavía no nos hemos pronunciado.

—¡Bah, piérdete, vieja bruja! —murmuró Daisy. Al cabo de unos instantes, a salvo ya de la vista de los curiosos, se detuvo, encendió su quinto cigarrillo del día, dio una profunda calada y rompió a llorar.

12

Daisy Parsons se había convertido en la clase de mujer joven de la cual los mayores dicen con murmullos aprobatorios: «Una chica encantadora». Por lo demás, era encantadora de verdad. Fue una niña dulce, con unos tirabuzones rubios como la modelo Miss Pears, una sonrisa fácil y un deseo de agradar a los demás. La habían educado en la enseñanza privada, donde logró caer bien a todos, y luego había trabajado laboriosamente para aprobar los exámenes de arquitectura, arte y diseño, disciplinas para las cuales, según sus profesores, tenía «buen ojo». Ya en la adolescencia, aparte de un breve y desagradable incidente con un tinte vegetal para el pelo, no había hecho nada que pudiera asustar a sus padres, ni quitarles el sueño ante la inquietud que pudiera provocar su ausencia a altas horas de la madrugada. Había tenido pocos novios, escogidos con gran tiento y, por lo general, guapos. Los había dejado con pesar, normalmente acompañando la ruptura con lágrimas de disculpa, por lo que casi todos ellos la recordaban sin rencor, casi siempre como «la que se había marchado».

Con el tiempo apareció Daniel: alto, moreno, guapísimo y con unos padres respetables, los dos contables, con una ética laboral protestante y un estilo exigente. La clase de hombre que hacía que las demás chicas se sintieran insatisfechas con sus novios en el mismo instante en que le conocían. Daniel llegó para protegerla en unos momentos en que empezaba a cansarse de tener que cuidar de ella misma, y los dos se habían amoldado a los papeles que se habían otorgado respectivamente en la relación, más contentos que unas pascuas. Daniel era la fuerza motora del negocio, directa y sólida.

El protector. Lo cual le dio libertad a Daisy para convertirse en una versión perfeccionada de sí misma: preciosa, dulce, sexy y segura de la adoración que su amante sentía por ella. Una chica encantadora. Los dos veían la imagen perfecta de sí mismos reflejada en los ojos del otro, y les gustaba. Raramente se peleaban: no había necesidad. Por otro lado, a ninguno de los dos les agradaba la terrible carga emocional de las discusiones, a menos que supieran que era el paso inevitable para acceder al brío del juego erótico.

Por esa misma razón Daisy no contaba con bagaje alguno que le permitiera afrontar esa nueva vida, cercada sin tregua por el fantasma de la desaprobación y casi discutiendo sin parar (con los albañiles o la gente del pueblo, y sin contar siquiera con su tradicional armadura de encanto para protegerse). Los fontaneros, haciendo caso omiso de sus ruegos, se habían marchado a trabajar a otro sitio porque no podían instalar los baños hasta que los albañiles hubieran terminado de fijar la superficie del nuevo tanque séptico. Los albañiles, por su parte, no podían fijar la superficie porque no les había llegado todo el material. Los proveedores habían emigrado a todas luces; y, para rematarlo, Sylvia Rowan, según las habladurías, estaba organizando una reunión pública donde plantear sus objeciones a la profanación de Casa Arcadia y destacar el riesgo subsiguiente que existía de alterar las costumbres, la moral y el bienestar general de los ciudadanos de Merham si las obras seguían su marcha.

Mientras tanto Jones, presa de la rabia, le había llamado un día después del enfrentamiento que tuvo lugar en la plaza del mercado para lanzarle un torrente verbal de improperios con los que describirle, con pelos y señales, las razones por las cuales opinaba que, a esas alturas, ella ya no estaba dando la talla. No podía creer que ya estuvieran fuera de plazo. Le resultaba increíble que las viguetas de acero laminado, cuando llegaron finalmente, fueran del ancho equivocado. Tenía pocas esperanzas de poder inaugurar, como estaba previsto, en agosto y, para ser honestos, empezaba a albergar serias dudas sobre si Daisy estaba lo suficientemente comprometida y disponía de la capacidad de finalizar la empresa a su entera satisfacción.

—No me da usted ninguna oportunidad —le dijo Daisy, luchando para retener las lágrimas.

—No tiene ni idea de la gran oportunidad que le estoy brindando —le replicó él, y acto seguido, colgó el teléfono.

La señora Bernard acababa de aparecer en la puerta con Ellie.

—No querrá ponerse a llorar —comentó, señalando con un gesto hacia la terraza—. No se la toman en serio. Se pasea arriba y abajo lloriqueando todo el santo día, y ellos piensan que es una de esas pesadas todo melena y hormonas.

—Muchas gracias, señora Bernard. Me ha sido de gran ayuda.

—Solo estoy diciendo que no creo que le guste que la pisen.

—Pues lo que yo le estoy diciendo a usted es que, cuando quiera su maldita opinión, se la pediré, aunque le joda.

Daisy tiró una carpeta de papeles que había sobre la mesa y salió a grandes zancadas para ir a desahogar su mal humor con los albañiles. Sería la segunda vez en toda su vida (la primera fue cuando Daniel admitió haber tirado a la basura a su conejo de peluche basándose en que estropeaba el aire del dormitorio). Esa ocasión, sin embargo, gritó con tanta potencia que se oyó su voz hasta la iglesia, al igual que el selecto repertorio de amenazas e improperios que traspasó un aire más acostumbrado a los gritos de las gaviotas y las avocetas que a los insultos. La radio, en el intervalo, salió volando por el aire, describiendo una trayectoria rápida sobre el sendero del acantilado antes de estrellarse sobre las rocas de debajo. Se hizo un silencio que pareció durar horas, y luego se oyeron los murmullos y el lento arrastrar de los pies de seis albañiles tercos mirando encontrar otros modos de ocupar el tiempo.

Daisy volvió a entrar en la casa, con las manos en la cintura como si descansaran sobre la pistolera, echando chispas por los ojos, como farfullarían después los albañiles, y dispuesta a atacar de nuevo.

En esa ocasión, no obstante, la sorprendió el silencio. La señora Bernard y Ellie, con una sonrisa en ambos rostros, habían desaparecido en la cocina.

—Dime, ¿qué tal va todo por ahí arriba?

Camille dobló la funda de plástico sobre la crema perfumada, y luego colocó las manos de su madre en los guantes calientes. Era el único tratamiento al cual había accedido, su manicura semanal. Las cremas faciales, las vendas corporales... Todo era una pérdida de tiempo, pero siempre se había cuidado las manos. Lo decidió hacía mucho ya: si el sentido del tacto era uno de los medios por los cuales iba a comunicarse con su hija, ese contacto siempre debía ser agradable.

—Ya va.

—¿Te resulta difícil?

—¿A mí? —rezongó la madre de Camille— No. No me importa en absoluto lo que hagan con ese lugar, pero creo que la pobre chica tiene demasiadas dificultades.

—¿Por qué? —preguntó Camille, acercándose a la puerta para pedir una taza de té en voz alta—. Tess me ha dicho que vive sola y tiene un bebé.

—Es cierto, vive sola; y por su aspecto diría que se pasa todo el fin de semana llorando. Los obreros no se la toman en serio.

—¿Crees que podrá controlarlos?

—¿En su estado actual? Probablemente no. No sería capaz ni de espantar a una mosca, así que no veo cómo va a lograr restaurar un hotel. Solo tiene de plazo hasta agosto.

—Pobrecita —comentó Camille, volviendo sobre sus pasos y tomando asiento frente a su madre—. Deberíamos ir a verla. Seguro que se siente sola. —Alargó el brazo y, sin tantear, localizó una crema que empezó a aplicarse en sus propias manos.

—Yo voy cada día.

—Tú vas a ver al bebé. Hasta yo lo sé.

—No querrá que invadáis su espacio. Parecerá que os he estado hablando de ella.

—Pues claro que nos has hablado de ella. Venga, será como si saliéramos a pasar el día fuera. A Katie le encantará. Hace años que no va ahí.

—¿No debería estar trabajando Hal?

—Hal tiene derecho a tomarse un fin de semana libre, mamá, igual que el resto de nosotras.

Su madre rió con sorna.

—Oye, no te conviene que sea tan desgraciada, mamá. Si se marcha, vendrá algún idiota que querrá instalar pedestales dorados, jacuzzis y vete a saber qué. ¡Ah, hola Tess! Con leche y sin azúcar, cuando puedas. Te pondrán parabólicas por todos lados, y celebrarán congresos para ejecutivos cada fin de semana.

—¿Se encuentra bien, señora Bernard?

—Muy bien, gracias, Tess. Esta hija mía intenta meter las narices en Arcadia.

Tess sonrió.

—Oh... Camille, supongo que no querrás involucrarte con aquella gente. Habrá una gran pelea a propósito de ese hotel. Sylvia Rowan ha venido y ha estado sembrando la discordia toda la mañana: «Eso no habría ocurrido en los tiempos de la Asociación de Casas de Huéspedes».

Camille dejó la crema en la estantería de detrás y cerró la puerta de la alacena.

—Razón de más para obsequiar a la chica con un par de caras amigables. Dios sabe en qué debe de pensar ahora que sabe dónde se ha metido.

—¡Oh, de acuerdo! —claudicó la señora Bernard, moviendo la cabeza en señal de contrariedad—. Iremos el domingo. Le diré a la muchacha que se prepare para la invasión.

—Bien, pero tienes que traer a papá también. De hecho, está muy interesado en conocer su trabajo.

—Sí, claro. No me extraña.

—¿Qué?

—Cree que ahora que me he deshecho de la casa pasaré todo el tiempo en casa junto a él.

Al final fueron todos de visita. Una excursión de la familia Bernard, como expresó el padre de Camille con jovialidad mientras descargaba de su amado Jaguar a todos sus miembros en el caminito de grava de la entrada.

—Os diré algo, chicos. No recuerdo cuándo fue la última vez que salimos todos juntos.

Daisy, en pie frente a la puerta con su única camisa buena y sosteniendo a Ellie en la cadera, observaba al señor Bernard con interés. La señora Bernard le parecía un personaje tan solitario que ahora le resultaba muy difícil reconciliar su imagen con la de ese hombre agradable y algo fanfarrón con unos ojos que parecían pedir disculpas y unas manos como jamones. Llevaba camisa y corbata, puesto que formaba parte de esa clase de hombres que siempre se viste los fines de semana, y unos zapatos muy bien lustrados. «Se puede decir mucho de un hombre con solo mirarle los zapatos», le dijo más tarde. «La primera vez que conocí a Hal, con ese modelo de ante, pensé que debía de ser comunista; o bien mariquita.»

—El bautizo de Katie —gritó Camille, que sostenía la portezuela del coche para que Katie y Rollo salieran de detrás—. Hola, soy Camille Hatton —añadió, saludando en dirección a la casa.

—Eso no cuenta —precisó Hal—. No puede decirse que fuera una excursión.

—Además yo no me acuerdo —intervino Katie.

—El día de la Madre de hace tres años, cuando os llevamos a ti y a Camille al restaurante que hay pasado Halstead... ¿Cómo era?

—Carísimo.

—Gracias, suegra. Francés, ¿no?

—Lo único francés de ese lugar era el olor de los desagües. He traído unas tartas. No quería ocasionarle más molestias —dijo la señora Bernard tendiéndole a Daisy una caja que sostenía en la falda y cogiendo a cambio a la dócil Ellie de los brazos de su madre.

—Todo un detalle —admiró Daisy, que empezaba a sentirse invisible—. Gracias.

—Nos lo pasamos muy bien —dijo el señor Bernard, apretando la mano de Daisy calurosamente—. Tomé filete a la pimienta. Todavía me acuerdo; y Katie, marisco, ¿verdad, cariño?

—No lo sé —dijo Katie—. ¿De verdad no tiene televisión?

—No, ya no. Usted es el hombre que me dio las señas —comentó Daisy cuando Hal se le acercó.

—Me llamo Hal Hatton, y esta muchachita a quien acaba de conocer es Katie. —Su rostro parecía más joven, más relajado que la última vez que se habían visto—. Es un detalle muy agradable de su parte el habernos invitado. He oído decir que se le está terminando el plazo de entrega. —Hal dio un paso atrás—. Caray, hacía años que no veía este lugar.

—Han derribado algunas paredes, y algunos de los dormitorios más pequeños han sido reconvertidos en baños —explicó la señora Bernard, siguiendo su mirada—. Parece ser que hoy en día a todo el mundo le gustan las suites.

—¿Les apetece entrar? —dijo Daisy—. He encontrado unas sillas y las he sacado a la terraza al ver que hacía un día tan estupendo; pero podemos pasar dentro, si lo prefieren. Eso sí, vigilen con los escombros.

Fue mientras sostenía la puerta abierta cuando se percató de que la rubia no podía ver. El perro no parecía un perro lazarillo; no llevaba ninguna clase de arnés o estructura adonde agarrarse, sino que el animal iba echando vistazos en su dirección como si estuviera muy bien acostumbrado a amoldar su propia velocidad a la de su dueña, y luego, cuando Camille entró por la puerta, la mano de su marido apareció en su codo, retirándose con discreción cuando ella logró salvar el escalón delantero.

—Es todo recto, pero supongo que eso ya lo sabes —dijo Daisy con cierta incomodidad.

—No, no. En absoluto —respondió Camille, volviéndose hasta ponerse de frente a ella. Tenía los ojos claros y azules, quizá algo más hundidos de lo normal—. Esto siempre fue la casa de mamá, y la verdad es que nosotros no teníamos mucho que ver con ella.

No parecía una persona ciega. Claro que Daisy tampoco tenía una noción muy clara del aspecto que debía de tener una ciega, porque en realidad jamás había conocido a ninguna. Sin embargo, se la imaginaba con menos estilo, y quizá algo más de sobrepeso. Jamás se la habría imaginado con unos vaqueros de marca y maquillaje, ni con una medida de cintura que difícilmente alcanzaría la mitad de la de su pecho.

—¿No venías mucho por aquí de pequeña?

Camille llamó a Hal con la cabeza al frente.

—¿Hal? ¿Está Katie contigo? —Camille hizo una pausa—. Sí que veníamos de vez en cuando. Creo que a mamá le ponía nerviosa verme tan cerca del borde del acantilado.

—¡Ah! —Daisy no supo qué decir.

Camille se quedó en silencio durante unos segundos.

—No te dijo que yo era ciega, ¿verdad?

—No.

—Esconde muy bien las cartas, mi madre; pero supongo que eso ya lo habrás descubierto.

Daisy se quedó inmóvil durante un minuto, mirando fijamente la piel suave color caramelo y el abundante cabello rubio de la mujer. Levantó la mano inconscientemente hacia la de ella.

—¿Quieres..., en fin, quieres palpar mi rostro o...?

Camille se echó a reír.

—Uy, no, por Dios. No puedo soportar tocar la cara de la gente. A menos que esté trabajando, claro. —Camille acercó la mano para tocar insegura el brazo de Daisy—. No pasa nada, Daisy. No tengo ningún deseo de pasar mi mano por el rostro de nadie. Sobre todo si tiene barba. No puedo soportar la barba; me entran escalofríos. Siempre pienso que voy a encontrar restos de comida. Veamos, ¿acaso mi padre ha conseguido dejar tranquilo el coche durante un par de minutos? Está obsesionado con ese automóvil desde que se jubiló —le confió—. El coche y el bridge, sin olvidar el golf. Es un hombre de aficiones, mi padre. Le gusta mucho dedicarse a ellas.

Salieron todos a la terraza. Hal guió a su esposa hasta una silla, y Daisy observó esta manifestación de intimidad espontánea con un leve asomo de envidia. Añoraba el hecho de tener un protector.

—Fue una casa preciosa, ¿verdad, amor? —El señor Bernard se metió las llaves del coche en el bolsillo y se giró para mirar a su esposa, con una extraña mezcla de emociones asomándole al rostro.

—Pues no es algo que creyeran los de por aquí —dijo la señora Bernard, encogiéndose de hombros—. Hasta que empezó a cambiar.

—Siempre pensé que le iría muy bien una araucaria.

Daisy captó la rápida mirada que intercambiaron los Bernard, y el silencio incómodo que le sucedió.

—Dinos, Daisy; ¿qué te parece Merham?

Al proceder de una familia que no estaba rota, sino irrevocablemente escindida a causa de una pérdida, Daisy asumía de inmediato que el resto de las familias era como la de los Walton. Era lo que solía decirle Daniel en más de una ocasión, cuando Daisy salía de una velada familiar sorprendida a causa de las ruidosas desavenencias y los resentimientos latentes que llameaban al mismo fuego vivo que la barbacoa. No obstante, seguía costándole juzgarlos desapasionadamente; se descubría a sí misma intentando encajar, dar su sello personal a la historia que compartía esa familia. Se negaba a creer que formar parte de una familia grande y extensa pudiera provocar otra cosa que no fuera consuelo.

Los Bernard y los Hatton, sin embargo, poseían una especie de alegría forzada, como si nunca cejaran de autoafirmarse en su condición de familia, que traslucía una obvia determinación a referirse exclusivamente a lo positivo. Hacían comentarios expresivos sobre el placer que en general les reportaban muchísimas cosas: el tiempo, el entorno, los conjuntos que vestían; se dirigían los unos a los otros insultos cariñosos y hacían referencias a bromas familiares compartidas por todos. Salvo por la señora Bernard, que despachaba con viento fresco cualquier atisbo de sentimientos waltonianos haciendo gala de la eficacia decidida de una higienista pegándole un papirotazo a una mosca. Del mismo modo que el regalo del día de la Madre solo había sido memorable por el hedor de los desagües, tenía que echar tierra sobre cada comentario con una observación cáustica, atemperada solo en parte por alguna salida ingeniosa que se le ocurría de vez en cuando. De este modo, la belleza infinita de la playa quedaba paliada por el hecho de que los veraneantes ya no venían (cosa de la cual no los culpaba); el nuevo y refulgente coche familiar iba tan fino que se le revolvía el estómago; la jefa de Camille en el salón de belleza parecía «un lobo vestido con piel de lobo». La única excepción eran los comentarios referidos a Katie, de quien su abuela parecía sentirse claramente orgullosa, y la casa, sobre la cual, denotando una cierta perversidad, el señor Bernard parecía no querer hablar en absoluto.

Daisy, que había estado deseando recibir la visita de la familia más de lo que estaba dispuesta a aceptar, encontró la velada curiosamente fatigante; y al no estar acostumbrada a tratar con ciegas, se sentía rara con Camille, no sabía dónde mirar al dirigirle la palabra, y titubeaba sobre si debía servirle la comida directamente en el plato o dejar que fuera Hal, sentado junto a ella, quien lo hiciera. Había tropezado dos veces con el perro, y la segunda el animal lanzó un quejido de protesta.

—No tiene por qué ponerle los bocadillos prácticamente en la boca —dijo, de repente, la señora Bernard—. Solo es ciega, no una maldita inválida.

—Cariño... —la reprendió el señor Bernard.

Daisy, ruborizándose, se disculpó, y dio un paso atrás, metiéndose bajo el laburno.

—No seas tan grosera, mamá. Solo intenta ser útil.

—No seas tan grosera, abuela —habló Katie como un eco, comiéndose un éclair de chocolate y acunando el cochecito de Ellie con el pie.

—Acepta mis disculpas en nombre de mi madre —dijo Camille—. Ya es mayorcita para saber qué clase de comentarios sobran.

—No me gusta que la gente te agobie.

—Y a mí no me gusta que me tomes la delantera. Eso es precisamente lo que me hace sentir como una inválida.

Se hizo un breve silencio. Camille, que no parecía contrariada, hizo ademán de coger su vaso.

—Lo siento —dijo Daisy—. Es que no logro entender cómo puedes diferenciar entre el cangrejo y el paté.

—¡Ah, yo como de todo! ¡Y mucho! De ese modo, por lo general, siempre acabo tomando lo que quiero —rió Camille—. A veces es Hal quien me los va a buscar.

—Tú eres perfectamente capaz de cuidar de ti misma.

—Ya lo sé, madre. —En ese momento se percibió una cierta tensión en la voz de Camille.

—No sé cómo te las arreglas teniéndola encima todo el día, Daisy —intervino Hal—. Es la lengua más afilada de la costa oriental.

—Mamá dice que la abuela puede cortar el papel con la lengua —dijo Katie, provocando una carcajada general, algo violenta, en la mesa.

La señora Bernard, sin embargo, se quedó callada de repente. Contempló fijamente el contenido de su plato durante un minuto y luego posó su mirada en Hal, con la cara inexpresiva.

—¿Qué tal anda el negocio?

—No muy bien. Sin embargo, hay un comerciante de antigüedades en Wix que me ha prometido unos encargos.

—Supongo que a mí me pasa lo mismo —siguió diciendo Daisy—. Cuando las cosas se ponen difíciles, la gente no gasta dinero en interiorismo.

—Llevas hablando de ese comerciante desde hace semanas. No puedes pasarte la vida esperando. ¿No deberías ir abandonando ya e intentar conseguir un empleo en cualquier otro lugar?

—Venga, querida... —El señor Bernard levantó el brazo en dirección a su mujer.

—Bueno, supongo que debe de haber lugares donde necesiten a gente que sepa carpintería. En casas de muebles y cosas por el estilo.

—Yo no hago muebles de fábrica, mamá. —Hal se esforzaba por mantener la sonrisa—. Restauro piezas individuales. Es una técnica, y hay una gran diferencia.

—A nosotros nos costó horrores conseguir trabajo durante los dos primeros años —dijo Daisy, interviniendo con rapidez.

—Hal tiene diversos proyectos —dijo Camille, deslizando la mano bajo la mesa para acariciar la de su marido—. Han sido tiempos demasiado tranquilos para todos.

—No tan tranquilos —dijo su madre.

—Un día me encargaré de todo eso, mamá, pero resulta que soy bueno en mi trabajo. El negocio vale la pena, y no siento la necesidad de abandonar todavía.

—Sí, ya. Vale más que te asegures de no arruinarte, ni de arrastrar contigo a los demás. Camille y Katie incluidas.

—No tengo ninguna intención de arruinarme —repuso Hal con el rostro crispado.

—Nadie tiene la intención de arruinarse, Hal.

—¡Ya está bien, querida!

La señora Bernard se volvió hacia su marido, con una expresión de rebeldía infantil pintada en el rostro.

Se hizo un prolongado silencio.

—¿Quieren tomar algo más? —propuso Daisy, intentando llenar el vacío. Había descubierto un cuenco antiguo hecho a mano en uno de los armarios inferiores y lo llenó hasta los topes con una ensalada de fruta de relucientes matices.

—¿Tiene helado? —preguntó Katie.

—Yo no como fruta —dijo la señora Bernard, poniéndose en pie para retirar los platos de la mesa—. Prepararé una tetera para todos.

—No te tomes los comentarios de mamá muy a pecho —dijo Camille, entrando en la cocina y situándose al lado de Daisy mientras su madre retiraba la vajilla—. No es desagradable en el fondo. Es como si hubiera un frente delante de ella.

—Un frente frío —bromeó Hal, que apareció a su espalda. La seguía por todas partes, según ya había advertido Daisy, la cual cada vez estaba menos segura de si el marido de Camille se mostraba protector o solo colaborador.

—En el fondo es buena persona. Siempre ha sido un poco... Bueno... Supongo que cáustica. ¿Tú dirías cáustica, Hal?

—Tu madre hace que la hoja de un cuchillo inspire mimos.

Camille se volvió para dirigirse a Daisy, y esta última se concentró en sus labios.

—La verdad es que contigo no hay ningún problema. Le gustas.

—¿Qué? ¿Es eso lo que te ha dicho?

—Claro que no, pero lo adivinamos.

—Por el modo en que no se ha puesto a aullar a medianoche queriendo chuparte la sangre y con la saliva goteándole de los colmillos.

Daisy frunció el ceño.

—No parece que... Me sorprendéis, la verdad.

Camille sonrió de oreja a oreja a su marido.

—Fue idea de ella que viniéramos todos hoy. Pensó que quizá te sentirías sola.

Daisy sonrió, y el vago placer que le causaba pensar que le gustaba a la señora Bernard quedó ensombrecido por la idea de que ahora se había convertido en objeto de conmiseración. Había vivido veintiocho años como una chica a la cual todos envidiaban; y la compasión no le sentaba demasiado bien.

—Ha sido un gesto muy bonito. Por parte de todos. El que hayáis venido, quiero decir.

—Ha sido un gran placer —contestó Hal—. Para ser francos, estábamos deseando ver la casa.

Daisy se sobresaltó ante el empleo de sus palabras, pero Camille pareció no darse cuenta.

—En realidad no le gustaba recibir a nadie aquí arriba —explicó Camille, alargando la mano para tocar la cabeza de Rollo—. Siempre fue su pequeño refugio.

—No tan pequeño.

—Nosotros solo veníamos en circunstancias especiales; y a papá nunca le gustó demasiado. Así que no podemos decir que fuera un hogar familiar.

—¿No la echaréis en falta, entonces?

—En realidad, no. La mayoría de las casas que no conozco solo son una sucesión de obstáculos para mí.

—Pero ¿no te importaba el hecho de que siempre huyera de todos vosotros?

Camille se volvió y se puso frente a Hal, encogiéndose de hombros.

—Supongo que no hemos conocido otra cosa. Mamá siempre ha tenido que poseer su propio espacio.

—Siempre hay extravagancias en las familias —comentó Daisy, en cuya familia no había ninguna.

—En unas más que en otras.

Unas horas después Hal y Camille regresaban paseando del brazo por Merham. Rollo iba unos pasos adelantado, y Katie, saltando adelante y atrás, enfrascada en lo que parecía una complicada negociación con los bordes de las losas del pavimento. De vez en cuando echaba a correr hacia ellos y se lanzaba gozando entre los dos, pidiéndoles que la columpiaran hacia arriba, a pesar de que ahora ya era demasiado alta, y pesaba demasiado también. Las tardes empezaban a alargarse, y los que sacaban a pasear al perro o salían de noche hacían ostentación de una cierta parsimonia, al no tener que soportar los embates del viento, y caminaban con la cabeza alta en lugar de forcejear contra los elementos. Hal saludó con un gesto de la cabeza al propietario del estanco, que cerraba la tienda al acabar la jornada, y volvieron la esquina para enfilar la calle donde vivían. Katie corría delante e iba lanzando grititos cuando divisaba a alguna amiga en lo alto de la carretera.

—Siento lo de mamá.

—No pasa nada —contestó Hal, pasándole el brazo por el hombro.

—No. No está bien. Sabe que trabajas cuanto puedes.

—Olvídalo. Solo está preocupada por ti. Creo que cualquier madre actuaría así.

—No, no es verdad. Al menos, no se mostrarían tan groseras.

—Eso es cierto —dijo Hal, deteniéndose para arreglarle la bufanda. Uno de los extremos empezaba a colgarle hacia los pies—.

¿Sabes? Igual tiene razón —dijo Hal cuando ella volvía a abrocharse el cuello del abrigo—. Es posible que ese comerciante me esté dando largas. —Suspiró, lo suficiente para que Camille le oyera.

—¿Tan mal andamos?

—Ahora hay que ser absolutamente sincero, ¿no? —dijo Hal, sonriendo con esfuerzo e imitando las palabras del consejero matrimonial—. Muy bien, te lo contaré... El negocio va mal. De hecho, he estado pensando que debería empezar a trabajar en el garaje. Es tonto seguir pagando los talleres cuando... cuando no hay nada en ellos.

—Pero Daisy dijo que podría encontrar...

—O eso, o cerramos el negocio.

—No quiero que abandones. Para ti es importante.

—Tú eres importante para mí; tú y Katie.

«Pero por mi causa no te sientes como un hombre», pensó Camille. «De algún modo mi presencia todavía te intimida. El negocio es lo único que parece mantenerte equilibrado.»

—Creo que deberías darte un margen de tiempo mayor —dijo Camille, por única respuesta.

Daisy, que se había instalado con un pliego de muestras de tela para despedir la tarde, se sentía un poco mejor. Camille la había invitado a que fuera al salón de belleza para un tratamiento. «Considéralo un regalo», le había dicho. ¡Con tal de que pudiera hacer algo atrevido! La señora Bernard había accedido a cuidar de Ellie con mayor regularidad, ocultando su evidente placer bajo una agria letanía de condiciones. El señor Bernard le había dicho que no permitiera que los granujas la deprimieran, guiñándole el ojo en dirección a su esposa. En cuanto a Ellie, hecho nada usual en ella, se había dormido sin rechistar, agotada por el nivel insólito de atención que había recibido. Daisy se quedó en la terraza, bien abrigada bajo el frío del atardecer, contemplando el mar y fumando un cigarrillo sin prisas mientras trabajaba, sintiéndose, durante unos instantes, menos sola; o, al menos, no tan sola. Bien hubiera podido durarle la sensación unos cuantos días. Pero no. Le pareció, por consiguiente, doblemente injusto cuando los hados, en forma de ese móvil que hacía tanto tiempo que permanecía silencioso, conspiraron para destrozar su precario equilibrio.

Primero llamó Jones y le dijo (sin preguntárselo, según advirtió) que quería reunirse con ella al día siguiente por la tarde para tener una charla. Palabras que garantizaban ponerle una férrea mano alrededor del cuello. Siete semanas y tres días antes Daniel también le había dicho que quería tener una charla.

—Salgamos fuera, donde quieras. Para alejarnos de... de las distracciones —dijo Jones, refiriéndose a Ellie, según adivinó Daisy.

—Yo cuidaré de la niña —se ofreció la señora Bernard con aire aprobatorio al día siguiente—. Le conviene salir un poco.

—Fue lo que el verdugo dijo al condenado —murmuró Daisy.

Luego, el lunes, poco antes de que llegara Jones, el teléfono volvió a sonar. En esa ocasión era Marjorie Wiener para decirle, sin aliento, que finalmente había tenido noticias de su hijo.

—Ha estado en casa de unos viejos amigos de la universidad. Dice que ha tenido una especie de crisis nerviosa. —Se la oía agobiada. Claro que Marjorie Wiener siempre hablaba en tono de agobio.

El sobresalto inicial de Daisy fue borrado por una rabia pausada y creciente, que fue elevándose hasta salirle como un estallido. «¿Una crisis nerviosa?», pensó Daisy. «Claro. Con una crisis nerviosa, ¿quién iba a estar lo suficientemente cuerdo para darse cuenta? ¿Acaso no era eso de lo que trataba la película *Trampa 22*? ¡Qué facil sufrir una crisis nerviosa, sin ningún bebé al que cuidar!» Porque en cuanto a ella, padecer un colapso nervioso era un lujo... que no podía permitirse, por falta de tiempo, y también de energía.

—Dime, ¿acaso volverá? —Le costaba bastante controlar el tono de voz.

—Solo necesita un poco de tiempo para arreglar las cosas, Daisy. Te aseguro que le he visto muy mal. Me preocupa muchísimo.

—Sí, bueno, ya le puedes decir que lo verás mucho peor si se acerca a nosotras. ¿Cómo piensa que hemos sobrevivido sin que él nos diera un maldito billete de cinco libras siquiera?

—¡Oh, Daisy! Deberías haberme dicho que andabas mal de dinero. Te habría enviado un poco...

—¡Maldita sea, Marjorie! No se trata de eso. No es responsabilidad tuya. Era responsabilidad de Daniel. Nosotras precisamente somos la jodida responsabilidad de Daniel.

—Francamente, Daisy, no veo la necesidad de emplear esta clase de lenguaje...

—¿Sabes si me llamará?

—No. No lo sé.

—Entonces, ¿qué ha ocurrido? ¿Acaso te ha pedido que me llames tú? Seis años juntos y un bebé y, de repente, ¿no puede hablar conmigo en persona?

—Mira, no es que me sienta especialmente orgullosa de él en este momento, pero es como si fuera otra persona, Daisy. Está...

—Otra persona... Sí, es otra persona, Marjorie. Ahora es padre, o al menos eso se supone. ¿Hay alguien más? ¿Es eso? ¿Sale con alguien?

—No creo que haya otra mujer.

—¿No lo crees?

—Sé que no la hay. Él no te haría algo así.

—Caray, pues no parece tener ningún reparo a la hora de hacerme cualquier otra cosa.

—Por favor, no te excites, Daisy. Ya sé que es duro, pero...

—No, Marjorie. No es que sea durísimo. Es que es condenadamente imposible. Me han dejado sin ninguna explicación. Alguien que ni siquiera puede soportar el hecho de hablar conmigo. He tenido que abandonar nuestro hogar porque él no cayó en la cuenta de que nuestro bebé y yo no teníamos dinero para mantenernos. Estoy clavada en un edificio en obras a millones de kilómetros de ninguna parte porque Daniel aceptó un jodido trabajo que no tenía intención alguna de finalizar...

—Oye, eso no es justo.

—¿Que no es justo, dices? ¿Ahora vas a decirme lo que es justo? Mira, Marjorie, no te lo tomes mal, pero voy a colgar el teléfono. Voy a... No, no. No te escucho. Voy a colgar el teléfono ahora mismo. La, la, la, la, la...

—Daisy, Daisy, querida. Nos gustaría muchísimo ver a la niña...

Daisy se sentó, trémula, con el teléfono mudo en la mano, y la débil petición de Marjorie sepultada bajo una pujante sensación de cólera. A él ni siquiera se le había ocurrido preguntar cómo estaba su hija. No la veía desde hacía más de seis semanas, y ni siquiera había querido asegurarse de que se encontraba bien. ¿Quién era este hombre al que había amado? ¿Qué le había pasado a Daniel?

Se le crispó el rostro, y hundió la cabeza en su pecho, preguntándose cómo podía seguir manifestándose el dolor de un modo tan físico.

No obstante, aun cuando luchaba por controlar su sensación de rabia e injusticia, una voz interna le decía que quizá no hubiera debido de perder los nervios. Se suponía que su comportamiento no debía alejarle en caso de querer regresar. ¿Qué le contaría Marjorie ahora?

Consciente, de repente, de que había otra presencia en la sala, se volvió y descubrió a la señora Bernard de pie, muy quieta, en la puerta de entrada, con la ropa sucia de Ellie colgándole del brazo.

—Me llevaré esto a casa esta noche y lo meteré en la lavadora. Así le ahorraré el tener que caminar hasta la lavandería.

—Gracias —dijo Daisy, intentando no sollozar.

La señora Bernard seguía todavía allí, mirándola. Daisy se esforzó por vencer el impulso de decirle que se marchara.

—¿Sabes? A veces tan solo tienes que seguir adelante —le dijo la mujer.

Daisy levantó el rostro y le lanzó una mirada furibunda.

—Para sobrevivir. A veces tan solo hay que seguir adelante. Es el único modo de lograrlo.

Daisy abrió la boca como si fuera a hablar.

—De todos modos... Como decía, me llevaré esta ropa a casa cuando me marche. La pequeñita se ha quedado dormida sin ningún problema. Le he puesto otra manta encima, porque hace un poco de frío con este viento que sopla del este.

Tanto si era debido al viento o a los Wiener, Daisy se había contagiado de una especie de inquietud. Había corrido escaleras arriba y se había puesto unos pantalones negros (la primera vez que lo conseguía tras el nacimiento de Ellie), junto con una camisa roja de chiffon que Daniel le había regalado para su cumpleaños, antes de quedarse embarazada y verse relegada a vestir con femeninas carpas. «La mezcla de tensión y desamor puede infligir un daño irreparable a la tranquilidad de espíritu», pensó, tensando las mandíbulas, «pero, demonios... ¡qué bien le sienta a la figura!» Remedó el conjunto con un par de botas de tacón alto y una cantidad inusual de maquillaje. «El pintalabios puede obrar maravillas en tu propia autoestima», le había dicho su hermana. Claro que Julia jamás se había dejado ver sin carmín, ni siquiera en cama y con la gripe.

—Se te ve el sujetador con esa blusa —observó la señora Bernard mientras Daisy bajaba trotando por las escaleras.

—Perfecto —respondió en tono mordaz. No iba a permitir tampoco que los desagradables comentarios de la señora Bernard la influenciaran.

—De todos modos, supongo que preferirás meterte la etiqueta dentro del cuello —replicó la señora Bernard, sonriendo para sí misma—. La gente hará comentarios.

Jones se frotó el entrecejo mientras enfilaba con el Saab por la calle Mayor de Merham y se dirigía hacia el parque. La cabeza le había empezado a martillear poco después de pasar por Canary Wharf, y ya en la A-12, antes de haber recorrido la mitad del trayecto, la ligera punzada en los ojos se había convertido en una cefalea declarada. Registró la guantera, en un antojo, y localizó las pastillas que Sandra, su secretaria, había ocultado en uno de los compartimientos. «¡Qué maravilla de mujer!», pensó. «Le concedería un aumento de sueldo, si no se lo hubiera dado ya hace tres meses.»

El descubrimiento del paracetamol había sido su único éxito en toda una semana de fracasos. Lo cual decía mucho de la semana que había pasado. Alex, su ex esposa, le había comunicado que se iba a casar. Uno de los bármanes de mayor antigüedad casi había terminado a puñetazos con dos influyentes periodistas que habían decidido jugar desnudos al Twister sobre la mesa de billar. «No es que estuviera en contra de que se fueran a desnudar», se defendió el barman después al contarle el incidente a Jones, «sino que me sublevó el hecho de que no quisieran sacar los vasos del tapete». Ahora, sin embargo, raro era el día en que el Red Rooms no apareciera citado en los artículos de sociedad o las columnas de chismorreos como un lugar «pasado de moda» o «que empezaba a decaer», mientras que su intento de ganarse a los periodistas con una caja de whisky se había venido abajo al publicar estos últimos su intención, y calificarla además de «desesperada».

Por si fuera poco, en el plazo de un mes se celebraría la inauguración de un club rival (el Opium Rooms) dos calles más abajo, y los socios propuestos, por no hablar del ambiente y el estilo, eran sospechosamente idénticos a los del Red Rooms, con el añadido de que su estreno ya era la comidilla de los círculos que Jones consideraba suyos por derecho propio. Por eso, ese refugio de Merham se había convertido en algo tan importante para él: «Hay que ir siempre el primero en el juego. Hay que encontrar nuevos modos de retener a los socios», se decía.

«Ahora, sin embargo, esa condenada chica lo está jodiendo todo», pensó. «Tenía que haber sospechado que no daba la talla cuando, entre queja y lamento, me dijo que la había llamado en un mal momento. Debería haber hecho caso de mi instinto: en los negocios no existen los malos momentos. Si eres un profesional, sigues adelante y cumples con tu trabajo. Sin excusas, sin mentiras.» Esa era la razón por la cual no le gustaba trabajar con mujeres; siempre les sucedían contratiempos o tenían algún novio que les impedía poder concentrarse en el trabajo que se traían entre manos. Por otro lado, cuando se les echaba en cara su actitud, por lo general rompían a llorar. De hecho, aparte de su secretaria, solo había dos mujeres con las que se sintiera completamente a gusto, a pesar de haber transcurrido tantos años: Carol, su relaciones públicas desde tiempos inmemoriales, que solo tenía que arquear una ceja perfectamente depilada para expresar su desaprobación, cuya lealtad era absoluta y que podía beber con él hasta caerse bajo la mesa, y Alex, la única mujer, aparte de la anterior, que no estaba especialmente impresionada por su persona, ni se sentía asustada ante su presencia. Sin embargo, ahora Alex iba a casarse.

Cuando se lo dijo, su primera reacción había sido infantil, y le había pedido que volviera a casarse con él. Ella, en cambio, se había echado a reír.

—Eres incorregible, Jones. Fueron los peores dieciocho meses de nuestras vidas, y ahora dices que me quieres solo porque existe otra persona que me ama.

Lo cual, bien tuvo que admitirlo, era cierto en parte. Durante todos esos años que habían transcurrido tras su ruptura, se le había insinuado de vez en cuando, aunque ella siempre había rechazado sus pretensiones con estilo (de lo cual se alegraba profundamente), pero ambos valoraban el hecho de poder seguir siendo amigos (para incomodidad de la pareja de Alex, tal como Jones sabía perfectamente). Ahora, sin embargo, Alex había movido pieza, y las cosas cambiarían. Su pasado quedaría sellado irremediablemente.

No es que no dispusiera de distracciones, precisamente. Era muy fácil echar un polvo cuando se dirigía un club. Cuando empezó, solía dormir con las camareras, quienes, por lo general, eran actrices o cantantes potenciales, altas y delgadas, deseosas todas de pegarse a algún productor o director mientras servían copas. No obstante, Jones enseguida descubrió que eso provocaba rivalidades, peticiones lacrimógenas de aumento de sueldo y, al final, la pérdida de un buen personal. Por consiguiente, durante el último año y medio, había llevado la vida de un monje. Bueno, la de un monje algo promiscuo. De vez en cuando conocía a una chica y se la llevaba a casa, pero eso parecía satisfacerle cada vez menos, y siempre las ofendía porque nunca conseguía recordar sus nombres después. La mitad de las veces era un coñazo que no valía la pena.

—Jones. Soy Sandra. Siento molestarte mientras conduces, pero acaba de llegar la fecha para que comparezcas por el tema de la licencia.

—¿Y qué? —peguntó toqueteando el manos libres para colocárselo en la oreja.

—Coincide con tu viaje a París.

Jones lanzó un improperio.

—Bueno, pues tendrás que telefonearles. Diles que cambien el día.

—¿A quiénes? ¿A los de París?

—No. A los que me hacen comparecer ante los tribunales. Diles que me resulta imposible acudir en esa fecha.

Sandra hizo una breve pausa.

—Volveré a llamarte.

Jones subió la colina con el Saab y entró en el caminito de grava que conducía a Arcadia. «Problemas, problemas. Todo son problemas. A veces pienso que me paso el tiempo solucionando las pifias de los demás en lugar de seguir adelante y dedicarme a lo que mejor sé hacer.»

Apagó el motor y se quedó sentado un minuto, con la cabeza todavía dolorida, y el cerebro demasiado invadido por la tensión y el caos para apreciar el silencio. Ahora tenía otra papeleta que resolver. La chica debería marcharse. Era lo mejor. Jones creía firmemente que era mejor cortar las situaciones de raíz antes de que se pudrieran. Seguiría con la otra empresa, la que poseía su sede en Battersea. «Pero, por favor, que no rompa a llorar», pensó.

Jones metió la mano en la guantera y se puso otro puñado de pastillas para el dolor de cabeza en la boca, torciendo el gesto al tragarlas sin agua. Suspiró, salió del coche y se encaminó a la puerta delantera. No obstante, antes de poder llamar al timbre, se abrió. Era la señora Bernard, de pie, con esa mirada fija, la que implicaba «sé perfectamente de qué vas, adiós y muchas gracias».

—Señor Jones.

Nunca acertaba a corregirla.

—No esperaba verla —le dijo, inclinándose para darle un beso en la mejilla.

—Eso es porque no tiene usted hijos.

—¿Cómo?

—Alguien tiene que quedarse para cuidar al bebé.

—¡Ah! —Jones entró en la casa, y echó un vistazo a las paredes medio desnudas y los montones de escombros de los albañiles—. Sí, claro.

—Las cosas empiezan a funcionar.

—Ya lo veo.

La señora Bernard dio media vuelta y se adentró en el pasillo, esquivando limpiamente las cubetas vacías de pintura.

—Le diré que ha llegado. Está al teléfono, hablando con los fontaneros.

Jones se sentó en el borde de una silla, e inspeccionó la sala de estar a medio terminar, con ese olor intenso a revoque húmedo y parquet recién restaurado. En la esquina de la habitación había una pirámide de aluminio de pinturas Farrow and Ball, mientras que diversas tiras de tela fluían como ríos sobre el respaldo del viejo sofá deshilachado. Unas regatas arteriales diseccionaban la estancia, revelando los puntos donde los cables eléctricos habían sido arrancados y sustituidos. Sobre el suelo un pliego de catálogos invitaba a seleccionar entre los accesorios lumínicos Miami, Austen y Relámpago.

—Eran McCarthy y sus muchachos. Empezarán mañana con los dos baños delanteros.

Jones levantó la vista de los catálogos y vio a una mujer que no reconoció cruzando la habitación, con el teléfono móvil todavía en la mano.

—Le he dicho que si hay más retrasos, empezaremos a deducir dinero. Le he dicho también que le restaremos el uno por ciento por cada día perdido tal como se estipula en la letra pequeña del contrato.

—¿Es eso cierto? —preguntó Jones.

—No, pero me imagino que es demasiado perezoso para comprobarlo, y sin duda le ha puesto muy nervioso. Me ha respondido que abandonará de inmediato el trabajo que está haciendo y que vendrá mañana a las nueve en punto. ¿Vamos, entonces? —dijo Daisy, cogiendo el monedero y las llaves y una gran carpeta de una bolsa que había en el suelo.

Jones dominó el impulso de registrar la casa en busca de la chica que recordaba, la de aspecto dejado, que llevaba ropa vieja y un bebé agarrado a la cintura. La que tenía delante, en cambio, no parecía trémula y llorosa. Esta mujer no habría desentonado en su club; y su camisa revelaba un sujetador negro y, debajo, lo que parecían un buen par de atractivos pechos.

—¿Hay algún problema? —preguntó Daisy, esperando. Le brillaban los ojos, con una expresión que bien podría definirse como desafiante o agresiva. En cualquier caso, su mirada inesperadamente le inyectó sangre en las pelotas.

—No —respondió él, y la siguió hacia el camino de entrada.

Eligieron el Riviera; en parte, dijo Jones, para acallar la oposición, pero sobre todo porque no había pubs ni bares en Merham. Los que deseaban tomar una copa rodeados de gente lo hacían en el hotel o en uno de los restaurantes con licencia del pueblo, o bien se marchaban a otras poblaciones. En circunstancias normales (en tanto sus circunstancias pudieran ser tildadas de normales en el momento actual), Daisy se habría sentido muy incómoda por el hecho de entrar en ese local; sin embargo, inspirada quizá por esa noche, su camisa roja de chiffon y el hecho de saber que ya había impresionado a Jones, dados los pavoneos y los faroles que se echaba, le dio alas, de tal modo que se sintió envalentonada cuando penetraron juntos en el bar.

—¿Me permite mirar su lista de vinos? —preguntó Jones, apoyando su volumen considerable en la barra del bar. El local lo regentaba un joven pálido y lleno de pústulas a quien apenas le llegaba la camisa al cuello, y que dejó de hablar entre susurros con una camarera muy sonriente sin apenas disimular su irritación. Había otras dos parejas en el bar: una mayor, que miraba satisfecha el mar en silencio, y otra, que quizá se trataba de dos socios discutiendo unas cifras escritas en un bloc de notas.

Daisy echó un vistazo a la sala, con las cristaleras y las vistas al mar, mientras Jones leía en un murmullo la lista de vinos. El sol se ponía, pero nada indicaba que el bar pudiera transformarse en un lugar donde apeteciera arrimarse escuchando el mar mientras las aguas iban tornándose oscuras como la tinta. De hecho, podría haber sido una sala preciosa, si no fuera por los volantitos y las extravagancias que le restaban vida. Las mismas telas florales con temas de melocotones se repetían por todas partes: en las cortinas, los bastidores, las fundas de los asientos, e incluso alrededor de las macetas. Las mesas eran blancas, de un hierro forjado muy recargado. Parecía más un salón de té que un bar. «A juzgar por la clientela, seguro que despacha más té que alcohol», pensó Daisy.

—Diecisiete libras por el equivalente de un Blue Nun —murmuró Jones, cuando ella volvió a prestarle atención—. No me extraña que no haya demasiada vidilla en el local. Perdone, ¿quería vino?

—No —mintió Daisy—, pero ya me va bien.

Daisy luchaba contra el impulso de encender un cigarrillo. Ese gesto le habría dado ventaja moral a su oponente, de algún modo. Se habían sentado en una mesa que había en un rincón. Jones, situado en ángulo respecto a ella, sirvió las dos copas, y luego la examinó como quien no quiere la cosa con el rabillo del ojo, como intentando calibrar algo.

—¡Qué espanto de decoración! —comentó Daisy.

—Es el primer lugar al que vine cuando vi la casa. Quería comprobar la oferta de que disponía el público. Deberían fusilar a los que lo decoraron.

—Lapidarlos hasta que se rindieran.

Jones arqueó una ceja. Daisy bajó la vista, y se quedó mirando la copa. «Digamos que no está de buen humor para aceptar un chiste. ¡Que se vaya a la mierda!» Pensó un instante en Ellie, y se preguntó si seguiría durmiendo por el bien de la señora Bernard. Luego apartó la idea de su mente, y tomó un largo trago de vino.

—Supongo que ya sabe la razón de mi visita —le dijo él finalmente.

—No —mintió ella.

Jones suspiró, mirándose la mano.

—No me satisface en absoluto el modo en que se han llevado las cosas aquí arriba.

—No, a mí tampoco —le interrumpió Daisy—. De hecho, diría que no hace mucho que nos hemos puesto en marcha. A finales de semana creo que ya habremos recuperado el tiempo perdido.

—Pero no es suficiente...

—No. Tiene razón; y les he dicho a los albañiles que estoy muy contrariada.

—No es solo cuestión de albañilería...

—No, ya lo sé. También son los fontaneros; pero ahora ya lo he solucionado, como le conté antes. Creo, además, que podré recortar algo la factura, y que la cifra final no alcanzará lo presupuestado.

Jones guardó silencio durante un minuto, contemplándola desde sus oscuras cejas con una mirada de sospecha.

—No va a ponérmelo fácil, ¿verdad?

—No.

Se sostuvieron la mirada, sin parpadear siquiera, durante un minuto más. Daisy estaba prácticamente inmóvil. Nunca había desafiado a nadie de ese modo, ni siquiera a Daniel. Siempre había sido ella la que capitulaba, la que suavizaba las cosas. Era su modo de ser.

—No puedo permitir que esto se me escape de las manos, Daisy. Me la juego muchísimo.

—Yo también.

Jones se frotó la frente, pensando.

—No lo sé... —murmuró—. No lo sé.

Luego, inesperadamente, levantó la copa.

—¡Qué diablos! A la vista de que es obvio que ha conseguido un par de huevos desde la última vez que nos vimos, supongo que tendré que confiar en los míos. Por el presente —dijo Jones, esperando a que ella levantara la copa para brindar—. Bien. Que Dios nos asista. No me decepcione.

Para tratarse de meados de mosquito, como Jones delicadamente calificó el vino, parecía bajar con una facilidad pasmosa. En cuanto a Daisy, que no había probado nada más fuerte que el Irn Bru desde que diera a luz, el crudo latigazo del alcohol parecía significar que recuperaba su tan deseada personalidad anterior, era el indicador que señalaba que otra Daisy estaba a punto de irrumpir en escena.

Por otro lado, el vino también la emborrachó rápidamente, de tal modo que olvidó sentirse cohibida por el hombre que tenía delante, y empezó a tratarlo como habría hecho con cualquier otro hombre antes del nacimiento de Ellie. Incluso intentó flirtear con él.

—Dime, ¿cuál es tu verdadero nombre? —le preguntó mientras Jones encargaba una segunda botella.

—Jones.

—El de pila.

—No lo utilizo.

—¡Qué... moderno!

—Querrás decir qué pretencioso.

—No... bueno, sí. Es algo fuerte, creo, ir por ahí dando un solo nombre. Como Madonna, ¿no?

—Si hubieras crecido en el sur de Gales con un nombre cristiano como Íñigo, ya verías lo que es bueno.

Daisy casi escupe el vino.

—¡No me lo puedo creer! ¿Íñigo Jones?

—Mi madre era muy aficionada a la arquitectura. Decía que me habían concebido en Casa Wilton, en el West Country... El problema era que en el ínterin decidieron que Íñigo Jones ni siquiera había diseñado el maldito lugar, sino que fue su sobrino.

—¿Cómo se llamaba?

—Webb, James Webb.

—Webb... Webby. No. No suena igual de bien.

—No.

—Ya. Bueno, al menos eso explica por qué tienes tan buen gusto con los edificios —bromeó Daisy desvergonzada. Alguien tendría que rendirse a sus pies esa noche. Aunque fuera por encima de su cadáver.

Jones levantó los ojos y quizá arqueara una ceja.

—Será fabulosa —dijo ella con determinación.

—Más nos vale —comentó Jones, vaciando su copa—; pero no lo será si insistes en poner esas ventanas nuevas hechas a medida. Ayer estuve mirando las cifras. Es demasiado dinero para unas ventanas del baño.

Daisy le miró con crudeza.

—Es necesario que estén hechas a medida.

—¿Por qué? ¿Quién va a mirar por una ventana del lavabo?

—No se trata de eso. Es una cuestión de estilo que atañe a la casa. Es especial. No se pueden comprar en Magnet and Sothern.

—No pagaré unas ventanas hechas a medida.

—Aprobaste los gastos. Les diste el visto bueno hace varias semanas.

—Sí, bueno... No he tenido tiempo de revisar la letra pequeña.

—Hablas como si intentara engañarte.

—No seas tan melodramática. Solo te digo que lo he vuelto a considerar y no veo por qué tengo que pagar unas ventanas hechas a medida para colocarlas en un lugar donde nadie va a mirar por ellas, de todos modos.

La débil atmósfera de calidez se había evaporado rápidamente. Daisy lo sabía, y también sabía que debía ceder para asegurar su posición; pero no pudo reprimirse. Las ventanas eran importantes.

—¡Pero les diste el visto bueno!

—¡Oh, venga, Daisy! Cambia el disco. Se supone que tenemos que trabajar en equipo, y no funcionará si empiezas a gimotear que hay que mantener todo lo pactado al pie de la letra.

—No, no va a funcionar si empiezas a retractarte de todo lo que ya has aprobado.

Jones metió la mano en la chaqueta, sacó un paquete de tabletas y se metió dos en la boca.

—Ya veo que no eres ni la mitad de divertida o afable que tu socio.

Fue un golpe bajo. Daisy habló con una voz fría, mesurada.

—Sí. Ya. Tú tampoco me elegiste por mis cualidades personales.

Se hizo el silencio.

—¡Oh, vamos, vamos! No puedo soportar discutir de esta manera. Vayamos a comer algo. Todavía no he encontrado a la mujer que pueda discutir conmigo con el estómago lleno.

Daisy se mordió la lengua.

—Muy bien, Daisy. Tú eres quien conoce la zona. Llévame a algún lugar agradable. Algún lugar que creas que podría gustarme.

Las terrazas de Arcadia se sucedían escalonadas hacia el mar, sus pronunciados ángulos suavizados por los arbustos exuberantes que las rodeaban y el suelo pavimentado iluminado por la tenue luz procedente de las ventanas. Debajo, por el sendero de la playa, la gente paseaba, o bien regresaba a casa, apenas sin advertir el brutal edificio que pendía sobre sus cabezas.

—La casa se ve muy bien desde aquí —dijo Jones, embutiéndose un puñado de patatas fritas en la boca—. Siempre es bueno apreciar las cosas desde otro ángulo.

—Sí.

—Aunque no es el ángulo que me esperaba, si he de admitirlo.

No era precisamente el más alegre de los hombres, concluyó Daisy observándole desde su asiento, sobre el espigón; pero con la barriga llena, calmada la sed y desaparecido el dolor de cabeza, resultaba un compañero menos beligerante. Daisy se sorprendió a sí misma intentando hacerle reír, forzándole a que la admirara. Los hombres que jamás cedían siempre le producían ese efecto.

Daniel era su polo opuesto; mostraba todos sus sentimientos: su desamparo, su pasión, su temperamento explosivo... y a ella le tocaba mostrarse retraída. Hasta la llegada de Ellie, claro. Todo aquello fue hasta la llegada de Ellie. Daisy contempló la luz del otro lado de la bahía, la casa donde su hija yacía dormida (cabía esperar), y se preguntaba, no por vez primera, qué habría sucedido si nunca la hubieran tenido. ¿Se habría quedado Daniel? ¿O bien alguna otra cosa le habría impelido a marcharse?

Cambió de postura, consciente de que la frialdad del espigón le calaba la parte posterior del pantalón. Estaba borracha, advirtió, y empezaba a notarse sensiblera. Se obligó a enderezarse, intentando controlar la situación.

—¿Tienes hijos?

Jones terminó las patatas fritas, estrujó el papel hasta reducirlo al tamaño de una bola y lo apartó a un lado.

—¿Quien, yo? No.

—¿Nunca has estado casado?

—Sí, pero sin hijos, gracias a Dios. Ya fue bastante desastre como para encima haber tenido hijos. Ese pescado con patatas fritas estaba bueno. No tomaba raya desde hacía años.

Daisy guardaba silencio. Miraba fijamente hacia el mar, perdida por un segundo en el suave rompiente de las olas.

—¿Qué te sucedió a ti? —le preguntó él unos momentos después.

—¿Qué?

—Supongo que no debió de ser una unión de lo más inmaculada...

—¿Cómo? Ah, no, claro. Puede que ocurriera lo típico. Chico conoce a chica, chica tiene un bebé, chico decide que sufre una crisis de madurez temprana y pone pies en polvorosa hasta perderse en la puesta de sol.

Jones rió. Daisy no sabía si sentirse complacida, o bien reprocharse el hecho de haber reducido la tragedia de su vida al tráiler de un cómic.

—De hecho, no estoy siendo justa —descubrió que le contaba—. Ahora está pasando unos momentos muy difíciles. No desearía... Quiero decir, que es una buena persona. Creo que tan solo se encuentra algo confuso. A muchos hombres les resulta difícil, ¿no? Toda la cuestión de tener que amoldarse...

Un perro apareció entre las sombras y empezó a olisquear los envoltorios vacíos de Jones. Su propietario, que caminaba tras él por el sendero de la playa, lo llamó desde lejos.

—¿Era el hombre con quien compartías el negocio? Daniel, se llamaba ¿verdad?

—El mismo.

Jones se encogió de hombros y miró hacia el mar abierto.

—Es duro.

—Es durísimo. —La amargura que asomó a su voz la sorprendió incluso a ella.

Se hizo un prolongado silencio. Daisy temblaba por el relente de la noche, y se protegió del frío cruzándose de brazos. La blusa de chiffon no era un atuendo cálido precisamente.

—De todos modos... —empezó a decir Jones, esbozando una sonrisa de ternura solo parcialmente visible bajo la luz de la luna.

De repente, a Daisy le dio un vuelco el corazón cuando él acercó su mano; y pellizcó una de las patatas que ella no había tocado.

—... Lo estás llevando bien. Parece que lo llevas bien.

Se puso en pie, y luego le cogió las manos para ayudarla a su vez.

—Vamos, Daisy Parsons, tomemos otra copa.

La señora Bernard ya tenía puesto el abrigo cuando regresaron a la casá y Jones tropezó sobre dos montones de escombros que había en el pasillo.

—Les he oído venir por el caminito —les dijo, arqueando una ceja—. Lo han pasado bien, supongo.

—Ha sido muy... productivo —dijo Jones—. Muy productivo, ¿verdad, Daisy?

—Apuesto lo que quieras a que en tus reuniones de Londres no termináis comiendo pescado y patatas fritas sentados en espigones ajenos —puntualizó Daisy. La segunda botella de vino había pasado de ser una idea extremadamente mala a convertirse en algo absolutamente necesario.

—Ni bebiendo alcohol —dijo la señora Bernard, observándoles a los dos.

—Oh, no —dijo Jones—. Siempre se toma vino, pero no... —En ese momento Jones y Daisy se miraron y empezaron a reír como tontos—. No de esta cosecha.

—Pues para considerar que era tan mediocre, han tomado una cantidad tremenda.

Jones sacudió la cabeza, como si intentara aclararse las ideas.

—¿Sabe? Para ser una porquería de vino, tiene un contenido alcohólico remarcable. De hecho, me siento un poco bebido.

—Parece bebido —dijo la señora Bernard con un tono quizá desaprobatorio. A Daisy no le importaba lo más mínimo.

—Pero si yo no me emborracho. Nunca me emborracho.

—¡Ah! —exclamó Daisy, levantando un dedo—. No te emborrachas... a menos que tomes un montón de pastillas para el dolor de cabeza a la vez. Entonces probablemente acabas muy borracho.

—¡Dios! —vociferó Jones, revolviendo entre el contenido de los bolsillos del pantalón y sacando un paquete de tabletas—. «No debe administrarse con alcohol.»

La señora Bernard había desaparecido. Daisy se dejó caer pesadamente sobre una silla, preguntándose si habría subido a ver a Ellie. Esperaba que la niña no estuviera llorando: no estaba segura de conseguir subir las escaleras.

—Te haré un café —le dijo, e intentó levantarse.

—Me marcho entonces —intervino la señora Bernard, que acababa de aparecer por la puerta de entrada—. Hasta la vista, señor Jones. Daisy...

—Es... Yo... Sí, sí, señora Bernard. Gracias de nuevo. La acompañaré fuera.

La puerta se cerró en silencio. Un momento después Jones regresaba a la habitación. De repente, Daisy fue clarísimamente consciente de su presencia. No había estado a solas con un hombre desde... desde que el agente de policía condujo su coche por el puente de Hammersmith; y eso la había hecho llorar.

La sala seguía oliendo a revoque húmedo, el sofá instalado en medio de la habitación estaba cubierto de sábanas para protegerlo del polvo y una sola bombilla proporcionaba la única luz de la estancia. Para tratarse de un edificio en obras, de súbito resultaba de una intimidad incomodísima.

—¿Estás bien? —dijo él en voz baja.

—Muy bien. Prepararé el café —dijo Daisy, y al tercer intento consiguió ponerse en pie.

Casi un tercio del contenido de la taza se había derramado y perdido entre la cocina y la sala de estar, pero Jones no pareció percatarse de que su café fuera tan escaso.

—No puedo encontrar las llaves del coche —le dijo, bamboleándose y tanteando en los bolsillos sin parar, como si pudieran volver a aparecer de repente—. Habría jurado que las dejé sobre esa mesa cuando entramos.

Daisy lanzó un vistazo por la habitación, intentando evitar que las líneas horizontales bailotearan y le hicieran perder el equilibrio. Había ido sintiéndose menos inestable a partir del momento en que salió de la sala, y la angustia que sentía al notar el cada vez mayor atractivo de Jones la sustituía ahora por la ansiedad que le creaba el sentirse incapaz de mantenerse derecha.

—No las he visto —respondió Daisy, dejando la taza sobre una caja de embalar manchada de pintura.

—No hemos sacado el coche, ¿verdad?

—Ya sabes que no. Pasamos por delante cuando íbamos por el caminito de la entrada, al regresar. Lo frenaste, ¿recuerdas?

—Eso es que te estás haciendo vieja —musitó él—. Empiezas a captar la belleza de los coches. Lo próximo en que te fijarás será en las chaquetas de piel.

—Y en el pelo teñido; y las novias prepubescentes.

Jones se quedó un tanto callado tras ese comentario.

Daisy le dejó buscando en el dormitorio mientras ella intentaba localizar el teléfono móvil, que descubrió alojado en su chaqueta. Nadie solía llamar a esas horas de la noche. A menos que fuera Daniel. Registró la prenda con furia, intentando acertar en el bolsillo correcto, y sintiéndose curiosamente asustada de que Daniel pudiera adivinar que había un hombre en la casa.

—¿Diga?

—Soy yo.

Daisy no pudo evitar una mueca de decepción.

—Puedes decirle al señor Jones que le devolveré las llaves mañana. No he creído que fuera una buena idea dejarle conducir, y tampoco pensé que tú te encontraras en la posición de tener que sugerírselo, trabajando para él como trabajas.

Daisy se dejó caer con la espalda pegada a la pared y el teléfono casi rozándole la oreja.

—Vendré sobre las ocho. Los biberones de Ellie están preparados en la nevera.

—Pero ¿dónde dormirá?

—Puede regresar caminando al Riviera; o bien echarse un sueñecito en el sofá. Ya es mayor para apañárselas.

Daisy apagó el teléfono, se obligó a enderezarse y caminó hacia la sala de estar. Jones había abandonado la búsqueda, y se había desplomado en el sofá cubierto de polvo, con las piernas extendidas frente a él.

—La señora Bernard se ha llevado las llaves.

Le llevó algunos segundos comprender la frase.

—Y no ha sido por error.

—Condenada mujer. ¡Dios! —exclamó Jones, frotándose la

cara—. Tengo una maldita reunión a las siete cuarenta y cinco. ¿Cómo se supone que voy a ir a Londres ahora?

Daisy se sintió cansada de repente: la atmósfera fluida y de convivencia se había disipado en cierta manera debido a la llamada telefónica. Llevaba semanas sin acostarse más tarde de las diez, y ya era casi medianoche.

—Nos aconseja que pidas una habitación en el Riviera —explicó Daisy, sentándose en el borde de la silla y mirando el sofá que tenía delante—; o bien que te quedes aquí. Ya dormiré yo en el sofá.

Jones se fijó en el mueble.

—No creo que quepas —añadió Daisy—. Ellie se levanta temprano, así que podríamos despertarte.

Daisy bostezó, y Jones la miró, más sobrio, con una mirada inquisitiva.

—No voy a llamar a la puerta del Riviera a estas horas, pero tampoco puedo echarte de tu propia cama.

—Pues yo no puedo permitir que duermas en el sofá. Mides por lo menos el doble.

—¿Nunca dejas de discutir? Si duermes en el sofá, y yo duermo en tu dormitorio, ¿qué pasará si el bebé se despierta en plena noche?

Daisy no había pensado en esa posibilidad.

Jones se inclinó hacia delante, y hundió la cabeza entre las manos. Luego la levantó, y sonrió, con una ancha sonrisa de pirata dibujándosele en el rostro.

—¡Caray, Daisy! Menudo par de estúpidos borrachos, ¿eh? —La sonrisa le cambió por completo la expresión de la cara: parecía malévolo, el tío oveja negra que tienen todas las familias. Daisy volvió a sentirse relajada—. Vine aquí para echarte a la calle, y ahora, fíjate. Menudo par de estúpidos borrachos...

—Tú eres el jefe. Yo solo obedecía órdenes.

—Solo obedecías órdenes. Sí... —Se levantó, columpiándose hacia las escaleras—. Mira —le dijo, girándose en redondo—, dime si no toco pie con bola, pero hay una cama de matrimonio, ¿verdad?

—Sí.

—Pues tú te metes en un lado y yo en el otro. Sin cosas raras, y los dos con la ropa puesta. Mañana por la mañana ni siquiera mencionaremos el tema. De este modo, los dos conseguiremos pasar una noche de sueño como Dios manda.

—Perfecto —dijo Daisy, bostezando otra vez hasta el punto de que se le humedecieron los ojos. Estaba tan cansada que habría accedido a dormir en la cuna de Ellie.

—Una cosa —murmuró Jones, mientras se derrumbaba en la cama, se quitaba los zapatos de una patada y se aflojaba la corbata.

Daisy se echó en el otro lado, sabiendo que su presencia la habría hecho sentir incómoda y dormir en estado de vigilia, pero demasiado borracha y cansada para importarle.

—¿Qué? —murmuró a oscuras, recordando, un poco a disgusto, que se había olvidado de quitarse el maquillaje.

—Como empleada mía que eres, tú te levantarás a preparar el café por la mañana.

—Solo si accedes a comprar ventanas hechas a mano.

Daisy oyó un exabrupto ahogado. Sonrió, embutió las manos bajo la almohada y se quedó dormida como un tronco.

En otro tiempo Daisy creyó que el regreso de Daniel sería como un estallido, que al verle, literalmente explotaría de alivio y alegría, que silbaría como una girándula, y lanzaría chispas resplandecientes al cielo, como un cohete. Sin embargo, ahora Daisy sabía que las cosas no sucedían así: la presencia recuperada de Daniel en su vida era como volver a disfrutar de una profunda paz, en la cual aquel dolor que se le había insertado en los huesos, cesaba. Era como volver a casa. De ese modo le habían descrito en una ocasión lo que representaba descubrir el amor, y Daisy, descansando ahora en sus brazos, sabía que eso también podía aplicarse al reencuentro. Era como volver a casa. Se movió, y el brazo, que la rodeaba entrelazando los dedos con los suyos propios, se movió acorde. Había anhelado tantísimo sentir ese peso junto a ella. Cuando estaba embarazada, le resultaba demasiado incómodo, casi intrusivo, y se quedaba en su lado de la cama, parapetada y recostada entre almohadones. Tras el nacimiento de Ellie, sin embargo, fue el recordatorio que la consolaba diciéndole que él seguía allí. Que todavía seguía allí, junto a ella.

Daniel, no obstante, no se encontraba presente.

Daisy abrió los ojos, dejando que las formas borrosas fueran acompasándose lentamente hasta centrarse, intentando adaptarlos a la claridad fría y oriental de la mañana. Notaba los ojos secos, arenosos, y la lengua se le había hinchado hasta llenarle la boca por completo. Reconoció el dormitorio, tragando con dificultad. Era el suyo. A unos pasos de ella Ellie se removía en la cunita, acelerando el intervalo demasiado breve que iba del sueño profundo al despertar, mientras la luz del día se colaba por los intersticios de las cortinas y emitía parpadeos sobre las mantas. La portezuela de un coche se cerró en el exterior, y abajo, en el sendero, alguien llamaba. Uno de los constructores, probablemente. Daisy levantó la cabeza y se dio cuenta de que eran las siete y cuarto. La mano resbaló de su costado y, finalmente, cayó.

Daniel no estaba allí.

Daisy se obligó a enderezarse, aun cuando su cerebro se le unió un segundo después. Junto a ella, un cráneo moreno reposaba sobre la almohada, con el pelo entretejido de sueño. Se quedó sentada, inmóvil, contemplándolo, viendo la camisa arrugada que iba asociada a él, esforzándose por recordar, atando cabos entre un revoltijo de palabras e imágenes. Poco a poco, con la fuerza inevitable de un puñetazo propinado a cámara lenta, la imagen la golpeó. No se trataba de Daniel. El brazo no era el de Daniel. Daniel no había regresado.

Aquella paz nunca le había pertenecido.

Cogiéndola por sorpresa, y en un gran estertor, Daisy rompió a llorar.

«Es obvio lo que ha ocurrido», pensó la señora Bernard mientras la parte trasera del Saab, lanzando grava presa del malhumor, desaparecía por el caminito de entrada y se dirigía a Londres. «No hace falta ser neurocirujano para entenderlo.» Los dos apenas se atrevían a mirarse el uno al otro cuando ella entró en la casa, Daisy se aferraba a la niña y la sostenía delante, como un escudo, pálida y con la cara sucia por las lágrimas. A él se le veía harto y ansioso por marcharse; con el mismo aspecto del hombre que padece una tremenda resaca, lo cual, gracias a esas absurdas tabletas para el dolor de cabeza, era lo que sentía.

Había corrido electricidad entre los dos la noche anterior, con ese bromear conspiratorio, como si se conocieran desde hacía años, y no días. El sofá, por otro lado, advirtió la señora Bernard al entrar, parecía inmaculado, como si nadie hubiera dormido en él.

—Siempre se paga un precio por mezclar los negocios con el placer —le dijo a Jones al tenderle las llaves. Se refería a la bebida, pero él le había dedicado una mirada agresiva (la clase de mirada que seguramente debía de emplear para intimidar a su personal). La señora Bernard se limitó a sonreír. Era un zorro demasiado viejo para asustarse por las maneras del hombre—. Hasta pronto, señor Jones.

—Dudo que nos veamos pronto —replicó él, y sin apenas dirigir la mirada hacia Daisy, subió al coche y se marchó. Al poner la llave en el contacto, incluso puede que murmurara: «¡Mujeres!».

—¡Qué mamá más boba que tienes! —le dijo la señora Bernard a Ellie en voz muy baja, mientras regresaban hacia la casa dando un rodeo por el jardín—. Creo que se tomó mi consejo demasiado al pie de la letra, ¿no crees? No me extraña que esté hecha un lío.

Era una pena, la verdad; porque en el estado en que se encontraba Jones la noche anterior, y mientras la acompañaba hasta la puerta para despedirla, le había confiado que Daisy representaba algo así como un hallazgo; que ya no la tomaba por una infeliz desgraciada, ni siquiera por la calientabraguetas que ella se empeñaba en ser, sino sencillamente, y según sus palabras, por «una chica encantadora», había dicho Jones moviendo la cabeza en señal de desconcierto.

13

Camille alisó los apósitos de algas sobre los michelines de la señora Martigny, recorriéndole el estómago y la espalda con las manos para asegurarse de que la cobertura fuera uniforme. En ciertos lugares se había empezado a secar, sin embargo, y le aplicó un poco más del ungüento fangoso, como aquel que unta con salsa de tomate la masa de una pizza cruda. Con rapidez, tiró del rollo de papel film, lo adhirió sobre la boca del estómago de la señora Martigny y alrededor de cada muslo, y luego la cubrió con unas toallas calientes recién lavadas que todavía olían a suavizante. Sus movimientos se caracterizaban por el ritmo preciso y lánguido, y sus manos eran seguras y rápidas. Podría hacer ese trabajo incluso dormida; lo cual era una suerte, porque su mente se encontraba muy lejos, atrapada todavía en la conversación que había mantenido unas horas antes.

—¿Necesitas ayuda? —le preguntó Tess, asomando la cabeza por la puerta sin poder impedir que se filtrara por la rendija una cinta de música electrónica de relajación con sonidos de ballenas—. Tengo diez minutos antes de que los reflejos de la señora Forster le hagan efecto.

—No, no hace falta. A menos que quiera una taza de té o café. ¿Le apetece tomar algo, señora Martigny?

—No, gracias, Camille. Me basta con dejarme llevar tranquilamente.

Camille no necesitaba que la ayudaran. Lo que iba a necesitar era un nuevo empleo. Cerró la puerta al salir de la cabina de la señora Martigny, donde la dejaría unos veinte minutos con los apósitos anticelulíticos, e intentó digerir las palabras de disculpa que Kay le había dedicado esa misma mañana, notando que los nubarrones que se había esforzado en apartar de su mente durante tanto rato empezaban a cernirse desastrosamente sobre su cabeza.

—Lo siento muchísimo Camille. Sé que amas este lugar; y eres una de las mejores esteticistas con las que jamás haya trabajado; pero John siempre ha querido mudarse a Chester, y ahora que se ha jubilado, no veo el modo de negarme. A decir verdad, creo que el cambio nos sentará bien.

—¿Cuándo liquidas el negocio? —le había preguntado Camille, intentando conferir una expresión neutral a su rostro y manteniendo la compostura.

—Bueno, todavía no le he dicho nada a Tess, ni a las demás, pero voy a anunciar el traspaso esta semana; y creo firmemente que lo podremos vender en calidad de negocio boyante. Sin embargo, Camille, y que esto quede entre nosotras, no creo que Tess se quede aquí mucho tiempo. Es una chica inquieta. Nunca se sabe.

—Sí —respondió Camille, intentando esbozar una sonrisa. Ninguna de las dos abordó el tema de sus propias perspectivas laborales.

—Lo siento, cariño. Temía decírtelo —dijo Kay, tocando el brazo de Camille en un gesto de disculpa.

—No seas tonta. Debes hacer lo que consideres correcto. No tiene ningún sentido que alargues la situación si prefieres vivir en otro lugar.

—Bueno, ya sabes que mi hijo reside allí...

—Es bueno tener cerca a la familia.

—Le he echado mucho de menos; y ahora Deborah está esperando un crío. ¿Te lo había dicho?

Camille emitió las exclamaciones de alegría pertinentes, pero oía su propia voz distante, como si perteneciera a otra persona, dar su aprobación, admirarse y pronunciar palabras de ánimo mientras ella, en su interior, luchaba desesperadamente por calibrar lo que representaría ese cambio en su vida.

Era lo más inoportuno que podía sucederle. Hal le había dicho la noche anterior que si no conseguía algún encargo en un plazo de diez días, tendría que admitir la derrota y cerrar el negocio. Lo había explicado en un tono curiosamente neutro y carente de emociones, pero cuando ella fue a buscarlo esa noche, para intentar consolarlo, él se apartó con suavidad, su espalda rígida como un estandarte que simbolizara su rechazo silencioso. No insistió. Ya no insistía nunca. «Deja que vuelva a ti por su propio pie», le había dicho la consejera matrimonial. Ahora bien, lo que no había precisado era qué debería hacer si él no volvía.

Camille se quedó sentada, inmóvil, fuera de la cabina de tratamiento, oyendo a medias los sonidos que, por lo general, encontraba reconfortantes: las ahogadas explosiones del secador de mano, las zapatillas de suela acolchada deslizándose por el parquet y las cadencias truncadas de las charlas femeninas.

El hecho de que Camille perdiera su empleo no era culpa de él, pero eso le vendría como anillo al dedo para mortificarse, para buscar excusas con las que ahondar en el vacío que los separaba. «Ahora no es el momento de decírselo», pensó. «No le puedo hacer eso.»

—¿Estás bien, Camille?

—Sí, muy bien, Tess. Gracias.

—Acabo de concertar una cita con la señora Green para una aromaterapia facial el martes. Lo tenías un poco lleno y me he ofrecido a hacérsela yo, pero se ve que para ella no es lo mismo... Ha dicho que quería comentarte una cosa. —Tess se rió con ganas—. Me encantaría saber qué es lo que te cuentan estas mujeres, Camille. Apuesto a que el día menos pensado te vas a convertir en un filón para los Ecos de Sociedad.

—¿Qué?

—Por lo que sabes sobre todas sus aventuras y sus líos. Sé que eres muy discreta, pero apuesto a que este pueblo es un inmenso hervidero de pecados inconfesables.

A menos de medio kilómetro de distancia, a primera línea de la costa, Daisy se encontraba sentada en un pequeño afloramiento cubierto de hierba que daba a una playa de guijarros unos metros más abajo, con Ellie durmiendo a su lado, en el cochecito de paseo. El cielo era claro, y no soplaba el viento. Las olas se mecían con gracia, avanzando y regresando de puntillas por la playa. En las manos sostenía una carta.

Supongo que debes de sentirte furiosa conmigo; y no te culpo. Quiero que sepas, sin embargo, que he tenido tiempo de pensar mientras he estado fuera, Daisy, y si de algo me he dado cuenta es de que, en realidad, jamás tuve la ocasión de elegir si deseaba tener un bebé, sino que me encontré con uno, directamente; y a pesar de que amo a la niña con todo mi ser, me molesta el modo en que su presencia nos influyó, a nosotros y a nuestra vida en común...

Daisy no lloraba. Sentía una gelidez que le impedía llorar.

Te echo de menos. Te echo francamente de menos, pero todavía sigo confuso. No sé dónde tengo la cabeza en la actualidad. No puedo dormir bien, el médico me ha recetado antidepresivos, y me ha aconsejado que vaya a ver a alguien para hablar de todo esto, aunque noto que será demasiado doloroso. Me siento escindido entre mi deseo de verte y... pero, de momento, no estoy seguro de que las cosas se aclaren si nos vemos.

Le había incluido un cheque de quinientas libras. De la cuenta de su madre, y firmado por ella.

Tan solo te pido que me concedas un poco más de tiempo. Me mantendré en contacto, te lo prometo; pero necesito más tiempo. Lo siento muchísimo, Daisy. Sé que soy un auténtico desgraciado por haberte herido. Hay días en los que me odio tanto...

Solo hablaba de él. De su trauma, de su lucha. No había ni un solo signo de interrogación. ¿Cómo estaba su hija? ¿Ya comía alimentos sólidos? ¿Dormía bien por las noches? ¿Cogía objetos con sus deditos sonrosados? ¿Cómo podía Daisy abarcarlo todo? La única referencia a Ellie tenía que ver con su propia confusión. «Su egoísmo solo lo iguala la falta de conciencia de sí mismo», pensó Daisy. «Quería que tuvieras un padre», le dijo en pensamientos a su hija. «Deseaba que disfrutaras de la adoración paternal de que deberías gozar por derecho propio y, en cambio, lo que recibes es una blandenguería autoobsesiva.»

No obstante, algo en esas palabras redactadas le recordaba su manera de hablar, el eco fantasmagórico de esa premura emocional que ella había amado durante tanto tiempo; y una honestidad que no estaba segura de querer comprender. Daniel dudaba sobre si se sentía preparado para tener un hijo. Durante un tiempo le fue muy franco. «Cuando el negocio se haya consolidado y las cosas funcionen bien, cariño», solía decirle; o bien, «Cuando hayamos ahorrado un poco de dinero». Daisy sospechaba que debía de haberse sentido furioso al decirle ella que estaba embarazada, aunque lo había ocultado muy bien. Se había mostrado colaborador en todo momento, acudió a todas las clases y ecografías y pronunció los comentarios pertinentes. «No es culpa tuya, a fin de cuentas», le había repetido varias veces. Estaban juntos en eso. «Hacen falta dos personas para bailar el tango», había añadido Julia.

Aunque eso no siempre es así, ¿verdad?

Daisy seguía sentada sobre la hierba y, por primera vez, y con un gran sentimiento de culpabilidad, se permitió recordar. No a Ellie, sino el paquete de píldoras, al que había echado un vistazo antes de descartarlo. Lo que había sucedido catorce meses antes.

—Han terminado los dos dormitorios delanteros. ¿Quieres ir a mirarlos?

La señora Bernard cogió a Ellie, que se acababa de despertar tras regresar del paseo con su madre, del cochecito, y cerró la enorme puerta blanca a sus espaldas.

—Las camas llegan mañana, así que no tardarán en parecer casi terminadas. ¡Ah! Llamó ese hombre de las persianas; dice que volverá a intentarlo esta tarde.

Daisy, que había cogido frío y se sentía cansada, se sacó el abrigo y lo dejó sobre lo que se convertiría en el mostrador de recepción. Era un mueble de la década de los treinta que había descubierto en Camden, y que había conservado en su envoltorio protector de burbujas desde el momento de su entrega, la semana anterior. Quería enseñárselo a Jones, pero no habían hablado directamente durante esos diez días que habían transcurrido desde la última reunión. La señora Bernard, con una alegría desacostumbrada, le hizo señas para que la siguiera.

—Fíjate, han empezado con los jardines. Iba a llamarte, pero pensé que no tardarías en volver.

Daisy miró los jardines en pendiente, donde estaban plantando una variedad de árboles y arbustos en una tierra nueva y abonada. Habían podado algunas de las plantas más exuberantes, como, por ejemplo, las lilas y las glicinas, con gran sentido estético, para no robarles el aire silvestre y mágico. Sin embargo, las terrazas, restregadas y restauradas, aparecían ahora desnudas y limpias, en contraste obvio con las formas orgánicas que las rodeaban, y el olor de la salvia y el tomillo procedente del nuevo jardín de plantas aromáticas se mezclaba con el de la buddleia, cuyos altos y débiles tallos se inclinaban por el peso de las flores.

—¡Vaya diferencia!, ¿no? —exclamó la señora Bernard, sonriendo y señalando objetos para que Ellie se fijara en ellos.

Daisy se había dado cuenta de que se complacía en aquel juego. Supuso, con cierta desazón, que no había podido hacerlo con Camille.

—La cosa avanza —comentó, mirando a su alrededor con una rara sensación de éxito y placer germinando en su interior y desplazando el agujero negro que parecía absorber todo lo bueno. Seguían retrasados, pero empezaban a ganarle la carrera al tiempo.

Las habitaciones que habían de ser derribadas aparecían abiertas y luminosas, y una persiana eléctrica recién instalada dejaba entrar la luz por la enorme claraboya cuando era preciso, ahorrándoles el calor cegador de mediodía. Tan solo eran tres los dormitorios a los que les faltaban los muebles, y sus paredes de revoque desprendían el olor mareante de la pintura fresca, mientras que los suelos recién encerados y dispuestos en forma de espina de pez yacían bajo una capa de polvo producto de las obras que no desaparecería hasta que los albañiles se marcharan. Habían instalado las unidades de acero inoxidable que conformaban los sobres de las cocinas, junto con las neveras y los congeladores de tamaño industrial, y todos los baños, a excepción de uno solo, contaban ya con la loza sanitaria. Una vez finalizado lo básico, Daisy ya se planteaba atacar los detalles. Esa era su especialidad, y solía pasarse horas disfrutando, a la búsqueda de una pieza única de tela antigua o consultando manuales para ver exactamente dónde iban colgados los cuadros o colocados los libros. «La próxima semana», se dijo a sí misma, «me sentaré a revisar los álbumes de la señora Bernard sobre la casa.» Aquellos detalles constituían, de hecho, el tesoro que no se había permitido tocar hasta haber finalizado, a su entender, la «parte» de la obra que le tocaba a Daniel.

—¡Ah! Se me olvidaba. Van a destrozar esa butaca rinconera. Parece ser que la madera está demasiado carcomida, pero el tipo dice que puede construir una igual. Tampoco creo que valga la pena tomarse la molestia de consultar las páginas amarillas para buscar un profesional. ¿Qué más? Ese jazmín de al lado habrá que expurgarlo porque está estrangulando el desagüe, y yo les he dicho que no hay problema. Lo planté ahí yo misma, cuando Camille era pequeña. Por el olor, ¿sabes? Le gustaban las cosas que olían bien.

Daisy frunció el entrecejo.

—¿No le importa?

—¿Importarme el qué?

—Todo este destrozo. Fue su casa durante muchos años, y ahora la estoy echando abajo para darle la forma que a mí me parece más conveniente. No se parecerá en nada a la de antes.

La expresión de la señora Bernard se nubló.

—¿Por qué habría de importarme? —dijo, y el tono irritado de su voz no encajaba con su gesto de fingida indiferencia—. No tiene ningún sentido mirar hacia el pasado, ¿verdad? Es absurdo apegarse a cosas que ya no existen.

—Pero forma parte de su historia.

—¿Preferirías que estuviera triste, que andara gimoteando por la casa diciéndote: «Oh, en mis tiempos era muy diferente»?

—Claro que no, es solo que...

—Es solo que todos creen que los viejos siempre tienen que estar atosigando con el pasado. Pues bien, yo no me doy reflejos azules, ni tengo un abono de autobús, y me importa tres cominos si queréis pintar las paredes amarillas a topos azules... Así que haz lo que quieras, como te digo siempre; y deja de buscar la aprobación ajena.

Daisy sabía cuándo dar por concluida una conversación. Se mordió la lengua y entró en la casa para preparar el té. Aidan, el capataz, ya estaba en la cocina, y los sonidos apagados de una radio borboteaban a sus espaldas.

—¿Le ha contado ya lo de la reunión? —le preguntó, escurriendo la bolsita con los dedos y con el rostro demacrado salpicado de pintura Farrow and Ball color turquesa claro.

—¿Qué reunión?

—La de la mujer del hotel de al lado. Ha convocado una reunión para hablar de Arcadia. Quiere que el Consejo Municipal detenga las obras.

—Bromea, ¿no?

—No bromeo en absoluto —sentenció Aidan, lanzando la bolsita al contenedor de plástico que servía de cubo de la basura y recostándose contra las nuevas piezas de acero inoxidable—. Será mejor que vaya allí esta noche; y le aconsejo que se lleve al gran jefe con usted. Ya sabe cómo las gastan en estos lugares. Esas mujeres pueden ser terribles.

—Yo casi me meo encima del susto —intervino Trevor, el fontanero, asomando la cabeza por la puerta para coger unas galletas—. Unos cincuenta y pico y enganchada a la correa de su perro, ¿no? Me acorraló en el estanco cuando estaba comprando unos pitillos y empezó a pegarme un rollo de padre y muy señor mío. Me dijo que no sabía lo que hacía, y que estaba abriendo una caja de Pandora o algo por el estilo.

—Es por el bar —dijo Aidan—. No quieren el bar.

—¿Cómo va a haber un hotel sin bar?

—A mí no me lo diga, guapa. Solo le explico por qué se quejan tanto.

—¡Diablos! ¿Qué vamos a hacer ahora? —La quebradiza sensación de seguridad en sí misma, que Daisy había logrado consolidar apenas, volvía a desintegrarse.

—¿Qué quieres decir con «hacer»? —intervino la señora Bernard, que había aparecido en la puerta con Ellie columpiándose en su cintura—. No hay que «hacer» nada. Vas allí, escuchas lo que tenga que decir esa mujer, luego te levantas y les dices que son todos un hatajo de estúpidos nostálgicos.

—Eso iría muy bien —coincidió Trevor.

—Cuéntales lo que sucede en realidad. Gánales por puntos.

—¿Yo hablando en público? —exclamó Daisy, abriendo los ojos desmesuradamente—. No, eso ni hablar.

—Bien, pues entonces que venga Jones. Dile que tiene que encargarse de la situación.

Daisy recordó las dos conversaciones que habían mantenido después de que él se marchara de Arcadia. No le costaba adivinar que Jones había recuperado la opinión previa que tuviera de ella: inestable, excesivamente emotiva e indigna de confianza. Los modos que empleaba al hablarle eran cautos y desdeñosos. Finalizaba las conversaciones telefónicas antes de tiempo, cortándolas en seco. Cuando Daisy, que seguía con la sensación de haberse comportado como una imbécil obsequiándole con un ataque de lágrimas, le preguntó de un modo que consideraba conciliatorio cuándo regresaría a Arcadia, él le dijo que no veía la razón. «¿Acaso no crees poder controlarlo todo tú sola?»

—No —repuso con furia—. No quiero que vuelva aquí.

—Parece como si creyeras que él llevaría el tema mejor que tú.

—No iremos. Dejaremos que el hotel hable por sí solo.

—¡Bah, muy valiente de tu parte! ¡Brindar a Sylvia Rowan la ocasión perfecta de hablar mal de ti delante de todo el pueblo!

Había algo profundamente molesto en el tono de mofa que empleaba la señora Bernard. Daisy creyó que ya llevaba demasiado tiempo soportándolo.

—Mire; yo no hablo en público.

—¡Menuda estupidez!

—¿Cómo?

—No querer defender tu propio trabajo. No llamarás a Jones porque te pusiste en ridículo delante de él. Por consiguiente, te vas a quedar aquí sentada y permitirás que te pisoteen. Eso es ridículo.

Daisy ya estaba hasta el gorro.

—¡Ah, claro! Supongo que usted nunca se ha equivocado en la vida, ¿verdad? Se casó con un hombre honesto, tuvo una familia y se convirtió en un miembro relevante de la comunidad. Jamás la acosó la incertidumbre. Pues, mire, señora Bernard ¡que la zurzan!

—Lo cual demuestra que sabrías hacerlo bien. Solo digo que en tus circunstancias, necesitas confiar más en ti misma.

—¿En mis circunstancias? Oiga, que yo no llevo una maldita letra escarlata en la frente, señora Bernard. Fuera de Stepfordwivesville hay personas que educan a sus hijos solas, y no se considera que tengan una «circunstancia» especial, tal como usted dice.

—Soy muy consciente de que...

—Jamás elegí esta clase de vida, ¿sabe? Pensaba que estaba formando una familia. No creí que me convertiría en una madre soltera. ¿Acaso cree que formaba parte de mis planes pasarme la vida viviendo en las obras con un bebé cuyo padre no sabe ni el aspecto que tiene? ¿Con un montón de condenadas sargentas dispuestas a criticarlo todo? ¿Eso es lo que cree que yo quería?

Trevor y Aidan intercambiaron una mirada de inteligencia.

—No hay necesidad de ponerse histérica.

—Bien, pues entonces deje de meterse conmigo de una puñetera vez.

—No seas tan susceptible.

Se hizo el silencio, durante unos segundos.

—¿Y a qué se refiere cuando dice que me puse en ridículo con Jones?

La señora Bernard miró de reojo a los obreros.

—No estoy segura de que debamos seguir hablando de esto.

—¿Hablando de qué?

—¡Oh, por nosotros no se preocupe! —dijo Aidan, recostándose contra las unidades de acero inoxidable, taza en mano.

Por primera vez a la señora Bernard se la veía presa de la desazón.

—Bueno, quizá pensaste que estabas haciendo lo adecuado... al seguir adelante...

—¿De qué demonios está hablando?

—De ti y de él. De la otra mañana.

Daisy frunció el ceño, esperando. Los hombres se quedaron inmóviles, sin perder palabra.

—Supongo que la gente joven es diferente hoy en día... Las cosas son distintas...

—¡Vaya por Dios! Usted cree que me acosté con él, ¿verdad? ¡No me lo puedo creer! —exclamó Daisy, profiriendo amargas carcajadas.

La señora Bernard, con la niña en brazos, pasó junto a ella y señaló algo que había al otro lado de la ventana y que interesó profundamente a Ellie.

—Para su información, señora Bernard, y aunque eso no le atañe ni lo más mínimo, el señor Jones y yo no nos hemos puesto ni una mano encima. Si él se quedó a pasar la noche, fue porque usted se llevó las llaves de su coche, por nada más.

—De todos modos, es un hombre encantador —intervino Trevor.

—Encantador, sí. Yo mismo saldría con él. Si fuera una chica, claro —dijo Aidan sonriendo.

La señora Bernard se giró en redondo y pasó junto a ellos.

—No me refería a eso. Solo creí que no deberías haberte emborrachado con él, eso es todo. Por el hecho de que es tu jefe; con todo lo que eso comporta. De todos modos, no te preocupes. Me reservaré mi opinión, si eso es lo que deseas.

—Precisamente es lo que deseo. Es más, preferiría estar sola.

—Bien, ya he oído bastante. Toma, coge al bebé. Tengo que ir a hacer algunas compras. —Se apartó de Daisy casi de un empujón, le dio su hija con ímpetu y se marchó de la casa.

—¡Daisy! ¿Ocurre algo?

—No. Bueno, sí. No lo sé. Solo necesitaba escuchar una voz amiga.

—¿Qué sucede, cariño?

—Pues... lo típico. Problemas domésticos —Daisy recorría el auricular con el dedo—; y Daniel... Daniel ha escrito.

—¡Qué pena! Esperaba que hubiera muerto. ¿Qué te ha contado?

—Que se siente confundido; que no es feliz.

—¡Pobrecito Daniel! En fin, ¡qué gran paso! ¿Qué se supone que va a hacer ahora?

Daisy se dio cuenta de que Julia no era la persona idónea a quien llamar.

—Nada. Está... Está intentando solucionar sus problemas.

—Y eso, ¿en qué te afecta a ti?

—Olvídalo, Ju. No hablemos de ello. En cualquier caso, Ellie está estupendamente. Le va muy bien con los sólidos, y casi se sienta derecha. Le han salido unos coloretes hermosísimos de vivir junto al mar. Cuando no esté tan atareada y haga un poco más de calor, la llevaré a chapotear a la orilla.

—¡Qué monada...! Oye, ¿qué tal si voy a veros a las dos? Echo de menos a mi cuchicuchi.

Daisy odiaba profundamente esa palabra.

—Deja que pase esta semana. Ya te llamaré.

—No es necesario que te enfrentes a todo contra viento y marea, Daise, ya lo sabes. Puedes venir a casa con nosotros. Cuando quieras. Don me dice que no hubiera tenido que permitir que te fueras sola.

—Estoy muy bien.

—Pero piensa en ello. Si se te hace cuesta arriba. No quiero que te sientas sola.

—Lo pensaré, Ju.

—Además, Daisy, ¡mira que vivir en Essex!

El centro social Alderman Kenneth Elliott había cancelado la sesión habitual de bingo de esa noche, y los pocos pensionistas que llegaban para jugar unas partidas no se sintieron reconfortados ante la perspectiva de tener que soportar una reunión de planificación. Algunas personas se habían quedado fuera, despotricando desconsoladas bolso en mano, sin saber si debían regresar a casa o quedarse, mientras que otros se acomodaron en las sillas de plástico torneado, con los carnés preparados, por si acaso. El locutor del bingo, un DJ que esperaba abrirse camino en el circuito de los cruceros de placer, estaba en la calle, fumando con rabia y pensando en las quince libras que ya no iba a embolsarse. Todo lo cual quizá explicara en parte el malhumor previo de aquellos habitantes de Merham que habían desafiado la repentina sentada... que se les venía encima.

El edificio era bajo, color arcilla, y había sido erigido a finales de la década de los setenta sin, obviamente, ninguna clase de consideraciones estéticas, ni por fuera, ni por dentro; un mero antro, con una calefacción que dejaba mucho que desear, donde el Club de la Una en Punto de Merham, las reuniones de los martes, el bingo y unas cuantas madres con sus chiquillos luchaban educadamente por conseguir días y espacio en los que disponer las sillas y servir zumo de naranja y galletas baratas para acompañar el té, dispuesto en una enorme y temperamental tetera.

En las paredes del vestíbulo de la entrada, unas páginas fotocopiadas tamaño Din-A4 anunciaban un servicio de autobús telefónico, un número de teléfono confidencial para informarse sobre toxicomanías y una nueva sesión educativa para niños con discapacidades físicas o mentales. También se advertía una nota más pequeña, que el DJ no había visto, en la que se notificaba que la sesión de bingo de aquel jueves por la noche quedaba cancelada. Presidiendo la exposición había un póster recién colgado, del doble de tamaño que el anterior, en el que se leían las letras impresas SOS: SALVEMOS NUESTROS VALORES con tinta lila, y en el que se exhortaba a los habitantes de Merham a plantarse ante la perjudicial restauración del enclave al que se citaba inexplicablemente como «la casa de la actriz» para proteger a los jóvenes y defender el modo de vida tradicional de la localidad.

Daisy lo contempló, y contempló también el público de gente bien entrada ya en años dándole la espalda, removiéndose en sus asientos y mirando con expectación el escenario, y luchó para vencer el impulso de darse la vuelta en redondo y regresar a la relativa seguridad de Arcadia. Lo único que se lo impedía era la perspectiva igualmente aterradora de que el concepto en que la tenían tanto Jones como la señora Bernard fuera el acertado: que Daisy fuera una mujer débil, falta de carácter, cobarde. Alguien a quien el asunto le iba grande. Levantó a Ellie, librándola a su vez de la eterna multitud de capas con que la tapaba la señora Bernard, y la sacó del cochecito, que acercó a una esquina. Luego se sentó del modo más discreto que pudo al final de la sala, mientras el alcalde del pueblo, un hombre bajito y ancho de espaldas que disfrutaba ostensiblemente toqueteando el collar que lucía como símbolo de su cargo, presentó a Sylvia Rowan sin demasiados preámbulos.

—Señoras y señores, seré breve porque entiendo que deben de estar ansiosos por regresar a casa. —La señora Rowan, resplandeciente con su chaqueta roja abotonada y su falda plisada, estaba en pie, ante toda la sala, con las manos cruzadas bajo el pecho—. Me gustaría agradecerles su comparecencia, que ha sido magnífica. Demuestra que el espíritu de esta comunidad todavía no ha muerto como en determinados puntos de nuestro amado país. —Sonrió, como si esperara recibir un aplauso, pero cuando percibió tan solo un murmullo apagado de afirmación, empezó a meterse de lleno en el tema—. Bien, he convocado esta reunión porque, como ustedes ya saben, llevamos muchos años intentando impedir que Merham termine convirtiéndose en un Clacton o un Southend. A pesar de la fuerte oposición a que nos hemos enfrentado siempre, hemos logrado limitar los enclaves y las circunstancias donde públicamente pueda adquirirse alcohol en este pueblo. Algunos quizá pensarán que somos retrógrados, pero a mí me gusta creer que en Merham hemos conservado un cierto regusto familiar, un cierto nivel que hemos conferido al pueblo al no permitir que se convierta en otro despliegue de tabernas y bares de noche.

Sonrió al oír un ahogado «eso, eso» al fondo. Daisy acunaba despacito a Ellie.

—Merham, a mi entender, es uno de los pueblecitos costeros con mayor encanto de Inglaterra. Para los que desean tomar una copa, existe el restaurante que regentan el señor y la señora Delfino, aquí presentes, el restaurante indio y nosotros mismos, que estamos en el hotel Riviera. Eso siempre ha bastado a los habitantes de este pueblo, y nos ha permitido alejar a los... ¿cómo lo diría yo?... los elementos más problemáticos que tradicionalmente sienten atracción por los pueblos costeros. Sin embargo, ahora... —dijo Rowan, paseando su mirada por la sala—. Ahora nos sentimos amenazados.

El auditorio permanecía en silencio, y solo se oía de vez en cuando el roce de un zapato o el timbre estridente de un teléfono móvil truncando la quietud.

—Estoy segura de que todos nos alegramos de ver que uno de nuestros edificios más emblemáticos está siendo restaurado; y me ha dicho el director de distrito que se encarga de la planificación urbanística que las mejoras que están realizando en el inmueble se hacen respetando su idiosincrasia. Para los que conocemos la historia de la casa, esas palabras no acaban de tener mucho sentido que digamos —remedó Sylvia Rowan, dejando escapar una risa nerviosa, que fue coreada por algunos de los ancianos de la sala—. Sin embargo, y como ustedes muy bien saben, el edificio no será destinado al disfrute privado. La casa de la actriz, nombre con el que la conocemos los que hace más tiempo que vivimos en el pueblo, se convertirá en un hotel para londinenses. Ideado por el propietario de un bar nocturno situado en el Soho, nada menos, que resulta que quiere un lugar para que la gente como él pueda escapar de la ciudad. Sé que algunos nos cuestionamos si, en el fondo, necesitamos gente del Soho paseando por el pueblo y utilizando Merham como su lugar de recreo particular; además, por si eso fuera poco, el nuevo propietario ha solicitado un permiso para... —y revisó un trozo de papel que llevaba en la mano—... construir un helipuerto. ¡Imagínense el ruido de los helicópteros aterrizando a cualquier hora del día y la noche!; y no solo uno, sino dos bares, con gran libertad de horarios. Para que toda clase de individuos vayan por ahí borrachos como cubas y traigan drogas y quién sabe qué otras sustancias al pueblo. Pues bien, señoras y señores, yo no estoy dispuesta a tolerarlo. Creo que deberíamos formar un grupo de presión e ir a hablar con el diputado que nos representa en el Parlamento y con el director de planificación urbanística para conseguir que retiren el permiso de construcción de un hotel en este pueblo. Merham no lo necesita, ¡y es evidente que tampoco lo quiere! —Sylvia Rowan terminó con un gesto florido de la mano, haciendo oscilar el papel arrugado sobre su cabeza.

Daisy echó un vistazo y captó gestos de asentimiento alrededor. El alma le cayó a los pies. El alcalde se levantó, agradeció a una ruborizada señora Rowan sus «vehementes palabras» y preguntó si alguno de los presentes tenía algo que añadir. Daisy levantó la mano, y doscientos pares de expectantes ojos se volvieron hacia ella.

—Yo... Humm.. Me llamo Daisy Parsons, y soy la diseñadora que...

—¡Hable más alto! —gritó alguien de las filas delanteras—. No podemos oírla.

Daisy se dirigió al pasillo que había entre las dos hileras de sillas, y respiró hondo. El aire estaba lleno de humo, cargado de una mezcla de perfumes baratos.

—Soy la diseñadora que está restaurando Casa Arcadia, y he escuchado con suma atención lo que la señora Rowan tenía que decir. —Daisy mantenía los ojos ligeramente por encima de sus cabezas, para no tener que ver a nadie. Si se percataba de su expresión, sabía que se detendría en seco—. Comprendo que la casa despierte unos sentimientos tan apasionados en ustedes, y eso es admirable. Es un lugar precioso, y si alguien quiere visitarnos...

—¡Más alto! ¡Todavía no la oímos bien!

Daisy siguió hablando.

—Si alguien quiere visitarnos para ver lo que estamos haciendo, será muy bienvenido. De hecho, me encantaría oír en boca de ustedes la historia de la casa, o la descripción de sus anteriores habitantes, porque deseamos aportar elementos de su pasado a la nueva decoración. Aunque no está programado, les aseguro que cada vez nos interesa más el espíritu que transmite el diseño.

Apoyada en su cintura, Ellie se revolvía, con los ojos brillantes y redondos como dos cuentas de cristal.

—La señora Rowan tiene razón, hemos socilitado autorización para construir un helipuerto; pero estaría oculto de la vista del pueblo y solo operaría durante una franja horaria limitada. A decir verdad, de todos modos, no creo que acabemos construyéndolo. Estoy segura de que la mayoría de visitantes llegarán en coche o en tren. —Daisy echó un vistazo a los rostros impasibles—. Sí, es cierto que hemos solicitado poder abrir dos bares, uno dentro del edificio y otro fuera. No obstante, la clase de personas que residirán en Arcadia no son gamberros borrachos, no son de los que se emborrachan con sidra barata y organizan peleas abajo en la playa, al borde del mar. Son gente civilizada, acomodada, que solo quiere tomar un gin tonic y una botella de vino durante la cena. Probablemente ni siquiera se enterarán de su presencia.

—El ruido procedente de la casa llegará al pueblo —interrumpió Sylvia Rowan—. Si hay un bar fuera, seguro que habrá música y griterío, y si el viento sopla en dirección al pueblo, todos tendremos que oírla.

—Estoy segura de que hallaremos alguna solución, si le cuenta usted al propietario sus problemas.

—Lo que usted no comprende, señorita Parsons, es que esto ya lo hemos vivido antes. Se celebraban fiestas y toda clase de veladas en esa casa, y ya no nos gustaban entonces. —Un murmullo de aprobación se elevó en la sala—. Eso sin tener en cuenta el efecto que tendrá en los restaurantes que ya existen.

—Aportará mayor volumen de negocio. Al pueblo.

Ellie, sin que viniera a cuento, empezó a gimotear. Daisy se la cambió de lado e intentó centrarse en su razonamiento, haciendo oídos sordos a los gritos abrasivos de su llanto.

—Y acabará con el comercio que ya existe.

—Dudo mucho que estemos hablando de la misma franja de mercado —dijo Daisy, de pie, en medio de la sala, sintiéndose sola como nunca se había sentido en la vida.

—¿Ah, no? ¿Y cuál considera usted que es nuestra franja de mercado?

—¡Por el amor de Dios, Sylvia! Sabes perfectamente que la clase de gente que va a tomar el té los domingos a tu precioso hotel difícilmente irá a tocar los bongós y el platillo, o como se llame, a un bar moderno.

Daisy echó un vistazo a su izquierda y vio a la señora Bernard poniéndose en pie unas filas más atrás, con su marido a un lado y Camille y Hal al otro. La mujer se volvió, convirtiéndose en el centro de atención de los rostros que la rodeaban.

—El pueblo se está muriendo —dijo despacio, deliberadamente—. Este lugar está en las últimas, y todos lo sabemos. La escuela corre el riesgo de cerrar sus puertas, la mitad de las tiendas de la calle Mayor están cerradas a cal y canto o se han cedido a obras de caridad, y el mercado se va reduciendo a medida que transcurren las semanas porque aquí no hay suficiente clientela para mantener los puestos en funcionamiento. Incluso los albergues están desapareciendo. Es necesario que dejemos de regodearnos en el pasado, que dejemos de oponernos a cualquier oportunidad de cambio y empecemos a dejar que entre un poco de aire fresco.

Miró en dirección a Daisy, que había metido el dedo meñique en la boquita de Ellie y se balanceaba adelante y atrás sobre los talones.

—Quizá no resulte demasiado cómodo vernos rodeados de extraños, pero vamos a tener que atraer a alguien si queremos que sobrevivan nuestros negocios, si deseamos que los jóvenes se puedan construir un futuro en el pueblo; y es preferible atraer a gente acomodada de Londres que a nadie en absoluto.

—Eso no habría ocurrido si la Asociación de Casas de Huéspedes siguiera funcionando —dijo una mujer mayor sentada en la primera fila.

—¿Qué le sucedió a la Asociación de Casas de Huéspedes? Murió porque no había suficientes casas que conformaran una asociación digna de llevar tal nombre. —La señora Bernard se volvió y dirigió una mirada de desprecio a Sylvia Rowan—. ¿Cuántos de vosotros habéis visto incrementar vuestros ahorros o vuestros ingresos durante los últimos cinco años? ¡Venga, quiero veros decirlo!

Hubo un murmullo generalizado y se vieron diversos gestos de conmiseración.

—Exacto; y todo porque nos hemos vuelto retrógrados y huraños. Preguntadle a las hostaleras: ni siquiera tenemos el encanto suficiente para seguir atrayendo a las familias, a la gente que es sangre de nuestra sangre. Necesitamos apostar por el cambio, y no rechazarlo. Vayámonos a casa a reflexionar antes de empezar a tirar de la manta que protege nuestros nuevos negocios.

Se oyó un débil amago de aplausos.

—Sí, claro. No me extraña que opines así.

La señora Bernard se giró y se puso frente a Sylvia Rowan, que la miraba directamente a los ojos.

—Ese constructor probablemente te ha pagado una buena suma por la casa y, a juzgar por las apariencias, sigue pagándote todavía. Así que me cuesta creer que seas imparcial en el tema.

—Si a estas alturas no me conoces lo suficiente, Sylvia Holden, para saber que siempre hago lo que me parece, entonces es que como mujer todavía eres más estúpida que como jovencita, que ya es decir.

Se oyeron risas escondidas al final de la sala.

—Sí, ya. Todos sabemos qué clase de jovencita...

—Señoras, señoras. Ya está bien. —El alcalde, temeroso quizá de rifirrafes menopáusicos, se colocó con firmeza entre las dos mujeres. A Daisy le sorprendió la descarnada enemistad pintada en sus rostros—. Gracias, gracias. Estoy seguro de que ambas nos han proporcionado un buen material sobre el que reflexionar. Creo que ahora deberíamos votar...

—Supongo que no creerás que lo hemos olvidado, ¿verdad? Solo porque ya nadie hable de ello no significa que lo hayamos olvidado.

—Señora Rowan, por favor. Emitiremos nuestros votos y veremos por dónde van los tiros antes de pasar a otra cosa. Que levanten la mano todos aquellos que estén en contra... o no se muestren favorables a la restauración de Arcadia.

—Tienes que dejar de vivir en el pasado, estúpida —dijo la señora Bernard en un aparte, sentándose junto a su marido. Él le susurró algo y le dio unos golpecitos de ánimo en la mano.

Daisy contuvo la respiración y observó el público de la sala. Casi tres cuartas partes del personal, según sus cálculos.

—¿Los que están a favor?

Fue hacia el cochecito y colocó a su protestona hija dentro. Había hecho lo prometido. Ahora se acercaba la hora de acostar a

Ellie, y deseaba encontrarse en el lugar en el que estaba empezando a pensar, a falta de otra cosa, como si fuera su propio hogar.

—Supongo que no te permitirás caer en la más abyecta de las tristezas, ¿verdad? —le preguntó la señora Bernard, apareciendo en la puerta de la sala de estar con un montón de carpetas bajo el brazo.

Daisy se había echado en el sofá, con la carta de Daniel en la mano, a escuchar la radio y, ciertamente, se sentía cada vez más desgraciada, como había manifestado la señora Bernard. Se incorporó y le hizo sitio a la mujer para que se sentara.

—Supongo que un poco, sí —confesó, esbozando una sonrisa desmayada—. No sabía que existiera tantísima oposición.

—Sylvia Rowan está en contra.

—Pero hay un malestar general muy acusado. De hecho, es bastante inquietante —repuso Daisy, suspirando profundamente.

—Y ahora te preguntas si vale la pena.

—Sí.

—No tienes que preocuparte por ese grupito —se mofó la señora Bernard—. No olvides que solo acudieron a la reunión los metementodos locales, y los que creían que habría partida de bingo. Los que no fueron, seguramente a esos les importa un bledo lo que se decida. Además, te aseguro que les costará lo suyo bloquear el permiso una vez ya se ha concedido, piense lo que piense esa imbécil. —Miró a Daisy, con una expresión apenas interrogativa. Un observador neutral habría podido calificarla de preocupada.

La señora Bernard escrutó sus manos con aire meditativo.

—Es la primera vez que hablo con esa familia desde hace cuarenta años. Te sorprendería saber lo fácil que eso puede resultar, incluso en un pueblecito. Oh, todos hablan con Camille, por supuesto, pero ella ya sabe que a mí no me interesa lo que puedan decirle, así que se lo calla. De todos modos... —dejó escapar un suspiro—. Solo quería decirte que no es bueno que quieras mandarlo todo al diablo. Ahora no.

Se hizo el silencio. Arriba, Ellie se quejaba en sueños, y el sonido de sus gemidos provocaba un destello de luces de colores en el monitor del bebé.

—Puede que no. Gracias... Y gracias por venir a animarme. Es... Es todo un detalle de su parte.

—No, no lo es. Lo que ocurre es que no quería que esa desgraciada creyera que ya lo tenía todo ganado.

—A pesar de todo, ha conseguido apoyo. En realidad a nadie le gusta la perspectiva de que venga gente de fuera, ¿verdad?

A la mujer le entraron ganas de reír. Torcía el gesto, relajando sus rasgos.

—Las cosas nunca cambian —dijo con espontaneidad—. Verás lo que haremos: tú ve a buscarme una copa de vino, que yo te mostraré el aspecto que tenía esta casa, y entenderás lo que quiero decir.

—Las fotografías.

—Que sea un buen vino. Francés. Si es Blue Nun o lo que sea que hablabais tú y el señor Jones la otra noche, olvídate, porque me marcharé.

Daisy se levantó para ir a buscar una copa, pero se detuvo en la puerta de la cocina y se giró.

—Oiga, espero no meterme donde no me llaman, pero tengo que preguntárselo... ¿Cómo terminó siendo la propietaria de este lugar? Por el hecho de que no tuviera nada que ver con su marido, quiero decir. No hay muchas mujeres que acaben utilizando una obra maestra de la arquitectura como refugio particular.

—Oh, no me pidas que entremos en eso.

—Sí, sí se lo pido. De otro modo, no habría sacado el tema.

La señora Bernard resiguió con el dedo la parte superior de la carpeta.

—La heredé.

—La heredó.

—Sí.

—Heredada.

La pausa duró bastante.

—Y, ¿eso es todo lo que va a contarme?

—¿Qué más necesitas saber?

—No es que yo necesite saber nada... pero ¿es preciso que se lo guarde todo dentro? Venga, señora Bernard. Relájese un poco. Sabe endiabladamente mucho más usted de mí que yo de usted. Tampoco creo que se trate de un secreto de Estado. Yo no voy a decir nada. No tengo a nadie a quien contárselo, ¿recuerda?

—Ya te enseño las fotografías, ¿no?

—Pero no me hablarán de usted, sino de la casa.

—Quizá sea lo mismo.

—Me rindo —dijo Daisy, desapareciendo en la cocina. Luego regresó, encogiéndose de hombros con sentido del humor—. Sé cuando me han ganado. Hablemos de telas, entonces.

La mujer volvió a sentarse y le dedicó una mirada intensa, larga. «Algo ha cambiado en ella esta noche», pensó Daisy. «Tiene una expresión... como si estuviera valorando que llegados ya a este punto...»

Daisy esperó, sin mediar palabra, mientras la señora Bernard volvía a sus carpetas y finalmente abría una, sin bajar el rostro, que tenía en la falda.

—De acuerdo. Si tanto te pica la curiosidad... Te contaré cómo llegó a mí esta casa, siempre y cuando me prometas que no te irás de la lengua. Sin embargo, primero necesito una copa; y basta ya de esta estupidez de señora Bernard por aquí, señora Bernard por allá. Si voy a contarte todos mis «secretos de Estado», llámame por mi nombre de pila, Lottie.

14

Querido Joe:

Gracias por tu carta, y por la fotografía en que apareces junto a tu coche nuevo. Sin duda es precioso, y de un rojo muy bonito. Tengo que decirte que tu aspecto encaja con el de un orgulloso propietario de automóvil. La he puesto en la mesita de noche, al lado de la de mi madre. No es que tenga muchas fotografías, en realidad, así que la tuya es como un regalo.

No tengo demasiadas cosas que contarte. Ahora estoy descansando de mis tareas domésticas, y leo un libro que Adeline me ha prestado. Los que más me gustan son los de historia del arte. Dice que quiere convertirme en una lectora empedernida. Del mismo modo que está intentando que practique el dibujo y la pintura para darle una sorpresa a Frances cuando venga. No soy muy buena (en las acuarelas emborracho los colores, y termino con más carboncillo en los dedos que en el papel). Sin embargo, me gusta mucho. No es como en la escuela. Adeline no para de decirme que tengo que aprender a «expresarme tal como soy». Cuando Julian viene a casa, me dice que estoy «ensanchando mi perspectiva», y que un día la enmarcará y la venderá en mi nombre. Supongo que para él eso debe de ser un chiste.

No es que el ambiente sea muy festivo aquí, la verdad. En el pueblo te consideran un bicho raro si te atreves a ponerte un broche en el vestido un día que no sea domingo. Hay un mujer, la que lleva la panadería (el pan tiene forma de barra, ¡y es más largo que una pierna!), que es muy alegre y charla siempre con nosotros. No obstante, la señora Migot, que es una especie de doctora, siempre la mira con aire de severidad. Claro que así es como mira a todo el mundo. A mí y a Adeline, en especial.

No sé si te he contado dónde se encuentra nuestro pueblo. Está en la ladera de una montaña, el monte Faron, pero no se parece a las montañas que aparecen en los libros, coronadas de nieve. Esta en concreto es muy calurosa y seca, y posee un fuerte militar. Piensa que cuando George nos trajo en coche a Adeline y a mí y subimos por el estrecho sendero que lleva a la cima por primera vez, yo estaba aterrada. Cuando llegamos arriba tuve que cogerme a un árbol. ¿Sabías que aquí hay pinos? No son los mismos que los que hay en casa, pero me ayudaron a sentirme mejor. Adeline te envía recuerdos. Ahora está recogiendo hierbas aromáticas en el jardín. Con el calor huelen muchísimo, y no se parecen en nada a las que cultivaba la señora Holden en el de su propiedad.

Espero que estés bien, Joe; y gracias por seguir escribiéndome. A veces me siento un poco sola, a decir verdad, y tus cartas son un consuelo para mí.

Recibe un cariñoso saludo.

Lottie yacía de costado sobre las losas frías, con un cojín bajo las caderas y otro bajo el cuello, esperando el momento en que sus huesos empezarían a quejarse por la solidez intransigente del suelo que tenía debajo. Las articulaciones ya no le respondían como antes: incluso echada en la blanda cama de plumas de arriba, empezaba a sentir punzadas al cabo de unos minutos de haberse colocado en una determinada posición, exigiéndole que encontrara nuevos puntos de apoyo sobre los que recostarse. Descansaba, sintiendo cómo los primeros indicios de incomodidad le subían por el muslo izquierdo, y cerró los ojos inquieta. No quería tener que moverse otra vez: el suelo era el lugar más fresco; de hecho, era el único lugar frío en aquella casa de calor asfixiante, telas rasposas y enormes criaturas zumbadoras, de naturaleza voladora, que se estrellaban contra los muebles y farfullaban coléricas contra las ventanas.

Veía a Adeline en el exterior, tocada con un sombrero de paja de dimensiones descomunales, moviéndose despacio por el jardín amarillento y descuidado, recogiendo hierbas aromáticas y oliéndolas antes de meterlas en un cestito. Cuando se encaminaba ya hacia la casa, el bebé le dio una fuerte patada, y Lottie lanzó un exabrupto malhumorado, tirando del quimono de seda para no tener que contemplarse el estómago hinchado.

—¿Quieres beber algo, querida Lottie? —Adeline pasó por encima de ella y se encaminó al fregadero. Estaba acostumbrada a encontrarse a Lottie por el suelo. También se había acostumbrado a su falta de alegría.

—No, gracias.

—Oh, ¡qué fastidio! Se nos ha acabado la granadina. Espero que esa condenada mujer vuelva pronto del pueblo... Se nos ha terminado casi todo; y necesitamos limpiar la ropa de la casa también... Julian vuelve esta semana.

Lottie se obligó a incorporarse, y luchó contra el deseo de pedir disculpas. Aunque Adeline la había reñido repetidas veces por ello, seguía sintiéndose culpable por haberse vuelto gorda, lenta e inútil durante esas últimas semanas de embarazo. En el transcurso de los primeros meses de su llegada, en cambio, Lottie se las había arreglado para encargarse de las tareas domésticas y de la cocina («Teníamos una mujer del pueblo, pero era horrible», solía decir Adeline), y progresivamente había ido trajinando por aquella destartalada casa francesa hasta convertirla en un espacio ordenado, moldeándose en un híbrido de señora Holden y Virginia y desempeñando el papel de ama de llaves como pago por la hospitalidad de Adeline. Evidentemente, Adeline no le exigió jamás nada a cambio, pero Lottie se sentía más segura de ese modo. «Cuando te ganas el sustento, a la gente le cuesta más pedirte que te marches.»

Adeline, por su parte, se había encomendado la misión de persuadir a Lottie (contra toda evidencia plausible, a su entender) de que marcharse de Merham le reportaría muchas ventajas. Se había convertido en una especie de profesora, y la animaba a «ser valiente» en sus tentativas representaciones. Al principio, cohibida y mal predispuesta, a Lottie le había sorprendido que, por ser alguien que parecía no existir ya en ningún lugar, fuera capaz de imprimir unas imágenes tan sólidas en una página. Las alabanzas de Adeline, por otro lado, le conferían una extraña sensación de éxito (el doctor Holden había sido la única persona que la había ensalzado), la sensación de que su vida quizá podía tener otro propósito. Lentamente, de manera gradual, tuvo que admitir su creciente interés por esos mundos nuevos. Al menos, le ofrecían la posibilidad de escapar del que ya existía. Sin embargo, ahora estaba enorme; y no servía para nada. Cuando estaba demasiado tiempo derecha, se mareaba, y los fluidos se le concentraban en los tobillos. Si se movía demasiado, la cubría un sudorcillo, y las partes de su cuerpo que ahora se frotaban entre sí se sonrosaban, escocidas e irritadas. El bebé se movía sin descanso, dibujando formas imposibles en su estómago, empujando contra sus límites inelásticos, provocándole insomnio durante la noche y dejándola agotada durante el día. Por consiguiente, Lottie permanecía sentada, o bien echada en el suelo, hundida en su propia desgracia, esperando que el calor amainara o el bebé se decidiera a salir.

Adeline, por suerte, no hacía ningún comentario sobre su depresión y malhumor. La señora Holden se habría enfurecido, y le habría dicho que estaba influyendo en el estado de ánimo general con su humor de perros. Sin embargo, a Adeline no le importaba si Lottie no deseaba hablar o participar. Seguía con su vida, aparentemente impertérrita, canturreando, moviéndose cerca de ella y preguntándole sin rencor alguno si le apetecería beber un refresco, que le trajera otro almohadón o pidiéndole si la podía ayudar a redactar otra carta para Frances. Adeline le escribía un montón de cartas a Frances. Sin embargo, esta última parecía no contestarle jamás.

Habían transcurrido casi seis meses desde que Lottie se marchó de Inglaterra, y siete desde que abandonó Merham. Ahora bien, contemplado ese lapso de tiempo en retrospectiva, parecía que hubieran pasado ya diez años. En su estado inicial de estupor, Lottie, quizá imbuida de cierta ingenuidad, había acudido a casa de su madre, la cual, con el pelo fieramente atusado en una especie de casco revestido de laca y los labios pintados en una viva tonalidad mandarina, le había respondido que no se molestara en pensar si podría traer el niño a casa. «Me resulta increíble que no hayas aprendido de mi propio ejemplo», le dijo, cigarrillo en mano. «Has desperdiciado todas las oportunidades que te ha brindado Dios, que han sido jodidamente muchísimas más de las que nunca me ha dado a mí, y has abandonado a los Holden dejándoles que piensen que no eres mucho mejor que yo.»

Por otro lado (y en ese punto su madre se había mostrado curiosamente evasiva, casi conciliatoria), ahora llevaba una nueva vida, y estaba saliendo con un viudo muy agradable. Era un individuo con una moral muy rígida, y no lo entendería. «No es como los demás», le dijo, con una mirada que bien podría haber expresado un cierto atisbo de culpabilidad. «Es decente.» Antes de terminarse la taza de té, no obstante, Lottie comprendió que no solo le pedía que se marchara, sino que le estaba dejando entrever, al igual que en Merham, que su existencia no le importaba a nadie.

Su madre no le había dicho al viudo que tenía una hija. Las fotografías de Lottie que siempre conservaran repartidas por la casa mientras la muchacha vivió en el hogar materno ya habían desaparecido. Sobre la repisa de la chimenea, en cambio, donde solía haber una de ella con su tía Jean, la difunta hermana de su madre, ahora había una fotografía enmarcada de una pareja madura paseando del brazo frente a la fachada de una taberna de pueblo, bizqueando, y la calva de él reluciendo bajo la luz del sol.

—No he venido a pedirte nada. Supongo que solo quería verte. —Lottie recogió sus cosas, incapaz siquiera de reunir la energía suficiente para sentirse herida. Comparado con lo que había vivido, el rechazo de esa mujer parecía algo curiosamente irrelevante.

El rostro de su madre aparecía compungido, como si estuviera conteniendo las lágrimas. La mujer se dio unos toquecitos con la esponjita de los polvos compactos y alargó la mano para coger a Lottie por el brazo.

—Hazme saber dónde estás. Escríbeme a partir de ahora.

—¿Firmo la carta como Lottie? —se defendió ella, dirigiéndose enfurruñada hacia la puerta— ¿O bien preferirías que pusiera «tu buena amiga»?

Su madre, apretando los labios, le embutió diez chelines en la mano cuando Lottie ya se marchaba. La chica los miró, y tuvo que hacer esfuerzos para no echarse a reír.

A Lottie no le gustaba nada Francia, a pesar de los grandísimos esfuerzos de Adeline. No le gustaba la comida en absoluto, aparte del pan. Los ricos estofados con regusto a ajo y las carnes aderezadas con pesadas salsas le hacían añorar la consoladora sosería del pescado con patatas y los bocadillos de pepinillo, mientras que el primer tufillo que le llegó de queso francés bien curado un día que fueron al mercado le hizo devolver junto al arcén de la carretera. No le gustaba el calor, que era muchísimo más violento que en Merham, y además no contaba con el efecto reparador de las brisas marinas, ni los mosquitos, que la atacaban sin piedad, como bombarderos gimoteantes lanzándose en picado en plena noche. No le gustaba el paisaje, por otro lado, porque le parecía árido e inhóspito, con aquella tierra cuarteada y la vegetación retorciéndose con hosquedad bajo el calor del sol, ni los grillos, que sonaban incesantes a lo lejos, como telón de fondo. Además, odiaba a los franceses: esos hombres que la miraban fijamente, sin apartar los ojos de ella, con aire interrogador, y, conforme iba aumentando de volumen, las mujeres, que se comportaban igual, pero en su caso con aire reprobatorio y, de vez en cuando, con manifiesto disgusto.

La señora Migot, que hacía las veces de comadrona local, había ido a visitarla dos veces, a petición de Adeline. Lottie la odiaba: le manipulaba el estómago sin ninguna consideración, como si estuviera amasando pan, le tomaba la presión arterial y ladraba a Adeline para darle instrucciones, quien, a su vez, se mostraba inexplicablemente tranquila y no se deshacía en disculpas. La señora Migot nunca le dijo ni una sola palabra a Lottie; apenas cruzaba la mirada con ella. «Es católica», murmuraba Adeline, al marcharse la mujer. «No esperes otra cosa. Precisamente tú, más que nadie, deberías saber cómo se comporta la gente en los pueblecitos.» Así estaban las cosas, pero a pesar de todo, Lottie sentía nostalgia de su propio pueblecito. Añoraba el aroma de Merham, esa mezcla de sal marina y alquitrán, el rumor de los pinos escoceses bajo la brisa marina, la vegetación abierta y ordenada del parque municipal y los espigones recubiertos de podredumbre, extendiéndose hacia el infinito. Le gustaba la pequeñez del cuadro: el modo en que podías conocer sus límites, y lo improbable que resultaba excederlos. Nunca había compartido el afán trotamundos de Celia, el deseo de abrirse nuevos horizontes; agradecía el hecho de pertenecer a aquel pueblo tan agradable y ordenado, quizá a sabiendas de que aquello no iba a durar.

Sobre todo echaba de menos a Guy. Durante el día se obligaba a apartar de su mente cualquier pensamiento que tuviera que ver con él; había erigido una barrera mental a partir de la cual, con una determinación férrea, podía forzarse a expulsar su imagen del pensamiento, como si corriera una cortina sobre su rostro. De noche, no obstante, el muchacho ignoraba sus súplicas y, desafiando su tranquilidad de espíritu, se paseaba entre sus sueños, con la sonrisa ladeada, las manos delgadas y morenas y la ternura en el rostro, confabulándose todo para atraerla y mofarse de su ausencia. A veces Lottie se despertaba llamándole.

En ocasiones se preguntaba cómo era posible estar tan lejos del mar y seguir sintiendo que se ahogaba.

La primavera cedió paso al verano, y los visitantes se iban renovando, se instalaban en la terraza con sombreros de paja, bebiendo vino tinto y durmiendo bajo el calor de la tarde, a menudo entre ellos. Julian llegó, demasiado educado para mencionar su creciente gordura o para preguntarle cómo le había sucedido. Se mostraba animado sin descanso, peligrosamente excéntrico. Según todos los indicios, volvía a ganar dinero. Donó la casa de Merham a Adeline y un busto terriblemente caro de una mujer que, a juicio de Lottie, parecía que la hubiera asaltado un ejército de hormigas. Stephen vino en dos ocasiones. También un poeta llamado Sid, quien, con un acento que denotaba su clarísima educación conseguida en una escuela privada, nunca se cansaba de contarles que estaba «chiflado», que tan solo estaría «colgado» hasta que pudiera encontrar un «bolo» y pensaba que Adeline era «lo más plus» por haberle dejado «okupar» una habitación. Era, como George decía con acento burlón, un beat al estilo de Basingstoke.

George vino a quedarse; solo entonces pareció revivir Adeline, y se enfrascaba en vehementes conversaciones entre susurros, mientras Lottie se esforzaba en vano por fingir que se encontraba ausente. Sabía que hablaban de Frances.

En una ocasión, borracho, George le miró el estómago a Lottie y le contó un chiste sobre frutos y semillas, al cual Adeline reaccionó pegándole.

—¿Sabes? Te admiro muchísimo, Lottie —le dijo, cuando Adeline se encontraba fuera de alcance—. Con toda probabilidad debiste de ser lo más peligroso que jamás le haya ocurrido a Merham.

Lottie, oculta bajo un sombrero enorme, le dirigió una mirada sombría.

—Siempre pensé que sería tu hermana quien se metería en problemas.

—No es... No era mi hermana.

George pareció no reparar en sus palabras. Estaba echado en la hierba, mordisqueando un trozo del salchichón picante y de piel enmohecida que le gustaba comprar en el mercado. Alrededor, las cigarras seguían reunidas en un coro zumbante, interrumpiéndose de vez en cuando bajo el calor de la tarde, como si fueran el motor que mantuviera despierto el día.

—Y que tú eras la seria. No me parece justo, de todos modos. ¿Tenías curiosidad o acaso te prometió que sería tuyo para siempre, que te llevaría en el corazón, en el corazón de la manzana, o bien en el del melocotón? ¡Ostras, Lottie! No creo que la señora Holden te haya oído nunca emplear esta clase de lenguaje... Tan «concentrado», diría yo. Vale, vale... Me callo. Oye, ¿vas a comerte alguno de estos higos o me los puedo tomar yo?

Tanto si era debido a su desgracia como a la separación forzada de su antigua vida, de cualquier modo de vida, a Lottie le representaba un gran esfuerzo sentir alegría, o alguna especie de ternura anticipada, hacia su bebé. Durante la mayor parte del tiempo le costaba creer que se tratara de un niño o una niña. A veces, por la noche, era presa de una culpa atenazadora por el hecho de traer al mundo un bebé sin padre, a un lugar donde las señoras Migot la mirarían con aire displicente y siempre estaría bajo sospecha. En otras ocasiones, sin embargo, experimentaba un amargo resentimiento por su mera existencia, porque implicaba que jamás se libraría de la presencia de Guy, del dolor que iba aparejado con él. No sabía qué era lo que más la asustaba: si la perspectiva de no amar a su hijo o hija por culpa de él, o la de amarlo o amarla por esa misma razón.

Apenas dedicaba el más mínimo pensamiento a la cuestión de cómo iba a organizarse en el sentido práctico. Adeline le decía que no se preocupara. «Estas cosas se solucionan solas, querida», le decía, dándole unos golpecitos cariñosos en la mano. «Tú solo tienes que mantenerte alejada de las monjas.»

Lottie, enorme, agotada y cansada de casi todo, esperaba que tuviera razón. No lloraba ni se enfurecía. Incluso durante las primeras semanas, cuando descubrió su estado, actuó como si aquello no le importara. Aquello no cambiaría las cosas; y resultaba más fácil hacer oídos sordos a sus emociones, reprimirlas, que llevarlas a flor de piel, como le había ocurrido antes. A medida que el embarazo progresaba, la muchacha se volvió indolente, distante, y se pasaba las horas en el jardín descuidado contemplando las libélulas y las avispas que planeaban sobre su cabeza o, cuando hacía demasiado calor, echada sobre el frío suelo, como una morsa vestida con quimono que tomara el sol sobre las rocas. «A lo mejor muero en el parto», pensaba como un consuelo perverso.

Quizá conocedora del hecho de que la depresión de Lottie iba creciendo en proporción inversa a los días que le quedaban para el parto, Adeline empezó a obligarla a salir con ella para «correr aventuras», como solía decir, a pesar de que en muy contadas ocasiones se dedicaban a otras actividades que no fueran pedir vino tinto o pastís o quizá comprar una tarta de manzana o una *tropézienne* dulce de crema. Rehuyendo el calor urbano de las inmediaciones de Toulon, pegajoso y maloliente debido al tráfico, Adeline le pidió a George que las llevara en coche a la costa, a Sanary.

—Lottie añora el mar —argumentó en voz alta—. El pueblo costero, bordeado de palmeras, con sus callejuelas empedradas y en sombra y las casas de contraventanas color pastel serán el tónico ideal.

Adeline le hizo sentarse en la terraza de un café, cerca del borbotón reparador de una fuente de piedra.

—Es famoso por sus artistas y artesanos. Aldous Huxley vivió aquí, mientras escribía *Un mundo feliz*. Toda la costa sur de Francia ha sido fuente de inspiración para los artistas durante muchísimos años. Frances y yo viajamos un año de St. Tropez a Marsella, y al final del viaje, llevábamos tantas telas en el maletero del coche que nos vimos obligadas a conducir con el equipaje en el regazo.

George, excusándose porque tenía una cita dentro del bar, le susurró algo a Adeline y se marchó.

Lottie, ignorando a la mujer de falda negra que colocaba un cesto de pan delante de ella, no dijo nada. En parte, porque se había dormido en el coche durante el viaje de ida, y el sueño, combinado con el calor, siempre la dejaba torpe y atontada durante un rato al despertar. En parte, también, porque el bebé la tenía absorta en sí misma. Lottie había ido limitando la imagen que tenía de sí misma a unos cuantos síntomas: unos pies hinchados, el vientre dilatado y con picores, los hormigueos en las piernas y la tristeza. Por consiguiente, le costaba mucho distanciarse de todo eso para advertir la presencia de los demás, incluso la de Adeline, quien sentada frente a ella, la había abandonado definitivamente a sus pensamientos y estaba leyendo una carta, inmóvil y sin cambiar de posición desde hacía unos minutos.

Lottie bebió un sorbo de agua y escrutó el rostro de Adeline.

—¿Estás bien?

Adeline no contestó. Lottie procuró enderezarse, y echó un vistazo a la gente que la rodeaba, sentada a las mesas y en apariencia satisfecha de pasar el rato sin hacer prácticamente nada. Lottie intentaba no exponerse demasiado al sol: le venían náuseas y sofocos.

—Adeline, ¿me escuchas?

Adeline sostenía la carta, medio abierta, en la mano.

—¿Adeline?

Adeline levantó los ojos y la miró, como si solo en ese momento fuera consciente de su presencia. Lucía un rostro impasible, como era habitual en ella, y contribuía a provocar tal efecto un par de gafas absolutamente oscuras. Un mechón de cabello negro como el azabache le cubría la mejilla mojada.

—Me ha pedido que no vuelva a escribirle.

—¿Quién?

—Frances.

—¿Por qué?

Adeline miró a lo lejos, hacia el patio empedrado. Dos perros se ladraban, discutiendo por algo que había oculto en la alcantarilla.

—Dice... Dice que no tengo nada nuevo que contarle.

—Menuda crueldad —gruñó Lottie mientras se ajustaba el sombrero para protegerse del sol—. ¡Con lo difícil que resulta buscar algo nuevo que escribir en una carta! Aquí nunca sucede nada...

—Frances no es cruel. No creo que se refiera... ¡Oh, Lottie!

Jamás hablaban de temas personales. Cuando Lottie llegó, empezó a explicarle con lágrimas en los ojos y en un tono de disculpa lo que le sucedía, pero Adeline, con un gesto de su pálida mano, le dijo que siempre sería bienvenida. Nunca le preguntó nada sobre las circunstancias que la habían llevado a esa situación, quizá creyendo que Lottie ya le contaría todo lo que deseara compartir con ella, si se sentía obligada a hacerlo; y por la misma regla de tres, dejaba entrever bien pocas cosas de sí misma. Adeline conversaba con tono amigable, se aseguraba de que su amiga tuviera todo lo que necesitaba y, aparte del espinoso tema de Frances, podrían haber mantenido una relación distante, como caracteriza a unas invitadas resueltas a disfrutar de su estancia en aquel paraje.

—¿Qué voy a hacer? —Parecía muy triste, resignada. No tenía a nadie más con quien hablar—. No debería estar sola. A Frances no se le da bien lo de estar sola. Se vuelve demasiado... melancólica. Me necesita. A pesar de lo que ella crea, me necesita.

Lottie se reclinó en la silla de mimbre, sabiendo que la trama se le quedaría marcada en los muslos en cuestión de minutos. Levantó una mano para guarecerse del sol y examinó el rostro de Adeline, preguntándose si Adeline estaba enfocando bien el tema.

—¿Por qué está tan molesta contigo?

Adeline la miró, y luego bajó la vista en dirección a sus manos, aferradas todavía a la carta hostil. Volvió a levantar los ojos.

—Porque... porque no puedo amarla como ella desea que yo la ame.

Lottie frunció el entrecejo.

—Cree que no debería seguir con Julian.

—Pero es tu marido; y tú le amas.

—Sí, le amo... pero como a un amigo.

Hubo una pausa.

—¿Como a un amigo? —preguntó Lottie, recordando la tarde que había pasado con Guy—. ¿Solo como a un amigo? Pero... Pero ¿cómo puede soportarlo él?

Adeline cogió un cigarrillo y lo encendió. Era algo que Lottie solo le había visto hacer en Francia. Inspiró, y miró a lo lejos.

—Porque Julian también me ama como a una amiga. No le inspiro pasión alguna, Lottie; no existe una pasión física. Sin embargo, nos avenimos, Julian y yo. Él necesita una base, un cierto... entorno creativo y respetable, y yo necesito estabilidad, gente a mi alrededor que sepa... No sé cómo decirlo... Distraerme. Nos entendemos así.

—De todos modos... No lo comprendo... ¿Por qué te casaste con Julian, si no le amabas?

Adeline dejó la carta sobre la mesa con cuidado, y se volvió a llenar la copa.

—Nos hemos estado esquivando la una a la otra, tú y yo. Ahora te contaré una historia, Lottie. Sobre una chica que se enamoró perdidamente de un hombre al cual no podía tener, un hombre al que conoció durante la guerra, cuando ella... vivía otra clase de vida. Él era la criatura más hermosa que hubiera visto jamás, con unos ojos verdes de gato, y un rostro triste, muy triste, a causa de lo que había tenido que soportar. Los dos se adoraban, y juraron que si uno de ellos moría, al otro le resultaría tan insoportable vivir que tendrían que reunirse en algún otro lugar. Era una pasión violenta, Lottie, algo terrible.

Lottie se enderezó, y los miembros doloridos, el sarpullido que la cercenaba por el calor, fueron quedando en el olvido.

—Pero ¿sabes qué, Lottie? Ese hombre no era inglés; y por culpa de la guerra, no pudo quedarse. Le enviaron a Rusia, y después de dos cartas la chica no volvió a saber nada más de él. Eso, querida Lottie, la volvió loca. Era como una furia desatada, se arrancaba el pelo, gritaba como una posesa y caminaba por las calles durante horas, incluso cuando las bombas estallaban a su alrededor.

»Finalmente, y mucho tiempo después —siguió contando Adeline—, decidió que tenía que vivir, y que para vivir tenía que sentir un poco menos, sufrir algo menos. No podía morir, por mucho que lo deseara, porque allá fuera, en algún lugar, él quizá seguía viviendo; y ella sabía que, si el destino se lo proponía, ese hombre y ella volverían a encontrarse.

—¿Es eso lo que ocurrió?

Adeline apartó los ojos de Lottie y exhaló. El humo, en el aire quieto, se propagó como un suspiro largo, sostenido.

—Todavía no, Lottie. Todavía no... Claro que ahora ya no espero que eso ocurra en esta vida.

Permanecieron sentadas y en silencio durante un rato, escuchando el perezoso zumbido de las abejas, los retazos de conversación, los tañidos graves y distantes de algún campanario de iglesia. Adeline le sirvió a Lottie una copa de vino aguado, y Lottie sorbió la mezcla, intentando no parecer tan desbordada como se sentía.

—Sigo sin entender... ¿Por qué Frances te pintó como a esa griega?

—¿Como a Laodamia? Me acusaba de aferrarme a una falsedad: a una imagen del amor. Sabía que yo prefería vivir en la seguridad del matrimonio con Julian que volver a arriesgarme a amar de nuevo. La presencia de Julian siempre solía entristecerla. Decía que era un recordatorio de mi capacidad para mentirme a mí misma.

Se volvió hacia Lottie, con los ojos abiertos y húmedos. Sonrió, y esbozó una sonrisa lenta, dulce.

—Frances es tan... Está convencida de que he asesinado mi capacidad de amar, que considero más seguro vivir con Julian y amar algo que no existe. Ella cree que como me ama tanto, puede devolverme a la vida, que por pura fuerza de voluntad, podrá conseguir que yo también la ame; y tú sabes muy bien cuánto quiero a Frances, Lottie. La quiero más que a ninguna otra mujer, que a ningún otro ser humano... que no sea él. Una vez, cuando me sentía muy deprimida, hice... Fue tan dulce conmigo... pero... A ella no le bastaba. No es como Julian. No podría vivir amando a medias. En el arte, así como en la vida, se exige honestidad; y yo jamás podré amar a nadie, ni a un hombre, ni a una mujer, mientras ame a Konstantin...

«¿Estás segura de que no la amas?», deseaba preguntarle Lottie, rememorando las numerosas cartas de Adeline y su desesperación atípica ante la prolongada ausencia de Frances. No obstante, Adeline interrumpió su ensoñación.

—Por eso lo supe, Lottie.

Adeline la cogió por la muñeca, y se la apretó con insistencia. Lottie descubrió que estaba temblando, a pesar del calor.

—Cuando os vi juntos a ti y a Guy, lo supe. —Sus ojos se clavaron como ascuas en los de Lottie—. Me vi a mí misma, y vi a Konstantin.

Querido Joe:

Perdóname si ves que esta carta es demasiado breve, pero estoy muy cansada y no tengo demasiado tiempo para escribir. Tuve a mi bebé ayer, y es una niña muy pequeñita, preciosa. De hecho, es la cosita más adorable que puedas imaginarte. Haré unas fotografías y te enviaré alguna, si te interesa. Quizá cuando te sientas menos dolido conmigo.

Solo quería decirte que siento que tuvieras que enterarte de mi estado por Virginia. De verdad que quería contártelo, te lo aseguro, pero todo era demasiado complicado. No, no es hija del doctor Holden, sea lo que sea lo que te haya contado esa vaca asquerosa. Por favor, créeme, Joe; y asegúrate de que todo el mundo lo sepa. No me importa lo que puedas decirme.

Volveré a escribirte muy pronto.

LOTTIE

«No ha sido una de las mejores noches para tener un bebé. Claro que tampoco existen noches idóneas para tener hijos», pensó más tarde Lottie. No sabía que un dolor tan intenso pudiera soportarse y seguir viviendo luego; se sentía corrompida por el sufrimiento, como si existiera una Lottie inocente y otra Lottie que había conocido algo tan terrible que la había desgarrado hasta deformarla, dejándola combada por siempre jamás.

Por la tarde no había empezado a sentirse desgarrada, tan solo irascible, como Adeline había calificado amablemente. Estaba harta de transportar por todas partes aquel peso con tanto calor, abultada y agotada, incapaz de ponerse nada que no fueran los saltos de cama extraños y vaporosos de Adeline y las camisas que George se había dejado olvidadas. Adeline, en cambio, había mejorado de estado de ánimo durante esos tres días. Encargó a George que fuera a encontrarse con Frances. No solo para entregarle una carta, sino para hablar con ella y llevársela a Francia. Adeline creía que había encontrado la manera de recuperar a Frances, el modo de hacerla sentirse querida sin comprometer su amor inmutable por Konstantin.

«Pero tienes que hablarme», le escribió Adeline. «Podrás marcharte para siempre si sigues creyendo que no tengo nada que decir, pero tienes que hablar conmigo.»

—George no aceptará un no como respuesta —exclamó satisfecha—. Puede ser un hombre muy persuasivo.

—Ya lo sé —murmuró Lottie con acritud, pensando en Celia.

George no había querido regresar a Inglaterra. Deseaba quedarse durante la celebración de la toma de la Bastilla pero, incapaz de negarle nada a Adeline, decidió que, al menos, delegaría su presencia en el festival. Observó a Lottie durante unos minutos y luego, quizá disuadido al ver que esta última le sacaba la lengua, le pidió a Sid, el poeta beat, que tomara fotografías en su nombre con su nueva cámara Zeiss Ikon.

—Guay —dijo Sid.

—Valdrá la pena —intervino Adeline, besando a George a modo de despedida. Lottie se sorprendió un poco al ver que el beso se lo había dado en los labios.

Setenta y dos horas después Lottie pensó que jamás volvería a sentirse sorprendida por nada de lo que pudiera ocurrirle en la vida.

Ahora, echada en la cama, apenas consciente del calor, mientras los mosquitos sobrevolaban todavía el dormitorio atraídos por los efluvios animales de la sangre y el dolor, Lottie clavaba sus ojos en la carita perfectamente formada que tenía delante. Parecía que su hija durmiera (tenía los ojos cerrados), pero su boca dibujaba secretitos que se elevaban hacia el aire nocturno.

Jamás había vivido algo parecido: la fatigante alegría que provenía de un dolor indescriptible, la incredulidad ante el hecho de que ella, la feúcha Lottie Swift, una chica que ya no existía siquiera, hubiera podido crear algo tan perfecto, tan hermoso. Era una razón para vivir muchísimo más poderosa de lo que se hubiera imaginado jamás.

Se parecía a Guy. Se parecía muchísimo a Guy.

Lottie inclinó la cabeza hacia la de su hija, y le habló con una voz tan queda que solo ella pudo escuchar sus palabras.

—Lo seré todo para ti. No te faltará nada. No sentirás la ausencia de nada. Te prometo que me aseguraré de que, aunque solo me tengas a mí, mi presencia te baste y te sobre.

—Tiene la piel del color de las camelias —dijo Adeline con los ojos llenos de lágrimas; y Lottie, a quien nunca le gustó Jane, Mary o cualquiera de los nombres que salían en las revistas de Adeline, le puso Camille.

Adeline no se acostó. La señora Migot se marchó justo después de medianoche, y George llegaría por la mañana, quizá con Frances. Supo que no podría dormir en toda la noche, y decidió pasar esas primeras y larguísimas horas en vela, acompañando a Lottie. Lottie, maravillada y boquiabierta; Adeline, en cambio, cabeceando con suavidad en la butaca de al lado, despertándose de vez en cuando para acariciar la cabeza del bebé, de una suavidad imposible, o el brazo de Lottie, a modo de felicitación.

Con el alba, Adeline se levantó con rigidez de la butaca, y anunció que iba a preparar el té. Lottie, que todavía sostenía a su bebé en brazos, y deseando rabiosamente una taza de té caliente y dulce, se sintió agradecida: cada vez que se movía el cuerpo le dolía y le sangraba, y la asaltaban nuevos dolores obscenos, mientras las agujetas eran el signo palpable de las aterradoras horas que había pasado. Con los ojos nublados y sintiéndose bendecida a pesar de todo, pensó que podría quedarse en esa cama para siempre.

Adeline abrió las contraventanas, y dejó entrar el luminoso resplandor azul de la madrugada, desperezándose frente a él, con los brazos levantados a modo de saludo. La habitación se fue llenando con sutileza de las luces y los sonidos suaves del entorno: un rebaño que subía despacio por la ladera de una colina, un gallo cantando y, presidiéndolo todo, los grillos, carrasqueando como diminutos juguetes de cuerda.

—Ha refrescado, Lottie... ¿Notas la brisa?

Lottie cerró los ojos y sintió el aire acariciándole el rostro. Durante unos segundos se sintió como si estuviera en Merham.

—Las cosas irán mejor a partir de ahora, ya lo verás.

Adeline se volvió hacia ella y, por unos instantes, quizá porque Lottie se sentía debilitada por el parto y el agotamiento, pensó que era el ser más exquisito que jamás hubiera conocido. Un resplandor fosforescente bañaba el rostro de Adeline, y sus acuciantes ojos verdes se habían dulcificado y vuelto curiosamente vulnerables por lo que acababa de presenciar. A Lottie se le llenaron los ojos de lágrimas; incapaz de expresar el amor que sentía de repente, solo pudo tenderle su mano temblorosa. Adeline la cogió y la besó, sosteniéndola contra su mejilla fresca y suave.

—Eres afortunada, queridísima Lottie. No has tenido que esperar toda la vida.

Lottie bajó la mirada y contempló a su hijita dormida. Solo entonces permitió que las lágrimas de dolor y gratitud le escaparan de los ojos y fluyeran sobre el pálido chal de seda.

Las interrumpió el sonido de un coche que se acercaba, y las dos mujeres levantaron la cabeza al unísono, como dos animales fieros y asombrados. Al oír el portazo, Adeline ya se había enderezado y se mostraba alerta.

—¡Frances! —exclamó y, olvidando por el momento a Lottie,

hizo ademán de pasarse la mano por el arrugado vestido de seda y alisarse el pelo—. ¡Santo cielo!, ¡si no tenemos comida, Lottie! ¿Qué les vamos a ofrecer para desayunar?

—Bueno... No creo que le importe demasiado esperar un poco... cuando se entere de que... —A Lottie lo que menos le importaba era el desayuno. Su bebé se revolvió, y con la manita dibujó arabescos en el aire.

—No, claro. Tienes razón. Tenemos café, y un poco de fruta que sobró de ayer. Además la *boulangerie* no tardará en abrir... y puedo acercarme cuando ya se hayan instalado. Quizá tendrán ganas de dormir, si han estado viajando toda la noche...

Lottie observaba a Adeline dando vueltas por la habitación, abandonado su acostumbrado hieratismo en favor de un nerviosismo infantil, una incapacidad de sentarse o concentrarse en las tareas que la ocupaban.

—¿Crees que soy justa pidiéndole esto? —le preguntó Adeline de repente—. ¿Crees que soy egoísta haciendo que acuda a mí?

Lottie, estupefacta, solo acertó a negar con un gesto de la cabeza.

—¿Adeline? —se oyó la voz de George, atravesando el silencio de la casa como un disparo. Lottie no pudo evitar sobresaltarse, temerosa ya de despertar a su bebé—. ¿Estás ahí?

Apareció en la puerta, con la mirada sombría y sin afeitar, sus habituales pantalones de lino, arrugados como hojas de col pasadas. Al ver su aspecto, a Lottie le asaltó un mal presentimiento, y la dulzura y el silencio de la nueva alborada se evaporaron ante su presencia.

Adeline, ignorante de todo, corrió hacia él.

—George, es fantástico. ¡Es fantástico! ¿La has traído contigo? —preguntó, poniéndose de puntillas para atisbar sobre su hombro, inmóvil por el ansia de captar el sonido de más pasos. Adeline, entonces, dio un paso atrás, y examinó el rostro de su amigo—. ¿George?

Lottie, que observaba la oscuridad que se palpaba en los ojos de George, estaba helada.

—¿George? —exclamó Adeline con la voz más queda, casi temblorosa.

—No ha venido, Adeline.

—Pero yo le escribí... y tu dijiste...

George, ignorando manifiestamente a Lottie y al nuevo bebé, rodeó con su brazo la cintura de Adeline y tomó una de sus manos entre las de él.

—Tienes que sentarte, cielo.

—¿Por qué? Dijiste que la encontrarías... Sabía que después de leer la carta ella no podría...

—No vendrá, Adeline.

George la sentó en la silla que había junto a Lottie, y luego se arrodilló, sosteniéndola por ambas manos.

Adeline escrutó el rostro de George, y empezó a vislumbrar lo que Lottie, desentendida de la escena por sus propias necesidades acuciantes, ya había visto.

George se consumía.

—Ha habido un accidente, bonita.

—¿Conduciendo? Es una conductora pésima, George. Sabes bien que no deberías permitir que se pusiera tras el volante.

Lottie percibió un terror creciente en las palabras atropelladas de Adeline y empezó a temblar, sin que las dos personas que se encontraban junto a ella lo advirtieran.

—¿De quién es el coche esta vez? Lo solucionarás todo, ¿verdad, George? Tú siempre lo arreglas todo. Le diré a Julian que te lo reembolse de nuevo. ¿Está herida? ¿Qué es lo que necesita?

George apoyó la cabeza en las rodillas de Adeline.

—¡No hubieras debido volver, George! ¡Tendrías que haberte quedado con ella! No puede estar sola. Sabes que no sabe vivir sola... por eso te envié a buscarla.

Cuando George pudo volver a hablar, lo hizo con una voz áspera, rota.

—Está... Está muerta.

Hubo un prolongado silencio.

—No —repuso Adeline con firmeza.

George ocultaba el rostro enterrándolo en su regazo, pero sus manos aferraban las de Adeline con decisión, como si intentara impedir que realizara cualquier movimiento.

—No —repitió Adeline.

Lottie luchó por contener las lágrimas, y se cubrió la boca con la mano, desesperada.

—Lo siento muchísimo —gimió George en su falda.

—No —levantó la voz Adeline—. No, no, no.

Se liberó de las manos que la oprimían y empezó a golpear a George en la cabeza, dándole manotazos frenéticamente, con la mirada perdida y el rostro crispado.

—No, no, no, no... —gritaba sin cesar y con profunda determinación.

George lloraba y se disculpaba, mientras se agarraba a sus piernas, y Lottie, perdida ahora en su propio llanto, con los ojos nublados y escociéndole, mermada la visión, encontró finalmente la energía suficiente para arrastrarse fuera de la cama con el bebé a cuestas, sin importarle el dolor, que solo era físico. Dejando un rastro silencioso de sangre y lágrimas, cruzó despacio la habitación y cerró la puerta tras ella.

No fue un accidente. El guardacostas lo supo porque se contaba entre los que la habían visto, y le habían gritado. Unos días después también formó parte del grupo de tres hombres al que fue necesario recurrir para sacarla. Sin embargo, lo supo sobre todo gracias a la señora Colquhoun, quien presenció toda la escena, y siguió padeciendo los efectos perniciosos de aquella visión durante la semana subsiguiente.

George se lo contó a Adeline transcurridas varias horas de su llegada, cuando los dos ya se habían restablecido con coñac y Adeline, exhausta, dijo que quería escuchar todos los pormenores, todos y cada uno de los detalles que él conociera. Le pidió a Lottie que se sentara junto a ella, y a pesar de que la muchacha habría preferido ocultarse arriba con su bebé, Lottie se sentó, con la cara contrita y tensa por la impresión, mientras Adeline se agarraba a su mano y, de vez en cuando, con violencia, temblaba.

A diferencia de cómo se había mostrado en vida, Frances se había comportado de manera muy ordenada en su muerte. Había dejado Arcadia tan desacostumbradamente limpia que a Marnie le resultó fácil declarar, tras identificarla, que la pintora había estado viviendo en la casa. La pintora se había vestido con su larga y extravagante falda, la del estampado de sauces, se arregló el pelo largo y oscuro en un moño muy bien recogido y enfiló el sendero que

llegaba a la costa con una expresión decidida y resignada dibuján-
dose en su alargado rostro. «Lo siento muchísimo», había escrito
en una carta, «pero este vacío es demasiado abismal para poder soportarlo. Lo siento mucho, muchísimo». Luego, con la cabeza alta,
como si mirara algún punto distante del horizonte, empezó a caminar, completamente vestida, hacia el mar.

La señora Colquhoun, advirtiendo que aquello no se trataba
de un baño matutino normal y corriente, gritó; y supo que Frances la había oído porque esta última levantó la mirada y la divisó
en el sendero del acantilado. Sin embargo, Frances se había limitado a acelerar el paso, como si fuera consciente de que aquello podría significar que intentaran detenerla. La señora Colquhoun corrió hacia la casa del capitán de puerto, intentando no perderla
de vista ni un solo minuto, observando avanzar a Frances, con el
agua por la cintura, y luego por el pecho. A medida que se iba
adentrando en el mar, las olas crecían, y una de ellas casi le hizo
perder pie y cubrió su moño, arrastrándola hacia largas y empapa-
das playas. Sin embargo, siguió caminando. Incluso cuando la señora Colquhoun, con el tacón roto y la voz ronca de tanto gritar,
golpeó con todas sus fuerzas la puerta delantera, seguía caminando, como una figura distante que sigue un curso invisible entre las
aguas.

El ruido alertó a dos pescadores de langostas que se habían lanzado a buscarla en el barco. En esos momentos unas cuantas personas, atraídas por los gritos, formaron un grupito que se dedicó a
vociferar que se detuviera. Después se temió que quizá Frances
hubiera interpretado el griterío como una muestra de enfado y se
apremiara por concluir su viaje, pero el guardacostas dijo que no,
que estaba decidida a llevarlo a cabo. Había visto casos parecidos
en anteriores ocasiones. Por mucho que los rescataras, terminabas
descubriéndolos colgados de una viga dos días después.

Al llegar a ese punto George lloró, y Lottie contempló a Adeline sosteniéndole el rostro, como ofreciéndole la absolución.

Frances no se inmutó cuando las aguas la cubrieron por completo. Siguió caminando, y entonces vino una ola, dos olas, y, de
repente, ya no se la vio más. Cuando el barco salía del muelle para
adentrarse en las aguas, Frances quedó atrapada por la corriente.
Encontraron su cuerpo dos días después en el estuario de Wrab-

ness, con la falda estampada de sauces retorcida entre los deshechos de algas.

—Tenía que reunirme con ella para cenar, Adeline, pero tuve que quedarme en Oxford. La llamé para decirle que me había invitado a salir un amigo de estudios, y ella me dijo que debería ir. ¡Me dijo que debería ir, Adeline! —explicó George respirando con agitación y llorando a moco tendido, mojando de lágrimas sus manos aferradas—. Hubiera debido acudir a ella, Adeline. Tendría que haber estado allí.

—No —dijo Adeline con una voz lejana—. Soy yo la que debería haber estado allí. Oh, George, ¡pero qué he hecho!

Solo más tarde Lottie se dio cuenta de que el acento de Adeline iba cambiando a medida que George iba relatando su historia. Había dejado de sonar francés. De hecho, parecía desprovista de cualquier clase de acento. Quizá debido al impacto emocional. La señora Holden solía contar que esa podía ser una de las consecuencias. Había conocido a una mujer que perdió a su hermano durante la guerra, y un día se despertó con todos y cada uno de los cabellos grises (y no solo los de la cabeza, añadió, ruborizándose por su propia audacia).

A Lottie apenas le dio tiempo a recuperarse del parto, que ya se vio convertida, *de facto*, en madre de dos criaturas. Durante las dos primeras semanas de vida de su hija, Adeline pareció morir un poco. Al principio se negaba a comer, no descansaba y andaba por los jardines de la casa llorando a todas horas del día o la noche. En una ocasión caminó a lo largo de toda la calzada polvorienta que conduce a lo alto de la montaña, y la trajo a casa, aturdida y quemada por el sol, el viejo que regentaba el puesto de refrescos que había en la cima. Lloraba en sueños, las pocas ocasiones en que dormía, y daba miedo lo poco que se parecía a la mujer que había sido. Llevaba el largo y fino pelo descuidado, y su cutis de porcelana siempre estaba embarrado y atenazado por el dolor.

—¿Por qué no confié en ella? ¿Por qué no la escuché? Ella me comprendía mejor que nadie.

—No ha sido culpa tuya. No podías saberlo —murmuraba Lottie, sabiendo que sus palabras no eran las adecuadas, sino meros tópicos que no rozaban siquiera la superficie de las profundidades emocionales de Adeline. El dolor de su amiga la incomodaba: era demasiado parecido al suyo propio, a esa herida abierta y profunda que casi había logrado apartar de sí misma.

—¿Por qué tuvo que demostrármelo de ese modo? —gemía Adeline—. Yo no quería amarla. No quería amar a nadie. Hubiera debido saber que era injusto por su parte pedírmelo.

Bien pudiera haber sido que Lottie estuviera demasiado agotada emocionalmente por las exigencias que le planteaba su bebé. La verdad, no obstante, es que era una niña buenísima, como solía decirse. No le quedaba otro remedio, claro. Meciendo a una desesperada Adeline entre sus brazos, Lottie no siempre llegaba a tiempo de consolar a su llorosa recién nacida; si intentaba cocinar y limpiar las cosas de su dolida amiga, Camille tenía que amoldarse a las tareas de su madre, con esos ojos como botoncitos y atada a un improvisado cabestrillo, o bien dormida, a pesar del ruido de sacudir alfombras y del silbido de teteras.

A medida que iban transcurriendo las semanas Lottie iba consumiendo sus fuerzas y desesperándose. Llegó Julian, pero no pudo soportar la carga emocional del lugar. Le dio unos cheques a su mujer, le entregó a Lottie las llaves del coche y se marchó a una feria de arte en Toulouse, llevándose al pálido y silencioso Stephen con él. El animado fluir de los invitados fue secándose. George, que se quedó los dos primeros días y se los pasó bebiendo hasta caer casi en el coma etílico, se marchó prometiendo que volvería. Promesas que dejó incumplidas.

—Cuídala, Lottie —le dijo con los ojos inyectados en sangre y una barba incipiente cubriéndole el mentón—. No permitas que haga ninguna estupidez. —Ignoraba si su temor manifiesto era porque velaba por la seguridad de Lottie o por la de él mismo.

En un momento dado en que Adeline se pasó todo un día y toda una noche llorando, Lottie rebuscó en el dormitorio de su amiga presa del frenesí, deseosa de encontrar algo que hiciera referencia a la familia de Adeline, alguien a quien poder acudir para que le echara una mano y consiguiera aliviar la depresión de su amiga. Recorrió con los dedos las hileras de trajes de brillantes colores, con el olfato impregnado del aroma del aceite de clavo y la piel acariciada por las plumas, las sedas y los satenes. Era como si

Adeline, al igual que ella misma, apenas hubiera existido: al margen de un programa de teatro, que demostraba que hacía algunos años había aparecido en una obra de teatro de Harrogate representando un papel secundario, no había nada; ni fotografías, ni cartas. Excepto las que le había escrito Frances. Lottie se abalanzó entonces hacia la caja que las contenía, temblando ante la perspectiva de tomar parte en las últimas y fútiles emociones de Frances. Finalmente, en la maleta que había dentro del armario, encontró el pasaporte de Adeline. Fue pasando las hojas, pensando que quizá aparecería alguna dirección familiar, o bien alguna pista al menos donde encontrar ayuda para paliar su dolor. Sin embargo, lo que descubrió fue una fotografía de Adeline.

Llevaba un corte de pelo diferente pero, sin ningún género de dudas, se trataba de ella. Salvo que en el pasaporte se llamaba Ada Clayton.

El duelo duró cuatro semanas menos un día. Lottie se despertó una mañana y se encontró a Adeline en la cocina, cascando huevos en un bol. No le había mencionado lo del pasaporte: era mejor no perturbar la vida de las personas, así como no se molesta el sueño de los perros.

—Me marcho a Rusia —dijo Adeline sin levantar la vista.

—¡Ah! —exclamó Lottie, quien en el fondo quería decir «¿Y yo qué?», aunque solo logró articular—: ¿Y la bomba atómica qué?

Querido Joe:

No, lo siento, pero no vuelvo a casa. Al menos a Merham. Es algo complicado, pero creo que podría regresar a Londres e intentar conseguir un empleo. Me he estado ocupando de la casa de Adeline, como bien sabes, y resulta que ella tiene unos amigos artistas que están buscando a alguien como yo; y, además, no les importa la presencia de la niña. La pequeña Camille crecerá con sus hijos, lo cual le irá muy bien y, a pesar de lo que dices, no veo la razón por la cual no debería intentar mantenerme a mí misma, después de todo. Te escribiré una vez me haya instalado, y a lo mejor querrás venir a visitarme.

Gracias por las cosas que has enviado para la niña. Fue un detalle por parte de la señora Ansty elegirlas en tu nombre. Estoy haciendo un retrato de Camille, que está preciosa, sobre todo con el gorrito.

Afectuosamente,

Tres días antes de que Lottie y Adeline se marcharan de la casa de Francia, la señora Migot vino a cumplir con la última sesión de sobamiento de la matriz de Lottie; o de revisión indigna de los bajos de la muchacha. Era difícil adivinar cuál de las dos opciones le debía de procurar mayor placer. Lottie, a pesar de sentirse menos propietaria de su propio cuerpo ahora que ya había albergado a otro ser humano, no por eso se sintió menos invadida ante los tirones y los empujones a los que la vieja recurría, como si ella fuera un conejo expuesto en el mercado, sin piel y abierto en canal. La última vez que había acudido a la casa, en principio para controlar que Camille se alimentara como era debido, y sin hacerle el más mínimo comentario a Lottie, le metió una mano en la blusa que llevaba por fuera, le cogió un pecho y, retorciendo el pulgar y el índice con rapidez, lanzó un chorro de leche por el dormitorio antes de que Lottie tuviera oportunidad de protestar. Satisfecha en principio, murmuró algo a Adeline y se puso a revisar el peso del bebé sin dar explicaciones.

En esa ocasión, sin embargo, palpó tan solo someramente el abdomen de Lottie antes de coger a Camille con su zarpa experta. La sostuvo durante un tiempo, riéndole y diciéndole cosas en francés, estudiando su ombligo, los dedos de las manos y de los pies, y profiriendo exclamaciones cariñosas en un tono que jamás había empleado con Adeline o con Lottie.

—Nos marchamos —dijo Lottie, mostrándole una postal de Inglaterra—. Me la llevo a casa.

Ignorándola, la señora Migot dejó de hacer comentarios y, finalmente, se quedó en silencio.

Luego fue hacia la ventana y escrutó el rostro de Camille durante un rato. Le gritó algo a Adeline, que acababa de entrar en el dormitorio, con un mapa en la mano. Todavía absorta en sus propios pensamientos, a Adeline le llevó unos minutos comprender la situación. Luego movió la cabeza con pesar.

—¿Qué ocurre ahora? —preguntó Lottie molesta, temiendo haber hecho alguna otra cosa mal. El color de sus pañales de toalla resultó ser una desgracia para el pueblo, y el modo de colgarlos había despertado la hilaridad gala.

—Quiere saber si has estado enferma —dijo Adeline, frunciendo el ceño mientras intentaba escuchar a la señora Migot—. El amigo de Julian que trabaja en la embajada dice que tendré que conseguir una especie de visado para viajar a Rusia y que, sin ayuda diplomática, es prácticamente imposible. Cree que debería regresar a Inglaterra para solucionarlo. ¡Maldita contrariedad!

—Claro que no estoy enferma. Dile que ella también tendría este aspecto si tuviera que estar levantándose toda la noche para cuidar de su bebé.

Adeline le respondió algo en francés y luego, tras una pausa, volvió a repetir el gesto de tristeza.

—Desea saber si has tenido fiebre.

Lottie iba a contestar con una grosería, pero se detuvo ante la expresión que vio en la cara de la francesa.

—*Non, non* —decía la mujer indicando con un gesto su estómago.

—Quiere decir antes del bombo. Quiere saber si tuviste fiebre alta antes de saber... de que el vientre... ¿se te hinchara? A principios del embarazo —Adeline, prestando toda su atención, contemplaba con aire interrogativo a la comadrona.

—¿Una calentura? —preguntó Lottie, intentando recordar—. He tenido muchísimas calenturas. No me aclimato muy bien a este calor.

La comadrona no se daba por satisfecha. Empezó a soltarle toda clase de preguntas apremiantes en francés, y luego se quedó mirando a Lottie, esperando.

Adeline se dio la vuelta.

—Quiere saber si estuviste enferma. Si tuviste fiebre cuando te quedaste embarazada. Cree... —le dijo algo en francés a la anciana, la cual asintió a sus palabras—. Quiere saber si existe alguna posibilidad de que tuvieras paperas.

—No lo entiendo —respondió Lottie, luchando contra el impulso de coger a su hija y acercársela al pecho con instinto protector—. Tuve calenturas, al llegar aquí. Supongo que debía de ser fiebre.

La cara de la comadrona se ablandó por primera vez.

—*Votre bébé* —dijo, haciendo señas—. *Ses yeux...* —entonces movió la mano frente al rostro de Camille, y miró a Lottie; luego volvió a pasar la mano frente a la carita de la niña, y volvió a mirar a Lottie; y así, repetidas veces.

—¡Oh, Lottie! —exclamó Adeline llevándose la mano a la boca—. ¿Qué vamos a hacer contigo ahora?

Lottie se quedó muy quieta, y un frío repentino que nada tenía que ver con la estación calurosa le fue calando los huesos. Su bebé reposaba tranquilo en los brazos de la mujer, su pelo rubio formaba un halo plumoso mientras el sol iluminaba su carita seráfica.

La niña no había parpadeado ni una sola vez.

—Regresé a Merham cuando Camille tenía diez semanas. La familia de Londres ya no me quiso al enterarse. Escribí a Joe para contárselo, y él me pidió en matrimonio nada más bajar del tren. —Lottie suspiró, y colocó las manos frente a ella, cogiéndose las rodillas—. Le había contado a todos que el bebé era de él, lo cual provocó un escándalo. Sus padres estaban furiosos, pero él sabía ser fuerte cuando era necesario. Además les dijo que lo lamentarían si le obligaban a elegir entre nosotras y ellos.

Hacía rato que se habían bebido el último sorbo de vino. Daisy permanecía sentada, sin reparar en lo tarde que era, en el hecho de que se le habían dormido los pies, acurrucados bajo sus piernas.

—No creo que su madre me perdonara jamás el haberme casado con él —dijo Lottie, perdida en los recuerdos del pasado—. Sin duda nunca superó que le arrebatara a su maravilloso hijo y le diera a cambio una niña ciega. La odiaba por eso. La odiaba por no amar a Camille del mismo modo que la amaba yo. Sin embargo, imagino que ahora que soy vieja, puedo comprenderla un poco mejor.

—Solo intentaba protegerlo.

—Sí, sí. Eso era lo que intentaba.

—¿Lo sabe Camille?

Lottie cambió y se puso seria.

—Camille sabe que Joe es su padre —dijo, y en su voz se advertía un cierto matiz de desafío—. Siempre han estado muy unidos. Es la típica hija que idolatra a su padre.

Se hizo un breve silencio.

—¿Qué le sucedió a Adeline? —susurró Daisy. Pronunció la pregunta en una especie de temor, inquieta ante lo que pudiera oír. Se había sorprendido llorando al oírle narrar la historia del suicidio de Frances, porque le recordó los sombríos días que siguieron a la desaparición de Daniel.

—Adeline murió hace casi veinte años. Nunca regresó a la casa. Yo solía mantenerla en orden y limpia, por si acaso volvía, pero jamás regresó. Al cabo de un cierto tiempo, ni siquiera me escribió. No creo que pudiera soportar estar en contacto con todo aquello que le recordaba a Frances. La amaba, ¿sabes? Creo que todos lo sabíamos aun cuando ella lo ignorara. Murió en Rusia. Cerca de San Petersburgo. Llegó a ser muy rica, aun sin contar los objetos que Julian le había regalado. Me gusta pensar que se quedó allí porque encontró a Konstantin —Lottie sonrió con timidez, sintiendo un cierto embarazo ante su propio romanticismo—; y cuando murió, me dejó Arcadia en su testamento. Siempre he pensado que se culpaba de haber permitido que me casara con Joe —Lottie se revolvió en su lugar, y empezó a recoger lo que tenía alrededor, dejando antes la copa en el suelo, junto a la silla—. Creo que pensaba que me había traicionado al desaparecer justo en ese momento.

—¿Por qué?

Lottie la miró como si fuera imbécil.

—Si entonces hubiera podido disponer de la casa y del dinero, no hubiera necesitado casarme con nadie...

Me pasé seis días llorando durante mi luna de miel. «No deja de ser curioso», comentó después mamá, «teniendo en cuenta que eras una persona que rabiaba por marcharse de casa, sobre todo casada». Más curioso resulta, sin embargo, si se piensa en nuestro maravilloso crucero, con el precioso camarote ubicado en primera clase con que los Bancroft nos obsequiaron.

Sin embargo, yo me encontraba fatal, tanto que Guy tenía que matar el tiempo paseando solo mientras yo guardaba cama en nuestro camarote y me sentía absolutamente desgraciada. También me dolía mucho lo de papá y, por alguna extraña razón, me consumía el hecho de haber abandonado a mamá y a los niños. Es paradójico el hecho de que, a pesar de que crees que estás deseándolo, cuando sucede en realidad, te embarga la terrible sensación de que aquello es definitivo.

No nos comportábamos como tortolitos, la verdad, claro que eso es algo que jamás reconocería ante mis padres o cualquier otra persona. No, en mis postales no me cansaba de hablar de las increíbles vistas, los fabulosos bailes después de cenar, los delfines y los ágapes en la mesa del capitán; y les describía nuestro camarote, panelado de arriba abajo de nogal y con un tocador enorme en el que había un espejo bordeado de luces y champús y lociones gratuitos que reponían a diario.

Sin embargo, Guy había cambiado de actitud. Me dijo que era debido a que prefería los espacios abiertos al agua. Al principio, sus palabras me entristecieron un poco, y le dije que podríamos haber empleado mejor el tiempo si me lo hubiera contado de antemano. Ahora bien, no quise forzarle demasiado. Era algo que no hacía jamás; y así, al final, él acababa aviniéndose a todo. Como esa señora Erkhardt tan agradable me dijo un día, la de las perlas, «Todas las parejas discuten durante su luna de miel. Es algo que nadie te cuenta; claro que tampoco te cuentan lo demás». Lamenté que no especificara en qué consistía lo demás.

Por otro lado, a veces también resultaba divertido. Cuando se enteraron de que estábamos celebrando nuestra luna de miel, la banda nos tocaba «Look At That Girl», la melodía de Guy Mitchell, cada vez que entrábamos en el comedor. Creo que Guy terminó asqueado de la canción a la tercera dedicatoria, pero a mí me gustaba mucho. Me encantaba que todo el mundo supiera que era mío.

Por Sylvia me enteré, un tiempo después, de lo de Joe. Mamá se lo tomó con una serenidad sorprendente. Ni siquiera quería saber si el bebé era realmente de él, lo cual me dejó estupefacta. Yo habría jurado que se moriría por saberlo. De hecho, se puso muy agresiva cuando saqué el tema a colación, pero creo que en esa época la desbordaban los problemas de papá con el alcohol.

No se lo dije a Guy. En una ocasión en que empecé a contarle cosas de Merham me soltó: «Estas cosas son habladurías de mujeres». Nunca se lo volví a mencionar.

TERCERA PARTE

15

Daisy se pasó casi diez días preocupada por encontrar la manera adecuada de disculparse con Jones, el modo de comunicarle que su mirada de horror, las lágrimas abyectas que había vertido esa mañana, no fueron una reacción ante su presencia, sino ante la ausencia que acababa de advertir. Pensó en enviarle flores, pero Jones no parecía el tipo de hombre a quien le gustan esa clase de obsequios; además, Daisy no sabía si las flores en sí simbolizarían alguna otra cosa. Pensó en llamar, simplemente, y decírselo, a lo bruto, empleando palabras que le resultaran familiares: «Jones, lo siento. Mi actitud fue penosa, y me porté como una auténtica gilipollas». No obstante, sabía perfectamente que no sería capaz de dejarlo ahí, que parlotearía, gimotearía y tartamudearía para justificarse hasta liarse en una explicación que él todavía despreciaría más. Pensó en enviarle tarjetas, mensajes e incluso en pedirle a Lottie, puesto que ahora ya se sentía lo suficientemente valiente para apelar a ella, que se encargara de solucionarlo en su nombre. Jones temía a Lottie.

Daisy no hizo nada de todo eso.

De un modo fortuito, quizá, el mural se encargó de ello. Una tarde, mientras repasaba mordisqueando el bolígrafo la lista de temas pendientes, Aidan se le acercó para decirle que uno de los pintores había estado rascando el líquen de la pared exterior de la terraza y había descubierto color bajo el encalado. Sintiendo curiosidad, habían decapado una zona algo más amplia hasta descubrir lo que parecía ser la imagen del rostro de dos personas.

—No hemos querido seguir rascando —le dijo, llevándosela

fuera, hacia la cegadora luz del sol—. Más que nada, porque igual acabamos por arrancar la pintura de debajo.

Daisy se quedó contemplando la pared, los rostros recién descubiertos, uno de los cuales se diría que aparecía sonriendo. El pintor, un joven indio americano llamado Dave, estaba sentado en la terraza, fumando un cigarrillo, y al verla, le hizo un gesto de asentimiento e interés hacia la pared.

—Será mejor que se lo encargue a un restaurador —dijo Aidan, dando un paso atrás—. Alguien que sepa de qué va. Igual vale un pico.

Aidan se refería a él como el «muriel».

—Depende de quién sea el autor —dijo Daisy—. De todos modos, es bonito. Un poco braqueano. ¿Sabe hasta dónde alcanza?

—Bueno, hay un retazo de amarillo en el extremo superior izquierdo, y de azul en el derecho. Por lo tanto, no me sorprendería que midiera casi dos metros. Vale más que le pregunte a esa mujer amiga suya qué opina. A lo mejor venía por aquí cuando lo pintaron, y sabe algo de la obra.

—Nunca mencionó nada parecido.

—Menuda sorpresa —dijo Aidan, frotándose las manos manchadas de revoque seco en los pantalones—. Pero, claro, tampoco mencionó nada sobre que habría pañales en la obra y no se podría taladrar mientras la niña estuviera dormidita. —Sonrió taimadamente y se apoyó hacia atrás. Daisy volvió a entrar en la casa—. Oiga, supongo que no iba a poner una tetera al fuego, ¿verdad?

Lottie había salido con Ellie y, por consiguiente, Daisy telefoneó a Jones, al principio con la idea de contárselo, y ansiosa por que asociara su llamada con algo positivo.

—¿Hay problemas? —dijo él de mal humor.

—No, ninguno —respondió Daisy—. Yo... solo... Me preguntaba si podrías venir el jueves.

—¿Por qué el jueves? —Al fondo oía el ruido de dos teléfonos sonando y una mujer que conversaba con prisas—. Dile que bajaré dentro de un minuto —gritó—. Ofrécele un vaso de vino o lo que más le apetezca.

—Vienen los inspectores de sanidad. Para ver la cocina. Dijiste que querías estar presente.

—¡Pues dale un café, entonces! ¿Oiga? ¡Joder! Es cierto que lo

334

dije, ¿verdad? —gruñó Jones, y Daisy le oyó colocar una mano sobre el auricular y gritarle algo a alguien que supuso sería su secretaria—. ¿A qué hora vienen? —le preguntó instantes después.

—A las once y media. —Daisy respiró hondo—. Mira, Jones,
vale más que te quedes a almorzar. Me gustaría enseñarte un par de
cosas.

—Nunca almuerzo —respondió, y colgó el teléfono.

Daisy había llamado a Camille, al recordar que Hal estaba relacionado con las artes de algún modo. No quiso llamarlo directamente. Era uno de esos detalles que había que cuidar cuando se era
una mujer soltera. Sin embargo, Camille quedó entusiasmada, y le
dijo que hablara con él de inmediato. No necesitaría acudir a un
restaurador, porque Hal sabía hacerlo. Había asistido a toda clase
de cursillos sobre restauración en la facultad de Bellas Artes, y no
solo de muebles, de eso Camille estaba segura. Hal, en cambio,
no reaccionó con tanto convencimiento, porque dudaba de que sus
conocimientos estuvieran lo bastante al día como para aplicarlos.

—Pero puedes enterarte de si existen otras nuevas técnicas.
Quiero decir que tampoco se trata de una tela, sino que solo es una
pared exterior. —Daisy captó por el tono de voz de Camille lo
mucho que ese trabajo significaría para la pareja—. No debe de ser
tan importante, visto que le han echado una paletada de revoque
por encima.

Hal parecía dudar al principio, pero luego fue adquiriendo un
cierto entusiasmo prudente, como si no pudiera creer que le lanzaban un salvavidas, aunque fuera un salvavidas pequeño y poten-
cialmente agujereado.

—Tengo un amigo en Ware que sigue restaurando frescos de
vez en cuando. Se lo podría preguntar. Quiero decir, si no te importa encargar el trabajo a alguien que no es un profesional.

—Si haces un buen trabajo, como si quieres ser profesional de
lucha libre en un ring de lodo. Eso sí, necesito que empieces de inmediato. Quiero que resulte visible una buena parte de la obra antes del jueves.

—De acuerdo —dijo Hal, con una voz que parecía desear ocultar lo complacido que estaba—. Bien. Perfecto. Bueno, haré unas
cuantas llamadas y desempolvaré mi equipo. Luego me acercaré a
la casa.

«Esta es mi oportunidad», pensó Daisy mientras salía al jardín. «Esto le demostrará a Jones que soy capaz no solo de restaurar el interior del edificio por mí misma, sino de alzarme por encima de esa imagen con la que los demás parecen identificarme: la Daisy que compadezco y desprecio.» «Es un rasgo ridículo de tu manera de ser», le había dicho en una ocasión Daniel; «Esta necesidad desesperada de contar con la aprobación de todos». Sin embargo, así era como se sentía Daisy, a pesar de todo. La noche que Jones estuvo en Arcadia, se quedó muy satisfecha de que él hubiera visto una faceta nueva y mejorada de sí misma. Y la razón era que en su fuero interno, según admitía ante sí misma con extremada cautela, Daisy también empezaba a aprobar a esa nueva persona en lugar de sentirse de luto exclusivamente por la pérdida de su antiguo yo. Ahora era más fuerte y no se doblegaba tanto ante los acontecimientos de los últimos meses. «Eso es lo que conlleva tener un bebé», le había dicho Lottie cuando Daisy le preguntó cómo se las había arreglado sola. «Tienes que ser fuerte.»

Daisy, recordando los tiempos de Primrose Hill, se había mostrado en desacuerdo, si bien comprendía que, en un cierto y relativo sentido, paulatinamente, había ido adquiriendo, a través de alguna forma de ósmosis quizá, parte del duro pelaje de Lottie. No dejaba de pensar en el modo en que la joven Lottie había dado a luz, casi sin asistencia, en un país lejano, y cómo se había negado a dejarse intimidar cuando, atacada por la desgracia y sin un penique, regresó a casa. Observaba cómo la Lottie adulta cortaba ahora la vida armada de un cuchillo para el pan, imponiendo respeto en todos los que la rodeaban por el mero hecho de contar con una gran confianza en sí misma y un ingenio mordaz. Esperaba que la gente le manifestara su reconocimiento y que las cosas salieran como ella deseaba. Sobre todo teniendo en cuenta que se limitaba a ser una ama de casa pensionista, esposa del propietario de un taller de automóviles de un pueblecito y madre de una hija discapacitada que jamás había tenido un empleo y no poseía estudios, nada en absoluto. Por supuesto Daisy no se hubiera atrevido a describirla así y decírselo a la cara. Ella, en cambio, seguía siendo la antigua Daisy de antes (aunque en una versión corporal más generosa); conservaba su atractivo, su inteligencia, era casi solvente y ahora, en palabras de su contable, se había convertido en empresaria por cuenta propia.

—Soy una empresaria por cuenta propia —dijo en voz alta cuando colgó el teléfono. Aquello sonaba mucho mejor que el apelativo de madre soltera.

Sin embargo, le añoraba muchísimo. Todavía lloraba de vez en cuando. Aún consideraba que era un gran logro por su parte poder pasar dos horas sin pensar en él. Incluso se sorprendía leyendo el horóscopo para ver si encontraba alguna pista indicativa de su regreso. No obstante, y casi tres meses después de que Daniel se hubiera marchado, al menos Daisy ya podía acariciar la idea de que llegaría un día, quizá dentro de un año, mes más, mes menos, en que superaría su recuerdo.

Intentó no pensar si Ellie albergaría sus mismos sentimientos.

—Por las horas que Hal pasa trabajando en el «muriel», no me extraña que su negocio se haya ido a pique —dijo Aidan—. No puedes ir haciendo horas cuando te cierran el precio.

Daisy y Aidan estaban sentados en la cocina, bebiendo té y observando a Hal a través de la ventana, doblado por completo frente a la pared y cepillando dolorosamente una diminuta sección de la pintura resquebrajada. Daisy lo sabía mejor que nadie. Los pequeños empresarios no podían permitirse el lujo de ser perfeccionistas.

—Los pequeños empresarios no podrán permitirse el lujo de hacer nada si ustedes no terminan los pasillos del piso superior antes del martes, como prometieron —dijo Daisy, lanzándole una clara indirecta que Aidan fingió no oír.

—Ahora bien, si su jefe de Londres le pagara por horas...

—Creo que en el fondo se está divirtiendo —le interrumpió Daisy, ignorando el hecho de que la mayor parte del tiempo Hal parecía estar agonizando.

«¿Te parece bien?», solía preguntarle una tres o cuatro veces al día, cuando ella salía a admirar las imágenes que iban tomando forma visiblemente. «¿Seguro que no prefieres contratar a un profesional?», insistía en decirle, y no se mostraba especialmente convencido cuando Daisy le aseguraba que no.

Sin embargo, Camille, que aparecía un par de veces al día para traerles té y bocadillos entre sesión y sesión, le había dicho que al llegar a casa, su marido estaba exultante.

—Creo que es fantástico —le comentó sin que parecieran importarle las prolongadas ausencias de su marido—. Me gusta la idea de que ha estado oculto. Me encanta pensar que será Hal el responsable de que recobre la vida.

Se cogían de la mano cuando él creía que nadie los miraba. Daisy, con una cierta envidia, se fijó en que Hal le explicaba las imágenes a su esposa y luego la atraía hacia sí para besarla.

La única persona que parecía no estar complacida con el mural era Lottie. Se había marchado al pueblo para hacer uno de sus misteriosos recados. (Nunca solía decirle a nadie a dónde iba ni lo que hacía. Si alguien se lo preguntaba, se daba golpecitos en la nariz con el dedo y le decía: «No te metas donde no te importa».) Al llegar a Arcadia y ver que Hal estaba descubriendo las imágenes, estalló y le exigió que se detuviera inmediatamente.

—¡Yo fui quien lo cubrió de pintura! No quería que la gente lo viera —dijo, gesticulando como una posesa hacia Hal—. Vuelve a pintarlo por encima.

Daisy y los obreros, que estaban examinando los desagües, abandonaron esa actividad para ir a ver de dónde procedían los gritos.

—¡No se puede ver!

—Pero si es un mural... —dijo Hal.

—¿Acaso no me escuchas? No deberías haber quitado la pintura. Haz el favor de detenerte, ¿me oyes? Te lo habría contado si el propósito del mural fuera el de enseñarlo a los demás.

—¿Qué hay ahí debajo? —le murmuró Aidan a Dave—. ¿Los planos de donde ha enterrado a los cadáveres?

—Ahora no puedo detener la restauración —dijo Daisy, perpleja—. Jones viene especialmente para verlo.

—No te pertenece y no tienes ningún derecho a mostrarlo. —Lottie estaba nerviosísima, hecho extraño y desacostumbrado en ella.

Camille, que acababa de llevarle a Hal una taza de té cuando Lottie llegó, se había quedado de pie, con la taza en la mano y una expresión de estupor pintada en el rostro.

—¡Pero mamá!

—¿Qué ocurre, madre? Dime, ¿qué es lo que te ha trastornado tanto? —Hal levantó una mano y la posó sobre el hombro de Lottie.

—No estoy trastornada —replicó ella, sacudiéndoselo de encima con rabia—. Bueno, sí. El hecho de que desperdicies el tiempo descubriendo una porquería es lo que me ha trastornado. Deberías concentrarte en tu negocio, y no en dedicarte a admirar un graffiti que no tiene ningún valor. ¿Por qué no haces algo de utilidad, como, por ejemplo, intentar salvar tu empresa, eh?

—Pero si es una preciosidad, Lottie —dijo Daisy—. Ya debes de saberlo.

—Es un asco —respondió Lottie—, y te diré que ese estúpido jefe tuyo es un asco también. Dado que soy la asesora histórica de esta casa, o como quiera que lo llaméis, ya verás como se me da la razón.

Con esas palabras se marchó, dándoles la espalda, rígida por el enfado, y dejándolos a todos con la boca abierta, helados.

Sin embargo, Jones no le dio la razón.

Daisy, a hurtadillas, lo condujo a la terraza para que lo viera mientras Lottie se encontraba fuera.

—Cierra los ojos —le dijo cuando él salió a la terraza.

Jones levantó los ojos al cielo como si fuera una retardada y él se viera obligado a mostrarse comprensivo. Daisy le cogió del brazo y lo fue guiando alrededor de los potes de pintura hasta el lugar donde Hal acababa de trabajar.

—Ahora, ábrelos.

Jones abrió los ojos. Daisy no se perdía ni un detalle de su rostro. Bajo su grave y fustigado ceño, parpadeó con sorpresa.

—Es un mural —dijo Daisy—. Hal, a quien quería presentarte, lo está restaurando. Los albañiles lo descubrieron bajo una capa de revoque.

Jones la miró, olvidándose de su malhumor, y se acercó para examinar las imágenes. Daisy se percató de que llevaba unos pantalones de pana absolutamente increíbles.

—¿Qué es? —preguntó al cabo de un minuto—. ¿Una especie de «La Santa Cena»?

—No lo sé —respondió Daisy, echando un vistazo hacia atrás con semblante de culpabilidad al oír el sonido del cochecito—. Lottie... La señora Bernard no me lo ha querido decir.

Jones siguió contemplando el fresco, y luego se incorporó.

—¿Qué has dicho?

—Le ha sentado fatal que lo destapemos. No quiere decir el porqué, pero parece ser que la ha molestado bastante.

—Pero si es precioso. Aquí fuera se ve magnífico. Le da un punto de fuga a la terraza. —Jones se giró y caminó hacia el extremo opuesto de la terraza para examinarlo de lejos—. Vamos a poner sillas fuera, ¿no?

Daisy asintió.

—¿Es antiguo?

—Sin duda data de este siglo. Hal cree que debe de ser de los cuarenta o los cincuenta. Sin duda es posterior a los treinta. Quizá ella lo tapara durante la guerra.

—No tenía ni idea... —Jones hablaba consigo mismo mientras se llevaba una mano a la nuca—. Dime... ¿puedo preguntarte cuánto voy a pagar por esto? Me refiero a la restauración.

—Muchísimo menos de lo que vale.

Jones le dedicó una sonrisa, y Daisy se la devolvió.

—Supongo que no habrás encontrado alguna antigüedad de valor incalculable dándote algún garbeo entre jornada y jornada, ¿no?

—¡Qué va! —intervino Kevin, apareciendo a sus espaldas y encendiendo otro cigarrillo—. Solo sale a comprar leche para el bebé.

Todo había terminado. Hal estaba en el coche, aparcado en Arcadia, mirando el último fajo de facturas que ni siquiera el mural podría sufragar, y sintió algo curiosamente parecido al alivio al constatar que ya no dependía de él, que aquello que había sabido durante semanas, posiblemente meses, ya era inevitable que se convirtiera en realidad. La última factura, la que había pospuesto hasta después de comer, era tan impresionante que no le había dejado alternativa. Cerraría el negocio, y luego, cuando la restauración del mural finalizara, empezaría a buscar empleo.

Cerró los ojos durante un minuto, dejando que la esperanza y las tensiones de las últimas semanas se diluyeran finalmente y las sustituyera una especie de niebla gris y amorfa. Solo era cuestión de trabajo. Se había repetido esas palabras como si fueran un mantra; y si el poder disponer de su activo significaba que podía evitar la quiebra, al menos podía asegurar que el futuro se abría ante ellos. Eso era lo que les ocurría a los dos, a Camille y a él, que tenían futuro (se había convencido de ello esas últimas semanas).

«Concéntrate en lo positivo», le había dicho el consejero matrimonial durante la última sesión. «Da las gracias por lo que ya tienes.» Él tenía una esposa y una hija. Salud; y un futuro. El teléfono móvil rasgó el silencio y Hal palpó en la guantera, parpadeando para liberarse de algo sospechosamente parecido a una lágrima.

—Soy yo.

—Hola, cielo. —Hal se recostó en el asiento, contento de oír el sonido de su voz.

No era nada urgente. Camille solo quería saber a qué hora regresaría a casa y si le apetecía pollo para cenar, lo llamaba para contarle que Katie había ido a nadar y explicarle otras menudencias tranquilizadoras de la vida doméstica.

—¿Estás bien? Noto muchísimo silencio.

—Estoy muy bien. Traeré vino, si te apetece.

No pareció muy convencida de su respuesta y, por lo tanto, Hal intentó aparentar que estaba más animado. No le contó lo que necesitaba oír (eso podía esperar), sino que, en cambio, le habló de todas aquellas cosas que a ella le gustaban: lo que había pasado ese día «en el trabajo», las figuras que había sacado a la luz y los últimos chistes de los albañiles. Le contó que su madre apenas le hablaba cuando estaba trabajando en el fresco y, sin embargo, tan pronto abandonaban Arcadia, charlaba con él como si nada hubiera sucedido.

—Quizá deberías preguntárselo, para descubrir qué es lo que la tiene tan inquieta.

—No servirá de nada, Hal. Ya sabes que es inútil preguntarle nada. No me lo dirá —dijo Camille con una voz triste y molesta—. A veces no sé qué le ocurre a mi madre. ¿Sabes que la semana que viene es su aniversario de boda y ha dicho que la necesitan en Arcadia? Papá está muy decepcionado. Había reservado el restaurante y todo.

—Supongo que pueden ir otra noche.

—Pero no es lo mismo, ¿a qué no?

—No —respondió Hal, reflexionando—. No lo es.

—Será mejor que me vaya —dijo Camille, animándose—. La señora Halligan se queja de su piquelado.

—¿Qué?

Daisy acercó una mano al auricular.

—Es lo que le ocurre a la piel después de la depilación a cera. Se le ha piquelado una zona complicada y ahora no puede volver a ponerse las medias.

Hal se rió. Era la primera vez que lo hacía desde hacía meses.

—No sabes cómo te quiero —le dijo.

—Sí lo sé. Yo también te quiero.

Daisy se llevó a Jones a las habitaciones que un día serían la suite Morrell, pero que por ahora eran denominadas, por obra y gracia de los albañiles, el Cagadero Azul, nombre inspirado en el color del baño. Era el dormitorio más tradicional de la casa y ya estaba terminado. La cama, al igual que todas las demás, procedía de un contacto en la India especializado en muebles coloniales antiguos. Junto a ella había una cómoda militar, con las esquinas angulares y pulidas remachadas en bronce, cuya chapa de caoba antigua resplandecía contra el gris pálido de las paredes. Al otro extremo de la habitación, que en realidad eran dos, puesto que habían derribado un tabique de separación, había dos cómodas butacas y una mesita baja y tallada sobre la cual Daisy había colocado un mantel, dos platos con bocadillos de cangrejo, un cuenco de fruta y una botella de agua.

—Ya sé que no sueles almorzar —le dijo mientras él contemplaba la mesa preparada—, pero he pensado que si en el fondo no tienes hambre, me tomaré tu ración para cenar.

Llevaba unos calcetines extraños, detalle que Daisy encontró curiosamente reconfortante. Jones recorrió la estancia despacio, una sola vez, analizando la decoración y todo lo que contenía. Luego se detuvo y se quedó en pie, frente a ella.

—En realidad, yo... Bien, quería disculparme —dijo Daisy, cogiéndose las manos—. Por lo de esa mañana. Fue una tontería. Una solemne tontería, en realidad. No puedo explicármelo, pero sí puedo decirte que no tenía nada que ver contigo.

Jones se contempló los pies, y se revolvió incómodo.

—¡Oh, vamos! Siéntate, por favor —dijo Daisy desesperada—, o me voy a sentir como una auténtica imbécil. Peor aún, voy a empezar a parlotear, y eso no te gusta nada. Es casi peor que ponerse a llorar.

Jones se inclinó para coger un bocadillo.

—Bueno, la verdad es que ya casi ni me acuerdo —dijo mirándola de reojo, y se sentó.

—En otras circunstancias no te habría invitado a comer en el dormitorio, pero es la única habitación donde se puede estar en silencio —le dijo Daisy cuando ya habían empezado a comer—. Me habría gustado montar esto en la terraza, cerca del mural, pero pensé que igual terminaríamos comiendo bocadillos de cangrejo con salpicaduras de pintura y aguarrás. —Ya estaba charlando como una cotorra. Era como si no controlara las palabras que le salían de la boca—. Además Ellie duerme en la habitación de al lado.

Jones asintió, circunspecto, pero parecía relajado, a su entender.

—Me sorprende que siguieras adelante sin mi consentimiento —terminó por decir—. Me refiero al mural.

—Sabía que te encantaría cuando lo vieras. Si te consultaba lo de la restauración, seguro que encontrabas alguna excusa para impedirlo.

Jones se detuvo a medio camino de morder el bocadillo, bajó la mano y la miró atentamente. La miró sin perder detalle, y Daisy notó que empezaba a asomarle un cierto rubor en las mejillas.

—Eres una mujer bien rara, Daisy Parsons —comentó Jones, sin ánimo de ofenderla.

Daisy se relajó con el comentario, y le explicó la historia de cada uno de los muebles de la habitación, así como las decisiones que había tomado respecto a la pintura y las telas. Jones asentía, con la boca llena, escuchándola con atención y sin comprometer demasiado sus respuestas. Daisy tuvo que reprimir el impulso de preguntarle por su opinión, de saber si le complacía el resultado. «Si no le gusta, ya me lo dirá», se dijo finalmente a sí misma para acallar sus dudas.

Progresivamente se encontró embelleciendo algunas de las historias, contando chistes, decidida a doblegarlo un poco. Le encantaba tener compañía; una compañía urbana. Disfrutar con los comentarios de alguien que conociera Gavroche, en Green Street; alguien que pudiera hablar de algo más que de muestrarios de pintura o del estado en que se encontraban las habitaciones de alquiler del vecindario. Incluso se había maquillado para la visita. Le había llevado cuarenta y cinco minutos localizar la bolsita de pinturas.

—... y la razón por la cual nos han enviado la grande con descuento es porque era tan inmensa que la tuvieron tres años en el almacén sin poder exponerla por falta de espacio —contó Daisy riendo y sirviéndose otro vaso de agua.

—¿Se ha puesto en contacto contigo Daniel?

Daisy calló de repente, y se puso roja.

—Lo siento —se disculpó Jones—. No debería habértelo preguntado. No es de mi incumbencia.

Daisy lo miró y dejó la botella encima de la mesa.

—Sí. Sí ha dado señales de vida. No es que vayan a cambiar las cosas, claro.

Permanecieron en silencio durante un minuto, y Jones no dejaba de estudiar con afán la muesca de la esquina de la mesa.

—¿Por qué lo preguntas? —le dijo Daisy, y durante unos segundos el aire de la habitación se eclipsó, como en un vacío, y fue consciente de que, de repente, su respuesta se había vuelto crucial para recuperar la atmósfera anterior.

—Conocí a un antiguo amigo suyo que quería hablarle de un asunto... —empezó a decir Jones, mirándola—. Pensé que igual tenías su número de teléfono.

—No —contestó Daisy, sintiéndose inexplicablemente furiosa—. No lo tengo.

—Muy bien. No importa —dijo Jones con la cabeza gacha—. Que se arreglen solos.

—Sí.

Daisy se había quedado perpleja, sin saber a qué atribuir su incomodidad. Desde fuera, a través de la ventana abierta, oyó que la llamaban. Era la voz de Aidan. Probablemente para preguntarle algo sobre la pintura.

—Será mejor que vaya a ver qué quiere —dijo Daisy, casi agradecida por la interrupción—. Solo será un momento. Come fruta. Sírvete tú mismo.

Cuando regresó, al cabo de unos minutos, se detuvo en la puerta ante la visión de Ellie en brazos de Jones. Sonrosadita y soñolienta, la niña se recostaba derecha contra él, parpadeando. Cuando Jones vio a Daisy, se comportó con extrañeza, e hizo ademán de devolverle al bebé con cierta vehemencia.

—Se despertó cuando no estabas —dijo un poco a la defensiva—. No me gustaba la idea de dejarla llorando.

—No, claro —repuso Daisy mirándole fijamente. Nunca había visto a un hombre sosteniendo a su bebé, y el cuadro la estremeció, pulsó unos resortes desconocidos en su corazón—. Gracias.

—Es una niñita muy agradable, ¿verdad? —Jones caminó hacia ella y se la dio, logrando enredarse las manos de algún modo con las piernecitas de Ellie—. Teniendo en cuenta que no estoy acostumbrado. Me refiero a los niños.

—Pues no sé qué decirte —dijo Daisy con franqueza—. Solo la cogemos la señora Bernard y yo.

—Yo nunca había sostenido a un recién nacido.

—Yo tampoco. Hasta que tuve uno, claro.

Jones se quedó mirando a Ellie como si jamás hubiera visto propiamente un bebé. Consciente de repente de que Daisy estaba mirándolo, tocó la cabecita de Ellie y dio un paso atrás.

—Bien, adiós, entonces —le dijo al bebé—. Supongo que será mejor que me marche. —Echó un vistazo hacia la puerta—. En el despacho se preguntarán dónde me he metido. Gracias por la comida.

—Sí —dijo Daisy, ajustándose el peso de Ellie a la cintura.

Jones se dirigió a la puerta.

—Queda muy bonito —le dijo, volviéndose para mirarla a la cara—. Buen trabajo.

Jones se obligó a sonreír, y su aspecto curiosamente era de tristeza. «Tiene las uñas de los pulgares como las de Daniel», pensó Daisy.

—Por cierto, la semana que viene creo que deberías venir a Londres —dijo Jones sin que viniera a cuento—. Tenemos que hablar de los preparativos para la inauguración en algún lugar donde pueda disponer de mis archivos y mis cosas, y he pensado que quizá podríamos escaparnos a ese almacén de materiales de derribo. Ese nuevo del que me hablabas. A ver si encontramos algo que podamos colocar en el exterior.

Jones ladeó la cabeza.

—Quiero decir... Supongo que podrás combinarte para venir

un día a Londres, ¿no? Te invito a comer, o a cenar. En mi club. Así verás qué aspecto tiene.

—Ya sé qué aspecto tiene —dijo Daisy—. He estado allí. —Daisy sonrió, con una de las sonrisas de la antigua Daisy—. Pero sí, encantada. Será muy divertido. Propón tú el día.

Pete Sheraton llevaba la clase de camisa que los especuladores inmobiliarios llevaban en los ochenta: de atrevidas rayas diplomáticas, cuello blanco y puños almidonados. Era la clase de camisa que se asociaba con la gente de dinero, que cerraba tratos comerciales en salones llenos de humo, la clase de camisa que a Hal siempre le hacía cuestionarse si Pete no estaría menos satisfecho con su suerte como director de banco de una sucursal de provincias (con un personal de tres cajeros, un director adjunto y la señora Mills, que limpiaba los martes y los jueves) de lo que le habría gustado admitir.

Los puños que guiaron a Hal por el despacho esa tarde los abrochaban dos diminutas mujeres desnudas apenas visibles.

—Es idea de mi mujer —dijo Pete, mirándose los gemelos mientras Hal se sentaba al otro lado de la mesa—. Dice que hacen que no se me vea... demasiado bancario.

Hal sonrió, intentando contener los nervios. Conocía a Pete desde hacía varios años, desde que Veronica Sheraton le encargó enmarcar un retrato de la pareja para regalárselo a Pete el día de su cumpleaños. Era francamente horrible, y mostraba a Veronica en un vestido de baile con las mangas ablusadas y algo difuminada, mientras que Pete, a su espalda, medía unos cuantos centímetros de más de altura y lucía un rostro parecido al café con leche. Se dirigieron una mirada de inteligencia, y entre ellos se formó uno de esos peculiares e indiscutibles lazos masculinos.

—No has venido para concertar un partido de squash, ¿verdad?

—Por desgracia esta vez, no, Pete —dijo Hal, suspirando hondo—. He venido... En realidad he venido a hablar contigo porque quiero cerrar el negocio.

—¡Joder! ¡Joder, tío! Lo siento —exclamó Pete descompuesto—. Eso es tener mala suerte.

Hal deseó que Pete hubiera adoptado una posición más objetiva respecto al tema. De repente, el director de banco frío, rígido y pasado de moda le pareció una opción más cómoda.

—¿Estás absolutamente seguro? Quiero decir, ¿ya has hablado con tu contable y habéis hecho números a fondo?

—No le he confiado todavía el veredicto final, no —le confió Hal con reparos—, pero digamos que no cogerá por sorpresa a los que ya me han visto tocar fondo.

—Bueno, yo ya sabía que no ibas en plan de adquisiciones y absorciones... pero aún así... —Pete metió una mano en el cajón—. ¿Quieres un trago?

—No. Vale más que tenga la cabeza clara. Tengo que hacer un montón de llamadas esta tarde.

—Bien, escucha, no te preocupes por nada en lo que respecta a este tema. Si puedo hacer algo por ti, dímelo. Me refiero a si quieres considerar la idea de un préstamo o algo por el estilo. Estoy seguro de que podré conseguirte unos intereses preferentes.

—Creo que ya hemos agotado la posibilidad de un préstamo.

—De todos modos, es una pena, cuando piensas en todo ese dinero...

Hal frunció el ceño. Los dos hombres se quedaron en silencio unos segundos.

—¡En fin! No voy a discutirte nada que no sepas ya —dijo Pete levantándose y dando la vuelta a la mesa del despacho—. Sin embargo, Hal, escúchame. No tomes ninguna decisión esta noche. Sobre todo si no has hablado con tu contable. ¿Por qué no cambiáis impresiones y vienes a verme mañana? Nunca se sabe...

—Las cosas no van a cambiar, Pete.

—Como quieras. De todos modos, piénsatelo. ¿Va todo bien con Camille? Perfecto... ¿Y la pequeña Katie? Eso es lo que cuenta, ¿no? —Pete colocó un brazo en los hombros de Hal y luego se volvió hacia el escritorio—. ¡Ah, casi lo olvido! Ya sé que quizá no es el momento, pero ¿te importaría darle esto a tu señora? Hace lustros que lo tengo en el cajón. Siempre quiero dártelo en la próxima partida de squash y nunca me acuerdo de hacerlo. Sé que contravengo un poquito las reglas, pero como se trata de ti...

Hal se quedó sosteniendo en alto un sobre rígido.

—¿Qué es?

—La plantilla en braille del nuevo libro de cheques.

—Pero si ya tiene una.

—No, esta es para la nueva cuenta corriente.

—¿Qué nueva cuenta corriente?

Peter se lo quedó mirando.

—La que tiene... En fin, pensé que sería alguna póliza de seguros o algo que hubiérais cobrado en efectivo. Por eso me sorprendió un poco cuando me dijiste lo del negocio...

Hal estaba en medio del despacho, y movió la cabeza en señal de desconcierto.

—¿Quieres decir que ella tiene dinero?

—Suponía que estabas enterado.

A Hal se le secó la boca, y la estridente asociación de ideas que le venía a la mente le recordó algo ya vivido.

—¿De cuánto se trata?

Pete le dedicó una mirada angustiada.

—Oye, Hal. Me parece obvio que ya he hablado demasiado. Quiero decir que suponía que con el problema de visión de Camille y todo lo que eso comporta... En fin, por lo general eres tú quien se encarga de casi todas las cuestiones financieras.

Hal se quedó mirando fijamente el sobre que tenía delante. Sentía que empezaba a faltarle el aire en los pulmones.

—¿Una cuenta corriente separada? ¿De cuánto se trata?

—Eso no puedo decírtelo.

—Oye, que se trata de mí, Pete.

—Pero también se trata de mi trabajo, Hal. Mira, ve a casa y habla con tu mujer. Estoy seguro de que debe de existir una explicación lógica —le dijo Pete mientras empezaba a empujar a Hal casi físicamente hacia la puerta.

Hal tropezó al llegar.

—Dímelo, Pete.

Pete echó un vistazo por la puerta abierta hacia la sucursal y luego miró a su amigo. Sacó un trozo de papel, garabateó una cifra en él y se la pasó por los ojos.

—Es esto, más o menos. ¿Estás contento? Ahora vete a casa, Hal. No puedo decirte nada más.

16

No era difícil adivinar de dónde procedía el dinero: todos se preguntaban cómo Lottie repartiría los beneficios de la venta de Arcadia. Sin embargo, lo que le asaltaba como una pesadilla, lo que le provocaba venenosos nudos en el estómago y hacía que la comida le quemara como ascuas en la lengua, era que ella hubiera guardado silencio, se lo hubiera ocultado, mientras veía cómo su negocio iba yéndose al garete. El hecho de que lo consolara, incluso, mientras durante todo ese tiempo le había estado escamoteando los medios para mejorar su situación, que era lo único en lo que ella le había dicho que creía; lo único a lo que ambos sabían que él podía dedicarse. Con el tiempo; y un poco de suerte. El hecho de que hubiera vuelto a mentirle lo trastornaba. Era peor que el descubrimiento de su infidelidad, porque en esa ocasión se permitió volver a confiar en ella, se había obligado a superar su miedo, su desconfianza, y a ponerse en sus manos. Ahora, sin embargo, no podía atribuir aquello al desánimo de Camille, a sus inseguridades. Ahora se trataba del concepto en que ella le tenía.

Si su mujer hubiera querido que él lo supiera, se lo habría dicho. Ese era el hecho incontrovertible al que siempre volvía Hal, tras horas de enfebrecidas elucubraciones, lo que le impedía enfrentarse a ella para exigirle una respuesta. Si ella hubiera deseado que él se enterara, le habría dicho algo. ¡Qué necio había sido!

Camille se había mostrado reservada durante los últimos días, y un cansancio distinto asomaba a su rostro. Al ser incapaz de captar la expresión desnuda del rostro de otra persona, nunca se le había ocurrido ocultar la suya. Hal la observaba, apenas incapaz de disimular su frustración y su rabia.

«¿Estás bien?», solía preguntarle Camille, ¿queriendo decir acaso si le parecía bien lo de cerrar el negocio? ¿Necesitaba quizá un abrazo?, ¿un beso? ¿Cualquier cosa que, en teoría, le hiciera sentirse bien? Hal veía su expresión de incertidumbre, el amago de culpa que transmitía, y se preguntaba de dónde sacaba las fuerzas para hablarle siquiera.

«Perfectamente», solía responderle Hal y, mirándola cansado con el rabillo del ojo, se llevaba a Katie fuera de casa o giraba en redondo para ir a preparar la cena.

Ahora bien, todavía era peor el significado de todo eso. Porque el dinero, y la decisión de Camille de mantenerle al margen, solo podía significar una cosa. Hal sabía que habían vivido un año nada fácil, que las cosas seguían pareciendo artificiales, forzadas. Sabía que la había rechazado en ocasiones en que no hubiera debido hacerlo, que una parte recóndita y malévola de sí mismo seguía castigándola. Sin embargo, también creía que ella habría podido indicarle de algún modo que las cosas estaban llegando a ese extremo...

No obstante, ¿qué clase de indicio esperaba de ella? Se había casado con una mujer que le había sido infiel cuando él estaba en sus horas más bajas, cuando el negocio hacía aguas, cuando él ya no sabía qué hacer para salir adelante. Su confesión había sido tan inesperada que, la mañana en que se lo contó, sintió un dolor tan agudo y sorprendente en el pecho que se preguntó durante unos segundos si iba a morir. Ella tampoco le había dado ninguna pista entonces.

Sin embargo, seguía queriéndola. Esas últimas semanas había experimentado una tranquilidad creciente, la sensación de que ambos estaban recuperando algo precioso. Hal había empezado, si no a perdonarla, a considerar las posibilidades del perdón; lo que, siguiendo los clichés del maldito consejero matrimonial, podía interpretarse como que su matrimonio se iba fortaleciendo.

A condición de ser honesto. Camille había asentido al oír tales palabras. Le cogió la mano y se la apretó. Fue durante la última sesión.

Hal se retiró hacia el extremo de la cama, vagamente consciente de la plantilla de plástico, resplandeciendo, radioactiva, en el bolsillo de su chaqueta, de la luz del alba iluminando lentamente el dormitorio, anunciando otra noche perdida entre pensamientos, otro día por delante de furiosa indecisión y temor.

La mano de Camille, en sueños, se deslizó de su costado y cayó inerme a un lado.

«A partir de ahora el tren solo se detendrá en la calle Liverpool», repetían por megafonía para asegurarse. Daisy se inclinó hacia la ventana cuando el pantanal llano del valle de Lee empezaba a trocarse en el extrarradio inhóspito y desagradable del este de Londres. Tras pasar dos meses viviendo en el pequeño mundo que era Arcadia, y Merham, se sentía curiosamente provinciana, casi ansiosa ante la perspectiva del regreso. Londres le parecía inextricablemente vinculado a Daniel; y, por lo tanto, al dolor. Se encontraba a salvo en Merham, en cambio, libre de la historia y la asociación de ideas. Cuanto más se acercaba el tren a la ciudad, más se percataba de la gran tranquilidad de espíritu que le había proporcionado la casa.

Lottie le habría dicho que era estúpida.

—Pasarás un día fantástico, si te marchas —le había sugerido, metiendo cucharaditas de una papilla de avena dulzona en la boca abierta de Ellie—. Te irá bien salir de aquí. Incluso podrías buscar un momento para renovar el contacto con tus amistades.

A Daisy le costó recordarlas. Siempre se había descrito a sí misma más bien como la chica de alguien, a pesar de ser consciente de que esos eran los típicos comentarios que dicen las chicas cuando las novias de los demás las encuentran un poco demasiado atractivas. Quizá debería haberse esforzado más, porque en realidad solo tenía a su hermana («¿Ya has llamado a los de Protección de la Infancia?»), Camille («No noto estrías. Estás perfecta.») y ahora a Lottie, la cual, desde que le había contado parte de su pasado, se mostraba más relajada con ella, y su fiereza, así como las opiniones cáusticas, quedaban más temperadas por un gran sentido del humor.

—Espero que te pongas algo bonito —le dijo cuando Daisy subió las escaleras para cambiarse—. No querrás parecer un saco de patatas, supongo. Igual te lleva a algún lugar elegante.

—No es una cita —puntualizó Daisy.

—Es lo más parecido a una cita que tienes —contraatacó Lottie—. Yo me lo tomaría muy en serio, si estuviera en tu lugar. Además, ya me dirás qué tiene él de malo. No está casado y es bastante bien parecido. Es obvio, por otro lado, que está forrado. Venga, ponte aquella blusa que transparenta la ropa interior.

—Acabo de salir de una relación importante y lo último que necesito es otro hombre en mi vida —dijo Daisy, deteniéndose en la escalera e intentando no parecer ruborizada.

—¿Por qué?

—Bueno, lo dice todo el mundo. Quiero decir que no se debe salir de una relación y meterse en otra.

—¿Por qué no?

—Porque... En fin, ya se sabe, podría no estar preparada.

—Y ¿cómo se sabe algo así?

—Ni idea... Pero sería como actuar de rebote. Se supone que has de esperar un tiempo. Un año más o menos; así no llevas una carga emocional tan intensa.

—¿Carga emocional?

—Tienes que llegar a esa etapa en la que estés lista para conocer a alguien, pero para eso tienes que poner punto y final a tu anterior relación.

—¿Punto y final? —pronunció con extrañeza Lottie—. Punto y final ¿a qué? ¿Quién lo dice?

—No lo sé. Todos. Las revistas, la televisión, los consejeros matrimoniales...

—Ni te los escuches. ¿Acaso no sabes pensar por ti misma?

—Sí, pero también creo que sería una buena idea que me mantuviera al margen de las relaciones amorosas durante un tiempo. Todavía no estoy lista para dejar que alguien entre en mi vida.

Lottie levantó las manos.

—¡Cómo sois las jóvenes! ¡Qué maniáticas! Tiene que ser el momento adecuado, tiene que ser así o tiene que ser asá. No me extraña que la mayoría terminéis solteras.

—Por otro lado, nada de todo esto tiene que ver conmigo.

—¿Ah, no?

Daisy miró a Lottie directamente a los ojos.

—Es por Ellie, y Daniel... Quiero decir que debo ser justa con ella, y solo por ella debo concederle a él un cierto tiempo para que regrese. De este modo, Ellie tendrá la oportunidad de crecer con su padre.

—¿Ah, sí? Y ¿cuánto tiempo piensas concederle, si puede saberse?

Daisy se encogió de hombros.

—Y ¿cuántos hombres válidos vas a descartar mientras tanto?

—¡Oh, venga, señora Ber... Lottie! Estoy sola desde hace tan solo unos meses, y la verdad es que tampoco hay tantos candidatos llamando a mi puerta.

—Hay que moverse —le dijo Lottie con vehemencia—. No tiene ningún sentido vivir anclada en el pasado, con hija o sin hija. Has de construirte una nueva vida.

—Es el padre de Ellie.

—Pero no está aquí —dijo con tono despectivo Lottie—; y si no está aquí, pierde todos los derechos y no puede ser nada.

Daisy se dio cuenta de que Lottie nunca le había comentado quién era el padre de Camille.

—Eres una mujer más dura que yo.

—No es que sea dura —le respondió Lottie, dándole la espalda y dirigiéndose hacia la cocina con el rostro sombrío de nuevo—, sino realista.

Daisy apartó la mirada de la ventanilla del tren, se recostó y se frotó la sandalia que calzaba contra la pantorrilla. No deseaba otro hombre. Todavía sentía tierna su herida y las terminaciones nerviosas a flor de piel. Por otro lado, el pensamiento de que alguien pudiera ver su cuerpo posparto desnudo la horrorizaba. La perspectiva de que volvieran a abandonarla era demasiado espantosa para considerarla siquiera. Además estaba Daniel. Tenía que dejarle una puerta abierta, por el bien de Ellie.

Por si algún día se decidía a usar la maldita puerta.

—¿Camille?

—¡Ah, hola, mamá!

—Saldré a comprar al supermercado a la hora de comer. Me acompaña la pequeña Ellie. ¿Necesitas alguna cosa?

—No. No nos falta de nada... ¿Está Hal ahí fuera?

—Sí. Le he visto tomando una taza de té. ¿Quieres que vaya a buscarlo?

—No, no... Mamá, ¿te parece normal?

—¿Si me parece normal, dices? ¿Por qué? ¿Qué sucede?

—Nada. Creo que nada. Solo que... Solo que últimamente ha estado bastante raro.

—¿Qué quieres decir con raro?

Camille se quedó en silencio; luego añadió:

—Está algo antipático conmigo. Es como si... como si se hubiera replegado en sí mismo. No quiere hablarme.

—Acaba de cerrar el negocio. Es lógico que se sienta resentido.

—Ya lo sé... Sí, eso ya lo sé. Es solo que...

—¿Qué?

—Bueno, ya sabíamos que el negocio iba mal antes. Sabíamos que tendría que cerrarlo, y las cosas iban francamente bien entre los dos. Hacía años que no iban tan bien.

Su madre guardó silencio.

—Bueno, conmigo está muy correcto... No es que... No habrá alguna otra cosa que no me hayas contado, ¿verdad?

—¿A qué te refieres?

—A lo que sucedió hace un tiempo. A lo que os sucedió a los dos. Supongo que no... que no habrás vuelto a caer en lo mismo.

—No, mamá, claro que no. Nunca haría nada que... Estamos muy bien. Ya lo hemos superado. Sin embargo, estoy preocupada porque Hal... no se comporta como es habitual en él. Mira, olvídalo. Olvida que te lo he contado.

—¿Todavía no has hablado con él de todo esto?

—Olvídalo, mamá. Tienes razón, seguramente tan solo está triste por lo del negocio. Miraré de no agobiarlo tanto. Escucha, vale más que te vayas; yo tengo que ir a sacarle los emplastes de algas a Lynda Potter.

Lottie echó un vistazo a su bolso, reconfortada súbitamente por haber obrado bien. No le diría a Camille lo del dinero, al menos todavía: esperaría hasta que lo necesitara definitivamente, hasta que volviera a confiar en ella; y a juzgar por las apariencias, parecía que ese momento no tardaría en llegar, como Lottie esperaba.

—¿Sabes lo que necesita tu marido?

—¿Qué?

—Poner punto y final. Eso le hará sentirse mejor.

Había dieciocho paquetes de pastillas de menta diseminados por el afelpado suelo del coche de Jones. Costaba contarlos todos sin hacer demasiados aspavientos: algunos estaban parcialmente oscurecidos por otros desechos automovilísticos, como, por ejemplo, mapas de carreteras, direcciones garabateadas en papeles y facturas atrasadas de gasolina. Sin embargo, a Daisy le sobraba tiempo para irlos localizando uno a uno, dado que durante los primeros diecisiete minutos del viaje, mientras se internaban en el tráfico urbano, Jones había estado gritando casi constantemente (y con un humor de perros) por el teléfono móvil.

—Bueno, pues díselo. Que envíe a quien le dé la real gana. Todo el personal de cocina posee conocimientos sobre contaminación cruzada. Llevamos registros de temperaturas en el momento de la entrega, registramos las temperaturas de almacenaje, la calidad de la entrega y todo lo que tiene que ver con esa maldita fiesta. Si desea enviarnos a los condenados inspectores de sanidad, dile que congelé dieciocho jodidas porciones individuales que guardo en los congeladores: una por cada uno de los platos que servimos. Por lo tanto, podemos enviarlos para que los sometan a un análisis. —Jones le hizo un gesto a Daisy, señalándole la guantera para que la abriera—. Sí, claro que sí. No hay ni un solo párrafo en el manual de ese cursillo de higiene alimentaria que mi personal no sepa de memoria. Todos y cada uno de ellos. Mira, dice que comió pato. Pato, ¿verdad?

Al abrir la guantera, a Daisy le cayeron varias cintas de casete, junto con una cartera, una bolsa de pastillas de menta y varios cables eléctricos sin identificar. Daisy metió la mano en el revoltijo restante, palpando en el interior del compartimiento y sacando artículos para que Jones los inspeccionara.

—No. No es cierto. Tengo a dos miembros de mi personal que dicen que tomó ostras. Espera un momento. —Jones se detuvo y le señaló la guantera. «Píldoras para el dolor de cabeza», vocalizó sin proferir sonido alguno—. ¿Estás ahí? Sí, te digo que es cierto. No, no estabas escuchándome. Tú escúchame, ¿quieres? Comió ostras, y si miras su cuenta del bar, al menos bebió tres copas de alcohol. Sí, exacto. Tengo los comprobantes de caja. —Agarró el paquete de las manos de Daisy, pinchó las burbujas de aluminio y se las metió directamente en la boca—. Intoxicación de marisco, ¡por

Dios santo!; y encima no tuvo la precaución de no beber alcohol. ¡Será imbécil el tío!

Daisy miró por la ventanilla del copiloto y se quedó contemplando el tráfico creciente, intentando vencer el malestar que sentía desde el momento en que Jones, con una sola mano, la había saludado con aire despreocupado y que había ido en aumento tras cada una de las tres conversaciones telefónicas que había mantenido desde que ella entrara en el coche.

«Lo siento. Enseguida estoy por ti», le había dicho al principio, pero luego no fue así.

—¡Me importa un caraj...! —gritó él, y Daisy cerró los ojos. Jones era un hombre de volumen considerable y, en cierto modo, en el espacio cerrado de su automóvil, el efecto de sus palabrotas quedaba por desgracia magnificado—. Dile que se vaya al cara... —En ese momento se giró y captó la expresión de embarazo de Daisy—. Dile que nos envíe a sus abogados, a los inspectores de sanidad o a quienquiera. Por mi parte, lo voy a empapelar hasta el culo por haber difamado mi establecimiento. Sí. Exacto. Si quieren ver los registros, ya saben dónde encontrarme. —Jones apretó un botón del salpicadero y luego se arrancó el auricular de la cara.

—Será jod... —exclamaba, frunciendo los labios—. Jod... cab... de mier... Es el típico vendedor grosero que intenta que le compensen por todo. De eso se trata. Se come las condenadas ostras, bebe alcohol por los codos, y luego se extraña de que a la mañana siguiente le duela el vientre. Conclusión: es culpa mía. Me envía a los inspectores de sanidad y me cierra el local para que nos pasen el estropajo desde hoy hasta el día del Juicio Final. ¡Hostia, de verdad que me tienen muy cabreado!

—No lo dudo —dijo Daisy.

Ni siquiera pareció advertir su presencia. Era la ocasión en que le veía más dicharachero y más animado desde que le conocía, pero ella no era el objeto de sus atenciones. Ahí estaba Daisy, probablemente con el mejor aspecto que había tenido desde que naciera el bebé, con una camiseta y una falda nuevas, la piel resplandeciente gracias a las sales exfoliantes de Camille, las piernas suaves y sin vello por obra de la torturante cera de su amiga y, si no se parecía exactamente a la antigua Daisy, al menos se la veía rejuvenecidísima. Ahora bien, ¿de qué se había dado cuenta él exactamente, cuando miró sus largas y morenas piernas? De que pisaba las instrucciones donde se detallaba cómo llegar al almacén de materiales de derribo.

—Es su novia quien le ha dado la idea —dijo Jones, señalando hacia la derecha e inclinándose sobre el volante—. Ya nos las hemos tenido con ella antes. Se torció el tobillo en los servicios, creo que fue, la última vez. No hay constancia médica, por supuesto. Yo le habría prohibido la entrada aunque fuera socia, pero esa noche no fui al local.

—Ya.

—Los americanos son los responsables. Los americanos y su maldita cultura de litigios. Todos quieren conseguir algo a cambio de nada. Todo tiene que ser culpa de alguien. ¡Hostia! —exclamó, golpeando el puño contra el volante y haciendo que Daisy se sobresaltara—. Si vuelvo a encontrarme con ese asqueroso, le meteré veneno en la comida, ya lo verás. ¿Qué hora es?

—¿Perdón?

—Calle Eldridge, calle Minerva... Está por aquí. ¿Qué hora es?

Daisy consultó el reloj.

—Las once y veinticinco.

—Derribo. Eso es. Justo allí. Joder, no te digo... Veamos, y ahora ¿dónde aparco?

El buen humor de Daisy de la hora anterior se había esfumado con mayor rapidez que las píldoras para el dolor de cabeza de Jones. Al final, perdió la paciencia, salió del Saab marcando el paso y entró en el almacén de materiales de derribo, perdido ya el frescor acumulado gracias al interior acondicionado del coche en el pesado calor del verano urbano.

Daisy no estaba acostumbrada a que la ignorasen. Daniel siempre procuraba decirle que estaba preciosa, opinaba sobre lo que llevaba, le tocaba el pelo o le cogía de la mano. Se preocupaba de ella cuando salían, comprobando que no pasara frío, que comiera o bebiera lo que le apetecía y que se sintiera feliz. Ahora bien, aquello tampoco era una cita, ¿o sí? En cuanto a Daniel, la verdad era que no había permanecido junto a ella para comprobar que todo anduviera correctamente en el momento que más lo necesitaba.

Hombres. Daisy se sorprendió de emplear una callada palabrota digna de Jones, y luego se recriminó el haberse comportado como esa clase de mujeres amargadas y retorcidas que odian a los hombres y que ella siempre había despreciado.

El almacén era enorme, y cansaba solo de mirarlo, con inmensas vigas apiladas sobre estanterías gigantescas para almacenarlas, losas de piedra formando torres prohibitivas, estatuas de cementerio observándola pasar con la mirada perdida. Tras la uralita de la entrada, el tráfico londinense bullía, escupiendo humaredas púrpura y eructando bocinas iracundas que se elevaban hacia el aire viciado. Por regla general, una expedición a un nuevo almacén de materiales de derribo le habría procurado la misma sensación de anticipación y placer que la de una estrella de cine sentada en la primera fila de un desfile de moda. Sin embargo, el estado de ánimo de Daisy estaba empañado por culpa de las malas pulgas de Jones. Nunca había sido capaz de evadirse del estado anímico de los hombres: solía intentar animar a Daniel para que olvidara su mal humor, fracasaba en el intento, se odiaba por no haber logrado su objetivo y, finalmente, ella también sucumbía a la desazón. Por algún sentido extrañamente perverso, sin embargo, a él nunca le afectaba su estado de ánimo.

—No he podido encontrar ni un maldito parquímetro. Lo he dejado frente a una doble línea amarilla.

Jones atravesó la verja en dirección a ella, palpándose los bolsillos e irradiando oleadas de insatisfacción. «No voy a dirigirle la palabra», pensó Daisy enojada. «No le hablaré hasta que deje de morder y me hable en un tono educado.» Daisy se giró y empezó a caminar hacia la sección de ventanas y espejos, con los brazos cruzados en el pecho y la cabeza gacha. A unos metros de distancia todavía oyó el eco del timbre de su teléfono móvil resonando por el almacén, y su reacción explosiva. El único cliente visible del almacén, un hombre maduro con unos lentes de montura fina y una chaqueta de tweed, se volvió para ver de dónde procedía la fuente del ruido, y ella profirió una exclamación de desprecio a modo de respuesta, como si no tuviera nada que ver con el causante de todo aquello.

Siguió caminando hasta llegar a la zona del cobertizo, lo más lejos posible de donde alcanzaba su voz, advirtiendo a duras penas los sanitarios de porcelana victorianos y los espejos tallados que la rodeaban, furiosa de haber permitido que le afectara tanto la falta de atención de Jones. Sintió ganas, en un impulso que reconocía en secreto que procedía de un arraigado sentido sureño de superioridad, de despacharlo calladamente acusándole de ignorante y maleducado, del mismo modo que habría hecho su hermana. No importaba cuánto dinero pudiera valer alguien si no sabía comportarse adecuadamente en sociedad. «Fíjate en Aristóteles Onassis», solía decirle Julia. «¿Acaso no eructaba y se echaba pedos como un marinero?» «Quizá todos los ricos eran groseros», reflexionaba Daisy, nada acostumbrada a tener que alterar su conducta para adecuarse a los demás. Era difícil de decir: Jones era la única persona rica que conocía.

Se detuvo frente a una ventanita de vidrio emplomado sobre la cual aparecía tallado un querubín sonriente. Le encantaba el vidrio emplomado: costaba encontrarlo, pero casi siempre valía la pena utilizarlo como rasgo distintivo. Olvidando temporalmente su mal humor, empezó a estudiar dónde podría colocarlo, recorriendo mentalmente el listado de las ventanas de la entrada, las de los vestidores y las persianas exteriores. Le llevó unos minutos darse cuenta de que no lo quería para Arcadia. Lo quería para sí misma. Desde hacía meses compraba muy pocas cosas para sí misma, aparte de artículos para el baño y alimentos. En el pasado Daisy consideraba que ir de compras le resultaba tan necesario para su bienestar como la comida o el aire que respiraba.

Se inclinó hacia delante y examinó el cristal, entrecerrando los ojos para contemplarlo mejor bajo la luz mortecina del cobertizo. No había ningún segmento roto, no faltaba ni un solo trozo de plomo, lo cual era muy extraño en una pieza de esas características. Se arrodilló y buscó el precio. Cuando lo encontró, se levantó y dejó la ventana apoyada sobre el marco que la sostenía.

—Lo siento —dijo una voz a sus espaldas. Daisy se volvió. Jones estaba de pie, en la entrada de la parte cubierta del almacén, con el teléfono todavía en la mano—. Menuda mañana.

—Ya lo he visto.

—¿Qué es eso?

—¿El qué?

—Aquello que mirabas.

—Ah, un vidrio emplomado. No es adecuado para Arcadia.

Jones miró la ventana.

—¿Qué hora es? —preguntó al final.

Daisy suspiró, y consultó su reloj.

—Las doce y cinco. ¿Por qué?

—No importa. Es que no quería llegar tarde a comer. He reservado mesa.

—Pero si es tu club.

—Sí... —Jones miró al suelo durante unos minutos y luego echó un vistazo alrededor, esperando que los ojos se le acostumbraran a las sombras—. Lo siento, de verdad. Lo del viaje, y todo en realidad. No tenías por qué aguantar todo eso.

—No —respondió Daisy, empezando a caminar hacia la luz.

Jones se retrasó un poco, al darse cuenta obviamente de que ella no le esperaba.

—¿Te ha molestado algo? —le preguntó Jones, siguiéndola de cerca y cogiéndola por el codo.

—¿Por qué tendría que haberme molestado? —preguntó a su vez Daisy, deteniéndose.

—¡Oh, no hagas eso, por favor! No actúes de un modo tan femenino. No tengo tiempo de plantearte veinte preguntas para adivinar de qué se trata.

Daisy sintió que enrojecía de rabia, y la sospecha de que lo que estaba sintiendo pudiera sonar ridículo empeoró la situación.

—Entonces, olvídalo —le espetó, poniéndose a caminar y sintiendo un ahogo inexplicable en la garganta.

—¿Que olvide qué?

Daisy se dio cuenta de que no estaba del todo segura.

—¡Oh, Daisy! ¡Vamos!

Daisy se encaró con él, furiosa.

—Mira, Jones. Hoy no tenía por qué haber venido, ¿sabes? Habría podido quedarme en la casa, tomando el sol, trabajando y jugando con mi hija, pasándomelo bien. Tú eres quien me dice que no puedo perder tiempo. Ahora bien, creía que íbamos a disfrutar yendo de compras y almorzando luego. Pensé que podría resultar... útil para los dos; y, la verdad, no creo que me apetezca pasar el día metida en una chatarrería recalentada escuchando despotricar a un cerdo ignorante que padece un trastorno de Tourette.

Para hacerle justicia, esas palabras no le habían sonado tan fuertes a Daisy cuando las pensó. Hubo un breve silencio. Daisy consideró el hecho vagamente inquietante de que, en realidad, Jones era su jefe.

—Muy bien. Veamos, Daisy... —dijo Jones, plantándose frente a ella—. Sigues intentando desconcertarme, ¿verdad?

Daisy levantó la mirada.

—¿Hacemos una tregua? ¿Y si apago el teléfono?

Daisy no era una de esas mujeres rencorosas. Por lo general, no, en cualquier caso.

—¿Supongo que no llevarás otro escondido en la chaqueta?

—¿Por qué clase de hombre me tomas? —Jones metió la mano en el bolsillo interior de la chaqueta y sacó un segundo teléfono móvil que apagó a continuación.

—Maldito galés —dijo Daisy, sosteniéndole la mirada.

—Condenadas mujeres —respondió él, asiéndola por el brazo.

A partir de entonces Jones cambió de estado de ánimo y su buen humor la contagió. Se mostraba muy relajado y prestaba muchísima atención a sus consejos, sin ofrecer demasiada resistencia ante sus elecciones más caprichosas y sacando la tarjeta de crédito con una frecuencia gratificante.

—¿Estás seguro de que no te importa gastarte todo esto? —le preguntó Daisy cuando él accedió a comprarle un armario de farmacia, sin duda alguna sobrevalorado, para colocarlo en uno de los baños—. No es un almacén barato que digamos.

—Bueno, pongamos que hoy me lo estoy pasando mejor de lo que esperaba. —No le volvió a preguntar qué hora era.

Poco antes de marcharse, quizá contagiada de la manifiesta despreocupación que a Jones le inspiraba su tarjeta de crédito, Daisy tomó una decisión sobre la ventana de vidrio emplomado. Era demasiado cara, y ni siquiera tenía una casa donde ponerla. No obstante, la quería, sabía que si no la compraba, ese recuerdo la asaltaría durante meses. Del mismo lamentable modo en que los amigos nos evocan a los novios perdidos, Daisy seguía recordando un candelabro veneciano que perdió en una subasta.

Se acercó a Jones, que estaba despachando el pago en caja y organizando la entrega.

—Sólo tardaré cinco minutos —dijo Daisy, señalando hacia el cobertizo—. Quiero comprarme una cosa.

Casi se echó a llorar cuando le dijeron que estaba vendida.

«Hubiera debido comprarla tan pronto la vi», se reprochaba interiormente. «Lo bueno hay que reservarlo inmediatamente. Si a primera vista no sabes determinar su valor para decidirte de inmediato, es que no te lo mereces.» Daisy se quedó mirando el querubín, deseando el objeto con mayor intensidad ahora que no había posibilidad alguna de que le perteneciera.

En una ocasión rescató un sofá: consiguió localizar al comerciante que lo había comprado bajo sus propias narices mientras ella examinaba una tienda de viejo y le ofreció comprárselo a su vez. Le facturó casi el doble del precio original, y aunque en ese momento no le importó, porque estaba desesperada por tenerlo, a medida que iban pasando los meses descubrió que, de algún modo, el precio había estropeado el encanto de la pieza; que al mirarla, ya no veía una antigüedad conseguida con gran esfuerzo, sino una suma hinchada que se la habían endosado con calzador.

—¿Estás bien? —le preguntó Jones, de pie junto a un montón de puertas sin desgoznar—. ¿Has conseguido lo que querías?

—No —respondió Daisy, apoyándose con naturalidad contra una puerta panelada de cristal esmerilado. Estaba decidida a no gimotear. Ahora sabía valorar las cosas en perspectiva—. Perdí el momento oportuno. —Luego chilló y cayó de lado mientras, con un chasquido ensordecedor, el cristal se partió en añicos.

Pasaron dos horas en Urgencias, donde le cosieron doce puntos, le pusieron el brazo en cabestrillo y le ofrecieron varias tazas de té dulce de la máquina.

—No creo que lleguemos a comer —dijo Jones, mientras la ayudaba más tarde a entrar en el coche—, pero seguro que ya nos tienen preparadas un par de copas bien largas. —Jones le puso una caja de antiinflamatorios en la mano buena—. La respuesta es sí, puedes beber alcohol con estas pastillas. Es lo primero que he comprobado.

Daisy se sentó en silencio en el asiento del copiloto del coche de Jones, con el nuevo conjunto manchado de sangre, sintiéndose desamparada, confusa y mucho más conmocionada de lo que le habría gustado admitir. Jones había reaccionado sorprendentemente bien ante el suceso: la había acompañado pacientemente a lo largo de una sucesión de distintas salas de espera mientras las enfermeras de urgencias y luego los médicos la limpiaban y le recomponían el brazo hasta darle una forma que no distaba demasiado del de una muñeca de trapo. Salió en dos ocasiones, para llamar desde el exterior; y una de las llamadas, le dijo ya en el coche, se la hizo a Lottie, para decirle que Daisy llegaría más tarde de lo acordado.

—¿Se ha enfadado? —dijo Daisy, contemplando con horror las manchas amarronadas de sangre del pálido interior de cuero del automóvil.

—Ni remotamente. La niña está muy bien. Dice que se la llevará a casa porque le ha prometido a su marido que cenaría con él esta noche; y tú no podrás conducir.

—Pues sí que estará contento el señor Bernard.

—Mira, ha sido un accidente. Son cosas que pasan. No te preocupes.

Llevaba comportándose de ese modo toda la tarde, afable, animoso, como si dispusiera de todo el tiempo del mundo, y ni la más remota preocupación. Había sido curiosamente íntimo, el hecho de tener que apoyarse en él, dejar que la rodeara con el brazo y se acomodara junto a ella en las sillas de plástico del pasillo del hospital. Bajaba la voz y le hablaba en un tono suave, como si aparte de estar herida, también estuviera enferma. Daisy no dejaba de preguntarse si aquella era la misma persona que la había recogido en la estación de la calle Liverpool por la mañana.

—¿Te he arruinado el día?

Él se rió por la ocurrencia y, sin apartar los ojos de la carretera, le hizo un signo negativo. Daisy, intentando hacer caso omiso de las punzadas del brazo, dejó de hablar.

El estado de ánimo de Jones cambió, sin embargo, cuando llegaron al Red Rooms, en parte porque no había nadie en recepción cuando entraron, «una grosería que bien merece el despido», le dijo más tarde, cuando ella le preguntó cuál era el problema.

—A cualquiera que entre hay que darle la bienvenida como si se tratara de un viejo amigo. Les pago para que sepan los nombres y reconozcan las caras. No les pago para que almuercen fuera de horas.

La sostuvo por el brazo bueno para que ella subiera los diversos tramos de escaleras de madera y pasara junto a los bares donde el público se había acomodado, disfrutando de los ventiladores que giraban, atisbando con disimulo a los recién llegados por si resultaban ser más conocidos que ellos y saludando con la mano o lanzando exclamaciones demasiado calurosas en la dirección de Jones. En otro momento Daisy habría pensado que se le presentaba una excelente ocasión para fisgonear, pero cuando él le dijo que había dispuesto que les arreglaran una mesa en la terraza de su despacho, sintió un gran alivio, temerosa ante la idea de tener que exhibir la ropa ensangrentada y el cabestrillo ante los ojos inquisitivos y duros de los londinenses que poblaban el local.

De repente, la idea del regreso le resultó sobrecogedora. Se sentía intimidada por el rugido ensordecedor del tráfico de Soho, las reverberantes obras de vialidad y la gente, profiriendo estridentes gritos. Se sentía constreñida por la altura de los edificios, había olvidado cómo debía caminar entre la muchedumbre y se encontró a sí misma titubeando, eligiendo la dirección equivocada. Sintió una súbita añoranza por su hija, que la cogió desprevenida; un profundo desconsuelo, cuando calculó el número de kilómetros que las separaban en esos momentos. Peor aún, no dejaba de ver hombres parecidos a Daniel, y el estómago se le revolvía en un espasmo reflejo muy desagradable.

Jones le había rogado que lo disculpara cinco minutos porque «tenía que encargarse de un asunto». La chica que le sirvió la copa, una belleza del Amazonas con un intenso bronceado y un pelo largo y negro peinado artísticamente hacia atrás y recogido en un moño, la observó calibrándola con la mirada.

—He atravesado una puerta —le explicó Daisy, haciendo acopio de fuerzas para sonreír.

—Ah —musitó la chica sin ningún interés, y luego se marchó con aire despreocupado, dejando a Daisy con la sensación de haberse comportado como una estúpida.

—Jones, de verdad, lo siento muchísimo, pero creo que preferiría irme a casa —le dijo cuando al final apareció él en la terraza—. ¿Puedes llevarme a la calle Liverpool?

Jones frunció el ceño, y se sentó despacio, frente a ella.

—¿No te encuentras bien?

—Un poco temblorosa. Creo que me iría muy bien estar en... —Se calló de repente, percatándose del modo en que iba a referirse al hotel.

—Come primero alguna cosa. No has probado bocado en todo el día. Por eso quizá sientes temblores. —Era una orden.

Daisy sonrió a medias, levantando la mano para protegerse los ojos de la luz.

—Como quieras.

Pidió un filete, y tuvo que permanecer sentada, violenta, mientras él le cogía el plato y le cortaba la carne en trocitos para que pudiera arreglárselas con una sola mano.

—Me siento como una idiota —decía Daisy constantemente.

—Tú come. Te sentirás mejor. —El no pidió nada, musitando algo, un poco avergonzado, sobre que tenía que bajar unos kilos—. Me paso la vida divirtiendo a los demás, ya ves —le dijo, mirándose el estómago a hurtadillas—. No lo quemo como antes.

—Es por la edad —le dijo Daisy, vaciando su segundo spritzer.

—Veo que ya te encuentras mejor.

Hablaron del mural, y de las caras que Hal había sacado a la luz con grandes sufrimientos y esforzada meticulosidad. Daisy le contó que a Lottie todavía le molestaba que se restaurara el fresco. Sin embargo, como ya había aceptado que no iba a salirse con la suya, había empezado, si bien con malos modos, a identificar a algunos de los personajes. Uno de ellos, Stephen Meeker, vivía a unos kilómetros, en la costa, en una cabaña de la playa. («No somos amigos», le había dicho, «pero fue muy cariñoso conmigo cuando Camille nació.») El día anterior le había enseñado quién era Adeline, y Daisy se quedó de pie frente a ella, maravillándose ante esa mujer que contemplaba lo que parecía un muñeco, sintiendo que desaparecían los años, las décadas, y que volvía a ser escandaloso el comportamiento que ahora se consideraba la norma. Había identificado a Frances también. Sin embargo, el rostro de la pintora estaba parcialmente borrado. Daisy se preguntaba si podrían intentar encontrar una fotografía de ella en algún lugar, en archivos de artistas, por ejemplo, para restaurar su rostro e incluirla en el seno de sus amistades.

—No me parece justo que ella, entre toda esa gente, deba estar ausente de la composición.

—Tal vez quiso mantenerse al margen —sugirió Jones.

Daisy no le contó nada de la noche anterior. Por consiguiente, no le dijo que al mirar por la ventana, vio a Lottie inmóvil frente al mural, perdida en algo invisible; ni que había levantado la mano despacio, como para tocar algo, y luego, de una forma repentina, como reprochándoselo, se dio la vuelta y se marchó fríamente.

Jones le habló de sus planes para la inauguración del hotel, y le mostró varios archivos con los pormenores y las fotografías de anteriores inauguraciones que había celebrado. (En casi todas ellas, aparecía flanqueado de mujeres altas y glamurosas.)

—Esta vez quiero hacer algo un poco distinto, algo que refleje el carácter de la casa, pero no se me ocurre nada.

—¿Será una juerga de famosos? —preguntó Daisy, sintiéndose curiosamente invadida.

—Habrá algunas caras conocidas, pero no quiero que se convierta en la típica y sosa celebración con canapés incluidos. De lo que se trata respecto al hotel es de conseguir algo diferente, que esté un poco por encima de todo esto, si quieres —concluyó Jones con torpeza.

—Me pregunto si quedará alguno vivo —dijo Daisy, contemplando la carpeta.

—¿De quiénes hablas?

—De los que salen en el mural de Frances. Ya sé que Adeline y Frances no viven ya, pero si se pintó durante los cincuenta, hay muchísimas posibilidades de que muchos de ellos sigan con vida.

—¿Y qué?

—Pues que podríamos localizarlos para que se reunieran. En tu hotel, para la inauguración. ¿No crees que sería una bomba publicitaria fabulosa? Me refiero a que si esos personajes fueron los *enfants terribles* de su época, como dice Lottie, eso podría ser un buen reclamo periodístico. Con esa imagen ahí, ante el mural... Creo que sería magnífico.

—Si siguen con vida.

—De otro modo, dudo que pueda llegar a invitarlos. Creo, por añadidura, que algo así podría dulcificar los ánimos de los habitantes del lugar, al hacer hincapié en su historia.

—Quizá podría funcionar. Se lo encargaré a Carol.

Daisy levantó los ojos de su bebida.

—¿Quién es Carol?

—Mi organizadora de fiestas. Dirige una empresa de relaciones públicas y organiza todos mis dossieres —respondió Jones frunciendo el ceño—. ¿Cuál es el problema?

Daisy cogió el vaso largo y bebió un buen sorbo.

—Supongo que... Supongo que me gustaría hacerlo a mí.

—¿Tú?

—Bueno, ha sido idea mía; y además fui yo quien encontró... bueno, nosotros encontramos el mural. Me siento muy vinculada al fresco.

—¿De dónde vas a sacar el tiempo?

—Solo será cuestión de hacer unas llamadas. Mira, Jones, creo que este mural es realmente especial —dijo Daisy tocándole casi inconscientemente el brazo con la mano—. Incluso podría ser importante. ¿No crees que es esa clase de cosas que vale más mantener en secreto, al menos por ahora? Conseguirás un mayor seguimiento informativo si no empieza a haber filtraciones. Por otro lado, ya sabes cómo son los relaciones públicas: no saben tener la boca cerrada. No quiero decir que tu Carol no sea buenísima en lo suyo, pero de momento podríamos mantener lo del mural entre tú y yo, solo hasta que hayan concluido los trabajos de restauración... En fin, creo que el impacto será mayor cuando lo revelemos al final.

Daisy había creído que él tenía los ojos negros, pero ahora advirtió que eran de un azul intensamente oscuro.

—Si crees que no es asumir demasiado trabajo por tu parte, en lo que a mí respecta, yo encantado. Diles que me encargaré de su alojamiento, les costearé el transporte, lo que haga falta. Ahora bien, no pongas demasiadas esperanzas en ello. Algunos quizá estén demasiado delicados, o bien enfermos o seniles.

—No son mucho mayores que Lottie.

—Sí... Quizá sí.

Se sonrieron. Se dirigieron una sonrisa cómplice, sin disimulos. En ese momento Daisy descubrió que se sentía mucho mejor, y se le heló el ánimo, porque de algún modo percibió que no debía albergar esa clase de sentimientos.

Jones la llevaría en coche a Merham.

—No me lo discutas. Solo está a una hora o dos de camino, puesto que ya no es hora punta; por otro lado, quiero ver el mural.

—Pero será oscuro cuando lleguemos —dijo Daisy, que había bebido tanto que el brazo ya no le dolía—. No verás gran cosa.

—Pues entonces encenderemos todas las luces —respondió él, desapareciendo en su despacho—. Dame un par de minutos.

Daisy se quedó sentada en la terraza iluminada, con la chaqueta de punto echada sobre los hombros, escuchando los sonidos distantes del jolgorio y el tráfico a sus pies. Ahora no se sentía tan fuera de lugar. Ya no se sentía extraña junto a Jones, ya no tenía necesidad de estar constantemente intentando demostrarle algo, convencerlo de que no estaba viendo su mejor cara. En ese lugar todo era distinto, al observarlo en su propio entorno, moviéndose sin esfuerzo por un mar de rostros ansiosos y deferentes. «Es terrible cómo el poder vuelve a la gente más atractiva», observó Daisy, esforzándose a su vez para no rendirse en secreto a la agradable perspectiva de volver a encontrarse solos en la casa.

Sacó el teléfono móvil del bolso para comprobar cómo se encontraba Ellie y maldijo entre dientes cuando descubrió que se le había agotado la batería. Apenas lo utilizaba en Merham (probablemente debía de estar bajo de batería desde hacía semanas).

—¿Han terminado ya? —preguntó la camarera, empezando a recoger los vasos vacíos de la mesa.

—Sí, gracias. —Quizá era debido al alcohol, o a las atenciones de Jones, pero Daisy se sintió menos intimidada por la muchacha.

—Jones me ha encargado que le diga que tardará otros cinco minutos. Lo han entretenido al teléfono.

Daisy asintió comprensiva, preguntándose si cuando hubiera terminado él, podría pedirle que le dejara telefonear a Lottie.

—¿Le ha gustado la comida?

—Estaba fantástica, gracias. —Daisy se inclinó hacia delante y pellizcó el último trocito de pudin de chocolate del plato.

—Jones tiene mejor aspecto. No sabe de qué humor estaba esta mañana. —La chica amontonaba platos con el toque experto y rápido de alguien para quien eso se ha convertido en su segunda naturaleza. Metió las servilletas usadas en los vasos y los levantó en equilibrio—. ¡Qué bien que haya encontrado una buena distracción hoy!

—¿Qué? ¿Por qué?

—Por su esposa, su ex esposa, quiero decir. Lo siento. Se casaba hoy... A mediodía, creo. Jones no sabía ni dónde meterse.

El pudin de chocolate se le había enganchado en el velo del paladar.

—¡Oh, lo siento! Supongo que no saldrá con él, ¿verdad?

Daisy tragó, sonrió a la muchacha, que ahora parecía visiblemente preocupada y le dijo:

—No. No, no, ni hablar. Solo me encargo de la decoración de su nuevo local.

—¿El que está en la costa? Fantástico. Me muero de ganas de verlo. Bueno, pues menos mal. —La chica se agachó, y echó un vistazo hacia la puerta—. Todos lo queremos muchísimo y haríamos cualquier cosa por él, pero es un mujeriego empedernido. Apuesto lo que sea a que debe de haberse acostado al menos con la mitad de las chicas que trabajan aquí.

Jones dejó de intentar entablar una conversación pasado Colchester. Le preguntó si estaba cansada y, cuando ella respondió que sí, le dijo que la dejaría dormir si lo prefería. Daisy apartó su rostro de él y se puso a contemplar las carreteras iluminadas por el sodio que transcurrían veloces por su lado, preguntándose cómo podría encajar tantas emociones en conflicto en un marco tan pequeño, y bastante gastado por cierto.

Le gustaba. Se dio cuenta de que probablemente lo supo en el momento en que fue a recogerla, y cuando la enfureció tanto al no prestarle ninguna atención. Lo había empezado a admitir ante sí misma cuando Jones se había mostrado tierno y solícito como no era propio de él al cortarse ella el brazo. Se puso blanco cuando vio lo mucho que sangraba; y la urgencia con la que gritó al personal del almacén y se la llevó al hospital la hizo sentirse protegida como no se sentía desde que Daniel la había abandonado. (Una gran parte de Daisy seguía necesitando que la protegieran.) Sin embargo, las observaciones de la camarera sobre el matrimonio de su ex mujer la golpearon con la fuerza de un mazo. Se puso celosa. Celosa de su ex mujer por haber estado casada con él; celosa de cualquiera que todavía pudiera provocarle esa agitación; y luego había mencionado lo de las otras chicas.

Daisy se arrellanó en el asiento, sintiéndose a la vez furiosa y abatida. Era inadecuado. Él era inadecuado. No tenía ningún sentido quedarse colada por alguien que era, tal y como la camarera lo había definido con gran elocuencia, un mujeriego empedernido. Daisy lo miró a hurtadillas. Conocía esa clase de hombres: «Hombres para estrellarse», los llamaba Julia. «De un extraño atractivo, pero con los que, en el fondo, no quieres liarte. Solo pasar de lado y dar gracias a Dios porque no te hayan pillado en medio.» Incluso en el caso de que Daisy hubiera querido liarse, cosa que obviamente no deseaba, Jones seguiría siendo una mala elección, aunque fuera de rebote. Su estilo de vida y su historia personal... Todo eso llevaba el marchamo de Infidelidad en Serie y Evitación del Compromiso.

Daisy se estremeció, como temerosa de que pudiera leerle el pensamiento. De hecho, su teoría se basaba en la idea de, efectivamente, gustarle a él, de lo cual, con toda franqueza, Daisy no estaba nada segura. Era cierto que disfrutaba a su lado, y que valoraba sus ideas, pero existía toda una escala genética entre ella y esa camarera, entre Daisy y las chicas de finos muslos y bronceado uniforme que poblaban su mundo.

—¿Tienes frío? Mi chaqueta está detrás si la quieres.

—Estoy perfectamente —dijo Daisy con sequedad. A pesar de lo tarde que era y de las punzadas que volvía a sentir en el brazo, deseaba haber cogido el tren. «No puedo hacerlo», pensó, mordiéndose los labios. «No puedo permitirme sentir nada. Es demasiado doloroso y complicado.» Daisy se estaba curando, pero su curación se había truncado al pasar ese día con Jones. Ahora volvía a sentirse expuesta.

—¿Pastillas de menta? —le ofreció Jones. Daisy negó con un gesto de la cabeza, y finalmente él la dejó tranquila.

Llegaron a Arcadia a las diez menos cuarto, haciendo crepitar estentóreamente la grava con el coche y dejando un profundo silencio al detenerse. El cielo estaba despejado, y Daisy absorbió el aire limpio y salino, escuchando el distante y precipitado rugir del mar a sus pies.

Percibió más que vio a Jones mirándola, y luego, tras dejar bien clara su decisión de no decir nada, salió por la portezuela del conductor.

Daisy manoteó intentando encontrar la manilla para salir del coche, y su incompetencia física casi le arranca el llanto. Estaba decidida a no llorar delante de él nunca más. Eso sería la puntilla del día.

La señora Bernard había dejado algunas luces encendidas (para que la casa no pareciera tan inhóspita), y su reflejo formaba estanques de luz amarillenta sobre la grava. Daisy levantó la vista hacia las ventanas, acusando con profundo malestar el hecho de que iba a pasar otra noche más sola.

—¿Estás bien? —le preguntó Jones, ya junto a ella. Su anterior alegría se había trocado en algo más contemplativo. Daisy pensó que parecía a punto de decir algo grave.

—No hace falta, gracias —le dijo Daisy, balanceando las piernas fuera del coche y protegiéndose el brazo contra el pecho—. Ya puedo sola.

—¿Cuándo te traerá la señora Bernard a la niña?

—Mañana a primera hora.

—¿Quieres que vaya a buscarla? Tardaré cinco minutos.

—No. Tienes que volver. Seguro que te necesitarán en Londres.

En aquel momento la miró con dureza, y ella se ruborizó al darse cuenta del tono que había empleado al hablar, agradecida de que en el caminito de entrada tan mal iluminado era muy probable que él no hubiera visto el color de su tez.

—Gracias de todos modos —le dijo, forzando una sonrisa—. Siento... Siento mucho lo que ha pasado.

—Ha sido un placer. De verdad.

Estaba frente a ella, con aquella enorme prestancia tan difícil de sortear. Daisy se contemplaba los zapatos, deseando que él se marchara. Sin embargo, Jones se mostraba reticente.

—Te he puesto de mal humor.

—No —respondió Daisy demasiado deprisa—. En absoluto.

—¿Seguro?

—Solo estoy cansada. El brazo me duele un poco.

—¿Estarás bien si te quedas sola?

Daisy levantó los ojos y lo miró.

—Sí, claro.

Estaban de pie, a pocos centímetros el uno del otro, y Jones iba jugueteando nervioso con las llaves, pasándoselas de una mano a la otra. «¿Por qué no haces el favor de marcharte?», quería gritar Daisy.

—Ah, olvidas algo en el maletero —le dijo, en cambio, Jones.

—¿Qué?

—Esto. —Jones dio la vuelta al coche y con un silbido del control remoto abrió el maletero.

Daisy siguió sus pasos, con la chaqueta de punto echada sobre los hombros. El cabestrillo le rozaba la nuca, y con la mano buena intentó ajustarse mejor el nudo. Cuando terminó, Jones seguía mirando hacia el maletero, y Daisy lo imitó. En el interior, sobre una manta grande y gris, yacía la ventana de vidrio emplomado, y su imagen apenas era visible bajo la sombra que proyectaba el capó del maletero.

Daisy se quedó inmóvil.

—Vi que la estabas mirando —dijo Jones un tanto violento y sin saber dónde poner los pies—. Pensé que debía comprarla para ti. Pensé... Pensé que se parecía un poco a tu hijita.

Daisy oyó el sonido de la brisa en los pinos escoceses y el apagado susurro de la hierba de las dunas. Casi los ahogaba por completo el zumbido de sus oídos.

—Es para darte las gracias —dijo Jones con brusquedad, sin apartar los ojos del maletero—. Por todo lo que has hecho. Por la casa y por lo demás.

Entonces levantó la cabeza y la miró de verdad. Daisy, con el bolso colgando de su mano libre, dejó de escucharle. Vio dos ojos oscuros, melancólicos, y un rostro cuya rudeza mitigaba la dulzura de su expresión.

—Me encanta —dijo con voz queda. No podía apartar la mirada de sus ojos, y dio un paso hacia él, levantando casi de modo involuntario el brazo vendado hacia el suyo, conteniendo la respiración; pero se detuvo, cuando la puerta principal se abrió de golpe, enviando un arco de luz que se derramó por el camino de entrada hasta donde se encontraban ambos.

Daisy se giró hacia la casa, parpadeando mientras sus ojos se ajustaban a la silueta que permanecía de pie en la entrada, la silueta que no debería estar ahí y no se asemejaba a la del marido de Lottie Bernard. Cerró los ojos y volvió a abrirlos.

—Hola, Daise —dijo Daniel.

17

—Esta vez sí que ha armado una buena.

Lottie estaba construyendo una torre de ladrillos para Ellie y observando a las dos figuras de la terraza. Se volvió hacia Aidan y luego se levantó.

—¿A quién se refiere? —Lottie había olvidado las largas veladas transcurridas sentada en el suelo y levantándose cada dos por tres para jugar con las niñas. No recordaba que el cuerpo le doliera tanto con Camille. Ni siquiera con Katie.

—A la mujer del final de la calle, la señora Calentadores o comoquiera que se llame. ¿Ha visto esto? —Aidan se acercó a la alfombra y le entregó un ejemplar del periódico local, señalando la página de titulares—. Quiere que toda la gente decente se manifieste contra el hotel. Para impedir que el amigo Jones sirva alcohol.

—¿Que ha hecho qué? —exclamó Lottie estudiando la letra impresa y lanzando con aire ausente ladrillos de colores a Ellie—. ¡Maldita loca! Como si unos cuantos pensionistas decrépitos con pancartas fueran a cambiar las cosas. Tendrían que examinarle la cabeza.

Aidan cogió una taza de té que estaba encima del aparador con los dedos cubiertos de revoque, ignorando a todas luces el calor que desprendía.

—De todos modos, maldita la publicidad que le va a hacer a su amigo. Supongo que no es precisamente la imagen que él quería transmitir: tener que abrirse paso entre las líneas de rebeldes con reflejos azulados en el pelo para entrar en su propiedad.

—Es ridículo —dijo Lottie despectivamente y devolviéndole el periódico—. Como si a la gente de por aquí le importara tres cominos que se sirvan unos cuantos gin tonics.

Aidan se inclinó hacia atrás, al ver a Daisy con un hombre sin identificar en el exterior.

—Vaya, vaya... Nuestra Daisy ya ha cazado a otro para el turno de noche, ¿eh?

—¿No tiene nada mejor que hacer? —le reprendió con aspereza Lottie.

—Eso es cuestión de opiniones —dijo Aidan, esperando el tiempo justo para que sus palabras sacaran de quicio a Lottie y marcharse luego a toda prisa.

Era el padre del bebé. Sin duda alguna: lo había reconocido tan pronto apareció en la puerta la noche anterior, con el pelo oscuro y esos ojos castaños y hundidos, que recordaban a los de Ellie.

—¿Sí? —le dijo, sabiendo perfectamente lo que ese hombre iba a decirle.

—¿Está aquí Daisy Parsons?

Llevaba una bolsa para pasar la noche. «Una presunción bastante atrevida, dadas las circunstancias», pensó Lottie.

—Soy Daniel.

Deliberadamente se mostró inexpresiva.

—Daniel Wiener. El marid... El padre de Ellie. Me han dicho que Daisy vive aquí.

—Ha salido —respondió Lottie, tomando nota de sus ojos cansados y la ropa que vestía a la moda.

—¿Puedo entrar? He venido en el tren de Londres, y no creo que haya un pub por aquí cerca para esperarla.

Lottie lo guió hacia el interior de la casa sin pronunciar ni una sola palabra. No era asunto de ella, claro. No podía decirle a la chica lo que tenía que hacer; pero si se lo hubieran preguntado, le habría dicho al tal Daniel que se largara. Lottie cerraba los puños, consciente de sentirse enfadada con ese hombre sin razón alguna, tan solo en nombre de Daisy. Por el hecho de haberlas abandonado, a ella y a la criatura, permitir que tuvieran que apañárselas solas y luego pensar que, sencillamente, podía aparecer de improviso como si nada hubiera ocurrido. Daisy se había espabilado mucho: cualquiera era capaz de verlo. Lottie miró al bebé, que estaba mordisqueando con aire meditativo la esquina de un ladrillo de madera, y luego la terraza, donde las dos figuras permanecían de pie, con aire embarazoso, a unos metros de distancia, ella absorta en lo que parecía el horizonte lejano, y él, en algo que veía en sus zapatos.

«Debería desear para ti la perspectiva de que pudieras vivir con tu padre, Ellie», se dijo en silencio. «Sobre todo alguien como yo.»

Daisy se sentó en el banco que había bajo el mural, en un espacio situado entre varios potes que contenían pinceles de tamaños distintos, mientras que Daniel seguía de pie, con la espalda al mar, mirando el tejado de la casa. Daisy le lanzaba miradas de reojo, intentando adivinar lo que pensaba, e incómoda ante la perspectiva de que él pudiera darse cuenta.

—Has hecho un gran trabajo. No la habría reconocido.

—Hemos trabajado muy duro. Tanto el equipo como yo, Lottie, Jones...

—Qué agradable haberte traído en coche desde Londres.

—Sí, es verdad —dijo Daisy, sorbiendo su té.

—¿Qué te ha sucedido? En el brazo, quiero decir. Quise preguntártelo anoche, pero...

—Me lo corté.

Daniel se quedó lívido. Instantes después Daisy comprendió lo que debía de estar pasándole por la mente.

—No, no. No es nada de eso. Atravesé la cristalera de una puerta. —Sintió un leve rubor de malestar por el hecho de que Daniel siguiera creyéndose tan vital para su existencia.

—¿Duele?

—Un poco, pero me han dado unos antiinflamatorios.

—Bien. Perfecto. Lo de tu brazo no, claro. Me refiero a los antiinflamatorios.

No habían empezado comportándose con tanto acartonamiento. Al verle la noche anterior, Daisy creyó durante unos segundos que iba a desmayarse. Luego, mientras Jones descargaba la ventana de vidrio emplomado con discreción y se despedía excusándose con rapidez, entró en la casa y, agarrándose a la barandilla, rompió a llorar en incontrolables sollozos. Daniel la rodeó con sus brazos, se disculpó, y sus propias lágrimas se mezclaron con las de ella, lo cual acrecentó el llanto de Daisy, conmocionada ella ante la sensación tan extraña y familiar a la vez de tenerle junto a su propio cuerpo.

Su llegada fue tan inesperada que Daisy no había tenido tiempo de sopesar sus sentimientos. La tarde pasada con Jones le había hecho aflorar todo a la superficie, y luego, de súbito, se vio enfrentada a Daniel, cuya ausencia había impregnado cada uno de los minutos transcurridos durante los últimos meses, cuya presencia ahora provocaba tantas emociones contradictorias que lo único que podía hacer era mirarlo y llorar.

—Lo siento muchísimo, Daise —le dijo, asiéndola por las manos—. Lo siento mucho, muchísimo.

Mucho tiempo después Daisy logró controlarse y, con una sola mano, les sirvió a ambos una copa de vino. Encendió un cigarrillo, percibiendo su mirada de sorpresa y los esfuerzos que hacía para ocultarlo. Luego se sentó, mirándole, sin saber qué decirle, ni lo que podía atreverse a preguntar.

A primera vista se le veía exactamente igual: llevaba el pelo cortado del mismo modo y unos pantalones familiares, los de sport que llevaba el fin de semana antes de marcharse. Ejecutaba los movimientos de siempre: se pasaba la mano repetidas veces por la coronilla, como cerciorándose de que seguía ahí. Sin embargo, bajo una mirada más atenta, Daisy advirtió diferencias. Lo vio mayor, quizá; y sin duda más cansado. Se preguntó si su propio aspecto sería el mismo de antes.

—¿Estás mejor? —le preguntó Daisy, porque le pareció una pregunta segura.

—No tan... No estoy tan confuso, si es a eso a lo que te refieres.

Daisy bebió un largo trago de vino. Lo notó ácido. A esas alturas ya había bebido demasiado.

—¿Dónde te alojas?

—Con mi hermano. Con Paul.

Daisy asintió. Los ojos de Daniel no se apartaban de su rostro. Parpadeaban de angustia. A media luz le vio que unos profundos surcos subrayaban su mirada.

—No sabía que en realidad residieras aquí. A mamá le dio la impresión de que vivías con alguien del pueblo.

—¿Y con quién se supone que debía vivir? —le cortó escueta;

la rabia afloraba demasiado deprisa a la superficie—. Tuve que marcharme del piso.

—Fui allí. Hay otro inquilino.

—Sí, bueno, claro. Yo no podía sufragar el alquiler.

—Había dinero en la cuenta, Daise.

—No el suficiente hasta que volvieras. Además, no me alcanzaba para vivir. Sobre todo si tienes en cuenta que el señor Springfield me subió el alquiler hasta dejarlo por las nubes.

Daniel hundió la cabeza entre los hombros.

—Tienes buen aspecto —le dijo esperanzado.

Daisy estiró las piernas, frotándose un lamparón de sangre seca que tenía en la rodilla izquierda.

—Supongo que mejor del que tenía cuando te marchaste. Claro que entonces acababa de expulsar a un ser humano completo de mis entrañas.

Se hizo un silencio largo, complicado. Daisy contempló la espesa mata de pelo oscuro de su coronilla, pensando en las veces que había llorado al despertar porque no se encontraba a su lado, recordando, echada en la cama, la sensación de enhebrarle el pelo entre los dedos. Ahora, sin embargo, no sentía ningunas ganas de tocarlo. Solo percibía esa furia fría y, subyaciendo a ella, entremezclada con ella, el miedo de que volviera a marcharse.

—Lo siento muchísimo, Daise. Yo... La verdad es que no sé qué me ocurrió. —Se inclinó hacia delante en su asiento, como preparándose para hacer un discurso—. He estado tomando unos antidepresivos que me han ido bastante bien, en el sentido de que no lo veo todo perdido, como me sucedía antes. Sin embargo, no quiero seguir tomándolos durante mucho tiempo. No me gusta la idea de depender de ellos, supongo. —Daniel bebió un sorbo de vino—. También he ido a la consulta de una psiquiatra. Durante un tiempo. Era un poco Heidi. —La miró a los ojos, calibrando cómo recibía esa bromita cómplice.

—¿Cuál fue su opinión? Sobre ti, quiero decir.

—En realidad no iban así las cosas. Ella me hacía un montón de preguntas y, de algún modo, esperaba que fuera yo quien encontrara las respuestas.

—Parece un buen modo de ganarse la vida. ¿Las encontraste?

—Creo que sí, en lo que respecta a algunas cuestiones. —No dio más detalles.

Daisy estaba demasiado cansada para darle vueltas a lo que eso podría significar.

—Dime, ¿te quedas a pasar la noche?

—Si me dejas, sí.

Daisy dio otra larga calada al cigarrillo y lo apagó.

—No sé qué decirte, Dan. Estoy demasiado cansada y todo es tan repentino que no puedo pensar a derechas... Ya hablaremos por la mañana.

Daniel asintió, sin dejar de mirarla.

—Puedes dormir en la suite Woolf. Hay un edredón todavía metido en la funda. Úsalo.

La posibilidad de que pudiera dormir en otra parte era evidente que no se les había pasado por la cabeza a ninguno de los dos.

—¿Dónde está la niña? —preguntó cuando ella ya iba a marcharse.

«¡Vaya! Veo que ya nos interesa un poquito más», pensó Daisy.

—Volverá a primera hora —respondió.

Daisy no durmió. ¿Cómo iba a dormir cuando sabía que él estaba en la cama, probablemente también despierto, al otro lado del tabique? En un momento dado se reprochó la reacción que había tenido ante él, el hecho de haber saboteado lo que podría haber sido una reconciliación gloriosa a sabiendas. No hubiera debido decir nada esa noche, tan solo atraerlo hacia sí, amarlo, y hacerle sentir en casa de nuevo. En otras ocasiones, sin embargo, se preguntaba por qué le había permitido quedarse. El odio era como un objeto duro y frío que se hubiera apoderado de su interior y que lanzara de vez en cuando preguntas como bilis: ¿Dónde había estado? ¿Por qué no había llamado? ¿Por qué le había llevado casi una hora preguntar dónde estaba su hija?

Se levantó a las seis, con los ojos nublados y con dolor de cabeza, y se echó agua fría a la cara. Deseaba que Ellie estuviera allí; habría sido su foco de atención y le habría proporcionado un montón de tareas prácticas que realizar. En cambio ahora se movía silenciosa por la casa, consciente de su familiaridad, de la sensación de seguridad que le había deparado. Hasta entonces. Ahora sería incapaz de pensar en ella sin Daniel; las zonas que se habían librado de su presencia, ya conservaban su huella. Le llevó unos minutos comprender que eso la desequilibraba porque, en el fondo, estaba esperando que volviera a marcharse.

Daniel se despertó después de que llegara Lottie. Entregó la niña a Daisy, inmutable a pesar de su poco ortodoxa noche, y le preguntó cómo se encontraba.

—Muy bien —respondió Daisy, enterrando la cara en el cuello de Ellie. Olía diferente, a una casa distinta—. Gracias por cuidar de ella.

—La niña no nos ha causado ninguna molestia. —Lottie se quedó observándola durante un tiempo, arqueando una ceja al verle el brazo—. Voy a preparar el té —dijo, y se marchó a la cocina.

Unos minutos después Daniel bajaba las escaleras, con los ojos irritados y una tez grisácea, testimonios ambos de su inquieta noche. Se detuvo cuando vio a Daisy y Ellie en el vestíbulo, con un pie todavía en el escalón.

Daisy sintió que se le desacompasaba el corazón al verlo. Hacía rato que se preguntaba si la noche anterior había visto un fantasma.

—Es... Está muy crecida —susurró.

Daisy se esforzó por acallar la respuesta sarcástica que le vino a los labios. Daniel bajó despacio las escaleras y se acercó a ellas, con los ojos fijos en su hija.

—Hola, cariñito —le dijo con la voz rota.

Ellie, con la capacidad inagotable que poseen los niños de distender las situaciones, le dedicó una breve mirada y se lanzó a apretujar la nariz de Daisy repetidas veces, graznando para sus adentros.

—¿Puedo cogerla?

Daisy, intentando librarse de los golpes fuertes que le propinaba Ellie, vio lágrimas en los ojos de Daniel y una intensa añoranza pintada en el rostro, y se preguntó por qué, en ese preciso instante, el instante que tanto había imaginado durante meses, el momento por el que había suspirado casi físicamente, su instinto más primario era sostener a su hija contra ella y no entregársela a él bajo ningún concepto.

—Toma —dijo Daisy, acercándole a la niña.

—Hola, Ellie. ¡Pero qué bonita que eres! —Daniel la atrajo despacio hacia sí, titubeando, como alguien que no está acostumbrado a coger niños.

Daisy se esforzó para vencer el impulso de decirle que la estaba cogiendo fatal, e intentó ignorar los bracitos de Ellie, tendidos hacia ella.

—Te he echado mucho de menos —le canturreó Daniel—. ¡Oh, cariñito! ¡Cuánto te ha echado papá de menos!

Entonces, agobiada por una multitud de emociones contradictorias, y ansiosa por que Daniel no pudiera interpretarlas, se dio media vuelta y se dirigió de prisa hacia la cocina.

—¿Quieres té? —preguntó Lottie sin levantar la vista.

—Sí, por favor.

—Y... ¿él tomará también?

Daisy contempló su espalda, erguida y neutral, mientras se movía con destreza por los mármoles de la cocina eligiendo teteras y bolsitas de té.

—¿Daniel? Sí, también. Con leche y sin azúcar. —«Con leche y sin azúcar», pensó Daisy, agarrándose al mármol para detener el temblor de sus manos. «Conozco sus gustos mejor que los míos.»

—¿Quieres que se lo sirva fuera? Cuando termine con la niña, quiero decir.

En las palabras de Lottie afloraba un cierto retintín. Daisy ya la conocía lo suficiente para detectarlo, pero aquello ya no le dolía.

—Gracias. Me llevaré el mío a la terraza.

Daniel apareció once minutos después. Daisy había sido incapaz de no cronometrarlo, de dejar de controlar el tiempo que duraba con la niña en brazos antes de que los chillidos periódicos de frustración o la alegría nerviosa que terminaba en lloros lo incomodaran lo suficiente para devolvérsela. Duró más de lo que esperaba.

—Tu amiga se la ha llevado arriba. Dice que necesita una siesta. —Daniel se llevó el té fuera y se quedó de pie junto a ella, mirando el mar a sus pies.

—Lottie la cuida por mí mientras yo trabajo.

—Es un arreglo muy práctico.

—No, Daniel. Es un arreglo necesario. Al jefe no le gusta verme negociar con los funcionarios de urbanismo y los operarios con un bebé en la cintura.

Siempre estaba ahí: ese odio, burbujeando bajo la superficie, esperando tan solo a escupírselo encima, a montarle un espectáculo. Daisy se frotó la frente: el agotamiento la sacaba de quicio y la confundía.

Daniel siguió de pie, sorbiendo su té durante unos minutos. El olor del jazmín florecido, que una ligera brisa transportaba hacia la terraza, era casi sobrecogedor.

—No esperaba que me recibieras con los brazos abiertos —dijo Daniel—. Sé muy bien lo que he hecho.

«No tienes ni idea de lo que has hecho», quería gritarle Daisy pero, en cambio, le dijo:

—Mira, no quiero hablar de esto cuando se supone que debería estar trabajando. Si puedes quedarte a pasar la noche, ya hablaremos luego.

—No voy a ninguna parte —dijo él sonriendo con aire de quien pide disculpas.

Daisy le devolvió la sonrisa. Sin embargo, esas últimas palabras no la habían reconfortado.

El día iba transcurriendo y Daisy agradecía las distracciones de su trabajo, esas manillas de las puertas mal ajustadas o las ventanas que no cerraban, dado que su irritante cotidianeidad le provocaba de nuevo una sensación de normalidad y equilibrio. Daniel se fue caminando al pueblo, en principio para comprar un periódico pero, sobre todo, tal y como sospechaba Daisy, porque la situación le resultaba tan difícil como a ella. Aidan y Trevor la observaban con ojos de interés: algún drama doméstico de proporciones épicas se representaba ante sus ojos, distrayéndolos incluso de los partidos inaugurales de algún torneo de fútbol que retransmitían por la radio.

Lottie se limitaba a mirar y no decía nada.

Se había ofrecido, esa mañana, a cederle el cuidado diario de Ellie a Daniel «mientras siga en el pueblo». Se había ofrecido a enseñarle a preparar su comida, a sentarla enderezada en la trona, a arroparla con la manta por debajo del mentón, tal y como a ella le gustaba, mientras dormía.

—No es bueno para la niña que haya alguien dando vueltas por aquí y mareándola. —Algo en el rostro de Lottie al pronunciar esas palabras persuadió a Daisy de que quizá no era una idea tan feliz el permitir que Lottie se encargara del tema, sobre todo si Daisy pretendía plantearse en serio el posible regreso de Daniel.

Camille vino a la hora de comer y, tras una charla rápida con su madre, le preguntó a Lottie con discreción si se encontraba bien.

—Pásate por casa, si te apetece. Puedo hacerte un masaje de cráneo o lo que más te guste. Mamá cuidará de Ellie. No hay nada mejor para el estrés.

Si se hubiera tratado de otra persona, Daisy le habría respondido que se fuera a la porra. Dado que había crecido con el instinto natural hacia el anonimato de los londinenses, odiaba el componente de la vida pueblerina que te hacía sentir como si vivieras en una pecera, el modo en que la reaparición de Daniel parecía otorgarles a todos el derecho a manifestar su opinión. No obstante, Camille no parecía interesada en los comadreos: quizá había oído cuentos tan sensacionalistas en su trabajo diario que se había vuelto inmune a las posibilidades placenteras que conllevaban. «Solo desea mi bienestar», pensó Daisy con aire interrogante. «O quizá necesita compañía.»

—No olvides venir —dijo Camille cuando ya se marchaba con Rollo—. Para serte sincera, te diré que cuando Katie sale con sus amigas, me va muy bien tener a alguien con quien charlar. Hal parece preferir la compañía de sus damas pintadas en lugar de la mía. —Lo dijo en tono de broma, pero su expresión era nostálgica.

Hal era el único a quien visiblemente le traía sin cuidado la situación sentimental de Daisy. «Es posible que se deba a que ahora le absorbe profundamente el mural», del cual podían ya apreciarse las tres cuartas partes. Se mostraba reconcentrado, monosilábico. Ya no descansaba para almorzar y aceptaba los bocadillos que le traía su mujer sin los aspavientos románticos de antes. La mitad de las veces ni se los comía.

Jones no llamó.

Daisy tampoco le llamó. No habría sabido qué decirle.

Daniel se quedó. La segunda noche no hablaron: era como si por el hecho de haber estado pensando ambos en poco más en el asunto que les concernía durante todo el día, al llegar el momento de poder disponer de la casa para ellos solos, el agotamiento los hubiera vencido, de las innumerables veces que le habían ido dando vueltas a sus razonamientos. Cenaron, escucharon la radio y se fueron a dormir a sus camas separadas.

La tercera noche Ellie lloró casi sin descanso, víctima de algún retortijón o porque le salía algún diente. Daisy caminaba con ella en brazos por la planta superior de la casa; a diferencia del piso de Primrose Hill, los gritos de Ellie, que siempre habían pulsado alguna cuerda invisible en ella hasta el punto de crisparla, no le desencadenaron la angustia pareja de saber que estaba molestando a todos: a los vecinos, a la gente de la calle y a Daniel. Se había acostumbrado al espacio y al aislamiento.

—En Arcadia nadie puede oír tus gritos —le dijo con cariño a su hija.

Caminaba por los pasillos, y los sollozos de Ellie disminuían con los distintos cambios de habitación. Daisy intentaba no pensar demasiado en la reacción de Daniel, el cual dormía abajo. A fin de cuentas eso era precisamente lo que le había inducido a marcharse: el ruido, el caos, lo impredecible de todo. Casi esperaba que se hubiera ido cuando bajó sigilosamente por las escaleras. Sin embargo, Daniel estaba leyendo el periódico.

—¿Se encuentra bien la niña? —preguntó, tranquilizándose cuando Daisy asintió—. No quería... No quería inmiscuirme.

—Se embala sola —le dijo Daisy, cogiendo su copa de vino y dejándose caer en la butaca de enfrente—. Necesita desahogarse un poco antes de volver a quedarse dormida.

—Me he perdido muchas cosas. Voy muy rezagado respecto a ti en saber lo que la niña necesita.

—No es física nuclear, tampoco.

—Por mí como si lo fuera; pero aprenderé, Daise.

Daisy no tardó en marcharse a la cama. No obstante, al dejar la sala, tuvo que luchar contra el inesperado impulso de besarle en la mejilla.

—¿Julia?

—Hola, cielo. ¿Qué tal? ¿Cómo está mi cuchicuchi?

—Daniel ha vuelto.

Se hizo un silencio.

—Julia, ¿me oyes?

—Ya. Y ¿cuándo ha ocurrido este pequeño milagro?

—Hace dos días. Apareció en el umbral de la puerta.

—¿Le dejaste entrar?

—No iba a decirle que cogiera el tren de vuelta a Londres. Eran casi las once de la noche.

El gruñido de su hermana indicó a Daisy que eso es lo que ella hubiera hecho.

—Espero que no...

—Hay ocho suites en Arcadia, Julia.

—Bueno, vale más eso que nada, supongo. Tú aguanta. —Daisy notó que su hermana ponía la mano sobre el auricular, y oyó unas voces ahogadas—. ¿Don? ¿Puedes darles la vuelta a las patatas, cariño? Estoy al teléfono.

—Escucha, no te entretendré. Solo quería que lo supieras, creo.

—¿Ha vuelto en son de paz?

—¿Quién? ¿Daniel? No lo sé. No me lo ha dicho.

—Claro que no. ¡Qué bobada esperar que te cuente cuáles son sus planes!

—Las cosas no han ido así, Ju. Es que... Nosotros no hemos hablado todavía. En realidad no hemos hablado de nada.

—Eso le resultará de lo más conveniente.

—No todo es culpa de él.

—¿Cuándo vas a dejar de defenderlo, Daisy?

—No lo defiendo. De verdad que no. Supongo que solo quiero ver... quiero saber qué ocurre estando cerca el uno del otro. Saber si todavía funciona. Luego ya hablaremos en serio.

—¿Te ha ofrecido dinero?

—¿Qué?

—Para su manutención, claro; porque ahora ya no tiene ningún lugar donde vivir, ¿no?

—Él no...

—O sea, que vive en un hotel de lujo. En una suite. Sin pagar alquiler.

—Oh, Julia. Confía un poco en él.

—No, Daisy. No estoy preparada para confiar ni lo más mínimo en él. ¿Por qué debería darle un margen de confianza después de lo que te ha hecho sufrir, a ti y a su propia hija? En lo que a mí respecta, es un bala perdida.

Daisy rió con socarronería, incapaz de contenerse.

—No permitas que entre en tu vida y vuelva a mandar, Daisy. Te las has arreglado muy bien sin él, ¿recuerdas? No apartes ese pensamiento de tu mente. Recuerda que ya has salido del fondo del pozo.

«¿De veras?», pensó Daisy luego. Sin duda alguna, no estaba tan indefensa. Había conseguido que Ellie se adaptara a su propia rutina en lugar de ser ella quien se acomodara a la niña. «He vuelto a descubrir algo de mí misma, una faceta mejor que las de la antigua Daisy», pensaba de vez en cuando. Al renovar Arcadia, había logrado algo trascendental e inesperado por sí misma. Sin embargo, se sentía sola. Daisy no era una chica para quien vivir sola fuera un impulso natural.

—Has cambiado —le dijo Daniel, de un modo bastante inesperado, mientras la observaba trabajar.

—¿En qué sentido? —le preguntó ella con tono cansado. En lo que concernía a Daniel, los cambios que ella había experimentado hasta ese momento habían sido a peor.

—No eres tan frágil como antes. Ni tan vulnerable. Pareces más capaz de enfrentarte a todo.

Daisy miró hacia afuera, hacia donde Lottie soplaba haciendo girar un molinillo de viento de láminas de metal que le arrancaba a Ellie grititos de placer.

—Soy madre.

El cuarto día Carol, la relaciones públicas, llegó a Arcadia y no cesó de proferir exclamaciones sobre la belleza de la casa, tomar fotografías de cada dormitorio con su Polaroid y poner los nervios de punta a Daisy, sin olvidar a Lottie, la cual arqueaba las cejas hasta el punto que parecía que fueran a despegar de su órbita.

—Jones me ha hablado de tu idea. Es buenísima. Muy, pero que muy buena —le dijo con aire cómplice—. Será un magnífico reclamo que venderemos a alguna revista de papel cuché. Pienso en *Interiors*, o quizá *Homes and Gardens*, ¡Jesús!

La indignación que había sentido Daisy por el hecho de que

Jones hubiera confiado su secreto a esa mujer quedó temperada por la idea de que quizá dieran un cumplido reconocimiento de sus aptitudes en la prensa.

—Hasta entonces, sin embargo, en boca cerrada no entran moscas. —Carol posó un dedo sobre sus labios con gesto teatral—. La novedad lo es todo, a fin de cuentas. Quizá transgreda una de mis normas personales y organice una fiesta temática: un día playero ambientado en la década de los cincuenta. Podríamos mostrarnos encantadoramente vulgares, alquilar unos burros, ofrecer helados y exhibir postales tontas. —Pareció no oír a Daisy cuando aquella le aclaraba que la casa no había sido construida durante la década de 1950.

—¿Va a volver Jones? Antes de la inauguración, quiero decir —preguntó Daisy cuando Carol ya se metía dentro del coche de carrocería baja, maravillándose para sus adentros de que una mujer de cincuenta y pico siguiera dándose aires de importancia por el hecho de poseer un dos plazas japonés.

—Jones me había dicho que quería intentar venir a reunirse con nosotras esta tarde —dijo Carol, pulsando el teléfono móvil por si tenía algún mensaje—, pero ya sabes cómo es el condenado. —Levantó los ojos al cielo en un gesto que Daisy empezaba a reconocer como un rasgo distintivo entre las colegas femeninas de Jones—. Encantada de conocerte, Daisy; y también me fascina la idea de que trabajemos juntas. ¡Será una fiesta tan fabulosa...!

—Sí —dijo Daisy—. Hasta pronto, entonces.

Otras personas habían empezado a desfilar por la casa. Una de ellas era un joven fotógrafo de aire solemne que le dijo que se encargaba de todos los folletos de Jones, y que volvió locos a los albañiles al prohibirles que circularan por ciertas habitaciones y al utilizar sus cables eléctricos para alimentar las luces de arco voltaico. Otro día se presentó el chef, que trabajaba en el club que Jones poseía en Londres, con la intención de revisar las cocinas, y se comió tres paquetes de cortezas de cerdo para almorzar. También contaron con el funcionario de urbanismo de turno, que apareció sin avisar y se marchó sin revisar aparentemente nada. Finalmente se dejó caer por ahí el señor Bernard, que quería ver si Hal deseaba irse con él a tomar una copa. Dio unos golpecitos en la puerta principal y esperó, a pesar de que estaba abierta y el resto del personal iba entrando y saliendo sin aminorar el paso.

—Lottie no está aquí, señor Bernard —dijo Daisy al divisarlo—. Se ha llevado a Ellie al pueblo. ¿Quiere entrar?

—Ya lo sé, Daisy, y no quería molestarte. Solo me preguntaba si mi yerno estaba por aquí.

—Está en la parte de atrás. Pase, pase.

—Si no es molestia... Muy amable de tu parte. —Se le veía un tanto incómodo incluso avanzando ya por la casa, con la mirada muy fija al frente, como si no desara parecer entrometido—. Va todo bien, ¿verdad? —se limitaba a decir, y asentía, complacido, cuando Daisy afirmaba que sí—. Parece que has hecho un trabajo fantástico. No es que entienda mucho de estas cosas, yo...

—Gracias. Estoy contenta de que al menos alguien lo piense.

—No tienes que hacer ni el más mínimo caso de Sylvia Rowan —le confesó el señor Bernard mientras ella lo guiaba hacia la terraza—. Esa familia siempre la ha tomado con Lottie. Probablemente estos episodios desagradables sean más a causa de ella que de cualquier otra cosa. Las rencillas tienden a no perdonarse durante mucho tiempo por estas tierras.

El señor Bernard le dio unos golpecillos afables en el brazo y se marchó hacia donde se encontraba Hal, quien estaba lavando los pinceles. Daisy le observaba caminar, recordando la noche en que Lottie le había contado lo del nacimiento de Camille. Joe, ligeramente encorvado, con corbata y cuello de camisa incluso en pleno verano, era un caballero de reluciente armadura harto improbable. Unos minutos después, mientras Daisy intentaba encontrar la composición idónea para colgar una selección de antiguas fotografías en el pasillo, asomó por la entrada.

—Está un poco ocupado esta noche. Quizá en otra ocasión. Comprendo que lo último que debe hacer es retrasar el programa. —Tenía el aspecto de quien se ha llegado a acostumbrar a muchos años de decepciones y ha terminado por aceptarlo llanamente.

—No tiene que trabajar hasta tarde, si tenían algo planeado.

—No. Para ser franco, Lottie quería que tuviera un cambio de impresiones con él.

Daisy le dejó hablar.

—Oh, no hay que preocuparse por nada, no, no —puntualizó, encaminándose hacia su coche y levantando una mano a modo de saludo—. Es solo a propósito del cierre de su negocio. Creo que se lo ha tomado muy a pecho. Solo quería asegurarme de que se encontraba bien, ¿sabes? En fin, será mejor que empiece a pasar... Hasta pronto, Daisy.

Ella se quedó saludándole hasta que el señor Bernard desapareció por el camino de entrada.

Al final, se marchó a casa de Camille. Le dijo a Daniel que tenía una cita, lo cual en parte era cierto, y que tendría que cuidar de la niña, afirmación ante la que Lottie palideció. Luego, dando un breve paseo, recorrió la corta distancia que la separaba de la casa de Camille. Mientras caminaba por las calles bañadas de sol de Merham, sorteando a los padres agotados y a los niños pequeños que se tambaleaban en sus inestables bicicletas, se dio cuenta de que, aparte del viaje a Londres, apenas había salido de la casa y del jardín desde hacía semanas. Daniel no se mostró tan asustado como ella creía; al contrario, se le veía muy complacido, como si el hecho de que le permitieran hacer de canguro de su propia hija fuera un privilegio y le hubieran otorgado una medalla honorífica al buen comportamiento. Le daría de margen hasta las nueve de la noche antes de estar de vuelta en casa: estaba prácticamente segura de que se encontraría a Daniel rogando que ella regresara.

La casa de Camille y Hal era espaciosa y adosada, con unos ventanales generosos y un porche de los años treinta, en el cual apenas tuvo tiempo de divisar la alegre figura ladradora de Rollo. Primero oyó a Camille, y luego la vio, avanzando con una rapidez sorprendente por el pasillo.

—Soy Daisy —le gritó para evitarle la indignidad de tener que preguntar.

—Eres puntualísima. Acabo de abrir una botella de vino. ¿Has venido a que te haga la cabeza completa?

—¿Cómo dices?

—El masaje. —Camille cerró la puerta con cuidado tras Daisy, y la guió por el pasillo, recorriendo la pared con la mano izquierda.

—Ah, como quieras —dijo Daisy, que, en realidad, venía en busca de compañía.

La casa estaba mejor decorada de lo que cabría esperar. Claro que, a decir verdad, no estaba muy segura de lo que esperaba encontrarse. En cualquier caso, le sorprendió la luminosidad y la sensación de espacio. El que no hubiera cuadros en las paredes, quizá; y, por supuesto, los cientos de fotografías enmarcadas que salpicaban todas las superficies, la mayoría en antiguos marcos de plata labrada. Se veía a Hal y Camille montados en una bicicleta mojada, caminando por algún paraje montañoso, a Katie en un pony, y a los tres vestidos con motivo de alguna celebración. Sobre la repisa de la chimenea había una fotografía grande de Hal y Camille el día de su boda. El modo en que él la miraba, con esa mezcla de orgullo y ternura pintada en el rostro de un joven Hal, le hizo sentir añoranza durante unos segundos.

—Son unas fotografías preciosas.

—La niña de la acuarela pequeñita soy yo. Mamá la pintó, aunque parezca increíble, cuando yo era un bebé. Es una pena que ya no pinte. Creo que le iría bien cultivar una afición.

—Es preciosa; y las fotografías, también.

—¿Estás mirando la foto de nuestra boda? —preguntó Camille, quien parecía saber a partir de la dirección de su voz dónde se encontraba Daisy. Se desplazó sin trabas hacia la repisa de la chimenea y la cogió—. Esta es mi preferida. Fue un día realmente precioso.

Daisy no pudo contenerse.

—¿Cómo lo sabes? Lo que aparece en la fotografía, quiero decir.

Camille la depositó sobre la repisa de la chimenea, comprobando que la base estuviera bien alejada del borde.

—Por Katie, sobre todo. Le encantan las fotografías. Siempre me cuenta lo que ve en ellas. Seguramente no me costaría nada hablarte de todas las que tenemos en el álbum. —Camille se detuvo, esbozando apenas una sonrisa—. No te preocupes, nada más lejos de mi intención. Ven a la cocina. Es donde tengo mi vieja silla de tratamiento. A Katie le gusta sentarse encima.

Apenas conocía a Camille y, en el fondo, no sabía nada de ella, al menos en lo relativo a la historia, los gustos y las antipatías que conocen las amigas, la manera en que comparten sus emociones. Camille era demasiado reservada para que Daisy se sintiera cómoda. Solía preferir la gente que se abría ante ella, que vertía sus emociones hacia el exterior, igual que Daniel. Sin embargo, algo en su personalidad parecía tranquilizarla. No sentía la necesidad de mostrarse competitiva, tal y como le ocurría en secreto con otras mujeres atractivas; y aquello no se debía a la invidencia de Camille. Esa mujer respiraba un cierto aire de saber aceptar las cosas, una calma serena. Una especie de bondad intrínseca que conseguía no parecer nauseabunda, ni le hacía sentirse incómoda por el hecho de no poseer ese rasgo en su personalidad.

A lo mejor todo se reducía al masaje craneal: las presiones alternativas del pulgar y los dedos en su cabeza y cuello le iban desgranando los pensamientos y liberando de las tensiones físicas. En ese lugar no tenía que pensar en Daniel; no tenía que pensar en absoluto.

—Eres muy buena dando masaje —le dijo Daisy adormilada—. Creo que podría quedarme dormida.

—No serías la primera persona —comentó Camille sorbiendo su vino—. De todos modos, tuve que dejar de hacérselo a los hombres. A veces el efecto provocado era distinto.

—¿Ah, sí? Ya comprendo... No es la clase de reputación que deseas labrarte cuando eres masajista.

—Creen que como no los ves, no te vas a enterar; pero eso no es cierto, ¿sabes? Lo adivinas por la respiración. —Camille se llevó la mano al pecho e imitó la acelerada rapidez del deseo.

—¡No me digas! ¡Qué horror! Y tú, ¿qué hacías?

—Llamaba a Rollo, que estaba bajo la mesa. Un perrazo que te olisquea con cariño, por lo general, causa el efecto deseado.

Las dos mujeres rieron amigablemente.

—Tu padre ha venido esta tarde.

—¿Papá? ¿Por qué?

—Vino a invitar a Hal a tomar una copa. —Las manos de Camille se detuvieron—. Creo que Hal ha preferido seguir trabajando en el mural. Es de una responsabilidad aplastante.

—¿Papá invitó a Hal a tomar una copa?

—Eso es lo que dijo. ¡Vaya, ya he metido la pata! ¿A que sí?

—No te preocupes —dijo Camille con una inesperada frialdad en su voz—. No se trata de papá. Es mamá, que vuelve a meterse donde no la llaman.

La agradable neblina que presidía la habitación durante los últimos minutos se evaporó.

—Igual solo se trataba de tomar una copa —aventuró Daisy.

—No, Daisy, con mamá nunca se trata de tomar solo una copa. Mamá quiere saber qué le pasa a Hal y por qué se ha tomado lo del negocio tan mal.

—Ah.

—Estaba en contra de él porque quería que lo cerrara, y ahora vuelve a las andadas porque Hal no parece llevarlo tan bien como se supone que debería.

—Estoy segura de que no lo hace con mala intención —dijo Daisy débilmente.

—Ya sé que sus intenciones son buenas, pero es que no puede dejar que seamos Hal y yo quienes solucionemos nuestros problemas —dijo Camille, suspirando con una expresión fatigada.

—¿Eres hija única?

—Pues sí. Lo cual no ayuda mucho que digamos. Creo que a papá le habría gustado tener más hijos, pero mamá lo pasó muy mal conmigo y eso la desanimó. No había anestesia en esa época.

—¡Auuu! —exclamó Daisy, pensando en su propia epidural—. Siento haber tocado un tema inoportuno. Supongo que hubiera debido de permanecer callada.

—Oh, no te preocupes, Daisy. No es la primera vez; y, sin duda, no será la última. Son cosas que suceden cuando uno vive tan cerca de sus padres, supongo. Quizá Hal y yo hubiéramos debido mudarnos cuando nos casamos, pero no lo hicimos, y luego al llegar Katie y todo lo demás... Yo necesitaba ayuda.

—Conozco esa sensación. No sé lo que yo habría hecho sin tu madre.

Las manos de Camille empezaron a moverse de nuevo, iniciando una presión suave y reiterativa.

—Estás muy tensa, ¿verdad? Supongo que no debería sorprenderme, con la inauguración del hotel tan cercana y todo lo que eso conlleva. No entiendo cómo lo has logrado.

—Todavía no lo doy por concluido.

—¿Es más fácil ahora que el padre de Ellie está en Arcadia?

Lo preguntó con muchísima sutileza. Daisy jugueteó con la idea de que Lottie también había enviado a Camille para que se enterara del estado de su relación.

—En realidad, no, si he de serte sincera. Estoy segura de que

Lottie ya te debe de haber contado que nos abandonó cuando Ellie tenía solo unos meses. Todavía no me he acostumbrado a la idea de que haya regresado.

—¿Volvéis a estar juntos, entonces?

—No lo sé. Ha vuelto, y supongo que sí.

—No pareces muy convencida.

—Supongo que no. En realidad, no sé cómo sentirme.

Agradeció que Camille no intentara ofrecerle una solución, unas pautas de comportamiento. Julia no sabía escuchar los problemas de los demás sin sentirse obligada a arreglarlos y, por lo general, terminaba un poco ofendida cuando Daisy no seguía sus consejos a rajatabla.

—Si Hal se hubiera comportado francamente mal contigo, si se hubiera marchado y te hubiera abandonado, por ejemplo, ¿le recibirías con los brazos abiertos?

Las manos de Camille se detuvieron, y se quedaron inmóviles con la palma sobre la frente de Daisy.

—Hal nunca actúa mal —dijo con aspereza—, pero supongo que si se diera el caso, y hubiera una niña implicada, con todo lo que eso comporta, creo que todo dependería de que yo fuera feliz con él. Si vais a ser más felices por el hecho de estar juntos, aunque sea difícil, entonces quizá valga la pena luchar por ello.

Daisy notó que las manos recuperaban el movimiento, como si Camille cambiara su punto de apoyo.

—No lo sé —siguió diciendo—. Cuando eres joven, te dices a ti misma que no tolerarás según qué clase de comportamientos, ¿verdad? Que si en tu matrimonio no hay pasión o si él no está a la altura de las circunstancias, lo dejarás y encontrarás a otro hombre. Luego te haces mayor y el pensamiento de tener que volver a empezar es... la crudeza del planteamiento... En fin, supongo que yo tragaría muchas cosas antes de destruir mi relación. Por la familia, claro. A lo mejor terminas acostumbrándote al compromiso.

Parecía que estuviera hablando para sí misma. Camille se detuvo, y al retomar luego el hilo, Daisy captó un timbre distinto en su voz.

—Con lo cual, si te resulta imposible hacerle feliz, por mucho que te empeñes, supongo que al final tienes que admitir la derrota.

Lottie dejó el bolso sobre la silla del recibidor, observando con irritación que el abrigo de Joe colgaba del perchero.

—Creía que habías salido a tomar una copa —le dijo a voces al oír la radio procedente de la sala de estar.

Joe apareció por la puerta y besó a su esposa en la mejilla.

—No ha querido venir.

—¿Por qué? No se va a pasar todo el tiempo trabajando en ese fresco.

Joe le ayudó a quitarse el abrigo.

—No puedo obligarlo, querida. Puedes darle un consejo a alguien, pero...

—Sí, ya sé. De todos modos, algo le pasa. Hace días que lo veo raro; y ese novio de Daisy, que no para de pasearse arriba y abajo todo el santo día, holgazaneando como si estuviera en su propia casa...

Joe le abrió la puerta del salón a su esposa. Lottie adivinó que deseaba ponerle el brazo en el hombro, a pesar de que ella le había dicho hacía unos meses que era algo que siempre la había hecho sentir incómoda.

—Es el padre de la criatura, cielo.

—Bueno, pues ya es un poco tarde para que se dé cuenta.

—Eso tiene que decidirlo Daisy. Dejemos el tema durante unos minutos, ¿quieres?

Lottie le dirigió una mirada áspera. Su marido bajó la vista, y luego le miró a los ojos.

—Todo el asunto de esta casa... qué quieres que te diga. No me gusta, Lottie. Lo está removiendo todo de nuevo. Te tiene nerviosísima.

—Eso no es verdad.

—Gritarle a pleno pulmón a Sylvia Rowan cuando te has pasado los últimos años, sabe Dios cuántos, manteniéndote claramente alejada de toda esa gente...

—Yo no le pedí que empezara a causar problemas.

—Y toda esa cuestión del mural... No es que me importe, amor mío, eso ya lo sabes. Jamás he dicho nada en contra de que fueras ahí, pero es que has cambiado durante este último par de semanas. No me gusta verte tan nerviosa.

—Yo no estoy nerviosa. Eres tú quien me pone nerviosa, de tanto insistir en el tema. Yo estoy perfectamente.

—De acuerdo, entonces. De todos modos quería que charláramos un momento. Sobre lo que haremos después.

Lottie se sentó.

—¿Después de qué? —preguntó con aire de sospecha.

—Del hotel, de todo esto. Después de que inauguren; porque Daisy regresará a Londres, ¿no? Con o sin su pareja; y a ti ya no te necesitarán en Arcadia.

Lottie lo miró con una mirada ausente. No había pensado en cómo sería su vida después de la reapertura de Arcadia. Se quedó helada. Nunca había considerado lo que haría sin la casa.

—¿Lottie?

—¿Qué? —Veía la vida desplegarse ante ella: esas cenas con baile en el Round Table, las charlas despreocupadas con los vecinos, las incontables noches en casa...

—He ido a buscar unos folletos.

—¿Qué dices?

—Que he ido a buscar unos folletos. He pensado que podríamos sacar provecho de la situación y hacer algo distinto.

—¿Qué quieres hacer?

—He pensado que podríamos viajar en un crucero o...

—Odio los cruceros.

—Nunca has ido en un crucero. Mira, se me había ocurrido que incluso podríamos hacer un viaje alrededor del mundo. Para detenernos en una infinidad de lugares. Ver otros parajes. La verdad es que nunca hemos ido demasiado lejos, y ahora no tenemos responsabilidades, ¿no?

Joe Bernard no pronunció la palabra «segunda luna de miel», pero Lottie percibía la expresión en el aire, y eso la hizo reaccionar.

—Todo esto es muy típico de ti, Joe Bernard.

—¿El qué?

—Lo de no asumir las responsabilidades. ¿Quién va a cuidar de Katie cuando Camille esté trabajando? Dímelo; y ¿quién va a ayudar a Camille?

—Hal ayudará a Camille.

Lottie rió con ironía.

—Ahora les va muy bien, cariño. Mira, si no, cómo se comportaba Hal con ella con todo este asunto del mural. Como un par de tortolitos, se les veía. Me lo dijiste tú misma.

—Fantástico. Eso demuestra lo poco que sabes. No les va bien en absoluto, para que te enteres. Según mi opinión, Hal está en un tris de abandonarla otra vez; y por esa razón quería que te llevaras a Hal esta noche, para que descubrieras lo que pasa por su maldita y alocada cabeza. Pero no, claro, tú estás demasiado ocupado pensando en cruceros y cosas por el estilo...

—Lottie...

—Voy a tomar un baño, Joe. No quiero discutirlo más.

Lottie subió apresurada las escaleras hacia el dormitorio, preguntándose por qué las lágrimas le saltaban con tanta facilidad. Era la segunda vez que le sucedía durante esa semana.

El ruido del agua corriendo por la bañera la había ensordecido, y por eso no oyó los pasos de Joe cuando subía las escaleras. Su aparición imprevista en la puerta le hizo dar un salto.

—Espero y deseo que no me hayas estado espiando —gritó Lottie, llevándose la mano al pecho, furiosa de que la hubieran sorprendido con la guardia baja.

Joe se detuvo al ver el rostro en lágrimas de su mujer.

—Ya sabes que no suelo discutir contigo, Lottie, pero voy a decirte una cosa.

Lottie se quedó mirando fijamente a su marido, advirtiendo que estaba más erguido de lo normal; que en su voz asomaba un deje de mayor autoridad.

—Voy a hacer un viaje. Cuando hayan inaugurado el hotel. Voy a reservar un billete, y daré la vuelta al mundo. Estoy un poco nervioso, y no quiero envejecer y sentir que no he hecho nada, que no he visto nada. —Calló durante unos instantes—. Tanto si vienes, como si no. Es obvio que preferiría que me acompañaras, pero solo por una vez haré lo que me plazca.

Respiró hondo, como si su breve discurso hubiera sido el producto de un esfuerzo interno desmesurado.

—Es todo lo que voy a decir —pronunció, volviéndose hacia la puerta y dejando a su esposa en silencio, a sus espaldas—. Llámame cuando quieras que ponga las costillas en la plancha.

Fue durante la quinta noche cuando Daniel y Daisy hablaron. Se llevaron a Ellie a dar un paseo por la playa, bien abrigadita en su cochecito, arrebujada con una manta de algodón, a pesar de que el atardecer era tranquilo y balsámico. «Me resulta difícil pensar a derechas en la casa estos últimos días», le había dicho Daisy. Ahora ya no la veía como una casa, ni siquiera como un hotel, sino como una lista de problemas que necesitaban solventarse: un pestillo de ventana suelto, un listón del parquet sin fijar, un enchufe defectuoso, y la fecha de entrega del proyecto acercándose sin demora. Fuera, bajo el aire fresco de la tarde, descubrió que, poco a poco, las ideas iban tomando cuerpo.

«Esto es lo que yo quería», pensó Daisy contemplándose a sí misma y a su familia desde fuera: una pareja joven, con una niña preciosa. Una unidad familiar, consolidada, envolvente, exclusiva. Daisy titubeó, y luego cogió a Daniel por el brazo. Él le apretó la mano, ciñéndola con su calor, apresándola en su cuerpo.

Daniel empezó a hablar. Comprendió que las cosas no iban bien desde el día en que uno de sus antiguos colegas le mostró un retrato de su hija, orgulloso y emocionado, y Daniel se dio cuenta de que él no solo no llevaba una fotografía de la niña, sino que no sentía ni una décima parte de lo que su colega era evidente que experimentaba.

Reconoció para sus adentros, dolido, que se sentía agobiado. Atrapado en una situación que él no se había buscado, su preciosa novia desaparecida y, en su lugar, una magdalena llorona (no mencionó la palabra «magdalena», pero Daisy supo entender a lo que se refería) y una criatura miserable. La belleza parecía haberse esfumado de su vida, así como el orden; y la belleza y el orden eran vitales para Daniel. Él era un hombre, después de todo, que en una ocasión había sido incapaz de dormir porque la guía de un cuadro estaba desplazada unos centímetros del ángulo correcto. Daisy se despertó a las cuatro de la madrugada, y se lo encontró descolgándola de la pared con sumo cuidado para volver a colocarla, sirviéndose de dos niveles de burbuja y varios trozos de cuerda. Sin embargo, a los bebés no les importaba el orden en absoluto. Les daba igual que el hedor, los ruidos y los pañales contaminaran el pequeño refugio de Daniel. Hacían caso omiso de que sus exigencias apartaran a sus madres de aquellos otros brazos más grandes y fuertes que seguían necesitándolas con la misma intensidad. No les importaba la hora a la que te despertaban o que necesitaras cuatro horas de sueño seguidas para poder ganarte la vida.

—La cuestión, Daise, es que no puedes quejarte, ¿verdad? Se supone que tienes que aceptarlo, y creer a todos los que te dicen que «ya mejorará, ya», aun cuando a todas luces resulta que la cosa va empeorando por momentos, que amarás a estas criaturitas ciegamente cuando, en el fondo, miras a estos trolls horrendos y gritones y no puedes creer que tengan algo que ver contigo. Si dijera... Si dijera lo que me venía al pensamiento durante esas primeras semanas, si dijera la verdad, seguro que me habrían detenido.

Fue una camisa quien se encargó de detenerlo al final. Una mañana Daniel tropezó en la sala de estar, medio inconsciente por la falta de sueño, y pisoteó una camisa para lavar que sonó a tela empapada. Se sentó, con el pie sucio encima de su otrora prístina alfombra y supo que ya no podía continuar de ese modo.

—Lo que no entiendo es por qué no me dijiste nada. ¿Por qué lo guardaste todo para tus adentros?

—Porque no me pareció que pudieras soportarlo. Si no podías con tu alma... ¿Cómo ibas a soportar oír al padre de tu hija diciéndote que había decidido que la niña era un craso error?

—Lo hubiera resistido muchísimo mejor que el hecho de ser abandonada por el padre de mi hija.

Se sentaron en una duna, y se dieron cuenta de que Ellie se había quedado dormida en el cochecito. Daniel se inclinó hacia delante y le ajustó bien la manta bajo la barbilla.

—En fin, ahora ya lo sé. Ahora sé un montón de cosas.

Daisy sintió que estaba recuperándolo y que la espantosa sinceridad de sus palabras le provocaba un arrebato de dulzura. Ahora ya amaba a Ellie: era evidente en su manera de comportarse...

—Necesito saber si podemos volver a intentarlo —dijo Daniel, cogiéndole la mano—. Necesito saber si vas a permitirme volver. Si podemos olvidar todo esto. Te he echado mucho de menos, Daise, y a ella, también.

En la arena un perro negro y lanudo correteaba adelante y atrás en círculos, sobreexcitado, saltando y retorciéndose en el aire para atrapar los maderos que le lanzaba su propietario, marcando largos y complicados dibujos en la arena. Daisy se recostó contra Daniel, y él le pasó el brazo por el hombro.

—Sigues encajando ahí —le dijo al oído.

Daisy se apoyó en aquel hueco, intentando aclarar sus ideas, concentrarse en la sensación de volver a tenerle cerca. Procurando hacer oídos sordos a las complicaciones.

—Vamos a casa, Daisy.

Jones observaba a la pareja que regresaba por el sendero de la playa, el brazo de él sobre el hombro de su novia, cubriéndola con instinto protector, y el bebé invisible bajo el manto del sueño mientras el sol del atardecer arrancaba destellos a las ruedas del cochecito.

Permaneció sentado durante unos minutos, esperando a que desaparecieran de su vista, y entonces dio la vuelta al coche. Estaba a dos horas de camino de Londres, y seguramente más de uno opinaría que era una locura regresar de ese modo, sin ni siquiera estirar las piernas. «La verdad es que he llegado tarde a la reunión que tenía con Carol», se dijo a sí mismo, saliendo por el caminito de entrada a Arcadia y regresando a la estación de ferrocarril, sin parpadear, con los ojos fijos en la carretera que tenía enfrente. No tenía ningún sentido pasear por allí. A fin de cuentas, esa era la única razón por la que había ido a Merham.

—Dicen que siempre cuesta después de haber tenido un bebé.

—Supongo que nos llevará un tiempo acostumbrarnos el uno al otro de nuevo.

—Sí.

Estaban echados sobre la cama, el uno al lado del otro, despiertos, contemplando la oscuridad.

—Supongo que estamos algo tensos. Quiero decir que estos días han sido un poco raros. —Daniel se acercó a ella y Daisy apoyó la cabeza sobre su pecho.

—¿Sabes qué, Dan? Creo que no deberíamos hablar demasiado de esto. Es como si lo convirtiéramos en un problema que...

—Ah, de acuerdo.

—Pero tienes razón. Me refiero a que creo que estoy un poco tensa.

Daniel le cogió la mano, y se quedaron quietos, con los dedos entrelazados, intentando no pensar demasiado en la media hora anterior. A Daisy le apetecía beber algo, pero sabía que Daniel necesitaba el consuelo de saber que permanecía junto a él, y que cualquier intento de moverse por su parte sería malinterpretado.

—La verdad es que... Daise, ¿me escuchas?

—Sí.

—Hay algo de lo que querría hablarte. Sobre todo ahora que vamos a ser sinceros el uno con el otro.

Por alguna extraña razón, la imagen de Jones apareció en su pensamiento, frágil y opaca como el vidrio emplomado.

—De acuerdo —dijo Daisy, intentando disimular que estaba en guardia.

—Creo que es preciso que nos lo digamos todo antes de poner un punto y aparte al pasado.

Daisy no dijo nada, percibiendo que los intentos de Daniel de mostrarse espontáneo fracasaban, y notando una sensación de extrañamiento, como el silbido distante de un tren que se aproxima.

—Tiene que ver con lo que sucedió cuando estábamos separados.

—No sucedió nada —dijo Daisy. Demasiado repentina la respuesta.

Daniel tragó saliva.

—Entiendo que desees creerlo, pero sí sucedió algo.

—¿Quién te lo ha dicho? —«Seguro que ha sido Lottie, claro», pensó Daisy. Sabía que Lottie opinaba que no deberían reconciliarse.

—Solo fue un beso. Nada importante. Ocurrió cuando había tocado fondo, cuando no sabía si regresaría.

Daisy se liberó de su mano y se enderezó, incorporándose sobre el codo.

—¿Qué has dicho?

—Solo fue un beso, Daise, pero he pensado que había de ser honesto y contártelo.

—¿Me estás diciendo que te besaste con otra?

—Cuando estábamos separados.

—Espera, espera... Se supone que estabas pasando por una crisis nerviosa por el hecho de tener que enfrentarte a tener a una recién nacida en casa, y no poniendo proa a lo desconocido.

—No es así como ocurrió, Daise...

—¿No fue así? ¡Y pensar que yo llamaba a tu madre y ella me contaba que estabas prácticamente a punto de lanzarte bajo las ruedas de un autobús, que ni siquieras tenías fuerzas para hablar conmigo, y mientras tanto tú ibas pegándote el lote por toda Gran Bretaña! ¿Quién era ella, Dan?

—Oye, ¿no crees que te lo estás tomando muy a pecho? Solo fue un beso.

—No, no lo creo. —Daisy se envolvió bruscamente con la colcha y saltó de la cama, incapaz de admitir ante sí misma que su reacción furibunda podía explicarse en parte debido a sus propios y secretos sentimientos de culpabilidad—. Me voy a dormir a la otra habitación. No me sigas y no empieces a andar arriba y abajo por los pasillos —le impuso Daisy, haciéndole chitón—. Despertarás a la niña.

18

El bungalow, revestido con listones de un blanco inmaculado y rodeado de un jardincillo de esculturas herrumbrosas, se levantaba en una playa situada a unos tres kilómetros de la vecindad.

—Me gusta vivir de este modo —dijo Stephen Meeker mientras contemplaban por la ventana la vista ininterrumpida de la orilla—. Así la gente carece de excusas para presentarse sin avisar. Odio a los que creen que todo les está permitido. Es como si, cuando te jubilas, debieras sentirte agradecido por que alguien se entrometa en tu deprimente jornada de anciano.

Estaban sentados, tomando el té, en una sala de estar pobremente decorada de cuyas paredes colgaban unas pinturas de una categoría muy distinta a la de los muebles y la tapicería de la habitación. El mar, que no cesaba de emitir destellos bajo el cielo de agosto, se veía despoblado, privado de la presencia de las familias y los veraneantes que preferían alojarse más arriba de la costa, en la extensión arenosa del mar de Merham. Era la segunda vez que Daisy había interrumpido su deprimente jornada de anciano esa semana, pero era bien recibida, en parte por la selección de revistas que le había traído como obsequio y, en parte también, porque el período del cual quería hablar era una de las pocas épocas de su vida en que había sido auténticamente feliz.

—Julian era divertidísimo, ¿sabes? Un rebelde de tomo y lomo, sobre todo en lo que concernía al tema económico, pero tenía ese don especial de agrupar a la gente, del mismo modo que sabía coleccionar arte. Era como su esposa en ese sentido. Un par de urracas.

Le contó que siempre había amado a Julian, con un ímpetu que contrastaba con ese hombre viejo y tieso. Durante los sesenta, cuando Julian y Adeline se divorciaron, se habían ido a vivir juntos a una casita de Bayswater.

—Seguíamos diciendo a la gente que éramos hermanos. A mí jamás me importó. Julian siempre se preocupó muchísimo más que yo de inventar esa clase de cosas.

Algunos de los cuadros que colgaban de la pared habían sido regalos de Julian; y uno de ellos, como mínimo, era de Frances, quien se había forjado una fama tardía después de que una historiadora de arte feminista la rescatara del olvido.

Daisy, que se había quedado de una pieza, a pesar de disimularlo, al ver las firmas de las otras telas, percibió desalentada las esquinas manchadas y el papel arrugado por la acción del aire salitroso.

—¿No deberían estar... en algún otro lugar, a buen recaudo? —le preguntó con tacto.

—Nadie las vería en una caja fuerte. No, querida, se quedarán en mi cabaña conmigo hasta que estire la pata. Una mujer muy dulce, Frances. Fue una verdadera pena, todo ese asunto.

Stephen se animó muchísimo cuando ella le enseñó las polaroid del mural casi finalizado, admiró con nostalgia la belleza de su joven cuerpo y le fue indicando los nombres de las personas que recordaba.

—Me temo que Julian no podrá asistir a la fiesta —le dijo con tristeza—. No vale la pena que te pongas en contacto con él, querida. Vive en una residencia en Hampstead Garden Suburb. Completamente gagá. En cuanto a Minette, lo último que oí de ella es que vive en una comuna en Wiltshire; George es una especie de cerebrito en Ciencias Económicas, y trabaja en Oxford. Se casó con una vizcondesa o algo por el estilo. Es un pijo de cuidado. Ah, y este es el joven pretendiente de Lottie; o quizá el de su hermana... Lo he olvidado. «El príncipe de la piña», solía llamarlo George. Recordaré su nombre si tienes un poco de paciencia con este viejo.

Daisy se quedó estupefacta al ver que la diosa exótica y de cabellos largos del mural se llamaba Lottie.

—Era guapísima en esa época, de una belleza nada convencional, claro. Todo un carácter, aunque creo que para algunos hombres eso era un rasgo de gran atractivo. Entre nosotros, sin embargo, te diré que nadie se sorprendió especialmente cuando se metió en problemas. —Stephen dejó la taza sobre la mesa y se rió para sus adentros—. Julian siempre dijo de ella que *Elle pet plus haut que sa cul...* ¿Sabes lo que significa? —Se inclinó hacia delante, con complicidad—. Pedorrea más alto de lo que le da de sí el culo.

Daisy regresaba por la playa, despacio, con la cabeza recalentada por el sol de mediodía y los pies, como las olas, tirando de ella para alejarla del consabido camino. Esa mañana le había deparado una agradable diversión que le hizo olvidar la atmósfera cada vez más tensa de Arcadia. En el hotel se estaban ultimando algunos detalles: los dormitorios habían recuperado su originaria y austera magnificencia, los muebles se colocaban y cambiaban de lugar hasta conseguir la estética deseada. El edificio casi rebullía de actividad en esos momentos, como anticipando una nueva vida, un nuevo sistema circulatorio por el que fluirían nuevos visitantes.

Era lógico suponer que entre la gente que poblaba Arcadia cabría haber esperado un cierto aire de nerviosismo o de satisfacción a medida que la obra iba tocando a su fin, y, sin embargo, Daisy se sentía infinitamente desgraciada. Daniel apenas le había dirigido la palabra en cuarenta y ocho horas. Hal había terminado el mural y se había marchado sin decir ni pío. Lottie se había mostrado susceptible y malhumorada, como un perro que presiente que se acerca la tormenta. Mientras tanto, y del exterior, provenía el retumbar distante de la disensión local. El periódico de la región promocionaba lo que denominaba «La pelea del hotel Red Rooms» en la portada, noticia que se había filtrado a diversos periódicos nacionales, los cuales a su vez le habían dado el tratamiento de la típica pelea que enfrenta a los valerosos habitantes de la localidad contra el cambio inminente del curso de la historia, ilustrándola con fotografías de socias del Red Rooms ligeritas de ropa. Daisy había telefoneado varias veces al despacho de Jones, con el secreto deseo de tener el suficiente valor para hablar con él directamente.

La clientela londinense de Jones, por otro lado, no resultó de gran ayuda. Unos cuantos asiduos a los que les gustaba ir de copas, dos de los cuales eran actores, aparecieron en Arcadia para «manifestar su apoyo». Al descubrir que el hotel no solo todavía no estaba preparado para ofrecer alojamiento, sino que el bar de Jones aún no estaba bien surtido, siguieron las indicaciones de uno de los decoradores y se marcharon al Riviera, donde unas horas después Sylvia Rowan les echaba por «haber hecho gala de un comportamiento lascivo y vergonzoso» con una de las camareras, como referiría luego la propietaria a los periódicos. La camarera, por su parte, bastante menos alterada, vendió su historia a un periódico sensacionalista, y no tardó en convertirse en noticia al afirmar que había ganado más de ese modo que con lo que los Rowan le pagaban en todo un año. El mismo periódico había publicado una fotografía de Jones asistiendo a la inauguración de un bar situado en el centro de Londres. La mujer que aparecía a su lado le asía del brazo y se lo estrechaba como si en lugar de manos tuviera garras.

Daisy hizo una pausa para tomarse un respiro y contempló atónita el pálido arco azul del mar. Recordó, sintiendo un peso en el pecho, que ese paisaje no tardaría en dejar de pertenecerle; que tendría que regresar con su preciosa y rolliza niña a una ciudad de humos con la atmósfera viciada, a los ruidos y los traqueteos. «No he echado todo eso de menos», pensó. «Al menos, no tanto como me figuraba.»

Londres seguía pareciéndole vinculada de un modo inextricable con la aprensión y la infelicidad, piel esa que casi había mudado ya. Sin embargo, ¿cómo resultaría la experiencia de vivir en Merham? Ya podía entrever el momento en que los límites de sociabilidad le resultarían asfixiantes y percibiría el interés vecinal de sus habitantes como una intrusión. Merham seguía encerrado en su pasado y ella, Daisy, necesitaba mirar hacia el futuro, moverse adelante.

De repente, pensó en Lottie, y se volvió hacia la casa. Decidió que pensaría en su marcha después de haber solventado la papeleta de la inauguración. Era un modo muy eficaz de no tener que reflexionar sobre lo que encontraría a su regreso.

Había encontrado a Daniel en el baño Sitwell con uno de los albañiles. Sostenía una baldosa contra la pared, sobre un trozo de papel oscuro. El albañil, Nev, un joven de rizos tizianescos, miraba desconsolado un pote de lechada blanca. Daisy se detuvo en la entrada.

—¿Qué estáis haciendo? —preguntó modelando la voz para que su tono fuera neutro.

Daniel levantó los ojos.

—Ah, hola. Estaban poniendo lechada blanca a estas baldosas. Les he dicho que tenía que ser negra.

—¿Se puede saber por qué? —Daisy estaba muy tiesa, y Nev no cesaba de pasear la mirada entre los dos. Daniel se enderezó, y colocó la baldosa con cuidado detrás de él.

—Por los planos originales. Estas baldosas labradas iban con lechada negra. Acordamos que quedaría mejor, si lo recuerdas.

Daisy apretó las mandíbulas. Nunca le había llevado la contraria, y siempre había capitulado ante sus opiniones.

—Esos planos se cambiaron hace mucho tiempo y creo que sería mejor para todos que no te metieras en asuntos que no te incumben, ¿de acuerdo?

—Intentaba ayudar, Daise —le dijo Daniel, dedicando una rápida mirada al otro hombre—. Es estúpido tenerme dando vueltas por la casa un día tras otro sin ocuparme de nada. Solo quería echar una mano.

—Bueno, pues no, gracias —le espetó Daisy.

—Creía que íbamos a formar un equipo.

—¡Mira qué bien! También yo lo creía.

Daniel parecía sorprendido: era el segundo motín de Daisy en los últimos días, y su rebeldía había barrido visiblemente con las demás certidumbres.

—No puedo estar disculpándome cada día. Si queremos que esto funcione, tenemos que separar lo que ocurrió entre nosotros de lo que suceda con la empresa.

—No es tan sencillo.

—Oh, venga, Daise...

Daisy respiró hondo.

—La empresa de la que formabas parte ya no existe.

—¿Qué? —exclamó Daniel, frunciendo el ceño.

—Wiener y Parsons. La cerré cuando acepté este encargo. Ya no existe. Soy empresaria por cuenta propia, Daniel.

Se hizo un largo silencio. Nev empezó a silbar nervioso y a examinar la pintura seca de sus manos. Fuera estaban desmantelando un andamio y los postes iban cayendo al suelo en un estallido ahogado.

Daniel movió la cabeza en un gesto de incredulidad y luego la miró, esbozando una mueca amarga.

—¿Sabes qué, Daisy? —dijo, limpiándose las manos en los tejanos—. Creo que lo has dejado muy claro.

Camille se encontraba en el asiento delantero del viejo y baqueteado Ford, escuchando los sonidos de Merham en pleno verano filtrándose por la ventanilla del copiloto y mezclándose con la charla apenas percibida de Katie, instalada detrás, y los olores de la gasolina y el alquitrán caliente que se desprendían de la carretera y le llegaban a ráfagas. Rollo se había sentado en el suelo del coche, parapetado entre sus rodillas, su modo de transporte favorito, y Hal estaba junto a ella, en una inmovilidad que le impedía oír los crujidos del interior de cuero viejo y un mutismo que le helaba la sangre. Tendría que contarle lo de su empleo. Kay le había dicho que al cabo de tres semanas recibiría la liquidación, que iba a ascender menos de lo que ganaba en un solo mes. Nadie se había ofrecido a adquirir el traspaso del negocio, y aunque Kay lo lamentaba muchísimo, no lo sentía lo suficiente para mantener abierto el maldito centro.

Camille sentía el peso de todo ello como una piedra fría en la boca de su estómago. Podía soportar la idea de que iban a tener que luchar, porque al final ella acabaría encontrando trabajo, igual que él. Sus escasos ahorros, junto con el dinero que les había proporcionado el mural, les ayudarían a pasar el bache. Sin embargo, Hal se había mostrado muy complicado en el trato, muy cerrado en sí mismo. Cualquier pregunta inocente recibía una negativa furibunda, o bien una respuesta sarcástica, y Camille se quedaba con la sensación de saberse inútil y, en el peor de los casos, estúpida.

La cuestión era que no podía entender lo que estaba sucediendo. Sabía lo que había significado el negocio para él, y que iba a resultarle dificilísimo clausurarlo. Sin embargo, había pensado, había esperado, de hecho, que Hal se apoyaría un poco en ella, que podrían superar ese mal paso los dos juntos. No obstante, su actitud le hacía sentirse superflua, sentimiento contra el cual había protestado durante toda su vida, desde sus años de escuela, cuando tenía que sentarse en el banquillo para bordar los colores del equipo de baloncesto porque Lottie había insistido en que la incluyeran en todas las actividades, hasta la actualidad, cuando tenía que preguntar a las dependientas si la ropa que Katie había elegido para sí misma era adecuada o, como había sucedido en alguna ocasión, correspondía a una chica diez años mayor que ella. Por no hablar del fantástico negocio suplementario que representaban los extras.

El coche se detuvo. Camille oyó que Katie manoseaba la manilla de la portezuela, se detenía y le plantificaba un beso apresurado y frío en la mejilla.

—Adiós, mamá.

Camille se reclinó hacia atrás, tocándose el beso con la mano, demasiado lenta para atrapar a su mercuriana hija, que ya había salido del coche y corría por el caminito del jardín hacia la casa de su compañera de la escuela.

—Hola, Katie, pasa. Está en su dormitorio. —Oyó a Michelle en el umbral, luego el tintineo impaciente de las llaves de Hal mientras la mujer se aproximaba al coche—. Hola, Camille. He venido a saludarte. Lamento que no nos viéramos en la escuela la semana pasada... Me fui de viaje para asistir a un cursillo de formación.

Notó un ligero apretón en el hombro. La voz de Michelle sonaba a la altura de su cabeza: debía de estar agachada, junto a la portezuela del coche. Olía ligeramente a vainilla.

—¿Fuiste a algún lugar interesante?

—Al Distrito de los Lagos. Llovió cada día. Cuando Dave me dijo que aquí había hecho buen tiempo, no podía creérmelo.

Camille sonrió, perfectamente consciente de que Hal no había abierto la boca para saludar. Adivinó la pregunta en el silencio de Michelle, e intentó obviarla.

—Nos vamos de tiendas.

—¿A comprarte algo bonito?

—Un vestido nuevo para la inauguración del hotel. Hal ha estado trabajando ahí, y también mamá...

—Me muero de ganas de verlo. No entiendo por qué la gente está tan exaltada con el tema cuando la verdad es que ni la mitad va a poner los pies allí en toda su vida —adujo Michelle con desdén—. Lo digo por delante, porque la madre de Dave está absolutamente en contra. Dice que si dejamos que vengan los londinenses, luego tendremos aquí a los que vienen en busca de asilos... ¡Vieja bruja!

—Terminarán por acostumbrarse. Tarde o temprano.

—Tienes razón. Será mejor que os marchéis. ¡Menuda suerte la tuya! Nunca consigo que Dave me acompañe de compras...
—A Michelle se le quebró la voz, al recordar la razón de que la acompañara Hal.

—Oh, Hal solo me acompaña bajo tortura —bromeó Camille—. Luego lo tengo que invitar a almorzar; e implorarle hasta el aburrimiento.

Se despidieron no sin quedar antes que pasarían a recoger a Katie a las seis y prometiendo que se citarían para tomar café a finales de semana. Camille oyó su voz como si estuviera muy lejos. Sonrió al escuchar los pasos de Michelle desapareciendo por el caminito de entrada y entonces, cuando Hal volvió a encender el contacto, detuvo su gesto con la mano.

—De acuerdo —le dijo, hablando hacia el silencio—. Ya no puedo más. ¿Vas a abandonarme?

No quería preguntárselo, ni siquiera sabía que esa era la pregunta que quería hacerle. Camille notó que su esposo se giraba hasta ponerse frente a ella. El asiento crujió en esa ocasión.

—¿Soy yo quien va a abandonarte?

—No puedo ir más de puntillas por tu vida, Hal. No sé qué estoy haciendo mal, y no sé lo que te ocurre; además, me he cansado de rogar. No puedo seguir intentando que todo funcione.

—¿Pretendes decirme que estás intentando que todo funcione?

—Bueno, la verdad es que no con demasiado éxito. Por el amor de Dios, necesito que hables conmigo y que me digas lo que tengas que decirme. Quedamos en que lo habíamos superado, ¿no?; dijimos que íbamos a ser honestos.

—¿Y precisamente tú dices que serás honesta?

Camille retiró su mano.

—Pues claro que sí.

—¿Que me lo contarás todo? ¿Incluso lo de la cuenta bancaria?

—¿Qué cuenta bancaria?

—Tu nueva cuenta bancaria.

—No tengo una nueva cuenta bancaria. ¿Qué tiene que ver todo esto? —Camille aguardó su respuesta—. ¡Por lo que más quieras, Hal! No sé de qué me estás hablando. Si eres tú quien revisa todos los extractos de las cuentas, por el amor de Dios. Conoces al dedillo mis cuentas corrientes. Serías el primero en saber que he abierto una nueva.

Su silencio albergaba un tenor distinto, de algún modo.

—¡Ostras...! ¡No!

—¿Ostras, qué? Hal, ¿qué sucede?

—Lottie. Se trata de tu madre.

—¿Qué ha hecho mi madre?

—Ha abierto una cuenta en tu nombre y ha depositado doscientas mil libras.

Camille se volvió tan bruscamente que hizo gemir a Rollo.

—¿Qué?

—De la venta de Arcadia. Ha abierto una cuenta corriente en tu nombre y yo pensé... Santo cielo, Camille, pensé... —Hal empezó a reír. Camille percibía sus temblores, las ligeras y rítmicas vibraciones que sacudían el coche. Casi parecía que estuviera llorando.

—¿Doscientas mil libras? ¿Por qué no me lo ha dicho?

—Es obvio, ¿no? No cree que vayamos a durar. Quería asegurarse de que estuvieras a salvo, aun cuando yo me hundiera con todo el equipo. El marido inútil que ni siquiera puede hacer que su negocio marche... ¿Cómo va a ocuparse de cuidar a su niñita?

Su tono era de amargura, pero ocultaba un retorcido fondo de verdad. Camille hundió la cabeza entre sus manos e hizo un gesto de incredulidad al pensar en lo que su esposo debía de haber creído, y lo cerca que habían estado de romper.

—Pero ella... el dinero... Oh, Hal. Lo siento muchísimo.

A sus pies Rollo aullaba para que le dejaran salir. Hal le pasó un brazo por los hombros y la acercó hacia sí, fundiéndose con ella en un abrazo. Camille notaba su aliento en la oreja.

—No, amor mío. Soy yo quien lo siente. Lo siento muchísimo. Hubiera debido contártelo. He sido un rematado imbécil.

Permanecieron sentados y abrazados durante un rato, ajenos ambos a las miradas curiosas de la gente que pasaba por su lado, y la inquisitiva (y quizá reconfortada) mirada de Katie y su amiga Jennifer desde la ventana del piso de arriba, de la cual, finalmente aburridas, se separaron.

Camille, despacio, con reticencia, también se desenganchó del abrazo, notando los primeros atisbos de transpiración en los lugares donde sus cuerpos se habían soldado con firmeza.

—¿Todavía tienes ganas de saquear las tiendas? —le preguntó Hal estrechándole la mano, como si no deseara ceder en su apretón.

Camille se apartó un mechón de la cara, y se lo metió tras la oreja.

—No. Llévame a Arcadia, Hal. Ya he tenido más que suficiente con esta historia.

Daisy comprobó las paredes y los suelos de la sala principal, la zona del bar, las suites y las cocinas. Luego verificó cada juego de cortinas, que colgaran correctamente y que los pliegues cayeran de modo regular y no hicieran arrugas, sin olvidarse de los puntos de luz, para confirmar que todos funcionaran y cada bombilla estuviera en su lugar. Al terminar, redactó una lista de las tareas todavía inconclusas, otra de las mal acabadas y una última de los artículos entregados y los que había que devolver. Trabajaba en silencio, metódicamente, disfrutando del frescor de los ventiladores (se habían decidido por ellos en lugar de recurrir al aire acondicionado) y la brisa que discurría en libertad entre las distintas puertas abiertas. Existía una especie de paz interior en el orden, en la rutina, que le hizo comprender un poco más la fiera necesidad de Daniel por que los objetos que le rodeaban fueran equilibrados y armónicos.

Él le había preparado una taza de té, y se habían mostrado civilizados al discutir la preferencia de Ellie por el pan blanco en lugar del moreno y sobre cuál era la mejor manera de pelarle las uvas, sin referirse a la discusión que habían mantenido antes. Daniel se había llevado a su hija al pueblo y se las había arreglado para acordarse, sin que se lo soplaran al oído, de que tenía que llevarse la bolsa de los pañales, el agua y unas galletas duras para bebés, además de untarla con crema solar. Ellie le chilló, y luego mascó con voracidad un palo de madera con campanitas mientras él charlaba relajado con la niña, se agachaba y la ataba con destreza en el cochecito.

«Han empezado a entablar una relación», pensó Daisy observándolos desde la puerta y preguntándose por qué su felicidad tenía que ser tan complicada.

—¿Adónde se la lleva? —A Lottie le resultaba sin duda menos sencillo delegar su responsabilidad.

—Solo al pueblo.

—Supongo que no pensará ir por el parque. Hay perros por todas partes.

—Daniel cuidará de ella.

—Es una burrada. La gente los deja correr por ahí sin correa. No es prudente, sobre todo cuando hay tantos niños cerca. No entiendo por qué la gente se los quiere llevar de vacaciones.

No era ella misma desde hacía días. Contestó con grosería a Daisy cuando esta última le preguntó por su imagen en el mural, interesada en conocer el simbolismo de las vestimentas y los objetos que los personajes sostenían. Daisy no le contó lo que Stephen Meeker le había dicho sobre la tentación y el Antiguo Testamento, el hecho de que la imaginería era de lo más apropiado si se sabía que la chica había intentado seducir al padre de la familia que la había acogido; o bien que entre las viejas fotografías que conservaba había una de una joven Lottie, embarazadísima y durmiendo medio desnuda sobre una losa del pavimento.

—Supongo que querrás enmarcar alguna de estas viejas fotografías y puede que ciertos objetos —dijo Lottie, ofreciéndole la caja que llevaba bajo el brazo.

—Bueno, solo las que me cedas de buen grado. No quiero ninguna que tenga un valor sentimental para ti.

Lottie se encogió de hombros, como si ese concepto le resultara ajeno.

—Las elegiré arriba. Hay más silencio.

Se metió la caja bajo el brazo, y Daisy oyó el eco de sus pasos por el pasillo; luego se dio la vuelta cuando Aidan la llamó a voces desde el vestíbulo.

—Hay alguien que quiere verla —dijo Aidan con dos clavos asomándole por la comisura de los labios y las manos metidas en el bolsillo del delantal de piel girada.

Daisy pasó junto a él, luchando por vencer una súbita sacudida interna ante la perspectiva de que fuera Jones, y el operario enarcó una ceja. Casi de un modo inconsciente se llevó la mano al pelo en un intento de atusarlo y despejarse el rostro. Ahora bien, no se trataba de Jones.

Sylvia Rowan estaba en el umbral, con la chaqueta y los calentadores de intensos colores dominando el pálido espacio que la rodeaba. A sus pies, babeando desagradablemente, se había echado el perro de ojos inexpresivos.

—Le he dicho a ese hombre de allí que vale más que se detenga —le dijo sonriendo al estilo de una duquesa que saluda a las multitudes.

—¿Cómo dice?

—Me refiero a los albañiles. Tendrán que dejar de trabajar.

—Creo que yo seré quien juzgue... —Daisy se calló al ver el papel que esgrimía Sylvia Rowan. Un poco demasiado cerca de su cara.

—Es un aviso de Conservación de Edificios. Su hotel ya aparece en la lista de edificios protegidos y es candidato a salir en la lista de actuaciones urgentes. Lo cual significa que a todos los efectos pasa a convertirse en un edificio designado y que todos los trabajos de construcción deben interrumpirse.

—¿Cómo?

—Es para que deje de seguir estropeando el edificio más de lo que ya lo ha estropeado. El documento es legalmente vinculante.

—¡Pero si las obras ya casi están terminadas!

—Bien, pues tendrá que solicitar un permiso de planificación retrospectiva; y volver a reinstaurar todo aquello que no satisfaga a los de planificación. Quizá algún que otro tabique, o bien alguna de las ventanas.

Daisy pensó horrorizada en los clientes haciendo cola para entrar en el hotel y en la perspectiva de que fueran descargando las maletas con el ruido de fondo de las obras de demolición.

—No lo entiendo. Yo no he solicitado aparecer en la lista, y Jones tampoco. El hecho de que no fuera un edificio protegido era uno de sus atractivos.

—Cualquiera puede solicitar aparecer en la lista de edificios protegidos, querida. De hecho, fue usted quien me dio la idea al ponerse en pie para comentar lo que estaban haciendo en el lugar. De todos modos, no se preocupe. Es en nombre del interés colectivo que queremos conservar el patrimonio arquitectónico, ¿verdad? Aquí tiene los papeles, y le sugiero que llame a su jefe y le diga que más le vale posponer la inauguración. —Se fijó en el brazo vendado de Daisy—. Puedo llamar a Sanidad, si me lo propongo.

—Serpiente vengativa... —intervino Aidan—. Me sorprende que no aprovechara para comerse a su bebé, de paso.

—¡Mierda! —exclamó Daisy, leyendo en diagonal la miríada de cláusulas y subcláusulas del papel que tenía delante— Oiga, Aidan, hágame un favor.

—¿Qué?

—Llame a Jones. Dígale que he salido, o lo que quiera; pero cuénteselo por mí.

—Ah, venga ya, Daisy. Eso no forma parte de mi trabajo.

—Por favor, se lo suplico —Daisy intentó hacerse la simpática, pero Aidan arqueó la ceja.

—Ya. Una pelea de novios, ¿eh?

Necesitaba solucionar el asunto a cualquier precio, y se mordió la lengua.

No las había mirado desde la muerte de Adeline. El hecho de que se quedara contemplando la tapa de la caja durante casi diez minutos sugería que albergaba una cierta reticencia a hacerlo ahora. A volver a removerlo todo. ¿Acaso no era así como lo había llamado Joe? Recuerdos de Arcadia, del verano que pasó en la casa, como los demás, destellos intensos girando en una órbita alrededor de un sol de plumas de pavo real. «Es más fácil no mirarlas», pensó Lottie, suspirando y apoyando la mano sobre la caja. «Es más fácil no desenterrar antiguos sentimientos que han estado ocultos para bien desde hace tanto tiempo.» Resultó ser muy buena para guardar secretos. Sin embargo, ahora Daisy quería sacarlo todo a la luz, del mismo modo que había desvelado el mural. En un momento de debilidad, por otro lado, distraída por la situación de Camille y Hal o por esas ideas de cruceros y la posible forma de evitarlos, le había prometido que le sacaría sus malditos recuerdos. Daisy quería enmarcar el máximo número de fotografías y esbozos para colgarlos en fila en la pared que había frente al bar: un recordatorio fotográfico que testimoniaría que los invitados presentes formaron parte en el pasado de esa gran tradición de los parajes artísticos.

«Conque un paraje artístico...», pensó Lottie con ironía al abrir la caja. «Aparte de Frances, apenas se contaba ni un solo artista entre ellos.» Entonces se reprendió a sí misma, recordando a

Ada Clayton. «No. Fueron unos artistas al reinventar sus propios personajes. En camuflaje, y en astucia también; y en crear identidades que nada tenían que ver con la realidad.»

Se maravilló de que el simple acto de destapar una caja pudiera hacerle sentir ese ligero mareo, como si estuviera de pie ante un precipicio. «Eres una vieja ridícula», se dijo a sí misma. «Solo son fotografías.»

Sin embargo, su mano temblaba al empezar a abrir la caja. Encima de todo, algo manchada en sepia debido al paso del tiempo, estaba Adeline, de pie, vestida como el rajá de Rajastán, con los ojos encendidos bajo el turbante y su figura andrógina envuelta en una chaqueta de seda de hombre. Frances se sentaba junto a ella, tranquila, aunque con una ligera complicidad asomándole a los ojos, quizá traicionando ya el terrible conocimiento de su destino. Lottie la dejó sobre el suelo de madera recién pulido. La siguiente era de Adeline y Julian, riendo por algo, y la otra de Stephen y un hombre de nombre desconocido que no pudo reconocer. Un dibujo en carboncillo, seguramente de Frances, de un bote volcado. Otro, resquebrajado y amarillento en las dobleces, de George, dormido sobre la hierba. Los fue colocando a todos en filas bien delimitadas sobre el suelo. Una pintura hecha por ella misma de la casa de Francia. Durante esa época estaba tan oronda en su embarazo que podía apoyar la caja de pinturas sobre el estómago.

Luego apareció Lottie. Mirando con el rabillo del ojo bajo una mata de oscuro pelo aderezado sutilmente, como si la muchacha fuera una delicadeza comestible, con capullos de rosas.

Se quedó contemplando su imagen de jovencita, sintiendo que una tristeza indeleble, como una ola, la cubría. Levantó la cabeza y miró por la ventana, parpadeando en un esfuerzo de controlar las lágrimas, y luego volvió a fijarse en la caja.

La cerró de golpe. Demasiado tarde para no haber visto los miembros fuertes y ágiles, el pelo castaño y demasiado largo con reflejos metálicos bajo la luz del sol.

Posó las manos sobre la tapa, escuchando el sonido irregular de los latidos de su corazón, apartando la mirada de la caja como si el solo hecho de mirarla pudiera devolverle la imagen que no había querido ver. No albergaba pensamiento alguno, solo imágenes, que discurrían por su cabeza, instantáneas y azarosas como las que contenía la caja.

Se quedó sentada, inmóvil y en silencio. Luego, como alguien que emerge del sueño, colocó la caja en el suelo, a su lado, y se quedó mirando fijamente las fotografías que yacían sobre el parquet. Se lo entregaría todo a Daisy. Que hiciera lo que quisiera con ellas. A partir de la semana siguiente no iba a volver más, después de todo.

Lottie se había acostumbrado a la población de albañiles y decoradores que aparecían sin previo aviso en distintos lugares de la casa y, por lo tanto, prácticamente no levantó la mirada cuando se abrió la puerta. Se había arrodillado, dispuesta a empezar a recoger las fotografías para devolverlas a su caja.

—¿Mamá?

Lottie miró hacia arriba, y se encontró con el hocico encantado de Rollo.

—Hola, cielo. —Se sonó y se limpió la cara—. Deja que me levante, ¿quieres? —Lottie se inclinó hacia delante con dificultad para hacer palanca contra el brazo de la butaca.

—¿Qué creías que estabas haciendo, mamá?

Lottie, que estaba a punto de levantarse, se dejó caer, y quedó sentada sobre sus talones. En el rostro de su hija asomaba una cierta rigidez, una tensión provocada por una terrible lucha interior.

—¿A qué te refieres, Camille?

—Al dinero, mamá. ¿Qué diablos crees que estabas haciendo? —Camille dio un paso adelante, y pisó con un pie dos de las fotografías. La protesta de Lottie se le heló en la garganta: la mano de Camille que asía la correa del perro temblaba—. Nunca he discutido contigo, mamá. Sabes que siempre he agradecido todo lo que has hecho, con Katie y lo demás; pero ahora te has pasado, ¿vale? Esta cuestión del dinero… Es demasiado.

—Iba a contártelo, cariño.

—Pero no lo hiciste —dijo Camille en un tono glacial—. Entraste a toda máquina para intentar organizar mi vida como siempre haces.

—Eso no es…

—¿Justo? ¿Verdad? ¿Quieres hablar de lo que es verdad? Te has pasado toda la vida diciéndome que puedo hacerlo todo yo sola... lo mismo que haría un vidente cualquiera... y en ningún momento llegaste a creerlo. Durante todo este tiempo has estado montando una red de seguridad para que viva sana y salva.

—Eso no tiene nada que ver con tu vista.

—Y una mierda que no...

—Cualquier madre habría hecho lo mismo.

—No, mamá, no. —Camille dio otro paso adelante, mientras Rollo no dejaba de contemplar angustiado las fotografías que tenía bajo los pies—. Cualquier madre lo habría previsto en su testamento. Quizá habría hablado con la familia, pero no iría por ahí desviando dinero en secreto porque cree que es la única que puede cuidar de mí.

—Ya. ¿Y si resulta que solo quería asegurarme de que estuvieras bien si... si Hal no seguía contigo?

Camille dejó escapar toda su frustración.

—Resulta que Hal sí que sigue conmigo.

—Solo era por si acaso.

—Estamos bien, mamá. Estamos logrando que la relación funcione. Al menos, eso era lo que estaba sucediendo hasta que tú metiste las narices. ¿Cómo crees que se ha sentido Hal con todo este asunto? Pensaba que yo había decidido dejarle, y casi me deja él primero. —Camille respiraba con dificultad—. ¡Si prestaras la mitad de atención a tu propia relación amorosa que la que prestas a la de los demás, esta familia sería mucho más feliz! ¿Por qué no puedes centrarte solo en papá, para variar, en lugar de actuar como si no existiera? ¡Joder!

Lottie se cubrió el rostro con las manos. Al hablar, su voz sonaba ahogada.

—Lo siento —dijo calladamente—. Solo quería estar segura de que estarías bien cuidada. Solo quería que fueras independiente.

—Por si Hal me abandona. Claro. Porque aunque fui yo la que tuvo la aventura, fui yo la que puso nuestro matrimonio en peligro, todavía no confías en que él siga a mi lado.

—¿Por qué razón lo crees?

—Porque en algún lugar, muy dentro de tí, mamá, tú no crees que yo merezca tener a alguien a mi lado.

—¡No! —exclamó Lottie, levantando la cabeza como si fuera un resorte.

—No puedes creer que alguien desee a una ciega por esposa; y piensas que al final, incluso Hal acabará hartándose.

—No es verdad...

—¿A no? Entonces ¿qué piensas, mamá?

—Camille, cariño, lo único que siempre he deseado para ti ha sido un poco de independencia.

—¿Por qué diablos crees que vas a hacerme independiente regalándome dinero?

—Porque te dará libertad.

—¿No te has detenido a pensar que a lo mejor yo no quiero esa libertad? ¿Por qué está tan mal seguir casada, mamá?

Lottie miró directamente a su hija.

—Por nada, por nada. No hay nada malo en el hecho de estar casada. Siempre y cuando... —Lottie se esforzaba por encontrar las palabras—. Siempre y cuando lo estés por amor.

Daisy estaba sentada al teléfono, consciente de la presencia perturbadora de Daniel en el piso de arriba. No había bajado a buscar comida, sino que se había quedado escuchando la radio en su dormitorio, no sin decirle con exquisita educación que le apetecía pasar un rato a solas. Ella sospechaba que, en realidad, lo que necesitaba era distanciarse de todo, de la atmósfera exagerada de la casa, del polvorín de emociones que representaba el haber reavivado su relación. No le puso objeciones (ella también necesitaba un descanso).

Daisy jamás había pensado que el trabajo le proporcionaría una válvula de escape y, sin embargo, seguía sentada y analizando la lista de nombres que Stephen le había dado, agradecida de poder contar con esa distracción. No era una lista muy larga. Dos muertos, uno gagá y unos cuantos ilocalizables. No iba a ser exactamente la reunión que tenía prevista al principio.

George Bern había presentado sus excusas, pero a través de su secretaria le había dicho que su esposa y él ya estaban comprometidos para ese fin de semana. La artista Minette Charlerois, una divorciada llamada Irene Darling y Stephen habían accedido a asistir, y a través de Minette, varios artistas de la misma época que no salían en el mural pero que parecía ser habían visitado la casa en el apogeo de los cincuenta también asistirían al evento. A Lottie no se lo había dicho, porque la había oído exclamar que a ella no le gustaban las fiestas; por lo tanto, quedaba solo una persona del mural todavía sin aparecer.

Daisy encendió un cigarrillo, jurándose que dejaría de fumar después de la inauguración, y se ahogó un poco cuando, a pesar de tratarse de una conexión internacional, respondieron al teléfono con más rapidez de la esperada.

—¿Hola? —dijo Daisy en español, aunque luego se relajó al oír un acento británico. Tras asegurarse de que se trataba de la persona adecuada, empezó a contar su muy ensayada perorata sobre la fiesta de celebración que pondría de relevancia la inauguración del nuevo hotel.

El caballero era muy educado. Esperó a que ella terminara su discurso antes de decirle que se sentía muy halagado de que le recordaran pero que no creía que pudiera ir.

—Todo eso... Esa época fue una etapa muy insignificante de mi vida.

—No obstante, usted se casó con alguien de Merham, ¿verdad? —dijo Daisy, revisando sus notas—. Eso le convierte en un elemento importantísimo del evento... Hemos destapado el mural, ¿sabe?, y usted aparece en él.

—¿Qué?

—Un mural. Pintado por Frances Delahaye. ¿La conocía?

—Sí, sí —contestó él tras unos minutos de pausa—. Recuerdo a Frances.

Daisy apretó el auricular contra el oído, gesticulando al aire.

—Tiene que volver a verlo. Lo hemos restaurado y será el elemento clave de la fiesta. Será fantástico volver a reunir a todos sus integrantes. Por favor. Le enviaré el transporte que haga falta. Puede traer con usted a su mujer y a sus hijos. Seguro que también les va a encantar a ellos... ¡Qué diablos! Traiga también a sus nietos. Pagaremos sus gastos igualmente. —«Ya cuadraré las cifras con Jones luego», pensó Daisy, haciendo una mueca de disgusto—. Venga, señor Bancroft. Solo le pido un día de su vida. Un solo día.

Se oyó un silencio prolongado.

—Lo pensaré, pero solo vendría yo, señorita Parsons. Mi esposa, Celia, falleció hace tiempo. —Se detuvo, y luego carraspeó con suavidad—. Nunca tuvimos hijos.

19

Siete días antes de la inauguración del hotel Casa Arcadia Camille y Hal decidieron poner en venta su hogar. Era una casa grande, comentaron entre ellos, demasiado grande para una familia de tres miembros, y era harto improbable que tuvieran más hijos («A pesar de que tampoco sería un desastre», había dicho Hal estrujando a su mujer.) Empezaron a buscar algo más pequeño, cerca de la escuela de Katie, pero quizá con talleres o un garaje de dos plazas para que Hal, mientras desempeñaba otro empleo, pudiera seguir con su negocio de restauración hasta que el clima económico le permitiera volver a intentarlo de nuevo. Pidieron una cita con un agente inmobiliario, evitando por un acuerdo tácito la agencia que empleaba a Michael Bryant. Le dijeron a Katie que le permitirían elegir el mobiliario de su dormitorio y que, por supuesto, seguiría habiendo sitio para Rollo. Luego dieron instrucciones al banco para que cerrara la cuenta corriente abierta por Lottie y le devolvieran el dinero.

Lottie llamó dos veces. En ambas ocasiones Camille dejó que fuera el contestador quien se encargara de recoger el mensaje.

Seis días antes de la inauguración de Arcadia los funcionarios de planificación del Ministerio del Patrimonio Nacional vinieron para comprobar si el edificio cumplía con los requisitos adecuados para figurar en la lista de actuaciones urgentes. Jones, que ya estaba avisado, llegó con su abogado y una solicitud del Certificado de Inmunidad frente a la lista de Edificios Protegidos, la cual, según les dijo, había sido enviada al ministro durante los trámites de la adquisición, no sin que sus mejores fuentes le aseguraran que prosperaría sin problemas y que le protegería de cualquier perjuicio financiero ocasionado por la lista de actuaciones urgentes. El abogado les notificó que, a pesar de todo eso, se sentían honrados de que el Ministerio del Patrimonio Nacional quisiera ver con mayor detalle las obras que habían realizado, pudiera encontrar el modo de programar cualquier reparación que debiera realizarse y hablar de todos los pormenores con Daisy, en cuya posesión se encontraba toda la información y la documentación relevantes y que competían a la restauración y al acondicionamiento del edificio antes de que finalizaran las obras.

Daisy apenas oyó de qué hablaban, y tampoco comprendió nada, porque había estado mirando fijamente a Jones. Él solo le había dirigido la palabra en dos ocasiones, la primera para saludarla, y la segunda para despedirse. En ninguno de los casos cruzó la mirada con Daisy.

Cuando faltaban cinco días para la inauguración, Camille se fue paseando a casa de sus padres a una hora en que sabía que su madre habría salido, y encontró a su padre hojeando unos folletos de turismo. Fue a verle nerviosa, temiendo que su madre le hubiera contado el comentario tan horrible que le hizo sobre su matrimonio, pero se encontró con que su padre estaba inusualmente alegre. Consideraba la idea de ir a Kota Kinabalu, y se puso a leerle la descripción que la guía de viajes daba de la zona en voz alta. No tenía ni idea de dónde se encontraba el lugar, al margen de saber que era en oriente; pero le gustaba cómo sonaba. Le gustaba la idea de regresar a casa y decir:

—He estado en Kota Kinabalu. Eso les haría callar a los del golf, ¿eh? Un pelo más excitante que ir a la marisma de Romney.

Camille, sorprendida, le preguntó si su madre también tenía planeado ir.

—Todavía estamos trabajando en ello, cielo. Ya conoces a tu madre.

En un impulso Camille lo abrazó tan fuerte que su padre le acarició el pelo y le preguntó qué le pasaba.

—Nada. Es solo que te quiero, papá.

—Cuanto antes inaugure este hotel, mejor. Me da la sensación de que todo el mundo se sulfura por nada estos días.

El cuarto día antes de la inauguración Stephen Meeker se presentó en el blanco y amplio umbral de Arcadia, abanicándose con un sombrero de paja, y anunció que se había tomado la libertad de hablar con un amigo suyo de la calle Cork que estaba extremadamente interesado en el mural. Se preguntaba si podría invitarlo a que asistiera a la inauguración, y quizá traer consigo a otro amigo de *The Daily Telegraph* que estaba especializado en historias relacionadas con las Bellas Artes. Daisy le contestó que sí, y le invitó a contemplar el fresco en privado, antes del gran día. Stephen se quedó mirándolo durante un rato, observó su joven imagen, y la de Julian. Destacó que no se parecía en nada a como lo recordaba. Luego colocó una mano huesuda sobre el brazo de Daisy al marcharse, y le ordenó que jamás hiciera nada a lo que se sintiera obligada.

—Haz lo que desees en realidad. De ese modo no lo lamentarás. Piensa que cuando alcances mi edad, ¡qué horror!, esas malditas decisiones te pesarán y podrán contigo.

Tres días antes de la inauguración Carol llegó con Jones para repasar la lista de los invitados célebres, comprobar el estado de la cocina, el aparcamiento de coches, las instalaciones para los músicos y alabar el magnífico aspecto del lugar, de un modo que a Daisy le llevó trabajo adivinar cuáles eran sus instrucciones. Jones le había dicho que se sentía satisfecho, aunque su estilo al hablar le hiciera sospechar que no era muy sincero en sus cumplidos, pasó revista al nuevo personal del bar y la cocina y luego les dedicó un discurso breve y poco entusiasta, entrevistó a tres empresas de limpieza y luego se marchó con tanta rapidez que arrancó a Carol el comentario de que era «un maldito cabrón, nuestro querido Jones». Julia la llamó por teléfono al cabo de un rato, para decirle que iría a la fiesta con Don, y que si quería que le llevara algo de ropa. Imaginaba que no habría mucho donde elegir en ese pueblecito. «En *Essex*», pensó Daisy, percatándose del subtexto en cursiva.

—No, gracias. Ya me las arreglaré.

—¿Vendrá al evento? A la inauguración, quiero decir —preguntó Julia antes de colgar.

—Que yo sepa, no se ha marchado a ninguna parte —respondió Daisy exasperada.

—¿Todavía no?

Dos días antes de la inauguración el periódico local publicó la historia del mural con una fotografía robada que Daisy sospechó sería obra de alguno de los albañiles. Lottie, que se había mostrado tensa y mordaz toda la semana, echaba las culpas a Sylvia Rowan, y tuvieron que persuadirla para que no fuera al pueblo a enfrentarse con la mujer.

—¿Qué importancia tiene? —dijo Daisy, invitándola a sentarse en la terraza y ofreciéndole una taza de té mientras intentaba parecer más calmada de lo que estaba en realidad—. Solo es un periodicucho local.

—No se trata de eso —objetó Lottie enfadada—. Es solo que no me gusta la idea de que lo anuncien por todos lados. No me gusta que todos vean la pintura; sobre todo los que saben que salgo yo en ella.

Daisy decidió no comentarle nada del periodista que trabajaba para *The Daily Telegraph*.

En cuanto a Merham, según los servicios de inteligencia locales, la Sociedad por la Temperancia de la región, junto con la Asociación de Hosteleras y los miembros que quedaban de la Iglesia Adventista del Séptimo Día estaban preparándose para formar un piquete frente al hotel el día de su inauguración, azuzados por diversos periodistas y un cámara del telediario regional. Daisy había intentado llamar al despacho de Jones para prevenirle, pero su secretaria le pasó con Carol.

—Ah, no te preocupes por esos —le dijo con aire desdeñoso—. Los invitaremos a tomar una copa y les haremos una fotografía, a los pobrecitos. Siempre funciona: los desarmamos con un poco de encanto. Ahora bien, si la cosa falla, no temas: los apartaremos de en medio.

Cuando esa misma tarde Daisy se fue caminando al pueblo con Ellie, un grupo de ancianas interrumpieron su conversación y la siguieron con la mirada, como si llevara enganchada alguna porquería en los zapatos. Al entrar en la papelería, no obstante, el propietario salió del mostrador para estrecharle la mano.

—Bendita sea —le dijo echando un vistazo a su alrededor, como si pudieran oírle—. El turismo estimula el comercio. Eso es lo que esa gente no comprende. Cuando hayan abierto el hotel y ya funcione a pleno rendimiento, se olvidarán. Han estado tantos años oponiéndose a todo que ya no saben dedicarse a nada más.

El día antes de la inauguración, después de que los albañiles y el personal de cocina se hubieran marchado, después de que Jones se fuera con Carol en el ridículo coche deportivo de su relaciones públicas y Daisy se llevara a Ellie para darle un baño, Lottie se quedó en la casa. Luego, cuando todo quedó en silencio, empezó a pasar revista a cada una de las habitaciones. Una persona más sentimental quizá habría afirmado que se estaba despidiendo. Lottie, sin embargo, se dijo a sí misma que tan solo comprobaba que todas las cosas estuvieran en su lugar. Daisy estaba atareadísima con el bebé, la inauguración y ese inútil de hombre que tenía, y Jones no parecía saber dónde poner los pies. Alguien tenía que controlarlo todo. Lo dijo dos veces, como si al hacerlo, sus palabras sonaran más convincentes.

Entró en todas y cada una de las estancias, recordando el aspecto que tuvieron en el pasado, estimulada por el grupo de fotografías ya enmarcadas que colgaban de las paredes y a las cuales se permitía dedicar un vistazo de vez en cuando. Los rostros, congelados en el tiempo, le devolvían el gesto con la sonrisa vítrea de los extraños. «Apenas me parecen ya reales», se dijo. «Se nota tanto la decoración de interiores que cuesta añadirle un cierto aire de autenticidad a este patio de juegos que un rico se ha construido frente al mar.»

Se marchó de la sala de estar en el último momento y sus pasos resonaban sobre el renovado suelo. Se sentó en la misma posición en que había visto por primera vez a Adeline, casi medio siglo atrás, agazapada y felina sobre el sofá. La casa, austera, blanca y magnífica, ya no se parecía a Arcadia, y sus habitaciones ya no eran testigos silenciosos de sus secretos. Las ceras de pulir y las flores recién cortadas ahogaban el viejo aroma a sal y a oportunidades. Las unidades relucientes de la cocina, las tapicerías inmaculadas y las paredes pálidas y perfectas de algún modo habían errado su objetivo, habían sofocado el espíritu del lugar.

«¿Quién soy yo para opinar, de todos modos?», pensó Lottie, mirando a su alrededor. «Siempre hubo demasiado dolor aquí dentro. Demasiados secretos. El futuro de la casa ahora pertenece a otras personas.» Fue observando todos los detalles de la estancia, y su mirada se posó en la fotografía de Celia con su falda rojo llama, que ahora hacía juego con la tapicería en un alarde de buen gusto.

Recordó unos ojos cómplices y sabedores cruzándose con su mirada, con aire maligno, desde la silla de enfrente, y unos pies delgados dispuestos siempre a la fuga. «Mi historia, como las fotografías, se reduce a una decoración de interiores.»

Unos minutos después Daisy salió del baño con Ellie, envuelta en una toalla, y se dirigió a la cocina para calentarle la leche. Se detuvo en mitad de la escalera, echó un vistazo a la sala de estar, se dio la vuelta despacio y regresó hacia arriba, acallando las protestas de la niña.

Lottie seguía sentada en la planta baja, contemplando el espacio, perdida en alguna ensoñación íntima. Se la veía limitada, de algún modo, frágil y muy sola.

La noche antes de la inauguración Jones cubrió las precarias torres de papel de su escritorio, cerró la puerta del despacho a las risas estentóreas de los bares del Red Rooms, se bebió los posos de una taza de café, extrajo un número de teléfono y llamó al trabajo a su ex esposa. Alex se quedó sorprendida de oírle, quizá asumiendo, como él mismo, que una vez casada la naturaleza íntima de su amistad cambiaría.

La dejó hablar de su luna de miel, y ella, con sumo tacto, solo se refirió a la belleza de la isla, al bronceado y al color inimaginable del mar. Le dio sus números de teléfono, sabiendo que era bastante improbable que la llamara al nuevo hogar. Finalmente, le preguntó si se encontraba bien.

—Sí, muy bien... No, la verdad es que no.

—¿Puedo ayudarte de alguna manera?

—Es un tanto... complicado.

Alex aguardó.

—No sé si eres la persona más indicada para hablar de esto.

—¿Ah, no? —exclamó Alex con cautela.

—Ya me conoces, Alex. Nunca se me ha dado muy bien lo de expresar mis sentimientos.

—Eso puedo asegurarlo.

—Mira... Yo... Olvídalo, ¿quieres?

—Venga, Jones. Ya habías empezado a contármelo.

—Es que... —Jones suspiró—. Creo que le he tomado cariño a alguien. Antes era soltera, pero ahora ya no.

Se oyó un silencio al otro lado del teléfono.

—Nunca le dije nada, cuando debía de haber hablado; y ahora ya no sé qué hacer.

—¿Dices que era soltera?

—Sí... y no. Creo que me he dado cuenta de lo que siento por ella, pero presiento que no puedo dar ni un solo paso más. Es demasiado tarde.

—¿Demasiado tarde?

—Bueno, no lo sé. ¿Crees que lo es? ¿Crees que es justo decirle algo en las presentes circunstancias?

Se oyó otro largo silencio.

—¿Alex?

—Jones... No sé qué decir.

—Lo siento, no hubiera debido llamarte.

—No, no. Es bueno hablar de estas cosas, pero es que... Ahora estoy casada.

—Ya lo sé.

—No creo que el que sientas algo por mí sea... bueno, sea apropiado. Ya sabes lo que piensa Nigel de...

—¿Cómo?

—Me siento muy halagada, de verdad, pero...

—No, no, Alex. No hablo de ti. ¡Joder! ¿pero qué he dicho?

En esa ocasión el silencio denotaba la tensión del momento.

—Al, lo siento. No me he expresado bien. Como siempre.

—Oh, no te preocupes, Jones —reaccionó Alex con rapidez riendo con una despreocupación deliberada—. Me siento aliviada. Lo he interpretado todo del revés. Veamos —le dijo, hablando como una profesora de primaria, con un tono de voz firme y timbrado—. ¿De quién se trata esta vez?

—Bueno, pues precisamente de eso se trata. Ella no es como las demás.

—¿En qué sentido? ¿Rubia, para variar? ¿Es de algún lugar exótico? ¿Tiene unos veinte años?

—No. Es alguien que ha trabajado conmigo. Es diseñadora.

—Ya es un buen cambio. Al menos, no es una camarera.

—Además, creo que le gusto.

—¿De verdad? ¿Quieres decir que no te has acostado con ella?

—Lo que ocurre es que el padre de su hija ha vuelto a aparecer en escena.

La conversación se interrumpió durante unos segundos.

—¿Has dicho su hija?

—Sí, tiene un bebé.

—¿Tiene un bebé? ¿Estás enamorado de alguien que tiene un bebé?

—Yo no he dicho que estuviera enamorado; y no hace falta que emplees ese tono.

—¿Ah, no? ¿Después de todo lo que me contaste sobre los hijos? ¿Qué tono esperas que emplee, Jones?

Él se recostó en el respaldo de la butaca.

—No puedo creerlo —le decía la voz de Alex al otro lado del teléfono, dura, furiosa.

—Alex, lo siento. No quería entristecerte.

—No me entristeces, Jones. Ahora estoy casada, y estoy muy lejos de sentirme triste por todo lo que hagas o digas, muy, pero que muy lejos.

—Solo quería unos consejos, y como eres la única persona que conozco...

—No, Jones, lo que querías era a alguien que te consolara porque te has enamorado por primera vez en tu vida, y de la persona equivocada. Pues bien, yo ya no soy esa persona. No es justo que me pidas eso, ¿me oyes? Mira, tengo que marcharme. Me esperan en una reunión.

El día de la inauguración Daisy se despertó a una hora más típica del sueño que de la vigilia y se quedó echada en la cama, contemplando la alborada que se filtraba por las cortinas de lino cosidas a mano. A las siete se levantó, se fue al baño y lloró durante unos diez minutos, procurando no despertar al bebé y sofocando sus sollozos con una toalla de manos de algodón egipcio. Luego se echó agua fría por la cara, se puso la bata, cogió el monitor del bebé y se fue con sigilo al dormitorio de Daniel.

La habitación estaba oscura y en silencio. Él dormía, un montículo de olor confuso bajo la colcha.

—¿Dan? —le llamó susurrando—. ¿Daniel?

Se despertó sobresaltado, y se volvió hacia ella, con los ojos entrecerrados. Se enderezó un poco y, quizá por una especie de antigua costumbre, abrió la colcha invitándola a meterse en la cama. Ese gesto inconsciente le atenazó la garganta.

—Tenemos que hablar.

—¿Ahora? —preguntó Daniel, frotándose los ojos.

—No habrá otro momento. Tengo que hacer las maletas mañana. Hay que hacer el equipaje mañana.

Daniel intentó fijar la mirada durante unos segundos.

—¿Puedo tomar un café antes? —le preguntó con la voz espesa del sueño.

Daisy asintió, apartando la vista casi con timidez cuando él salió de la cama y se puso un par de calzoncillos, la visión y el aroma de su cuerpo le resultaba tan familiar y extraña como nos resultaría una parte de nuestra propia figura contemplada desde un ángulo desconocido.

Le hizo un café a ella también, y se lo ofreció cuando vio que se acomodaba en el sofá. Llevaba el pelo levantado y marcado hacia fuera, como el de un niño. Daisy lo observaba, sintiendo punzadas en el estómago y las palabras como bilis en la boca.

Al final, Daniel se sentó; y la miró.

—No va a funcionar, Dan.

En algún momento recordaba que él la había rodeado con sus brazos y que había pensado lo extraño que resultaba que estuviera consolándola cuando ella le estaba diciendo que ya no lo amaba. La besó en la coronilla, y su aroma, su tacto, seguían pareciéndole perversamente reconfortantes.

—Lo siento —le dijo Daisy hundiendo la cabeza en el pecho de él.

—Es porque besé a aquella chica, ¿verdad?

—No.

—Sí. Sabía que no hubiera debido contártelo. Era mejor olvidarlo, pero intentaba mostrarme sincero.

—No es por la chica, de verdad.

—Te sigo amando, Daise.

—Ya lo sé —respondió ella levantando los ojos—. Yo también sigo queriéndote, pero no estoy enamorada de ti.

—Es demasiado pronto para tomar esta decisión.

—No, Dan, no lo es. Creo que ya lo había decidido incluso antes de que regresaras. Mira, he intentado persuadirme de que todo sigue igual, que vale la pena luchar por ello... por Ellie; pero no es verdad. Las cosas han cambiado.

Daniel le soltó las manos y se echó atrás, percibiendo una dureza desconocida en su voz, algo irreversible.

—Hace tanto tiempo que vivimos juntos. Tenemos una hija en común. No puedes tirarlo todo por la borda de este modo —le dijo casi rogándole.

—No lo echo todo por la borda —replicó Daisy con un gesto de negación—, pero no podemos volver al pasado. Soy distinta. Soy una persona diferente...

—Pero yo amo a esa persona.

—No quiero seguir contigo, Daniel —afirmó Daisy con más firmeza—. No quiero volver al pasado, a la persona que era antes. He hecho cosas de las que jamás me habría sentido capaz. Soy más fuerte. Necesito a alguien que...

—¿Que sea más fuerte?

—Alguien en quien pueda confiar. Alguien que sepa que no va a desaparecer cuando las cosas se compliquen. Eso, si es que necesito a alguien en mi vida.

Daniel hundió la cabeza entre sus manos.

—Daisy, te he dicho que lo siento. Cometí un error. Un solo error, y estoy haciendo todo lo posible para enmendarlo.

—Ya lo sé, pero no puedo evitar sentir lo que siento, y sé que estaría vigilándote todo el tiempo, intentando adelantarme a tus pensamientos, procurando adivinar si vas a volver a marcharte.

—Eso no es justo.

—Pero es lo que siento. Mira... Quizá si Ellie no hubiera nacido, esto habría sucedido igualmente. Quizá ahora también seríamos distintos. No lo sé. Solo creo que ha llegado el momento de dejarlo correr.

Se quedaron en silencio durante unos minutos. Fuera, el sonido de unas portezuelas de automóvil al cerrarse y unos pasos rápidos precedieron el comienzo de la jornada laboral. El monitor del bebé dejó escapar un quejido grave, el aviso acústico de que Ellie se estaba despertando.

—No volveré a abandonarla —dijo Daniel mirándola, y en su voz se advertía una débil nota de desafío.

—No espero que lo hagas.

—Quiero poder estar con ella. Quiero ser su padre.

La perspectiva de pasarse la vida despidiendo a su preciosa hija los fines de semana paralizaba a Daisy, y el mero pensamiento de renunciar en parte a ella ya era suficiente para arrancarle lágrimas de los ojos. Era lo único que le había impedido mantener esa conversación antes.

—Ya lo sé, Dan. Ya lo arreglaremos.

El día se presentaba caluroso, con esa quietud en el ambiente que es casi una amenaza, un aire que ahogaba el sonido del personal de la cocina iniciando los preparativos y el del servicio de limpieza que empezaba a encerar y pulir con la Hoover las habitaciones de la planta baja. Daisy se apresuraba de un lado a otro bajo los ventiladores encendidos, arreglando la disposición de los muebles, supervisando el pulimentado de grifos y manillas, y su conjunto de pantalón corto y camisa suelta pronosticaba el calor que iría apretando a medida que avanzara el día. Se mantuvo atareada con los cambios de última hora, intentando centrar sus pensamientos en el trabajo, procurando no pensar.

Las camionetas iban llegando y desparramando su contenido en el caminito de entrada, para luego volver a desaparecer en un crujido de cambio de marchas y grava despedida, sin cesar en su traslado de centros de flores cortadas, alimentos y alcohol bajo un sol cegador, mientras Carol, con el vestido para la fiesta colgado y dispuesto en la suite Bell, dirigía las operaciones; una dictadora vestida de diseñadora, con la voz cazallosa engatusando, ordenando y bendiciendo por igual, manifestando el eco de su presencia por todo el perímetro de la casa.

Lottie vino a las nueve para llevarse a Ellie. No asistiría a la fiesta («no puedo soportarlas»), pero se había ofrecido para llevarse a la niña a casa.

—Pero si viene Camille, con Hal y Katie; y también el señor Bernard... —insistió Daisy—. Ellie estaría encantada de tenerte aquí con ella. Venga. ¡Has colaborado tanto en este proyecto!

Lottie negó en silencio. Se la veía pálida, su mordacidad habitual vencida por alguna lucha interna y secreta.

—Buena suerte, Daisy —le dijo, cruzando la mirada con ella con una rara intensidad, como si sus ojos ocultaran una pasión feroz que no sentía unas horas antes.

—Siempre estás a tiempo de venir a tomar una copa... Igual cambias de idea —le dijo Daisy gritando. La silueta ya se alejaba empujando el cochecito con resolución por el camino, y no se giró al oír sus palabras.

Daisy se quedó contemplándola hasta que niña y mujer desaparecieron, protegiéndose del sol con la mano, intentando persuadirse de que, dada la decididamente ambigua reacción de Lottie ante el mural y su modo de actuar con acritud respecto a todo lo demás, después de todo quizá sería buena idea que no viniera a la fiesta.

Daniel subió al piso de arriba para alejarse del ruido y la actividad imparables que conspiraban para hacerle sentir todavía más ajeno al proyecto, y entró en el dormitorio en el que guardaba sus cosas. Había decidido que no se quedaría a la fiesta; aunque le hubiera resultado posible estar junto a Daisy ese día, habría sido demasiado complicado, demasiado humillante, explicar el motivo de su presencia a aquellas personas que en el pasado había considerado sus contactos. Necesitaba estar solo; lamentarse, reflexionar sobre lo que había sucedido, y lo que haría en el futuro. Posiblemente, y una vez ya en casa, bebería hasta emborracharse.

Enfiló el pasillo, marcando el número de teléfono de su hermano en el móvil. Le salió el contestador y le dejó grabado un mensaje para que le esperara esa noche. Se detuvo en la entrada, a media frase. Aidan se había subido a una escalera de mano, colocada en el centro del dormitorio, y tenía las manos ocupadas en el ventilador del techo.

—¡Eh, hola! —le dijo, cogiendo el destornillador que llevaba en el cinturón.

Daniel asintió a modo de saludo. Estaba muy acostumbrado a la falta de intimidad impuesta por el hecho de vivir en la obra, pero en ese preciso instante la costumbre no le sirvió para que la presencia de Aidan le resultara más llevadera. Cogió la bolsa de viaje y empezó a recoger la ropa, a doblarla y meterla sin contemplaciones en el fondo.

—¿Me hace un favor? ¿Puede darle al interruptor de ahí? Todavía no... Cuando le diga —Aidan se mantenía en precario equilibrio, y colocaba una pieza del mecanismo eléctrico en su lugar—. Ahora.

A Daniel le rechinaron los dientes cuando se dirigió al otro extremo del dormitorio para darle al interruptor de la pared. El ventilador se deslizó con suavidad y se volvió borroso, enfriando de modo audible la estancia con un ahogado zumbido.

—Su mujer dice que hace ruido. A mí no me lo parece.

—No es mi mujer. —Daniel no había traído muchas cosas. Casi era patético el poco tiempo que le llevó empaquetarlas.

—¿Qué, se han peleado ustedes dos?

—No —respondió Daniel con más calma de la que sentía—. Hemos cortado. Me marcho.

Aidan se limpió las manos y bajó de la escalera.

—En fin, lo siento mucho, porque es el padre de la criatura.

Daniel se encogió de hombros.

—Además, acababan de reconciliarse, ¿verdad?

Daniel ya estaba lamentando el haber hablado. Se agachó y escrutó bajo la cama por si había algún calcetín suelto.

—De todos modos —siguió diciendo Aidan—, no puedo culparle por ello.

—¿Cómo dice? —le costaba oír al operario bajo la colcha.

—Pues que a ningún hombre le gusta pensar que otro pasa las noches con su mujer, ¿no? Sobre todo si se trata del jefe, ¿sabe lo que quiero decir? No, creo que ha decidido lo correcto.

Daniel se quedó inmóvil, con la oreja contra el suelo. Parpadeó, varias veces, y luego se levantó.

—Perdone —le dijo con un sibilino tono de cortesía—. ¿Puede repetir lo que me acaba de decir?

Aidan bajó un peldaño de la escalera, miró la expresión de Daniel y desvió la vista.

—Me refiero al jefe, que se quedó aquí con Daisy. Vaya, yo daba por descontado que usted... que eso es lo que le ha hecho decidir... ¡Joder! Olvide lo que le he dicho.

—¿Jones? ¿Jones se quedó aquí con Daisy? ¿En la casa?

—Seguro que lo entendí mal.

Daniel observó la expresión incómoda de Aidan y sonrió, con una sonrisa tensa y sabedora.

—Sin duda —le dijo, cargando con la bolsa y apartándolo de su camino—. Disculpe.

Por muy señalada que fuera la ocasión, en general a Camille solo le llevaba unos minutos vestirse. Palpaba en su guardarropa, el tacto en aguda sintonía con los tejidos que denotaban la clase de ropa, elegía una prenda y, pasándose el cepillo con rapidez por el pelo y tras darse un toque de pintalabios, ya estaba lista. «Es casi indecente que una esteticista como tú emplee tan poco tiempo en arreglarse», solía decirle Kay. «Nos das mala fama.»

Ese día, sin embargo, llevaban un retraso de cuarenta minutos, y llegaban tan tarde que Hal no cesaba de caminar de un lado a otro del dormitorio.

—Deja que me ocupe de algo —le decía de vez en cuando.

—No —le cortaba Camille.

Con un suspiro tan hondo y sentido como los de Rollo, Hal entonces reanudaba la marcha.

En parte era por culpa de Katie, porque había insistido en ayudar a su madre a elegir el vestido y, para fastidio de Camille, apenas disimulado, había apilado tanta ropa en la cama de matrimonio que ahora le resultaba muy difícil distinguir entre las prendas, por lo general colocadas siguiendo un orden militar dentro del armario. En parte, también, era por culpa de su pelo, que, por alguna razón, se le había arremolinado desde la raíz. No obstante, y sobre todo, el retraso se debía a que Camille sabía que seguramente se encontraría con su madre en la fiesta y, al sentirse insegura sobre si tenía ganas de verla, no podía evitar mostrarse quisquillosa e incapaz de tomar ni que fuera la decisión más cotidiana.

—¿Te saco los zapatos, mamá? —dijo Katie, y Camille oyó el ruido de las cajas de los zapatos, etiquetadas todas ellas con sumo esmero en braille, al desmoronarse y caer mezcladas entre sí.

—No, cielo. No hasta que haya elegido lo que voy a ponerme.

—Vamos, cariño. Deja que te ayude.

—No, papá. Mamá quiere que sea yo quien la ayude.

—¡Oh, por favor! ¡Maldita sea! No quiero que me ayudéis ninguno de los dos —gritó Camille—; y tampoco quiero ir a este acto estúpido.

Hal se sentó a su lado y la atrajo hacia sí. Precisamente el hecho de que, a pesar de su arranque, su marido conservara todavía la capacidad no solo de entender, sino de perdonarla, le hizo sentirse un poco mejor.

Salieron de casa poco después de las dos de la tarde, Camille con la sospecha de que Katie la había arreglado como a una señora emperifollada, pero confiando en que Hal no la dejaría salir de casa con un aspecto demasiado estrafalario. Decidieron ir a pie hasta Arcadia porque, según argumentó Hal, el camino de entrada estaría bloqueado por los coches de los invitados, y porque además era una pena no aprovechar un día como aquel, incluso en verano. Camille no estaba tan segura. La mano de Katie le sudaba en la suya y la otra le resbalaba en el arnés de Rollo, dispuesto a ayudarla a negociar el paso entre la multitud.

—Hubiera debido de ponerle crema bronceadora a Katie —dijo Camille en voz alta.

—Ya se la puse yo —le contestó Hal.

—No sé si he cerrado la puerta trasera —dijo Camille un poco más tarde.

—Katie se encargó.

Cuando ya estaban en medio del parque, Camille se detuvo.

—Hal, no estoy segura de sentirme con ánimos para acudir a la fiesta. Habrá un montón de gente charlando de cosas triviales y creo que este calor me provocará dolor de cabeza. Además, el pobre Rollo se va a asar.

Hal la asió por el hombro y le habló bajito, para que Katie no les oyera.

—Es posible que ni siquiera venga. Tu padre me dijo que ella ni siquiera se tomaría la molestia de acudir a la fiesta. Ya sabes cómo es. Venga, Camille. Por otro lado, es probable que Daisy se marche justo después de la inauguración, y supongo que querrás despedirte de ella, ¿no?

—Es que las cosas que dijo de papá, Hal... —dijo Camille con la voz temblorosa por la emoción—. Yo ya sabía que su relación no era precisamente idílica, pero ¿cómo pudo decir que jamás lo había amado? ¿Cómo pudo hacerle eso?

Hal le cogió la mano y se la estrechó en un gesto que representaba ser un consuelo sin dejar de parecer trivial. Reanudaron luego el paseo hacia la casa, Katie guiándoles al frente y resbalando por el camino.

Daisy estaba de pie, frente a la salida de la cocina, entre el grupo de ancianos y ancianas, sonriendo mientras uno de tantos fotógrafos les instaba a colocarse en otra posición, susurrando en voz baja mientras se iban moviendo y preguntando a los más delicados de salud si se encontraban bien, si les apetecía una copa o un refresco, o bien descansar un rato. A su alrededor los asistentes del chef, vestidos de blanco, se apresuraban entre ruido de platos y sartenes metálicas, disponiendo sabrosos dulces en bandejas gigantescas. Cruzó su mirada con Julia, y su hermana, entre el gentío, la saludó con la mano. Daisy le devolvió una sonrisa, deseando que no le hubiera costado tanto esfuerzo. Todo iba muy bien; fantásticamente bien. La periodista de *Interiors* ya había reservado cuatro páginas para el reportaje de la casa, y en él presentaba a Daisy como la diseñadora, otorgándole un papel destacado; varias personas le habían pedido el número de teléfono, y ahora deseaba haber pensado antes en imprimir unas tarjetas. Había estado tan ocupada que apenas había tenido tiempo de pensar en Daniel, al margen de ser consciente de la fugaz gratitud que había experimentado al saber que él había decidido que no se quedaría a la inauguración. De vez en cuando divisaba a Jones en las salas atestadas de gente, hablando sin cesar, rodeado siempre de invitados. El anfitrión, presidiendo el evento en un conjunto de estancias que apenas conocía.

Sin embargo, Daisy se sentía desgraciada. Esa era la parte más difícil del trabajo. La visión que te habías esforzado en crear, por la cual habías perdido noches de sueño y trabajado con polvo en el pelo y pintura seca rebozándote las uñas, finalmente había surgido y adoptaba el color del dolor y el tejido del agotamiento. En ese momento, cuando ya era perfecta, debías renunciar a ella. Salvo que en esa ocasión le resultaba todavía más difícil desprenderse de la casa. En esa ocasión aquel proyecto había sido un hogar y un refugio durante los primeros meses de vida de su hija. Había conocido a gente con la que había intimado y a la cual, a pesar de sus mejores deseos, era difícil que volviera a ver.

Después de todo eso, ¿adónde se marcharía? A Weybridge, ni más ni menos.

Desde el otro lado de la terraza Julia le sonreía de oreja a oreja bajo su peinado perfectamente compuesto; orgullosa, con buenas intenciones pero malinterpretando todo aquello en lo que Daisy sabía que se había convertido ya a esas alturas. «Creía que lo había conseguido», pensó en un destello de clarividencia. «De hecho, no tengo nada. Cuando llegué a Merham poseía un hogar, un trabajo y a mi hija. Aquí me tienes ahora, sin embargo, enfrentándome a la pérdida de todo eso... aunque solo sea a una ínfima parte de Ellie.»

—Anímate, querida —le dijo Carol, apareciendo junto a ella con la perenne botella de champán en la mano, sirviendo copas, posando para los fotógrafos, ensalzando la perfección de todo aquello y riéndose de los habitantes del pueblo que entonaban lemas al otro lado del camino. Les había enviado una bandeja con copas, asegurándose previamente de que los periódicos la vieran disponerlo todo.

—¿Por qué no vas al tocador de señoras? Arréglate un poquito. Yo me encargaré de la situación mientras tanto. —Su sonrisa era amable, y su tono estaba fuera de discusión.

Daisy asintió, y se abrió paso en dirección a los servicios entre los grupos que charlaban. Pasó junto a Jones y le oyó hablar, tan cerca que pudo oler los caramelos de menta que perfumaban su aliento. Avanzaba con la cabeza gacha, y no podía estar segura, pero creyó que él ni siquiera había advertido su presencia.

—No esperaba divertirme, pero la verdad es que me estoy divirtiendo mucho —le repetía Hal a Camille.

Un número interminable de personas lo buscaban para felicitarle por el mural, incluyendo al viejo Stephen Meeker, el cual le había pedido que fuera a visitarlo a finales de semana para que echara un vistazo a un par de sillas artesanas que precisaban restaurarse. Jones le había comentado que le gratificaría con una cantidad extra que añadiría a su cheque.

—Ha sido el contrapunto ideal —le dijo con una mirada seria en sus oscuros ojos—. Luego hablaremos de otro trabajo que podría encargarte.

Había trabado conocimiento con varios empresarios de la zona que Carol había invitado con gran astucia y a los cuales no les importaba demasiado el mural, aunque pensaban que el nuevo hotel era «el trabajo más idóneo para atraer a la clase de personas más adecuadas para este pueblo». Hal, recordando los comentarios de Sylvia Rowan, luchó para vencer el impulso de echarse a reír. Le dijo a Camille que estaba preciosa, y no dejaba de mirarla mientras ella hablaba con la gente, el pelo luminoso bajo el sol, la cara relajada y feliz. Le dio un vuelco el corazón, sentimental y loco de gratitud por haber sobrevivido como pareja. Katie, mientras tanto, entraba y salía corriendo de la casa con otros niños, con la fugacidad de unos gorriones de brillantes colores que saltaran de seto en seto.

—Gracias —le dijo a Daisy, cazándola al vuelo cuando ella salía del lavabo de señoras—. Por el trabajo, quiero decir. Por todo.

Daisy asintió a modo de respuesta, como si solo fuera consciente de su presencia a medias, escrutando a todas luces la sala como si buscara algo, o bien a alguien.

«Es un gran día para ella», se dijo Hal, dándose la vuelta. «Uno de esos días en que sería una grosería ofenderse.» Si había aprendido alguna cosa, era a no buscar significados donde no los había.

Aceptó dos copas de champán de un camarero y dio un paso para regresar a la luz del sol, con el corazón rebosante de felicidad al oír las notas del cuarteto de cuerda de jazz, y notando los primeros síntomas de descanso y satisfacción desde hacía meses. Katie pasó corriendo junto a él, chillando, y percibió un tirón en la pernera izquierda. Se disponía a marcharse de nuevo para ir a reunirse con su mujer y guiarla hasta la terraza cuando lo detuvo un suave golpecillo en el hombro.

—Hal.

Se volvió y vio a su suegra, de pie e inmóvil tras un cochecito de bebé. Llevaba la blusa buena de seda gris, la única concesión que había hecho para asistir a la fiesta. Sus ojos, grandes y extrañamente cansados, le perforaron los suyos como si fuera a acusarle de algo.

—Lottie —la saludó Hal en tono neutral mientras su buen humor se evaporaba.

—No voy a quedarme.

Hal esperó a que siguiera hablando.

—Solo vine a decirte que lo siento. —No parecía la misma persona. Era como si, de algún modo, hubiera perdido la armadura—. No hubiera debido atacarte como lo hice; y hubiera debido deciros lo del dinero.

—Olvídalo. No importa.

—Sí que importa. Me equivoqué. A pesar de mis buenas intenciones, me equivoqué. Quería que lo supierais. —Su voz era tensa y forzada—. Tú y Camille.

Hal, que cada vez se sentía menos caritativo con su suegra (sobre todo durante los últimos tiempos), descubrió de súbito que deseaba que le lanzara algún comentario punzante, alguna observación amarga para romper el silencio. Sin embargo, ella no dijo nada y siguió manteniéndole la mirada, exigiéndole una respuesta.

—Vamos —le dijo Hal, acercándose a Lottie con el brazo extendido—. Vamos a reunirnos con ella.

Lottie colocó la mano en su brazo, truncándole el gesto.

—Dije cosas horribles —comentó, aclarándose la voz.

—Todos lo hacemos, cuando nos hieren.

Ella lo miró y un nuevo entendimiento pareció surgir entre los dos. Luego asió el codo que Hal le ofrecía y se marcharon a la terraza.

Había estado tan preocupado que ni siquiera se había percatado de que ella estaba allí. Carol levantó la mirada hacia él y le dirigió una expresión de complicidad malévola bajo el flequillo cortado a navaja, mientras sonreía, cumpliendo con profesionalidad su papel, al mar de personas que tenía delante.

—No comprendo qué te detiene —le murmuró.

Jones apartó la mirada de la terraza y parpadeó incrédulo.

—¿Qué?

—Se os ve más desgraciados que a los muertos. Ella parece una chica inteligente, por el amor de Dios. ¿Qué te pasa?

Jones suspiró hondo y se quedó mirando la copa vacía.

—No quiero romper una familia.

—¿Tiene familia?

El barman intentaba atraer su atención para calibrar si debían empezar a servir copas de champán para su discurso. Jones se frotó el entrecejo, le hizo un gesto de asentimiento y luego se volvió hacia la mujer que tenía al lado.

—No lo haré, Carol. Siempre entro como un caballo siciliano y luego dejo que sean los demás quienes recojan los desperfectos. Esta vez no lo voy a hacer.

—¿Has perdido el temple?

—He ganado una conciencia.

—¡Jones como un caballero de reluciente armadura! Ahora sí que han acabado contigo.

Jones cogió una copa de la bandeja que tenía delante y dejó la vacía.

—Sí, supongo que será eso. —Se volvió hacia sus invitados, haciendo un gesto a la banda para que tocara más flojo. Entonces murmuró, tan bajo que incluso Carol tuvo que esforzarse para oírle—: En cualquier caso, es como me siento.

Daniel estaba sentado en los escalones de detrás de la cocina, con el cuerpo medio oculto por las torres de cajas, y abandonó la copa vacía en el montón de copas que había encima de la hierba, a la sombra. En lo alto el sol había empezado su lento y pacífico descenso hacia el oeste, pero tras él la cocina dejaba escapar ruidos metálicos y vibrantes que ahogaban el sonido de la música, los exabruptos ocasionales y las órdenes a voz en cuello, testimonio del frenético nivel de actividad del interior. Sabía que pensaban que era un tipo raro, sentado ahí fuera y solo toda la tarde, aunque ninguno de ellos tuviera las pelotas de decírselo a la cara. Le importaba un pimiento, por otro lado.

Se limitaba a permanecer sentado y vislumbraba de vez en cuando a Jones en la terraza, cuando deambulaba por la verja, obsequiando con su alegría, asintiendo, con esa estúpida y falsa sonrisa enganchada a su cara. Siguió sentado, esperó que saliera el camarero con otra copa y se puso a recordar.

Joe estaba fuera, con Camille y Katie, y un sombrero de ala ancha le cubría el cráneo. Les había dicho a Jones, a Daisy, a Camille y a diversas otras más que «sin duda, es un trabajo logradísimo», y que no creía que nadie hubiera visto la casa con mejor aspecto que el que tenía en la actualidad. Parecía muchísimo más entusiasmado ahora que sabía que su influencia sobre su familia había llegado a su fin.

—Díselo al grupito de Sylvia Rowan —dijo Camille, que seguía intranquila por los cánticos que se oían al otro lado del muro.

—Hay personas que no saben que lo pasado, pasado está, ¿verdad, cielo? —dijo Joe, y Camille, en aguda sintonía con los matices de voz de la gente, pensó que detectaba alguna cosa extraña en la de su padre. Se lo confirmó el regreso de Hal, quien le colocó la mano en el codo y le dijo, con amabilidad, que su madre había venido a la fiesta.

—No me has dicho nada —le dijo a su padre, acusándolo.

—Tu madre me ha contado lo que hizo con el dinero —replicó Joe—. Estamos de acuerdo en que ha sido un error, pero tienes que comprender que sus intenciones eran buenas.

—Pero eso no es ni la mitad del problema, papá —dijo Camille, dándose cuenta a medida que hablaba de que no deseaba contarle de qué trataba la otra mitad.

—Por favor, Camille, cariño. Me he disculpado con Hal y ahora me gustaría disculparme contigo. —Camille oyó el dolor en la voz de su madre y deseó, como una chiquilla, no haber oído las cosas que escuchó de su boca—. ¿Podrás hablarme al menos?

—Cariño —intervino Hal con una voz amable e insistente—. Lottie lo siente muchísimo. Se siente responsable de este malentendido.

—Venga, Camille —dijo su padre con un tono de voz que le recordó a su infancia—. Tu madre ya es lo bastante mayor para disculparse. Lo mínimo que puedes hacer es concederle la gracia de escucharla.

Camille sospechaba que había sido víctima de una manipulación. Sentía que el sonido de los cánticos, las charlas y el tintineo de los invitados al marcharse le martilleaban la cabeza.

—Llévame a la casa. Tendremos que atravesar todo este gentío. Quiero encontrar un lugar tranquilo, pero primero necesito un cuenco de agua para Rollo.

Su madre no la cogió por el codo, detalle desacostumbrado en ella, sino que Camille notó su mano fría y seca deslizándose en la suya, como si buscara consuelo. Entristecida por el gesto, Camille se la apretó a modo de respuesta.

Rollo empezó a avanzar bajo el arnés mientras intentaba determinar cuál era el camino más libre de obstáculos entre la multitud de invitados. Camille percibía su angustia remontando el arnés, y lo llamó con suavidad, procurando tranquilizarlo. No le gustaban las fiestas, un poco como le sucedía a Lottie. Apretó ambas manos, consciente de que, de algún modo, tendría que reconfortarlos a los dos.

—Guíanos hacia la cocina —le dijo a su madre.

Cuando estaban en mitad de la terraza (cosa difícil de juzgar dada la gran cantidad de invitados), Camille se detuvo al notar una mano en el brazo, y un aroma floral: Daisy.

—Tengo tanto calor que creo que voy a derretirme. He tenido que dejar a Ellie dentro con el personal del bar.

—Iré a buscarla dentro de un rato —dijo Lottie, un poco a la defensiva—. Solo quería intercambiar unas palabras con Camille.

—Claro, claro —dijo Daisy, que parecía no estar escuchando—. ¿Puedes concederme unos minutos, Lottie? Hay alguien que querría que conocieras.

Camille notó que se movían hacia delante. Daisy bajó la voz diplomáticamente y Camille tuvo que esforzarse para descubrir lo que estaban diciendo.

—Me ha dicho que es viudo y que no tiene hijos, y creo que se siente un poco solo. La verdad, me da la impresión de que no lo está pasando bien.

—¿Qué te hace pensar que le gustará hablar conmigo? —Lottie, según adivinó Camille sin esfuerzo alguno, quería que las dejara solas.

—¿Tenéis todos una copa? —preguntó una voz grave de mujer. Alguien a quien Camille no reconoció—. Jones va a hacer su discurso dentro de un instante.

—Es uno de los integrantes del mural —le dijo Daisy—. No sé, Lottie. He pensado que igual os conocíais.

Camille, que estaba a punto de protestar pidiendo que dieran de beber a Rollo, notó que su madre se detenía en seco y un sonido imperceptible, casi inaudible, escapaba de su garganta. Notó que la mano que se aferraba a ella empezaba a temblar, primero con un ligero espasmo y luego de una manera descontrolada, y Camille, sorprendida, dejó ir el arnés de Rollo para asirla con las dos manos.

—¿Mamá?

No oyó respuesta alguna. Camille, sintiendo un pánico repentino, y con la mano de su madre todavía temblando entre las suyas, se dio la vuelta.

—¡Mamá! ¿Qué sucede? Daisy, ¿qué ocurre?

Oyó que Daisy se inclinaba delante de ella, y le susurraba algo con premura. ¿Acaso no se encontraba bien Lottie?

No podía adivinar de qué se trataba. Camille oyó el sonido de unos pasos que se acercaban despacio. La mano de su madre temblaba con todas sus fuerzas.

—Mamá, ¿estás bien?

—¿Lottie? —dijo una voz masculina, perteneciente a un hombre ya mayor.

Cuando Lottie habló, su voz sonó como un suspiro de perplejidad.

—¿Guy?

Katie se había derramado zumo de naranja por el vestido y Hal estaba inclinado intentando limpiárselo con una servilleta de papel. Le decía, como le había repetido un millar de veces, que ya era hora de que se calmara, hiciera las cosas más despacio y recordara que estaba en público, cuando un cambio extraño en el ambiente captó su atención hacia el extremo opuesto de la terraza. No era debido a la nubecilla gris que, en un cielo interminablemente azul, había logrado inmiscuirse en el trayecto del sol y proyectaba una sombra temporal sobre el desarrollo de la fiesta. No era por culpa del jolgorio de la conversación, que empezó a menguar cuando Jones se puso en pie y se preparó para hacer su discurso. A unos metros del mural, con una insegura Camille aferrándose a su brazo, Lottie estaba de pie frente a un anciano. Se miraban fijamente, sin hablar, con los rostros contraídos por la emoción. Hal, perplejo ante el cuadro, se quedó mirando al hombre desconocido, a Camille, que estaba junto a él, inconscientemente adoptando la misma posición rígida de las piernas del hombre y luego, como si lo viera por vez primera, el rostro de su suegro, que estaba observando, con la expresión sombría y en silencio, en la entrada de la sala, sosteniendo inmóvil dos copas en la mano.

Entonces lo comprendió. Por primera vez en su vida, Hal agradeció a Dios que su esposa no pudiera ver; y entendió que a pesar de todas las directrices que nos puedan dar todos los consejeros matrimoniales del mundo, a pesar de las parejas que se han salvado y los matrimonios que se han reconciliado, había veces en la vida en que guardar un secreto al cónyuge era lo más correcto que cabía hacerse.

Contempló a los dos ancianos mientras bajaban con discreción los peldaños de losa que conducían a la playa. Sin apenas tocarse, ambos erguidos de manera afectada como si esperaran caer al primer golpe, caminaban con cautela y al unísono, como soldados veteranos que se reúnen tras la guerra. Sin embargo, cuando se volvió, dispuesta a hacer partícipe a Camille de algo que había visto, una cierta expresión en sus caras, Hal se la había llevado rápidamente y Carol le metía una copa en la mano.

—Aguanta el tipo, querida —le ordenó—. El bueno de Jones sin duda te va a entregar un cheque nominativo.

En aquel momento Daisy se olvidó de todos durante unos instantes y centró su atención en él, en su rostro curtido por los elementos, su complexión grande, que siempre le recordaba a uno de esos osos rusos obligados, contra su voluntad, a entretener a los demás. Escuchando su voz imperiosa resonando en el temprano atardecer, el perfil de los valles compensando la brusquedad con una cadencia melódica, Daisy quedó sobrecogida ante el terror repentino de haber descubierto demasiado tarde lo que deseaba, y saber que ya no podría protegerse de ello. No importaba si era inadecuado, arriesgado o inconveniente en esos momentos, pero prefería que él fuera su error antes que el de cualquier otra.

Le observó gesticular hacia la casa, oyó la risa educada, a la gente que tenía al lado, sonriendo, deseosa de mostrar su aprobación, dispuesta a admirar su obra. Daisy miró fijamente la casa, el edificio que conocía mejor que a su propia persona, y la vista que la circundaba, el brillante arco azulado. Oyó mencionar su nombre, y un atento aplauso. Finalmente, sus miradas se cruzaron y, en ese preciso instante, mientras la nube descubría el sol y el astro volvía a inundar el espacio de luz, intentó manifestarle todas y cada una de las cosas que había aprendido, todo lo que sabía.

Al terminar el discurso, y cuando ya la gente les daba la espalda, volvía a sus copas y reanudaba las conversaciones interrumpidas, Daisy le observó bajar del muro de piedra y avanzar despacio hacia ella, sin apartar la mirada de sus ojos, como saludándola. De repente, aquello se truncó, y Daisy vio horrorizada cómo Daniel se lanzaba desde detrás del seto de alheña y, sin previo aviso y profiriendo un grito de guerra terrible y estrangulado, le clavó un puñetazo a Jones en plena cara.

20

El ruido de la radio se filtraba hacia el piso de abajo, impregnando la puerta del dormitorio, flotando por las escaleras hacia donde estaban Camille y Hal, sentados frente a frente con la indecisión pintada en el rostro, por tercera vez durante las últimas horas.

Llevaba allí toda la noche desde que regresara a casa, con los hombros tensos y en silencio, acompañado por las débiles y musitadas preguntas de sus hijos sobre si se encontraba bien, y las más difíciles de responder, las que no se pronunciaban, sobre lo que acababan de ver. Les dijo que no le apetecía tomar té, y les dio las gracias. Tampoco quería compañía. Se marchaba arriba a escuchar la radio. Lamentaba mucho parecer poco hospitalario, pero así estaban las cosas. Si les apetecía, él no tenía ningún inconveniente en que se quedaran en la planta baja. Podían servirse lo que quisieran, evidentemente.

Eso había sido todo desde hacía casi tres horas, durante las cuales conversaron en susurros, esquivaron las preguntas de Katie, la cual, agotada, estaba echada frente a la televisión con Rollo, e intentaron adivinar el paradero de su esposa repetidas veces y sin éxito alguno.

—¿Va a abandonarlo, Hal? ¿Crees que se trata de eso? ¿Va a dejar a papá?

El aspecto relajado y solar de Camille se había desvanecido y, en lo más profundo de su ser, lo había sustituido una sombría ansiedad no exenta de rabia. Hal le acarició el pelo echándoselo hacia atrás y tocando su frente caliente.

—No lo sé, amor mío —le respondió, echando un vistazo hacia las escaleras.

Le había contado casi todo lo que sabía, cogiéndole las manos, como alguien que es portador de malas noticias. Le dijo que el hombre se parecía al que había pintado en el mural, pero con más años; que el más leve indicio del modo en que se habían mirado le había disipado cualquier duda que le quedara sobre su significado. Se había esforzado por explicarle el modo en que el hombre había acercado su mano a Lottie para acariciarle el rostro, y cómo ella no había rechazado su contacto, sino que se había quedado de pie, como alguien que espera que lo bendigan. Camille escuchaba, y lloraba, y le obligó a describirle el mural una y otra vez, a diseccionarlo en su simbolismo, para formarse poco a poco una imagen del porqué la conducta de su madre, lejos de ser inexplicable, era algo que hubieran podido, quizá habrían debido entender, hacía ya mucho tiempo.

En varias ocasiones Hal se maldijo por el papel que había desempeñado sin darse cuenta al descubrir la historia de Lottie, al devolverla a la vida.

—Hubiera debido dejar el fresco tal y como estaba. Si no hubiera sacado este mural a la luz, quizá ella no se habría marchado.

La respuesta de Camille fue de resignación, de reconocimiento a su pesar.

—Ella se marchó ya hace años.

A las nueve y media, cuando el cielo crepuscular abdicó frente a una negrura entintada, cuando Katie se había dormido en el sofá y ya habían telefoneado a todos los conocidos, cuando intentaron contactar con el móvil de Daisy por enésima vez (y consideraron y decidieron no avisar a la policía), Camille se volvió hacia su marido, y sus ojos invidentes rebosaban de un ansia amarga.

—Ve a buscarla, Hal. Le ha tratado sin ninguna consideración. Al menos, debería tener la decencia de explicárselo en persona.

Daisy esperó varios minutos a que la máquina le escupiera el cambio y entonces, consciente de las miradas de aburrimiento de su alrededor, se rindió y se marchó con dos tazas de plástico que contenían café hacia donde se encontraba Jones.

Llevaban en Urgencias unas tres horas ya; la rápida admisión del paciente por parte de las enfermeras de urgencias les hizo albergar falsas esperanzas al creer que no tardarían en visitarlo, venderlo y darle el alta.

—No —les dijo la enfermera señalándoles hacia el departamento de rayos X—. Necesitamos una radiografía primero, y también otra de la cabeza. Luego el paciente tendrá que esperar al facultativo para que dé su diagnóstico. En general le dejaríamos irse a casa, pero su herida es de las malas —le dijo en tono jovial mientras le iba envolviendo los orificios nasales ensangrentados con tiras de gasa y una solución salina—. No querrá tener trocitos de cartílago flotando por ahí, ¿verdad?

—Lo siento —dijo Daisy por enésima vez desde su llegada al hospital y mientras se marchaban arrastrando los pies hacia otro departamento. No se le ocurría nada más.

Fue más fácil al principio, cuando ella le había ayudado a levantarse del suelo, conmocionado por la verborrea de borracho de Daniel e intentando, con desesperación, limpiarse la sangre que le caía a borbotones por la camisa. Daisy se había encargado de todo, cogió la reserva de algodón hidrófilo de Ellie, le gritó a alguien que moviera los coches y dispersara a los manifestantes para poder llevárselo al hospital y, finalmente, sorteó a Sylvia Rowan, que había bajado como un viejo cuervo maléfico a jactarse:

—¿Lo ven? ¿No se lo había dicho yo? Ya ha empezado a desatarse la violencia que engendra el alcohol. ¡No les servirá de nada! —les gritó con aires de triunfo—. Haré que los magistrados les revoquen la licencia. Tengo testigos.

—¡Piérdete, vieja bruja! —le gritó Daisy mientras ayudaba a Jones a subir al coche.

En esos momentos Jones se sentía aturdido, quizá por haberse golpeado la cabeza al caer, y siguió a Daisy casi con docilidad, obedeciendo sus apremiantes órdenes de sentarse, sostener eso o aquello y seguir despierto, sobre todo seguir despierto. Ahora, no obstante, quizá estaba demasiado despierto, avivado por el café malo y la atmósfera desinfectada, con los ojos oscuros y migrañosos brillando sobre los vendajes quirúrgicos, la camisa manchada como un asqueroso recordatorio de la implicación de Daisy en los sucesos del día.

—Lo siento tanto... —le dijo, ofreciéndole otra taza de café. Su aspecto casi había empeorado cuando ella regresó de la máquina expendedora.

—Deja de disculparte —le dijo Jones con un tono de voz cansado.

—Supongo que no lo conseguirá, ¿verdad? Me refiero a la revocación de tu licencia.

—¿Sylvia Rowan? Es la última de mis preocupaciones. —Jones hizo una mueca de dolor al sorber el café.

«¿Qué quieres decir con eso?», deseaba preguntarle Daisy. Sin embargo, su comportamiento, así como el hecho de que apenas podía hablar, le impedían poder deducir nada más.

Sentados en las sillas de plástico, bajo las luces de los fluorescentes, parecía que el tiempo se hubiera estancado, y finalmente hubiera perdido su significado. Los hombres con heridas provocadas por el efecto del alcohol, como describían en el informe, no eran una prioridad evidente. Estaban junto a los demás pacientes que habían acudido a Urgencias el sábado por la noche, y el interés iba alternándose de uno a otro cuando alguna nueva catástrofe aparecía cojeando por las puertas correderas; los puntos por accidentes de jardinería y las quemaduras de los aficionados al bricolaje cedían paso a las cabezas y los nudillos ensangrentados del sábado por la noche. Sobre las ocho un miembro del personal del bar llegó con Ellie, disculpándose y diciendo que no habían podido encontrar a Lottie, y que no había nadie disponible para quedarse con ella. Daisy cogió a su amodorrada y quejumbrosa hija sin atreverse a mirar a los ojos de Jones. Alterada e irritada, Ellie gemía y se esforzaba por dormir, y Daisy tuvo que recorrer interminables circuitos por Urgencias y el departamento de fracturas hasta conseguir al fin que se quedara dormida en el cochecito.

—Ve a casa, Daisy —dijo Jones, frotándose el chichón de la cabeza.

—No —le respondió ella con firmeza. No podía. Todo aquello había sucedido por culpa de ella, a fin de cuentas.

A las once y cuarto, en el momento en que la pantalla de espera anunciaba que a Jones tendrían que haberlo visitado hacía media hora, el retumbar de un trueno presagió la llegada de una tormenta colosal. El ruido sacudió la sala de espera de Urgencias despertándola de su ensoñación, y el destello blanquecino del relámpago arrancó un murmullo audible. El cielo nocturno se contrajo y dejó caer la lluvia en un diluvio. El ruido de la tormenta era perceptible tras las puertas de cristal; el agua entraba arrastrada por las suelas de la gente y manchaba el reluciente suelo de linóleo, que aparecía salpicado de trazas de barro y abrillantador. Daisy, que casi se había quedado dormida, observaba, sintiendo que algo cedía ante el cambio de atmósfera, maravillándose en su estado de extremo cansancio de que todo aquello poseyera la calidad surrealista de un sueño.

Las consecuencias se dejaron ver casi veinte minutos después, cuando un enfermero salió para decirle a Jones que su tiempo de espera se alargaría porque estaban recibiendo informes de que había habido un choque en cadena bastante considerable en la carretera de Colchester. El facultativo estaría ocupado durante mucho rato.

—¿Qué hago? ¿Vuelvo a casa? —le preguntó Jones procurando sonar inteligible.

El médico, un joven con el aire hastiado del que no ha tardado en perder el idealismo y la inocencia a golpes, echó un vistazo a Daisy y a la niña.

—Si puede aguantar, sería mejor que esperara. Si consigue que se la enderecemos esta noche tendrá menos posibilidades de que le quede desplazada definitivamente.

—Ya la tengo rota —dijo Jones, pero añadió que se quedaría—. Vete —le dijo luego a Daisy cuando el enfermero ya se marchaba.

—No.

—¡Por el amor de Dios, Daisy! Es una estupidez que os quedéis tú y la niña a pasar toda la noche. Vete y llévatela a casa, y si estás tan preocupada, ya te llamaré luego, ¿de acuerdo?

Jones no le había preguntado por qué Daniel había deseado golpearlo, pero era evidente que sabía que era a causa de ella. Su magnífica inauguración se había convertido en una farsa por culpa de ella. Daisy, además, había reabastecido el exangüe arsenal de la ridícula y vengativa Sylvia Rowan. Todos esos esfuerzos, los largos meses de trabajo, se veían ahora minados por un malentendido estúpido.

Daisy estaba demasiado cansada. Observó el rostro agotado e inquietante de Jones, las sombras que se proyectaban en acusado relieve debido a la naturaleza imperdonable de las luces del techo, y sintió que los ojos arenosos le escocían. Se inclinó, recogió el bolso y, poniéndose en pie, dio una patada al freno del cochecito.

—Creía que se había marchado, ¿sabes? —le dijo apenas consciente de sus palabras.

—¿Cómo?

—Daniel. Me dijo que se marcharía.

—¿Marcharse? ¿Adónde?

—A casa. —Fue consciente de que había alzado la voz, con un estremecimiento quejumbroso de frustración y dolor. Antes siquiera de que Jones pudiera verle perder la compostura, antes de verse reducida de nuevo a la chica que nunca había querido ser, Daisy se giró y empujó a su niña hacia la salida de Urgencias.

Vivía en España. Se había jubilado hacía varios años, después de transferir a la dirección de lo que en el pasado fue la empresa exportadora de fruta de su padre la propiedad del negocio. Se había retirado en el momento adecuado: un par de multinacionales muy potentes empezaban a dominar la industria y ya quedaba poco espacio comercial para empresas familiares como la de él. No la echaba de menos.

Vivía en una enorme casa blanca, quizá muy grande para él, aunque una chica del pueblo muy agradable acudía dos veces por semana para limpiar, y de vez en cuando traía consigo a sus dos hijos, a petición suya, para que nadaran en la piscina. Pensaba que ya no regresaría a Inglaterra. Estaba demasiado acostumbrado al sol.

Su madre había muerto de cáncer bastante joven, le contó bajando la voz. Su padre nunca se repuso del golpe, y murió en un incendio provocado por una freidora unos años después. Una muerte estúpida y demasiado cotidiana para un hombre como él, claro que tampoco era el tipo de persona que sabe cuidar de sí misma. No era como Guy. Él estaba acostumbrado. A veces pensaba que incluso disfrutaba con ello.

No tenía planes en firme, pero poseía mucho dinero. Un puñado de buenos amigos y un buen lugar para que viviera un hombre. Sobre todo a su edad.

Lottie escuchaba esos detalles, pero apenas los oía. Descubrió que le resultaba imposible dejar de mirarlo, y traspasó con tanta rapidez el recuerdo del chico que había conocido a ese hombre mayor, que ya empezaba a costarle vislumbrar al joven; captó la melancolía desconocida de su voz, y sospechó, supo, de hecho, que era el eco de la de ella.

No se le ocurrió tomar conciencia de su propio aspecto, del pelo grisáceo, la cintura gruesa y la piel ajada y translúcida de las manos. Después de todo, nunca se había tratado de eso.

Guy señaló con un gesto la casa que tenía a sus espaldas. La música había cesado y solo el sonido del material que empezaban a recoger, las sillas arrastradas por el suelo y la empresa de limpieza industrial resonaban por la bahía.

—Así que esa es tu hija.

Hubo un silencio momentáneo, antes de que Lottie respondiera:

—Sí, es Camille.

—Es un buen hombre, Joe.

—Sí —respondió ella, mordiéndose el labio.

—Sylvia nos escribió. Para decirnos que te habías casado con él.

—Estuvo en boca de muchos, sin duda. Seguro que también decían que se merecía algo mejor.

Ambos sonrieron.

—Es cierto, ¿sabes? —le dijo, apartando la mirada.

Guy la miró con aire interrogativo. Lottie calló, sorprendida de que pudiera existir familiaridad en el modo en que enarcaba la ceja, en la juventud que todavía traslucía su expresión. Aquello le hizo bajar la guardia.

—Todos estos años he sentido rencor hacia él.

—¿Hacia Joe?

—Porque no eras tú —dijo con voz ahogada.

—Sí, yo también. Celia no podía evitarlo, pero... —Entonces se detuvo, quizá reticente a mostrarse desleal. Ya tenía algunos cabellos blancos. Costaba divisarlos entre los grises, pero Lottie podía discernirlos—. Te escribió, ¿sabes? Varias veces. Después de que te marcharas. Nunca envió esas cartas. Creo que encontraba que todo era demasiado... Para ella representaba un esfuerzo mayor del que todos pensamos... Supongo que no fui muy comprensivo con ella. Las tengo todavía en casa —le dijo, volviéndose hacia Lottie—. Nunca las abrí. Puedo enviártelas, si quieres.

Lottie se quedó sin habla. No sabía si se sentía preparada para oír la voz de Celia. Si lo estaría algún día.

—Nunca me escribiste —le dijo en cambio.

—Creí que no me querías. Creí que habías cambiado de idea.

—¿Cómo pudiste pensar eso? —Volvía a ser una jovencita, con la cara ruborizada por la desesperante injusticia del amor.

Guy bajó los ojos, y luego levantó la vista, perdiéndose en las distantes nubes que amenazaban tormenta en el horizonte.

—Sí, claro... Lo adiviné después. Supe muchísimas cosas después. —Guy volvió a mirarla—. Pero entonces me enteré de que te habías casado con Joe.

Varias personas pasaron junto a ellos con paso cansino, bajo el resplandor del sol que caía, las extremidades al aire y enrojecidas, y el cansancio, alegre testimonio de una extraña combinación entre ola de calor y playa inglesa. Guy y Lottie estaban sentados de lado, contemplándolos en silencio, mirando alargarse las sombras, escuchando el romper y retirarse de las olas sobre los guijarros. A lo lejos, en el horizonte, una luz centelleó.

—¡Qué desastre, Guy! Todos estos años han sido un desastre por nuestra culpa.

Guy le puso la mano sobre la de ella, y se la apretó. La sensación le cortó el aliento a Lottie. Cuando habló, las palabras de Guy sonaron sin vacilar.

—Nunca es demasiado tarde, Lottie.

Se quedaron contemplando el mar hasta que el sol desapareció al final tras ellos, notando cómo refrescaba el aire de la tarde, reconociendo que había demasiadas preguntas y muy pocas respuestas adecuadas. Eran lo bastante viejos para saber que algunas cosas no necesitan pronunciarse. Al cabo de un rato, Lottie se volvió hacia él, miró el rostro que había amado, y el curso de sus arrugas le dijo casi todo lo que necesitaba saber sobre el amor y la pérdida.

—¿Es cierto que nunca tuvisteis hijos? —le preguntó en un susurro.

Después, más de uno de los veraneantes que regresaban despacio y en grupitos por el sendero del camino llegó a casa pensando que muy pocas veces se veía a una mujer mayor con la cabeza entre las manos y llorando con el abandono de una jovencita que ha sufrido un desengaño.

Daisy condujo varios kilómetros bajo el cielo oscuro, guiada por las luces de sodio de los carriles de doble dirección y por los insignificantes faros delanteros del coche en unas carreteras comarcales llenas de curvas, mirando de vez en cuando por el retrovisor, sin pensarlo, al bebé dormido que llevaba en el asiento trasero. Conducía despacio, metódicamente a causa de la lluvia, pero sin pensar hacia dónde se dirigía. Se detuvo una vez para repostar gasolina y tomar una taza de un café acre y amargo que le quemó la lengua y le provocó más nauseas que le reconfortó.

No deseaba regresar a Arcadia. Le parecía ya que no se trataba de su hogar; en esos momentos albergaría ya a los primeros huéspedes, y tendría que oír el ruido de otras personas, sus charlas y pasos apropiándose del lugar. No quería regresar con su hija dormida y explicar lo que le había sucedido a Jones, y a Daniel, y su parte de responsabilidad en aquel lío tan lamentable.

Lloró un rato también, sobre todo de agotamiento (apenas había dormido en treinta y seis horas), pero también por la sensación decepcionante que tuvo al final de la fiesta y porque su estancia en aquel lugar había concluido ya, por no hablar de la conmoción de efectos retardados que se experimenta cuando uno es testigo de algún episodio violento. Principalmente, sobre todo, porque había vuelto a perder al hombre que representaba más para ella: su rostro ensangrentado, su infelicidad, el sabotaje inintencionado y patético de aquel día tan importante para él conspiraba contra cualquier intento que pudiera hacer de expresarle sus sentimientos.

Daisy condujo el coche hasta detenerlo en una cuneta de grava, escuchó el sonido de la lluvia en el techo y el barrido chillón de los parabrisas funcionando en el cristal delantero. A sus pies, en la oscuridad cobalto, podía ver la curva de la línea costera y, en alta mar, un débil resplandor que presagiaba la alborada.

Se apoyó en el volante y hundió la cabeza entre las manos, como si un peso enorme la catapultara hacia abajo. Habían permanecido sentados varias horas y apenas habían hablado. Estuvo lo bastante cerca de él para notar que cambiaba de posición, que sus manos se rozaban, y cabecear sin querer sobre su hombro hasta el punto de que casi se queda dormida. No habían hablado, sin embargo, salvo para decirse qué iban a tomar de la máquina de café y para que él volviera a insistir en que se marchara a casa.

«¡Qué cerca he estado!», pensó Daisy. «Tan cerca que hubiera podido tocarlo, respirar su mismo aliento incluso. Ahora, en cambio, nunca volveré a sentirlo tan próximo a mí.» Daisy seguía sentada, inmóvil. Levantó la cabeza, recordando algo que Camille le había dicho.

«Lo bastante cerca para oírle respirar; para reconocer la rapidez de los latidos del corazón cuando el deseo y la necesidad urgen.»

Daisy dejó escapar un sollozo. Luego, sintiendo un impulso repentino, dio la vuelta a la llave de contacto, miró atrás y giró el coche con un chirrido, despidiendo grava con los neumáticos mojados.

Había tres ambulancias fuera de Urgencias, aparcadas de cualquier modo, entre el personal vestido con chalecos luminosos que descargaba con cuidado a los pacientes en sillas de ruedas y camillas y se los llevaba al interior del hospital, sin dejar de consultarse instrucciones inclinando la cabeza. Habían dejado una sirena encendida y el ruido era ensordecedor; ni siquiera la lluvia, todavía torrencial, ni el sonido del motor del coche de Daisy lograban ahogarlo. Maniobró entre el caos, intentando encontrar una plaza de aparcamiento, echando vistazos al retrovisor para asegurarse de que la niña no se movía. Ellie seguía durmiendo, ignorando el ruido, agotada por los acontecimientos de aquel día.

En ese momento, sentada bajo aquella luz azulada, dominada por su incapacidad de pensar a derechas y por encontrarse en aquel lugar, levantó los ojos y a través del parabrisas borroso lo vio, una figura alta, ligeramente encorvada, caminando con determinación bajo la lluvia hacia la hilera de taxis. Daisy esperó medio segundo, para asegurarse de su identidad. Entonces abrió la portezuela de golpe y, haciendo caso omiso de la lluvia y del barullo ensordecedor de la sirena, empezó a correr por la explanada principal, resbalando y tropezando, hasta que se detuvo frente a él con un resbalón.

—¡Para!

Jones se paró. Atisbó, intentando averiguar si se trataba de ella efectivamente. Se llevó una mano a la cara de un modo inconsciente para protegerse el enorme vendaje blanco.

—Ya no eres mi jefe, Jones —le gritó Daisy para que la oyera entre el fragor de las sirenas, temblando en su arrugado vestido de cóctel—, así que ya no puedes decirme lo que tengo que hacer. No puedes decirme que me marche a casa. —Sus palabras sonaban más ásperas de lo que esperaba.

Se lo veía abatido, mustio.

—Lo siento —replicó él, con la voz enronquecida y dolida—. Hubiera debido... No es como me habría gustado... No quería que me vieras así. De espaldas contra el suelo y con un puñetazo en la cara...

—Shhh. Calla un momento. No quiero hablar de eso. He estado conduciendo toda la noche porque necesito decirte algo y, si me detengo ahora, no lograré decirlo nunca. —Deliraba casi por el cansancio, y la martilleante lluvia que sentía en los oídos le bajaba en frías lágrimas por la cara—. Sé que te gusto —le gritó Daisy—. Ignoro si ya lo sabes, pero es cierto; porque aparte del hecho de que, por lo que sea, no dejamos de herirnos mutuamente y discutimos muchísimo, y que a lo mejor te he hecho perder la licencia, de lo cual te aseguro que me arrepiento muchísimo, encajamos muy bien. Formamos un buen equipo.

Jones hizo ademán de hablar, pero ella lo silenció con las manos. Tenía el corazón en un puño, y ya no le importaba su aspecto. Se frotó los ojos, que no dejaban de llorarle, intentando reconstruir sus pensamientos.

—Mira. Sé que aporto una carga. Sé que alguien como yo seguramente no figura en tus planes, por el hecho de tener un bebé y todo lo que eso comporta, pero tú también tienes un currículum de cuidado. Tienes una ex esposa con quien es obvio que todavía no has cortado, y un cargamento de mujeres con las que te has acostado y que todavía trabajan para ti (lo cual, francamente, creo que es demasiado). Además, eres un tanto misógino, cosa que tampoco puedo decir que me guste.

Jones fruncía el ceño, intentando comprender, y con una mano se cubría los ojos para que la lluvia no le impidiera seguir mirándola.

—Jones, estoy demasiado cansada, y no puedo decirte esto como a mí me gustaría, pero lo he comprendido todo. Sí, los cisnes se aparean de por vida, pero solo se trata de una especie, a fin de cuentas, ¿no? Además, ¿cómo van a saberlo a ciencia cierta si todos se parecen entre sí?

La sirena de la ambulancia se había quedado en silencio, o quizá el vehículo se había ido. De repente, estaban los dos solos, de pie, en medio del aparcamiento, bajo la fría luz de la madrugada, y solo era perceptible el sonido de la lluvia. Daisy estaba justo a su lado, y podía verle los ojos, unos ojos que correspondían a su mirada. Su rostro expresaba dolor, pero quizá, solo quizá, también comprensión.

—No puedo continuar, Jones —le dijo Daisy con la voz rota—. Tengo un bebé en el coche y estoy demasiado cansada para hablar. No puedo explicarte lo que siento.

Daisy, antes de cambiar de idea, se puso de puntillas, le cogió el rostro con delicadeza con sus mojadas manos y acercó sus labios a los de él.

Jones bajó la cabeza y ella sintió sus labios con una explosión de gratitud y los brazos que la atraían con una especie de alivio. Se relajó, notando que la tensión desaparecía, sabiendo que había actuado bien. Sabiendo que había hecho lo correcto. Percibió el olor a hospital en su piel, y eso le hizo sentirse protectora, como si deseara rodearlo con sus propios brazos, atraerlo hacia sí. Entonces, de repente y sin previo aviso, Jones la empujó hasta apartarla, reteniéndola, sin embargo, a unos metros de distancia de su persona.

—¿Qué ocurre? —preguntó Daisy. «No podré soportarlo», pensó. «Después de esto, no. No, después de todo lo que ha pasado.»

Jones suspiró, y levantó la vista al cielo. Luego dio un paso adelante, y asió una de sus manos entre las de él. Eran más suaves de lo que esperaba.

—Lo siento —gruñó con una sonrisa de disculpa—. No sabes cuánto lo siento, Daisy, pero no puedo respirar y besar a la vez.

La casa blanca y magnífica estaba quieta y silenciosa como el día que llegó Daisy, el mínimo personal dormía en los pisos destinados a los empleados que había sobre el garaje, los coches estaban aparacados en silencio sobre la grava; a través de las ventanas la cocina se mostraba apacible y resplandeciente, y sus brillantes superficies se veían interrumpidas por un repiqueteo de herramientas y bandejas. Aparte de sus pisadas crujiendo al pisar la grava, los únicos sonidos perceptibles eran el canto de los pájaros, el suave murmullo de la brisa entre los pinos y, un poco más abajo, el lengüeta-zo distante de la marea baja.

Jones le entregó a Daisy las llaves de la puerta trasera, y ella no cesaba de toquetearlas bajo la luz naciente, amodorrada y estúpida por la falta de sueño, intentando localizar la correcta. Él le hizo una señal a modo de indicación, sin dejar de vigilar al bebé que dormía en sus brazos. Daisy forcejeó con la cerradura y, al final, la casa durmiente les dejó penetrar en su interior.

—A tu habitación —le susurró Jones. Enfilaron con sigilo el pasillo y subieron las escaleras, topando entre ellos al caminar, como los borrachos que regresan a casa tras una larga noche.

Las pertenencias de Daisy ya estaban emabaladas en una orde-nada serie de bolsas y cajas; solo la cuna y unas mudas de ropa del día anterior seguían aún a la vista, prueba de que el lugar en el pasa-do fue algo más permanente que el dormitorio de un hotel. Tan solo veinticuatro horas antes Daisy había sentido pánico ante la vi-sión del equipaje, y soledad. Ahora, sin embargo, le producía una especie de cosquilleo parecido al de la excitación frente a la prome-sa de una nueva vida y nuevas oportunidades que se le iban reve-lando con cautela.

Cerró la puerta en silencio tras ella, y miró al hombre que te-nía enfrente. Jones se dirigió al otro extremo de la habitación, poco a poco, murmurando algo a una Ellie postrada que sostenía contra su pecho. La colocó suavemente en la cuna, procurando no moles-tarla, y deslizó sus manos bajo las tiernas extremidades del bebé. Daisy tapó a la criatura con una manta ligera. La niña apenas se movió.

—¿No necesita nada más? —susurró Jones.

Daisy hizo un gesto de negación. Se quedaron contemplando al bebé dormido durante unos segundos, y entonces ella le cogió de la mano y se lo llevó a la cama, todavía deshecha del día anterior.

Jones se sentó y se quitó la chaqueta, que reveló una camisa empapada por la lluvia y manchada de sangre. Daisy, a su lado, se quitó el arrugado vestido de cóctel por la cabeza, con una sola mano, sin pensar en que seguramente le quedarían al aire los mi-chelines posparto y las estrías, plenamente visibles bajo la acerada luz matutina. Se puso su vieja camiseta y se metió en la cama, en un frufrú de la colcha al rozarle las piernas desnudas.

La ventana estaba abierta, y por ella entraban los aromas cálidos de la salobre mañana veraniega, mientras las cortinas se ondulaban con languidez bajo la brisa. Jones se acostó, de cara a ella, con unos ojos negros por la falta de sueño, la mandíbula grisácea y sin afeitar, aunque todas las tensiones habían desaparecido, borrándole las arrugas del entrecejo. La contempló, sin parpadear, con una mirada dulce, y levantó la mano para reseguir la piel desnuda de Daisy.

—Estás preciosa —le dijo bajo el vendaje de gasa.

—Pues tú no.

Se sonrieron, despacio, soñolientos. Jones acercó un dedo a los labios de ella. Daisy le sostuvo la mirada, y movió su mano también vendada para rozarle la cara, permitiéndose el lujo de tocar lo que había ansiado durante tanto tiempo. Con una extrema delicadeza, apoyó la yema del dedo en la nariz vendada de él.

—¿Duele? —murmuró.

—No me duele nada. Absolutamente nada —dijo Jones, y con un profundo suspiro de satisfacción, la atrajo hacia sí, la envolvió entre sus brazos y enterró su enorme cabeza en ese lugar dulce y fresco en el que el cuello se convierte en hombro. Daisy notó la suavidad de su pelo, la mandíbula en la que apuntaba una incipiente barba, el roce de sus labios, y olió el aroma distante del antiséptico en su piel. Durante un segundo reconoció un amago de deseo, y casi de inmediato algo más placentero la inundó, la expectativa de la tranquilidad, la profunda y gloriosa sensación de la seguridad. Se acurrucó en él, notando el peso de su brazo y su pierna, enredados con los suyos, y ya sin fuerzas por el sueño que lo iba venciendo. Entonces, finalmente, presionada contra los latidos constantes de su corazón, Daisy se durmió.

La lluvia se había alejado de Merham, dejando las aceras argentadas de un resplandeciente líquido melocotón y azul fosforescente bajo las primeras luces del día. El agua iba salpicando los pasos de Hal, firmes y acompasados, a medida que se acercaba a la verja de entrada.

Fue Rollo el primero en verlos subir por la carretera: Hal divisó al animal a través de la ventana, saltando bajo la mesa de centro y precipitándose hacia la puerta sin dejar de ladrar. Camille, despierta de un sobresalto de su ligero sueño, se levantó con dificultad del sofá para seguirlo, tropezando al recoger el bastón antes de comprender dónde se hallaba. Sin embargo, no era Rollo quien se mantenía más alerta. Cuando Hal llegó a la verja, su suegro ya estaba bajando las escaleras. Atravesó la puerta abierta y recorrió el sendero con los andares de alguien mucho más joven que él, pasó junto a Hal (el cual se hizo a un lado) y fue a recoger a su agotada esposa. Se hizo un breve silencio. Hal estaba de pie en el porche, escuchando el cántico de los pájaros, y rodeó con sus brazos a Camille, agradecido, tras una noche larguísima, de sentirla a su lado. Respondió a la pregunta que le susurrara ella asintiendo, lo bastante cerca para que su esposa pudiera notar su cabeza.

Camille dio un paso atrás, haciendo una leve presión en su mano.

—Nos marchamos, papá... A menos que prefieras que nos quedemos.

—Como quieras, cariño —respondió Joe con la voz tensa y controlada.

Camille hizo ademán de moverse, pero Hal la retuvo. Estaban junto a la puerta, esperando, escuchando. Joe, unos metros más allá, estaba frente a su mujer, como un viejo campeón de boxeo. Hal percibió que sus manos, que ocultaba tras la espalda, le temblaban.

—Querrás una taza de té, supongo.

—No —le dijo Lottie, apartándose el pelo de la cara—. No. Acabo de tomar una en la cafetería. Con Hal —precisó, echando un vistazo tras él. Entonces advirtió las dos maletas que estaban en el vestíbulo—. ¿Qué es eso?

Joe cerró los ojos un instante. Respiró hondo. Como si le costara un esfuerzo.

—Nunca me habías mirado de ese modo. Ni una sola vez en cuarenta años de matrimonio.

Lottie le miró de frente.

—Ahora sí te miro, ¿no?

Se contemplaron durante un rato. Entonces Lottie se adelantó hacia él y le cogió la mano.

—He pensado que quizá podría volver a pintar. Puede que me divirtiera si lo intento de nuevo.

Joe frunció el ceño, y la miró como si no fuera dueña de sus actos.

—Esta tontería del crucero... —dijo Lottie con la cabeza gacha, mirándose las manos—. Supongo que no me obligarás a jugar al bridge, ¿no? No puedo soportar el bridge; pero no me importaría intentarlo con la pintura.

Joe la observó, abriendo levemente los ojos de la sorpresa.

—Mira, yo nunca... —Se le quebró la voz, y les dio la espalda un momento, hundiendo la cabeza en el pecho.

Lottie inclinó el rostro, y Hal, sintiéndose de súbito como un intruso, apartó la mirada y asió las manos de Camille.

Al cabo de un rato, Joe pudo controlarse. Titubeaba, miró a su esposa y se acercó a ella, tan solo un par de pasos, para pasarle el brazo por los hombros. Lottie hizo ademán de acercarse más a él, un pequeño gesto, pero significativo, y juntos, despacio, caminaron hacia su casa.

—Ya es hora de hacerle feliz —le había dicho a Hal cuando la encontró en la playa, junto a las cabañas, sentada en soledad y contemplando la alborada—. Me basta con saber que Guy me ha amado siempre, que habríamos estado juntos.

—No lo comprendo. Era el amor de tu vida. Incluso yo me di cuenta.

—Sí, es cierto; pero ahora puedo dejarle marchar —respondió Lottie simplemente.

A pesar de ser capaz, por lo general, de describir cualquier cosa a su invidente esposa, a Hal le costó mucho esfuerzo interpretar la sensación de liberación que percibió en el rostro de Lottie, el modo en que su expresión, cincelada por años de frustración y dolor acumulados, se había dulcificado.

—Sentada ahí, hablando con él, me he dado cuenta... Todos estos años desperdiciados... anhelando a alguien que no estaba a mi lado cuando hubiera debido de amar a Joe. Es un buen hombre, ¿sabes?

Dos pescadores de langostas descargaban las barcas, y echaban su captura por la borda con la facilidad que da la experiencia. Junto a la orilla los primeros caminantes acompañados de sus perros dejaban surcos curvilíneos sobre la arena, una historia temporal.

—Él lo sabía. Siempre lo ha sabido; pero jamás me lo echó en cara.

Lottie entonces miró a su yerno y se levantó, apartándose el pelo grisáceo del rostro y esbozando una sonrisa juvenil e indecisa.

—Creo que ya es hora de que Joe tenga una esposa, ¿verdad?

EPÍLOGO

Tuve que ingresar en un hospital durante un tiempo después de aquello. Ya he olvidado cuántas semanas. Claro que nadie se refería a aquel lugar como a un hospital, sobre todo cuando intentaban persuadirme de que ingresara en él. Me dijeron tan solo que sería como volver a casa de visita, a Inglaterra, y que tendría la oportunidad de pasar un tiempo con mamá.

Parece ser que esa «breve estancia» lograría hacerme sentir mejor. Muchísimas chicas padecían mi mismo problema, a pesar de que en realidad nadie hablara de ello. No era la clase de cosas de las que se hablaba, ni siquiera entonces. Sabían que jamás me había gustado vivir en los trópicos, que si no hubiera sido por Guy, habría regresado a casa.

Yo quería ese bebé. Lo quería con todo mi corazón. Solía soñar que estaba dentro de mí; a veces, si ponía la mano sobre la piel de mi estómago, podía sentir cómo se movía. Solía hablarle, en silencio, deseando que cobrara vida. A pesar de que jamás se lo conté a nadie. Sabía lo que me dirían.

En realidad Guy y yo jamás hablamos del tema. Mamá decía que eso era preferible. A veces cuanta menos atención se presta a los problemas, tanto mejor. Se hiere menos a los que te rodean. Claro que mamá siempre estaba dispuesta a cerrar los ojos a la verdad. Nunca habló de eso conmigo. Era como si yo la pusiera nerviosa.

Cuando me dieron el alta, todos actuaban como si nunca hubiera estado ingresada. Siguieron dedicándose a lo suyo, y a mí me dejaron con mis sueños. No les contaba nada. Sabía leer en sus rostros que no se creían ni la mitad de lo que les decía. No les culpo por ello.

Sin embargo, es imposible escapar del pasado, ¿verdad? Así como es imposible también escapar del destino. Guy y yo nunca volvimos a ser los mismos después de eso. Era como si él llevara ese peso encima, un peso que lo carcomía por dentro, y supiera que jamás podría volver a mirarme sin percibir ese aroma, esa mácula tiñendo sus reacciones. Aquello lo desbordaba por completo, mientras yo me sentía vacía por la misma causa.

Dieciocho manzanas pelé, el día que te dije. Dieciocho manzanas.

Sin embargo, todas salieron igual.